Als geachteter Patriarch der Familie: so würde Nariman Vakeel in Bombay gern seinem Alter entgegensehen. Aber die Harmonie in seiner Familie ist brüchig. Er lebt bei seinen Stiefkindern. Als er nach einem Unfall gepflegt werden muss, schieben sie ihn zu seiner Tochter Roxana ab. So sehr Roxana ihren Vater liebt, so sehr auch ihr Mann Yezad und die Kinder versuchen, den alten Mann in ihr Leben aufzunehmen, wird die Situation doch zur Belastung – und die Versuche, das Leben zu bewältigen, haben dramatische Folgen. Yezad wird von dem ganz Bombay ergreifenden Lotteriefieber erfasst und verspielt sein knappes Gehalt. Nariman flüchtet sich immer mehr in Erinnerungen an seine erste verbotene Liebe zu der Christin Lucy, und Roxana versucht heimlich eine Versöhnung mit den Stiefgeschwistern zu erreichen. Und dann scheint es, als könne alles gut werden.
Meisterhaft erzählt Rohinton Mistry die Geschichte einer Familie, deren Konflikte, Nöte und Stärken für jeden unmittelbar berührend sind. Die Vielfalt Bombays und seiner Einwohner, die kulturellen und religiösen Gegensätze des Landes bilden den farbigen Hintergrund für Mistrys bewegende Erkundung der menschlichen Natur: über das Altern, den Tod und die Geduld, über die Liebe und die Beharrlichkeit der Hoffnung.

Rohinton Mistry wurde 1952 in Bombay, Indien, geboren und lebt nun in Toronto, Kanada. Seine Romane wurden mehrfach ausgezeichnet, u.a mit dem Kiriyama-Preis für den vorliegenden Roman, dem kanadischen Staatspreis für ›Das Gleichgewicht der Welt‹ (Bd. 14538) und dem Commonwealth-Preis für ›So eine lange Reise‹ (Bd. 14006). Auch ›Das Kaleidoskop des Lebens‹ (Bd. 13981) liegt im Fischer Taschenbuch Verlag vor.

Unsere Adresse im Internet: www.fischerverlage.de

Rohinton Mistry
Die Quadratur des Glücks

Roman

Aus dem Englischen von
Rainer Schmidt

Fischer Taschenbuch Verlag

Limitierte Sonderausgabe
Veröffentlicht im Fischer Taschenbuch Verlag,
einem Unternehmen der S. Fischer Verlag GmbH,
Frankfurt am Main, März 2005

Die Originalausgabe erschien 2002
unter dem Titel ›Family Matters‹
im Verlag McClelland & Stewart, Toronto

Druck und Bindung: Clausen & Bosse, Leck
Printed in Germany
ISBN 3-596-50823-1

Für Freny

1

Ein Sonnenfleck hatte sich am Fuß von Narimans Bett niedergelassen, als er von seinem Nachmittagsschläfchen aufwachte und auf die Uhr sah. Es war beinahe sechs. Er sah hinunter zu der Stelle, wo der warme Fleck seine knorrigen Zehen lockend eingefangen hatte. Sie streckten sich in der wohltuenden Sonne. Die Augen fielen ihm wieder zu.

Allmählich wanderte der Fetzen Sonnenschein von seinen Füßen fort, und er spürte einen vagen Stich des Verlassenwerdens. Er sah wieder auf die Uhr: schon nach sechs. Mit einiger Mühe erhob er sich, um sich für seinen Abendspaziergang bereit zu machen. Während er sich im Bad kaltes Wasser ins Gesicht spritzte und gurgelte, hörte er über dem Geräusch des Wasserhahns seinen Stiefsohn und seine Stieftochter.

»Bitte geh nicht, Pappa, wir flehen dich an«, sagte Jal durch die Tür, zog dann eine Grimasse und stellte sein Hörgerät ein, denn die Worte hatten ihm ohrenbetäubend im Schädel gehallt. Das Gerät war ein altmodisches Modell, ein Metallbehälter von der Größe einer Streichholzschachtel, der an seiner Brusttasche befestigt und mit dem Ohrstück verbunden war. Jal hatte es vor vier Jahren, als er fünfundvierzig wurde, widerwillig gekauft, aber er hatte sich immer noch nicht an seine Launen gewöhnt.

»So, so ist schon besser«, murmelte er. Dann rief er wieder: »Nun, Pappa, ist das zu viel verlangt? Bitte bleib zu Hause. Es ist nur zu deinem eigenen Besten.«

»Wieso hast du die Tür zugemacht und lässt uns hier so schreien?«, fragte Coomy. »Mach einfach auf, Jal.«

Coomy, um zwei Jahre jünger als ihr Bruder, schlug einen schärferen Ton an als Jal, und während er eher der Friedensstifter war, gab sie sich gern streitlustig. Sie war ebenso dünn wie er, doch mit breiterem Kreuz. Ohne irgendwelche Rundungen, die die harten Linien und Kanten abmildern konnten, war sie ihrer Mutter nachgeraten. Früher, als sie noch ein Mädchen war, betrachteten Verwandte sie oft und bemerkten traurig, dass die Liebe eines Vaters Sonnenschein und frisches Wasser sei, ohne die eine Tochter nicht erblühen könne. Ein Stiefvater, so sagten sie, sei in dieser Hinsicht völlig nutzlos. Einmal waren sie so unvorsichtig, in ihrer Hörweite darüber zu reden. Die Worte hatten sich schmerzhaft in die Seele gebohrt, und sie war in ihr Zimmer geflüchtet, um ihren toten Vater zu beweinen.

Jal drückte gegen die Badezimmertür. Sie war abgeschlossen. Er kratzte sich in seinem dichten gewellten Haar, bevor er sachte anklopfte. Keine Reaktion.

Coomy übernahm die Regie. »Wie oft habe ich dir schon gesagt, dass du die Tür nicht abschließen sollst! Wenn du da drinnen stürzt oder ohnmächtig wirst, wie sollen wir dich dann da rauskriegen? Halt dich an die Regeln!«

Nariman spülte die Seife von den Händen und griff nach dem Handtuch. Er fand, Coomy hatte ihren Beruf verfehlt. Sie hätte Schuldirektorin werden sollen. Dann hätte sie ihren armen Schülerinnen mit Dutzenden von Regeln und Vorschriften das Leben schwer machen können. Stattdessen war sie jetzt hier und plagte ihn mit Vorschriften, die jeden Bereich seines zusammengeschrumpften Lebens bestimmten.

Neben dem Verbot gegen abgeschlossene Türen war er verpflichtet, Bescheid zu sagen, wenn er auf die Toilette wollte. Morgens durfte er das Bett erst dann verlassen, wenn sie ihn holen kam. Ein Bad war nur zweimal die Woche möglich, und dann übernahm sie die Choreographie, während Jal die Rolle des Regieassistenten zugewiesen wurde, der sich in Bereitschaft zu halten und Narimans Sicherheit zu gewährleisten hatte. Es gab weitere Vorschriften, die seine Mahlzeiten, seine Kleidung, sein Gebiss und den Gebrauch der Musiktruhe betrafen, und in Momenten von Großzügigkeit nahm Nariman das hin, was die beiden unermüdlich wiederholten: dass es nur zu seinem eigenen Besten sei.

Er trocknete sich in aller Ruhe das Gesicht ab, während Coomy gegen die Tür hämmerte und am Türknopf rüttelte. »Pappa, ist alles in Ordnung? Hörst du mich? Wenn das so weitergeht, werde ich einen Schlosser kommen und sämtliche Schlösser entfernen lassen!«

Seine zitternden Hände brauchten eine Weile, um das Handtuch wieder über die Stange zu legen. Er machte die Tür auf. »Hallo, wartet ihr auf mich?«

»Du machst mich noch wahnsinnig!«, sagte Coomy. »Ich kriege Herzrasen und mach mir Sorgen, ob du zusammengebrochen bist oder dir sonst irgendwas passiert ist!«

»Lass, Pappa geht's gut«, sagte Jal besänftigend. »Das ist die Hauptsache.«

Nariman trat lächelnd aus dem Badezimmer und zog seine Hose hoch. Der Gürtel brauchte länger, die zitternden Finger verfehlten immer wieder den Schnallenzapfen. Er folgte der sanften Schräge des Sonnenlichts vom Bett zum Fenster, erfreute sich an den Staubteilchen in ihren undurchschaubaren Umlaufbahnen. Der Verkehrslärm hatte mit seinem abendlichen Angriff auf das Viertel begonnen. Er fragte sich, warum er sich nicht mehr daran störte.

»Lass das Träumen, Pappa, und hör auf das, was wir dir sagen«, sagte Coomy.

Nariman meinte, er könne den labenden Duft von Erde nach einem Regen riechen. Er konnte ihn beinahe schmecken. Er sah hinaus. Ja, Wasser tropfte auf den Bürgersteig. In einem senkrechten Tröpfeln. Also doch kein Regen, nur die Blumenkästen der Nachbarin.

»Selbst für mich mit meinen gesunden Beinen ist das Herumlaufen gefährlich, Pappa«, sagte Jal und setzte damit das tägliche Theater um den Ausgang seines Stiefvaters fort. »Da draußen gibt es nur eine Gewissheit – Gesetzlosigkeit. Man findet in den Straßen Bombays eher einen Klumpen Gold als auch nur einen Tola Höflichkeit. Es ist mir schleierhaft, wie dir das Spazierengehen Vergnügen machen kann.«

Socken. Nariman beschloss, dass er Socken brauchte, und ging zum Kleiderschrank. Während er in der flachen Schublade nach einem Paar suchte, murmelte er dort hinein: »Es stimmt, was du sagst, Jal. Doch die Quellen des Vergnügens sind zahlreich. Gräben, Schlaglöcher und Verkehr können nicht alle Freuden des Lebens auslöschen.« Seine Hand mit ihrem Vogelflügelzittern suchte weiter. Schließlich gab er auf und schob seine nackten Füße in die Schuhe.

»Schuhe ohne Socken? Wie ein Pathane?«, sagte Coomy. »Und sieh nur, wie deine Hände zittern. Du kannst dir nicht einmal die Schnürsenkel zubinden.«

»Stimmt, du könntest mir ja helfen.«

»Gerne – wenn es irgendwie was Wichtiges gäbe, wo du hinmusst, zum Arzt oder zum Feuertempel, um für Mamma zu beten. Aber ich werde törichtes Verhalten nicht auch noch unterstützen. Wie viele Menschen mit Parkinson machen das, was du machst?«

»Ich gehe doch nicht auf eine Trekkingtour durch Nepal. Ein kleiner Spaziergang die Straße hinunter, weiter nichts.«

Coomy gab nach, kniete sich vor den Füßen ihres Stiefvaters nieder und band ihm die Schnürsenkel zu, so wie sie es jeden Abend machte. »Wir haben Anfang August, der Monsun tobt, und du willst einen kleinen Spaziergang machen!«

Er ging zum Fenster und deutete auf den Himmel. »Guck, es hat aufgehört zu regnen.«

»Ein dickköpfiges Kind, das bist du«, beschwerte sie sich. »Solltest auch wie ein Kind bestraft werden. Bei Ungehorsam kein Abendessen, ha?«

Bei ihren Kochkünsten wäre das eine Belohnung, keine Strafe, dachte er.

»Hast du gehört, was er gesagt hat, Jal? Je älter er wird, desto beleidigender ist er!«

Nariman begriff, dass er es laut ausgesprochen hatte. »Ich muss zugeben, Jal, deine Schwester macht mir Angst. Sie kann sogar meine Gedanken hören.«

Jal hörte nur einen Geräuschesalat, dank seines Hörgeräts, das Coomys laute Stimme verstärkte, während es das Gemurmel seines Stiefvaters unterdrückte. Während er den Lautstärkeregler justierte, hob er den rechten Zeigefinger wie ein Schiedsrichter beim Kricket, der dem Schlagmann ein Aus anzeigte, und kehrte zu dem letzten Thema zurück, das seine Ohren aufgeschnappt hatten.

»Ich bin ganz deiner Meinung, Pappa, die Quellen des Vergnügens sind zahlreich. In unserem Geist gibt es so viele Welten, dass sie uns bis in alle Ewigkeit Vergnügen bescheren können. Außerdem hast du noch deine Bücher und deinen Schallplattenspieler und das Radio. Weshalb die Wohnung überhaupt verlassen? Es ist wie im Himmel hier. Dieses Gebäude heißt nicht von ungefähr Chateau Felicity. Ich würde die Hölle der Welt da draußen einfach aussperren und meine sämtliche Zeit drinnen verbringen.«

»Das könntest du nicht«, erwiderte Nariman. »Die Hölle

hat ihre eigenen Wege, die Membran des Himmels zu durchdringen.« Er begann, leise ›Heaven, I'm in heaven‹ zu summen, was Coomy nur noch mehr verärgerte. Er hörte auf. »Denk doch nur mal an die Unruhen in der Babri-Moschee.«

»Du hast Recht«, räumte Jal ein. »Manchmal sickert die Hölle wirklich durch.«

»Findest du sein albernes Beispiel etwa gut?«, fragte Coomy entrüstet. »Die Unruhen waren draußen auf den Straßen, nicht drinnen!«

»Ich glaube, Pappa meint das alte Parsi-Ehepaar, das in seinem Schlafzimmer starb.«

»Du erinnerst dich doch daran, Coomy, oder?«, fragte Nariman. »An die Goondas, die annahmen, dass sich Moslems in der Dalal-Siedlung verbargen, und deswegen Feuer gelegt haben?«

»Ja, ja, meine Erinnerung ist besser als deine. Und das war ein Zufall, reines Pech. Wie oft passiert es schon, dass wegen einer Moschee in Ayodhya Menschen in Bombay zu Barbaren werden? Alle Jubeljahre einmal.«

»Stimmt«, sagte Nariman. »Die Chancen stehen gut für uns.«

»Erst letzte Woche wurde in Firozsha Baag eine alte Dame überfallen und beraubt«, sagte Jal. »In ihrer eigenen Wohnung. Die Ärmste liegt jetzt im Parsi General, und ihr Leben hängt nur noch an einem seidenen Faden.«

»Auf wessen Seite stehst du eigentlich?«, fragte Coomy gereizt. »Bist du etwa dafür, dass Pappa einen Spaziergang machen soll? Willst du damit sagen, dass die Welt nicht gefährlicher geworden ist?«

»Oh, das ist sie«, antworte Nariman an Jals Stelle. »Vor allem drinnen.«

Sie ballte die Fäuste und stürmte aus seinem Zimmer. Er hauchte auf seine Brille und putzte sie langsam mit einem

Taschentuch. Seine nachlassende Sehkraft, sein lästiges Gebiss, seine zitternden Glieder, seine gebeugte Haltung und schlurfender Gang waren beinahe bereit für ihr abendliches Programm.

Pünktlich um halb sieben trat Nariman Vakeel mit seinem Regenschirm, den er als Gehstock benutzte, aus Chateau Felicity heraus. Nach der abgestandenen Leere der Wohnung kam ihm das geschäftige Treiben draußen wie lebensspendender Atem vor.

Er ging zu dem Sträßchen, wo sich die Gemüseverkäufer versammelten. Ihre Körbe und Kästen, die mit Gemüse, Obst und Knollen überflossen, verwandelten die Ecke in einen Garten. Grüne Bohnen, Süßkartoffeln, Koriander, grüne Chilis, Kohlköpfe, Blumenkohl blühten unter den Straßenlichtern, heiligten die Dämmerung mit ihrer Farbe und ihrem Duft. Ab und zu beugte er sich herab, um etwas zu berühren. Verlockende Zwiebeln und glitzernde Tomaten verführten seine Finger, die violetten Auberginen und erdigen Mohrrüben waren unwiderstehlich. Die Subjivalas wussten, dass er nichts kaufen würde, aber sie hatten nichts dagegen, und er stellte sich gerne vor, dass sie verstanden, warum er kam.

Am Blumenstand saßen zwei Männer, Musikern gleich, die Ranken von Tagetes, Girlanden von Jasmin, Lilien und Rosen webten und deren Finger zupfend und knüpfend eine Blumenmelodie spielten. Nariman stellte sich vor, wozu die Arbeiten, die sie verrichteten, dienen würden: Um Gottheiten in Tempeln anzuflehen, die gerahmten Bilder von Vorfahren zu ehren, das Haar von Ehefrauen und Töchtern zu schmücken.

Der Bhel-puri-Stand war wie eine modellierte Landschaft mit einer goldenen Pyramide aus Sev, den kleinen Schneebergen aus Mumra, Hügeln aus Puris und, zwischen ihren Tälern, in Aluminiumbehältern, Tümpel von grünen, braunen und roten Chutneys.

Ein Mann, der Bananen verkaufte, schlenderte die Straße hinauf und hinunter. Die Stauden türmten sich hoch und schwer auf seinem ausgestreckten Arm: Ein Balance- und Kraftkunststück in einem.

Es war alles magisch, wie in einem Zirkus, und beruhigend wie eine Zaubervorstellung.

Am Vorabend seines neunundsiebzigsten Geburtstages kam Nariman humpelnd und mit Abschürfungen an Ellbogen und Unterarm nach Hause. Er war gestürzt, als er versuchte, die Straße vor Chateau Felicity zu überqueren.

Coomy öffnete die Tür und schrie: »Mein Gott! Komm schnell, Jal! Pappa blutet!«

»Wo?«, fragte Nariman überrascht. Die Schramme am Ellbogen hatte einen kleinen Schmierer auf seinem Hemd hinterlassen. »Das hier? Das nennst du bluten?« Er kicherte und schüttelte den Kopf.

»Und du lachst auch noch darüber, Pappa?«, sagte Jal vorwurfsvoll. »Wir sterben vor Sorge wegen deinen Verletzungen.«

»Übertreib nicht so. Ich bin über irgendwas gestolpert und habe mir ein bisschen den Fuß verstaucht, weiter nichts.«

Coomy tunkte einen Wattebausch in Dettol und säuberte die Schrammen. Sein Arm zuckte unter dem brennenden Schmerz zurück. Sie zuckte auch, vor Mitleid, und blies auf die Verletzung. »Tut mir Leid, Pappa. Wieder besser?«

Er nickte, während ihre Finger sanft die wunden Stellen betasteten. Dann tat sie ein Pflaster drauf. »Und jetzt sollten wir Gott danken«, sagte sie und stellte den Verbandskasten weg. »Weißt du, wie ernst das hätte ausgehen können? Stell dir vor, du wärst mitten auf der Hauptstraße gestolpert, mitten im Verkehr.«

»Oh!« Jal schlug die Hände vors Gesicht. »Ich mag nicht mal dran denken!«

»Eins steht fest«, sagte Coomy. »Ab jetzt gehst du nicht mehr raus.«

»Ganz meine Meinung«, sagte Jal.

»Seid nicht so idiotisch, ihr beide.«

»Und was ist mit dir, Pappa?«, erwiderte Coomy. »Morgen wirst du neunundsiebzig und du benimmst dich immer noch nicht wie ein erwachsener Mensch. Keinerlei Anerkennung für Jal und mich oder für das, was wir für dich tun!«

Nariman setzte sich und versuchte, ein würdevolles Schweigen zu bewahren. Seine Hände zitterten elendig, widersetzten sich sämtlichen Bemühungen seines Willens, sie ruhig im Schoß zu halten. Das Zittern in seinen Beinen steigerte sich ebenfalls und führte dazu, dass seine Knie wackelten wie bei irgendeinem Perversen, der seine Hüften schwenkt. Er versuchte sich zu erinnern: Hatte er nach dem Mittagessen seine Medikamente genommen?

Er war es leid, darauf zu warten, dass Ruhe in seine Glieder zurückkehrte. »Hört zu«, sagte er, »in meiner Jugend haben Eltern mich unterdrückt und jene Jahre kaputtgemacht. Ihretwegen habe ich eure Mutter geheiratet und mir die mittleren Jahre meines Lebens ruiniert. Jetzt wollt ihr mich im Alter quälen. Das werde ich nicht zulassen.«

»Alles gelogen!«, rief Coomy. »Du hast Mammas Leben ruiniert, und meins, und Jals! Von dir verbitte ich mir jegliche Bemerkung gegen Mamma!«

»Bitte reg dich nicht auf«, sagte ihr Bruder, der die Armlehne seines Stuhls heftig streichelte. »Ich bin sicher, was heute passiert ist, wird Pappa eine Warnung sein.«

»Aber wird er daraus lernen?« Sie funkelte ihren Stiefvater an. »Oder wird er wieder da rausgehen und sich die Knochen brechen und mir seine Brüche aufbürden?«

»Nein, nein, er wird brav sein. Er wird zu Hause bleiben und lesen und sich entspannen und Musik hören und –«

»Das möchte ich von ihm hören!«

Nariman verzichtete auf einen Kommentar. Er hatte die Zeit genutzt, um seinen Gürtel aufzuschnallen. Jetzt machte er sich an die Aufgabe, seine Schnürsenkel aufzubinden.

»Wenn es dir nicht gefällt, was wir zu sagen haben, dann frag ruhig deine Tochter, was sie drüber denkt, wenn sie morgen kommt«, sagte Coomy. »Dein eigenes Fleisch und Blut, nicht wie Jal und ich, die nur zweitklassig sind.«

»Das war nicht nötig«, sagte Nariman leise.

»Hört zu«, sagte Jal. »Roxana kommt mit ihrer Familie zu Pappas Geburtstagsfeier. Lasst uns morgen nicht streiten.«

»Wieso streiten?«, sagte Coomy. »Wir werden einfach ein vernünftiges Gespräch führen, wie erwachsene Menschen.«

Obwohl Roxana nur ihre Halbschwester war, hatten Jal und Coomy sie von ihrer Geburt an geliebt. Mit ihren vierzehn und zwölf Jahren waren sie nicht anfällig für die komplexen Gefühle von Eifersucht, Vernachlässigung, Rivalität oder sogar Hass, die Neugeborene bei Geschwistern hervorrufen, die ihnen altersmäßig näher stehen.

Oder vielleicht waren Jal und Coomy Roxana dankbar dafür, dass sie die Leere füllte, die der Tod ihres eigenen Vaters vier Jahre zuvor hinterlassen hatte. Ihr Vater war während des größten Teils ihrer Kindheit kränklich gewesen. Und während der kurzen Zeiten, wo seine Lunge ihn nicht ans Bett fesselte, war er immer noch schwach, selten in der Lage, ohne fremde Hilfe durch den Tag zu kommen. Seine chronische Brustfellentzündung war lediglich Symptom einer ernsteren Lungenkrankheit, deren zwei gefürchteten Initialen unter Freunden und Verwandten nie erwähnt wurden. Bloß ein wenig Wasser in der Lunge, so wurde Palonjis Krankheit beschrieben.

Und um seiner Familie die Sorge etwas zu erleichtern, machte Palonji einen Scherz aus dieser kodierten Beschreibung. Wenn Jal, der als Kind immer Dummheiten im Kopf hatte, irgendetwas anstellte, dann war ein wenig Wasser in seinem Kopf schuld daran: »Du musst dir die Ohren zustöpseln, wenn du dir die Haare wäschst«, neckte ihn sein Vater. Ungeschickte Hände bedeuteten, dass derjenige ein richtiger Wasserfinger war. Und wenn die kleine Coomy weinte, dann sagte ihr Vater: »Mein wunderschöne Tochter weint gar nicht, das ist bloß ein bisschen Wasser in den Augen«, was sie stets zum Lächeln brachte.

Palonji Contractors Tapferkeit und seine Entschlossenheit, zu verhindern, dass seine Familie den Mut verlor, waren heldenhaft, doch das Ende war, als es dann kam, vernichtend für Jal und Coomy. Und drei Jahre nach seinem Tod, als ihre Mutter wieder heiratete, waren sie kühl gegenüber dem Fremden, wussten nicht, was sie fühlen sollten. Sie bestanden darauf, Nariman Vakeel als Neuen Pappa zu titulieren.

Es schmerzte ihn, jedes Mal, wenn ihm das Wort ins Gesicht geschleudert wurde. Zuerst nahm er es auf die leichte Schulter, tat es mit einem Lachen ab, indem er sagte: »Weiter nichts – bloß Neuer Pappa? Wieso nicht einen längeren Titel? Wie wär's mit Brandneuem Verbessertem Pappa?«

Doch die Adjektive waren unglücklich gewählt. Jal sagte ihm in kaltem Ton, dass niemand eine Verbesserung gegenüber seinem wirklichen Vater sein konnte. Ihre Mutter brauchte einige Wochen, um sie davon zu überzeugen, dass es sie sehr glücklich machen würde, wenn sie das ›Neu‹ fallen ließen. Jal und Coomy gingen darauf ein. Sie reiften schnell, viel zu schnell. Sie sagten ihrer Mutter, sie würden das Wort verwenden, das sie für richtig hielt. Wenn sie ihn Pappa nannten, sagten sie, mache ihn das nicht automatisch zu einem.

Nariman fragte sich, worauf er sich da eingelassen hatte, als er Yasmin Contractor zur Frau nahm. Sie waren nicht aus Liebe zusammengekommen – es war eine arrangierte Ehe. Sie hatte es wegen der Sicherheit getan, die diese Ehe für ihren Sohn und ihre Tochter bedeuten würde.

Und wenn er auf alles zurückblickte, auf die ganze Einöde ihres Lebens, verzweifelte er darüber, wie er bloß so willensschwach und rückgratlos hatte sein können, um das geschehen zu lassen.

Doch nach einem Jahr Ehe kam das kleine Wunder in ihr Leben. Roxana wurde geboren, und bei der Menge an Zuneigung, die dem Säugling zuteil wurde, war es unvermeidlich, dass die Wärme, die davon ausging, sie alle berührte. Die Liebe für ihre kleine Roxana rettete sie aus ihrem Sumpf der Bitterkeit, und die Zeit des Unglücklichseins war fürs Erste gebannt.

Es ging auf sechs zu, und Nariman begann, sich für sein Geburtstagsessen bereit zu machen. Er hatte begierig auf diesen Abend gewartet, auf das Wiedersehen mit Roxana und ihrer Familie. Und während er sich anzog, war er wieder ganz erfüllt von jener verzauberten Zeit, als seine Tochter geboren wurde.

Nachdem es den größten Teil des Tages trocken gewesen war, setzte der Regen jetzt wieder ein. Auf dem Frisiertisch wartete ein neues Hemd, Jal und Coomys Geschenk. Er nahm es aus der Plastikhülle und schnitt ein Gesicht, als er den gestärkten Stoff befühlte. Zweifellos würde es ihn den ganzen Abend lang drücken und kratzen. Was man bei seinem Geburtstag alles erdulden musste. Es gab in seiner Frisierkommode völlig brauchbare Hemden, die weich und bequem waren und die ihn überleben würden.

Während er mit den engen neuen Knöpfen kämpfte, begann über dem Trommeln des Regens irgendwo im Gebäude ein Hammer mit seinem Lärm. Heutzutage scherte sich niemand mehr um die Probleme der Alten und der Schwachen, so wie die die Hemden verpackten, mit diesen uneinnehmbaren Plastikhüllen und Nadeln, die überall tückisch im Stoff steckten, und Pappeinlagen, die unter dem Kragen festklemmten.

Er lächelte bei dem Gedanken an Roxana, ihren Mann und ihre beiden Söhne. Als er damals über das winzige Baby in Entzückung geraten war, hatte er es sich einfach nicht vorstellen können, dass sie eines Tages erwachsen sein und ihre eigenen Kinder haben würde. Er fragte sich, ob alle Väter sich so wunderten wie er.

Und wenn sie etwas länger jenes Kind hätte bleiben können? Vielleicht hätte dann auch jene einzige Zeit seines ehelichen Lebens, in der er wirklich glücklich gewesen war, etwas länger angehalten. Wenn uns doch nur das Unmögliche möglich wäre, dachte er, dann könnten wir das Unglücklichsein besiegen. Doch in der Welt galten andere Gesetze. Die Zeit der fröhlichen Familie war kurz gewesen, viel zu kurz.

Er erinnerte sich an das erste Mal, als Jal das Kind in die Arme genommen hatte. Wie aufgeregt er gewesen war, als die Kleine seinen Finger umklammerte. »Wie fest sie zupackt, Pappa!« Dann hatte Coomy lautstark verlangt, ihre winzige Schwester halten zu dürfen. »Guck, sie bläst Blasen, genauso wie mein Ring!«, hatte sie begeistert ausgerufen, womit sie den Seifenblasenkasten meinte, den sie kurz zuvor auf einem Rummel gekauft hatten.

Und dann, fand Nariman, war es mit Jals und Coomys Hingabe für Roxana auch zu Ende gewesen, nachdem sie geheiratet und fortgezogen war in jene Mietwohnung, die er ihr beschafft hatte, indem er einen riesigen Pugree bezahlte. Das war die Zeit, als sie ihm zum ersten Mal den Satz von wegen ›Fleisch und Blut‹ an den Kopf warfen und ihn der Ungerechtigkeit beschuldigten.

Wenn wenigstens die Bindungen aus der Kindheit, als Verwandtschaften noch nicht durch Kombinationen von ›Halb‹ oder ›Stief‹ vergiftet waren – wenn wenigstens die überlebt hätten, hätten sie etwas Trost gespendet, etwas Gutes, das aus jenen elenden Jahren gerettet worden wäre. Doch selbst das wurde ihm verwehrt. Natürlich. Bei so einem schlechten Anfang konnte es nur ein schlechtes Ende geben. Und was war eigentlich der Anfang gewesen, fragte er sich. Der Tag, an dem er seine geliebte Lucy kennen gelernt hatte, die Frau, die er hätte heiraten sollen? Aber das war kein schlechter Tag, es war der schönste aller Tage. Oder war es später, als er auf Lucy verzichtete? Oder als er sich bereit erklärte, Yasmin Contractor zu heiraten? Oder jener Sonntagabend, als seine Eltern und ihre Freunde den Gedanken zum ersten Mal ins Spiel brachten – als er hätte toben und explodieren sollen, die Idee im Keim ersticken sollen, ihnen sagen sollen, sie sollten sich um ihre eigenen Angelegenheiten kümmern und zum Teufel gehen?

Seitdem waren sechsunddreißig Jahre vergangen. Aber immer noch erinnerte er sich an die Sonntagabende, an die zweiwöchentliche Zusammenkunft des Freundeskreises seiner Eltern. In diesem selben Wohnzimmer, wo noch dieselben Möbel standen, die Wände noch denselben Anstrich hatten und ihre Stimmen immer noch hallten.

Großer Jubel war an dem Sonntagabend ausgebrochen, nachdem seine Eltern verkündet hatten, ihr einziger Sohn, der sich jahrelang geweigert hatte, sein unmögliches Verhältnis mit dieser Goanerin zu beenden und stattdessen ein anständiges Parsi-Mädchen kennen zu lernen und zu heiraten – ihr geliebter Nari habe endlich auf die Stimme der Vernunft gehört und sich bereit erklärt, zu guter Letzt doch den Hafen der Ehe anzusteuern.

Von dem Balkon aus, wo er alleine saß, konnte er jedes Wort hören. Wie üblich war es Soli Bamboat, der älteste Freund seiner Eltern, ein halbpensionierter und immer noch sehr einflussreicher Anwalt, der als Erster reagierte.

»Dreimal bravo für Nari!«, rief er. »Hiip-hiip-hiip!«, und alle antworteten »Hurrah!«

Trotz eines lebenslangen Ringens mit den Tücken englischer Vokale scheiterte Soli Bamboats Klangerzeugungsapparat oft an ihnen. Seine Art zu sprechen hatte Nariman in seiner Kindheit immer ebenso rätselhaft wie komisch gefunden.

Seine Eltern mitgerechnet gab es zehn Stammgäste bei den Sonntagabendtreffen. Nein, neun, denn Mr. Bamboats Frau, Tante Shirin, war im Jahr zuvor nach kurzer Krankheit gestorben. Nach der Trauerperiode war Mr. Bamboat bei den Sonntagabenden wieder erschienen und hatte, Narimans Meinung nach, mit bewundernswerter Gründlichkeit die Rolle des Witwers angenommen. So entlockte ein leckeres Pakora oder jemandes selbst gemachtes Chutney ihm den pflichtbewussten Seufzer: »Ach, wie hätte meiner Shirin das geschmeckt.« Auf eine komische Anekdote pflegten Worte zu folgen wie: »In Sachen Humor war meine Shirin ganz groß – Witze hat sie immer als Erste von allen verstanden.« Aber er fühlte sich mit dieser Pose nie so recht behaglich, und einige Monate später beschloss er, sich in der Rolle des jovialen wieder geborenen Junggesellen zu versuchen. Die Gruppe akzeptierte den Wandel und gab stillschweigend ihre Zustimmung. Shirin wurde an Sonntagabenden nicht mehr erwähnt.

Von wegen Liebe und treues Gedenken, dachte Nariman, währenddessen die Versammlung auf Solis Hiip-hiip dreimal im Chor antwortete, gefolgt von diversen individuellen Bravorufen und guten Wünschen für Narimans Eltern.

»Herzlichen Glückwunsch, Marzi!«, sagte Mr. Kotwal zu seinem Vater. »Nach elfjährigem Kampf hast du endlich gewonnen!«

»Lieber spät als gar nicht«, sagte Mr. Burdy. »Doch das Glück ist immer dem Kühnen hold. Denk dran, die Früchte der Geduld sind süß, und Ende gut, alles gut.«

»Das reicht, Mr. Sprichwort«, sagte Soli. »Wir wollen auch noch was abkriegen.«

Nariman war neugierig auf ihre Kommentare und stellte seinen Stuhl auf dem Balkon um, damit er sie beobachten konnte, ohne selbst gesehen zu werden. Jetzt beteuerte Mrs. Uvala, dass sie schon immer darauf vertraut habe, dass der Junge sich letztendlich richtig entscheiden werde, und ihr Mann, Dara Uvala, pflichtete ihr mit energischem Nicken bei. Ihre Meinungen wurden gewöhnlich in Teamarbeit geäußert. Die Gruppe nannte ihn den ›stillen Teilhaber‹.

Dann betrat Soli den Balkon, und Nariman tat so, als würde er lesen. »He, Nari! Wieso bist du alleine? Komm zu uns in den Kreis, du duummer Junge.«

»Später, Onkel Soli, ich möchte dieses Kapitel fertig lesen.«

»Nein, nein, Nari, wirr brauchen diich jetzt«, sagte er und nahm ihm das Buch weg. »Wozu du Eile? Die Worte werden schon nicht von den Seiten verschwiinden.« Er ergriff Nariman am Arm und zog ihn ins Wohnzimmer, in die Mitte der Versammlung.

Sie klopften ihm auf die Schulter, schüttelten ihm die Hand, umarmten ihn, während er sich wand und sich wünschte, er wäre an jenem Abend nicht zu Hause geblieben. Aber er wusste, er musste sich ihnen irgendwann stellen. Er hörte, wie Onkel Solis Frau, Tante Nargesh, seine Mutter fragte: »Sag mal, Jeroo, ist das wirklich ehrlich gemeint? Hat er diese Lucy Braganza wirklich aufgegeben?«

»O ja. Ja, er hat uns sein Wort gegeben.«

Jetzt trippelte Mrs. Kotwal durchs Zimmer, kniff ihm in die Wange und sagte: »Wenn aus dem ungezogenen Jungen endlich ein braver Junge wird, dann ist es ein doppeltes Vergnügen.«

Er hätte sie beinahe daran erinnert, dass er schon zweiundvierzig war.

Dann winkte ihm Tante Nargesh von ihrem Platz auf dem Sofa aus. Sie war die Stillste der Gruppe und wurde normalerweise von dem Lärm der anderen übertönt. Sie klopfte auf den Platz neben sich und forderte Nariman auf, sich zu setzen. Sie nahm seine Hand in ihre, von Verbrennungen verschrumpelten Finger, die bei einem Küchenunfall in ihrer Jugend zu Schaden gekommen waren, und flüsterte: »Kein Glück ist so dauerhaft wie jenes, das man fühlt, wenn man die Wünsche seiner Eltern erfüllt. Vergiss das nicht, Nari.«

Ihre Stimme kam aus großer Ferne zu ihm, und er hatte weder den Willen noch die Energie zu diskutieren. Er war mit den Gedanken in der Woche davor, als er und Lucy, die Arme eng umeinander gelegt, die Ebbe bei Breach Candy betrachtet hatten. Ein paar Kinder zogen zwischen den Felsen ein kleines Netz durch die Wasserlachen und suchten nach Meeresleben, das die vergesslichen Wellen zurückgelassen hatten. Während er zusah, wie sie plantschten und brüllten, dachte er an die elf Jahre, in denen er und Lucy versucht hatten, eine Welt für sich zu erschaffen. Einen Kokon nannte sie es immer. Sie brauchten einen Kokon, sagte sie, in den sie sich zurückziehen konnten. Und wenn ihre Familien vergessen hatten, dass es sie gab, würden sie wie zwei glänzende Schmetterlinge herausschlüpfen und zusammen wegfliegen …

Die Erinnerung ließ ihn für einen Moment schwanken – traf er denn die richtige Entscheidung? … Ja. Sie waren von ihren Familien zermürbt worden, ausgebrannt von der Anstrengung. Er erinnerte sich daran, wie hoffnungslos es jetzt war. Lucy und er hatten sogar schon den Punkt erreicht, wo kaum ein Abend ver-

ging, an dem sie nicht über irgendetwas in Streit gerieten. Was hatte es für einen Sinn weiterzumachen, es alles in nutzlosem Gezänk zerbröseln zu lassen?

Dann, während die Kinder aufgeregt kreischten, weil sie irgendetwas in ihrem Netz gefangen hatten, versuchte Lucy ein letztes Mal, ihn umzustimmen. Sie könnten allen den Rücken kehren, der erstickenden Welt der Familientyrannei entfliehen, weg von den Schuldgefühlen und der Erpressung, auf die Eltern so spezialisiert sind. Sie könnten ihr eigenes Leben zusammen beginnen, nur sie beide.

Nur mit Mühe konnte er seine Entschlossenheit bewahren, während er ihr sagte, dass sie das doch schon alles diskutiert hätten, ihre Familien würden ihnen keine Ruhe lassen, egal was passierte. Die einzige Lösung sei, die Sache schnell zu beenden.

Gut, sagte sie, hat keinen Sinn, noch weiterzureden, und verließ ihn. Er saß jetzt allein am Meer.

Und jetzt, während seine Eltern und ihre Freunde bei einem Whisky-Soda über seine Zukunft diskutierten, hatte er das Gefühl, dass er irgendwelche Fremden belauschte. Voller Begeisterung hielten sie ihre ›Konferenz am runden Tisch‹ ab, wie sie es nannten, planten sein Eheleben, wobei sie sich ebenso prächtig amüsierten, als säßen sie bei ihrer Whistrunde oder ihrem Brettspielabend.

»Es gibt nur ein Problem«, sagte Mr. Burdy. »Wir haben zwar die Stalltür abgeschlossen, bevor das Pferd durchgehen konnte, aber wir müssen eine Ersatzstute liefern.«

»Was hat er gesagt?«, fragte Tante Nargesh.

»Mr. Sprichwort meint, der Bräutigam ist bereit, aber wirr müüßen ihm trotzdem noch eine Braut suchen.«

»Meinen Sie nicht«, sagte sie schüchtern, »dass eine Liebesheirat besser wäre als eine arrangierte?«

»Natürlich«, sagte Mr. Vakeel. »Meinen Sie, wir haben das nicht unterstützt? Aber unserem Nari scheint es unmöglich zu

sein, sich in ein Parsi-Mädchen zu verlieben. Jetzt ist es an uns, eine Partie für ihn zu finden.«

»Und das wird eine Herausforderung, das könnt ihr mir glauben«, sagte Mr. Kotwal. »Ihr könnt so weit weg von Bombay suchen, wie ihr wollt. Ihr könnt es von Kalkutta bis Karatschi probieren. Aber wenn die Nachforschungen anstellen, werden die schon hinter Naris Lufroo mit dieser Ferangi-Frau kommen.«

»Unmöglich, das zu vertuschen«, stimmte Mrs. Uvala zu. »Wir werden Kompromisse machen müssen.«

»Ach, ich bin sicher, Nari wird eine wunderschöne Frau finden«, sagte seine Mutter loyal. »Allererste Wahl.«

»Ich denke, das können wir uns aus dem Kopf schlagen.«

»Wie man sät, so erntet man«, sagte Mr. Burdy. »Man kann nicht an einem Tag die Stoppel der Ernte unterpflügen und am nächsten Tag Sahne erwarten.«

Sie lachten, und ihre Scherze wurden immer gröber. Soli sagte irgendwas Beleidigendes über Ferangis, die sich den Hintern mit Papier abwischten, anstatt sich hygienisch zu waschen.

Diese letzte Bemerkung rüttelte Nariman aus seiner Lethargie auf. »Wie ihr mir alle Leid tut«, sagte er, unfähig, seine Abscheu zu verbergen. »Ihr seid alt geworden, ohne weise zu werden.«

Sein Stuhl scharrte, als er ihn zurückstieß und zum Balkon zurückging. Er nahm sein Buch und starrte mit leerem Blick auf die Seiten. Vom Meer kam eine leichte Brise herein. Er hörte, wie drinnen seine Eltern sich entschuldigten, dass der arme Junge verzweifelt sei, weil die Trennung noch sehr frisch war. Es machte ihn rasend, dass sie sich anmaßten zu wissen, wie er sich fühlte.

»Prince Charming kann mit unserem Sinn für Humor offensichtlich nichts anfangen«, sagte Mr. Burdy. »Aber deswegen musste er uns ja nicht gleich beleidigen.«

»Ich glaube, er hat bloß aus einem Buch zitiert«, sagte Mr. Kotwal.

»Mein großer Fehler«, sagte sein Vater, »waren Bücher. Zu viele

Bücher. Nari hat nur noch diese neumodischen Gedanken im Kopf. Er hat nie gelernt, dieses feine Gleichgewicht zwischen Tradition und Modernität zu erhalten.«

»Die Zeit vergeht, und dann wird er wieder normal«, sagte Soli. »Keine Sorge. Ein Schritt nach dem andern.«

»Genau«, pflichtete Mr. Burdy bei. »Eile mit Weile. Nicht vergessen, steter Tropfen höhlt den Stein.«

Ohne ihre eigenen guten Ratschläge zu beachten, arrangierten sie binnen weniger Tage eine Begegnung für Nariman. »Du wirst Yasmin Contractor kennen lernen, eine Witwe mit zwei Kindern«, sagten sie zu ihm. »Und das ist das Beste, was du erwarten kannst, mein Herr, mit deiner Vergangenheit.«

Entweder diese Witwe, erklärten sie, oder eine behinderte Frau – er habe die Wahl. Was für eine Behinderung, fragte er neugierig. Oh, sie könnte schielen, oder taub sein, oder ein kürzeres Bein haben, sagten sie forsch-fröhlich. Oder es könnte jemand sein, der kränklich ist, eine schwache Lunge hat, oder Probleme in der Abteilung Kinderkriegen – das kam darauf an, wer zur Verfügung stand. Wenn Nariman das bevorzugte, dann würden sie Erkundigungen einziehen und eine Liste für ihn aufsetzen.

»Niemand bestreitet, dass du gut aussehend bist und eine gute Erziehung und Ausbildung hast. Dein Handicap ist deine Vergangenheit, all diese vergeudeten Jahre, die dich über die Schwelle der vierzig gebracht haben. Aber mach dir keine Sorgen. Es wurde alles berücksichtigt: Persönlichkeit, Familiengeschichte, Kochkünste und Haushaltsfähigkeiten. Ja, die Witwe ist unsere erste Wahl. Sie wird dir eine gute Ehefrau sein.«

Wie ein Invalide, der von Ärzten und Schwestern geführt wird, ließ Nariman alles mit sich geschehen, unterdrückte seine Zweifel und Bedenken, war bereit zu glauben, dass die traditionelle Art die beste sei. Er wurde der Ehemann von Yasmin Contractor und adoptierte offiziell ihre Kinder, Jal und Coomy. Aber sie behielten den Namen ihres Vaters. Ihn in Vakeel zu verändern wäre so etwas wie die Geschichte umzuschreiben, meinte seine neue Ehefrau. Der Vergleich sprach seine akademische Seele an, und er fügte sich.

Und das, dachte Nariman, war vielleicht mein erster Fehler, während er immer noch mit den Knöpfen seines Geburtstagsgeschenks rang. Wie hatten sich Jal und Coomy als Kinder gefühlt, weil sie einen anderen Namen als der Rest der Familie hatten? Hatten sie es übel genommen? Hatten sie sich ausgeschlossen gefühlt? Er hätte ihren Standpunkt berücksichtigen sollen, bevor er auf Yasmin eingegangen war. Er hätte versuchen sollen, den Verlust, den sie mit dem Tod ihres Vaters erlitten hatten, auszugleichen, ihnen die normale Kindheit zu geben, die ihnen gefehlt hatte, hätte sie auf Ausflüge mitnehmen sollen, zu Picknicks, hätte mit ihnen spielen sollen, hätte versuchen sollen, ihnen ein Freund zu sein … und vielleicht wäre alles anders gekommen. Doch die Art, wie ein Kind zu denken, Mitgefühl zu empfinden, das waren Dinge, die er damals noch nicht gelernt hatte. Heutzutage war das so viel leichter.

Schließlich gab er sich den Knöpfen geschlagen, er legte das Hemd beiseite und machte sich auf den Weg zur Toilette. Sein Magen grummelte bedrohlich. Während er behutsam den langen Gang hinunterging, zum rückwärtigen Teil der Wohnung, versuchte er sich daran zu erinnern, was er vergessen hatte. Es war die einzige der drei Toiletten, die noch funktionierte.

Jeder Schritt erforderte größte Konzentration, während seine zitternde Hand an der Wand Halt suchte, die flächendeckend mit großen Bildern behangen war. Auf seinen häufigen Gängen zur Toilette blickten seine Vorväter immer mit ernster Miene und strengem Mund aus ihren dunklen Rahmen auf ihn hinab. Oft machte er sich Sorgen, ob er die Toilette noch rechtzeitig erreichen würde. Doch diese vom Unglück verfolgte Wohnung, fand er, rechtfertigte wenigstens den trüben Stil der Porträtfotografie. In seinen Augen wurden die Mienen der Ahnen mit jedem Tag, der verstrich, immer freudloser.

Er legte den Riegel vor die Tür und setzte sich, dankbar, dass die einzig verbliebene Toilette eine Kloschüssel hatte. Er konnte sich einfach nicht vorstellen, wie er auf einer der anderen beiden Toiletten hätte hocken können.

Am anderen Ende des Flurs rief Coomy in sein Zimmer hinein, dass er sich beeilen solle, Roxanas Familie werde bald da sein. Dann näherten sich ihre Schritte der Toilette und sie versuchte, die Tür zu öffnen.

»Wer ist da drinnen?«

»Ich.«

»Hätte ich mir gleich denken können, bei dem Gestank!«

Als er einige Minuten später in sein Zimmer kam, wartete sie schon auf ihn. Es wurde immer noch irgendwo im Haus gehämmert.

»Du hast gegen die Regel verstoßen, Pappa, du bist gegangen, ohne Bescheid zu sagen.«

»Tut mir Leid, ich hab's vergessen.«

»Ich musste nur Nummer eins machen. Ich hätte zuerst gehen können. Jetzt muss ich in deinem Gestank sitzen.« Sie hielt inne. »Egal, zieh dich jetzt einfach schnell an. Sie können jeden Moment kommen, und dann werfen sie mir vor, dass ich dich nicht rechtzeitig fertig gemacht habe.«

Er hielt ihr das neue Hemd hin, und durch das Zittern sah es so aus, als würde er eine Fahne schwenken. »Ich habe Schwierigkeiten mit den Knöpfen.«

Es war ein langärmeliges Hemd, und sie half ihm beim Anziehen. Er erkundigte sich nach der Ursache des ständigen Hämmerns.

»Edul Munshi, von unten, wer sonst«, sagte sie, während sie die Manschetten zuknöpfte. »Er ist der einzige verrückte Heimwerker in Chateau Felicity.«

Während sie ihm das Hemd vorne zuknöpfte, klingelte es an der Tür. Narimans Miene hellte sich auf: Roxana, Yezad, Murad und Jehangir, endlich! Seine ungeduldigen Finger versuchten beim Knöpfen mitzuhelfen.

Sie wischte sie beiseite und machte schnell die letzten paar Knöpfe zu, wobei sie die untersten offen ließ. Sie war nervös, weil es noch so viel in der Küche zu erledigen gab. Immer mussten die Chenoys pünktlich kommen, schimpfte sie, selbst wenn es goss.

2

Jal ließ die Familie herein und eilte mit ihren Regenschirmen und Regenmänteln zum Badezimmer, bevor sie an der Tür Pfützen verursachen konnten. Er kehrte mit einem Lappen zurück und wischte die Wasserspur weg, die er unterwegs hinterlassen hatte. Als alle ihre Regenschuhe auf dem Abtreter abgewischt hatten, führte er sie ins Wohnzimmer.

»Da seid ihr aber in einen heftigen Schauer geraten.«

»Ja«, sagte Roxana, »und diese beiden ungezogenen Buben haben ihre Mützen vergessen. Sieh dir an, was sie für klatschnasse Haare haben. Kannst du mir ein Handtuch bringen, Jal?«

»Sicher.« Er brachte sie auf den verschlissenen Sofas und Stühlen unter, verschob unnötigerweise ein paar Seitentische, hob Kissen auf, nur um sie auf den gleichen Platz zurückzutun, und knipste eine Lampe an. Er erkundigte sich besorgt, ob das Licht sie nicht blende.

»Ganz und gar nicht«, versicherte Yezad ihm.

Jals übliche Nervosität überdeckte seine Wiedersehensfreude. Er entschuldigte sich mit den Worten, dass Coomy Hilfe in der Küche nötig habe. »Noch ein paar Kleinigkeiten zu erledigen.«

»Das Handtuch, Jal«, erinnerte Roxana ihn. »Bevor diese beiden kleinen Teufel sich erkälten.«

»O ja, Verzeihung.« Er eilte davon und kam zurück, sich für die Verzögerung entschuldigend.

Sie warf Jehangir das Handtuch über den Kopf und rubbelte ihn heftig ab, sodass seine Schultern bebten. Er beschloss, die Wirkung zu übertreiben, und schüttelte in einem wilden Tanz mit Armen und Hüfte.

»Stillgestanden, du Clown«, sagte seine Mutter. Sie fuhr mit den Fingern durch seine Haare, um zu sehen, ob sie schon trocken waren. »So. Und jetzt du, Murad.«

»Ich mach's selber«, sagte Murad, nicht bereit, die Unabhängigkeit aufzugeben, die er erst kürzlich mit seinem dreizehnten Geburtstag erlangt hatte.

Seine Mutter reichte ihm das Handtuch, öffnete dann ihre Handtasche, um nach einem Kamm zu suchen. Jehangir wartete geduldig, während sie den Scheitel auf der linken Seite wieder herstellte und den Rest zurückstrich. »Jetzt siehst du nicht mehr wie ein Wildfang aus.«

Murad nahm als Nächster den Kamm und ging hinüber zu der Vitrine am andern Ende des Wohnzimmers. Während er in die durchsichtige Scheibe linste, frisierte er sich die Haare nach eigenem Wunsch, ohne einen Scheitel.

Roxana steckte den Kamm weg und wies die Jungen an, sich zu benehmen und nicht Tante und Onkel auf die Nerven zu gehen. Yezad gab seine eigene Warnung aus und fügte flüsternd hinzu, dass es natürlich schwer vorauszusagen war, was jenen beiden auf die Nerven gehen konnte – das einzig Sichere sei, nichts zu sagen und nichts zu tun.

»Heute Abend könnt ihr so tun, als wärt ihr zwei Statuen«, sagte er.

Murad und Jehangir lachten.

»Das ist mein Ernst. Für die beste Statue gibt's einen Preis.«

»Was für ein Preis?«

»Eine Überraschung.«

Sofort erstarrten sie, um zu sehen, wer die längste Zeit ohne zu blinzeln dasitzen konnte. Aber es dauerte nicht lange, bis Murads Statue lebendig wurde und das Zimmer zu erkunden begann. Er wanderte zum Fenster und spähte unter der Gardine hinaus, versuchte dann, sie zu öffnen. Er zog mit beiden Händen, um die Ringe zum Rutschen zu bringen. Stange und Gardine kamen heruntergepoltert.

»Siehst du, was du wieder angestellt hast? Setz dich sofort hin!«, sagte seine Mutter durch zusammengebissene Zähne hindurch, um Angst einflößend zu wirken, obwohl sie wusste, dass ihr das keiner abnahm. »Du bist älter als Jehangir, du sollst eigentlich mit gutem Beispiel vorangehen.«

Murad hob die Stange auf und machte sich daran, sie durch die Ringe zu schieben. Kaum hatte er die eine Bahn wieder aufgefädelt, rutschte die andere am andern Ende herunter.

»Du hast gehört, was Mammi gesagt hat«, sagte Yezad. »Lass es.«

»Ich tu's doch bloß für Tante zurück«, erwiderte er schmollend.

Yezad schlug die Beine zurück und rutschte zum Sofarand, als wolle er aufstehen. »Setz dich hin«, sagte er leise.

Als er die Augen seines Vaters zornig aufblitzen sah, spannte Jehangir sich an und hoffte, sein Bruder würde sich nicht noch weiter widersetzen. Sie waren beide wohl vertraut mit Daddys Zorn.

Murad legte die Gardine hin und ging schmollend zu seinem Stuhl zurück. Doch so plötzlich er erschienen war, so schnell verflog der Zorn seines Vaters auch wieder. »Jetzt hoffen wir mal, dass deine Tante keinen Anfall kriegt.«

Roxana wartete besorgt, überzeugt, Coomy wäre durch das Geräusch aufmerksam gemacht worden und würde nachsehen, was geschehen war. Aber es kam niemand, bis Nariman, der sein neues Hemd unordentlich in die Hose gesteckt hatte, in der Tür erschien.

»Herzliche Glückwünsche zum Geburtstag, Grandpa«, sagten die Jungs im Chor. Jehangir sprang vom Sofa auf und rannte ihm entgegen, als er langsam zu seinem Sessel schlurfte.

»Bleib stehen!«, sagte seine Mutter, um seinen Überschwang zu dämpfen. »Lass Grandpa sich erst hinsetzen, du schubst ihn noch um.«

Sie fragte sich, ob ihr Vater die Füße stärker nachzog als bei ihrer letzten Begegnung. Er war eindeutig gebeugter. Der Arzt hatte sie gewarnt, je schneller die Parkinson voranschritt, desto stärker würden die Symptome sein.

Bei dem Versuch, sich in dem Sessel niederzulassen, verließen Nariman die Kräfte, und er plumpste hinein. Er lächelte in die besorgten Mienen.

Jehangir umarmte und küsste ihn, packte sein Kinn und drückte es leicht, genoss das gummiartige Gefühl, wie Jojoba, und die winzigen Stoppeln, die es wie Zucker übersäten. Sein Großvater lachte und senkte den Kopf für den nächsten Teil des Rituals: das Streicheln seines kahlen Schädels.

Diese besondere Begrüßung war einige Jahre zuvor entstanden, als er einmal liebevoll die Jungs am Kinn gefasst hatte und sie daraufhin sofort seins gepackt hatten. Sie waren fasziniert, wie es sich anfühlte, hatten sich sogleich darangemacht, weitere Merkmale der großväterlichen Physiognomie zu erkunden, und hatten festgestellt, dass seine harte, glatte, glänzende Glatze ein köstlicher Gegensatz zu dem Jojoba-Kinn war.

Murad kam heran und streckte die Hand aus. Er fühlte sich jetzt schon zu alt, um sich kindischem Kinngedrücke hinzugeben. Nariman schüttelte sie und zog ihn dann an sich, um ihn zu umarmen.

»Zeig uns deine Zähne, Grandpa«, sagte Jehangir.

Nariman tat ihm den Gefallen, bleckte kurz sein Gebiss und saugte es dann wieder ein.

»Noch mal!«

»Lass ihn in Ruhe«, sagte Yezad. »Dieser Junge hier entwickelt sich allmählich zu einem ausgewachsenen Gauner. Herzliche Glückwünsche, Chief.« Er schüttelte seinem Schwiegervater herzlich die Hand und klopfte ihm auf die Schulter.

Schließlich umarmte Roxana ihn mit den Worten, es freue sie, dass er so gut aussehe. »Gott schütze dich, Pappa, mögen wir noch viele, viele Jahre zu dir kommen.«

»Mindestens bis hundert«, sagte Yezad.

»Ja, Grandpa, du musst die Hundert voll bekommen«, sagte Murad. »Wie Sachin Tendulkar gegen Australien.«

»Einfach«, sagte Jehangir. »Fehlen nur noch einundzwanzig.«

»Gut gerechnet«, kicherte Nariman. »Aber ich habe schon mehr als reichlich Geburtstage gehabt.«

»Sag das nicht, Pappa«, sagte Roxana, und eine kleine Falte trat auf ihre Stirn. Sie saß auf dem Sofa neben seinem Sessel.

Jal, der inzwischen wieder erschienen war, justierte sein Hörgerät. Wenn sich mehrere Sprecher im Zimmer befanden, machte es ihm mehr Kummer. »Was? Was hat Murad über Hunde gesagt?«

»Hundert«, sagte Roxana geduldig und wiederholte für ihn das, was er nicht mitbekommen hatte. Er lächelte und nickte. Dann rief Coomy etwas, und er eilte zurück in die Küche.

»Wie viele Geburtstage noch bis zu deinem vollen Hundert?«, fragte Nariman Jehangir. »Zweiundneunzig, glaube ich?«

»Nein, Grandpa, das war letztes Jahr. Jetzt sind's nur noch einundneunzig.«

»Und für Murad?«

»Bloß siebenundachtzig.«

»Vorzüglich. Bald werdet ihr junge Männer sein und viele Freundinnen haben. Ich hoffe, ihr ladet mich zu eurer Hochzeit ein.«

Seine Stimmung verbesserte sich mit jeder Minute, die verging. Die Freude, das Lachen und die Jugend, die sie ins Haus brachten, war wie ein Heilmittel gegen die Düsternis, die seine Wohnung einhüllte, jene Stunden, wenn er das Gefühl hatte, dass selbst die Wände und Decken mit dem Kummer unglücklicher Jahrzehnte verkrustet waren. Auch die düsteren Möbel aus Teak und Rosenholz, die riesigen Schränke und majestätischen Himmelbetten, die wie finstere Gestalten dastanden und auf irgendein furchtbares Ende warteten, wirkten jetzt wieder einladend und gastfreundlich. Und jene lange Reihe Ahnenporträts im Flur – heute sahen ihre säuerlichen Fratzen bloß komisch aus.

Roxana fragte leise: »Alles in Ordnung mit Jal und Coomy?«

»Das übliche Theater und Gemecker, weiter nichts«, sagte Nariman. »Meistens –«

Er verstummte, als Coomy, die eine Schale Chips in der Hand hielt, mit einem lauten, an alle gerichtetem Hallo hereinkam. Die heruntergerissene Gardine bemerkte sie natürlich sofort, doch bevor sie ihre Empörung in Worte fassen konnte, entschuldigte sich Roxana wortreich: »Dieser ungezogene Junge hat das alles heruntergerissen. Er wird natürlich eine ordentliche Strafe bekommen.«

Coomy, der damit der Wind aus den Segeln genommen war, gab sich großzügig: »Macht nichts, Jal wird es später in Ordnung bringen. Ich hoffe nur, dass keine schamlosen Mavaalis versuchen, uns in die Wohnung zu gucken.«

»Aber wir sind doch im dritten Stock, Tante«, sagte Jehangir.

»Und? Glaubst du, Mavaalis gibt es nur auf ebener Erde? Sie könnten da im Gebäude gegenüber sein. Oder mit einem Fernglas in dem Wolkenkratzer da drüben sitzen, einen Kilometer entfernt.«

Verwirrt fragte Jal: »Wer ist in dem Wolkenkratzer?«

»Stell's einfach aus«, empfahl Coomy. »Das ist nicht so wichtig, worüber wir gerade sprechen.«

»Lass ihn doch zuhören!«, sagte Roxana entrüstet. »Er möchte auch mitreden!«

»Und wer bezahlt die neuen Batterien? Weißt du, wie teuer die sind, wie schnell dieser kleine Kasten sie verbraucht?«

»Aber er braucht es, wie Medizin.«

»Zu sagen, dass er es braucht, zaubert nicht automatisch das Geld dafür herbei«, erwiderte Coomy und zählte die Preise von Dingen auf, die sie für Notwendigkeiten hielt: Zwiebeln, Kartoffeln, Brot, Butter, Kochgas.

»Du solltest für jede Ausgabe ein Budget haben«, sagte Roxana, »leg Briefumschläge für jeden Posten an, so wie ich es mache.«

»Vielen Dank für die guten Ratschläge. Ich habe in der Schule auch Hauswirtschaft gelernt. Umschläge nützen nichts, wenn man kein Geld reintun kann.«

»Du hast Recht«, sagte Yezad, um die Diskussion zu beenden. »Wir haben alle das gleiche Problem.«

»Unsinn!«, fauchte Coomy. »Ihr habt nicht das Problem, dass ihr euch um Pappa kümmern müsst, mit all seinen Ausgaben.«

Roxana wollte zurückfauchen, dass sowieso alles von Pappas Rente bezahlt werde. Doch Yezad gab ihr ein kleines Zeichen – eine dumme Meinungsverschiedenheit über Batterien entwickelte sich sonst zu einem größeren Streit – und wechselte das Thema: »Sag mal, Coomy – was hat denn dieses ständige Hämmern zu bedeuten?«

»Das ist dieser Idiot Edul Munshi, wer sonst.«

»Was würde der jetzt gerne deine Gardinen wieder in Ordnung bringen«, neckte Yezad.

Jal wich mit gespieltem Entsetzen zurück: »Bitte, wen du willst, nur nicht Edul. Es sei denn, du willst, dass das Haus über unseren Köpfen zusammenfällt.«

Sie lachten, denn Edul Munshi, der einen Stock tiefer wohnte, hielt sich für einen begabten Heimwerker. Zeichen seiner Inkompetenz waren schon an seiner Wohnungstür zu sehen: Das Namensschild hing schief und die Schwelle schloss nicht genau mit der Tür ab. Er war im Gebäude berühmt für seine prächtige Sammlung von Werkzeugen und berüchtigt für seine Bereitschaft, sie mit Freunden und Nachbarn zu teilen. Wenn er es geschickt anstellte, schaffte er es, nicht nur sein Werkzeug, sondern auch sich selbst auszuleihen, und das bedeutete ihm alles, denn es gab sehr wenig, das er heutzutage in seiner eigenen Wohnung tun konnte – Mrs. Munshi hatte entschieden, dass ihr Mann in ihrem Zuhause genug Schaden angerichtet hatte.

»Wer wohl diesmal der arme Buckro ist, der in Eduls Werkzeugkasten hineingetappt ist?«, sagte Yezad.

Wieder lachten sie, und Nariman sah sich zufrieden um, froh, dass Streit vermieden worden war. »Kommt, lasst uns was trinken.«

»Warte noch fünf Minuten«, erwiderte Coomy. »Meine Kohlen sind bereit für Loban, die Sonne ist untergegangen.«

Sie verließ das Zimmer, um gleich darauf wieder in einem Dunst weißen Rauchs mit ihrem silbernen Räucherfass zurückzukehren. Ihr Kopf war jetzt mit einem weißen Mulmul-Schal bedeckt.

Der Weihrauchduft beglückte Roxana. Rituale und Religion hatten ihr immer schon mehr bedeutet als Yezad. Nach dem plötzlichen Tod ihrer Mutter war ihre Erziehung von der Contractor-Seite der Familie übernommen worden, und Nariman, geplagt von Schuldgefühlen, hatte ihnen nichts verweigert. Sie hatten ihr die Gebete beigebracht, ihr Navjote abgehalten, sie an jedem heiligen Tag zum Feuertempel mitgenommen.

Später, als sie verheiratet war, vermisste sie diese Feste. Yezad glaubte an nichts von all dem, er sagte, es reiche ihm schon, an Navroze und Khordad Sal zum Feuertempel zu gehen, und Lobanrauch sei bloß eine Methode, Moskitos zu bekämpfen.

Das silberne Räucherfass in Coomys Hand, das Mamma gehört hatte, erfüllte ihre Sinne mit Ehrfurcht und Erinnerungen an die Kindheit. Sie wartete, bis sie an der Reihe war, während Coomy es jedem Einzelnen zur Huldigung anbot. Yezad, der am nächsten stand, kam als Erster dran und mit einer gleichgültigen Bewegung verschränkte er die Hände.

»Bedecke deinen Kopf«, flüsterte Roxana ihrem Mann ins Ohr.

»Tut mir Leid«, murmelte er, legte eine Hand über das Haar und bewegte die andere durch den Rauch hindurch auf sich zu. Murad und Jehangir grinsten über die Ungeschicklichkeit ihres Vaters.

Als alle fertig waren, machte Coomy eine Runde durch das Wohnzimmer, träge gefolgt vom Rauch. Die ernste Miene, mit der sie umherschritt, amüsierte die Jungs.

»Eure Tante ist eine sehr gläubige Frau«, sagte Yezad, nachdem sie das Zimmer verlassen hatte, und hatte Mühe, sein Lachen zurückzuhalten.

»In der Tat«, sagte Nariman. »Sie hat einen direkten Draht zum Allmächtigen.«

»Hört auf damit, ihr beide«, sagte Roxana verärgert. Sie wollte den Augenblick genießen. Für sie war Lobanrauch wie Engel und Fareshtas, die durch das Haus schwebten.

Coomy ließ den weißen Mulmul-Schal vom Kopf gleiten und verkündete, dass es Zeit sei, etwas zu trinken. »Zuerst Murad und Jehangir: Fanta oder Thums-Up? Oder«, fuhr sie fort und öffnete die Augen weit, um anzudeuten, dass es sich um etwas besonders Leckeres handelte, »mein eigener selbst gemachter Himbeer-Sarbut – das nehme ich jedenfalls.«

Die Jungs kannten das anämische Gebräu ihrer Tante, blassrosa, süß und ohne Geschmack. »Das trinke ich später«, sagte Murad. »Erst mal Fanta.«

»Für mich das Gleiche, Tante«, sagte Jehangir.

Jal kümmerte sich um die Getränke für die Erwachsenen, bereitete Whisky und Soda für Yezad, Nariman und sich selbst. Roxana bat um den abgewiesenen Himbeer-Sarbut, und Coomys Miene hellte sich auf.

»Märtyrerin«, flüsterte Yezad seiner Frau ins Ohr und streifte mit den Lippen zärtlich ihr Ohrläppchen.

Nariman bemerkte es und lächelte zufrieden. Er freute sich am Glück seiner Tochter, dem offensichtlich herzlichen Band, das sie mit Yezad verband. Er hatte oft beobachtet, wie sich die beiden mit kleinsten Zeichen verständigten, die für die Welt rundum unsichtbar waren.

Er protestierte gegen ihre Wahl. »An meinem Geburtstag? Du musst etwas Stärkeres trinken.«

»Nein, Pappa, es steigt mir sofort in den Kopf und dann hinunter in die Beine.«

»Aber er hat Recht, Roxie«, sagte Yezad. »Heute ist ein besonderer Tag.«

Jehangir und Murad fielen in den Chor ein. »Ja, Mummy, du musst heute was Starkes trinken!« Es gefiel ihnen, wenn ihre Mutter etwas beschwipst war, was ihr ein-, zweimal im Jahr passierte und ihre ständig sorgenvolle Miene wegwischte.

Mit einem Seufzer, als stehe ihr eine schwierige Aufgabe bevor, erklärte sie sich mit Rum und Thums-Up einverstanden. »Aber Jal, sehr wenig Rum und eine Menge Thums-Up«, wies sie ihn an, lehnte sich dann zurück und freute sich insgeheim auf das Getränk.

Immer noch Fanta-los und von Langeweile angetrieben wanderte Murad zu der Vitrine, die den Ehrenplatz im Wohnzimmer einnahm. Jehangir folgte ihm. Dieser Schaukasten wirkte wie ein Magnet, wann immer sie zu Besuch kamen, noch verstärkt durch das Verbot ihres Onkels und ihrer Tante, irgendetwas zu berühren.

Roxana beobachtete sie mit wachsender Besorgnis. Nariman machte eine Handbewegung durch die Luft, als wolle er seiner Tochter auf den Arm klopfen und sie beruhigen, dass es schon in Ordnung sei.

»Aber Pappa, du hast ja keine Ahnung, was für ein Chaavat Murad ist. Und sein Bruder ist genauso, wenn sie zusammen sind. Normalerweise sitzt Jehangir stundenlang still, liest oder macht Puzzles.«

Sie stieß Yezad an und bedeutete ihm, dass er die beiden gut im Auge behalten solle: »Das ist das Letzte, was wir wollen, dass sie mit dem Schrein irgendwelchen Unfug anstellen.«

»Schrein« war ihr Geheimwort für das Sammelsurium von Nippes, Spielzeug und Glas, das die Regale der Vitrine füllte und das von Jal und Coomy so verehrt wurde. Zu ihren heiligen Ikonen gehörten ein Clown, der mit den Ohren wackelte, wenn auf seinen Bauch gedrückt wurde, ein weißer Plüschhund mit nickendem Kopf, winzige Modelle von Oldtimer-Autos und ein batteriebetriebener Elvis, der stumm seine Gitarre schlug. Früher konnte die Elvispuppe auch eine Strophe aus ›Wooden Heart‹ singen, doch, wie Jal gerne seinen Gästen erklärte, war genau an dem Tag im August, als der King gestorben war, etwas am Mechanismus kaputtgegangen.

Wenn sie ein neues Spielzeug erwarben, führten sie es stolz vor, bevor sie es feierlich hinter Glas aufstellten. Das Einzige, was Yezad zufolge in diesem Ritual noch fehlte, waren Weihrauch, Blumen und Gebete. Narimans Erklärung, dass Jal und Coomys kränklicher Vater und ihre unglückliche Kindheit der Grund für den Schrein seien, wischte Yezad verächtlich hinweg. Es gebe eine Menge Kinder, die es schwer haben, sagte er, und die würden auch nicht alle zu Spielzeugfanatikern werden.

Außer dem Spielzeug enthielt die Vitrine ein paar Silberschalen, Preise, die Jal und Coomy vor langer Zeit in der Schule gewonnen hatten. Kleine Zettel an den Trophäen gaben Auskunft über ihre Leistungen: Jal Palonji Contractor, 3. Preis, dreibeiniges Rennen, 1949; Coomy Palonji Contractor, 2. Preis, Eierlauf, 1951 und viele andere. Sie hatten nicht alle Preise behalten, nur jene, bei denen ihr Vater am Sporttag anwesend gewesen war, um sie anzufeuern.

Es gab auch zwei Uhren, inzwischen viel zu klein für ihre Handgelenke, und zwei Füllfederhalter, die sie zu ihrem Navjote, beinahe vierzig Jahre zuvor, von ihrem Vater geschenkt bekommen hatten. Die Zeremonie war auf Anraten des Familien-Dustoorjis eilig arrangiert worden, als es aussah, als hätte Palonji nicht mehr lange zu leben. Die Kinder mussten die erforderlichen Gebete erst noch alle auswendig lernen, doch der Dustoorji sagte, er würde über diesen Mangel hinwegsehen. Es sei besser, wenn der Vater noch Zeuge des Navjote sein konnte, selbst wenn die Initianten ein paar Strophen weniger von sich gaben, damit er in dem Wissen sterben konnte, dass seine Nachkommenschaft auf ordentliche Weise in den zoroastrischen Schoß aufgenommen worden war.

Als es ihm zu langweilig wurde, nur durch die Scheibe zu blicken, wollte Murad die Vitrinentüren öffnen. Roxana stieß Yezad an.

»Nichts anfassen, Murad«, warnte er.

»Die Scheibe ist staubig, ich kann nicht richtig sehen.«

Sein Blick wanderte über die Ansammlung von Gegenständen, streifte über die Vasen, Silberschalen, eine Plastikgondel mit Gondoliere, den Maharadscha der Air India, der auf der Nase eines Jumbojets hockte, einen Eiffelturm. Zwei grinsende Affen in der Mitte des Schaukastens hatten seine Neugier gepackt.

Einer war mit einer Trommel und Stöcken ausgestattet, während der andere eine Flasche mit der Aufschrift ›Booze‹ in den Pfoten hielt. Beiden steckte ein Schlüssel im Rücken. Murad stellte sich so hin, dass seine Hände verdeckt waren, und begann, den Trommler aufzuziehen. Jehangir, sein Komplize, bot ihm zusätzliche Deckung.

Doch das Uhrwerk verriet sie. Das Geräusch war für Coomys Ohren so vertraut wie der Atem eines geliebten Kindes. Sie ließ die Getränke stehen und eilte zu ihrer geliebten Vitrine.

»Ungezogener Junge, Murad, ungezogener Junge«, sagte sie, anfangs noch mit falscher Ruhe, bevor die Sorge herausschlüpfte und sie kreischen ließ: »Ich habe dir schon tausendmal gesagt, du sollst die Sachen in der Vitrine nicht anfassen!«

»Stell das sofort zurück!«, sagte seine Mutter.

Murad ignorierte den Befehl und zog den Affen weiter auf. »Ich tue doch nichts Unrechtes.«

»Du hast gehört, was Mami gesagt hat«, sagte Yezad.

»Gib den Affen Onkel Jal, du ungezogener Junge, du!«, sagte Coomy, jetzt außer sich. »Er macht es für dich!«

»Aber ich will's selber machen.«

Yezad erhob sich. Zeit nachzugeben, beschloss Murad. Doch bevor er das Spielzeug weglegen konnte, gab Coomy ihm eine Ohrfeige.

Einen Moment lang dachte Roxana, Yezad würde sowohl

Murad als auch Coomy schlagen. Sie sprang vom Sofa auf und zerrte ihren Sohn am Arm zu einem Stuhl. Sie verbot ihm, sich zu rühren, oder auch nur ein Wort zu sagen, und hielt ihren Mann mit einer energischen Berührung an der Schulter zurück. Zu Coomy sagte sie in scharfem Ton, falls irgendwelche Schläge erforderlich seien, dann könne sie sich bei Murads Eltern beschweren.

»Ich muss mich beschweren? Ihr seid beide hier und seht zu, wie der Junge sich danebenbenimmt! Wenn ihr eure Pflicht tun würdet, dann müsste ich nicht die Hand erheben!«

»Das ist doch nun ein toller Witz«, sagte Yezad. »Man kann es doch nicht ›Sich daneben benehmen‹ nennen, wenn Kinder mit Spielzeug spielen möchten.«

»Nur zu, nimm ihn auch noch in Schutz! So verdirbt man die Kinder!«

»Weißt du, Murad dikra«, sagte Jal mit schmerzhaft verzogenem Gesicht und hielt einen Finger an sein Ohr, »der Mechanismus ist sehr empfindlich. Wenn man ihn überdreht, dann könnte die Feder brechen. Dann wäre mein Trommler stumm, so wie mein Elvis.«

Als er den Affen aufgezogen hatte, stellte er ihn auf den Tisch. Seine Arme bewegten sich auf und ab und die Stöcke schlugen jedes Mal mit einem schwachen Klopfen auf die Trommel.

»Herrlich, nicht? Ich bringe den anderen Burschen auch in Gang.« Und der Affe mit der ›Booze‹-Flasche hob sie jetzt an seinen Mund, senkte sie, wiederholte die Folge. »Ich sag dir, diese beiden sind toll. Man kann sie sich stundenlang angucken.«

Die Jungs zeigten kein Interesse. Das Spielzeug aufziehen und es in Gang bringen – das war das, worauf sie aus gewesen waren.

»Undankbare Kinder, drehen den Affen den Rücken zu«, sagte Coomy.

»Das reicht, Coomy«, sagte Nariman. »Vergessen wir's.«

Doch in Coomys Adern brach sich eine Flut des Grolles Bahn. Sie sagte, sie würde es nicht vergessen – vielleicht sei das seine Art, mit Problemen umzugehen. Kein Wunder, dass er sein eigenes Leben ruiniert hatte, und das von allen andern. Kein Wunder, dass er schamlos mit dieser Lucy Braganza weitergemacht und Mammas Leben zerstört hatte und …

Nariman sah die andern an und hob die Hände in einer hilflosen Bitte um Verzeihung, und Roxana versuchte, den Ausbruch einzudämmen: »Von wo nach wo springst du denn da, Coomy? Warum das jetzt alles wieder hervorzerren? Vor den Kindern? Und was hat das mit den Affen zu tun?«

»Misch dich nicht ein. Wenn du wissen willst, was das damit zu tun hat, denk nur ein bisschen nach.«

Sechs Leben, so fuhr sie fort, habe er, nur dem Namen nach ein Vater, mit Unglück durchtränkt, und das würde sie ihm nie verzeihen, vor allem nicht sein skandalöses Benehmen mit seiner Mätresse nach seiner Heirat. Was für eine Frau – nicht Frau, nein, Hexe – tat denn so etwas? Und wenn sie schon auf die Weise sterben wollte, warum hatte sie dann nicht allen einen Gefallen getan und –«

»Coomy, wir müssen Roxie die neue Puppe zeigen, die du gekauft hast«, unterbrach Jal. »Guck mal, es ist eine japanische Puppe, Roxie.«

Damit hatte er zumindest teilweise Erfolg. Coomy senkte ihre Stimme, auch wenn sie weitermurrte. Dank Roxanas pflichtschuldiger Bewunderung für den hübschen Kimono, die üppigen Farben und die eingewirkten Goldfäden verstummte sie allmählich. Sie zeigte auf den hübschen kleinen Regenschirm. Der gefiel ihr an der Puppe am besten, sogar noch mehr als die süßen kleinen Schlappen.

Dann wurde das Spielzeug wieder in die Vitrine eingeschlossen. Nachdem sie die Versündigungen ihrer Kinder am Schrein wieder gutgemacht hatte, setzte Roxana sich erneut neben ihren Vater, dankbar, dass wieder Frieden hergestellt war.

Endlich kamen die drei Whisky-Sodas, zwei Fantas, ein Rum mit Thums-Up und Coomys selbst gemachter Sarbut. Sie stießen auf Nariman an, worauf er vorschlug, auf die Gesundheit der vier Affen zu trinken.

»Vier?«, fragte Jal.

»Zwei von Coomy und zwei von Roxana.«

Sie lachten, und Coomy zeigte guten Willen und rang sich ein Lächeln ab. Nariman fragte die Jungs, wie sich die Dinge auf St. Xavier seit dem Beginn des neuen Schuljahres entwickelten. »Gefallen euch eure neuen Klassen?«

»Sie sind doch nicht mehr neu, Grandpa«, sagte Jehangir. »Die Schule hat doch schon längst angefangen – am elften Juni. Fast vor einem Monat.«

»Schon so lange?«, fragte Nariman lächelnd und erinnerte sich an seine eigene Kindheit, als die Zeit sich ähnlich vernünftig benahm, anstatt einfach so vorbeizurasen, wie sie es jetzt tat, ganze Tage und Wochen, die in einem Augenaufschlag vorbeisausten. »Und wie sind eure Lehrer?«

»Okay«, antworteten beide gleichzeitig.

»Erzähl Grandpa, zu was deine Lehrerin dich gemacht hat«, soufflierte Roxana.

»Ich bin ein Hausaufgabenaufseher«, sagte Jehangir und erklärte, sie seien zu dritt in der Klasse und sie müssten überprüfen, ob die Schüler die Hausaufgaben vom Tag zuvor gemacht hatten.

»Und was passiert, wenn jemand sie nicht gemacht hat?«, fragte Nariman.

»Dann muss ich es Miss Alvarez melden, und der Junge bekommt eine Null.«

»Und tust du das?«

»Natürlich«, erwiderte Jehangir, während seine Mutter bei dieser Frage protestierend das Gesicht verzog.

»Und was ist, wenn der Junge dein Freund ist? Meldest du ihn trotzdem der Lehrerin?«

»Meine Freunde machen immer ihre Hausaufgaben.«

»Clevere Antwort«, meinte Jal.

»Der Apfel fällt nicht weit vom Stamm«, meinte Yezad, und sie lachten.

»Also wenn dieses System der Hausaufgabenüberwachung ein Programm des indischen Staates wäre«, sagte Jal, »würden reiche Jungs ihre Hausaufgaben nicht machen und den Lehrern stattdessen Schmiergelder anbieten.«

Yezad stieß ein schnaubendes Lachen aus. »Und der Direktor würde drohen, die Lehrer zu entlassen, wenn er nicht auch seinen Anteil bekäme.«

»Hört auf, die Kinder zu korrumpieren«, sagte Roxana.

»Korruption ist in der Luft, die wir atmen. Diese Nation ist darauf spezialisiert, aus ehrlichen Menschen Gauner zu machen. Stimmt's, Chief?«

»Die Antwort lautet bedauerlicherweise ja.«

»Das Land ist vor die Hunde gegangen. Und nicht mal gut erzogene Hunde, sondern Pariahs.«

»Vielleicht wird die BJP-Shiv-Sena-Regierung die Dinge verbessern«, meinte Jal. »Wenigstens in diesem Staat. Wir sollten ihnen eine Chance geben.«

Yezad lachte. »Wenn du eine giftige Schlange vor dir hättest, würdest du ihr dann eine Chance geben? Diese beiden Parteien haben die Hindutva-Extremisten ermuntert, die Babri-Moschee zu zerstören.«

»Ja, aber das war –«

»Und was ist mit dem ganzen Hass gegen Minderheiten, den die Shiv Sena seit dreißig Jahren verbreitet.« Er nahm einen großen Schluck Whisky-Soda.

»Daddy, hast du gehört, dass Shiv Sena ein Michael-Jackson-Konzert veranstalten wird?«, sagte Murad.

»Stimmt«, bestätigte Jal. »Ich habe es in der Zeitung gelesen. Und die Shiv Sena wird Millionen kassieren – sie haben Steuerbefreiung bekommen, indem sie es als ein kulturelles Ereignis von nationaler Bedeutung bezeichneten.«

»Nun«, sagte Yezad. »Dann muss das wohl ganz wesentlich für unser Land sein, wenn sich Michael Jackson zwischen die Beine fasst und in seinem Flitteranzug herumtänzelt. Ich bin überrascht, dass der Senapati ihn nicht anti-irgendwas findet, nicht einmal anti-guten Geschmack. Sonst werfen die Idioten doch allen Leuten vor, sie wären anti-dies oder anti-das. Südinder sind anti Bombay, der Valentinstag ist gegen Hindustan, Filmstars, die vor 1947 im pakistanischen Teil des Punjab geboren wurden, sind Landesverräter.«

»Wahrscheinlich«, sagte Nariman, »wenn der Senapati Blähungen vom Karela-Essen bekommt, dann werden sie noch den Kürbis zum anti-indischen Gemüse erklären.«

»Hoffen wir, dass er von seinem Langoti keinen Ausschlag zwischen den Beinen kriegt«, sagte Jal. »Sonst wird noch sämtliche Unterwäsche verboten.«

Sie lachten, und Yezad machte sich noch einen Whisky-Soda.

»Ehrlich gesagt, ist es mir gleichgültig, wer an der Regierung ist, und was sie tun. Ich hab's aufgegeben, an einen Retter zu glauben. Entpuppt sich immer als ein toller Retter.«

»Daddy, warum sagst du immer ›ein toller‹ für alles?«, fragte Jehangir.

»Weil toll besser ist als nichts.«

Jehangir verstand nicht, lachte aber trotzdem. Er freute sich, dass sein Vater so vom Leder zog.

»Lasst uns über etwas anderes reden«, schlug Roxana vor. »Politik ist sehr langweilig.«

»Stimmt«, sagte Yezad. »Also, Chief, was hältst du vom Weltcup?«

Nariman schüttelte den Kopf. »Ich halte nichts von diesen farbigen Sportsachen, die die da tragen. Beim Kricket trägt man weißen Flanell. Festgelegte Würfe und in aller Eile das Match an einem Tag zu beenden, das ist kein Kricket.«

»Das Schlimmste ist der Fanatismus«, sagte Yezad. »Jedes Mal wenn Indien gegen Pakistan spielt, ist das wie Krieg in Kaschmir.«

»Ich dachte, ihr wolltet aufhören, über Politik zu diskutieren.«

»Verzeihung, Roxie. Also, Chief, wann machst du dein Geschenk auf?«

»Jetzt auf der Stelle.«

Die Jungs rannten zum Flurtisch, um die Geschenke zu holen. Sie legten Nariman das lange, schmale Päckchen in den Schoß. Es zitterte auf seinen Beinen.

»Kannst du erraten, was es ist, Grandpa?«

»Ein Gewehr? Ein Schwert?«

Sie schüttelten die Köpfe.

»Ein langes Nudelholz, um sehr große Chapatis zu machen?«

»Wieder daneben.«

»Ich geb's auf.«

Roxana sagte, sie sollten auf Coomy warten, die ihnen aber aus dem Esszimmer zurief, sie sollten es ruhig schon aufmachen, sie könne nicht unterbrechen, was sie gerade mache. Um sie daran zu erinnern, dass sie im Hintergrund war und den Essenstisch vorbereitete, ließ sie ab und zu Teller und Geschirr klappern.

Roxana sah zu, wie ihr Vater sich mit dem Einwickelpapier abmühte, und stieß Murad an, dass er ihm helfen solle. Sie fragte, ob das neue Medikament besser sei.

»Viel besser, guck.« Nariman streckte eine zitternde Hand aus: »ruhig wie ein Fels. Beinah jedenfalls.«

Als das zerknitterte Einwickelpapier herabglitt, kam ein Gehstock zum Vorschein. »Wunderschön«, sagte Nariman und fuhr mit den Fingern über die glänzende Oberfläche.

»Reines Walnuss, Chief.«

»Und guck mal, Grandpa, auf die Spitze haben wir diese extra Gummikappe gesteckt, damit er nicht rutscht.«

»Wunderbar«, sagte Nariman. Er reichte den Stock an Jal weiter. Der bewunderte ihn und klopfte damit mit einer schnörkelhaften Bewegung auf den Boden.

Coomy kam herein und blieb auf halbem Wege durchs Zimmer wie angewurzelt stehen. »Ich trau meinen Augen nicht.«

»Was ist denn, falsche Farbe?«, fragte Roxana, denn ihre Schwester war in solchen Dingen abergläubisch.

»Denk doch mal einen Moment nach«, sagte Coomy. »Was schenkt ihr da, und wem? Einen Gehstock. Für Pappa!«

»Er geht gerne spazieren«, sagte Yezad, »er wird ihn gut gebrauchen können.«

»Wir wollen nicht, dass er Spaziergänge macht! Er hat Osteoporose, Parkinson, erhöhten Blutdruck – er ist ein wandelndes medizinisches Lexikon!«

»Und du willst mich auf dem Bücherregal abstellen. Aber ich lass mich nicht vierundzwanzig Stunden am Tag hier einsperren.«

»Find ich auch, Chief. Das kann einen verrückt machen.«

»Oh, das findest du auch? Und weißt du, was gestern passiert ist? Ich wollte es eigentlich nicht an Pappas Geburtstag sagen, aber jetzt tue ich es doch! Nein, Jal wird es tun! Sag's ihnen, Jal!«

Er räusperte sich, justierte sein Hörgerät und sagte in sanftem Ton, dass Pappa am Abend zuvor einen Unfall gehabt habe.

»Unsinn«, sagte Nariman. »Ich bin gestolpert und habe mir den Fuß verstaucht, weiter nichts.« Er zog seinen Ärmel hoch, um sein Pflaster zu zeigen. »Hier, das ist die riesige Wunde, um die sie sich solche Sorgen machen.«

Coomy fühlte sich hilflos angesichts Yezads Lachen und Roxanas erleichtertem Lächeln. »Bitte hört auf mich«, sagte sie. »Das nächste Mal hat Pappa vielleicht nicht so viel Glück! Das ist kein Witz in seinem Alter, alleine auf die Straße zu gehen!«

»Dann solltet ihr gemeinsam gehen, ein Spaziergang tut allen gut«, sagte Roxana.

»Willst du uns alle auf einen Schlag ins Krankenhaus bringen?« Coomy drehte sich zu ihrem Bruder um. »Und wieder sagst du nichts! Muss ich immer das Diskutieren übernehmen und immer als die Böse dastehen?«

»Das liegt an seinem Hörgerät«, sagte Yezad. »Macht es schwierig, am Gespräch teilzunehmen. Weißt du, Jal, heutzutage mit all der fortschrittlichen Technologie, sind die neuen Geräte sehr leistungsstark. Und so klein, dass man sie kaum bemerkt.«

»Vergiss es«, sagte Coomy. »Wenn er nicht mit diesem großen hören kann, wie soll er das dann mit einem winzigen schaffen?«

»Die Straßen sind eine Todesfalle«, setzte Jal an. »Bürgersteige werden aufgerissen, in Gräben verwandelt, die Fußgänger müssen es mit dem Verkehr aufnehmen, jeden Tag Dutzende von Unfalltoten. Wir haben Pappa gesagt, er kann durch die Wohnung schlendern, um sich die Beine zu vertreten, sie ist groß genug. Wenn er frische Luft braucht, kann er auf den Balkon gehen. Warum auf diesen mörderischen Bürgersteigen Kopf und Kragen riskieren?«

»Ich glaube, du übertreibst ein bisschen«, sagte Yezad. »Ich gebe zu, man muss vorsichtig gehen und darf sich nicht auf die Ampeln verlassen. Aber es ist immer noch eine zivilisierte Stadt.«

»Tatsächlich?«, entgegnete Coomy. »Und warum wolltest du dann nach Kanada gehen?«

Yezad ließ sich nur ungern daran erinnern. »Das ist schon Jahre her. Und bestimmt nicht nur wegen dem Verkehr oder den Bürgersteigen.«

Dann sagte Coomy, da offenbar alle der Meinung waren, dass das mit Pappas Spaziergängen in Ordnung war, werde sie sich deswegen auch keine Sorgen mehr machen. Aber wenn, möge Gott es verhüten, doch etwas Schreckliches passieren sollte, dann würden sie und Jal ihn schnurstracks bei den Chenoys abliefern.

»Der Chief ist uns willkommen«, sagte Yezad. »Sieh nur zu, dass ihr uns auch eines eurer extra Zimmer mitbringt. Wir leben in einer Zwei-Zimmer-Wohnung, nicht in einem Sieben-Zimmer-Palast wie dem hier.«

»Ihr könnt lachen, so viel ihr wollt, aber es ist mein Ernst.« Sie würde keine andere Wahl haben, erklärte sie – eine Ayah oder eine Pflegeschwester wäre unbezahlbar, und ein Pflegeheim käme nicht infrage. »Jal wird euch erzählen, wie hoffnungslos der Aktienbazaar ist, Mammas Investitionen bringen kaum genug ein, um Dar-Chaaval essen zu können. Und ihr wisst besser als jeder andere, dass Pappa sein ganzes Geld dafür ausgegeben hat, um eure Wohnung zu bezahlen.«

»Aber du hast diese wunderschöne Wohnung«, sagte Roxana. »Wieso beneidest du uns dauernd?«

»Wunderschöne Wohnung? Ein Spukhaus, das in Schutt und Asche zerfällt! Seit zwanzig Jahren keinen neuen Anstrich mehr! Ich habe keine Ahnung, was wir tun sollen, wenn das Dach leckt oder die letzte verbleibende Toilette kaputtgeht. Wenn man dran denkt, dass wir alle glücklich hier zusammen hätten leben können, als eine Familie. Aber ihr habt ja drauf bestanden, uns zu verlassen.«

»Moment mal«, sagte Nariman, »es ist nicht ihre Schuld. Es war meine Entscheidung.«

»Wieso diskutieren wir über uralte Sachen?«, fragte Roxana. »All das nur, weil dir Pappas Geburtstagsgeschenk nicht gefällt?«

»Der Gehstock ist ein Zeichen dafür, wie rücksichtslos ihr geworden seid! Früher warst du nie so, erst als du geheiratet hast und weggegangen bist! Jetzt ist es dir gleichgültig, wie wir leben oder sterben! Und das verletzt mich!«

Sie wandte sich ab, um ihre Augen zu betupfen. Roxana, geplagt von Schuldgefühlen, betrachtete sie einen Augenblick lang und legte dann den Arm um sie. »Ach komm, Coomy, sei nicht albern. Ich denke jeden Tag an dich und Jal und Pappa. Bitte hör auf zu weinen.«

Sie führte sie zum Sofa und zog sie zwischen sich und Yezad herunter. Schniefend beschwerte sich Coomy, dass sie noch kein einziges Wort über das Hemd gehört habe, das sie und Jal Pappa geschenkt hatten.

»Es ist ein wunderschönes Hemd«, versicherte Roxana ihr.

»Sie hatten es schon gleich als sie kamen gelobt«, sagte ihr Vater, um ihnen etwas Rückendeckung zu geben. »Du warst noch in der Küche.«

»Hör mal, Chief«, sagte Yezad. »Vielleicht sollten wir den Gehstock zurücknehmen und dir stattdessen eins von Jehangirs Puzzles schenken. Oder ein paar von Enid Blytons Fünf-Freunde-Büchern.«

»Nur unter einer Bedingung«, sagte Nariman. »Jeden Abend müssen Coomy und Jal mir aus einem Abenteuer vorlesen.«

»Ihr werdet die Drei Freunde sein«, sagte Jehangir, worüber alle lachten außer Coomy.

Sie rief sie an den Tisch und bat wie üblich um Verständnis für seine Unzulänglichkeit: Sie habe ihr Bestes getan, aber bei der ständigen Lebensmittelknappheit und den Preisen auf dem Markt, und wo alles Hochwertige exportiert werde, sei es ja so schwierig, ein anständiges Abendessen zu kochen.

»Oh, es duftet phantastisch«, sagte Yezad.

»Yamyam«, sagte Murad, als seine Tante ihn zu einem der beiden Stühle am Tischende wies. Jehangir wollte lossprinten, um einen Platz näher bei seinem Großvater zu ergattern, aber sie verhinderte das und setzte ihn neben seinen Bruder.

Als alle Platz genommen hatten, fragte Nariman, wieso nicht das gute Service gedeckt sei. Coomy schlug sich gegen die Stirn.

»Jedes Jahr sagst du das Gleiche, Pappa. Wie oft soll ich es dir noch erklären? Was ist, wenn etwas kaputtgeht oder einen Sprung bekommt?«

»Sie hat Recht, Pappa«, sagte Roxana. »Bei uns benutzen wir es auch nicht.«

»Wie dem auch sei, heute Abend will ich das gute Service haben.«

Jehangir wiederholte leise den Ausdruck, wie dem auch sei, genoss die Wortkombination. Sein Vater flüsterte, das Englisch seines Großvaters sei das beste in der ganzen Familie.

»Sei nicht so schwierig, Pappa, bitte!«, flehte Coomy. »Wenn irgendwas einen Sprung bekommt, wie sollen wir das denn je ersetzen? Das ganze Service ist dann verdorben.«

»Das werden wir riskieren müssen. Das Leben wird schon

weitergehen. Wenn man es unbenutzt lässt und wegschließt, dann wird es am Schluss im Schrank altern und Sprünge kriegen. Wozu ist das gut? Besser, wir freuen uns daran.«

»Gut«, sagte Coomy. Sie schloss den Schrank auf und nahm einen Teller von dem Stapel. »Zufrieden? Du kannst davon essen.«

»Ich will das ganze Service. Große Teller und kleine Teller für alle, das große Reistablett, die Servierschalen.«

»Aber das Essen ist schon serviert. Soll ich alles wieder raustun? Und zweimal abwaschen? Tut mir Leid, das geht nicht.«

»In dem Fall werdet ihr ohne mich essen.«

Er versuchte unter allgemeinem Protest, den Tisch zu verlassen, während Coomy, den Tränen nahe, an die anderen appellierte. Sie klagte, mit dieser Art von spinnigem Benehmen müsse sie sich die ganze Zeit herumschlagen.

»Weißt du, Chief, nach meiner Erfahrung schmeckt Essen besser in normalem Geschirr. Gute Teller lenken einen mit ihrer Eleganz nur ab.«

Jehangir sagte, sein Teller sei wunderschön, und bot an, ihn gegen den von Großpapa zu tauschen. Er hielt ihn hoch, um allen die Peter-Pan-Szene zu zeigen, mit der er bemalt war. Jal murmelte etwas von wegen aus Bananenblättern essen und die guten alten Traditionen bewahren. Roxana versprach, für ihren Vater ein anderes Essen zu machen, mit dem feinen Geschirr, wenn er jetzt anfange zu essen. Doch Nariman ließ sich nicht überreden.

»Was soll's«, sagte Coomy schließlich. »Ich kapituliere.«

»Keine Sorge, das geht ganz schnell«, raunte Roxana ihr zu, als sie das feine Porzellan herausholten. »Und ich helfe dir auch mit dem Abwasch.«

Jal, Yezad und die Jungs wurden vom Tisch weggescheucht. Die Gedecke wurden entfernt und ersetzt, das Essen in das

Royal Doulton umgefüllt, und dann wurden alle wieder hergerufen.

»Danke, Coomy«, sagte Nariman. »Der Tisch sieht herrlich aus.«

»Keine Ursache«, sagte sie zähneknirschend und servierte ihm zuerst. Er aß gerne Fischköpfe, und sie brauchte einen Moment, um die beiden Köpfe zu orten, die in den Tiefen des Paatiyo lauerten.

Das Geschirr wanderte um den Tisch, und immer wenn etwas klirrte oder unsanft hingestellt wurde, zuckte Coomy zusammen. Am nervenaufreibendsten war die Reise der großen Reisschale. Als Murad der Löffel aus den Fingern rutschte und gegen den Rand knallte, rief sie aus: »Vorsicht!«

»Das Dhandar-Paatiyo ist köstlich«, sagte Roxana, und das Lob erhellte Coomys Miene.

»Aber ganz schön scharf«, bemerkte Jal.

»Paatiyo muss scharf sein, sonst verdient es nicht den Namen Paatiyo«, sagte Yezad, der mit seiner Serviette die vom Chili erzeugte Feuchtigkeit auf seiner Stirn wegtupfte. Er schlug vor, den Deckenventilator anzustellen.

»Nein, nein«, sagte Coomy. »Pappa wird sich eine Erkältung holen.«

»Bei diesem Wetter?«, sagte Nariman. »Eher einen Hitzschlag.«

»Gut. Wie ihr wollt.« Sie erhob sich und knipste den Schalter an.

Es erklangen Seufzer der Erleichterung, als die Luft in Bewegung kam. Doch auf den Ventilatorblättern, die seit Monaten nicht mehr in Betrieb gewesen waren, hatte sich eine dicke Staubschicht angesammelt. Er wirbelte jetzt in kleinen grauen Wölkchen über ihren Köpfen.

»Guckt mal,« sagte Murad und deutete hoch. Er hatte als Erster die bevorstehende Katastrophe erkannt.

»Schnell! Das darf nicht ins Essen kommen!«, schrie Coomy und schirmte ihren Teller ab, indem sie sich drüberlehnte.

»Geht in Deckung!«, brüllte Jehangir.

»Oder ihr werdet Staub fressen«, kreischte Murad.

»Tatsächlich werden wir jetzt wohl gleich Staub fressen«, sagte Nariman. »Was lest ihr beide bloß gerade? Cowboy-Comics?«

Mittlerweile folgten alle Coomys Beispiel und lehnten sich über ihre Teller, während Jal aufsprang, um den Ventilator auszustellen.

»Niemand bewegt sich, bis sich der Staub gesetzt hat«, sagte Roxana.

»Wie kommst du klar, Chief?«

»Ganz gut«, sagte Nariman. »Gebeugt ist für mich eine natürliche Haltung. Und ich genieße den genauen Blick auf mein Abendessen. Der Fisch hat einen traurig-stieren Blick.«

»Vielleicht hat er Staub in die Augen gekriegt«, sagte Yezad, und die Jungs lachten, als ihr Großvater seinen Fischköpfen ›Dust Gets In Your Eyes‹ vorsang.

Coomy brach in Tränen aus. »Na, bist du jetzt glücklich? Mit deinem blöden Ventilator hast du das ganze Abendessen verdorben, für das ich stundenlang in der Küche geschuftet habe!«

Roxana sagte, es sei gar nichts verdorben, im Gegenteil, alles sei bestens, der Staub habe dank der Blitzaktion keine Chance gehabt. »Jetzt will ich aber endlich wieder weiteressen. Dieses Dhandar-Paatiyo ist einfach zu köstlich.«

Jal sah nach oben, blickte um sich und verkündete, die Luft sei wieder rein. Und so hoben alle die Köpfe und, um Coomy zu trösten, machten sie sich wieder betont geräuschvoll ans Essen. Bis auf das Geklapper von Besteck war am Tisch kein Laut zu hören.

Dann zerriss das Heulen eines Elektrowerkzeugs die Stille,

und Coomy warf ihre Serviette hin. Das reichte jetzt, ein bisschen Hämmern war eine Sache – diese Art von schauderhaftem Gekreische mitten in der Nacht, das ging zu weit.

Sie steckte den Kopf aus dem Fenster: »Mr. Munshi! Hören Sie mit dem Lärm auf! Hai, Edul Munshi! Es ist Pappas Geburtstagsessen! Bitte etwas Rücksicht, und unterlassen Sie sofort diesen idiotischen Lärm!«

Das Werkzeug verstummte, und sie kehrte zum Tisch zurück und blickte stirnrunzelnd auf ihren Teller. Jal sagte, Manizeh, Eduls Frau, sei ein guter Mensch – wahrscheinlich habe sie ihn überredet aufzuhören.

»Ehre, wem Ehre gebührt«, sagte Nariman. »Coomy versteht es, ihren Willen durchzusetzen.«

Sie beendeten die Malzeit ohne weitere Unterbrechungen. Das Besteck verstummte, niemand ließ sich zu einer weiteren Portion überreden. Roxana bat die Jungs, das Geschirr in die Küche zu tragen, und bevor Murad protestieren konnte, war Jehangir von seinem Stuhl geschlüpft und hatte angefangen, es einzusammeln. Er wusste, dass Mummy zu Tante Coomy nett sein wollte und außerdem auch damit angeben wollte, wie gut erzogen ihre Söhne waren.

Nariman absentierte sich, ihm war etwas Unangenehmes zwischen den Zähnen stecken geblieben. Jehangir folgte ihm ins Badezimmer und sah zu, wie er sein Gebiss herausdrückte, um es zu reinigen.

»Echt, Grandpa, ich wünschte, ich könnte meine Zähne auch einfach so rausnehmen. Dann könnte man sie viel leichter putzen und an all die schwierigen Stellen rankommen.«

Nariman lachte zahnlos, schnüffelte an den Zahnreihen, um festzustellen, ob sie rochen, und steckte sie sich dann wieder in den Mund.

Nach dem Nachtisch marschierten alle zum Balkon. Es hatte aufgehört zu regnen und die Luft duftete frisch. Die Missstimmung von zuvor verflüchtigte sich, als sie sich gegenseitig den Staub aus den Sachen klopften. Dabei nutzte Jehangir die Gelegenheit, Murad kräftiger als nötig zu knuffen. Edul Munshi hatte wieder angefangen zu hämmern, doch jetzt leiser wegen der späten Stunde.

»Chalo, Zeit heimzugehen«, sagte Roxana. »Morgen ist ein Schultag.«

»Wie dem auch sei«, sagte Jehangir, »lasst uns noch etwas bleiben.« Er strahlte, begeistert, dass er die Redewendung anbringen konnte.

Sein Großvater lachte und fuhr ihm durchs Haar. »Ja, bleibt noch eine Weile.«

»Du kennst diesen Jungen nicht«, sagte Yezad. »Morgen früh wird er an seinem Bett kleben – der Kopf tut ihm weh, der Bauch drückt und der Hintern schmerzt.«

»Wir kommen bald wieder«, sagte Roxana und küsste ihren Vater auf die Wange.

Als Jal die Regenmäntel und Regenschirme aus dem Bad holte, kehrte der traurige, einsame Blick wieder in Narimans Miene zurück.

Während sie die Haustür schloss, sagte Coomy, sie fühle sich völlig erschöpft, jedes Mal wenn die Chenoys zu Besuch kamen, wäre es, als fegte ein Wirbelwind oder ein Vantolio bei ihnen hindurch.

»Seltsam«, meinte Nariman. »Mir kommt es wie eine frische Brise vor, die die abgestandene Luft in Bewegung gebracht hat.«

»Du lässt auch keine Gelegenheit aus, mir wehzutun, wie?«

»Das ist kein Wehtun, Coomy«, sagte Jal müde, »nur eine andere Meinung.«

Sie waren die Einzigen an der Bushaltestelle, wo sich eine große Pfütze auf dem unebenen Bürgersteig gebildet hatte. Die nasse Straße leuchtete glänzend schwarz in dem Straßenlicht, schimmerte und zischte unter den Rädern des vorbeifließenden Verkehrs.

»Pappa hat heute sehr wenig geredet«, sagte Roxana.

»Außer wenn er Coomy auf die Nerven gehen wollte«, grinste Yezad. Er senkte seine Stimme und sagte, das sei zu erwarten gewesen, Dr. Tarapore hatte sie wegen der Symptome gewarnt.

Jehangir fragte sie, wer Lucy sei, und seine Mutter sagte ihm, sie sei eine Bekannte von Grandpa gewesen.

»Freundin«, sagte Murad und feixte. Sie sagte, er solle nicht albern sein. Doch Jehangir ließ nicht locker und wollte wissen, weshalb Tante sich wegen Lucy so aufgeregt habe.

»Das erfährst du schon früh genug.«

»Es gibt nichts zu verbergen«, wandte Yezad ein. »Man kann's ihm ruhig sagen.«

Widerstrebend erklärte sie, dass Großpapa Lucy hatte heiraten wollen, es aber nicht konnte, weil sie keine Parsi war. Also heiratete er die Mutter von Onkel und Tante. »Die auch meine Mutter war, sie hat mich geboren.«

Für Jehangir erklärte die Antwort nicht den Zorn seiner Tante. Er fragte, ob es ein Gesetz gebe, das verbiete, dass man jemand heiratet, der kein Parsi ist. Sein Vater sagte ja, das Gesetz der Bigotterie, und seine Mutter sagte ungeduldig, dass er das Kind verwirre.

Dann gelang es Yezad, das Thema zu wechseln, indem er Roxana aufzog, sie würde sicher immer noch im Haus ihres Vaters mit ihren Spielsachen spielen, wenn sie ihn nicht geheiratet hätte. Die Jungs taten so, als würden sie sich gegenseitig aufziehen. Sie ahmten das roboterhafte Trinken und Trommeln der Affen nach.

»Arme Jal und Coomy«, sagte sie. »So bedauernswert.«

»Wieso?«, fragte Jehangir.

»Weil sie nie geheiratet haben, sie haben nie eine Familie gehabt, so wie wir.«

»Und es ist immer so traurig und düster bei denen«, sagte Murad.

Zwei Männer, die recht unsicher auf den Beinen waren, näherten sich der Bushaltestelle und stellten sich hinter die Chenoys. Während sie lachend ihre lautstarke Diskussion fortsetzten, bei der sie eine starke Alkoholfahne verbreiteten, schubste einer den anderen, so dass dieser Roxana anrempelte.

»Oh, sorry! 'tschuldigung!«, kicherte er.

Yezad näherte sich ganz langsam den Betrunkenen, um seine Familie zu schützen. Er versuchte, es beiläufig zu tun. Aber als das Manöver beendet war, bemerkten sie die Veränderung.

»Bhaisahab, ich hab mich doch schon bei Ihrer Frau entschuldigt!«

»Ja, schon gut.«

»Haben Sie keine Angst, sie kann ruhig neben uns stehen!«

»Schon gut«, murmelte Yezad.

»Aray, bavaji, wir sind keine schlechten Menschen! Wir haben nur ein wenig Bevda getrunken, und jetzt fühlen wir uns glücklich, so glücklich, so glücklich!«

»Gut«, entgegnete Yezad. »Es ist gut, glücklich zu sein.«

Ignorier sie einfach, bedeutete Roxana ihm mit stummen Mundbewegungen.

Dann sang einer der Männer mit einem lüsternen Unterton: »Choli kay peechhay kya hai, choli kay peechhay?«

Die derbe Frage in dem Lied, an Roxana gerichtet, ließ sie

erstarren, da sie Angst hatte, wie Yezad reagieren würde. Wieder sagte sie mit stummen Lippen: Ignorier sie einfach, Yezdaa.

Murad und Jehangir, die die Doppeldeutigkeit des beliebten Liedes kannten, ergriffen halb beschämt, halb zornig die Hand ihrer Mutter.

Ihr Vater wartete eine Weile und wandte sich dann an die Betrunkenen. »Haltet den Mund«, sagte er leise.

»Bedrohen Sie uns nicht, Bhaisahab, verderben Sie nicht unsere fröhliche Stimmung! Was ist los, mögen Sie keine Hindi-Film-Lieder?«

»Nicht dieses.« Er blieb äußerlich ruhig, um einen Kontrast zu ihrem besoffenen Gewieher zu bilden. »Ihr wollt wissen, was hinter der Bluse steckt? Ich wird euch zeigen, was hinter meiner Faust steckt.«

»Hör auf, Yezad!«

»Hör auf, Yezad!«, kreischten sie mit Fistelstimmen, wobei sie hysterisch lachend herumwankten und sich aneinander klammerten, um sich zu stützen. »Legen Sie sich lieber nicht mit uns an, Bavaji! Wir sind Shiv-Sena-Leute, wir sind unbesiegbar!«

Zu Roxanas Erleichterung kam ein Bus herangerattert, Linie einhundertzweiunddreißig, ihre. Die Betrunkenen stiegen nicht ein.

»Bye-bye, bye-bye!«, riefen sie winkend, als der Bus die Chenoys forttrug. Nachdem sie ein weiteres Mal ›Hör auf, Yezad!‹ gekreischt hatten, brachen sie in betrunkenes Gelächter aus, das in der Dunkelheit verschwamm.

Nachdem er die Fahrkarten gekauft hatte, schalt sie ihn wegen der zwei Whiskys bei Jal, die offenbar sein Urteilsvermögen getrübt hatten. Und er gebe den Kindern ein schlechtes Beispiel, die könnten jetzt glauben, sie müssten sich in der Schule auch prügeln.

»Daddy, Murad und ich zusammen hätten ihnen eine ordentliche Abreibung verpassen können«, sagte Jehangir.

»Siehst du, was ich meine? Auf solche Rüpel solltest du überhaupt nicht erst eingehen. Vor allem wenn sie zu zweit sind.«

»Zwei Betrunkene sind zwei halbe Männer. Außerdem werde ich sehr stark, wenn ich böse werde.« Und dann ihr ins Ohr geflüstert: »Und wenn ich erregt bin, dann werde ich sehr lang.«

»Yezad!« Sie errötete.

»Ich hätte es ihnen mit meinem Karateschlag gezeigt. Früher habe ich Backsteine damit zerteilt.«

Sie wusste, dass er das konnte, vor langer Zeit hatte sie es erlebt, als sie noch nicht verheiratet waren. Sie waren eines Abends spät in der Nähe der Hängenden Gärten spazieren gegangen, an einer verlassenen Baustelle vorbei. Der Wachmann döste in einer entlegenen Ecke. Ein Stapel neuer Backsteine stand für den Maurer bereit. Ich will dir mal was zeigen, sagte Yezad mit dem ganzen Selbstbewusstsein eines werbenden jungen Mannes. Er bildete einen Bock aus zwei Backsteinen, legte einen dritten drüber und spaltete ihn mit einem Schlag seiner Hand. Angeber, rief sie aus, und dann wurde sie skeptisch: Du hast dir bestimmt einen angeknacksten ausgesucht. Okay, such du einen aus. Sie tat es, und den spaltete er auch.

Sie sah ihn an und lächelte über die Erinnerung. »Du warst damals noch jung. Deine Hand ist inzwischen weich geworden.«

»Immer noch hart genug, um ihnen das Genick zu brechen.«

Murad sagte, er habe noch nie gesehen, wie Daddy einen Backstein in zwei Stücke schlägt, und sein Bruder sagte, ja, Daddy, ja, bitte zeig's uns, was ihre Mutter ärgerte. »Könnt ihr in diesem Bus irgendwelche Backsteine sehen?« Zu Yezad gewandt wiederholte sie: »Das einzig Richtige ist, solche groben Trunkenbolde zu ignorieren.«

»Manche Dinge kann man nicht ignorieren. Vielleicht hatte Jal Recht. Bombay ist heutzutage ein unzivilisierter Urwald.«

»Du solltest es noch mal mit Kanada probieren, Daddy«, meinte Jehangir.

»Nein. Die brauchen keinen Sportartikelverkäufer. Probier's selber, wenn du älter bist. Studiere was Brauchbares – Computer, MBA, und sie werden dich mit offenen Armen empfangen. Nicht so ein nutzloses Zeug wie ich, Geschichte, Literatur und Philosophie.«

Als sich der Bus der Stelle näherte, wo die Sandhurst Bridge in die Hughes Road einbog, drückten die Jungs die Gesichter an die Scheiben. Sie würden gleich am Elternhaus ihres Vaters vorbeifahren.

»Da ist es!«, sagte Jehangir, »mein Gebäude!«, als Jehangir Mansion in Sicht kam.

Sie lachten, und die Jungs starrten auf die Erdgeschosswohnung, wo ihr Vater seine Kindheit verbracht hatte. Sie gaben sich große Mühe, irgendetwas hinter den Scheiben zu erkennen, als würde ihnen das mehr über ihren Vater sagen, über sein Leben, bevor er ihr Daddy geworden war. Aber einige Fenster waren dunkel, und Vorhänge vor den anderen verbargen die Geheimnisse der Wohnung.

»Können wir da irgendwann mal rein?«

Er schüttelte den Kopf. »Ihr wisst genau, dass es verkauft wurde. In meinem Haus leben jetzt Fremde.«

Der Bus fuhr um die Kurve, und die Jungs verrenkten die Hälse, um Jehangir Mansion möglichst lange im Blick zu behalten. Die Stille, die danach folgte, hatte etwas Trauriges.

»Schade, dass du nicht da geblieben bist, nachdem du

Mummy geheiratet hast«, sagte Jehangir. »Dann könnten Murad und ich jetzt auch da sein.«

»Gefällt euch Pleasant Villa nicht? So ein schönes Zuhause?«

»Das hier ist schöner«, sagte Murad, »es hat einen eigenen Hof, wo wir spielen könnten.«

»Ja«, entgegnete Yezad. Seine Miene wurde wehmütig, als er sich an die Kindheitsjahre erinnerte, an seine Freunde und an das Kricketspielen im Hof. »Aber in dem Haus war nicht für alle Platz.«

»Und Daddys drei Schwestern mochten mich nicht«, fügte Roxana hinzu.

»Na na«, protestierte Yezad, ließ sie dann aber fortfahren, denn er war derjenige, der immer sagte, man brauche vor den Kindern keine Geheimnisse zu haben.

Yezad, der Jüngste von vier Geschwistern, wurde von seinen älteren Schwestern abgöttisch geliebt, sie kümmerten sich um ihn mit einer eifersüchtigen Hingabe, die ans Manische grenzte. Während der Kindheit ist so eine Liebe nicht weiter problematisch, man betrachtet sie als süß und reizend. Und während ihrer Teenagerzeit war er ihr Beschützer, ihr Ritter. Wenn seine Schwestern Ziel von Schülerscherzen und anzüglichen Bemerkungen wurden, dann zögerte er nicht, sich für sie zu prügeln. Auf dem College war es ernster, während des ersten Jahres vermöbelte er zwei Burschen, die seine jüngste Schwester in der hinteren Ecke des Kricketfeldes belästigten.

Als er selbst am College Mädchen kennen lernte, wurde die Liebe seiner Schwestern erdrückend – die erste Andeutung späteren Ärgers. Dass fremde Frauen sich anmaßten, die Aufmerksamkeit ihres Bruders mit zu beanspruchen, war ihnen unvorstellbar. Ihre Reaktionen reichten von Empörung über Zorn zu Verbitterung. Yezad stand oft vor der

Wahl zwischen einem Abend mit Freunden oder Frieden zu Hause.

»Und als Daddy und ich uns verlobten, war das einfach zu viel für sie«, erzählte Roxana. »Sie waren sehr unhöflich zu mir und haben sich geweigert, an irgendeiner der Hochzeitszeremonien teilzunehmen. Ich habe ihnen ihr Baby weggenommen. Egal wen Daddy geheiratet hätte, sie hätten sie genauso behandelt. Stimmt's, mein Lieber?« Sie streichelte Yezads Hand, und er nickte.

»Vielleicht wären sie freundlicher geworden, wenn ihr geblieben wärt«, meinte Murad.

Yezad schüttelte den Kopf. »Du kennst deine Tanten nicht, es hätte endlosen Streit bedeutet. Als Großpapa uns Pleasant Villa schenkte, war das das Beste für uns.«

Jehangir sagte, er habe sich immer gewundert, wieso sie nur Onkel Jal und Tante Coomy hatten, während seine Freunde alle so viele Onkel und Tanten hatten. »Wir besuchen die anderen nie.«

Dann sagte Yezad, sie hätten für einen Abend genug Familiengeschichte gelernt, erst die ganzen Dinge, über die sich Tante Coomy so aufgeregt hatte, und jetzt diese Diskussion über seine Schwestern. Und Jehangir sagte, wenn er erwachsen sei, würde er ein großes dickes Buch schreiben mit dem Titel ›Die vollständige Geschichte der Familien Chenoy und Vakeel‹.

»Einverstanden. Solange du nur nette Sachen über uns schreibst«, sagte seine Mutter.

»Nein«, sagte Yezad, »solange er die Wahrheit schreibt.«

3

Es wurde nicht geklopft, nicht geklingelt, da war nur ein gedämpftes Pochen, bei dem Coomy die Nackenhaare zu Berge standen. Sie versteckte sich hinter ihrer Zeitung, und ihr jagten Gedanken an aktuelle Berichte über Überfälle am helllichten Tag durch den Kopf, über Diebe, die in Wohnungen einbrachen, die Bewohner ausraubten und umbrachten.

Sie und Jal waren allein. Nariman hatte ein Nachlassen des Regens zur Gelegenheit genommen, einen kurzen Spaziergang zu machen. Der Monsun hatte die letzten zwei Wochen lang unvermindert angehalten, und er hatte sich geweigert, diesen schönen Abend einfach so ungenutzt verstreichen zu lassen.

Das ungewöhnliche Geräusch wurde wiederholt, lauter, so dass auch Jal es hörte. »Soll ich hingehen?«, fragte er.

»Warte am Fenster – falls du um Hilfe rufen musst.«

Sie ging auf Zehenspitzen zum Türspion. Falls ihr irgendwas verdächtig vorkam, konnte sie sich zurückziehen und so tun, als sei niemand zu Hause. Aber dann hörte sie drängende Rufe auf Hindi, dass man schnell die Tür aufmachen solle. Erst eine Stimme, dann eine andere: »Darjaca kholo! Jaldi kholo! Koi gharmay hai kay?«

Sie trat einen Schritt zurück, sammelte ihren Mut und machte die Tür auf. Ihr graute davor, dass ein schlechter

Traum wahr werden könnte, und sie sah hin. Und in diesem Augenblick wusste sie, dass es der andere Albtraum war, jener, welcher ihren Stiefvater betraf, der jetzt begann.

An den Armen zweier junger Männer hing Nariman, ein hilfloses Bündel. Einer hielt ihn unter den Knien fest, der andere hatte die Arme unter seine Schulter geschoben und die Finger vor Narimans Brust verschränkt. Der Mann, der ihn unter den Knien hielt, pochte mit dem bloßen Fuß gegen die Tür, was das gedämpfte Geräusch ergab.

Als Coomy die Tür mitten während eines Tritts öffnete, verlor er beinahe das Gleichgewicht. Narimans Geburtstagsgeschenk hatte er sich vorne ins Hemd gehakt.

»Jal! Jal, komm schnell!«

Die beiden Männer keuchten, und ihnen rann der Schweiß vom Gesicht. Sie rochen furchtbar, fand Coomy, die sie vom staatlichen Rationierungsladen wieder erkannte, wo sie als Träger arbeiteten und Kunden Getreidesäcke nach Hause schleppten. Sind wohl keine starken Ghatis, dachte sie, wenn sie schon vom Gewicht eines normal gebauten alten Mannes erschöpft waren.

»Worauf wartet ihr?«, sagte Jal voller Panik. »Chalo, bringt ihn herein! Nahin, nicht auf den Boden legen! Sofa ki ooper rakho! Wartet, vielleicht ist es besser drinnen, auf dem Palung.« Er führte sie zu Narimans Zimmer. »Theek hai, vorsichtig, so ist gut.«

Zu viert standen sie um das Bett herum und betrachteten Nariman. Seine Augen waren geschlossen, und er atmete mühsam.

»Was ist mit ihm passiert?«

»Er ist in ein Khadda gefallen und wir haben ihn herausgezogen«, sagte der Mann, dem der Gehstock an der Brust baumelte. Seine Erschöpfung bewirkte, dass er sich kurz fasste. Er wischte sich mit dem Hemdzipfel das Gesicht ab.

»Der Stock, Jal, der Stock!«, flüsterte Coomy. Er verstand ihre Sorge – der Schweiß würde ihn beschmutzen – und nahm ihn dem Mann schnell aus dem Hemd.

»Es war ein Khadda, das von der Telefongesellschaft gegraben wurde«, sagte der zweite Mann. »Der alte Sahab hat sich das Bein verletzt.«

Nariman stöhnte leise: »Mein Knöchel … kann sein, dass er gebrochen ist.«

Sie waren erleichtert, dass er das Bewusstsein wiedererlangt hatte. Als Coomy seine Stimme hörte, fand sie, dass es jetzt in Ordnung war, ihn ein wenig auszuschimpfen.

»Jeden Tag haben wir dich vor der Gefahr gewarnt, Pappa. Bist du jetzt zufrieden?«

»Tut mir Leid«, sagte Nariman schwach. »War keine Absicht.«

»Diese Burschen warten«, flüsterte Jal. »Wir sollten ihnen was geben.«

Sie beriet sich mit ihrem Stiefvater. Wie weit hatten die Ghatis ihn getragen? Sie wollte den Betrag nach den Sätzen des Ausgabeladens ausrechnen. Doch Nariman, der halb bewusstlos war, konnte keine genauen Angaben machen.

»Gib ihnen einfach einen anständigen Bakschisch, und lass sie gehen«, sagte Jal. »Sie haben keinen Sack Weizen abgeliefert, sondern Pappa aus einer Grube gerettet.«

Sie widersprach. Was für einen Unterschied mache es, von der Arbeitsleistung her gesehen, ob sie Pappa oder einen Sack Reis oder Möbel trugen? Es komme auf Gewicht und Entfernung an. »Und nur weil Pappa verletzt ist, heißt das nicht, dass das Geld auf Bäumen wächst.«

Sie hatte eine bessere Idee: Die Ghatis könnten Pappa über die Straße zu Dr. Fitter tragen. »Weiß du noch, wie zuvorkommend er bei Mamma gewesen war? Er hat sich um die Sterbeurkunde und all die Dinge gekümmert, einfach um alles. Ich bin sicher, er wird uns auch mit Pappa helfen.«

»Denk doch mal nach, Coomy. Das ist dreißig Jahre her. Dr. Fitter ist jetzt ein alter Mann, er hat seine Praxis geschlossen.«

»Ruhestand bedeutet nicht, dass sich auch medizinisches Wissen aus seinem Schädel verflüchtigt. Er könnte uns wenigstens sagen, wie ernst es ist, ob es sich lohnt, zum Krankenhaus zu gehen.«

Sie diskutierten hin und her, bis Jal meinte, die Männer sollten warten, bis er sich erkundigt hatte. Wenn Dr. Fitter dazu bereit war, dann könnte er Pappa ebenso gut hier untersuchen, so bliebe ihm die Tortur erspart, über die Straße geschleppt zu werden.

Der Doktor erkannte Jal nicht und wirkte verärgert, dass er beim Abendessen gestört wurde. Aber als Nariman Vakeels Name fiel, erinnerte er sich sofort an den lange zurückliegenden Vorfall, und bat ihn herein.

»Wie könnte ich diese Tragödie vergessen?« Er zögerte. »Das muss so schrecklich gewesen sein, für Sie und Ihre beiden kleinen Schwestern …«

»Es geht um Pappa«, unterbrach Jal, »er hat sich den Knöchel verletzt.« Er erläuterte die Umstände ein wenig.

»Ich beobachte Ihren Vater immer vom Fenster, wenn er abends ausgeht. Er leidet an Parkinson, nicht wahr?«

Jal nickte.

»Hmmm«, brummte der Doktor. »Das habe ich an der Art gesehen, wie er läuft.« Er hielt inne und wurde dann auf einmal böse. »Sind Sie denn von allen guten Geistern verlassen, einen Mann in seinem Alter, in seinem Zustand, alleine hinauszulassen? Natürlich stürzt er dann und verletzt sich.«

»Wir haben es Pappa gesagt, aber er will einfach nicht auf uns hören. Er sagt, Spazierengehen macht ihm Spaß.«

»Kann dann nicht einer von Ihnen mitgehen? Seine Hand halten, ihn stützen?« Er funkelte Jal vorwurfsvoll an, und Jal, der nicht in der Lage war, dem anklagenden Blick standzuhalten, starrte auf die Pantoffeln des Arztes. »Jetzt ist der Schaden schon angerichtet. Was soll ich tun?«

»Wenn Sie ihn sich bitte ansehen könnten«, bat Jal, »um zu sehen, ob irgendwas gebrochen ist …«

»Ansehen? Für wen halten Sie mich, für Superman? Schon in jungen Jahren hatte ich keinen Röntgen-Blick, und jetzt erst recht nicht.«

»Ja, Doktor, aber wenn Sie einfach nur –«

»Einfach-beinfach, nix da! Verlieren Sie keine Zeit, bringen Sie ihn sofort ins Krankenhaus! Der arme Kerl muss starke Schmerzen haben. Gehen Sie!« Und er zeigte auf die Tür, durch die Jal eilte, froh, dem Doktor zu entrinnen.

Dr. Fitter schob den Riegel vor und ging zu Mrs. Fitter in die Küche, um zu murren, dass Parsi-Männer heutzutage nutzlose, unentschlossene Idioten seien, die Rasse sei verkümmert. »Wenn du an unsere Vorväter denkst, die Fabrikanten und Schiffsbauer, die die Grundlage des modernen Indien gelegt haben, die Philanthropen, die uns Krankenhäuser, Schulen, Bibliotheken und Baags gaben, welchen Glanz sie unserer Gemeinschaft und unserer Nation bescherten. Und dieser inkompetente Bursche kann nicht mal richtig auf seinen Vater aufpassen! Ist nicht in der Lage, die simple Entscheidung zu treffen, ihn zum Röntgen ins Krankenhaus zu bringen!«

»Ja, ja«, sagte Mrs. Fitter ungeduldig. »Jetzt sag mir aber mal, Shapurji, willst du dein Ei auf dem Kheema oder extra?«

»Extra. Ist es ein Wunder, dass sie für uns Parsen nichts als trübe Aussichten vorhersagen? Untersuchungen zeigen, dass wir in fünfzig Jahren ausgestorben sein werden. Vielleicht ist das ja besser so. Was hat es denn für einen Sinn, wenn nur noch rückgratlose Schwächlinge herumlaufen, die gerade mal dem Namen nach Parsis sind?«

Er schimpfte weiter, marschierte zwischen Küche und Esszimmer hin und her, bis Mrs. Fitter ihm sagte, er solle sich hinsetzen. Sie brachte das Abendessen zum Tisch und servierte ihm eine großzügige Portion. Der Duft ihrer Masala-Minze und das Ei, das mit seinem runden gelben Auge strahlte, munterten ihn sofort wieder auf.

»Was immer passieren muss, wird passieren«, sagte er, nachdem er seinen ersten Bissen gekaut und heruntergeschluckt hatte. »Bis dahin iss, trink und sei froh. Absolut köstliches Kheema, Tehmi.«

Das mangelnde Entgegenkommen des Arztes empörte Coomy, und sie war von der Dringlichkeit, die Jal mit nach Hause brachte, nicht beeindruckt. »Wenn es so ernst ist, wieso ist er dann nicht helfen gekommen? Bevor wir voreilig zum Krankenhaus fahren, sollten wir Pappas Hausarzt anrufen.«

»Aber sogar Tarapore wird ein Röntgenbild brauchen. Am Schluss müssen wir seinen Besuch hierher bezahlen, und dann noch mal fürs Krankenhaus.«

Schließlich beschlossen sie, zum Parsi General zu fahren. Die beiden Männer verstauten Pappa auf dem Rücksitz eines Taxis und Commy nahm vorne neben dem Fahrer Platz.

Immer wenn die Räder über einen Buckel oder ein Schlagloch fuhren, stöhnte Nariman vor Schmerzen.

»Wir sind gleich da, Pappa«, sagte Coomy und griff über ihren Sitz, um seine Hand zu halten. Seine Finger umklammerten ihre wie die eines verängstigten Kindes. Sie hätte beinahe ihre Hand wieder weggezogen, doch der Drang ging vorüber, und sie ließ ihre Hand in seiner. Nach einem Moment drückte sie beruhigend seine Finger. Durch das Rückfenster konnte sie das zweite Taxi sehen, in dem Jal mit den Ghatis folgte.

Nachdem die Röntgenbilder ausgewertet worden waren, beriet sich Dr. Tarapore mit einem Spezialisten, denn der Bruch war durch Osteoporose und Parkinson verkompliziert. An eine Operation war nicht zu denken. Narimans linkes Bein wurde vom Oberschenkel bis zu seinen Zehen in Gips gelegt.

Der Assistent, der die Arbeit ausführte, trug eine Brille, die im Verlauf seiner Arbeit mit weißen Flecken voll gespritzt wurde. Er plapperte am laufenden Band, in der Hoffnung, den alten Mann von seinen Schmerzen abzulenken. »Wie ist denn dieses Unglück passiert, Sir?«

»Ich bin in einen Graben gerutscht.«

»Ich glaube, Sie haben Probleme mit Ihren Bifokalgläsern, nicht?«

»Meine Brille trifft keine Schuld. Es gab keine Absperrung um den Graben.«

»Das ist so beschämend.« Der Assistent, der Rangarajan hieß, hielt inne, um die Konsistenz des Gipses zu prüfen. »Ja, Bürgersteige sind eine ernste Gefahr geworden und bedrohen das Leben eines jeden Bürgers.«

Der Bursche würde sich gut mit Jal und Coomy verstehen, dachte Nariman, mit seiner Phobie vor Bürgersteigen.

Dann kicherte Mr. Rangarajan: »Bei so viel täglicher Übung könnten wir alle Goldmedaillengewinner im Hindernisrennen werden, wir Bombayer. Oder vielleicht sollte ich sagen, Mumbaikars.«

Er senkte die Stimme, doch nur halb im Scherz: »Heutzutage kann man nie wissen, wer ein Shiv-Sena-Fanatiker sein könnte, oder ein Mitglied ihrer Namenspolizei. Soviel ich weiß, haben einige Shiv Sainiks die Hauptpost unterwandert und verbrennen unschuldige Briefe und Postkarten, wenn auf der Adresse Bombay steht anstatt Mumbai.«

Er begann damit, die Paste aufzustreichen, und befeuchtete sie hin und wieder. »Dürfte ich Sie bitte etwas fragen, Professor Vakeel?«

Nariman nickte. Er genoss den altertümlichen Ton in der Sprechweise des gebildeten Südinders, und war dankbar für seine Gesprächigkeit.

Mr. Rangarajan fragte, ob er irgendwelche Freunde oder Kollegen im Ausland habe, die ihm helfen könnten, Arbeit zu finden, da er versuche auszuwandern. Er hatte sich in verschiedenen Ländern beworben, unter anderen in den USA, Kanada, Australien, England, Neuseeland. »Sogar in Russland. Obwohl nach dem Zusammenbruch der Sowjetunion Inder nicht mehr so herzliche Aufnahme finden. In den alten Zeiten herrschte Liebe zwischen uns – wie viele kleine russische Babys Jawahar und Indira genannt wurden. Ich glaube nicht, dass heute irgendwelche Russen ihre Kinder Narasimha oder Atal Behari nennen.«

»Heutzutage«, sagte Nariman, »nennen sie ihre Kinder wahrscheinlich Pepsi oder Wrangler.«

Mr. Rangarajan lachte und wischte einen verirrten Spritzer Gips weg. »Die Zeiten, da große Führer unter uns erblühten, sind vorbei. Wir haben eine schreckliche Dürre.«

»Das ist ein weltweites Problem«, sagte Nariman. »Sehen Sie sich die USA, England, Kanada an – ihre Führer sind alles lächerliche Hanswurste.«

»Lächerliche Hanswurste«, wiederholte Mr. Rangarajan. »Das ist herrlich, Professor Vakeel, das muss ich mir merken. Aber für uns ist es tragischer, meiner Meinung nach. Diese fünftausend Jahre alte Zivilisation, diese neunhundert Millionen Menschen können keinen einzigen großen Führer hervorbringen? Wie sehr wir in diesen Zeiten den Atem einer großen Seele, einen Mahatma brauchen.«

»Stattdessen kriegen wir nur Kurz-Atmas«, sagte Nariman.

Mr. Rangarajan kicherte freundlich, während er den Plastikbehälter auskratzte. Er kehrte zu dem Thema zurück, von dem sie abgeschweift waren: »Ich habe früher in einem Krankenhaus in Kuwait gearbeitet. Aber nach dem Golfkrieg wurden alle rausgeschmissen. George Bush hat die Irakis getötet und unsere Jobs auch. Jetzt ist mein Hauptziel, irgendwo anders hinzugehen, wo die Aussichten besser sind. Und in den USA sind sie am besten.«

Und wie steht es mit den Aussichten für seine Seele, dachte Nariman. Würden sie sich in einem fremden Land verbessern?

Als Mr. Rangarajan fertig war, waren seine Hände, Arme und seine Schürze so weiß wie die eines Bäckermeisters. Nariman wurde auf einer Liege zu seinem Bett in der Männerstation geschoben.

Später am Tag kam der Doktor vorbei, um ihn sich noch einmal anzusehen.

»Wie fühlen Sie sich, Professor Vakeel?«, fragte er, während er gleichzeitig seinen Puls fühlte.

»Meinem Handgelenk geht's gut. Das Problem ist der Knöchel.«

Dr. Tarapore lächelte vergnügt, Vakeels prächtiger Sarkasmus war selbst im Schmerz ungeschmälert. Und das war ein gutes Zeichen. Der Doktor, der jetzt Anfang vierzig war, war, lange bevor Nariman Vakeel sein Patient wurde, sein Student gewesen. Pflichtkurse in Englisch, mit denen die Studenten der Naturwissenschaften während ihrer ersten beiden Jahre gemästet wurden, hatten sie zusammengebracht.

Doch es hatte ihn beunruhigt, Professor Vakeel gestern Abend in der niederdrückenden Krankenhausatmosphäre zu sehen. Ein Sturm von Gefühlen wirbelte ihm an diesem Morgen durch den Kopf – Nostalgie, Trauer, Bedauern über verlorene Zeit, versäumte Gelegenheiten, und er fühlte sich nicht imstande, die Pathologie all dieser menschlichen Phänomene zu begreifen.

Was dem erfolgreichen Arzt ebenfalls unablässig durch den Kopf ging, waren Zeilen aus Coleridges ›Ballade vom alten Seemann‹. Und der aufgewühlte Mediziner deklamierte auf einmal das Gedicht, das Nariman früher immer den Studenten beibrachte: »Ein Seemann mit grauem Bart / hält einen von drei Gästen an: / ›Bei deinen funkelnden Augen, / was willst du von mir, Mann?‹«

Nariman runzelte die Stirn. Zum ersten Mal fiel ihm auf, dass Tarapore ungewöhnlich lange Haare trug für einen Arzt – bei einem Werbemanager wäre es normal gewesen.

Sie wurden von dem Pfleger abgelenkt, der einen klappernden Wagen zwischen den Betten hindurchschob. Er war ein junger Mann, der seine Arbeit mit großem Schwung verrichtete. Die gewaschenen Urinflaschen wurden mit einer Dringlichkeit unter die Betten gestellt, aus der sein Wunsch sprach, Ordnung zu schaffen. Sein Gegenpart auf der Frauenstation wurde nicht Pflegerin genannt, sondern Ayah. Ayah, die sich um Kinder kümmert, dachte Nariman. Das waren die Alten und die Kranken hier.

Dr. Tarapore ließ Narimans Handgelenk los und machte sich einen Vermerk auf seinem Block, bevor er mit dem Gedicht fortfuhr: »Er hält ihn fest mit dürrer Hand …«

»Verzeihung, Doktor, aber wieso zitieren Sie Coleridge? Ihre Prognose über meinen Bruch wäre unendlich willkommener.«

Dr. Tarapore grinste wie ein Schuljunge: »Aus irgendeinem Grund musste ich gerade an Ihr Seminar denken, Sir, im College. Ich fand Ihre Vorträge toll. Ich erinnere mich immer noch an ›Der alte Seemann‹ und an ›Cristabel‹. Und an all die Geschichten von E. M. Forster, aus ›The Celestial Omnibus‹, die wir durchgenommen haben.«

»Hören Sie auf mit dem Gebluffe, ich habe Parkinson, nicht Alzheimer. Ich erinnere mich auch an diese Vorlesungen: Der

Raum voll gepackt mit einhundertfünfzig Flegeln aus den Naturwissenschaften, die sich johlend und pfeifend in ihren kindischen Mätzchen spreizten, um die zehn Mädchen im Seminar zu beeindrucken.«

Dr. Tarapore errötete. »Daran war die Universität schuld – dass die Englischnoten für den Enddurchschnitt nicht angerechnet wurden, sondern nur die Beteiligung. Den Studenten war es egal. Aber ich schwöre Ihnen, Sir, ich hab an diesen Rüpeleien nie teilgenommen.«

Nariman zog streng die Augenbrauen hoch, und der Doktor räumte ein: »Vielleicht ein paar Mal gepfiffen. Ganz ohne Begeisterung.«

Nach diesem Geständnis verstummte Dr. Tarapore. Er hatte das Gefühl, zu überschwänglich gewesen zu sein. Er setzte seine Arbeit fort, steckte sich das Stethoskop in die Ohren, machte sich Notizen in Narimans Krankenakte, maß den Blutdruck. Aber was er von seinem alten Professor eigentlich hören wollte, waren ein paar Worte voller Lebensweisheit.

Er versuchte es wieder: »Sir, der ›Alte Seemann‹ hat die schönsten Jahre meines Lebens zurückgebracht, meine Jahre im College.« Er hielt inne und fügte dann hinzu: »Meine Jugend«, und bereute es sofort.

Der Doktor hat ein empfindsames Gewissen, dachte Nariman. Beinahe ein Vierteljahrhundert ist es her, und er hat immer noch Schuldgefühle, weil er sich im Unterricht danebenbenommen hat. Oder gehörte dieses Geplapper zu seinem Visitenstil?

Er beschloss, seinen Zynismus im Zaum zu halten. »In welchem Jahr waren Sie in meinem Unterricht?«

»Im ersten Jahr Naturwissenschaften – 1969.«

»Also sind Sie jetzt in den Vierzigern.«

Dr. Tarapore nickte.

»Und Sie wagen es, von Ihrer Jugend so zu sprechen, als hätten Sie sie verloren?«

»Eigentlich, Sir«, sagte Dr. Tarapore, »fühle ich mich tatsächlich alt, wenn ich –«

»Ha. Und was meinen Sie, wie ich mich fühle, wenn mir ehemalige Studenten von ihrer Jugend erzählen? Möge die tote Vergangenheit ihre Toten begraben«, sagte er, um das Thema abzuschließen.

»Handele – handele in der lebenden Gegenwart!«, vervollständigte Dr. Tarapore und wartete auf ein Lob, dass er das Zitat erkannt hatte.

»Vorzüglich. Also lassen Sie uns Longfellows Rat befolgen. Sagen Sie mir, wann Sie mir meinen Knöchel zurückgeben.«

Hinreichend inspiriert, lud sich der Student wieder die Jahre auf, die er abgestreift hatte. Es war wieder Dr. Tarapore, der am Bett stand, auf den harten Gipspanzer klopfte und verkündete: »Der Verband ist stabil.«

Nariman fand die Bemerkung überflüssig. »Natürlich ist er stabil – da ist genug Gips, um meine Wohnung neu zu verkleiden. Ihr Gipser hat es gut gemeint.«

Dr. Tarapore lachte. »Tatsächlich ist der Tarsus eine der schwierigsten Knochengruppen, vor allem in Ihrem Alter. Wir müssen ihm genügend Stützung geben, den Metatarsus schützen, das Bein ruhig stellen. Bei Ihrem Parkinson müssen wir besonders vorsichtig sein. In vier Wochen machen wir noch mal ein Röntgen, aber wahrscheinlich können Sie morgen schon nach Hause entlassen werden.«

Er schüttelte ihm die Hand und verließ das Zimmer, um draußen im Flur noch kurz mit Jal und Coomy zu sprechen, denen er Anweisungen für Narimans Pflege geben wollte.

Während der zwei Tage im Parsi General verzichtete Jal auf seinen täglichen Besuch im Aktienbazaar, um die Zeit mit seinem Stiefvater zu verbringen. Nariman war gerührt und drängte sie heimzugehen, sich auszuruhen, es gebe wenig, was sie tun könnten.

»Schon gut, Pappa, wir werden dir Gesellschaft leisten.«

Er fragte, ob Roxana und Yezad benachrichtigt worden waren.

»Wir haben entschieden, sie im Moment damit nicht zu belasten«, sagte Coomy.

Um ihn zu unterhalten, erzählten sie ihm von Edul Munshis Besuch bei ihnen in der Wohnung: Er hatte mitbekommen, wie jemand im Gebäude von Narimans Unfall berichtete. Er hatte zwar nur die Worte ›Nariman Vakeel‹ und ›kaputt‹ aufgeschnappt, aber es reichte aus, dass er mit seinem Werkzeugkasten herübergeeilt kam und ihnen seine Dienste anbot.

»Jetzt stell dir vor, was Coomy zu ihm gesagt hat!«

»›Sicher, Edul‹, sagte ich, ›wir wären dir für die Reparatur sehr dankbar. Die Sache ist nur, dass du dafür zum Parsi General gehen musst.‹ Das hat ihn ganz schön verwirrt: ›Wieso denn zum Parsi General?‹ ›Weil Pappa da ist‹, habe ich gesagt. ›Und?‹ hat er gefragt. ›Das, was kaputt ist, ist Pappas Knöchel‹, habe ich gesagt.«

»Du hättest sein Gesicht sehen sollen, Pappa«, sagte Jal.

»Ich hatte keine Ahnung, dass er so phanatisch ist«, sagte Nariman kichernd.

Als sein Abendessen kam, halfen sie ihm mit dem Tablett und teilten sich seinen Nachtisch, weil er ihn nicht haben wollte, und sie fanden, dass es schade um das gute Essen wäre. Sie stellten das Tablett draußen zum Abholen ab und sagten gute Nacht.

Es machte ihm nichts aus, allein zu sein. Der Pfleger von der Nachtschicht war ein älterer Mann, viel älter als der dynamische Bursche von tagsüber. Mindestens Anfang sechzig, schätzte Nariman und fragte sich, ob seine zitternden Hände auch von Parkinson kamen oder von etwas anderem. Wenn seine Hände auch unvollkommen waren, so war sein Lächeln makellos. Ein abgeklärtes Lächeln, dachte Nariman, ähnlich dem Voltaires in hohem Alter, auf dem Porträt, das das Titelblatt seiner Ausgabe von ›Candide‹ zierte.

Und wie erwarb man sich solche Abgeklärtheit, fragte er sich, hier, auf einer tristen Station, wenn man Kot und Urin aus den Betten der Lahmen und Blinden und der Verstorbenen einsammelte? Oder waren gerade dies die notwendigen Bedingungen? Weil er gelernt hatte, dass Jung und Alt, Reich oder Arm, wir alle am andern Ende stinken?

Er wollte ihn in ein Gespräch verwickeln, zögerte aber jedes Mal, wenn er vorbeikam. Der ältere Pfleger fragte ihn, wie er sich fühle, ob er irgendetwas brauche, ob die Kissen bequem seien.

Dann lächelte er – und Nariman hatte das Gefühl, als hätten sie gerade einen langen und innigen Gedankenaustausch beendet.

Am nächsten Morgen kam Mr. Rangarajan, um sein Werk zu inspizieren. Größtenteils war der Gipsverband vorschriftsmäßig hart geworden, gleichförmig, ohne Risse. Aber es gab zwei oder drei Stellen, wo er noch mehr Gips auflegen wollte. »Vorsicht ist besser als Nachsicht.«

Da er sich Sorgen um Narimans verhärmtes Aussehen machte, versuchte er, seinen Patienten mit Geschichten und Anekdoten aus seinem Arbeitsleben zu unterhalten. »Dies ist ein wirklich gutes Krankenhaus, Professor Vakeel, ein Fünf-Sterne-Hotel verglichen mit so manchen andern. Nachdem ich Kuwait unvorhergesehen verlassen musste, kehrte ich in mein Vaterland zurück und bekam einen Job bei einem staatlichen Krankenhaus in Indore. Wahrlich, was für ein grauenhafter Ort. Überall liefen Ratten herum, und niemand regte sich drüber auf.«

»Muss wohl kurz vor dem Ausbruch der Pest gewesen sein?«

»O ja. Während ich dort war, passierten zwei schreckliche Dinge. Einem Patienten wurden die Zehen abgekaut. Und ein Neugeborenes wurde von Ratten aufgefressen – nicht ganz, aber es war tödlich.«

Nariman schüttelte den Kopf.

»Ratten waren nicht das einzige Problem«, fuhr Mr. Rangarajan fort. »Da gab es einen Mann, dessen Bein in einem durchgehenden Gipsverband steckte, noch größer als Ihrer. Er klagte, das Bein brenne und würde ihn ganz verrückt machen. Den ganzen Tag lang schrie er wie ein Verrückter und bettelte um Hilfe. Die Ärzte dachten, er macht bloß Theater. Schließlich hielt er es nicht mehr aus und sprang aus dem Fenster. Als sie den Gipsverband von seiner Leiche entfernten, entdeckten sie, dass das Bein eine einzige offene Wunde war, in der es vor Bettwanzen wimmelte.«

Nariman schauderte es. Er war froh, als Mr. Rangarajan seine Arbeit beendete und seine Gerätschaften wieder einsammelte.

Dr. Tarapore sah sich Nariman am Abend seiner Entlassung noch einmal an. Diesmal rezitierte er keine Gedichte, sondern sprach noch einmal mit Jal und Coomy und wiederholte, was sie für Narimans Wohlergehen tun und lassen sollten: »Bitte sorgen Sie dafür, dass mein lieber Professor seinen Knöchel vollständig ruhig hält – kein Gramm Gewicht für vier Wochen.«

»Ja, Herr Doktor, wir werden dafür sorgen«, versprach Coomy. »Pappa wird jetzt brav sein, ich glaube, er hat seine Lektion gelernt. Oder, Pappa?«

Nariman weigerte sich, ihre Frage mit einer Antwort zu würdigen. Dr. Tarapore sagte lächelnd, dass Schweigen Einverständnis bedeute.

Später am Abend bat der dynamische Pfleger ihn um einen Empfehlungsbrief. Er sagte, es verstoße eigentlich gegen die Krankenhausvorschriften, also möge Nariman es bitte nicht weitersagen.

Nariman schrieb auf offiziellem Krankenhauspapier, das der findige Pfleger aufgetrieben hatte, dass Mr. Yadav ein fleißiger Arbeiter sei, der aufrichtige Sorge für die Patienten zeige und sehr gewissenhaft seine Pflichten erfülle. Es sei ein Vergnügen gewesen, ihn kennen zu lernen, und er wünsche Mr. Yadav für die Zukunft viel Erfolg.

Als er fertig geschrieben hatte, besah er sich das Blatt. Seine wacklige Handschrift machte ihn neugierig. Die Buchstaben wurden von Anfang bis Ende zunehmend kleiner, er war nicht in der Lage gewesen, ihre Größe zu kontrollieren. Das war neu – wahrscheinlich ein weiteres Symptom von Parkinson, vermutete er.

Der Pfleger war überwältigt, ohne auch nur ein Wort gelesen zu haben. Er nahm Narimans zitternde Hand in seine Hände und wollte sie gar nicht mehr loslassen.

Am Morgen von Narimans Entlassung kam Mr. Rangarajan vorbei, um ihm alles Gute zu wünschen. Nur der ältere Pfleger war nirgends zu sehen, und Nariman war enttäuscht, dass er seinen Namen nicht erfahren hatte. Egal, er würde sich an ihn als Inkarnation von Voltaire erinnern.

Dann war es Zeit, nach Hause zu gehen. Jal fuhr mit ihm im Krankenwagen. Kaum hatten sie das Krankenhausgelände verlassen, mussten sie in der Nähe der Hauptkreuzung schon wieder halten, die von einem Demonstrationszug blockiert wurde.

»Was ist das für eine Partei?«, fragte Nariman.

»Wer weiß. Die Spruchbänder sind von hier aus schwer zu lesen. BJP, JD, CP, VHP, BSP, ganz gleich, es ist doch immer dasselbe. Hast du gestern Nacht gut geschlafen?«

Nariman antwortete mit einer vagen Handbewegung. Sie warteten darauf, dass der Verkehr sich wieder weiterbewegte.

Nariman erwartete, dass Coomy mit einem Tablett Blumen, Zinnober und einer geschälten Kokosnuss neben der geöffneten Haustür stehen würde. Stattdessen schloss Jal mit seinem Hausschlüssel auf. Die Krankenwagenleute folgten ihm mit der Trage. Es gab kein zeremonielles Tablett, niemand, um das Aachhu-Michhu auszuführen.

»Ist Coomy nicht zu Hause?«

Jal schüttelte den Kopf. »Sie ist im Feuertempel. Für Mamma beten.«

Natürlich – es war ihr Todestag. Er hatte es ganz vergessen.

»Und dann wird sie ein paar Sachen für dich kaufen – Bettpfanne, Schüssel, dieses ganze Zeug.«

Die Parsi-Traditionen um Geburtstage, Navjotes, Hochzeiten, Ankünfte, Verabschiedungen, nahm Nariman gewöhnlich nicht so wichtig. Er hatte nie viel Wert auf Rituale gelegt. Doch das Fehlen des Silbertabletts war ein harter Schlag für ihn.

»Wann wird sie zurück sein?«

»Bald. Du musst doch nicht gleich auf die Toilette, oder? Mach ein Schläfchen, ich leg etwas Musik für dich auf.«

Nariman, froh, wieder in seinem eigenen Bett zu sein, nickte ein, während im Wohnzimmer das Schubert-Quintett erklang, bis er kurz darauf von Stimmen gestört wurde, die versuchten zu flüstern.

»Ein Nachtstuhl?«, sagte Jal, als der Taxifahrer den Gegenstand unsanft im Flur abstellte. Auf Coomys inständiges Bitten hatte der Mann für sie den Kasten im Aufzug hochgebracht, doch das dürftige Trinkgeld empörte ihn.

»Wenn ich für den Lohn ein Kulis arbeiten wollte, dann würde ich nicht Taxi fahren«, murmelte er im Gehen.

»Danke, Bhai, vielen, vielen Dank«, sagte Coomy, die so tat, als habe sie ihn nicht gehört, und machte die Tür zu. »Wie geht's Pappa?«

»Schläft. Wieso hast du keine Bettpfanne gekauft, wie abgemacht?«

Sie begann, das kleinere Päckchen auszupacken, eine Emaille-Waschschale, und stellte sie neben den verpackten Nachtstuhl mit seinen vier kurzen Beinen. »Ich dachte, es wäre besser als eine Bettpfanne.«

»Was soll das heißen, besser? Der Doktor hat gesagt, ein Monat im Bett. Vollständig im Bett. Der Fuß darf den Boden nicht berühren.«

»Pass auf. Ich war in dem Laden und habe mir Bettpfannen angesehen, und plötzlich begann ich mir ... die ... die Prozedur vorzustellen. Wie das wäre, sie unter Pappa zu stellen, und wenn er fertig ist, sie zu entfernen, und ihn zu säubern, und die Pfanne dann zu waschen und ... – Zwing mich nicht, alles auszusprechen! Du weißt schon, was ich meine! Das Ganze ist peinlich!«

Sie hatte spontan entschieden, dass ein Nachtstuhl anständiger wäre. Pappa würde direkt neben dem Bett sitzen und sich bequemer erleichtern können als mit einer Bettpfanne. »Und das Beste ist, er kann sich selbst säubern. Wir brauchen nur den Topf auszuleeren.«

»Aber der Doktor hat gesagt, die Heilung wird Monate dauern, wenn wir unvorsichtig sind.«

»Wir zwingen Pappa doch nicht, auf die Toilette zu gehen. Probieren wir's aus, mal sehen, wie er sich damit fühlt.«

Sie trugen den Nachtstuhl zum Zimmer ihres Stiefvaters. Er tat so, als sei er durch ihr Kommen aufgewacht. »O Coomy, da bist du ja. Was ist das denn, ein neuer Nachttisch für mich?«

Sie lachte. »Nein, Pappa, es ist ein wundervoller Nachtstuhl, guck«, und sie öffnete den Deckel.

»Wir dachten, das wäre für dich bequemer als eine Bettschüssel«, sagte Jal. »Findest du nicht?«

»Was immer für euch beide praktischer ist, ich bin damit einverstanden. Ich bin sowieso schon eine Last.«

»Keine Sorge, Pappa, wir schaffen das schon. Es ist ja nur für vier Wochen.« Jal zog den Kasten näher und stellte ihn neben das Bett. »Willst du drauf?«

Nariman nickte. Sie hoben ihn an den Armen zu einer sitzenden Position. Dann kam der heiklere Teil: Ihm beim Aufstehen helfen und dann eine Vierteldrehung zum Nachtstuhl hin zu machen. Nachdem sie ihn ermahnt hatten, sein Gewicht auf das rechte Bein zu legen und das linke Bein in der Luft zu halten, zogen sie ihn hoch.

Einen Mann beinahe senkrecht hochzuheben war schwieriger, als sie erwartet hatten. Und sowie Nariman aufgerichtet war, sank der Fuß mit dem gebrochenen Knöchel zu Boden.

»Nicht aufsetzen!«, schrie Jal in Panik.

»Ich kann nichts dagegen tun, der Verband ist zu schwer.« Er unterdrückte ein Stöhnen, als sie ihn halb trugen und halb zogen, bis er in der richtigen Position war. Das scharfe Atemholen und die verkrampfte Körperhaltung verrieten ihnen, dass er Schmerzen hatte. Sie ließen ihn langsam heruntersinken.

»Warte!«, rief Coomy. »Der Pyjama ist noch nicht aufgebunden!«

Unter Aufgebot seiner letzten Kräfte hielt Jal ihn mit einer Hand fest und zog an dem Hosenband. Der Stoff klebte fest, wollte nicht herunterrutschen. Er wackelte mit seinen Hüften gegen die seines Schwiegervaters, bis ihm die Pyjamahose um die Knöchel fiel.

Nachdem sie ihn endlich gesetzt hatten, traten sie schwer atmend zurück. Schweiß stand auf Narimans Stirn, seine

Augen waren geschlossen. Es dauerte eine Weile, bis seine Blase in Gang kam.

»Alles in Ordnung, Pappa?«

Er nickte. Dann tauschten sie erleichterte Blicke aus, als sie ein gedämpftes Klirren aus dem Alutopf hörten.

»Lass dir Zeit«, sagte Jal, »keine Eile, mach gleich alles – Nummer eins und Nummer zwei, alles.«

Sein Bauch fühlte sich in der Tat schwer an, doch nach dem schmerzhaften Herumrutschen hatte er keine Energie mehr übrig, eine Darmentleerung auch nur zu versuchen. »Ich bin fertig.«

Coomy kniete sich vor seine Füße und streifte den Pyjama herunter. Um ihn wieder ins Bett zu bekommen, vollführten sie dieselben mühevollen Bewegungen von vorher in umgekehrter Reihenfolge. Sie keuchten, und einmal schrien sie erschreckt auf, als sie fast das Gleichgewicht verloren und beinahe zusammen mit ihrem Stiefvater umkippten.

»So«, sagte Jal, »geschafft«, und richtete sich auf. »Wir müssen uns irgendwas einfallen lassen, damit es reibungslos läuft.«

»Ja«, flüsterte Nariman, »unbedingt.«

Coomy sah weg, als sie das zerknitterte Laken wegzog, das unter seinem Gesäß eingeklemmt war, und zog es über ihn. »Unser größter Fehler war, dass wir nicht zuerst den Pyjama ausgezogen haben. Du wirst jetzt vier Wochen lang ein Nudist sein, okay, Pappa?«

Er hörte sie kaum durch den Schmerz hindurch. Sie und Jal rangen sich ein gezwungenes Lachen ab, um ihn aufzumuntern, während sie den Deckel des Nachtstuhls zumachten und das Zimmer verließen.

»Was ist mit dem Topf?«, fragte Jal.

»Später, er ist erst ein Viertel voll.« Als sie außer Hörweite waren, sagte sie, dass es für sie trotz ihres Scherzes sehr peinlich sei, Pappas Nacktheit zu sehen.

»Wieso denn? Er ist ein alter Mann, Coomy.«

»Darum geht's nicht. Ich war schon elf Jahre alt, als er unser Stiefvater wurde. Es war nicht wie ein Baby, das mit ihrem richtigen Vater aufwächst. Ich habe das Gefühl, ich betrachte einen nackten Fremden.«

»Aber da ist doch kein Unterschied«, wand Jal ein, der den Verdacht hatte, dass sie versuchte, ihm die Toilettenpflichten aufzuhalsen. »Was du an Pappa siehst, ist genau dasselbe, was du an unserm Vater gesehen hättest.«

Es habe keinen Sinn, weiterzudiskutieren, sagte sie – Jal sei ein Mann und würde nie verstehen, wie es ihr damit ging.

Der klopfende Schmerz in Narimans Knöchel ließ mit einem Schmerzmittel nach. Er versuchte wieder einzuschlafen, aber irgendetwas fühlte sich nicht richtig an. Es war nicht der Gipsverband, es war etwas anderes, etwas Subtileres, das er nicht richtig einordnen konnte.

Er zappelte herum, richtete sein Kopfkissen, zog seinen Kragen gerade. Er packte den oberen Rand des Lakens, das ihn bedeckte, und schüttelte es, so dass es sich blähte und gleichmäßig über ihn zurückfiel. Und der Luftzug auf seinen nackten Oberschenkeln enthüllte die Ursache seines Unbehagens: seine fehlende Pyjamahose.

Jetzt fiel ihm wieder ein, dass Coomy sie entfernt hatte, als er auf dem Nachtstuhl saß. Komisches Gefühl, ohne im Bett zu liegen. Er war es nicht gewohnt. Als fehle ihm die oberste Schicht seiner Haut.

Er überlegte sich, ob er rufen und sie verlangen sollte. Aber das würde Coomy nur verärgern. Und es machte es wirklich leichter, sie auszulassen.

Wie die Mutter so die Tochter, dachte er mit einem Lächeln an das eine Mal, als Yasmin ihm seinen Pyjama weggenommen hatte. Seinen Pyjama und noch vieles mehr …

Er wanderte von einem Zimmer zum andern, von Schrank zu Schrank, auf der Suche nach etwas zum Anziehen. Aber Yasmin hatte nicht den kleinsten Fetzen übersehen, während er sein Bad genommen hatte. Er hatte nur sein Handtuch, und sie stellte sich gegenüber all seinen Appellen taub.

»Komm, Coomy – du auch, Jal«, sagte er zu den Kindern, als ihre Mutter in der Küche war, um Roxanas Flasche zu sterilisieren. »Nun sagt mal, wo hat Mamma meine Sachen versteckt?«

»Keine Ahnung«, entgegnete Jal auf die drängende Frage seines Stiefvaters. Coomy deutete ihre Weigerung an, indem sie einen Finger auf den Mund legte und damit ihren Bruder warnte, dass er seinen großen Mund ebenfalls halten sollte.

Schlauer Schachzug, dachte er ohne Groll. Was für ein Recht hatte er denn, es ihr übel zu nehmen? Er war schließlich derjenige, der sich unmöglich verhielt. An zahllosen Abenden war sie der Inbegriff von Geduld und Verständnis gewesen, während sie diese Farce tolerierte. Denn wie eine Farce musste es ihr und ihren Nachbarn in Chateau Felicity vorgekommen sein: der Anblick von Lucy auf dem Bürgersteig gegenüber, wie sie zu dem Fenster hinaufstarrte, an dem er stand. Und dann, wenn seine Schuldgefühle ihn schließlich zu ihr nach unten zerrten, beobachten zu müssen, wie die beiden miteinander umgingen, als wären sie ein Pärchen mit Liebeskummer.

Arme Yasmin, dachte er, während er das Haus durchsuchte und nach einem Hemd, Unterwäsche, irgendwas zum Anziehen fahndete. Und die arme Lucy, die im Dämmerlicht Wache hielt … wozu?

Seine Gedanken schweiften zurück zu der Zeit seit ihrer Trennung in Breach Candy. Jene vier Monate vor seiner Hochzeit mit Yasmin, bevor Lucy begonnen hatte, ihm nachzustellen. Die Hochzeitsvorbereitungen hatten ihn abgelenkt, und die neue Familie, die an seinem Horizont dräute, hatte all seine Gedanken in Anspruch genommen. Die betriebsamen Zusammenkünfte der Sonntagsgruppe seiner Eltern, ihre ständigen Besuche mit Ratschlägen und Tipps für den Hochzeitstag – all das hatte ihm geholfen, jeden Gedanken an Lucy zu verdrängen. Erst später begriff er, dass Lucy natürlich keinerlei Ablenkung irgendwelcher Art gehabt hatte – im Gegenteil, sie war vollkommen verloren und auf sich allein gestellt. Und nach den Festlichkeiten hatte er von einem gemeinsamen Bekannten erfahren, dass es ihr nicht gut ging – sie hatte ihr Studium für den Magister aufgegeben, sie hatte keine Arbeit und wohnte immer noch im YWCA. Die Nachricht hatte ihm Sorgen gemacht, denn er hatte gehofft, dass sie sich mit ihren Eltern versöhnen und wieder nach Hause zurückgehen würde.

Etwa drei Monate nach seiner Hochzeit stand sie eines Nachmittags, als er gerade von seiner Arbeit kam, draußen vor dem College. Reiner Zufall, hatte er gedacht.

Ihre Begrüßung hatte etwas Verlegenes – Wie geht's, gut, danke. Dann fragte sie: »Hast du eine schöne Hochzeit gehabt?«

Er murmelte ein Ja, danke, und dann stellte sie weitere Fragen: »Und wie lebt es sich so, als verheirateter Mann? Hast du schon Erfüllung gefunden?«

Ein Gefühl des Unbehagens überkam ihn da, und auch der Wunsch, ihr Mut zu machen und das Gefühl zu geben, dass es für sie auch gut ausgehen würde. Aber er gab nur eine paar nette Floskeln von sich und ergriff die Flucht, versuchte, seine Verwirrung unter Kontrolle zu bringen.

Von diesem Zeitpunkt an hatte sie ernsthaft begonnen, ihn zu verfolgen. Sie rief ihn bei der Arbeit an, zu Hause, schrieb ihm Briefe, wartete an manchen Tagen sogar am College-Tor auf ihn. Er sagte ihr, was sie da tat, sei sinnlos, wo sie doch Monate zuvor beschlossen hatten, dass es das Beste sei, Schluss zu machen.

»Du hast das beschlossen«, sagte sie. »Ich habe es für einen Fehler gehalten. Das tue ich immer noch. Ich glaube immer noch,

dass du mich liebst. Gib's zu. Ich weiß, dass zwischen uns noch etwas möglich ist.«

»Ach komm, Lucy, lass uns nicht wieder so naiv sein. Wir waren schon einmal naiv. Zu glauben, dass wir unsere Eltern ändern könnten, den Gang der Welt ändern könnten. Was du da sagst, ist vollkommen –«

»Oh, Nari, du bist ja immer noch nicht ehrlich zu dir selbst.« In ihrer Stimme lag etwas Flehendes.

»Bitte, ich habe nicht die Kraft, das alles noch einmal durchzumachen. Und bitte, Lucy, dir und mir zuliebe, hör auf, mich zu verfolgen.« Er versuchte sie davon zu überzeugen, dass er ihr das Allerbeste für ihr Leben wünsche. Aber er habe jetzt Verpflichtungen, eine Ehefrau, zwei Kinder, die Dinge könnten nie wieder so sein wie früher.

Sie starrte ihn an, ohne sich zu rühren. Und für einen Moment sah er die Frau, die er gekannt hatte, mit ihren lebendigen Augen. Er streckte die Hand aus, berührte ihren Arm und wandte sich ab, nach Hause.

Doch ihre Worte ließen ihn nicht los. Seine Gefühle waren in Aufruhr. Zweifel an der Entscheidung von Breach Candy, die unter den Haufen von rationalen Argumenten tief begraben gewesen waren, kamen jetzt wieder an die Oberfläche. War es möglich, dass sie Recht hatte?… Die einzige Lösung war, ihr aus dem Weg zu gehen.

Von da an, wenn er sie am College-Tor stehen sah, ging er um das Gebäude herum zum Hintereingang. Doch in die Erleichterung darüber, dass er es geschafft hatte, ihr aus dem Weg zu gehen, mischte sich stets ein lastendes Gefühl von Verlust.

Und wie sehr hatte Yasmin ihn nach der Hochzeit unterstützt, während dieser beiden Jahre des Nachstellens, hatte ihm geraten, energisch zu sein, aber nicht hart, hatte ihn daran erinnert, dass dieser Frau eine tiefe Enttäuschung widerfahren war. Sie hatte ihm sogar geholfen, kleine Vorträge für Lucy zu proben, eine kluge Mischung aus Vernunft und Strenge. Aber er hielt sie ihr nie – wenn sich eine Gelegenheit bot, kam es ihm immer so vor, als hätte er Lucy schon genug wehgetan.

Dann begannen die abendlichen Besuche. Für Yasmin stellten sie anfangs keine Bedrohung dar, nicht einmal eine Störung – die Lösung war einfach. »Ignorier sie einfach«, sagte sie. »Auf dem Bürgersteig gibt's Dutzende von Menschen – sie ist bloß ein weiterer. Wenn sie müde wird, wird sie nach Hause gehen.«

Doch Lucy auf dem Bürgersteig holte die Vergangenheit mit einer Wucht zurück, die ihn erschütterte. Während er die Gitterstäbe des Fensters umklammerte und wartete, fragte Yasmin ihn, ob er sich unwohl fühle, ob irgendetwas nicht in Ordnung sei.

»Es ist nichts«, murmelte er, nicht in der Lage, ihr zu erklären, dass der Anblick von Lucy, wie sie unbeweglich dastand, das Gesicht zu seinem Fenster gewandt, bewirkte, wovor ihm schon länger gegraut hatte – eine Flut von Erinnerungen an ihre erste gemeinsame Zeit überrollte ihn. Zuerst, wie ihre Familie ihr verboten hatte, mit ihm auszugehen. Dann, wie ihre Brüder sie gewarnt hatten, sie würden ihren Freund zusammenschlagen, falls sie sie zusammen erwischten. Das war, als Lucy drohte, sich umzubringen, wenn sie ihm etwas antaten.

Hätte sie es wirklich getan? Ihre Eltern hatten es wohl ernst genommen. Kurz danach war sie praktisch eine Gefangene im eigenen Haus.

Und er verbrachte seine Abende damit, zu ihrem Fenster hochzustarren, während ihre Brüder herauskamen und ihn anstarrten, versuchten, ihn einzuschüchtern, indem sie leise Drohungen murmelten. Er erinnerte sich, wie tröstend es war, Lucys Gesicht zu sehen. Während dieses ganzen Monsuns, selbst wenn der Regen hereinprasselte, machte sie nie ihr Fenster zu. Und er suchte nie Unterschlupf, hielt seinen aufgespannten Regenschirm so schräg, dass sie sein Gesicht sehen konnte.

Jetzt erinnerte ihn Lucy, jedes Mal wenn sie erschien, an sein

Sehnen in jenen längst vergangenen Zeiten. Und jedes Mal, so unbehaglich ihm auch war, konnte er ihren Augen nur wenige Minuten widerstehen, bevor er die Treppe hinunterlief.

Seine Reaktion verwirrte Yasmin. Sie behauptete, er füge dieser verzweifelten Frau nur noch mehr Schaden zu, indem er so auf sie einging. Ihre Geduld ging auch allmählich dem Ende zu, und in ihre Auseinandersetzungen hatte sich ein unerfreulicher Ton eingeschlichen. Seltsam, sagte sie, dass ein Englischprofessor nicht in der Lage war, eine einfache, klare Botschaft zu übermitteln – vielleicht mache es ihm Spaß, die arme Frau jeden Abend anzuglotzen.

An dem Morgen, als seine Kleidung verschwand, wich seine Empörung allmählich einem Gefühl der Erleichterung. Die Aktion seiner Frau hatte ihm die Lächerlichkeit seiner Lage klargemacht. Sie hatte ihm Zeit gegeben nachzudenken.

Er rief im College an und sagte, es gehe ihm nicht gut, und sagte seine Vorlesungen ab. Er wartete bis Mittag und appellierte dann noch einmal an Yasmin.

»Nein«, sagte sie, »du kriegst deine Sachen erst zum Abendessen wieder.«

»Willst du etwa, dass ich nackt am Mittagstisch sitze?«

»Das stört mich nicht.«

Er saß da, eingewickelt in sein feuchtes Handtuch, und sie aßen schweigend ein Omelett. Er fragte sie nicht noch einmal und verbrachte den restlichen Tag im Bett mit einem Buch.

Um halb sieben, als Lucy erschien, ging er zum Fenster und ihre Blicke vereinten sich. Dann trat er ins Zimmer zurück und ergriff wieder sein Buch. Einige Minuten später knallte er es hin, unfähig, sich zu konzentrieren, und ging zu Yasmin.

»Ich hab's begriffen«, versicherte er ihr. »Ich verspreche dir, heute ist das letzte Mal. Ich werde ihr sagen, auch wenn sie vierundzwanzig Stunden lang da unten auf dem Bürgersteig steht, wird sie mich nicht wieder nach unten bekommen.«

Yasmin entgegnete, er habe ihr das schon so oft versprochen, und nun habe sie die Sache in die Hand genommen. Was sie tue, sagte sie, komme allen zugute.

Um sieben ging er, unbekleidet wie er war, an die Tür. Er öffnete sie und tat einen Schritt nach draußen. Die Kinder beobachteten ihn belustigt und entsetzt. Er sah, wie Coomy kicherte und Jal etwas ins Ohr flüsterte.

»Geh doch, wenn du den Mumm hast«, sagte Yasmin mit einem kleinen Lächeln. »Deine Sachen kriegst du nicht zurück.«

»Wie du willst.« Dann ging er langsam die Treppe hinunter, und sie rannte ihm hinterher.

»Hast du völlig den Verstand verloren? Ich weiß, dass ich dir nichts bedeute! Aber was ist mit der Welt? Was ist mit unseren Kindern? Und unser Baby?«

Er ging seelenruhig weiter, überquerte die Straße und ging zu Lucy. Ohne eine Begrüßung sagte er ihr, dies sei ihre allerletzte Begegnung. Er würde ihr nicht dabei helfen, ihr eigenes Leben zu vergeuden. Ab jetzt würde er sich von ihr fern halten. Doch als er sie auf ihre Würde und Selbstachtung verwies, spürte er selbst, dass er Platitüden von sich gab, die keinen von beiden überzeugten.

Sie wartete, bis er fertig gesprochen hatte. »Deine Aufmachung finde ich toll, Nari.«

Er musste trotz allem lächeln.

Dann tat sie mit verschmitztem Blick so, als wolle sie ihm das Handtuch wegziehen, und er schrak zurück.

Sie lachte über seine Panik und streckte die Hand nach ihm aus. Er ergriff sie. Sie bedeckte sie mit der Linken, hielt sie fest, sodass er sie nicht zurückziehen konnte.

Sie benehme sich unmöglich, fuhr er fort, sie dürfe sich hier nicht mehr herumtreiben. Ja, er habe verstanden, was sie gemeint hatte, als sie zu seinem Fenster hinaufstarrte, aber es sei absurd, das so in die Länge zu ziehen. Er wiederholte, dies sei das letzte

Mal, dass er hinuntergekommen war, um sie zu treffen. Diesmal meine er es ernst.

Sie hörte ihm schweigend zu und streichelte seine Hand.

Er hörte auf zu reden und zog sanft seine Hand zurück. »Ade, Lucy. Und viel Glück.«

Als er zurückging, brüllten ein paar Kinder im Erdgeschoss von Chateau Felicity aus dem Fenster: »Hai, naryal-paanivala! Was kostet dein Naryal?«

Er winkte ihnen und ihrem Genecke zu, er wusste, seine Kleidung hatte eine erstaunliche Ähnlichkeit mit dem knielangen Lungi, den die fliegenden Händler trugen, die am Strand Kokoswasser verkauften. Als er wieder oben war, warf ihm Yasmin den Schrankschlüssel entgegen.

»Es tut mir Leid«, sagte er. »Mir blieb nichts anderes übrig. Aber es ist jetzt vorbei.«

»Ja«, sagte sie leise, »es ist vorbei«, während Jal und Coomy, die neben ihr saßen, ihn böse anfunkelten.

Noch vier weitere Male an diesem Tag halfen Jal und Coomy ihm zu seinem Nachstuhl, und dann waren sie mit ihren Kräften am Ende. Am Abend fiel er in einen unruhigen Schlaf. Dankbar für die Pause, setzten sie sich auf den Balkon.

Während die Straßenbeleuchtung anging, sagte Jal, er sei nicht mehr der Jüngste, er habe nicht die Kraft für derartige körperliche Arbeit. »Wenn das so weitergeht, wird mein Bruch und mein Blinddarm und weiß Gott was sonst noch da unten explodieren.«

»Und ich? Mein Rücken ist hinüber.«

»Ich glaube, du hast einen großen Fehler gemacht.«

»Was?«

»Mit dem Nachtstuhl. Eine Bettpfanne wäre viel leichter gewesen.«

»Unsinn. Der einzige Fehler war, dass wir den Urin nicht gleich ausgeleert haben.«

Denn mit der Zeit hatte sich der schlechte Geruch verstärkt. Sie hatte sich nach der vierten Benutzung die Nase zugehalten und den Topf in die Toilette ausgeleert, ihn mit etwas Wasser ausgespült und in den Nachtstuhl zurückgestellt.

Sie konnten sich nicht lange auf dem Balkon ausruhen. Bald war es Zeit fürs Abendessen, und sie schoben Nariman extra Kissen in den Rücken, damit er sich aufsetzen konnte.

»Zu hoch«, sagte Nariman, und Jal nahm eines wieder weg.

Jetzt war es zu niedrig, er brauchte etwas dazwischen, traute sich aber nicht, etwas zu sagen. Er aß wenig, weil er sich schnell wieder hinlegen wollte.

»Hat's dir geschmeckt?«

»Köstlich. Danke.«

Coomy hielt ihm die Schüssel unters Kinn, während Jal mit Seife und Wasser wartete. Nariman spülte sich den Mund, gurgelte kurz und schnäuzte sich die Nase. Kleine Schleimpfropfen schwammen in dem flachen Wasser. Coomy sah weg. Dann fiel ein leichter Sprühregen auf ihre Finger, die den Rand hielten.

»O Gott!« Sie schrak zurück. Jal tat Seife und Wasser beiseite, um ihr die Schüssel abzunehmen. Sie eilte davon, um sich die Hände zu waschen.

Die seegrüne Rotze. Die nasenzusammenkrampfende Rotze, dachte Nariman.

»Was?«, fragte Jal.

»Nichts.« Eigentlich eher jadegrün, dachte er.

Zur Vorbereitung zum Schlafengehen stellte Jal eine kupferne Pfanne und einen Löffel auf den Nachttisch. »Wenn du irgendwas brauchst, während wir schlafen, dann kannst du uns hiermit aufwecken.«

Er machte es ihm vor, und Coomy hielt sich die Ohren zu. »Lauter als Edul Munshis Hammer«, sagte sie. »Das ganze Gebäude wird an dein Bett rennen.«

Wie schon die früheren, war dieser matte Versuch, Humor zu zeigen, ein Misserfolg. Dann begann, wie auf ein Zeichen, wieder das Hämmern aus der Wohnung unter ihnen.

»Der Bursche ist unverschämt«, sagte sie. »Nicht einmal ein kranker Mann darf seine Ruhe haben.«

»Ich habe meine Zähne vergessen«, sagte Nariman und zeigte sein Gebiss, um sie daran zu erinnern.

Sie holte das Glas aus dem Bad und hielt es ihm unter den Mund.

»Das Wasser da ist nicht ausgewechselt worden«, sagte er und saugte das Gebiss wieder ein.

»Ich wechsle es morgen, ich bin erschöpft.«

Er ließ sein Gebiss in das schale Wasser fallen. Ein kleiner Platscher, und es sank zu Boden mit einem stummen Grinsen.

Dreimal in der Nacht wurden sie vom Löffel und der Pfanne gerufen. Und der letzte Gong war für den Stuhlgang, zu dem sie ihn schon den ganzen Tag lang ermuntert hatten. Sie halfen ihrem Stiefvater auf den Nachtstuhl. Als der Gestank das Zimmer füllte, riss Jal das Fenster weit auf und stellte den Schalter des Deckenventilators auf SCHNELL. Rezepte und Papiere auf der Frisierkommode flatterten in eine Ecke. Nariman zitterte in dem plötzlichen Windzug.

Sie hatten sich vorher nicht genau überlegt, wie sie ihn sauber machen sollten. Sie stellten einen Eimer Wasser und einen Becher neben den Nachtstuhl und hofften, er werde sich wie üblich mit seiner linken Hand waschen.

Doch er schaffte es nicht, sich auf die übliche Art zu waschen. Er konnte sich in der Masse Gips nicht bewegen und hatte keine Kraft, um auf dem Nachtstuhl zu manövrieren.

Trotzdem, kann nicht schaden, es zu probieren, schlugen sie vor. Jal wünschte sich, sie hätten daran gedacht, Klopapier zu kaufen, es wäre für Pappa wahrscheinlich leichter gewesen als Wasser.

»Aber ich habe welches«, sagte Coomy. »Ich habe letztes Jahr während der Wasserknappheit ein paar Rollen gekauft. Zum Glück mussten wir sie nie benutzen.« Sie eilte zur Vorratskammer am Ende des Flurs, um eine zu holen, und riss ein paar Blätter ab.

Nariman ergriff das Papier sorgfältig und unternahm einen tapferen Versuch, sich selbst abzuwischen. Er drehte sich auf einer Gesäßhälfte, um unter sich zu greifen, und fiel beinahe vom Nachtstuhl.

»Lass es«, sagte Jal, verängstigt von der Beinahe-Katastrophe. Er legte seinem Stiefvater die Hände unter die Achselhöhlen und hob ihn vorsichtig vom Nachtstuhl. »Beeil dich, ich kann ihn nicht lange halten.«

Coomy wischte ein paarmal unter Würgen oberflächlich mit dem Papier herum. »Fertig.«

Sie nahmen wieder die Stellung ein, um ihn ins Bett zurückzubringen. Nariman knirschte mit den Zähnen, und seine Augen füllten sich wieder vor Schmerzen. Sie sahen die Tränen, als sie ihm eine gute Nacht wünschten.

»Der Topf«, erinnerte Jal sie.

»Du bist dran. Ich habe ihn das letzte Mal ausgeleert.«

»Das war Nummer eins, das zählt nicht. Und dieser Nachtstuhl war deine Idee.«

»Wenn die Scheiße in der Bettschüssel wäre, würdest du sie also gerne entsorgen?«

Er schnappte sich den Topf und stürmte zur Toilette. Sie ging ihm hinterher und sagte, es sei gerade erst der erste Tag und sie könne jetzt schon nicht mehr, und sie sollten lieber eine Lösung finden, als zu streiten.

»Wir reden morgen drüber«, sagte er gereizt, während er den Topf in den Stuhl fallen ließ. »Es ist drei Uhr morgens und ich bin hundemüde.«

»Du hast ihn nicht allein gehoben. Mir geht's auch nicht besser.«

Sie machten keinen Versuch, leise zu sprechen. Der Ventilator lief immer noch auf Höchstgeschwindigkeit und ließ das Laken geschäftig flattern, dort wo es auf der Seite überhing.

»Bevor ihr geht«, sagte Nariman.

»Was?«

»Könntet ihr bitte den Ventilator kleiner stellen?«

Jal drehte den Schalter auf LANGSAM, und das flatternde Laken beruhigte sich zu einem sanften Wallen.

4

Um sieben Uhr morgens drängte sich die Türklingel in Coomys Schlaf, und sie erwachte widerwillig aus einem wunderschönen Traum. Sie tanzte Foxtrott und Cha-cha-cha im Ballsaal des Taj Hotels, eine Kapelle spielte alte Evergreens: ›Fly Me to the Moon‹, ›Tea For Two‹ im Latin-Rhythmus, ›Green, Green Grass of Home‹. Während sie in den Armen ihres Partners durch einen Foxtrott glitt, blickte sie hoch und sah die Kronleuchter, deren Kristall wie geschliffene Edelsteine glitzerte. Sie roch die Kuchen und Sandwiches und den Kaffee, die im Vorraum des Ballsaales vorbereitet wurden. Aber sie sah nie das Gesicht ihres Partners, das Einzige, woran sie sich erinnerte, war seine meisterhafte Hand auf ihrem Rücken, die sie ohne einen Fehltritt führte.

Sie stöhnte und drehte sich zu einem frischen Fleck, wo die Matratze kühler war. Sie wartete, in der Hoffnung, Jal würde zur Tür gehen. Im Haus blieb es still. Dann zerriss das Klingeln erneut die Stille.

Sie sprang mit klopfendem Herzen aus dem Himmelbett und ließ die Dienerin für ihre tägliche dreistündige Hausputzarbeit ein.

»Hör zu, Phoola, fege erst mein Zimmer«, wies sie sie an. »Ich habe Kopfschmerzen, ich geh wieder schlafen.«

Phoola ließ ihre Chappals bei der Tür und tappte geräuschlos durch die abgedunkelte Wohnung. Wenn sie da war, war nicht viel von ihr zu bemerken. Doch wenn Krankheit oder Unpässlichkeit sie fern hielt, war sie überall zu sehen: in den schmutzigen Tassen und Untertassen, auf den staubigen Möbeln, in den Laken ungemachter Betten.

Coomy legte sich wieder hin, als Phoola mit dem kurzen Besen zurückkam. Sie war gebeugt und runzlig und sah viel älter aus als ihre dreiundfünfzig Jahre. Sie bewegte sich mit schnellen, kleinen Schritten, ständig gebeugten Knien, wobei ihr leuchtend grüner Sari an der Hüfte hochgesteckt war. Sie ging in die Hocke, und das nachlässige Flüstern zwischen Besen und Boden erreichte Coomys Ohren. Ihre Augenlider öffneten sich einen Spalt. Einen Moment lang dachte sie, sie wäre wieder in ihrem Traum, wo die Dinge sich drastisch verändert hatten: Ihr Tanzpartner hatte sich in ein grünes, froschähnliches Wesen verwandelt, das sich mit einer gleitenden, schwingenden Schrittkombination tief auf dem Boden bewegte.

Eine besondere Demonstration von Fleiß war nun angesagt, vor allem unter dem Bett. Der Besen wurde laut, wischte und raschelte, und Phoola knallte sogar ein paar Mal mit dem Kopf gegen die Bretter. Coomy wusste, dass sie es ihretwegen tat. Sie war froh, als sie endlich fertig war und weiter zu Jals Zimmer ging.

Sie wusste, er würde sich von nichts stören lassen, er würde das Fegen durchschnarchen, sie konnte ihn bis in ihr Zimmer hören.

Sie wandte sich wieder ihrem unterbrochenen Traum zu, und dem vagen Sehnen, das er ausgelöst hatte. Er erinnerte sie an die Tanzstunden, die sie und Jal in ihrer Jugend öfters besucht hatten. Pappa hatte ihr die Stunden bezahlt … so großzügig trotz allem, das mit Mamma und Lucy passiert war, nie hatte er ihnen etwas abgeschlagen. Und manchmal nahmen sie die kleine Roxie mit, die am liebsten in einer Ecke hockte und ihnen beim Üben zusah …

»Bai«, sagte Phoola von der Tür aus.

»Was, was?« Coomy fuhr zusammen, und das Bett knarrte mitfühlend. »Ich hab dir doch gesagt, du sollst gehen, wenn du mit der Arbeit fertig bist!«

»Die Arbeit ist nicht fertig, Bai. Die Arbeit kann nicht fertig gemacht werden.«

Coomy warf das Laken zur Seite und richtete sich auf, um sich diese verrückt gewordene Dienerin anzusehen. »Ich verstehe nicht, was du da sagst.«

»Kommen und sehen Sie selbst, Bai.«

Der Gestank hing schwer in der Luft, als sie ankamen. Nariman hatte wieder die Augen geschlossen, stellte sich schlafend.

»Aber wie kann es denn riechen?«, flüsterte Coomy, mehr zu sich selbst als zu Phoola. »Jal hat ihn doch letzte Nacht ausgeleert.«

War ihr fauler Bruder schlampig gewesen, fragte sie sich, hatte er irgendwas Stinkendes im Nachtstuhl liegen lassen? Sie hielt sich die Nase zu und hob den Deckel: Der Behälter war blitzsauber.

Nariman beschloss: Er würde die Augen öffnen und ein sauberes Geständnis ablegen. Im nächsten Augenblick lächelte er, amüsiert über den Gedanken – sauber, das war ein Zustand, der in seiner jetzigen Lage sehr wünschenswert war.

»Es tut mir Leid, Coomy, ich hatte gedacht, es sei bloß eine Blähung … und ich habe versucht, sie loszuwerden …«

»O Gott!«

Sie flüchtete aus dem Zimmer, gefolgt von Phoola, die recht zufrieden wirkte mit der dramatischen Wirkung ihrer Entdeckung. »Verstehen Sie, Bai? Ich kann in diesem Gestank nicht arbeiten. Ich bin keine Mahetrani, die Toiletten und Goo-Mooter saubermacht.«

»Ja, Phoola, du –«

»Geben Sie mir einfach meinen Lohn, ich gehe jetzt. Es gibt woanders genug Arbeit ohne einen Gestank, der meine Nase mitten in die Gosse drückt.«

»Lass das Fegen für heute, Phoola. Putz das Geschirr, okay? In der Küche riecht es nicht.«

»Bai, es ist das Beste, wenn ich gehe. Ich komme morgen, um mir mein Geld zu holen.«

Coomy folgte Phoola zur Tür, versuchte, sie zu besänftigen, aber ohne Erfolg.

Als sich die Haustür schloss, war sie sich sicher, dass sich eine andere geöffnet hatte, auf das Unglück dienerinloser Zeiten, und sie fühlte sich niedergeschlagen. Sie ging Jal wecken. »Steh auf!«, sagte sie und rüttelte ihn an der Schulter. »Sieh dir an, was Pappa angestellt hat!«

Er tastete nach seinen Hausschuhen. »Darf ich nicht mal zwei Stunden schlafen?«

Sie ignorierte seinen Protest und zerrte ihn zu Narimans Zimmer. Der Geruch machte jeden Kommentar überflüssig. Er lehnte sich an den Türrahmen und ließ den Kopf hängen. Jeglicher Optimismus war von ihm gewichen.

»Und zu allem Überfluss«, sagte Coomy, beinahe den Tränen nahe, »als ich ihn in seiner Schweinerei fand, hat er auch noch gelächelt! Gelächelt! Als wäre das alles auch noch komisch!«

»Nein, Coomy, das hast du falsch verstanden«, sagte Nariman und beeilte sich, ihr das zufällige Wortspiel zu erklären, das ihn belustigt hatte. »Verstehst du jetzt, warum ich gelächelt habe?«

»Genug, bitte! Ich sehe, was ich sehe!«

Für einen Moment war auch Jal, wie seine Schwester, vollkommen erledigt. Das verdreckte Bett brachte das Fass zum Überlaufen. Sein Waterloo, dachte er und verspürte nicht einmal einen Funken von Belustigung über das Wortspiel, zu entmutigt, um es laut zu sagen. Die Zeiten, da man es noch mit Humor versuchte, waren längst vorbei.

Um sauberzumachen, mussten sie Nariman aus dem Bett schaffen und vorübergehend auf den Nachtstuhl setzen, doch der jammerte, dass ihm der Knöchel zu wehtue. »Mich stört der Geruch nicht, und sie ist kaum feucht. Bitte lasst mich auf dieser Matratze.«

»Unmöglich«, sagte Jal. »Es wird alles nur noch schlimmer, die Füllung wird verfaulen. Und weiß Gott, was es mit deiner Haut anstellen wird. Bereit, Coomy? Eins, zwei, drei, hoch –«

Und Nariman stöhnte leise auf, wie eine vergessene Tür, die im Wind ächzt.

Sie entfernten das schmutzige Laken und betrachteten die Bescherung. Coomy sagte, es wäre weniger schlimm gewesen, wenn sie nur an die Gummiunterlage gedacht hätte. »Wir haben sie noch. Ich hätte sie unter ihn legen sollen, so wie Mamma es bei Roxana getan hat, als sie noch ein Baby war.«

»Die Matratze muss entfernt werden«, sagte Jal. »Wir geben ihm die aus Mammas Zimmer.«

Sie wurde über das Balkongeländer gelegt, kurz abgewaschen und dann in der Sonne gelassen, während Jal murmelte, es sei eindeutig: Die Schuld an diesem zusätzlichen Ärger war der Nachtstuhl.

»Was soll das heißen?«

»Pappa hat so große Schmerzen, wenn er von dem Nachtstuhl aufsteht, dass er es vorgezogen hat, das Risiko mit seiner Blähung in Kauf zu nehmen.«

»Das glaube ich nicht. Ein kleines bisschen kann vielleicht mit der Blähung herauskommen, aber doch nicht so ein großer See.«

Im nächsten Moment brach sie zusammen und weinte, sagte, es sei alles zu viel für sie, sie wisse nicht mehr, was sie tun sollte, wie sie sich um Pappa kümmern solle, und jetzt wo Phoola weg war, läge die Last der ganzen Hausarbeit auch auf ihren Schultern. Sich um Pappa zu kümmern sei schon schwer genug gewesen, als er noch nicht bettlägerig gewesen war, und die ekelhaften Sachen, die sie sich gefallen lassen musste, die Spritzer in der Toilettenschüssel, die Schweinerei im Waschbecken im Bad, sein Gebiss, das sie jeden Morgen und jeden Abend anstarrte.

»Niemand hat mir in all dieser Zeit geholfen! Weder du noch Roxana, noch Yezad! Und jetzt … ich weiß nicht … es ist so deprimierend und schwierig …«

Ihr Schluchzen jagte Jal Angst ein. Sie sollte doch die unumstößliche Säule sein, er der wankende Typ. Er versuchte die Umkehrung auf der Stelle zu korrigieren.

»Du bist bloß müde, Coomy«, besänftigte er sie. »Komm, setz dich.« Er ergriff ihre Hand und führte sie zum Sofa. »All das hier ist neu für uns, und auch neu für Pappa. Es wird bestimmt besser, sowie wir uns an die Arbeit gewöhnen.«

Sie lauschte dankbar seinen tröstenden Worten und fasste wieder etwas Mut. Sie erklärte sich einverstanden, am nächsten Morgen zu dem Sanitärgeschäft zu gehen: »Ich werde ihn mir gegen eine Bettpfanne eintauschen lassen.«

Er schlug vor, dass sie auch bei den Chenoys vorbeiging und Roxana von dem Unfall erzählte. Vielleicht könnten sie und Yezad irgendwie helfen.

Sie verwarf die Idee. Die Hilfe, die sie geben würden, war nichts wert – nutzlose Ratschläge und Kritik. Sie wollte hier keine Invasion von Chenoys haben, die ihr Abend für Abend erzählten, wie sie Pappa zu pflegen habe, vor allem dieser Yezad. Außerdem hatte sie keine Energie, ihre Gastgeberin zu sein, die Tee und kalte Getränke zwischen Bettpfanne und Waschbecken anbot.

Jal verpasste einen weiteren Morgen am Aktienbazaar. Er verbrachte die Zeit damit, zu beten, Pappa würde dicht halten, bis Coomy nach Hause kam. Und als sie es tat, begrüßte er die neuen Utensilien, als seien sie die Gefäße der Errettung. Doch der Optimismus, der um die neuen Gegenstände aufgebracht wurde, war zu schwach, um länger als bis zu ihrem ersten Versuch zu halten. Zwar blieb ihm jetzt die Mühsal erspart, Nariman auf den Nachtstuhl zu heben, doch alles Übrige blieb ebenso abstoßend wie zuvor.

Es sei lächerlich, sagte Coomy, dass bei so viel Technologie Wissenschaftler und Techniker noch nichts weniger Ekelhaftes als eine Bettpfanne erfunden hatten. »Wer braucht schon Handys und Internet und all diesen Unsinn? Wie wär's mit einem High-Tech-Gerät, um Nummer zwei im Bett zu machen?«

Sie kamen, wenn auch nur mühsam, weiterhin mit den körperlichen Ausscheidungen ihres Stiefvaters zurecht, empfanden erst Ekel, dann Mitleid und Wut und schließlich wieder Ekel. Sie waren verwirrt und empört, dass ein menschliches Wesen aus Fleisch und Blut, das bei guter Gesundheit so effizient war, plötzlich so schmutzig sein konnte. Weder Narimans Alter noch seine früheren Krankheiten hatten irgendeine Art von Warnung bedeutet. Manchmal nahmen sie es persönlich, als hätte sich ihr Stiefvater auf diesen Zustand herabgesetzt, um sie zu ärgern. Und bis zum Einbruch der Nacht lag die Spannung wieder schwer in der Luft, voller ausgesprochener und stummer Vorwürfe.

Sie brachten ihm sein Abendessen auf einem Tablett und reichten ihm sein Gebiss in einem Glas. »Könnt ihr eine Sache für mich tun?«, fragte Nariman.

»Wir tun doch alles für dich«, erwiderte Coomy.

»Ja«, sagte er besänftigend. »Mein Gebiss riecht, und ich habe es schon seit fünf Tagen nicht mehr saubermachen können.«

Sie nahm ihm unwirsch das Glas aus der Hand und ging mit zusammengebissenen Zähnen zum Badezimmer. Sie goss das Wasser weg, darauf achtend, dass sein Gebiss nicht hinausfiel, warf ein paar Flocken Waschmittel hinein, ließ frisches Wasser ein und schüttelte. Sie spülte das Gebiss zweimal und ging zurück, zufrieden, dass sie es geschafft hatte, es nicht zu berühren.

Nariman steckte sich das Gebiss dankbar in den Mund. Dann wurde seine Miene bitter, als er das Waschmittel schmeckte

»Was ist los?«, fragte Jal.

»Nichts. Danke fürs Saubermachen. Weiß übrigens Roxana schon, was mit mir passiert ist?«

»Was denkst du denn?«, erwiderte Coomy. »Habe ich denn auch nur eine einzige freie Minute gehabt, seit du dir deine Knochen gebrochen hast? Ich bitte um Verzeihung, wenn Eure Lordschaft mit dem Service nicht zufrieden ist.«

»Bitte reg dich nicht auf, Coomy«, bat er. »Es tut mir Leid, es war unüberlegt von mir.«

Der Schlaf musste erst noch kommen und seinen Schmerz lindern, doch er beantwortete das »Gute Nacht, Pappa«, das aus dem Flur hereinkam, mit Schweigen. Eine Hand schlich um den Türrahmen, tastete nach dem Schalter, und dann ging das Licht aus.

Nariman war heilfroh über die Dunkelheit. Er wand sich, fühlte sich am ganzen Körper klebrig und versuchte, sich am Rücken zu kratzen, der nach einer Einreibung mit Puder lechzte. Seit seiner Rückkehr aus dem Krankenhaus hatten weder Jal noch Coomy daran gedacht, einmal seine Wäsche zu wechseln oder ihm ein feuchtes Handtuch anzubieten, ganz zu schweigen von einem Schwammbad. Sie würden es tun, wenn er sie darum bäte, aber er wollte nicht riskieren, sich ihren unbeholfenen Händen anzuvertrauen.

Indem er die rechte Schulter vom Bett hob, konnte der langsame Atem des Deckenventilators seinen verschwitzten Rücken erreichen. Er starrte auf das Fenster, dessen Scheibe im Straßenlicht leuchtete. Die kahlen Gitterstäbe waren seltsam tröstend. Alte Freunde, die ihm Gesellschaft geleistet hatten, in den Stunden, in denen er aus dem Fenster sah und darauf wartete, einen Blick von Lucy zu erhaschen. Und die blätternde Farbe, die er manchmal mit dem Fingernagel von den Gitterstäben schnippte ... wie die Schuppen, die er geschnippt hatte, als er noch jünger war und Haare hatte. Sein schuppenschnippender Fingernagel ... die Schuppe schnippend ... und der Rock, den Lucy getragen hatte ... er nannte ihn den Klarinettenrock, weil sie, wie er ihr sagte, darin schlank wie eine Klarinette aussah ... als sie jung waren ...

»Einmal, als wir jung waren«, summte er halb, stellte sich halb die Worte des Liedes vor, »eines wunderschönen Morgens im Mai sagtest du mir, du liebst mich, einmal, als wir jung waren ...«

Ihr Lied, seins und Lucys, seitdem sie zusammen ›The Great Waltz‹ gesehen hatten. Er erinnerte sich an die Sonntagabendvorstellung im Metro. Der Tag, an dem er dem gelben Kleid einen Namen gab ... und nach dem Film sagte er, sie sei so toll wie Miliza Korjus. Sie schlenderten zum Cooperage Maidaan und fanden eine Bank fern ab von der Menge, die sich um eine Militärkapelle mit zackigen Märschen geschart hatte. Er und Lucy waren durch Bäume und Büsche von dem Pavillon geschützt.

Er ließ seine Finger die Reihe großer gelber Knöpfe entlangwandern, die Vorderseite hinauf und hinunter, drückte jeden einzelnen leicht … er spiele Klarinette, sagte er. Sie lachte und erwiderte neckend, dass er nicht die richtigen Klappen niederdrücke. Er fasste die Bemerkung als Herausforderung auf. Sie küssten sich, seine Finger knöpften die Knöpfe auf und streichelten ihren Ausschnitt, schlüpften in den BH zu ihren Brustwarzen. Sie seufzte vor Wonne, und er murmelte in ihr Ohr, dass er jetzt die richtigen gefunden habe. Doch Finger reichten nicht, eine Klarinette brauche auch einen Mund, der sie spielt, sagte er, ich will dir mal mein Mundstück zeigen, und versuchte, den BH zu öffnen, indem er nach hinten griff. Nein, nicht hier, sagte sie. Und so drückte er seinen Mund auf das, was er erreichen konnte, sie würden das vollständige Klarinettenkonzert auf ein anderes Mal verschieben …

Ein Krankenwagen raste heulend an dem Gebäude vorbei, sein Blaulicht warf chaotische Blitze über das Fenster. Einen Moment lang schienen die Gitterstäbe wie in Tageslicht getaucht. Dann nahm das Fenster wieder das weiche Leuchten von der Straßenlaterne an, auf die er zu starren gewohnt war.

Draußen ging eine Brise, er konnte sie in den Ästen des Baumes rascheln hören. Schatten spielten auf der Fensterscheibe. Blätter, die sich wie die Krallen eines nächtlichen Wesens bewegten.

Plötzlich fröstelte er. Er wünschte jetzt, der Ventilator wäre abgestellt, wagte es aber nicht, um Hilfe zu rufen. Er zog das Laken eng um sich. Ein weiteres Mal blieb er im Wissen um seine Hilflosigkeit gefangen. Was würde jetzt mit ihm passieren? Es standen ihm noch einige Wochen bevor, und er war ihnen allen auf Gedeih und Verderb ausgeliefert. Schon jetzt hatten sie ihre Arbeit satt, hatten ihn satt, dass er immer noch am Leben war. Nein, das war ungerecht, sie taten ihr Bestes.

Er sah auf die Uhr: noch Stunden bis zum Sonnenaufgang. Die Muster auf der Fensterscheibe hatten sich verändert, die Blattsilhouetten bildeten einen weit aufgerissenen Schlund. Er schloss die Augen, spürte, wie ein Schluchzen in seiner Brust aufstieg. Es wäre nicht gut, wenn sie es hörten.

»Die Anstrengung bringt mich um. Mein Rücken ist hinüber«, sagte Coomy, als sie mit Jal auf dem Balkon saß. »Wir gehen heute nicht ins Bett, ehe wir eine Entscheidung wegen Pappa getroffen haben.«

»Einverstanden«, sagte Jal. »Engagieren wir eine Ayah.«

»Unmöglich. Wir haben kein Geld.«

»Das sagst du immer.«

»Schau dir die Kontoauszüge an. Die Krankenhausrechnung hat die Dividenden aufgefressen, die wir gespart hatten.«

Auf der Straße kam Unruhe auf, und sie sprachen nicht weiter. Ein paar Männer rannten unten auf dem Pflaster vorbei, gefolgt von einer Menge, die hinter ihnen her schrie. Es war schwer zu erkennen, was da los war. Coomy meinte, es sehe aus, als ob die Leute Diebe verfolgten, Taschendiebe vielleicht. Jal vermutete, es sei eher nur eine ausgelassene Toberei. Bald herrschte auf der Straße wieder die normale Geschäftigkeit.

»Es gibt so wenig in meinem Leben«, sagte Coomy. »Haus und Markt, Markt und Haus. Ich kann nicht mal in den Feuertempel.«

»Das geht nicht nur dir so. Meine Arbeit leidet auch.«

»Arbeit nennst du das? Jeden Morgen zum Aktienbazaar gehen und tratschen?«

»Wenn ich mich nicht sorgfältig um Mammas Investitionen kümmern würde, hätten wir keine Paisa mehr im Haus.«

»Und wenn du dir eine richtige Arbeit suchen würdest, hätten wir auch Geld für eine Ayah oder einen Pfleger.«

Sie waren wieder da, wo sie angefangen hatten, gekränkt und zornig. Ihre Gedanken waren getrübt von Erschöpfung und Frustration, während sie über das Balkongitter auf den endlosen Verkehrsstrom hinunterstarrten. Schließlich trat in ihrem Streit eine Pause ein, und wortlos vereinbarten sie einen Waffenstillstand.

»Ich will nicht, dass Pappa mich anwidert, wenn er hilflos im Bett liegt«, sagte Coomy. »Aber ich kann mir nicht helfen, ich hasse ihn.«

»Du hasst ihn nicht«, sagte Jal, erschocken über die Wucht dieses Wortes. »Du hasst die Arbeit. Wir müssen einfach unser Bestes versuchen und unsere Pflicht tun. Selbst als Stiefvater war er immer gut zu uns, das dürfen wir nicht vergessen.«

Sie redeten bis tief in die Nacht hinein, und dann standen sie auf, um ins Bett zu gehen, noch immer ohne eine Lösung. Als sie am Zimmer ihres Stiefvaters vorbeikamen, hörten sie ein eigenartiges Geräusch von drinnen.

»Hast du das gehört?«

»Ich bin nicht sicher.« Jal blieb stehen und rückte sein Hörgerät im Ohr zurecht. Jetzt hörte auch er das Wimmern. Sie standen vor der Tür, und es gab keinen Zweifel: Er weinte.

»Was machen wir jetzt?«, fragte Coomy, und auch ihr traten Tränen des Mitgefühls in die Augen.

»Wir gehen natürlich zu ihm.«

Ohne das Licht einzuschalten, betraten sie das Zimmer und näherten sich auf Zehenspitzen dem Bett. »Pappa.« Sanft streichelte sie seine Schulter. »Wir dachten, wir hätten dich gehört … Ist alles in Ordnung?«

Nariman war dankbar, dass es im Zimmer dunkel geblieben war. Mit einer Bewegung nahm er ihre Anwesenheit zur Kenntnis. »Ja.«

»Sind es die Schmerzen?«, fragte Jal. »Möchtest du noch eine Tablette?«

»Es geht schon. Ihr beide braucht Ruhe. Geht jetzt ins Bett.« Er machte einen Kusslaut mit den Lippen.

»Gute Nacht, Pappa.«

Auch sie küssten die Dunkelheit und zogen sich zurück, besorgt über diese neue Entwicklung.

In den nächsten paar Tagen fanden sie ihn öfter weinend, manchmal nachmittags während seines Schläfchens, aber meistens nachts. Sie beschlossen, den Arzt zu informieren.

Nariman wunderte sich über Dr. Tarapores Erscheinen und äußerte Zweifel, ob denn eine gründliche Untersuchung notwendig sei.

»Ich dachte, ich hätte im Krankenhaus davon gesprochen«, bluffte der Arzt. »Eine Untersuchung, eine Woche nach Ihrer Entlassung. Um sicher zu sein, dass alles so läuft, wie es soll.«

»Und? Tut es das?«

»Absolut. Und die Schmerzen sind erträglich?«

»Die ersten zwei Tage waren schlimm«, sagte Nariman, und Coomy hielt den Atem an. Kam jetzt eine Beschwerde wegen des Toilettenstuhls?

»Aber das ist nur natürlich«, fuhr er fort. »Ich habe vier Schmerztabletten am Tag genommen. Jetzt reicht eine am Abend.«

»Ausgezeichnet«, sagte der Arzt. »Ausgezeichnet.«

Aber die Veränderung, die eine Woche im Aussehen des Professors bewirkt hatte, beunruhigte ihn. Sein Zustand war durch einen gebrochenen Knöchel nicht zu erklären. Dr. Tarapore nahm Jal und Coomy mit hinaus und sagte, sie müssten ihn aufmuntern.

»Depressionen sind bei einer Krankheit nichts Ungewöhnliches, aber bei alten Leuten können sie schlimm werden. Lassen Sie ihn nicht merken, dass Sie sich Sorgen machen, seien Sie munter und optimistisch in seiner Nähe, sprechen Sie von heiteren Dingen, glücklichen Erinnerungen. Lachen und Fröhlichkeit sind ebenso wichtig wie seine Medikamente.«

Der Arzt erinnerte sie außerdem daran, auf seinen Rücken Acht zu geben, damit er sich nicht wund lag. Er empfahl, ihn täglich mit einem Schwamm oder einem Handtuch abzuwaschen, guten Talkumpuder zu verwenden und häufig seine Stellung zu verändern, indem sie ihn mit Kissen stützten. Wenn die Haut erst aufriss oder das Gewebe eitrig wurde, warnte er, würde es für den Professor eine Qual und für sie eine unangenehme Aufgabe werden.

Coomy meinte, Dr. Tarapore könne leicht von Fröhlichkeit reden; er müsse sich ja auch nicht mit lebenslangem Jammer abgeben. »Glückliche Erinnerungen, sagt er. Aber woher sollen die denn in diesem Alter noch kommen?«

»Wir könnten über Roxie reden, als sie klein war«, schlug Jal vor. »Da war Pappa sehr glücklich. Wir waren alle glücklich, auch Mamma.«

»Wie lange können wir ein einziges Thema ausdehnen?«

Er zuckte die Achseln. »Was mir am meisten Sorge macht, ist der Schaden, den wir anrichten können, weil wir nichts von Krankenpflege verstehen. Du hast gehört, was der Arzt über die Hygiene gesagt hat. Das ist eine Riesenverantwortung.«

»Die Roxana und Yezad nicht zu teilen brauchen. Und das ist nicht richtig, das sage ich die ganze Zeit.«

»Aber du bist diejenige, die sie nicht informieren will.«

»Was nützt das Informieren? Solange Pappa hier ist, entgehen sie der Belastung.«

Er schüttelte den Kopf und wusste keinen Ausweg. »Weißt du, gestern Abend habe ich Pappa angeschrien und mich danach sehr geschämt. Manchmal denke ich mir aus lauter Frustration schreckliche Lösungen aus. Schlaftabletten, um ihn ruhig zu halten. Antidurchfallmedizin, damit er ein paar Tage Verstopfung hat.«

Er befingerte das Muttermal unter seinem rechten Ohr. »Gibt es nicht eine Redensart, die besagt, dass Gott uns, wenn Er uns Schwierigkeiten schickt, auch die Kraft und die Weisheit gibt, um sie zu bewältigen?«

Kraft und Weisheit, antwortete sie, seien denjenigen vorbehalten, die sich mutig benahmen und für ihre Rechte eintraten. »Und das haben wir noch nie getan, oder?«

»Wie meinst du das?«

»Überleg doch – warum haben wir kein Geld für eine Ayah? Weil wir zugelassen haben, dass Pappa alle seine Ersparnisse für Roxana ausgab. Das ist die Wurzel unserer Probleme. Gott sei Dank für das Geld, das Mamma uns hinterlassen konnte.« Ihr Ärger erwachte von neuem. »Wenn Mamma noch am Leben wäre, hätte es nie zu dieser Ungerechtigkeit kommen können. Wie ich sie alle hasse!«

»Sag das nicht. Sie ist unsere Schwester. Und Pappa hat uns diese Wohnung geschenkt. Jetzt müssen wir unseren Teil tun.«

»Ich schulde Pappa nichts. Er hat weder meine Windeln gewechselt noch mir den Hintern gewaschen, und ich brauche seine Scheiße auch nicht wegzuputzen.«

»Wie hätte er das denn tun sollen? Du warst elf Jahre alt, als er Mamma geheiratet hat.« Trotz der Düsterkeit des Augenblicks musste er lachen.

Coomy lächelte matt. »Ich finde einfach nicht, dass ich diejenige sein sollte, die das alles für ihn tun muss.«

»Aber das ist doch auch nicht das Hauptproblem«, sagte Jal. »Selbst wenn wir uns in eine doppelte Florence Nightingale verwandeln und Pappa eine erstklassige Körperpflege bieten – woher sollen wir Lachen und Fröhlichkeit nehmen? So etwas kommt nicht aus einer Arzneiflasche. Was ist, wenn er wirklich an Depressionen stirbt?«

Coomy legte einen Finger auf die Lippen; in ihrem Kopf nahm eine Idee Gestalt an. »Immer wenn Pappa mit Roxies Familie zusammenkommt, ist er in guter Stimmung. Er und Yezad lachen und amüsieren sich immer.«

»Und?«

»Er sollte bei ihnen sein, wegen der heiteren und fröhlichen Atmosphäre, die der Arzt verordnet hat.«

»Das ist absurd«, sagte Jal. »Ja, Pappa und Yezad verstehen sich gut. Das heißt aber nicht, dass er wochenlang mit seinem Schwiegervater in diesen zwei winzigen Zimmerchen wohnen möchte.«

»Und was ist mit dem, was Roxie möchte? Wenn der Arzt sagt, es ist eine Frage von Leben und Tod, dann hat Yezad doch sicher nicht das Recht, nein zu sagen.«

Sie erörterten erst die eine Seite, dann die andere, bis es ihnen gelungen war, sich einzureden, dass Roxana ihn ohne Murren aufnehmen und ihnen dankbar sein würde, weil sie ihr diese Gelegenheit gaben. »Genau genommen«, sagte Coomy, »bin ich sogar sicher, dass sie wütend sein wird, weil wir ihr eine Woche lang nichts gesagt haben.«

Als Jal seinem Stiefvater beim Frühstück mit Tee und Toast behilflich war, sagte er, es gebe da eine bedenkenswerte Idee. »Ein kurzer Besuch in Pleasant Villa, der dir helfen würde, gesund zu werden.«

Nariman nickte und sagte, im Tee sei zu wenig Zucker.

»Ich habe einen ganzen Löffel hineingetan«, sagte Coomy.

»Er schmeckt aber nicht süß.«

Sie tat noch mehr hinein und wies ihn wieder einmal darauf hin, dass Zucker nicht mehr über Lebensmittelkarten erhältlich war. »Bei den Marktpreisen müssen wir uns einschränken.«

»Was hältst du von der Idee, Pappa?«, fragte Jal.

»Ich glaube, in Roxies Wohnung wirst du Spaß haben«, sagte Coomy, »mit Yezad und den Jungen. Deine Genesung wird schneller voranschreiten – ein glücklicher Geist bedeutet einen glücklichen Körper. Die Wochen werden im Fluge vergehen.«

Sie warteten bang darauf, dass er antwortete.

»Es ist gut, zu sehen, dass das Lächeln in eure düsteren Gesichter zurückgekehrt ist«, sagte er schließlich. »Sie sahen ja allmählich aus wie auf den Porträts im Korridor.«

»Nun ja, Pappa«, sagte Jal, »die Sorge um dich lässt uns nicht viel Zeit zum Lächeln. Zu sehen, wie du Schmerzen leidest, und dich dabei in keiner Weise unterhalten zu können, das ist ein schreckliches Gefühl für uns.«

Jetzt dauerte das Schweigen länger. Angenommen, ich sage nein, dachte Nariman, und nenne ihnen gute Gründe dafür – sie könnten immer noch tun, was sie wollen. Angenommen, ich sage ihnen, diese Wohnung ist mein Zuhause, und ich habe sie auf euch überschrieben, weil ich keinen Unterschied zwischen euch und Roxana gemacht habe. Würdet ihr mich jetzt, wo ich hilflos bin, hinauswerfen? Sie würden wahrscheinlich lachen und sagen, ich dramatisiere die Sache.

»Wo ich im Bett liege, hier oder da, ist mir egal. Aber für sie wird es schwierig sein, in einer so kleinen Wohnung.«

»Klein?«, sagte Coomy. »Für die Verhältnisse in Bombay ist sie riesig! Du weißt, dass in Mietskasernen und Siedlungen acht-, neun- und zehnköpfige Familien in einem einzigen Zimmer wohnen.«

Wieder musterte er ihre besorgten Gesichter. »Wenn Roxana und Yezad einverstanden sind, habe ich nichts dagegen. Sprecht zuerst mit ihnen.«

»Wie kannst du so etwas sagen, Pappa«, antwortete Coomy. »Natürlich sind sie einverstanden. Warum, glaubst du, haben wir Roxie bis jetzt nichts von deinem Knöchelbruch erzählt? Weil sie darauf bestanden hätte, sich um dich zu kümmern – sie hätte Streit mit uns angefangen, um dich nach Pleasant Villa zu holen. Und wir wollten ihr die Umstände ersparen.«

Und so war es entschieden. Lahme Späße und die sorgfältige Hinwendung auf wichtige Details verhinderten, dass die Fassade ins Bröckeln geriet, während die Vorbereitungen zur Verlegung anliefen. Ein Koffer wurde vom Schrank heruntergeholt und abgestaubt. Coomy kam mit einem Haufen von Kleidungsstücken auf dem Arm zum Bett, um sie genehmigen zu lassen.

Nariman sagte ja, ohne hinzuschauen. Sie sieht fröhlich aus, dachte er, als ob sie sich auf eine Urlaubsreise vorbereitete.

Jal fragte, ob er irgendwelche Bücher mitnehmen wolle. Das wisse er nicht genau, antwortete er.

»Sag's uns später. Wir können dir bringen, was du willst.« Er legte Narimans Rasierapparat, die Rasierseife und eine Bürste in eine Plastiktüte und gab sie Coomy für den Koffer.

Sie stopfte sie unter die Hemden. »Du solltest dir einen Bart wachsen lassen, Pappa. Vergiss den Rasierer. Ein Philosoph wie du braucht einen Bart.«

»Ja«, sagte Jal. »Einen sokratischen Bart.«

Nariman lächelte. Sie gaben sich so viel Mühe.

»Noch etwas einzupacken?«

Er schüttelte den Kopf. Wenn er ein Foto von Lucy gehabt hätte, hätte er sie gebeten, es mitzugeben. Aber Yasmin hatte sie alle verbrannt, jedes einzelne. Auf rot glühenden Kohlen, in demselben silbernen Weihrauchgefäß, in dem sie bei ihren Abendgebeten den Loban verbrannte.

Vielleicht war das gar nicht so schlecht gewesen. Es hatte ihn gezwungen, sich auf seine Erinnerung zu verlassen. Lucys Bild war nicht zu verbrennen.

Für die Reise gab Coomy ihm am nächsten Morgen eine Schmerztablette extra, während sie im Geiste eine Checkliste durchging, um sicher zu sein, dass sie nichts vergessen hatte. »Jal, hast du das Glas eingepackt, in dem Pappa sein Gebiss aufbewahrt?«

»Das ist nicht so wichtig«, sagte Nariman. »Roxana wird mir ja kein Wasserglas verweigern, in dem ich meine dritten Zähne baden kann.«

»Wenn etwas fehlt, können wir es später bringen«, sagte Jal, um ihre Begeisterung zu dämpfen, denn sie machte ihn verlegen.

»Ich sehe lieber nach, denn sonst wird Roxana sagen, ich sorge nicht für dich.« Sie lief schnell ins Bad. Das Glas, das sie verabscheute, stand auf dem Regal. Sie schüttelte die Wassertropfen heraus und steckte es in eine braune Papiertüte. »Okay, Pappa, jetzt ist alles klar.«

»Der Krankenwagen ist da«, verkündete Jal vom Fenster her.

Die armen Kinder, dachte Nariman. Es fiel ihnen so schwer, ihre Ungeduld zu verbergen. Und er konnte es ihnen nicht verdenken. Die Schuld lag bei denen, die sich vor sechsunddreißig Jahren eingemischt hatten, bei den Heiratsvermittlern, die mit guten Vorsätzen solche Trübsal produzierten. Noch heute hörte er die Stimmen seiner Eltern nach dem Hochzeitssegen: Jetzt hast du deinen Platz im Leben gefunden, und wir können in Frieden sterben. Was sie auch getan hatten, ein Jahr später. Sie waren lange genug am Leben geblieben, um ihre Pflicht zu erfüllen, aber nicht lange genug, um das Unglück zu sehen, das daraus hervorgehen würde.

Zwei Männer in schlecht sitzenden weißen Uniformen und schlappenden Ledersandalen kamen mit einer Trage herein. Der Fahrer ließ sich von Jal eine Rechnung unterschreiben, auf der vermerkt war, wann sie ihren Einsatz angefangen hatten, und die Zieladresse wurde bestätigt.

Die Krankenwagenmänner schoben Nariman auf die eine Seite des Bettes, um Platz für die Trage zu machen. Sie legten ihn fachmännisch darauf, stopften die Decke um ihn herum fest und rieten ihm, am besten die Augen geschlossen zu halten. Dann kamen sie aus dem Schlafzimmer und bewältigten vorsichtig die Kurve durch die Tür, dicht gefolgt von Jal und Coomy.

Als sie den Korridor entlangmarschierten, öffnete Nariman die Augen. Aus der Rückenlage sah er die mürrischen Porträts seiner Vorväter an den Wänden. Seltsam, wie ihre Augen ihn anschauten – als wären sie die Lebenden und er der Tote.

Die Trage bewegte sich leicht auf und ab, wie ein Boot, das auf dem Meer dümpelt, und das erweckte den Anschein, als nickten seine Ahnen. Zeigten nickend ihr Einverständnis mit seinem Schicksal, mit seinem Auszug aus dieser Wohnung.

Er fragte sich, ob er die vertrauten Gesichter jetzt zum letzten Mal sah. Am liebsten hätte er den Krankenwagenmännern gesagt, sie sollten noch einen Rundgang durch alle Zimmer machen, damit er alles betrachten und es sich einprägen könnte, bevor die Tür sich hinter ihm schloss.

5

Eine diatonische Tonleiter, ausgeführt in perfektem Legato, wehte aus dem Erdgeschoss von Pleasant Villa nach oben. Wie hübsch ein simples Do Re Mi klingen kann, dachte Roxana im dritten Stock und summte laut mit der Violine mit.

Die Oktave war zu Ende, und sie rief aus der Küche: »Mach dich fertig, Jehangir, das Wasser ist heiß!«

Die Violine folgte der Dur-Tonleiter in die nächste Tonart. Er ignorierte seine Mutter und war völlig vertieft in das Puzzleteilchen, das er in der Hand hielt. Den richtigen Platz in der Welt seines Puzzles zu finden, das war im Augenblick alles, was er wollte.

»Es kocht gleich, Jehangir. Und ich auch – ich warne dich.«

»Ich bin heute nicht dran.«

»Komm mir nicht mit deinen Tricks. Murad hat gestern gebadet. Beeil dich, das Wasser verwandelt sich in nutzlosen Dampf!«

Ein Schatten fiel über den unvollendeten Comer See. Er blickte auf und sah seinen Vater vor sich stehen. »Kannst du nicht hören, was Mummy sagt? Jetzt geh und lass sie nicht erst schreien.«

Roxana empfand ein zärtliches Gefühl für ihren Mann. Sie konnte nie vorhersagen, ob er sich auf die Seite ihrer Kinder stellen oder ob er sie unterstützen würde.

Jehangir gab sein Puzzle auf, und Yezad übernahm es. »Dein Sohn ist richtig süchtig. Wenn man sieht, wie er sich konzentriert, könnte man meinen, er sucht seinen eigenen Platz in der Welt.«

Er nahm das blaue Teil, das sich Jehangir widersetzt hatte, und probierte es an verschiedenen Stellen des Comer Sees aus, ehe er kapitulierte. »Ist noch zu früh, um dieses Teil einzupassen. Du musst erst weiterbauen.«

»Ich weiß«, sagte Jehangir und zog sein Handtuch von der Leine, die sich zwischen seinem und Murads Bett quer durch das Wohnzimmer spannte. An Regentagen, wenn die Wäsche nicht auf den Balkon gehängt werden konnte, hing an dieser Leine ein duftender Vorhang aus nassen Kleidern, und so war ihm das Zimmer lieber: mit zwei Abteilungen. Dann tat er so, als wäre er einer der Fünf Freunde oder der Spürnasen, die alle ihr eigenes Zimmer hatten und in England lebten, wo alles schön war. Seine Phantasie entrückte das Zimmer mit dem Kleidervorhang auf das englische Land, in ein Haus mit einem hübschen Garten, wo Rotkehlchen sangen und Rosen blühten, in das er zurückkehren konnte, wenn er ein Abenteuer erlebt oder ein Geheimnis aufgeklärt hatte. Perfekt würde er in diese Welt hineinpassen, dachte er.

Seine Schuluniform hing in dem Kleiderstapel auf dem Wäscheständer. Das Handtuch war feucht vom schwülen Atem des Monsuns. Wenn es nach ihm ginge, wäre die Badezeit besser darauf verwendet, noch mehr vom Comer See zusammenzusetzen, von seinen friedvollen Ufern, seinem blauen Himmel …

Murad wollte auch baden, und Roxana sagte, sie habe ohne diesen neuen Unsinn morgens genug um die Ohren. »Erst war es dir sogar jeden zweiten Tag zu viel. Jetzt willst du es täglich.«

»Dein Sohn wird groß«, sagte Yezad, »und vernünftig. Das sollten wir feiern, Roxie.«

»Bitte rede sie mit ihrem richtigen Namen an. Meine Mutter ist kein Kino«, sagte Jehangir und imitierte dabei den Tonfall seines Großvaters, denn er wusste, das würde Daddy amüsieren.

»Hör ihn dir an – macht sich über Grandpa lustig. Wenn wir den Chief das nächste Mal sehen, bekommst du Ärger, du Racker.« Dann legte er die Hände um Roxanas Gesicht. »Ich kann die ganze Welt in diesen Augen sehen. Besser als jedes Kino.«

Die Violine im Erdgeschoss fuhr mit dem Üben fort und verströmte Dur-Tonleitern wie Sonnenstrahlen. Jehangir und Murad lachten; es machte sie glücklich, wenn ihre Eltern so waren, denn die dunkleren Tage, die angefüllt waren mit Schreien und Streiten, kamen häufiger vor, als ihnen lieb war.

»Kannst du ›Jurassic Park‹ in Mummys Augen sehen?«, fragte Murad.

»Nicht ›Jurassic Park‹ und keine Dinosaurier«, sagte sein Vater. »Aber ich sehe ›Alle Herrlichkeit auf Erden‹.«

Sie lachten wieder, und Roxana sagte, das sei genug gaylagaanda für einen Morgen, und die drei Faulpelze würden zu spät kommen, wenn sie sich nicht beeilten. »Komm schon, schieb dein Bett weg«, befahl sie Murad. »Das Frühstück kommt.«

Er sei der Einzige von seinen Freunden, maulte er, der ›Jurassic Park‹ immer noch nicht gesehen habe, und dabei schob er seine niedrige Pritsche unter den Diwan, der Jehangir als Bett diente. Sie verschwand mit empörtem Ächzen. Der Esstisch, der dicht an der Wand stand, wurde auf die neu geschaffene Fläche gezogen. Jetzt war ringsherum gerade genug Platz für vier Stühle.

Jehangir fragte sich, ob er das Baden je so sehen würde wie Murad. Daddy war der Einzige, der das Privileg hatte, jeden Tag zu baden, denn er ging zur Arbeit und hatte mit Kunden zu tun. Er hielt sich an ein sorgsames Ritual mit Seife und Talkumpuder und Pomade. Er hatte ein türkisches Handtuch, weich und flauschig. Alle andern hatten grobe, einfache.

Er hatte Mummy einmal gefragt, warum das so war. Sie sagte, Daddy arbeite so hart im Bombay Sporting Goods Emporium und habe einen so schwierigen Job, dass sie jede Gelegenheit nutze, etwas Besonderes für ihn zu tun, um ihn zu verhätscheln. Es sei sehr wichtig, dass er sich immer tipptopp fühle, wenn er morgens das Haus verlasse. Oft fragte sie Daddy: Bist du glücklich, Yezdaa, ist alles okay? Diese Frage stellte Mummy auch Murad und ihm; sie wollte, dass sie alle glücklich waren, und musste sich ständig vergewissern. Und er antwortete immer mit ja, auch wenn ihm sehr traurig zumute war.

Ein nagender Zweifel trieb ihn zu seinem Puzzle zurück, um noch einmal einen Blick darauf zu werfen. »Murad kann an meiner Stelle baden«, sagte er. »Ich brauche es nicht.«

»Du brauchst es nicht?« Seine Mutter hob seinen Arm hoch und schnupperte darunter. »Du stinkst wie ein Ziegenbock.«

»Ah, der Achselhöhlentest«, sagte sein Vater. »Nach Mummys Gesicht zu urteilen, bist du durchgefallen.«

»Wie dem auch sei, du solltest auch an Murad riechen«, sagte Jehangir. »Mal sehen, wer schlimmer stinkt.«

»Wird Zeit, dass du eine neue Redewendung lernst«, sagte sein Vater. »Wir sollten Grandpa mal wieder besuchen.«

»Heute bist du an der Reihe, und damit Schluss«, sagte seine Mutter. »Wenn Murad täglich baden will, muss er morgens aufstehen, bevor der Wasserhahn eintrocknet. Um sechs, wie ich.«

Als niemand hinschaute, kontrollierte Jehangir seine eigene Achselhöhle und entdeckte den üblichen interessanten Geruch. Das Wasser kochte jetzt; seine Mutter nahm einen Lappen in jede Hand und hob den Topf vom Herd herunter.

»Aus dem Weg«, rief sie ein paar Mal wie eine Schiffssirene im Nebel, »geht zur Seite, zur Seite«, und sie taumelte in einer Wolke von Dampf ins Badezimmer, wo sie das Gefäß in den zur Hälfte mit kaltem Wasser gefüllten Zuber entleerte. Es war ihre große Angst, dass sie in der morgendlichen Hektik mit jemandem zusammenstoßen und ihn verbrühen könnte. Yezad durfte das heiße Wasser aber auch nicht tragen – Gott behüte, wenn er sich verbrannte und nicht arbeiten könnte, würden sie …

Aber sie weigerte sich, diesen Gedanken zu Ende zu führen. »Schrubb dich ordentlich ab, vergiss die Seife nicht, und – wo willst du jetzt wieder hin?«

»Aufs Klo.«

»Schon wieder? Beeil dich, das Wasser wird sonst kalt. Und Yezdaa, die Uhr in der Küche ist stehen geblieben.«

»Darf ich sie aufziehen, Daddy?«, fragte Murad.

»Ich habe dir schon hundertmal gesagt, dass es eine besondere und sehr empfindliche Uhr ist. Du wirst sie aufziehen, wenn du älter bist.«

Alles müsse warten, bis er älter sei, brummte Murad, und wenn es so weiterginge, würde sich bis dahin so viel aufstapeln, dass er gar keine Zeit mehr für alles hätte.

Mit dem Knoten unzufrieden, zog Jehangir sich die »Nehru House«-Krawatte vom Hals, strich die Falten glatt und unternahm einen zweiten Versuch. Er probierte einen neuen Typ aus, den er in der Schule gelernt hatte, eine knollenförmige Variation des Samosa, die Pakora-Knoten hieß.

»Hör auf, mit deiner Krawatte zu spielen, und iss«, sagte

Roxana. »Bad, Frühstück, Uniform – ständig muss ich hinter diesem Jungen her sein.«

Er hatte seinen Buttertoast halb aufgegessen, als es in seinem Bauch wieder anfing zu rumoren. Er versuchte sich unbemerkt zu verdrücken, um dem Kreuzverhör zu entgehen, das sonst sicher folgen würde.

Aber seine Mutter zählte mit. »Zum dritten Mal? Was ist los? Und dein Bruder hat siebenmal geniest, seit er aufgewacht ist.«

Achselzuckend setzte er seinen Weg zur Toilette fort, während sein Vater Roxana wegen ihrer Buchführung aufzog. Als er an den Borden mit den Küchenvorräten vorbeikam, strich Jehangir mit den Fingern über die glasierten Oberflächen der drei Tontöpfe. Der große, dunkelbraune, der wie eine Amphore geformt war, enthielt den Reis aus dem Rationierungsladen; der ockerfarbene zylindrische Topf war mit Weizen aus dem gleichen Laden gefüllt, und der kleinste, rötlich braun, gedrungen und robust, barg den teuren Basmatireis, der für besondere Tage wie Pateti und Navroze und Geburtstage reserviert war.

Er hatte es gern, wie diese Bunnees sich anfühlten, und immer wieder versuchten seine Finger die Kühle der Glasur einzufangen. Ganz gleich, welcher Monat gerade war, immer thronten sie ruhig und gelassen in dem schlecht beleuchteten Gang wie drei Götter. Zur Mangozeit wurde die Frucht im Reis verborgen, wo sie zu Gold heranreifte, viel besser als im Stroh. Und das Korn fühlte sich seidig an, wie es so über seine grabenden Finger rieselte, wenn er versuchte, die Frucht wieder zu finden, um zu sehen, ob sie schon reif war.

Man musste mehrmals an der Kette ziehen, bevor der Tank seinen reinigenden Wasserschwall entließ. Durch das Rauschen wachsam geworden, wartete Roxana, bis er an der Küche vorbeikam.

»Vielleicht solltest du heute zu Hause bleiben«, sagte sie stirnrunzelnd.

Auf dem Rückweg berührte er weder die Töpfe noch sonst etwas. Das war eine strenge Vorschrift seiner Mutter: Nach der Toilette mussten unverzüglich die Hände gewaschen werden, mit Seife, zweimal, bevor sie wieder an der Welt außerhalb des WCs teilhaben durften.

Die ferne Violine wob jetzt Morgennebel und Melancholie zu Moll-Tonleitern. Jehangirs dritter Ausflug hatte eine sorgenschwere Wolke auf Roxanas Gesicht treten lassen. Sie wandte sich, noch immer stirnrunzelnd, wieder der Pfanne zu, um für ihren Mann zwei Rühreier zum Frühstück zu machen. Sie wollte, dass er die Eier aufgab oder wenigstens weniger aß, vielleicht nur noch an jedem zweiten Tag.

»Bitte hör auf mich, Yezad, das ist nicht gut für dich.« Zum x-ten Mal fing sie damit an. »In den Illustrierten und im Fernsehen ist so oft die Rede von Cholesterin und Herzkrankheiten.«

»Alles nur Marotten und Modeerscheinungen, Roxie. Mein Vater und mein Großvater sind zweiundachtzig und einundneunzig Jahre alt geworden. Haben jeden Morgen Eier gegessen, bis zu ihrem Tod.«

Dann imitierte er die raue Stimme eines Kellners in einem überfüllten iranischen Restaurant: »Spiegelei, Rührei, Akoori, Omelette!« Er ließ die Worte laut und guttural klingen und sprach Omelette absichtlich falsch wie Amulett aus, sodass Murad lachte und sich an seinem Tee verschluckte.

Jehangir lächelte seinen Vater dankbar an. Eine Woche zuvor, als seine Mutter das gleiche Plädoyer vorgetragen hatte, war seine Reaktion ganz anders ausgefallen: »Gut, je eher ich am Herzinfarkt sterbe, desto besser. Dann bist du frei und kannst einen reichen Mann heiraten.« Jehangir waren die Tränen in die Augen gestiegen, denn da hatten Mummy-

Daddy sich wie gewöhnlich wegen Geld gestritten, weil nicht genug davon da war, um alles zu bezahlen, und er war hinausgegangen und hatte sich allein auf den Balkon gestellt.

Er schnupperte an seinen zweimal gewaschenen Fingern, um sich zu vergewissern, dass sie nach Seife dufteten: Manchmal verlangte seine Mutter einen Beweis. Aber ihre Sorge galt jetzt seinem Bauch, nicht seinen Händen; sie wollte wissen, ob es jetzt dreimal flüssig gewesen und ob Schleim dabei gewesen sei.

Er hasste diese Darmfragen; sie machten ihn verlegen, und er kam sich vor wie ein Säugling in Windeln. Sie zu ignorieren war aber unmöglich; Mummy würde ihn immer weiter löchern. Am besten, man brachte es mit schnellen Antworten hinter sich.

»Beim zweiten und dritten Mal flüssig, kein Schleim«, sagte er monoton und setzte sich wieder an den Frühstückstisch.

Murad entschied, dass nicht genug Butter auf seinem Toast war. Er ging zum Kühlschrank, um die Schale zu holen, die hinter Brot und Milch verborgen war. Wenn die Tür offen stand, klang das mechanische Scheppern und Klopfen aus den Innereien des Kühlschranks lauter.

»Was suchst du?«, fragte Roxana.

»Butter.«

»Du hast genug. Das Paket muss bis Sonntag reichen. Und geh vom Kühlschrank weg, bevor du dich erkältest.«

»Mach dir nicht so viel Sorgen, Roxie«, sagte Yezad. »Wie du deine Söhne behandelst, wirst du sie zu Muttersöhnchen machen.«

Sie antwortete, er habe sich leicht lustig machen über sie, aber der Himmel wisse, welches Unheil Jehangir mit seinem schwachen Magen und Murad mit seinen Mandeln, die bei der kleinsten Erkältung wie Luftballons anschwollen, ohne ihre Wachsamkeit befallen würde. Außerdem sei sie diejenige, die die ganze Nacht wach bleiben und ihnen den Kopf halten müsse, wenn sie sich übergäben, und ihnen die Stirn mit feuchten Eau-de-Cologne-Tüchern kühle. »Du brauchst dir nie Sorgen zu machen; ich achte immer darauf, dass du schlafen kannst. Und wovon die Medizin bezahlt werden soll, ist am Ende mein Problem. Warum führst du nicht die Haushaltskasse? Dann wirst du schon sehen, wie wenig Geld da ist und wie schwer es ist, neben den Lebensmitteln auch noch Medizin zu kaufen.«

Jehangir hörte niedergeschlagen zu. Der Morgen, der so nett angefangen hatte, endete jetzt doch wieder im Streit. Aber zu seiner Erleichterung nahm sein Vater den Arm seiner Mutter und drückte ihn.

»Du hast Recht, Roxana, Vorsicht ist besser als Nachsicht. Aber unser Jehangla hat dieses Jahr schon zu viele Fehlstunden. Seine Beschwerden im Keller werden zu Mängeln im Dachstübchen führen.«

Jehangir fragte sich, ob er wohl heute die Schule würde schwänzen dürfen. Der Kosename seines Vaters für ihn war ihm lieber als der seiner Mutter, denn sie nannte ihn Jehangoo, und das klang ihm zu sehr nach Googoo-gaagaa-Babysprache.

Sein Vater sah ihn an. »Na, du Racker, was hast du denn diesmal gegessen?«

»Nichts. Mir fehlt nichts.« Er wusste, dass sein Vater auf den Vorfall anspielte, bei dem mit Freunden in der Schule verbotene grüne Mangos verzehrt worden waren.

»Warum willst du denn zu Hause bleiben? In der Schule gibt es doch Toiletten.«

Jehangir hörte auf zu kauen; die zermahlenen Bröckchen sammelten sich in einem Speichelschwall vorn im Mund, und sein Buttertoast drohte sich auf den Teller zurückzubegeben. Die Waschräume in der Schule waren ekelhaft; es stank dort wie auf einem Bahnhofsklo. Die Jungen sagten »bog« dazu. Als er das Wort zum ersten Mal gehört hatte, wusste er nichts damit anzufangen. Er hatte in Daddys englischem Wörterbuch nachgeschlagen und mehr als eine Bedeutung gefunden. Slang für Toilette, stand da, aber auch: nasser, schwammiger Boden. Er stellte sich nassen, schlammigen Boden vor, stellte sich vor, wie er mit dem Fuß hineintrat, und fand auch: »Bog« war das perfekte Wort.

Er brauchte auf die Frage seines Vaters nicht zu antworten; seine Mutter tat es. »Es ist riskant, wenn Jehangoo heute Kantinenessen bekommt. Er muss zu Hause bleiben; ich mache ihm Chaaval mit Suppe.«

Die Suppe aus gekochtem Hammelfleisch auf weißem Reis war Jehangirs Leibgericht. Er freute sich auf einen gemütlichen Tag: in Mummys und Daddys großem Bett behaglich lesen, sein Puzzle vom Comer See zu Ende bringen, zu Mittag essen, ein bisschen schlafen und dann wieder lesen.

»Und was wirst du zu Hause tun?«, fragte sein Vater.

»Er wird sich ausruhen und ein bisschen für die Schule lernen«, sagte seine Mutter.

»Und ›Fünf Freunde‹ lesen«, fügte Jehangir hinzu.

Yezad schüttelte entnervt den Kopf. »Ich weiß nicht, wieso sie diesen Schund immer noch in der Schulbücherei haben.«

»Aber Enid Blyton macht den Kindern Spaß«, sagte Roxana. »Das schadet doch nicht.«

Es schade immens, erwiderte Yezad, denn es verführe die Kinder dazu aufzuwachsen, ohne sich an den Ort gebunden zu fühlen, an den sie gehörten, es bringe sie dazu, sich selbst zu hassen, weil sie seien, was sie seien, und es schaffe Verwirrung in Bezug auf ihre Identität. Er habe als Junge die gleichen Bücher gelesen, und sie hätten in ihm die Sehnsucht geweckt, ein kleiner Engländer von einer Sorte zu werden, wie es sie nicht einmal in England gebe.

Ohne warnende Sirene flutete der Krankenwagen im Verkehr mit, blockierte die enge Straße und kam vor dem Eingang von Pleasant Villa stotternd zum Halten. Unterdessen hatte Roxana ihren Dampfkochtopf versorgt. Prinzessbohnen zum Abendessen in der ersten Lage, Hammelbrühe für Jehangirs Mittagessen in der zweiten und einfacher weißer Reis in der dritten. Das gefederte Ventil ragte aus dem Druckauslass. Sie sah zu, wie es zum Gesang des Dampfes zitterte, und ging dann hinaus auf den Balkon, um die Wäsche aufzuhängen.

In den Jahren unmittelbar nach der Erbauung war Pleasant Villa tatsächlich ein angenehmer Ort zum Leben gewesen. Aber Mietzinsreglementierung und gezielte Vernachlässigung durch den Hausbesitzer hatten es in den Zustand der meisten Gebäude in Bombay verfallen lassen – mit bröckelndem Putz, löchrigen Wassertanks und gebrochenen Abflussrohren. Das Äußere, einst pfirsichfarben, erinnerte jetzt eher an das Ergebnis eines Brechmitteleinsatzes. Die elektrischen Leitungen waren ziemlich heruntergekommen, angenagt von Kanalratten. Und die schmiedeeisernen Balkongeländer, die Hauptattraktion des Gebäudes, wurden ebenfalls gefressen, und zwar vom Rost.

Auf dem Balkon dachte Roxana wieder an Yezad. Sie hatte ihm von hier oben zugewinkt, als er zur Arbeit ging – ihr Abschied bestand immer aus einem Kuss an der Tür und einem Winken vom Balkon –, und ihr kleiner Ausbruch war so gut wie vergessen. Aber dass er sich weigerte, seinen Cholesterinspiegel untersuchen zu lassen und weniger Eier zu essen, machte ihr immer noch Sorgen.

Der Krankenwagen, massig wie ein weißes Tier, zog ihren Blick auf sich. Mit den nassen, schweren Kleidern in den

Händen spähte sie über das Geländer. Die Sonne schien wieder, nachdem es drei Tage lang bewölkt und regnerisch gewesen war. Ihre Ohren lauschten nach wie vor wachsam auf das Zischen in der Küche: Der Kochtopf stand mächtig unter Dampf. Sie fing an, die Wäsche an die Leine zu hängen.

Eins nach dem anderen schüttelte sie die nassen Kleidungsstücke aus und genoss den feinen, kalten Sprühnebel, der durch die Luft flog, wenn sie sie schnappen ließ, und mit Behagen stellte sie sich den duftenden Sonnenschein vor, der am Abend auf ihren Armen liegen würde, wenn sie die trockenen Sachen wieder hereinholte. Sie erinnerte sich, wie Jehangir sie mit vier oder fünf Jahren umarmt hatte, wenn sie die Wäsche hereinbrachte; er hatte das Gesicht darin vergraben und gesagt: »Du riechst wie die Sonne, Mum.«

Das tat er nicht mehr, sie so spontan zu umarmen, und auch Murad hatte damit aufgehört. Heutzutage ging es steifer zu, je nachdem, wie der Anlass es gebot. Das gehörte zum Heranwachsen, dachte sie betrübt. Dann entließ der Kochtopf einen Schwall Dampf, und sein Aufschrillen ließ sie in die Küche eilen.

Diese Vormittagsfanfare unterbrach die laufende Übungssitzung ihrer Nachbarin im Erdgeschoss. Die Tonleitern waren vor einer Weile beendet worden, und Daisy Ichhaporias Finger vollführten jetzt zu ihrer Lockerung Doppelgriffübungen, die kraftvoll von Balkon zu Balkon an Villa Pleasant heraufstiegen, bis ihr Weg die Dampfpfeife kreuzte.

»Ein fairer Tausch«, hatte Daisy Ichhaporia einmal gesagt, als Roxana sich für die tägliche Belästigung entschuldigte. »Mein Lärm gegen Ihren.« Sie spielte die Erste Geige im Bombay Symphony Orchestra.

»Oh, aber ich höre Sie gern üben. Es ist wie im Konzert.«

»Das ist sehr lieb von Ihnen.« Daisy hatte bei dem Kompliment freundlich gelächelt und Roxana dann an ihrem Wissen über die Gefahren des Dampfdruckkochens teilhaben lassen, die ihr, wie sie sagte, aus erster Hand vertraut waren. Sie hatte von Explosionen und Feuersbrünsten berichtet, von Mittag- und Abendmahlzeiten, die raketengleich der Schwerkraft getrotzt hatten. Sie verfügte über einen ganzen Vorrat an Geschichten über gastronomische Missgeschicke, die sie mit Gusto erzählte: wie jemandem die papayta noo-gose explodiert war, sodass die Kartoffeln wie kleine Kanonenkugeln an die Decke geflogen waren, wo sie zerplatzten, und die Fleischstücke wie Schrapnell durch die Küche fetzten, und wie Krabbencurry sich bei Soundso an den Küchenwänden in ein modernes Kunstwerk verwandelt hatte, das eines Rahmens wert war, Kunst, die mindestens vier der fünf Sinne befriedigen konnte. Und die superheißen Temperaturen des Dampfdruckkochens machten es unmöglich, die Schweinerei zu beseitigen, denn das Essen verschmolz mit dem Putz an den Wänden. Nur mit Hammer und Meißel bekam man es wieder ab, behauptete Daisy.

Roxana durfte ein paar der Deckenflecken in Daisys Küche besichtigen, bei denen es sich, wie diese beteuerte, um die Reste eines Schweinefleisch-Vindaloo handelte. »An dem Tag«, sagte die Geigerin, »habe ich meinen Dampfkochtopf an den Schrotthändler verkauft.«

Roxana hätte es ihr vielleicht nachgetan, wenn die Warnungen nicht von einer Geigerin gekommen wären, die dem Vernehmen nach zu Hause unbekleidet übte. Bei den Konzerten des BSO hatte sie natürlich etwas an – einen langen, schwarzen Rock, eine schwarze, langärmelige Bluse und eine Perlenkette, die knapp bis an ihren Busen reichte.

Es war wohl bekannt, dass Daisy Ichhaporia im innersten Herzen den Wunsch hegte, eine weltberühmte Virtuosin zu werden. In Pleasant Villa erzählte man sich scherzeshalber, sie fröne ihren Übungsstunden nackt, um so den Teufel zu verführen, damit er erschiene und ihr zu satanischer Beherrschung ihres Instruments verhelfe, sodass sie spielen könnte wie ein weiblicher Paganini. Daisy-Dummy nannte man sie hinter ihrem Rücken.

Roxana selbst hatte Daisy nie spärlicher bekleidet gesehen als mit einem robusten Büstenhalter und einem praktischen Schlüpfer, beides so großzügig geschnitten, dass es Bluse und Rock ersetzen konnte. Die Geigerin hatte ihre gelegentliche Entkleidung damit erklärt, dass es ihr wegen der Leidenschaft, die sie in ihre Musik gieße, zu heiß werde, wenn sie voll bekleidet übe, einer Leidenschaft wegen, die sie so verschwenderisch schwitzen lasse, dass die salzgesättigten Ströme, die ihr von Stirn und Kinn und Hals troffen, die Gesundheit ihres wertvollen Instruments bedrohten.

Manchmal, wenn sie so ganz in ihrem Übungsspiel versunken war, vergaß Daisy, ihre Vorhänge zu schließen, wenn der Abend dämmerte und die Lichter angingen. Dann versammelte sich eine kleine Menschenmenge vor ihrem Fenster, um der bajavala Frau zuzuschauen. Schließlich pflegte irgendjemand aus Pleasant Villa an ihre Tür zu hämmern, um sie darauf aufmerksam zu machen, der Vorhang schloss sich, und die Fans gingen auseinander.

Die Geistesabwesenheit der Geigerin hatte bei der Erörterung explodierender Dampfkochtöpfe in Roxanas Gedanken im Vordergrund gestanden. Das Gefühl von Bedrohlichkeit, mit dem Daisys Schilderungen das profane Utensil ausgestattet hatten, gefiel ihr ziemlich gut; sie war gern die Herrin, die den Dämon des Dampfes ins Geschirr spannte. Es wäre töricht, Daisy allzu ernst zu nehmen.

Aber es wäre auch unklug, sie gänzlich zu ignorieren. Und so trat ihre Neugier angesichts des Krankenwagens hinter den warnenden Pfiff des Kochtopfes zurück.

Ein wieder aufkeimender Zweifel ließ Jal am Eingang des Gebäudes zögernd innehalten. Wie würde es später werden, wenn Pappa wieder nach Hause käme? Wie würde es dann zwischen ihnen aussehen? Und wie zwischen Roxana und ihnen? Wie viel Bitterkeit würde das alles hervorbringen?

Er versuchte, das Gute an der Sache zu sehen – zumindest konnte er morgen wieder in den Aktienbazaar gehen.

»Mach schon, beeil dich«, sagte Coomy. »Sprich mit Roxie.«

Er schaute hinauf zum Balkon der Chenoys und sah Wäsche, die zum Trocknen an der Leine hing. »Ich habe das Gefühl, wir sind im Begriff, etwas Schreckliches zu tun.«

»Das kommt, weil wir so sensibel sind. Wir brauchen mehr Vernunft und weniger Sensibilität. Ist unser Plan nicht das Beste für Pappa?«

»Das hoffe ich. Aber du kommst mit. Ich will nicht allein hinaufgehen.«

»Hör auf, dir Sorgen zu machen. Yezad ist arbeiten, und sie wird sofort einverstanden sein.« Es waren Worte der Zuversicht, aber ihr Ton verriet, dass sie seine Zweifel teilte. »Kommt Pappa denn zurecht, so allein mit den Krankenwagenmännern, wenn ich mit hinaufkomme?«

»Glaubst du, sie brennen mit ihm durch?«

Am Lift im Hausflur hing eine schmutzige, verblichene Papptafel: AUSSER BETRIEB. Coomy murrte; sie könne sich nicht erinnern, wann sie ihn das letzte Mal hätten benutzen können, und es sei tragisch, dass Pappa alle seine Ersparnisse für eine Wohnung in diesem verwahrlosten Gebäude ausgegeben habe.

»Scheint mir für die Trage sowieso zu klein zu sein.« Jal spähte durch das Gitter in das winzige Gehäuse voller Staub und Spinnweben.

Dass sie die Treppe nehmen mussten, gab ihnen Zeit, sich ihre Strategie zurechtzulegen. Er würde berichten, was sich ereignet hatte, von dem Sturz bis zu den warnenden Worten des Arztes. Sie würde sich einschalten, wenn er etwas vergäße; ihre Trumpfkarte würde in der Hinterhand bleiben.

Sie waren außer Atem, als sie oben ankamen. Seine Hand ging zur Türklingel, aber sie ließ ihn warten, bis sie nicht mehr keuchten. Nach einer Weile gab sie durch ein Kopfnicken ihr Einverständnis. Er klingelte. Sie warteten.

»Hallo«, sagte Roxana. »Was für eine Überraschung.« Neben der Überraschung empfand sie unbestimmte Besorgnis. Es war Jahre her, dass ihre Geschwister einfach so vorbeigekommen waren.

»Können wir hereinkommen?«, fragte Coomy.

»Natürlich.« Sie trat beiseite, um Platz zu machen. »Alles in Ordnung? Pappa geht's gut?«

»Bestens, bestens.«

Sie musste sich entschuldigen, denn der Dampfkochtopf rief sie wieder. Als sie aus der Küche kam, befahl sie Jehangir, der sich ins Bett gekuschelt hatte, herauszukommen und guten Tag zu sagen.

»Wir haben eine sehr wichtige Angelegenheit zu besprechen«, sagte Jal, nachdem sie sich gesetzt hatte.

»Sollte Yezad dann nicht dabei sein?«

»Es wäre besser, ja, aber die Sache ist dringend. Weißt du, vor einer Woche hatte Pappa einen Unfall.«

Roxanas Hände flogen zu ihrem Gesicht, als er den Abend schilderte: die Ghatis, die Nariman aus dem Graben gezogen und nach Hause getragen hatten, die Taxifahrt zum Parsi General Hospital, die Röntgenaufnahme, der Gipsverband für den gebrochenen Knöchel. Unter Tränen stellte sie sich vor, wie qualvoll diese Stunden für ihren Vater gewesen sein mussten.

Coomy legte den Arm um sie und strich ihr übers Haar, während Jal berichtete, dass Pappa nach Dr. Tarapores Ansicht in Depressionen versinke, was seiner Genesung hinderlich sei. Roxanas Tränen verwandelten sich in Zorn.

»Warum habt ihr mir nicht sofort Bescheid gesagt? Wir wären alle gekommen, um ihm Gesellschaft zu leisten. Warum habt ihr so lange gewartet?«

»Wir wollten nicht, dass ihr euch Sorgen macht«, sagte Coomy. »Und ehrlich gesagt, wir hatten keine freie Minute.«

»Aber jetzt sind die schlimmen Tage vorbei«, sagte Jal. »Wir sind ja hier, und Pappa braucht eure Hilfe. Konzentrieren wir uns darauf.«

»Natürlich«, sagte Roxana. »Yezad und ich und die Kinder werden ihn jeden Abend besuchen kommen.«

Coomy schüttelte den Kopf. »Das nützt nichts. Er wird glücklich sein, wenn ihr kommt, und deprimiert, wenn ihr wieder geht. Da geht's auf und ab wie ein Jojo, und es wird sogar schlimmer.«

»Am schaurigsten ist für ihn die Nacht«, sagte Jal. »Nach Mitternacht weint er am meisten – so heftig, dass wir davon aufwachen.«

»Du musst nicht weinen«, sagte Coomy und gab Roxana einen Kuss auf die Wange. »Es gibt eine einfache Lösung. Wenn Pappa ein paar Wochen hier bleibt, in dieser glücklichen, heimeligen Atmosphäre, wird er bald wieder lächeln.«

»Wie schön das wäre.« Sie schwieg einen Moment und wischte sich mit den Fingern die Augen. Dann trocknete sie sich die Finger am Rock ab. »Ich wünschte, das ginge.«

»Wieso geht es denn nicht?«

»Das fragst du? Siehst du nicht, wie groß die Wohnung ist?«

»Ihr könnt doch sicher Platz machen, wenn ihr euch bemüht.«

Roxana überlegte stumm. »Du hast Recht. Schauen wir uns doch um und suchen wir ein Plätzchen für Pappa.«

Sie fing an, auf die wenigen Gegenstände zu deuten, die

das kleine Zimmer füllten, und erläuterte ihre Funktion, als wären es geheimnisvolle Museumsstücke. »Der Tagesdiwan, auf dem ihr beide sitzt, ist nachts Jehangirs Bett. Darunter – Murads Pritsche. Seht ihr? Da.« Sie hob eine Ecke des Oberbetts. »Schön niedrig. Wird abends herausgezogen, verschwindet morgens wieder. Daneben ein Sessel und ein Resopal-Teetischchen, das Murad zur Seite rückt, wenn er sein Bett herauszieht. Und unser Riesenesstisch für zwei Personen mit den vier Stühlen. Sollen wir jetzt nach hinten in das Zimmer gehen, wo Yezad und ich schlafen?«

Jal winkte voller Unbehagen ab; das sei wirklich nicht nötig, sie hätten ja hier nicht herumzuschnüffeln.

»Kein Problem«, sagte Roxana. »Ihr seid Verwandte, ihr helft.«

Als sie Jehangir im Bett erblickten, waren sie überrascht, als hätten sie nicht mit einem Zeugen gerechnet. »Hast du keine Schule?«, rief Coomy aus.

»Magen verdorben«, sagte Roxana. Onkel und Tante tätschelten ihm die Schulter und sagten, er solle bald wieder gesund werden und nicht zu viele Mangos essen.

Neben dem kleinen Doppelbett standen zwei Schränke und zwei Wäscheständer. Ein kleiner Schreibtisch und ein Stuhl waren in die Ecke neben dem Bett gezwängt; hier erledigten die Jungen ihre Hausaufgaben. Sie führte die Möbel vor wie eine Touristenführerin, die Sehenswürdigkeiten präsentiert.

»Irgendeinen Vorschlag?«

Jal war kleinlaut. »Wir hätten nicht das Recht, deine Wohnung umzustellen. Das solltest du entscheiden.«

»Meinst du? Moment, da wären immer noch die Küche, das Badezimmer und die Toilette zu inspizieren. Und vergesst den Gang vor dem Klo nicht – da könnte es Platz geben, neben Reis und Weizen und Zucker und Kerosin.«

»Hör mal zu, Roxana, du kannst jetzt aufhören mit den Albernheiten«, sagte Coomy.

»Was ist denn mit euch beiden? Ihr haltet Pappas Unfall die ganze Woche geheim, und dann kommt ihr plötzlich mitten am Tag, wenn Yezad bei der Arbeit ist …«

»Wozu Yezad? Das ist deine Wohnung, dein Vater hat sie bezahlt. Außerdem hast du Yezads Erlaubnis schon.«

»Was?«

»Erinnerst du dich an Pappas Geburtstag? An den Spazierstock, den ihr ihm geschenkt habt? An dem Tag habe ich zu dir und Yezad gesagt, wenn Pappa je einen Unfall hat, bringe ich ihn geradewegs nach Pleasant Villa. Und Yezad mit seiner großen Klappe hat gesagt, klar, er ist jederzeit willkommen. Und wie gastfreundlich ist dein Benehmen jetzt?«

»Schämst du dich nicht, so etwas zu sagen? Du weißt, dass ich für Pappa alles tun würde. Aber einen Scherz so zu verdrehen?«

»Für dich und Yezad ist alles immer nur ein Scherz«, sagte Coomy. »Ihr seid Experten, wenn es darum geht, zu lachen und euch zu amüsieren.«

»Genau deshalb muss Pappa hier sein«, flehte Jal. »Yezads Talent zum Lachen ist Medizin für Pappa.«

»Es wird nicht zum Lachen sein, wenn die Depressionen ihn erledigen«, sagte Coomy düster. »Dr. Tarapore hat uns erzählt, dass alte Leute öfter an Depressionen als an Krankheiten oder Verletzungen sterben. Und das wird Asche sein auf euren Häuptern. Auf euren lachenden Häuptern.«

»Bitte nicht streiten«, sagte Jal. »Lasst uns ruhig darüber diskutieren.«

»Tja«, sagte Coomy, »es gibt aber nichts mehr zu diskutieren, vielen Dank.« Dies war der richtige Augenblick für ihre Trumpfkarte. »Wir müssen den Krankenwagen eben umdrehen lassen.«

Verwirrt stürzte Roxana auf den Balkon, erstarrte für einen Augenblick am Geländer und kam wieder hereingestürzt. »Dieser Krankenwagen – soll das heißen, da ist Pappa drin? Ihr habt ihn in seinem Zustand allein gelassen?«

Das Schluchzen seiner Mutter holte Jehangir aus dem Bett. Eine große Schlaufe seiner Pyjamakordel hing heraus. Er stopfte sie weg, kam ins Wohnzimmer und stellte sich neben sie; er schob seine Hand in ihre und fixierte Onkel und Tante mit einem hoffentlich vorwurfsvollen Blick.

»Übertreib's nicht, Roxie. Pappa ist sehr gut untergebracht; wir haben für einen erstklassigen Krankenwagen bezahlt«, sagte Coomy. »Setz dich einen Augenblick hin.«

Tränenblind schüttelte Roxana Jehangirs Hand ab und rannte in vollem Lauf die Treppe hinunter. Jal folgte ihr vorsichtiger und rief ihr verzweifelt nach, sie solle langsamer gehen.

»Dass du dir jetzt den Knöchel brichst, ist alles, was wir noch brauchen!«, schrie Coomy.

Jehangir schloss die Tür hinter ihnen und ging auf den Balkon. Der grüne Papagei in seinem Käfig im dritten Stock direkt gegenüber trat von einem Bein auf das andere und wippte wie von Sinnen hin und her. Er pfiff zu ihm hinüber und inspizierte die Zimmer, die er sehen konnte. Er hatte immer das Gefühl, dass es in den Wohnungen anderer Leute glücklicher zuging, lustiger als bei ihm zu Hause.

Er schaute hinunter zu dem wartenden Krankenwagen. Ein paar Nachbarn hatten sich auf der Straße versammelt, darunter auch Villie Cardmaster von nebenan, die Daddy immer Matka-Queen nannte, weil alle zu ihr gingen und sich von ihr beraten ließen, welche Matka-Zahlen sie spielen sollten. Mummy meinte, Matka sei etwas Schlechtes, und sie fand es schrecklich, dass eine Frau nicht bloß in aller Öffentlichkeit dem Glücksspiel nachging, sondern auch noch andere dazu ermunterte. Sie war auf Tante Villie nicht besonders gut zu sprechen.

Er sah, wie seine Mutter aus dem Haus kam und an der kleinen Gruppe vorbeirannte. Er sah, wie Tante Villie den Arm ausstreckte, als wolle sie sie beruhigen. Seine Mutter kümmerte sich nicht darum; sie riss die Hecktür des Krankenwagens auf und verschwand darin.

Roxana kniete sich neben die Trage, ergriff die Hand ihres Vaters und strich ihm über den Kopf.

»Mach dir keine Sorgen, mein Kind. Es ist alles in Ordnung.«

Sie senkte den Kopf, um ihn zu küssen. Sein stechender Geruch stieß sie ab, aber sie widerstand dem Impuls, zurückzuweichen. Sie fragte sich, wie gut sie für ihn gesorgt haben mochten.

»Diese Idee ist nicht von mir«, flüsterte er. »Sie haben versprochen, mit dir und Yezad zu reden, bevor sie mich herbringen.«

»Ich weiß, Pappa.« Sie streichelte sein leicht stoppeliges Kinn und drückte es sanft.

Er lächelte. »Du auch? Was ist los mit meinem Kinn?«

Sie drückte es noch einmal. »Manchmal bringen die Kinder uns nette Sachen bei.«

Unterdessen waren Jal und Coomy im Erdgeschoss angekommen, wo die versammelten Nachbarn vorübergehend von einem Fremden im Hausflur abgelenkt waren, den sie dabei überrascht hatten, wie er die Namen vom Gebäudewegweiser abschrieb. Zur Rede gestellt, behauptete er, er arbeite für eine Marktforschungsfirma, und verdrückte sich dann.

Quatsch, erklärten sie, als er weg war, der sah nicht aus wie ein Marktforscher. Villie Cardmaster meinte, er komme höchstwahrscheinlich von Shiv Sena und mache eine Liste von Namen und Adressen – auf diese Weise hatten sie während der Unruhen an der Babri-Moschee die Wohnungen von Moslems ermittelt. Wahrscheinlich planten sie für das nächste Mal im Voraus.

»Chalo«, sagte Coomy zu den Krankenwagenmännern. Sie sprach laut genug, dass man sie im Wagen hören konnte. »Sie müssen umdrehen. Hier ist kein Platz für den Patienten.«

Roxana sprang hinten heraus. »Warten Sie«, sagte sie zu dem Fahrer. »Bitte bringen Sie ihn in den dritten Stock.«

»Bist du sicher?«, fragte Coomy. »Hast du dir überlegt, wo du Pappa unterbringst?«

Roxana fauchte die Männer an, die Coomy anschauten und auf eine Bestätigung warteten. »Los doch, beeilen Sie sich.«

Coomy nickte ihnen zu und deutete die Treppe hinauf. Der eine Pfleger kletterte in den Wagen, der andere packte die Griffe am hinteren Ende, und die Trage glitt aus dem Wagen. Nariman beschirmte die Augen und schaute blinzelnd in den hellen Himmel.

»Entschuldige, dass es so lange gedauert hat, Pappa«, sagte Jal. »Wir haben Roxie einen Schrecken eingejagt, weil sie total überrascht war.«

»Sie hatte allen Grund zu erschrecken«, sagte Coomy großzügig. »Aber es gibt nicht den geringsten Anlass zur Sorge. Pappa geht es gut. Siehst du, Roxie?« Sie lüftete das Laken, um ihr den Gipsverband zu zeigen. Unter mitfühlendem Raunen kamen die abwartenden Nachbarn näher.

»Die Treppe hinauf, und zwar schnell«, sagte Jal. »Bevor diese Krankenwagenmänner einschlafen. Wenn sie Pappa fallen lassen, geht es wie mit Humpty-Dumpty.«

Er kicherte allein. Wie ein Polizist, der den Verkehr regelt, winkte er den Männern. Sie setzten sich mit ihren geräuschvoll schlappenden Sandalen in Bewegung. Ihre Schritte klangen schwer auf den Steinstufen; das Leder traf jedes Mal mit scharfem Klatschen auf.

Auf halbem Wege zum ersten Stock stellten sie fest, dass der Treppenabsatz nicht breit genug war, um die Trage herumzudrehen. Sie versuchten sich durchzuzwängen, indem sie die Trage kippten, und Nariman klammerte sich an den Rändern fest, als er jäh verrutschte.

»Aray, Vorsicht!«, rief Jal von hinten. »Wollen Sie den Patienten die Treppe hinunterwerfen?«

Eine Diskussion entspann sich; die Krankenwagenmänner erklärten, man werde nur weiterkommen, wenn man die Trage mit Hilfe Jals und der Frauen über das Geländer hebe. Roxana hielt das für extrem gefährlich und flehte Coomy an, Pappa wieder mit nach Hause zu nehmen. Sie versprach, jede zweite Nacht bei ihnen zu verbringen und sich um ihn zu kümmern, um ihr die Aufgabe zu erleichtern.

Aber die Trage wurde hochgewuchtet, die Passage über das Geländer gelang, und das Manöver war abgeschlossen. Es wurde noch zweimal wiederholt, ehe der dritte Stock erreicht war. Jehangir erwartete sie in der Tür.

»Weg da, Dikra«, sagte Coomy. »Mach den Männern Platz.«

»Ist alles okay mit Grandpa?«

»Ja«, versicherte sie ihm und tätschelte ihm den Kopf. »Los, frag Grandpa nur selbst, er kann ausgezeichnet sprechen. Er hat sich nur den Knöchel gebrochen. So, Roxie, wo willst du Pappa hintun? Du musst es dir überlegen, bevor diese Leute gehen. Nachher können wir ihn nicht mehr verlegen.«

»Pappa bekommt Jehangirs Bett – den Diwan. In Ordnung, Jehangir?«

»Ja, sicher.« Er fand, dass Grandpa auf der Trage sehr klein aussah, und war erleichtert, als er sah, wie er lächelte und sich flüsternd bedankte. »Gern geschehen, Grandpa.«

»Mein Koffer und meine Bettpfanne sind noch unten«, sagte Nariman, ohne jemanden ausdrücklich anzureden.

»Ich hole sie«, sagte Coomy, die darauf brannte, zu verschwinden.

Die Krankenwagenmänner hatten Mühe, Nariman auf den Diwan zu schaffen. Er war schmaler als ein Bett, und es war nicht genug Platz, um die Trage so zu positionieren, dass ein reibungsloser Transfer vonstatten gehen konnte. Sie mussten sie auf den Boden stellen und ihn hinüberheben.

»Aah!«, jammerte er, und Roxana schlug die Hand vor den Mund und schrie, sie sollten vorsichtiger sein.

Jal bezahlte die Männer und brachte sie zur Tür. Dann zog er einen Stuhl neben den Diwan, nahm Narimans Hand und streichelte sie tröstend. »Hoffentlich war es nicht zu anstrengend, Pappa. Weißt du, Roxie, er ist ein tapferer Soldat. Nicht einmal in all den Tagen hat er geklagt oder gestöhnt.«

»So tapfer nun auch wieder nicht. Bei dem Toilettenstuhl habe ich reichlich gestöhnt.«

Roxana wollte wissen, was es mit diesem Toilettenstuhl auf sich habe, wenn Pappa doch nicht aufstehen dürfe?

Atemlos kam Coomy mit dem Koffer und dem in Zeitungspapier gewickelten Paket mit Urinflasche und Bettpfanne zurück und verfluchte den kaputten Lift. Sie bekam die Frage mit und war verärgert. »Was glaubst du – dass wir es getan haben, um Pappa zu quälen? Wir hatten gehofft, der Toilettenstuhl wäre angenehmer für ihn.«

»Es war ein Fehler«, sagte Jal. »Fehler passieren, wenn man sich nicht auskennt.«

Bevor sie gingen, erklärten sie noch die Medikamente gegen Parkinson, Osteoporose und Hypotonie. Roxana wollte sich Dosierung und Einnahmezeiten für die verschiedenen Tabletten und Tropfen notieren.

»Das ist schon okay, das weiß ich auswendig«, sagte Nariman.

Coomy nahm sie beiseite und flüsterte ihr zu, sie solle sich nicht auf ihn verlassen. »Er ist vergesslich, und manchmal bringt er die Worte durcheinander.«

Sie verabschiedeten sich gut gelaunt, und Jal meinte scherzhaft, dass sie in drei Wochen ein Wettrennen zwischen Pappa und Jehangir veranstalten würden. »Da werden wir Pappa ein gutes Handicap verpassen müssen, sonst hat Jehangir keine Chance.«

Coomy sagte, ohne ihn werde es einsam werden in der großen Wohnung. »Komm bald wieder nach Hause, Pappa.« Sie gab ihm einen Kuss auf die Wange und winkte in der Tür noch einmal.

Als Erstes müsse man das Zimmer auslüften, erklärte Coomy, als sie wieder in Chateau Felicity waren. Sie hatte das Gefühl, dass der Geruch in jeden Teil der Wohnung gedrungen war, die Küche eingeschlossen.

»Wie kann das sein?« Jal versuchte es mit Vernunft. »So stark ist er nicht.«

»Vielleicht verlierst du deinen Geruchssinn, nicht bloß dein Gehör. Du solltest den Doktor mal nachsehen lassen.« Sie riss in allen sieben Zimmern Türen und Fenster auf und schaltete jeden Ventilator ein, staubig oder nicht. Um den Staub würde sie sich später kümmern.

»Wie seltsam«, sagte sie, als mehr als eine Stunde vergangen war. »Ich rieche es immer noch – sogar in Mammas Zimmer, obwohl es so weit von Pappas entfernt ist.«

»Wahrscheinlich steckt es in deinem Kopf. Das ist eher psychologisch als real.«

»Wenn ich es riechen kann und es mich stört, ist es dann nicht egal, wo es steckt?«

»Nein. Wenn es in deinem Kopf steckt, kriegst du es nicht weg. Wie der verdammte Fleck an Lady Macbeths Hand, weißt du noch? Alle Wohlgerüche Arabiens, all dein Reiben und Schrubben und Wischen und Scheuern bringt ihn nicht weg.«

Sie antwortete, der Geruch sei lästig genug ohne seine albernen Kommentare. »Du hörst dich an wie Pappa, ganz düster und theatralisch. Komm und hilf mir bei der Arbeit.«

Sie verbrachten den Nachmittag damit, Narimans Zimmer gründlich zu putzen. Seine Bettwäsche wurde in einem Eimer Lauge eingeweicht, das wasserdichte Gummilaken in einem anderen. Die Vorhänge wurden abgenommen. Alles im Zimmer – Nachttisch, Kommode, Schrank, Fensterrahmen, Tür, Lampenschirm und Glühbirne –, alles wurde mit Dettol-Lösung abgewaschen und getrocknet.

Als der Abend kam, erklärte Jal, er habe jetzt genug. Er setzte sich ins dämmrige Wohnzimmer, während sie weiterarbeitete.

Gegen acht kam sie herein und fragte, ob Kartoffeln mit Rührei zum Abendessen recht wären. Im Zimmer war es fast dunkel.

»Ich habe keinen Hunger. Mach nur so viel, wie du selbst möchtest.«

Aber sie wollte auch nichts. »Ich weiß – wir trinken mein Himbeer-Sarbut. Wir sind zu müde zum Essen, aber es wird gut tun, etwas zu trinken.« Auf dem Weg hinaus griff sie zum Lichtschalter. Er bat sie, das Licht aus zu lassen.

Als sie mit dem Getränk zurückkam, war ihr, als habe sie ihren Bruder im Dunkeln seufzen gehört. Sie stellte das Tablett hin und schaltete eine Tischlampe ein. »Jal? Was ist denn?«

Er schüttelte den Kopf.

Sie setzte sich ihm gegenüber und gab ihm ein Glas.

»Komm, trink, das wird dich erfrischen. Das ist die Anspannung der letzten paar Tage. Mir geht es genauso.«

Er schüttelte wieder den Kopf. »Was haben wir getan, Coomy?«

»Nichts. Wir haben nichts getan. Hör auf zu quengeln.«

Aber ihr war genauso elend zumute. Sie brauchte all ihre Willenskraft, um ein Schlückchen zu trinken, und dann sagte sie: »Es musste getan werden. Wir hatten keine Wahl.«

Sie wusste nichts mehr zu sagen und knipste die Tischlampe aus.

6

Als ihre Wut auf Jal und Coomy verebbt war, begann Roxana sich Sorgen wegen Yezad zu machen. Ja, er genoss Pappas Gesellschaft und seinen Humor, aber Familientreffen fanden nur mäßig oft statt und dauerten nicht mehr als ein paar Stunden; sie waren bei weitem nicht so anstrengend wie die dreiwöchige Bettruhe eines Genesenden.

»Hoffentlich hat Yezad nichts dagegen«, sagte Nariman.

»Bestimmt nicht.« Konnte Pappa wirklich ihre Gedanken lesen, wie er es immer behauptet hatte, als sie klein war? Sie befeuchtete sein Gesicht mit einem nassen Handtuch und trocknete es ab.

»Grandpa, du riechst wie Murad, wenn er Kricket gespielt hat«, sagte Jehangir naserümpfend.

»Sei nicht ungezogen«, sagte seine Mutter.

Nariman lächelte. »Mich hat's auch glatt hingekegelt. Hals über Wicket.«

Roxana entschuldigte sich, weil nicht genug Wasser da war, um ihn ganz mit dem Schwamm zu waschen, und versprach, morgen einen Eimer aufzusparen.

»Ich habe dir ja heute Morgen gesagt, du sollst mich nicht zwingen zu baden«, sagte Jehangir.

»Ach, dann wusstest du, dass Grandpa kommt? Der Junge wird neunmalklug, Pappa. Gut, dass du hier bist, um ihm den

Kopf zurechtzurücken. Los, du, hör auf zu lachen und hol Talkum für Grandpa.«

Einen Augenblick später war er mit der Dose Cinthol-Puder wieder da und sah zu, wie Roxana seinem Großvater das muffige Hemd und die Sudra abstreifte. Grandpas Haut hing lose an Armen und Bauch. Auf der Brust bildete sie zwei Beutel, eingeschrumpfte Brüste, zwei kleine Ballone, aus denen alle Luft entwichen war. Die Haare daran sahen aus wie feine weiße Garnfäden.

Roxana knüllte die Sudra zusammen, um ihrem Vater den Schweiß vom Rücken und unter den Achseln wegzuwischen. Sie schüttelte Puder aus der Dose und rieb ihn kräftig damit ein, und wieder beklagte sie den Mangel an Wasser. Dann zog sie eine saubere Sudra und ein Hemd aus dem Durcheinander im Koffer und half ihm beim Anziehen.

»Danke. Ich fühle mich frisch wie ein junger Morgen mit Geigenspiel.«

»Das wirst du nicht mehr sagen, wenn du Daisy aus dem Erdgeschoss kennen lernst, Pappa – so, wie sie schwitzt, wenn sie Geige spielt.« Sie trug die riechenden Kleider aus dem Zimmer und legte sie in den Eimer für die Wäsche des nächsten Tages. »Chalo, Essenszeit. Ich habe ein leichtes Chaaval mit Suppe für Jehangirs verdorbenen Magen gemacht; davon kannst du auch etwas haben.«

Sie füllte einen Teller für ihren Sohn und rief ihn zum Tisch; die Portion für ihren Vater kam in eine Schale. »So ist es einfacher für dich, Pappa. Ich halte sie dir, wenn du willst.«

Er streckte die Hände aus, um das Essen entgegenzunehmen, und stellte es sich auf den Bauch. Die Schale mit dem Kornblumenmuster hob und senkte sich mit seinem Atem.

»Sie bewegt sich wie ein Boot, Grandpa«, bemerkte Jehangir. »Dein Bauch macht die Wellen.«

»Solange nur keiner seekrank wird«, sagte Nariman und

vermied es mit knapper Not, zu kleckern, als er den Löffel zum Mund führte.

»Hat Coomy deine Medizin heute Morgen vergessen?«, fragte Roxana.

»Ich habe meine Tablette genommen«, murmelte er und gab ihr Schale und Löffel zurück. »Es war eine Menge Anstrengung für einen Tag, das ist alles. Morgen geht's prima.«

Jehangir kam zum Diwan und blieb daneben stehen. Nachdem er eine Weile zugesehen hatte, sagte er, er wolle Grandpa füttern.

»Das ist kein Spiel. Iss dein Mittagessen, bevor es kalt wird.«

Er aß seinen Teller Reis mit Suppe leer und stand dann wieder am Bett. »Kann ich jetzt?«

Nariman gab Roxana mit einer kleinen Kopfbewegung zu verstehen, dass sie ihn lassen solle.

Sie gab ihm die Schale. »Aber ich warne dich. Sei vorsichtig, Grandpa hat gerade ein sauberes Hemd angezogen.«

»Ja, Mummy.«

»Und versuche nicht, ihm den Mund so voll zu stopfen, wie du es bei dir selbst tust.«

»Ja, Mummy.« Er seufzte mit müdem Verdruss. »Ich weiß, dass Grandpa langsam kaut. Ich habe seine Zähne gesehen.«

Die Wäsche auf dem Balkon wartete immer noch darauf, dass sie aufgehängt wurde. Roxana schüttelte die Kleider aus, sah mit Sorge, dass der Stoff schon knautschig angetrocknet war, und schaute immer wieder ins Zimmer hinein, um sich zu vergewissern, dass Jehangir sich gut benahm. Die Balkontür umrahmte die Szene: Der Neunjährige fütterte fröhlich den Neunundsiebzigjährigen.

Und dann kam es über sie wie eine Offenbarung – wovon, konnte sie nicht sagen. Verborgen von einem Vorhang aus feuchten Kleidern, schaute sie zu und zerknüllte Yezads

Hemd in ihren Händen. Ihr war, als sei sie Zeugin eines beinahe heiligen Vorgangs, und ihre Augen wollten den kostbaren Moment nicht loslassen, denn sie wusste instinktiv, dass daraus eine glückliche Erinnerung werden würde, die sie in schweren Zeiten heraufbeschwören könnte, wenn sie Kraft brauchte.

Jehangir füllte den Löffel von neuem und führte ihn an die Lippen seines Großvaters. Ein Reiskorn verirrte sich und blieb am Mundwinkel kleben. Jehangir nahm die Serviette und fing es behutsam auf, ehe es herunterfallen konnte.

Und einen kurzen Augenblick lang hatte Roxana das Gefühl, den Sinn all dessen zu verstehen, den Sinn von Geburt und Leben und Tod. Mein Sohn, dachte sie, mein Vater und das Essen, das ich gekocht habe … Ein Kloß stieg ihr in die Kehle, und sie schluckte.

Dann war von dem Moment nichts weiter übrig als die Tränen in ihren Augen. Sie wischte sie weg, überrascht, lächelnd, denn sie wusste nicht, wann sie ihr gekommen waren oder warum. Zufriedenheit lag auf Pappas Gesicht, und ein Ausdruck von Wichtigkeit auf Jehangoos, der die Verantwortung seiner Aufgabe genoss. Und beider Augen funkelten ausgelassen.

»Nur noch ein kleines bisschen, Grandpa. Lass uns ein Flugzeug machen, so wie bei Captain Biggles in meinen Büchern.«

»Okay, aber vorsichtig.«

»Zuerst steigt Biggles in das Flugzeug«, sagte Jehangir und nahm Essen auf den Löffel. »Jetzt wird das Cockpit geschlossen.« Er ließ den Motor aufheulen und verkündete, die Keile seien weg, und sie seien startklar. Der Löffel rollte ein paar Mal um die Schale und hob dann ab. Nach einem geradlinigen Steigflug begann er zu kurven und zu kreisen, legte sich scharf auf die Seite und machte einen Looping.

»Bereitmachen zur Landung, Grandpa.«

Nariman öffnete den Mund weit. Der Löffel flog ein, er klappte den Mund zu, und das Essen wurde wohlbehalten entladen.

»Jetzt der Letzte«, sagte Jehangir und kratzte die Schale aus. »Fertig?« Diesmal geriet die Luftakrobatik ehrgeiziger. »Bomben abwerfen!«

Reis rieselte Nariman über Kinn, Hals und Kragen. Roxana stürzte vom Balkon herein; noch immer hielt sie Yezads zerknülltes Hemd umklammert. »Ich habe dich gewarnt! Nicht fünf Minuten lang kannst du dich benehmen!«

»War meine Schuld«, kicherte Nariman. »Ich habe den Mund nicht richtig aufgesperrt.«

»Ermuntere den Jungen nicht noch, Pappa; er wird nur noch schlimmer. Ich möchte, dass du streng zu ihm bist.« Sie fragte, ob er die Schüssel zum Gurgeln haben wolle – nach jeder Mahlzeit säuberte er penibel seine Zähne. An der Art, wie er ablehnte, erkannte sie, dass er ihr die zusätzliche Arbeit ersparen wollte.

»Was steht als Nächstes auf der Tagesordnung?«, fragte er Jehangir. »Du hast mich gefüttert, jetzt könnte ich dir bei deinen Hausaufgaben helfen.«

»Meine Hausaufgaben stehen nicht auf der Tagesordnung.« Jehangir lachte entzückt über dieses neue Wort. »Mummys großes Bett steht auf der Tagesordnung; ich werde mich hineinlegen und mein Buch lesen.«

»Das könntest du hier lesen, und zwar laut; dann hätte ich auch etwas davon.«

Jehangir zögerte. Laut vorlesen, das tat er nur zweimal im Jahr, für die Lese- und Rezitierprüfung. »Ich habe schon drei Kapitel gelesen. Und es wird dir nicht gefallen; es ist ein Kinderbuch. Enid Blyton.«

»Macht nichts, du kannst mit dem vierten Kapitel fortfahren. Wenn es mich langweilt, sage ich es dir. Das verspreche ich.«

Und so erfuhren Jehangir und Nariman im vierten Kapitel, dass George wegen irgendeiner Unbotmäßigkeit jetzt schmollend in ihrem Zimmer saß, in das ihr Vater sie verbannt hatte, der – um die Sache noch schwieriger zu machen – darauf bestand, sie Georgina zu nennen (»sie hasst ihren Namen«, unterbrach sich Jehangir, um es seinem Großvater zu erklären. »Sie ist ein Wildfang.«). Julian, Dick und Anne, die in den Ferien zu Besuch waren (»Das sind Georges Cousins«, erklärte er rasch), fanden, dass Onkel Quentin ziemlich garstig zu der armen alten George war. Und wie abscheulich für sie, dass sie nicht mit den anderen draußen sein und am Strand spazieren gehen konnte, zumal das Wetter einfach erstklassig war und die See an diesem Morgen von einem umwerfenden Blau (»Azurn«, sagte Grandpa, »wie der Himmel«, und Jehangir wiederholte: »Azurn«), während Timmy, der nicht aufhörte, mit seinem prachtvollen Schwanz zu wedeln, sich königlich amüsierte, indem er jeden Stein und jede Muschel untersuchte, einen erschrockenen Krebs anbellte und sie alle zum Lachen brachte, wenn es auch nicht viel Spaß machte, ohne die gute alte George zu lachen, und …

Seine Mutter berührte sacht seine Schulter. Er blickte auf. Sie legte einen Finger an die Lippen und deutete auf den Diwan. Grandpa war eingeschlafen.

Ihr Vater und ihr Sohn schliefen noch, als sie um halb vier den Herd einschaltete und Tee machte. Sie warf die Blätter direkt in den Kessel mit kochendem Wasser. Für den Nachmittagstee lohnten sich Teekanne und Wärmer nicht, wie sie sie morgens benutzte. Und wenn sie an ihre Routine dachte, die im Laufe der Jahre zu häuslicher Vollkommenheit kristallisiert war, fand sie das merkwürdig, denn der Morgen war eine hektische Zeit, und das müßige Ritual hätte besser zum Nachmittag gepasst.

Aber um Yezads willen war es der Mühe wert; er liebte den Morgen. Er liebte die Frühstückszeit, wenn das Radio spielte und in der Wohnung und im Haus ein reges Treiben herrschte, und wenn die Händler unten auf der Straße ihre Waren ausriefen und wachsam nach rufenden Kunden Ausschau hielten, die ihre Aufmerksamkeit durch Händeklatschen oder ein spezielles, stakkatohaftes Zischen auf sich lenkten. Manchmal imitierte Yezad die Lieder und Gesänge der Händler, und dann wetteiferten die Jungen miteinander, um zu sehen, wer es besser konnte.

Auch sie hörte auf die Straßenhändler und wartete darauf, mit ihrer Geldbörse hinunterzulaufen. Manche Leute im Haus hielten einen Korb an einem Seil am Fenster bereit; dann ließen sie ihn mit Geld hinunter und zogen ihn mit dem Wechselgeld und Kartoffeln, Zwiebeln, Hammelfleisch, Brot, oder was sie sonst brauchten, wieder herauf. Roxana machte von diesem System keinen Gebrauch; es war für ihren Geschmack zu öffentlich. Yezad meinte scherzhaft, das sei besser als Fernsehen: Indem man den Korb-am-Strick-Handel im Auge behielt, konnte man jederzeit sagen, wer an diesem Tag was zu essen bekam.

Yezad scherzte und lachte morgens immer, er schwatzte mit den Jungen und erzählte ihnen kleine Geschichten. Gerade gestern hatte er ihnen die vom alten Mr. Engineer erzählt, der sein ganzes Leben lang in Pleasant Villa gewohnt hatte und kürzlich gestorben war. »Erinnerst du dich an seinen speziellen Seiltrick, Roxie?«

Sie nickte, und Jehangir und Murad wollten sofort davon hören. Das Badewasser kochte noch nicht, und so berichtete Yezad, welche Eskapade Mr. Engineer sich vor vielen Jahren geleistet hatte, als es ihm schlecht gegangen war. Jeden Morgen, wenn der Eiermann kam, wartete Mr. Engineer an seinem Fenster im zweiten Stock. Vom Balkon über ihm flog der Korb zur Straße hinunter, um dann mit seiner zerbrechlichen Ladung langsam wieder aufzusteigen. Wenn er an Mr. Engineers Fenster vorbeikam, streckte sich unbemerkt eine Hand heraus, ergriff ein Ei und trug es zum Frühstück in die Küche. Wenn der Korb dann seinen Bestimmungsort erreicht hatte, schrien sie vom dritten Stock zum Eiermann hinunter: Hai, mua eedavala! Ein Dutzend bedeutet zwölf, nicht elf! Der Eiermann beharrte eine Zeit lang auf seinem Standpunkt und diskutierte, aber schließlich kapitulierte er und schickte noch ein Ei nach oben.

Eines Morgens wurde der Übeltäter schließlich mit der Hand im Korb erwischt – mit frischem Ei ertappt, sagte Yezad. Die Nachbarn von oben stellten Mr. Engineer widerstrebend zur Rede, denn die Sache war ihnen peinlich. Mr. Engineer entgegnete unverfroren: Wer bin ich, dass ich zurückweise, was Gott zu meinem Fenster heraufschweben lässt?

An dieser Stelle der Geschichte lachten Jehangir und Murad am lautesten, und ihr Lachen war erfüllt von Bewunderung und Kameradschaftsgefühl. Ihr Vater endete: »Seitdem spricht das ganze Haus nur noch von Mr. Engineers berühmtem Seiltrick.«

Murad sagte, das erinnere ihn an eine andere Geschichte, die Daddy ihnen erzählt habe, die von dem König namens Sisyphus, der im Hades bestraft wurde. »Ich finde, Mr. Engineer ist genau wie Sisyphus.«

»Wieso?«, wollte sein Bruder wissen. »Mr. Engineer brauchte doch nicht immer wieder einen Felsbrocken den Berg hinauf zu rollen.«

»Aber das Gefühl ist das Gleiche«, beharrte Murad, ohne

genau zu wissen, wie er das Gefühl erklären sollte. »Der Korb geht jeden Tag hinunter und kommt dann wieder herauf, und der arme Mr. Engineer, der kein Geld hat, steht da und stiehlt sein Ei – das ist wie eine Strafe, Tag für Tag. Es ist traurig.«

»Ich weiß, was du meinst«, sagte sein Vater. »Wenn man darüber nachdenkt, sind wir in gewisser Weise alle wie Sisyphus.«

Es war still, während sie darüber nachdachten. Dann nickte Jehangir ernst und sagte, das verstehe er. »Es ist wie Hausaufgaben. Jeden Tag muss ich sie machen, und am nächsten Tag gibt es neue. Es hört nie auf.«

Sie lachten. »Aber Mr. Engineers Geschichte hat ein glückliches Ende«, sagte Yezad. »Ein paar Tage, nachdem er erwischt worden war, klingelte es morgens an seiner Tür, und als er öffnete, war niemand da. Nur eine braune Papiertüte lag auf dem Boden. Darin – ein Ei. Diese gute Tat wurde zweimal in der Woche getan, und zwar bis zu seinem Tod.«

»Warum nur zweimal in der Woche?«, fragte Murad. »Warum nicht jeden Tag ein Ei?«

»Wer weiß?«, sagte Yezad.

Roxana warf ihm einen viel sagenden Blick zu und sagte, wer immer es gewesen sei, habe wahrscheinlich den Cholesterinspiegel des alten Mannes im Sinn gehabt. Yezad tat, als habe er es nicht gehört.

Unterdessen fingen die Jungen an, eine Liste von Lebensmitteln zusammenzustellen, von denen sie sich wünschten, dass sie an ihrem Fenster vorbeischwebten: Muffins, Porridge, Bücklinge, Scones, Steak-and-Kidney-Pie, Einmachfleisch, Klöße. Ihr Vater sagte, wenn sie dieses fade ausländische Zeug je zu kosten bekämen, statt nur in diesen verflixten Blyton-Büchern davon zu lesen, dann würde ihnen schon klar werden, wie phantastisch der Curryreis ihrer Mutter schmeckte, ihr Khichri-saas, Kürbis-Buryani, ihr Dhansak. Was sie nötig hätten, sei eine indische Blyton, die ihnen dazu verhalf, ihre eigene Welt faszinierend zu finden.

Dann verkündete der Ansager im Radio, es sei Zeit für ein Golden Oldie, und Engelbert Humperdinck fing an zu singen. Yezad und die Jungen sangen den Refrain mit: »›Just three little words: I love you.‹«

Roxana lächelte und wartete, bis das Lied zu Ende war, bevor sie Murad und Jehangir hinausschickte, damit sie sich für die Schule bereitmachten.

Aber das war gestern Morgen gewesen. Und wie sehr hatte sich heute Nachmittag alles verändert, dachte sie, als sie sich eine Tasse einschenkte und den Kessel auf dem Herd stehen ließ. Später, gegen sechs, würde sie frisches Wasser für Yezads Tee kochen. Abends trank er seinen Tee ganz anders als morgens. Am Abend sah sie die Wunden, die der Arbeitstag hinterlassen hatte. Die Liebe, die sie dann für ihn empfand, war wie ein Schmerz, wenn er ihr von den Kunden erzählte, mit denen er an diesem Tag zu tun gehabt hatte. Sie waren unangenehm, weil sie über große Budgets verfügten und wussten, dass sie ungestraft grob sein konnten, und ausnahmslos erwarteten sie Provisionen von dem Geld, mit dem sie Sportgeräte für die Schulen oder Colleges oder Firmen kauften, die sie vertraten. Und er musste seinen Abscheu herunterschlucken und ihnen taktvoll zu verstehen geben, dass der Eigentümer, Mr. Kapur, so etwas nicht erlaube …

Zorn und Frustration lagen in seiner Miene, wenn er an seinem Tee nippte. Manchmal trank er aus der Tasse, aber öfter goss er ein wenig in die Untertasse und starrte dann hinein, als lägen die Antworten, die er suchte, in ihren unergründlichen Tiefen. Sie wagte nicht, ihn mit Worten zu berühren; Schweigen war alles, was er ertrug. Und auf eine unzulängliche Weise verstand sie, was es bedeutete, er zu sein, der sich so sehr bemühte, für seine Familie zu sorgen, die er liebte. Sie konnte nur darauf warten, dass die Nacht kam und ihn im Destillierkolben des Schlafs wiederherstellte.

Und so war er am Morgen wieder bereit, gewappnet mit Optimismus. Sie sah zu, wie er sich von neuem ins Getümmel stürzte, und wusste, wie es am Abend enden würde, wusste, dass auch er es wusste und sich doch nicht beirren ließ. In ihren Augen war ihr Mann dann ebenso tapfer und stark wie nur irgendein Rustam oder Sohrab – ihr Held, dessen profane Heldentaten verdienten, in einer eigenen Shah-Nama verzeichnet zu werden, in seiner Yezad-Nama, und sie dankte dem Schicksal, Gott, dem Glück, oder wer sonst dafür verantwortlich war.

Sie befürchtete, dass Pappas Anwesenheit sich auf den Morgen bei ihnen auswirken würde. Sie musste seinen Rhythmus für Yezad bewahren, was auch geschehen mochte. Ja, sie war entschlossen: Die Routine, die ihm so viel Freude machte, würde sich nicht um Haaresbreite ändern dürfen.

Roxana hatte ihre zweite Tasse halb ausgetrunken, als Jehangir und Nariman erwachten, weil Murad an der Tür läutete. Sie öffnete ihm und drückte seinen Arm, als er an ihr vorbeistürmte; sie riskierte nicht, sich eine Abfuhr einzufangen, weil sie ihn etwa mit einer Umarmung aufhielt. Er warf seine Schultasche unter den Schreibtisch und ging ins Wohnzimmer.

»Hi, Grandpa«, sagte er, als sei es völlig normal, ihn auf dem Diwan vorzufinden.

»Willst du nicht wissen, warum er hier ist?«

Er hörte zu, als sie ihm von dem Unfall erzählte, und dachte kurz nach. »Solange Grandpa zu Besuch ist, schlafe ich auf dem Balkon. Jehangir kann die Pritsche haben.«

»Nein, ich schlafe auf dem Balkon«, sagte sein Bruder.

»Was?«, fragte Nariman. »Ihr wollt beide aus dem Zimmer flüchten? Rieche ich so schlecht?«

Das sei es nicht, beteuerten sie. Auf dem Balkon zu schlafen sei ein Abenteuer, denn dort könnten sie die Sterne und die Wolken sehen.

»Das entscheiden wir, wenn Daddy nach Hause kommt.« Roxana packte Bettpfanne und Urinflasche aus. Sie betrachtete sie und trug sie hinaus, um sie zu waschen. Die Leute haben unterschiedliche Maßstäbe in punkto Sauberkeit, dachte sie, und ihre Wut auf Jal und Coomy erwachte wieder.

»Was ist das?«, fragte Jehangir, als sie zurückkam und die Utensilien unter dem Diwan verstaute.

»Die sind für Grandpa.«

»Wozu?«

»Das ist seine Pipiflasche«, erläuterte Murad. »Und das da ist für groß.«

Jehangir machte ein skeptisches Gesicht. »Wofür ist es wirklich, Mummy?«

»Murad hat es dir gesagt. Grandpa kann nicht zur Toilette gehen.«

Jehangir zog wieder ein Gesicht und sagte: »Igitt.« Aber das war eher eine Formsache als tatsächlicher Ekel.

Um halb sieben hörten die Jungen ihren Vater an der Tür und liefen hin, um ihm zu öffnen.

»Daddy! Darf ich ein Zelt auf dem Balkon bauen und darin schlafen?«, schrie Jehangir, bevor Murad den Riegel herumdrehen konnte.

»Nein, Daddy, das war meine Idee, da kannst du Mummy fragen!«

Yezad freute sich über den aufgeregten Empfang. »Lasst

mich wenigstens hereinkommen. Sagt eurem Vater guten Tag, bevor ihr mit euren Forderungen kommt.«

»Guten Tag«, sagten sie wie aus einem Mund. »Darf ich auf dem Balkon schlafen?«

Er schloss die Tür und schob den Sicherheitsriegel vor. »Roxie, was ist das für ein verrückter Plan, den deine Söhne da haben?«

Er betrat das Wohnzimmer und blieb stehen. »Hallo? Chief? Bist du das?« Er wunderte sich: zu Besuch gekommen, natürlich – aber allein? Und warum lag er auf dem Diwan? Fühlte sich vielleicht nicht wohl?

Der Gipsverband, der ihm einen Hinweis gegeben hätte, war unter der Decke verborgen. Er wollte nicht bestürzt erscheinen; also lächelte er und gab Nariman die Hand, während Jehangir beharrlich erklärte, weil Grandpa in seinem Bett liege, müsse er derjenige sein, der auf dem Balkon schlafen dürfe. Murad hielt ihm entgegen, dass er der Ältere sei; für ihn sei es draußen sicherer, denn Jehangir könne nachts aufstehen und über das Geländer fallen.

»Still, oder ich gebe euch beiden einen ordentlichen Dhamaylo«, sagte ihre Mutter. »Balkon, Balkon, Balkon! Ist das alles? Bevor ich Daddy überhaupt erzählt habe, was passiert ist?«

Sie trocknete sich die Hände am Rock ab und kam zum Diwan. »Du wirst es nicht glauben, Yezad, wenn du hörst, wie schlecht Jal und Coomy sich benommen haben.«

»Sie haben ihr Bestes getan, meine Liebe«, sagte Nariman leise. »Sei nicht böse auf deine Geschwister.«

»Halbgeschwister, Pappa. Lass uns präzise bleiben.«

»Das hast du nie so gesehen, als ihr klein wart«, sagte er betrübt.

»Sie haben sich auch nie so benommen.«

»Kann mir bitte jemand erzählen, was passiert ist?«

Sie berichtete von den Ereignissen des Vormittags und der vergangenen Woche. Yezad schüttelte den Kopf, als sie fertig war.

»Ich muss sagen, Chief, ich finde auch, dass die beiden sich schlecht benommen haben. Ich würde sogar viel härtere Worte benutzen. Tauchen hier auf wie zwei Diebe, lassen dich im Krankenwagen liegen und erpressen Roxana.«

»Sie kamen nicht damit zurecht«, sagte Nariman. »Und das war ein Ausweg für sie. Wenn man jemanden erfolgreich irgendwo abladen will, ist es nicht ratsam, vorher Bescheid zu sagen. Vergesst das nicht, ihr beide, wenn ihr mich nach Chateau Felicity zurückbringen wollt.«

»Das ist nicht lustig, Pappa. Wo haben sie nur ihren Anstand gelassen?«

»Ich frage mich, was wohl passieren würde, wenn du verlangen würdest, dass man dich zurückbringt«, sagte Yezad. »Es ist schließlich dein Zuhause. Du solltest mit dem Fuß aufstampfen, Chief, nur um zu sehen, was sie tun.«

»Wenn ich mit dem Fuß aufstampfen könnte, wäre ja alles in Ordnung«, sagte Nariman mit schiefem Lächeln. »Wie kann man die Menschen zwingen? Kann man Fürsorglichkeit und Mitgefühl zur Pflicht machen? Entweder wohnen sie in den Herzen oder nicht.«

»Es ist trotzdem empörend – sie haben dich aus deiner bequemen Wohnung vertrieben und hier in dieses enge kleine Loch gesperrt.«

Nariman schüttelte den Kopf. »Diese riesige Wohnung ist für mich so leer wie eine Höhle im Himalaya, und hier fühle ich mich wie in einem Palast. Aber für euch wird es schwierig sein.«

»Du bist hier willkommen, Chief – es ist schließlich deine Wohnung.«

Nariman wandte den Kopf ab. »Sag das bitte niemals. Ungeachtet dessen, dass ich heute hier hereingeplatzt bin, gehört diese Wohnung dir und Roxana. Euer Hochzeitsgeschenk. Es stünde jedermann schlecht an, nach fünfzehn Jahren noch zu unterstellen, dass ich den Versuch unternähme, diese Räumlichkeiten zu beschlagnahmen.«

Die steife und förmliche Wendung, die Narimans Diktion hier genommen hatte, verriet Yezad, dass er ihn gekränkt hatte. »Entschuldige, Chief, so habe ich es nicht gemeint.«

»Wir werden prima zurechtkommen, Pappa«, sagte Roxana. »Drei Wochen werden wie im Fluge vergangen sein, ehe wir uns versehen.«

»Genau«, sagte Yezad. »Und Murad und Jehangir werden ihrer Mutter bei der zusätzlichen Arbeit helfen. Versprecht ihr das, ihr beide? Der Chief ist bald wieder so gut wie neu.«

Jehangir zog die Urinflasche und die Bettpfanne unter der Pritsche hervor. »Das ist Grandpas Pipiflasche«, erklärte er seinem Vater. »Und das ist für Kaka.«

»Fass diese Dinger nicht an«, sagte Yezad. Er war plötzlich zornig. »Geh dir sofort die Hände waschen.«

Von Roxanas und Narimans besorgten Blicken verfolgt, ging er steifbeinig auf den Balkon und blieb dort, bis sie verkündete, das Abendessen sei fertig.

Jehangir behauptete, er sei jetzt ein Experte darin, Grandpa zu füttern, und half ihm bei den Prinzessbohnen. Yezad bemerkte, der Chief habe nicht nur ein privates Pflegeheim, sondern auch noch seinen eigenen Butler – was könne er mehr wollen?

Nariman fragte sich, ob sich hinter diesen Worten so etwas wie Unmut verbergen mochte. »Ich bin wirklich gesegnet mit einer solchen Familie. Das gleicht alle anderen Mängel aus.«

»Wir sollten entscheiden, wo geschlafen wird«, sagte Roxana. Die Küche kam nicht in Frage, fand sie; Mäuse und Kakerlaken waren nicht auszurotten, obwohl sie regelmäßig Gift ausstreute. Im Gang zwischen Küche und WC wäre es unhygienisch. Und auf dem Boden vor der Wohnungstür war ein ewiger feuchter Fleck, dessen Ursprung noch aufzuspüren wäre. Damit blieb der Balkon.

»Jippiie!«, rief Jehangir. »Ganz ausgezeichnet! Ich baue mir ein Zelt und werde darin ein Mitternachtsmahl einnehmen.«

»Bedaure«, sagte Murad. »Geschwaderführer Bigglesworth braucht ihn als Basis zur Durchführung geheimer Operationen.«

»Es gibt nur eine Möglichkeit, das zu regeln«, sagte Yezad. »Ihr müsst euch abwechseln. Grandpa wird drei Wochen hier sein – sagen wir, zwanzig Tage. Also jeder zehn Tage.«

Der Vater warf eine Münze, um zu sehen, wer der Erste sein sollte. Murad nahm Zahl und gewann. Die beiden dünnen Matratzen auf der Pritsche verabschiedeten sich voneinander; die eine blieb für Jehangir an ihrem Platz, die andere wanderte nach draußen auf eine Plastikplane.

»Hoffentlich regnet es mächtig«, sagte Murad. »Dann ist es genau wie in dem Biggles-Abenteuer, als seine Hurricane mitten in einem Unwetter auf Sumatra eine Bruchlandung machte.«

»Alberner Junge!«, schimpfte seine Mutter. »Bete zu Gott, dass es trocken bleibt. Was sollen wir tun, wenn deine Matratze nass wird? Dann werden deine Medizinflaschen, die wir uns nicht leisten können, schon wieder mein Leben beherrschen.«

Yezad versuchte ihre Befürchtungen zu beschwichtigen; es sei kaum wahrscheinlich, dass es heute Nacht regnen werde, und morgen werde er etwas über den Balkon spannen. Aber sie wollte kein Risiko eingehen.

»Es ist erst Anfang September. Wenn Murad krank wird, komme ich niemals zurecht, nicht, wenn ich mich jetzt auch noch um Pappa kümmern muss.« Und sie drohte an, sie werde selbst auf dem Balkon schlafen, wenn er nicht hundertprozentig regensicher gemacht werde.

Jetzt befürchtete Murad, dass ihm das Abenteuer entgehen könnte. »Es ist okay, Mummy«, beruhigte er sie. »Daddy und ich ziehen dem Balkon einen Regenmantel und Gummistiefel und eine Mütze an.«

Sie kramten in den Regalen vor der Küche und fanden zwei kleine Plastikplanen, groß genug, um die Lücken im Balkongeländer zu bedecken, aber nicht groß genug für ein Dach.

»Frag Villie«, schlug Yezad Roxana vor. »Vielleicht leiht sie uns eine Persenning oder so etwas.«

»Geh du. Ich kann sie nicht ausstehen mit ihrem ›Schätzchen‹ und ›Darling‹ und ihrem Glücksspiel.«

Villie Cardmaster, die Matka-Queen, wie Yezad sie nannte, war ungefähr so alt wie er und wohnte mit ihrer Mutter in der Nachbarwohnung. Sie hatte sich angewöhnt zu bekunden, dass sie das Dasein im Ledigenstand bevorzuge; sie habe, erklärte sie, nichts übrig für einen stöhnenden und jammernden Kerl, der sie die ganze Nacht mit seinen Ansprüchen auf Trab halte. Manchmal allerdings warf sie sehnsüchtige Blicke auf den einen oder anderen Mann, als taxiere sie ihn für sich selbst.

Ihre Tage waren ausgefüllt mit Hausarbeit und der Pflege ihrer gebrechlichen Mutter, die auf die Größe einer Sechsjährigen zusammengeschrumpft war. Villie konnte sie ohne große Anstrengung heben, um sie vom Bett ins Bad und zu ihrem Sessel auf dem Balkon oder zum Esstisch zu tragen; sie schleppte sie umher wie eine runzlige Puppe.

Jeder freie Augenblick, den Villie ihrem Tag abringen konnte, war der Analyse von Träumen gewidmet. Sie wies den Gegenständen und Ereignissen aus einem Traum numerische Werte zu, die dann zum Matka-Spielen benutzt wurden. Dieses illegale Glücksspiel war der Faden, auf den die Perlen ihrer Stunden aufgezogen waren. Sie befragte Freunde, Nachbarn und die Dienstboten der Nachbarn, und wer ihr seine Träume mitteilte, wurde mit den Früchten ihrer Analyse belohnt. Fast jeden Tag gab es eine kleine Matka-Wette, die sie setzte, wenn sie ihre täglichen Einkäufe beim Bunya erledigte, der auch Buchmacher war.

»Hallo, Yezadji!«, rief sie, erfreut über den Besuch. Sie redete jeden Mann ungeachtet seines Alters oder Standes mit der ehrerbietigen Nachsilbe an.

»Entschuldigen Sie, dass ich Sie störe, Villie.«

»Wozu sind Nachbarn gut, wenn man sie nicht stören kann? Kommen Sie herein, mein Lieber, stören Sie mich, so viel Sie wollen.«

Er folgte der müffelnden Gestalt im Hausmantel hinein. Das lange Gewand, weit und vorn geknöpft, verbarg ihre Figur wirkungsvoll. Sie trug es von einem Bad zum nächsten, also drei oder vier Tage lang. Sie schlief darin, kochte darin und erledigte ihre täglichen Einkäufe darin, Letzteres mit einer signifikanten Abwandlung: Sie wickelte einen Sari über den Hausmantel und drapierte ihn auf eine ziemlich einzigartige Weise – ein halbes Dutzend Sicherheitsnadeln hielt ihn an seinem Platz, denn sie trug keinen Unterrock, in dessen Bund sie ihn stopfen konnte. Sie nannte den Hausmantel ihr Allzweckgewand.

Ihm war klar, warum ihr Geschäker ihn deprimierte: Es lag an der Kluft zwischen den koketten Worten und ihrem schlampigen Aussehen. Ohne allzu sehr auf Einzelheiten einzugehen, erklärte er, weshalb er gekommen war, aber Villie hatte den Krankenwagen am Vormittag gesehen und den Streit mit angehört.

»Ich verstehe, Yezadji«, sagte sie augenzwinkernd. »Ärger mit der Verwandtschaft verwandelt den Stärksten in ein hilfloses Kätzchen. Kommen Sie, mal sehen, was wir finden.«

Sie ging voraus und gab dabei ihrem Bedauern über Narimans Missgeschick Ausdruck. Sein tragisches Leben, so nannte sie es und zählte ein paar der schäbigen Details auf. Dass sie mit den Fakten so vertraut war, wunderte Yezad nicht – es gab viele in der Parsi-Gemeinde, die sich ebenso wie Villie mit einer Mischung aus Mitgefühl und Genugtuung an den Skandal erinnern konnten.

Vor einer alten, mit allerlei Kram voll gestopften Kommode blieb sie stehen. »Fühlen Sie sich wie zu Hause, Darling, und schauen Sie ganz unbefangen in den Schubladen nach.«

Als sie sah, wie er zögerte, kniete sie nieder und half ihm. »Übrigens habe ich eine starke Matka-Zahl für heute Abend. Ein Traum, so machtvoll, von solch numerischer Kraft, wie ich ihn seit Monaten nicht gehabt habe.«

»Viel Glück, Villie. Hoffentlich knacken Sie es.«

Trotz seiner geringen Neugier senkte sie dramatisch die Stimme, um die überirdische Macht des Traums zu bewahren, und fuhr in ehrfürchtiger Kadenz fort: »Eine Katze – das war es, was ich gesehen habe. Eine Katze neben einer großen Schale Milch.«

»Und sie hat über Zahlen mit Ihnen gesprochen?«

Mitleidig lächelnd zog sie Gegenstände aus den Schubladen, damit er sie begutachten konnte. »Die Botschaft von Katze und Schale war so stark, Yezadji, dass ein Gespräch nicht notwendig war.«

»Dann haben Sie telepathisch miteinander kommuniziert?«

Villie schüttelte den Kopf. »Die Katze saß aufrecht da und schaute mich an. Ihr Kopf und ihr Körper bildeten eine perfekte Acht. Und die Milchschale links neben ihr war rund wie eine Null. Also ist die Zahl für morgen achtzig.«

Er war noch nicht fertig mit seiner Neckerei. »Aber, Villie, haben Sie in Englisch oder in Gujarati geträumt?«

»Weiß ich nicht genau. Ist das ein Unterschied?«

»Ein himmelweiter Unterschied. Die Acht auf Gujarati« – er malte sie mit dem Finger in die Luft – »sieht nicht aus wie eine sitzende Katze.«

»Sie sind ein großer Witzbold, Yezadji.« Sie lachte, aber die Saat des Zweifels war gesät.

Sie fanden ein paar Stücke Öltuch und eine einmal anderthalb Meter große Leinwand, nicht genug, um damit den Balkon zu überdachen. Dann zog er aus der letzten Schublade eine große, ledrige Plane, die in eine Einkaufstüte verpackt war. »Was ist das?«

»Oh, das alte Tischtuch. Für unseren Familienesstisch.«

»Muss aber groß sein.«

»Ist er. War er. So groß, dass sechzehn Personen bequem daran sitzen konnten.«

Jeder von ihnen fasste ein Ende des Tischtuchs, und die zusammenklebenden Schichten trennten sich mit einem Geräusch, das klang wie zerreißender Stoff. Als das dunkelgrüne Wachstuch sich entfaltete, entfalteten sich zugleich Villies Erinnerungen.

»So glückliche Zeiten, Yezadji, haben wir rund um dieses Tischtuch genossen. Jeden Sonntagnachmittag, die ganze Familie zusammen, zum Dhansak-Lunch. Bavaji war fanatisch darin – Curryreis war okay für Samstag, aber wer versuchte, am Sonntag etwas anderes zu machen als Dhansak, konnte sich auf etwas gefasst machen. Also hat Maiji nie etwas dagegen gesagt. Und um ein Uhr kamen Onkel, Tanten, Cousins und Cousinen, und alle fingen an zu schwatzen, als hätten wir uns monatelang nicht gesehen.«

Yezad dachte an den Balkon, der wetterfest gemacht werden musste, aber er brachte es nicht übers Herz, sie zu unterbrechen. Villies Gesicht leuchtete vor Glück.

»Immer musste ich rechts neben Bavaji sitzen, und mein

Bruder Dali gehörte links neben ihn. Und für das Sonntagsessen kam auf dieses Wachstuch eine zweite Decke aus belgischer Spitze. Dass Schnickschnack oder Vasen darauf gestellt wurden, erlaubte Bavaji nicht; er sagte, es sei ein Verbrechen, ein Kunstwerk zu verdecken.

Es war eine so schöne Zeit, Yezadji. Warten Sie, ich zeige Ihnen etwas.«

Sie kehrte mit einem gerahmten Foto zurück: eine vierköpfige Familie, die am Ende eines langen Esstischs formell posierte. Mutter, Vater, zwei brave Kinder, der Junge geschrubbt und glänzend in kurzen Hosen, das kleine Mädchen in einem schleifenübersäten Kleid aus rosafarbenem Organza.

»Mein siebter Geburtstag – er fiel auf einen Sonntag. Etwas ganz Besonderes.« Sie seufzte. »Wie kommt es nur, dass die glücklichen Tage plötzlich hinter uns liegen, wenn wir erwachsen werden?«

Darauf wusste Yezad keine Antwort. »Was ist aus diesem Esstisch geworden?«

»Mein Bruder hat ihn in seine neue Wohnung mitgenommen, als er heiratete.«

»Veranstaltet er jetzt diese großen Sonntagsessen, als Familientradition?«

Villie verzog den Mund. »Er hat den Tisch zerstört. Er passte nicht durch seine Haustür, und da hat er vom Schreiner einen Klapptisch daraus machen lassen. Der Himmel weiß, welches Unkrautholz er für den Rahmen genommen hat, aber in zwei Jahren war es von weißen Ameisen aufgefressen.«

Sie streichelte über das Tischtuch und begann es zusammenzufalten. Yezad half ihr dabei und fragte sich, auf welche Weise das Schicksal aus der süßen kleinen Villie im rosaroten Kleidchen, die sonntags beim Dhansak zur Rechten ihres Vaters gesessen hatte, eine traumbesessene, matkaverrückte, muffig riechende Frau gemacht hatte. Welche grausame Bahn hatte von da nach hier geführt?

Sie steckte das Tischtuch nicht wieder in die Tüte. »Das ist sicher groß genug, um den Balkon zu überdecken.«

Yezad war verblüfft. »Wollen Sie ein so bedeutendes Erinnerungsstück nicht verwahren?«

»Von Erinnerungsstücken halte ich nichts. Ein großes Tischtuch ohne einen großen Tisch, ohne Gäste, die daran sitzen und lachen und plaudern, das ist nutzlos. Decken Sie Ihren Balkon ab, bevor Ihr kleiner Junge sich erkältet.«

»Danke, Villie.«

Sie stopfte den übrigen Kram wieder in die Schubladen und stieß sie zu. »Wissen Sie was, Yezadji? Sie haben Recht. Wenn ich auf Gujarati geträumt habe, dann würde ich nach einer anderen Methode vorgehen: nach dem Klang des Wortes. Katze würde zu Bilaari. Kombiniert mit der Null für die Schale würde ich die Zwanzig wetten. Und Sie auch, mein Lieber; setzen Sie ein bisschen Geld auf zwanzig und auf achtzig, dann sind Sie in beiden Sprachen abgesichert. Sie werden genug gewinnen, um aus Ihrem Balkon ein einwandfreies Zimmer zu machen.«

Das sei nicht nötig, sagte er, er wolle den Balkon schon behalten; es sei ja nur eine vorübergehende Situation.

»Das hat nichts zu sagen«, antwortete Villie, als sie ihn zur Tür begleitete. »Vorübergehend ist alles, Yezadji. Das Leben an sich ist vorübergehend.«

War es nicht typisch für diese Frau, sagte Roxana, einen Mann so lange wie möglich aufzuhalten und mit ihrem »Lieber-Darling«-Unsinn zu beschwatzen. Und als sie hörte, dass Villie ihm ein Foto gezeigt hatte, wollte sie wissen, welche neuen Perversionen diese Frau sich jetzt wieder habe einfallen lassen, und ob Matka nicht genug für sie sei.

»Es war ein Familienfoto; sie war sieben«, sagte Yezad, woraufhin Roxana sich töricht vorkam, und als er ihr dann noch erzählte, welche Geschichte sich hinter dem Tischtuch verbarg, und Villies traurige Erinnerungen wiederholte, bekam sie außerdem Gewissensbisse, weil sie das Tuch genommen hatten. »Weißt du, sie ist kein schlechter Mensch. Nur ein bisschen verrückt. Und sie hat angeboten, dir das Einkaufen beim Bunya abzunehmen; sie geht ja jeden Morgen.«

Er breitete das Wachstuch auf dem Balkon aus und machte in geeigneten Abständen Löcher in den Rand, und bei jedem Stich durchzuckte es ihn schmerzlich. Morgen würde er in Boras Eisenwarenhandlung Ösen aus Metall kaufen, um die groben Löcher zu verstärken und das Tuch so robust wie eine Persenning zu machen. Er zog kurze Schnurstücke durch jedes Loch und befestigte das Tuch am Balkongeländer.

Murad machte sich daran, sein Wachstuchzelt für die Nacht auszurüsten. Er nahm sein Spielzeugfernglas, einen Kompass und Waffen mit: einen Brieföffner und eine Wasserpistole. Er wollte auch noch eine Kerze und Streichhölzer in seiner Notunterkunft verstauen, verborgen in den finstersten Tiefen des Dschungels von Sumatra, aber davon wollte seine Mutter nichts wissen.

»Mummy hat Recht«, sagte Yezad. »Es wäre nicht sehr angenehm, wenn du Pleasant Villa niederbrennst.«

»Ha, ha, sehr komisch. Mummy hat eine schreckliche Phantasie.«

»Apropos Phantasie, Chief, was hat es denn mit deinen Depressionen auf sich? Ist das ein Phantasiegespinst von Jal und Coomy? Ich kann es mir bei einem Philosophen wie dir nicht vorstellen.«

»Mit Depressionen sind sie auf dem Holzweg«, sagte Nariman. »Ich denke viel über die Vergangenheit nach, das stimmt. Aber in meinem Alter ist die Vergangenheit auch viel gegenwärtiger als das Hier und Jetzt. Und von der Zukunft habe ich nicht mehr viel zu erwarten.«

»Du hast noch viele Jahre mit uns vor dir, Pappa.«

»Ich frage mich, warum Dr. Tarapore es für Depressionen hielt«, sagte Yezad.

»Der Quacksalber hat auf der Grundlage dessen, was Coomy und Jal ihm erzählt haben, eine Fehldiagnose gestellt. Er muss noch lernen, dass man nicht für alles eine klinische Erklärung finden kann. ›Das Herz hat seine Vernunftgründe, die die Vernunft nicht kennt.‹«

»Das klingt schön«, sagte Roxana. »Shakespeare?«

»Pascal.«

Sie wiederholte die Worte stumm bei sich: Das Herz hat seine Vernunftgründe …

Jehangir lag auf seiner Pritsche und hörte dem Gespräch der Erwachsenen aufmerksam zu, und er fragte sich, wie Depressionen sich anfühlen mochten. Waren sie wie die Traurigkeit, die einen überkam, wenn es viele Tage lang regnete? Neidisch sah er zu, wie Murad seine Vorbereitungen für die Nacht auf dem Balkon traf. Dann hörte er, wie Grandpa in schüchternem Ton um seine Pipiflasche bat.

»Ich hole sie dir«, sagte er und sprang von der Pritsche.

Sein Vater war mit zwei schnellen Schritten durch das Zimmer gekommen und versperrte ihm den Weg. »Was habe ich dir über diese Flasche gesagt?«

Jehangir erstarrte. Er glaubte, sein Vater werde ihn schlagen. Yezad klang immer dann am zornigsten, wenn seine Stimme so Furcht erregend leise war.

»Antworte mir. Was habe ich dir gesagt?«

Mit eingezogenem Kopf sagte er: »Ich soll die Sachen nicht anrühren.«

»Und warum wolltest du sie dann holen?«

»Ich habe es vergessen«, antwortete er mit dünner Stimme. »Ich wollte nur helfen.«

Im nächsten Augenblick war der Zorn verraucht, und die Hand seines Vaters lag auf seiner Schulter. »Du brauchst dabei nicht zu helfen, Jehangla.«

Sein Vater schob ihn sanft zu seiner Pritsche zurück. Er sah zu, wie seine Mutter die Pipiflasche holte. Dann hob sie die Decke hoch und schob Grandpas Soosoti hinein. Er war klein, nicht viel größer als sein eigener. Aber Grandpas Eier waren riesig. Wie Zwiebeln in einer Socke, größer noch als Daddys, die er schon oft gesehen hatte, wenn Daddy aus dem Bad kam und das Handtuch ablegte, um sich anzuziehen. Seine eigenen waren wie kleine Murmeln. Er fragte sich, ob die Größe und das Gewicht für Grandpa wohl unbequem waren.

»Leg dich hin, Jehangla«, sagte Daddy. »Du brauchst nicht alles zu sehen. Gute Nacht.«

Dann brachte Mummy die Schüssel, damit Grandpa gurgeln und sich den Mund ausspülen konnte, bevor er schlief. Er machte eine komische Bewegung mit dem Unterkiefer, um die Zähne herauszuschieben. Sie glitten ins Glas, in ihr wässriges Bett, bevor Jehangir die Augen schloss.

Als ihr Kopf neben Yezads auf dem Kissen lag, dankte Roxana ihm, weil er so verständnisvoll gewesen war.

Er meinte, es sei vielleicht am besten, wenn sie eine Krankenhaus-Ayah engagierten, denn dass sie sich selbst wund arbeitete, sei auch keine Lösung. »Wir lassen Jal und Coomy für die Kosten aufkommen. Sag ihnen, dass ist unsere Bedingung dafür, dass wir Pappa bei uns aufnehmen.«

»So, wie die beiden sich benommen haben, will ich von ihnen nichts haben. Ich will ihre Gesichter in den nächsten drei Wochen nicht sehen. Nicht, bevor Pappa wieder auf den Beinen ist.«

Sie versicherte ihm, es werde schon nicht so schwierig werden, wenn sie nur etwas Geduld und Verständnis aufbrächten. Dann erzählte sie, wie schlecht Pappa bei seiner Ankunft gerochen hatte. »Es war nichts weiter nötig als ein Tuch und Wasser und Talkum, aber Jal und Coomy hatten sich die Mühe nicht gemacht. Und du hast die Stoppeln in seinem armen Gesicht gesehen. Sie haben ihm seinen Rasierapparat eingepackt – als ob er es selbst könnte.«

»Wir rufen einen Barbier. Aber in drei Wochen ist Schluss. Dann werde ich keine Ausreden von diesen beiden Gaunern akzeptieren.«

»Oh, ich werde schon nicht zulassen, dass sie Pappa noch länger aus seinem Haus vertreiben. Pass nur auf, ich werde ihnen schon den Kopf zurechtrücken.«

Sie rückte näher, umarmte ihn und küsste das Ohr, in das sie geflüstert hatte, und dann knabberte sie daran. Er seufzte. Seine Finger griffen nach dem Saum ihres Nachthemds und zogen es um ihre Hüften herum hoch, während sie das Hinterteil ein kleines Stück hob. Seine Hand glitt unter den weichen Stoff, und sie sagte, er solle lieber noch ein bisschen warten; die Jungen schliefen zwar, aber bei Pappa sei sie nicht so sicher.

Nariman schlug die Augen auf und wünschte, Lucys große, traurige Augen wollten aufhören, ihn zu verfolgen. Er drehte den Kopf und suchte nach den vertrauten Gitterstäben vor seinem Fenster, aber stattdessen sah er die Pritsche mit seinem Enkel. Er war nicht in Chateau Felicity. Heute Nacht musste er leise sein und seinen Erinnerungen einen Maulkorb anlegen; er durfte Roxana und Yezad und die Kinder, die in der Nähe schliefen, nicht stören.

Benommen von der Schmerztablette, trieb er auf einer schlafähnlichen Wolke dahin. Aus dem Gemurmel im hinteren Zimmer drang das Wort »Ayah« an sein Ohr … und wieder begannen die Erinnerungen ihn zu quälen. Lucy, wie sie eine Stellung als Ayah in Chateau Felicity annahm – um näher bei ihm zu sein, hatte sie gesagt. Und die Arbeit sei keine Strapaze, hatte sie ihm versichert; es sei ein großer Trost, im selben Haus zu leben und zu schlafen.

Schon bevor sie eine Dienstbotin wurde, hatte das Herzweh Falten der Erschöpfung in ihr Gesicht gegraben und es hager gemacht. Häusliche Plackerei machte es jetzt noch schlimmer. Wie unerhört, dachte er, dass sie sich das antat, dass sie einen so absurden Aufwand betrieb, nur um es ihm heimzuzahlen, um ihm das Leben zur Hölle zu machen, weil er sich geweigert hatte, sich weiter mit ihr auf der Straße zu treffen.

Ihre Arbeitgeber waren die Arjanis im Erdgeschoss. Sie wussten, wer sie war – sie hatten Lucy oft mit ihm zusammen gesehen. Die Parterre-Gestapo, hatte er manchmal im Scherz zu Lucy gesagt, als sie noch zusammen ausgegangen waren, denn Mr. und Mrs. Arjani standen immer am Fenster und behielten das Kommen und Gehen in Chateau Felicity im Auge. Und später hatten sie sie beobachtet, wenn sie wie ein verlorenes Kind auf der Straße gestanden und zu seinem Fenster hinaufgestarrt hatte.

Aber dass sie sie als Ayah für ihre Enkelkinder engagierten, war ein Racheakt, erkannte er. Jahre zuvor, um die Zeit herum, als er Lucy kennen gelernt hatte, war Mr. Arjani von Narimans Vater wegen übler Nachrede verklagt worden, und das war jetzt die Vergeltung; das wurde ihm klar.

Was für eine ungeheure Verschwendung von Zeit und Energie war diese Klage gewesen, dachte er, als er an die religiöse Kontroverse dachte, die diese Fehde befeuert hatte. Ein Priester hatte eine Navjote-Zeremonie für den Sohn einer parsischen Mutter und eines Vaters, der kein Parse war, vollzogen – ein absolutes

Tabu für die konservative Fraktion. Das Ereignis hatte eine jener Wellen von Debatten und Polemik und Gezänk ausgelöst, wie sie die Orthodoxen und die Reformisten von Zeit zu Zeit grippegleich befielen.

Und so schrieb sein Vater, berühmt für seine Leserbriefe, einen, in dem er den Priester geißelte: dass für jenen irregeleiteten Dustoor die heilige Investiturzeremonie von Sudra und Kusti nicht mehr Bedeutung habe, als binde er jemandem eine normale Schnur um den Leib, wenn man bedenke, auf welch unbekümmerte Weise er Krethi und Plethi damit beglücke. Es seien Renegaten wie er, die diese dreitausend Jahre alte Religion zerstören würden. Der Zoroastrismus habe in seiner ehrwürdigen Geschichte mancherlei Rückschlag erlitten, aber was die arabischen Armeen im Jahr 652 nicht vermocht hätten, würden Priester wie er am Ende bewerkstelligen; die Reinheit dieser einzigartigen und uralten persischen Gemeinde, Säule und Fundament ihres Überlebens, sei durch ihn kompromittiert. Unwissenheit mag ein Segen sein, schrieb er, aber die Unwissenheit Unheil stiftender Priester ist das genaue Gegenteil – sie ist Gift für die Parsi-Gemeinde.

Auch wenn der bombastische Ton der väterlichen Rhetorik ihn amüsierte, hatte Nariman verzweifelt den Kopf geschüttelt. Die Jam-e-Jamshed *widmete der Kontroverse jeden Morgen einen speziellen Kasten. Und jeden Morgen lehnte sein Vater sich zurück und las genüsslich die Briefe mit ihrem Für und Wider, zu denen er mit seinem Schreiben Anlass gegeben hatte. Sein Gesicht leuchtete voller Genugtuung auf, wenn er beim Frühstück die Zeitung aufschlug und seiner Familie ausgesuchte Passagen laut vorlas.*

Unweigerlich fand sein Vater einen Weg, die Kontroverse mit Lucy in Zusammenhang zu bringen. Er pflegte Beispiele daraus zu zitieren, um zu illustrieren, weshalb Mischehen verboten seien, und präsentierte Auszüge aus der Korrespondenz als un-

umstößliche Beweise für ein Verbot jeglicher Beziehungen zwischen Parsen und Nicht-Parsen.

Nariman versuchte die Gelegenheiten zu nutzen, die diese Frühstücksdiskussionen ihm eröffneten. Er beschwor seinen Vater, Lucy einmal zum Tee oder zum Lunch einzuladen und mit ihr zu sprechen, bevor er sich eine Meinung bildete. Aber das lehnte sein Vater ab – es wäre unfair, meinte er, dem armen Mädchen Hoffnung zu machen. Manchmal gab seine Mutter schüchtern zu bedenken, es könne doch nicht schaden herauszufinden, was für ein Mensch sie sei. Sein Vater antwortete, sie könne durchaus ein wunderbarer Mensch sein, vornehm und charmant wie die Königin von England, aber sie sei dennoch ungeeignet für seinen Sohn, da sie keine Zoroastrierin sei. Basta.

Wie naiv, darauf zu hoffen, sein Vater werde sich umstimmen lassen, oder eine passive Haltung werde Unannehmlichkeiten verhindern und die Chancen für Lucy und ihn selbst verbessern. Er hatte die Zähigkeit seines Vaters unterschätzt, und auch seine Bereitschaft, das Familienglück für seine engstirnigen Glaubensgrundsätze zu opfern.

Dann erschien Mr. Arjanis ätzender Brief in der Zeitung, und für seinen Vater war das morgendliche Vergnügen jäh zu Ende. Dass so etwas von seinem Nachbarn aus dem Erdgeschoss kam, empfand er wie den Angriff eines Verräters aus dem eigenen Lager. Und obwohl er anfangs beschlossen hatte, sich auf einen einzigen Brief zu beschränken und sich danach zurückzuhalten und das Gekläff des Pöbels zu ignorieren, nahm er jetzt die Feder auf, um eine zweite Salve abzufeuern.

Er bezeichnete Mr. Arjani als typisches Beispiel eines unterdurchschnittlichen Kopfes, dessen Erwägungen offenkundig wertlos seien, da er selbst die simpelsten Grundsätze der Religion und die überragende Bedeutung des Navjote nicht begriffen habe. Mr. Arjanis Ansichten, schrieb er, verdienten es nicht, in dieser Debatte gewürdigt zu werden.

Mr. Arjani stürzte sich schwungvoll in die Schlacht. Die Auseinandersetzung wurde immer giftiger und endete mit dem Brief, der die beiden vor Gericht brachte. Darin wurde Mr. Vakeel bezichtigt, ein tollwütiger Rassist zu sein, der in seinem manischen Trachten nach Reinheit nicht zögern würde, die Ehegatten und Nachkommen einer Mischehe einfach zu eliminieren.

Die Sonntagabendgruppe riet seinem Vater, nun sei es an der Zeit, Klage wegen Rufmords einzureichen. Mr. Arjani bekam die Gelegenheit, seine Äußerungen zurückzunehmen und sich zu entschuldigen. Er tat es nicht. Eine Gruppe von Reformisten finanzierte seine Verteidigung, und obgleich sie verlor, war sie zufrieden mit der daraus resultierenden Publicity.

Sein Vater gab eine Party zur Feier des Sieges. Die Sonntagabendgruppe schenkte ihm, eingerahmt und hinter Glas, die Seite des Jam-e-Jamshed *mit dem vollständigen Text des Widerrufs und der Entschuldigung.*

Sie führten sich auf, als hätten sie beim Kricket gewonnen, dachte Nariman. Für sie war das Urteil eine Bestätigung ihrer Überzeugungen und nicht nur eine formelle Rechtsentscheidung. Den Prozess selbst hatte er mit gemischten Gefühlen verfolgt. Einerseits wollte er nicht, dass sein Vater verlor, aber gleichzeitig hatte er die Hoffnung gehegt, dass sein Vater, wenn diese bigotten Überzeugungen einer öffentlichen Begutachtung unterzogen würden, sie als das erkennen möchte, was sie waren.

Aber diese Erlösung war nicht eingetreten. Und jetzt, zehn Jahre später, nachdem seine Eltern längst gestorben waren, musste er erleben, wie Lucy für die Arjanis das Werkzeug ihrer konfusen Rache wurde. Mr. Arjani brüstete sich vor allen Bewohnern von Chateau Felicity – die Freundin des Sohnes von Marazban Vakeel als Ayah zu engagieren, das sei eine feine Rache. Das Drama, das Professor Vakeel und Lucy aufführten, sei ein erstklassiger Spaß. Ausgleichende Gerechtigkeit, erklärte er, sei der Gerechtigkeit des Gerichts doch weit überlegen.

Wenn Mr. Arjani doch nur ein bisschen nachgedacht hätte. Wenn ihm nur klar geworden wäre, dass sein Vater in seiner Engstirnigkeit mit seinem alten Feind darin übereingestimmt hätte, dass Lucy sich als Ayah besser eignete als seine Schwiegertochter.

Aber Lucys Entscheidung machte Nariman fassungslos. Er fragte sie, ob sie es des Geldes wegen tue. Dann werde er ihr helfen; es sei nicht nötig, dass sie sich erniedrigte. Er werde ihr eine Stelle in einem Büro suchen.

Lächelnd schüttelte sie den Kopf. »Verstehst du nicht, warum ich hier bin? Du bist im dritten Stock, ich bin im Erdgeschoss, und das ist mir ein Trost.«

Er warnte sie: Das werde ihr ebenso viel einbringen, als wären sie in verschiedenen Städten. Er werde sein Wort halten und sich nicht mehr mit ihr treffen. »Du vergeudest deine Zeit, wenn du hier für einen Hungerlohn Sklavenarbeit leistest.«

Sie lächelte. »Die Arbeit bemerke ich gar nicht. Und die drei Kinder sind sehr nett. Du weißt, dass ich Kinder liebe. Erinnerst du dich an die Pläne, die wir gemacht haben, Nari? Sechs Kinder wollten wir haben, und die Namen, die wir für sie ausgesucht haben …«

»Bitte, Lucy, tu mir das nicht an!« Zornig ging er davon.

Doch dann sah er sie jeden Morgen, wenn er zur Arbeit ging, wie sie die drei Kinder der Arjanis zur Schule brachte. Er hörte, wie Mr. Arjani ihr vom Fenster aus Anweisungen nachschrie: Sie solle die Schultaschen der Kinder tragen, weil die Bücher für die kleinen Schultern zu schwer seien. »Meine Enkelkinder sollen nicht durch einen Buckel entstellt werden.«

Nariman sah zu, wie sie sich mit den drei Taschen plagte. Nur wenige Tage vergingen, und er ging hin, nahm ihr die Last ab und begleitete sie zur Schule der Kinder.

Mittags musste Lucy den Kindern das Essen bringen. Je nach Stundenplan war er dann da und half ihr mit den heißen Es-

sensdosen und dem Korb mit Geschirr und den Thermosflaschen mit kalten Getränken. Mr. Arjani prahlte, jetzt habe er zwei Dienstboten zum Preis von einem.

Nariman plagte das Gewissen, denn er wusste, dass seine Frau das alles von oben mit ansah. Er wusste, dass es äußerst unfair gegen Yasmin war, was er hier tat. Wenn er von der Arbeit nach Hause kam, fand er Jal und Coomy an der Seite ihrer Mutter, wie sie versuchten, sie zu trösten. Ihn würdigten sie keines Blickes. Sie kamen auch nicht mehr, um ihm gute Nacht zu sagen, wenn sie zu Bett gingen.

Und Yasmin fragte, womit sie eine solche Behandlung verdient habe. Warum quälte er sie? Warum hatte er sie geheiratet, wenn ihm Lucy so sehr am Herzen lag?

»Sie liegt mir nur als Mensch am Herzen – ich will sie dazu bringen, diesen Irrsinn zu beenden.«

»Du hast gesagt, du hättest ihn schon beendet. Damals, als sie abends immer zu unserem Fenster heraufstarrte. Warum soll ich dir jetzt glauben?«

»Bitte versteh doch, wie soll ich sie dazu bringen, diese peinliche Situation aufzugeben, wenn ich nicht mit ihr spreche?«

»Sie hört dir nicht zu. Siehst du nicht, dass sie dich lächerlich macht? Dass sie es darauf abgesehen hat, dir Schuldgefühle einzuflößen?«

»Vielleicht gibt es ja Grund dafür«, sagte er und bereute es gleich, denn jetzt verlor Yasmin allmählich die Geduld.

»Vergiss mich. Mein Leben hast du bereits ruiniert. Denke an dich selbst – wie es dein Ansehen an der Universität beschädigt, und wie es das Gerede der Leute über unsere kleine Roxana beeinflusst. Sie wird die Schande ihres Vaters tragen müssen.«

»An meinem Benehmen ist nichts Schändliches«, antwortete er ruhig. »Ich betrachte es als ein ehrenhaftes Verhalten, wenn man die Umstände berücksichtigt.«

»Eine seltsame Vorstellung von Ehre! Erst heiratest du mich,

dann wirfst du mich beiseite. Jetzt schnüffelst du wie ein Hund hinter ihr her. Und was ist mit ihrer Familie – warum lässt sie zu, dass sie so mit sich umgeht?«

»Ihre Familie hat sie verstoßen, das weißt du.«

Nachdem sie die Kränkung monatelang ertragen hatte, stellte Yasmin ihm ein Ultimatum: Sie werde Roxana nehmen und fortgehen, wenn er nicht aufhörte, sich als Gehilfe der Ayah zu gebärden. Er habe eine Woche, um sich zu entscheiden.

»Was soll dabei herauskommen?« Er versuchte es mit Vernunft. »Das Leben wird mühselig sein für dich und unser Kind.«

»Du hast die Stirn, von Mühsal zu reden? Was habe ich denn jetzt? Glück und Behagen?«

Als die Woche ihrem Ende zuging, bat er sie, eine schlimme Situation nicht noch schlimmer zu machen. Sie erwiderte, er werde den Tag verfluchen, an dem er geboren sei, wenn er ihre Warnung in den Wind schlage. Sie habe genug, sie werde für ihr Recht eintreten, wenn nicht als Ehefrau, dann doch wenigstens als Mutter.

»Du darfst nicht gehen«, flehte er, und zum ersten Mal schlich sich ein hysterischer Unterton in seine Stimme. »Ich brauche meinen Liebling Roxana, und du wirst sie mir nicht wegnehmen …«

Roxana und Yezad standen im Dunkeln und spähten in das vordere Zimmer. Es hatte ganz deutlich so geklungen, als habe Pappa sie gerufen.

»Er muss geträumt haben«, sagte Yezad.

Sie warteten ein paar Augenblicke, ehe sie wieder ins Bett gingen, und sie kamen überein, am nächsten Morgen nichts davon zu sagen. Er würde sich nur albern vorkommen. Besser, er blieb bei guter Stimmung. Was immer ihn plagte, es würde schon von allein vergehen.

7

Der Neun-elf verließ den Bahnhof, als Yezad auf den Bahnsteig kam. Er kämpfte sich in den Neun-siebzehn, während andere Männer noch neben dem abfahrenden Zug herrannten.

Er hielt sich an der Stange unter der Decke fest und blieb in der Nähe des Ausstiegs – wenn er zu weit hineinginge, würde sonst bei Marine Lines ein neuerlicher Kampf nötig werden. Er zwängte sich aber näher an einen der Ventilatoren, um sein eigenes Schwitzen und den Achselhöhlengeruch ringsum zu lindern.

Diese taktischen Manöver wurden instinktiv vollzogen. Es war der Überlebensinstinkt im Großstadtdschungel, pflegte er mit seinen College-Freunden zu scherzen – nicht an Baumästen schwang man, sondern an Haltegriffen in Zügen und Bussen, oder man hing draußen an Stangen. Aus Tarzan-Comics und den Romanen von Edgar Rice Burroughs hatte er mehr gelernt, als er und seine Lehrer geahnt hatten.

Sein Traum vom Ende dieses Affenmenschen-Pendlerdaseins hatte ihn veranlasst, die Erlaubnis zur Einwanderung nach Kanada zu beantragen. Was er wollte, waren saubere Städte, saubere Luft, reichlich Wasser, Züge mit Sitzplätzen für jeden und Leute, die an Bushaltestellen in geordneten Schlangen standen und sagten: Bitte sehr, nach Ihnen, danke.

Nicht bloß das Land von Milch und Honig, sondern auch das Land von Deodorant und Toilettenartikeln.

Aber sein Traum von diesem neuen Leben in einem neuen Land war rasch beendet gewesen, und Kanada war erledigt. Und er milderte seine Enttäuschung, indem er die Probleme im Land des Exzesses und des Überflusses, wie er es jetzt nannte, verfolgte: Arbeitslosigkeit, Gewaltverbrechen, Obdachlosigkeit und die Sprachengesetze von Quebec. Kein großer Unterschied zwischen dort und hier, dachte er dann: Wir haben Bettler in Bombay, und in Toronto erfrieren die Menschen auf der Straße; anstelle von Kämpfen zwischen oberen und unteren Kasten herrschen Rassismus und Polizeigewalt, es gibt Separatisten in Kaschmir und Separatisten in Quebec – warum sich also aus dem Regen in die Traufe begeben?

Natürlich gab es Zeiten, da er sich wünschte, dass sein Antrag erfolgreich gewesen wäre. Der Einwanderungsbeamte, dieses Rassistenschwein, dachte er, nie werde ich seinen Namen vergessen. Wenn er mich genommen hätte, wären Jal und Coomy gezwungen gewesen, sich um den Chief zu kümmern – sie hätten ihn ja nicht mit dem Krankenwagen nach Kanada bringen können.

Zehn Tage von Narimans dreiwöchiger Bettruhe waren vergangen. Fast die Hälfte war geschafft. Aber es machte ihm Sorgen, wenn er sah, wie Roxana sich verzweifelt bemühte, zurechtzukommen, und wie sie tat, als sei das alles normal. Er dachte daran, wie sie sich am Morgen gestritten hatten; nachher hatte sie ihn aufgehalten, um ihm einen zweiten Kuss zu geben, bevor er zur Arbeit ging. Sie hatten sich auf dem Treppenabsatz umarmt, nicht ohne vorher einen Blick auf Villie Cardmasters Türspion zu werfen; das leiseste Geräusch konnte ihr Auge anlocken. Das Gefühl lauernder Gefahr ließ den Kuss umso süßer schmecken. Aber Roxana wusste nicht, dass er seit Narimans Ankunft jeden Tag zu spät zur Arbeit gekommen war; für sie hätte es eine Sorge mehr bedeutet.

An der Station Marine Lines brandete die Menge, die einsteigen wollte, der Lawine der aussteigenden Fahrgäste entgegen. Er drängte sich hindurch, schaute auf die Uhr – schon halb zehn – und wischte sich übers Gesicht. Die Luft war wie ein gigantischer nasser Schwamm. Er stopfte das feuchte Taschentuch in die Hosentasche und wartete, bis er die Straße überqueren konnte.

Als Geschäftsführer des Bombay Sporting Goods Emporium hatte er um halb zehn den Laden aufzuschließen, um den Hilfsarbeiter einzulassen, der Eingang und Vordertreppe fegte und wischte, Tee kochte und die Vitrinen abstaubte, in denen Kricketschläger, Torstäbe, Kappen, Fußbälle, Badmintonrackets und andere Waren aus ihrem Angebot ausgestellt waren. Dann entfernte der Helfer, Husain, die Vorhängeschlösser von den Sicherheitsrollläden vor den beiden großen Schaufenstern. Scheppernd und ratternd rollte die Stahljalousie hoch und gab die Glasscheiben frei, hinter denen weitere Sportartikel lagen. Jetzt pflegte Husain seinen Lappen zu nehmen und das Glas rasch zu polieren, und um zehn begann der Geschäftsbetrieb.

Bis zum Laden war es ein Fußweg von acht Minuten, und Yezad beschleunigte seinen Schritt. Husain würde schon warten; sein Kholi in Jogeshwari, das er auf Zwölf-Stunden-Basis gemietet hatte, musste morgens um sieben geräumt sein, wenn der zweite Mieter von der Nachtschicht in der Fabrik kam. Dann schlug er in der Nähe des Geschäfts die Zeit tot, wohl wissend, dass er in einer glücklicheren Lage war als jemand, der sein Zimmer nur für acht Stunden mietete.

Yezad beeilte sich nicht um Husains willen; der war ganz zufrieden damit, auf der Treppe zu hocken, sein erstes Paan des Tages zu kauen und die Welt an sich vorbeiziehen zu lassen. Aber manchmal erschien der Eigentümer morgens im Geschäft, und wenn er beim Zuspätkommen ertappt wurde, fühlte Yezad sich jedes Mal wie ein Schuljunge.

Sechs Läden neben dem Bombay Sporting Goods Emporium war der Jai Hind Book Mart (»Texte für Schule und College – Nachschlagewerke sind unsere Spezialität«, stand auf dem Ladenschild). Auch dieses Geschäft öffnete um zehn. Vilas Rane saß draußen, an die verschlossene Tür gelehnt, ein Clipboard mit Schreibpapier auf dem Schoß. Er hob grüßend die Hand.

Yezad nickte, winkte zurück und hastete weiter.

»Kein Grund zur Eile. Mr. Kapur ist noch nicht da.«

»Oh, gut.«

Als er am Laden ankam, erhob Husain sich aus der Hocke und grüßte. Yezad schloss die Tür auf und warf die Aktentasche auf seinen Stuhl, ehe er zu Vilas zurückkehrte. »Beschäftigt? Viel zu kritzeln?«

»Bis jetzt noch nicht.« Vilas hob das Clipboard hoch und zeigte ihm ein weißes Blatt.

Neben seinem Job als Verkäufer in der Buchhandlung hatte Vilas noch einen zweiten Beruf. Er schrieb Briefe für Leute, die nicht schreiben konnten und die seinem bereitwilligen Ohr ihre Gedanken, Gefühle und Sorgen, ja, ihre Herzen offenbarten. Er verwandelte das alles in Worte auf Papier, und zwar zum festen Satz von drei Rupien pro Seite. Drei Sprachen standen zur Verfügung: Hindi, Marathi oder Gujarati – das kam auf die Kunden an, hauptsächlich Arbeiter, die aus entlegenen Dörfern in die Stadt gekommen waren, um im Hafen oder auf dem Bau zu arbeiten. Ein vom Schreiber verfasster Brief war für sie die einzige Verbindung zu ihren Familien.

Manchmal verstummte ein Kunde, der knapp bei Kasse war, wenn Vilas' Stift so viele Seiten gefüllt hatte, wie er sich leisten konnte. Wenn es sich nur um Geschwafel handelte und das Wesentliche bereits zu Papier gebracht war, beendete Vilas den Brief dann. Aber es kam auch vor, dass jemand, der mit emotionsgeladener Stimme Entscheidendes zu berichten hatte, seine Worte herunterschluckte, weil ihm das Geld ausgegangen war. Dann begnügte Vilas sich mit dem, was er bekommen konnte, und forderte den Mann auf, kostenlos fortzufahren, bis er sein Herz erleichtert habe, und sein Stift verwandelte die Ergüsse in eine Erzählung, in etwas Handfestes, das der Kunde zum Postamt tragen und auf die weite Reise zu seiner Familie schicken konnte.

»Du wirst nie ein guter Geschäftsmann«, tadelte Yezad ihn. »Glaubst du, Bombay Sporting würde es noch lange geben, wenn Mr. Kapur seine Kricketschläger verschenken wollte?«

»Was soll ich machen? Ich bin nur ein Mensch«, sagte Vilas. »Nichts ist grausamer als ein Brief, der wegen Geldmangels abgebrochen wird. Das ist wie ein Tod – gerade noch fließen die Worte, im nächsten Augenblick Stille, der Gedanke unvollendet, die Liebe unvermittelt, der Schmerz ohne Ausdruck. Wie kann ich das zulassen? Manchmal bekommen meine Kunden solche verstümmelten Briefe aus ihrem Dorf. Ich lese sie ihnen vor. Und plötzlich, mitten im Satz – Ende. Der Schmerz, den das verursacht, ist unerträglich. So etwas Unbarmherziges werde ich niemals tun.«

Vilas Ranes Nebenberuf als Schreiber hatte sich zufällig ergeben, als ein Putzmann für die Buchhandlung eingestellt worden war. Eines Morgens, als er Regale und Bücherstapel abstaubte, hatte er zu Vilas gesagt: »Ist das Leben nicht komisch, Raneji? Hier bin ich den ganzen Tag von Büchern umgeben. Ich kann sie in meinen Händen fühlen, ich kann sie riechen, und manchmal träume ich sogar von ihnen. Und doch kann ich kein einziges Wort lesen.«

Diese Bemerkung berührte Vilas sehr viel mehr als die periodisch wiederkehrenden Klagen und Platitüden der Regierung über den Analphabetismus im Lande. »Und jetzt möchtest du lesen lernen?«, fragte er den Putzmann, der Suresh hieß.

»Nein, nein, nein«, sagte dieser verschämt. »Mein Gehirn hat keine Lust, etwas so Schwieriges zu lernen. Nein, ich will nur, dass Sie einen Brief für mich schreiben.«

Nach Ladenschluss setzten sich die beiden auf die Treppe, und Vilas schickte sich an, einen kurzen Absatz zu schreiben. Zwischen der Anrede »Meine lieben Pitaji und Mataji« und dem Schluss »euer gehorsamer Sohn« füllte er fünf Seiten.

Drei Wochen später kam eine Antwort, der erste Brief, den Suresh je erhalten hatte. Mit angehaltenem Atem sah er zu, wie sein Wohltäter einen Brieföffner aus Sandelholz von der Ladentheke nahm und den Umschlag aufschlitzte.

»Nur eine Seite«, stellte Suresh betrübt fest.

»Sei nicht enttäuscht«, sagte Vilas. »Ein Brief ist wie ein Parfüm. Da nimmt man auch nicht die ganze Flasche. Ein Tupfer genügt, um deine Sinne zu füllen. Mit Worten ist es genauso – ein paar sind schon genug.«

Suresh war skeptisch, als Vilas anfing, das Gekritzel des Dorfschreibers vorzulesen. Es begann mit guten Wünschen für Erfolg, Gesundheit und Wohlstand. Aber der Rest übermittelte nur noch das Glück der Familie beim Anhören des Briefes, den Suresh geschrieben hatte. So ein schöner Brief, sagten sie, es ist, als wären wir bei dir in der Stadt, als teilten wir dein Leben, nähmen den Zug zu deiner Buchhandlung, schauten dir bei der Arbeit zu. Und wir hören deine Stimme in jeder Zeile, so wunderbar ist die Wirkung der Worte.

Suresh strahlte vor Stolz, als der Brief zu Ende war. »Nur eine Seite«, sagte Vilas. »Und siehst du, wie viel Freude es dir macht?«

Der Putzmann fing an, den Nachbarn in seinem Mietshaus von dem fabelhaften Briefschreiber zu erzählen, der seine Gedanken und Gefühle zu seiner Familie getragen hatte. Es dauerte nicht lange, und Vilas' Schreiberdienste hatten die Gestalt eines ausgewachsenen Nebenberufs angenommen. Auf den Stufen vor dem Jai Hind Book Mart betrachteten seine Kunden mit wehmütigem Staunen seine Schreiberkunst wie Hungernde bei einem Festmahl, zu dem sie niemals eingeladen werden würden.

Von Zeit zu Zeit versuchte Yezad ihn davon zu überzeugen, dass er mehr berechnen müsse. Aber Vilas sagte, höhere Preise würden zu weniger Briefen führen; außerdem betrachte er die Sache mittlerweile als eine Art Sozialarbeit. Wenn er nicht wäre, würden seine Kunden sich vielleicht an einen Shiv Sena Shaka wenden, wo sie bösartiger Gemeindepropaganda ausgesetzt wären und sich vielleicht sogar für deren Schlagstock-und-Steine-Methode der politischen Überredung gewinnen ließen, jener schönen Kunst, in der Debatte Punkte zu machen, indem man der Opposition die Knochen brach.

»Aber ich will ehrlich sein. Vor allem macht mir das Briefeschreiben Spaß.«

»Mehr als deine Schauspielgruppe?«, fragte Yezad, denn Vilas sprach mit großer Leidenschaft von seinem Amateurtheaterverein.

»Mit diesem Hobby ist es vorbei. Es gibt ein paar neue Mitglieder, die glauben, alles zu wissen. Sie veranstalten Workshops und diskutieren Theorien. Nicht mein Geschmack.«

Aber die Befriedigung, die ihm das Briefeschreiben verschaffte, wurde mit der Zeit immer bedeutender. Er erfuhr alles über das Leben seiner Kunden. Die Geburt eines Kindes, ein Familienstreit um Geld, eine Ehefrau, die im Dorf zurückgeblieben war und mit dem Sarpanch schlief, ein kranker Vater, der gestorben war, weil das nächste Krankenhaus zwei Tagereisen auf unbefestigten Straßen entfernt lag, ein Bruder, der einen Unfall auf dem Feld gehabt hatte und jetzt wieder gesund und zu Hause war.

Und während Vilas das immer währende Drama der Familienangelegenheiten schrieb und las, die endlose Tragödie und Komödie, erkannte er, dass diese Briefe in ihrer Gesamtheit ein Muster bildeten und dass er allein das Privileg hatte, es zu sehen. Er ließ die Post durch sein Bewusstsein strömen, sah zu, wie die Episoden aus eigenem Antrieb an ihren Platz fielen wie die bunten Glasscherben in einem Kaleidoskop. Er spürte, wie zufällige Ereignisse, willkürliche Grausamkeiten, unerklärliche Güte, sinnloses Unheil, unerwartete Großzügigkeit zusammengenommen ein Bild formten, das ansonsten unsichtbar blieb. Wäre es möglich, die Briefe der gesamten Menschheit zu lesen und Antworten auf sie in unendlicher Zahl zu komponieren, er könnte mit Gottes Auge auf die Welt blicken und alles verstehen.

»Und das Beste ist«, erzählte er Yezad, »ich bekomme dadurch selbst gleich mehrfach richtige Familien. Ich teile ihr Leben wie ein Onkel oder ein Großvater, der alles über jeden weiß. Ist das kein wundervoller Lohn?«

»Ich habe genug Ärger mit einer einzigen Familie. Wenn du nicht beschäftigt bist, schreib einen Brief für mich.«

»Gern«, sagte Vilas. »An wen? An Gott?«

»An meinen Schwager und meine Schwägerin. Diese Miststücke machen mir das Leben zur Qual. Zwei Leute, die den ganzen Tag nichts zu tun haben, in einer riesigen Wohnung. Er verplempert seine Zeit im Aktienbazaar, sie im Feuertempel. Und sie können nicht einmal für ihren armen Vater sorgen. Stattdessen muss meine Frau schuften wie eine Sklavin. Wir können uns in der Wohnung nicht mehr bewegen, weil kein Platz ist, und jede Nacht weckt er uns mit seinen Albträumen.«

Vilas beschwor ihn, Geduld zu haben, und wies ihn darauf hin, dass sein Schwiegervater in zehn Tagen nach Hause zurückkehren und das Leben wieder normal werden würde.

»Danke für diesen offensichtlichen Ratschlag«, sagte Yezad. »Woher nimmst du so viel Weisheit?«

»Aus meinem Nebenberuf. Ich schreibe Briefe, also bin ich.«

»Ah, natürlich. Bis später, Monsieur Rane.« Yezad ging zurück zu seinem Laden.

Am Bombay Sporting Goods Emporium waren die Stahlgitter noch unten, und der Müll vor dem Laden war noch nicht aufgesammelt. Im Geschäft war es dunkel. Yezad schaltete das Licht ein. Nichts war abgestaubt, und der Tee war nicht gekocht.

»Husain? Wo steckst du? Sahab wird jeden Augenblick hier sein!«

Er fand den Helfer auf dem Boden sitzend in einer Ecke des Lagers. Er hatte die Arme um die angezogenen Knie geschlungen und starrte die Wand an. Mit mattem Lächeln hob er den Kopf, als Yezad kam.

»Chalo, Husain, beeil dich, fang an zu arbeiten.«

Husain richtete den starren Blick wieder auf die Wand und murmelte: »Tut mir Leid, Sahab, aber heute fühle ich mich dazu nicht imstande.«

Seufzend betrachtete Yezad den grauhaarigen Burschen in Khakihemd und -hose. Der Kragen war verschlissen, die Knie dünngescheuert. Es wurde Zeit, eine neue Uniform für ihn zu bestellen. Wenngleich es eigentlich keine Uniform war – Mr. Kapur beschaffte diese Kleidung von Zeit zu Zeit in zweifacher Ausfertigung, um Husain zu unterstützen.

Yezad überlegte, ob er versuchen sollte, den Mann zum Aufstehen zu bewegen, oder ob er ihn Mr. Kapur überlassen sollte. Husain war vor fast drei Jahren eingestellt worden, ein paar Monate nach den Unruhen bei der Babri-Moschee, und zwar auf Drängen der Ekta Samiti, die die Geschäftsleute gebeten hatte, bei der Rehabilitation von Aufruhropfern zu helfen. An Tagen, an denen Husain nicht arbeiten konnte, war Mr. Kapur derjenige, der seine geschundenen Gefühle hätschelte, bis er seine Pflicht wieder aufnehmen konnte.

Wenn Yezad merkte, dass er sich über Husain ärgerte, rief er sich die Geschichte des Mannes in Erinnerung. Brennende Mietshäuser in Antop Hill, Goondas, die Menschen anzündeten … Husain und seine muslimischen Nachbarn sahen zu, wie ihr Haus in Flammen aufging, und er fragte sich, wo seine Frau und seine drei Söhne waren … und dann taumelten vier brennende Gestalten die Gebäudetreppe herunter und schlugen mit rauchenden Händen auf die Flammen ein … während die Goondas immer mehr Benzin aus ihren Kanistern auf Husains Familie spritzten …

Im dunklen Bücherlager schauderte es Yezad. »Was ist mit Chai, Husain?« Er versuchte ihn ins Gespräch zu ziehen. »Willst du heute Morgen keine Tasse?«

»Chai, kein Chai, egal, Sahab.«

Yezad fragte sich, warum Husain an diesen Tagen schwarzer Depressionen ins Geschäft kam, um sich in die Ecke zu setzen. Mr. Kapur hatte ihm versichert, dass er keinen Lohn einbüßen werde, wenn er sich einmal nicht wohl fühle. Aber vielleicht brauchte Husain an solchen Tagen die Gesellschaft derer, denen er vertraute, dringender als sonst.

Das Telefon klingelte. Husain rührte sich nicht aus seiner Ecke. Auch unter günstigen Umständen widerstrebte es ihm, den Hörer mit seinem klaffenden Maul abzunehmen. Der Apparat machte ihm Angst, und seine Macht, körperlose

Stimmen zu übertragen, ließ ihn zögern, seine eigene hineinzuschicken – der Himmel wusste, wohin.

Yezad meldete sich beim fünften Klingeln. Es war Mr. Kapur.

»Hallo, Yezad. Entschuldigen Sie – hatten Sie einen Kunden?«

»Nein, ich war bei Husain. Er sitzt heute hinten.«

»Der arme Kerl. Wieder einer seiner schlechten Tage? Okay, lassen Sie ihn einfach in Ruhe.«

»Und Ihre Rechnungen, die zugestellt werden müssen?«

»Morgen, Yezad. Oder übermorgen. Darauf kommt es nicht an.« Mr. Kapur wollte auflegen, tat es dann aber nicht. »Ich komme erst heute Nachmittag, vielleicht gegen drei. Eine wichtige Angelegenheit – ich erzähle es Ihnen später. Und bitte behalten Sie Husain im Auge, okay? Auf Wiederhören.«

Yezad legte den Hörer auf die Gabel und machte sich daran, die Vitrinenbeleuchtung einzuschalten und aufzuräumen; er arbeitete eilig. Es war fast Zeit für seinen Termin um halb elf. Die Ungerechtigkeiten in seinem Leben nahmen kein Ende, dachte er. Jetzt tat der Geschäftsführer die Arbeit des Helfers.

Während er noch die stählernen Läden hochkurbelte, kam sein Kunde. Mr. Malpani von der Alliance Corporation blieb an der Tür stehen und schaute erst auf seine Uhr und dann auf die lange Stahlkurbel in Yezads Händen.

»Guten Morgen, Mr. Chenoy. Anscheinend sind Sie befördert worden.« Er lachte über seinen eigenen Witz.

Yezad lächelte höflich und fand, dass Mr. Malpani jedes Mal, wenn er ihn sah, mehr Ähnlichkeit mit einem Mungo bekam. Die verschlagenen Augen in dem kleinen Gesicht huschten im Laden umher, als suchten sie etwas, das man verspotten konnte. Er führte den Mann zu seinem Schreibtisch, bot ihm einen Stuhl an und entschuldigte sich, um ins Bad zu gehen und ein bisschen Schmiere von der Hand abzuwaschen.

Als er zurückkam, spähte Mr. Malpani auf die Papiere, die auf dem Schreibtisch lagen. Er dachte gar nicht daran, damit aufzuhören, bis Yezad an ihm vorbeiging und sich auf seinen Stuhl setzte.

»Und – ist alles vorbereitet, Mr. Chenoy?«

Yezad nickte, schlug die Akte auf und fing an, die Details des Vertrages durchzugehen. Er verabscheute den Mann, seit er auf seine ölige Art angedeutet hatte, dass sie beide eine Kleinigkeit nebenbei verdienen könnten, wenn Yezad mitspielte. Yezad hatte den Account des Sportclubs nur deshalb immer noch, weil Mr. Kapur mit dem Geschäftsführer der Alliance befreundet war.

»Sieht gut aus«, sagte Mr. Malpani. »Bis auf eins.«

Yezad wusste, was kam, aber er tat ahnungslos.

»Sie haben wieder keine Vorkehrung für den Bauch getroffen«, sagte Mr. Malpani mit seinem kläffenden Lachen. »Jedes Mal sage ich Ihnen, Sie sollen eine Kleinigkeit extra hinzurechnen. Ein bisschen für Ihren Bauch, ein bisschen für meinen. Sie lernen einfach nicht, wie man Geschäfte richtig macht.«

Yezad lächelte, als wäre das nur ein Witz. »Danke, dass Sie gekommen sind, Mr. Malpani. Es ist mir wie immer ein Vergnügen, Geschäfte mit Ihnen zu machen.«

Sie gaben einander die Hand, und er führte den Mann zur Tür. Er hatte gute Lust, sich die Hände noch einmal zu waschen. Ein so unappetitliches Erlebnis, gleich als Erstes am Morgen. Aber damit hätte er rechnen können – so, wie der Tag angefangen hatte. Nichts ging gut, wenn es nicht gut anfing. Seine Gedanken kehrten zu dem Streit zurück …

Seit zehn Tagen dachte Roxana morgens beim Aufwachen

als Erstes daran, dass sie die Routine für ihn erhalten musste. Er spürte es. Sie küsste ihn auf den Rücken und stand auf, ließ das Wasser für den Tag ein und putzte sich die Zähne.

Er ging als Nächster ins Bad, während sie Tee machte, ins vordere Zimmer ging, die Vorhänge aufzog und die Jungen weckte. Jehangir musste man bei der Schulter fassen und rütteln, aber Murad in seinem Zelt war schon wach und las. Sie fragte Nariman, ob er etwas brauche.

»Keine Eile«, sagte er wie immer. »Ich muss keinen Zug erwischen.«

Sie trug die Teekanne zum Tisch und stülpte den Kannenwärmer darüber. Während sie Yezad einschenkte, erzählte sie ihm, wie sie Murad im Morgenlicht beim Lesen überrascht hatte.

Dann bemerkte sie Narimans Unruhe und fragte ihn noch einmal. Es erschien ihr nicht recht, dass er mit einer vollen Blase warten sollte, während sie kaum zwei Schritte weiter Tee tranken und Toast und Butter und Eier aßen. Sie bestand darauf, ihm die Urinflasche zu bringen.

»Du darfst uns nichts vormachen, Pappa. Einhalten ist nicht gesund.«

Als er fertig war, schob sie die Flasche unter den Diwan, weil Jehangir noch auf der Toilette war.

»Es ist sehr unhygienisch, das auf dem Boden stehen zu lassen«, sagte Yezad empört.

Sie lief wortlos in die Küche, um das kochende Badewasser für Murad zu holen, der schon im Bad war, füllte den Topf neu und stellte ihn für Yezads Bad wieder auf den Herd. Dann holte sie Handtuch und Schüssel für ihren Vater.

»Ich hätte Murad den tapayli bringen können«, sagte Yezad. »Warum lässt du mich nicht helfen?«

»Wenn du dich verbrühst, wer bringt dann das Geld nach Hause?«

Er sah zu, wie sie ihrem Vater bei der Mundwäsche half. Nariman gurgelte, und ein Speichelfaden hing an seinen Lippen, der sich dehnte, bis er riss, und der Speichel am Kinn klebte.

Yezad schaute weg und konzentrierte sich auf sein Frühstück. Noch ein Bissen, und er schob den Teller beiseite, obwohl er sein Ei nur halb aufgegessen hatte, während Roxana mit der Schüssel und dem nassen Handtuch an ihm vorbeihastete. Das schmutzige Wasser wogte und drohte über den Rand zu schwappen. Er fuhr zusammen und wich auf seinem Stuhl zurück. »Mach lieber langsam. Wenn du diesen Tanzmarathon zu lange treibst, landest du entweder im ›Guinness Buch der Rekorde‹ oder im Krankenbett.«

»Es geht schon, mach dir keine Sorgen«, sagte Roxana.

»Wie soll ich mir keine Sorgen machen? Hast du mal in den Spiegel geschaut?«

»Ich habe keine Zeit für Spiegel.«

»Die solltest du dir aber nehmen, damit du siehst, was die Anspannung mit deinem Gesicht macht.«

»Ist das schlimm? Mein Gesicht ist doch nicht mehr mein Kapital.«

Diese Bemerkung tat ihm weh; er wollte sie gern in den Arm nehmen und ihr versichern, dass sie so hübsch wie eh und je sei. Stattdessen wandte er sich an Nariman. »Deine Tochter weiß immer eine neunmalkluge Antwort. Sag ihr deine Meinung. Los doch, sag ihr die Wahrheit.«

Nariman wand sich. »In jeder Ansicht liegt ein Körnchen Wahrheit.«

»Bitte keine Diplomatie. Sei einfach ehrlich. Siehst du ihre hohlen Wangen? Sie sieht aus wie ein Opfer der Hungersnot in Orissa!«

Nariman gab sich geschlagen und sagte, was Yezad hören wollte. »Er hat Recht, Roxana. Du solltest es langsamer angehen lassen. Ich bitte dich dauernd, dich meinetwegen nicht abzuhetzen.«

»Findest du das fair, Pappa?« Sie reichte ihm sein Gebiss. »Sollen andere Leute entscheiden, wie und wann ich zu arbeiten habe, wenn ich diejenige bin, die das alles bewältigen muss?« Sie raffte ein paar Dinge vom Tisch und stampfte hinaus. Draußen rief sie Murad im Bad zu, er solle nicht trödeln.

»Jetzt habe ich sie geärgert«, sagte Nariman.

»Es musste gesagt werden. Sie wird sich umbringen, wenn es so weitergeht.«

Yezad zog den Teller wieder zu sich heran und machte sich über das geronnene Ei her. Mit seinem letzten Stück Toast wischte er den Rest Eigelb auf und zerschnitt das inzwischen gummiartig gewordene Eiweiß.

Jehangir kam ins vordere Zimmer zurück und sah zu, wie sein Vater die Bissen verschluckte. »Fertig, Daddy?«

Er nickte und sagte: »Braver Junge«, als sein Sohn Teller, Untertassen und Tassen zusammenstellte und mit seiner Last in die Küche ging.

Nariman versuchte die Stimmung wiederherzustellen. »Er ist ein wunderbares Kind.«

»Das ist Murad auch«, sagte Yezad sofort und brachte seinen Schwiegervater in die Defensive, aber dann bereute er es gleich. Er konnte sich selbst nicht ausstehen; anscheinend hatte er die Gewohnheit, den Menschen, die er liebte, Unbehagen zu bereiten.

Jehangir kam aus der Küche zurück und öffnete einen seiner Puzzlekartons. Aber er versuchte nicht, das Bild zusammenzulegen, sondern nahm wahllos einzelne Teile in die Hand und strich mit dem Finger an den verschlungenen Konturen entlang.

»Was machst du da?«, fragte sein Vater.

»Gar nichts.« Er sprach in den Karton.

»Zieh deine Uniform an. Soll Mummy dich erst anschreien? Sie hat genug zu tun.«

Jehangir fuhr mit seiner ziellosen Untersuchung fort, bis Yezad ihm den Karton entriss und den Deckel darauf schlug. »Mach mich nicht wütend.«

Jehangir blickte auf, und jetzt sah Yezad die Tränen in seinen Augen. »Was ist los, Jehangla?«

Er hatte es gern, wenn sein Vater ihn so nannte. Sein Bruder wurde immer nur Murad genannt. Manchmal kam es ihm ungerecht vor; es sollte eigentlich einen Namen geben, bei dem auch Murad das Gefühl haben konnte, etwas Besonderes zu sein.

»Ist dir nicht gut, Jehangla?« Sein Vater befühlte seine Stirn und beugte sich herunter, sodass sein Gesicht vor dem seines Sohnes war.

Jehangir roch den Tee im Atem seines Vaters. Er schüttelte den Kopf und rieb sich ein Auge. »Mummy weint in der Küche.«

»Weißt du, warum?«

»Ich habe sie gefragt, aber sie sagt es mir nicht.«

»Geh, mach dich für die Schule fertig. Mummy beruhigt sich wieder, glaub mir.« Er drückte seinem Sohn die Schulter und ging in die Küche.

Jehangir lauschte seinem Vater nach. Im nächsten Augenblick hörte er seine Mutter schluchzen, und seine Unterlippe begann zu zittern. Er stand auf, angezogen von dem Geräusch.

»Lass sie allein«, sagte sein Großvater und zog seine Decke an sich, um auf dem Diwan Platz zu machen. »Setz dich her und sag mir, was du hast.«

Er ließ es zu, dass sein Großvater seine Hand nahm. »Ich bin traurig, wenn sie sich streiten«, flüsterte er. »Ich möchte, dass sie glücklich sind und nett zueinander.«

»Sie haben es im Moment schwer. Wenn ich wieder weg bin, wird alles besser.«

»Aber sie haben dich beide gern. Warum sollen sie es schwer haben, wenn du hier bist?«

»Gern haben hat damit nichts zu tun. Die Menschen führen ihr eigenes Leben, und es ist nicht hilfreich, wenn jemand dieses Leben stört.«

»Du bist so still, Grandpa, du störst niemanden.« Er schaute auf die Hand, die die seine hielt. Die Adern waren wie Schnüre, und ein leiser Tremor drang aus der Hand des Großvaters in seine. »Du wirst mir fehlen, wenn du zu Onkel Jal und Tante Coomy zurückgehst.«

»Du wirst mir auch fehlen. Aber wir haben noch zehn Tage zusammen. Und später kannst du mich besuchen kommen. Einverstanden? Jetzt musst du dich aber anziehen.«

Jehangir rutschte vom Diwan herunter und rieb seinem Großvater das Kinn, das breiter aussah als sonst. Auf dem Weg zum Kleiderständer machte er einen Umweg und spähte vorsichtig in die Küche. Seine Mutter lag in den Armen seines Vaters. Sie hatte immer noch Tränen in den Augen. Aber sie lächelte.

Er fragte sich, welcher Zauber da zwischen Erwachsenen wirkte, dass sie so kurz hintereinander schreien und weinen und wieder lächeln konnten. Was immer es sein mochte, er war dankbar, dass es existierte. Er ging ins Schlafzimmer, um sich anzuziehen.

Als Mr. Kapur in den Laden kam, galt sein erster Gedanke Husain. »Ist er zu seinem pao-bhaji-Lunch gegangen?«

Yezad schüttelte den Kopf. »Ich habe ihm Tee gebracht. Er hat ein, zwei Schluck getrunken und ihn dann stehen lassen.«

»Der arme Kerl«, sagte Mr. Kapur und schlug eine Rückhand in einem imaginären Tennismatch. Ständig hantierte er mit unsichtbaren Schlägern und Rackets, trat gegen Fußbälle oder dribbelte mit einem Hockeystock, vor allem, wenn ihn etwas beschäftigte.

Er eilte in den Lagerraum und verfluchte im Stillen die Schweine, die Husains Leben und das Leben Tausender anderer wie er zerstört hatten. Er schwenkte den Arm, schlug Rückhände und Vorhände und prügelte auf die Goondas ein, als wären es Tennisbälle, die er allesamt in die Hölle schickte.

»Wie geht es dir, Husain miyan?« Er hockte sich neben ihn in die dunkle Ecke und tätschelte seine Schulter. »Möchtest du Tee?« Er fasste ihn beim Ellenbogen und ließ ihn aufstehen, um ihn nach vorn in den Laden zu bringen, ins Nachmittagslicht.

Yezad machte drei Tassen Tee und brachte sie zur Theke. »Chalo, Husain, wir trinken alle zusammen.«

Dankend nahm der Mann die Tasse in Empfang. Mr. Kapur zeigte auf verschiedene Dinge auf der Straße; seht euch die Farbe dieses Autos an, sagte er, und was ist denn das für ein Riesenlastwagen, und da geht Soundso vom Jai Hind Book Mart. Er unterhielt Husain, als wäre er ein krankes Kind.

Auch Yezad beteiligte sich. Ganz gleich, wie oft er Mr. Kapur in solchen Krisenzeiten zuschaute, er war doch jedes Mal gerührt, mit welcher Sanftheit sein Arbeitgeber sich bemühte, die Risse in Husains zerbrochenem Leben zu heilen.

Als Yezad fünfzehn Jahre zuvor im Geschäft angefangen hatte, hatte er eine formelle Arbeitgeber-Arbeitnehmer-Beziehung erwartet, aber Mr. Kapur hatte das Verhältnis schon bald neu definiert und ihn zu einem Freund und Vertrauten gemacht, den er anknurren und mit dem er zusammen knurren konnte. Er bestand darauf, dass Yezad sich abgewöhnte, ihn mit seinem Nachnamen anzureden. Sie schlossen einen Kompromiss: Während der Geschäftszeit war er Mr. Kapur, nach Feierabend Vikram.

Neben ihrer Abneigung gegen Shiv Sena mit ihren engstirnigen, beschränkten Ansichten teilten sie die Trauer um die Stadt, die, wie sie fanden, allmählich starb, zerstört von Goonda Raj und Mafia-Dons, wie die Zeitungen schrieben, »in einer unheiligen Allianz von Politikern, Kriminellen und Polizei«.

Vikram Kapur war sechs Monate alt gewesen, als er auf dem Arm seiner Mutter in die Stadt gekommen war. Wann immer sich eine Gelegenheit bot, seine Lebensgeschichte anzusprechen, erzählte er Yezad: »Meine Familie wurde gezwungen, alles zurückzulassen und 1947 aus dem Punjab zu fliehen. Dank der tapferen Briten selbstverständlich, die sich ihrer Verantwortung entzogen und aus Indien flüchteten.«

Manchmal, wenn Mr. Kapur von 1947 und der Teilung redete, hatte Yezad das Gefühl, dass die Migranten aus dem Punjab, wenn sie in einem bestimmten Alter waren, Ähnlichkeit mit indischen Autoren hatten, die über diese Ära schrieben, ob nun realistische Romane mit leichenbefrachteten Zügen oder magisch-realistischen Mitternachtswirrwarr; sie alle wiederholten die immer gleichen Aufzählungen von Gemetzel und Feuer, Vergewaltigung und Verstümmelung, aus dem Mutterleib gerissenen Föten und Genitalien in den Mündern Kastrierter.

Aber auf Yezads stille Kritik folgte jedes Mal Reue. Er

wusste, dass sie ihre Geschichte immer wieder erzählen mussten, genau wie die Juden ihre vom Holocaust, die schrieben und sich erinnerten und Albträume von Konzentrationslagern und Gaskammern und Öfen träumten, von dem Bösen, das gewöhnliche Menschen begangen hatten, Freunde und Nachbarn, von jenem Bösen, das noch Jahrzehnte später unfassbar blieb. Was konnten sie tun, außer darüber zu reden, wieder und wieder, und immer wieder?

»Wir hatten also keine Wahl«, sagte Mr. Kapur bei diesen Gelegenheiten. »Wir mussten weglaufen. Und wir kamen hierher. Aber Bombay hat uns gut behandelt. Mein Vater fing von vorn an, bei null, und wurde wohlhabend. Die einzige Stadt in der Welt, wo das möglich ist.«

Und aufgrund seiner Herkunft behauptete er, dass seine Liebe zu Bombay eine besondere sei und weit über das hinausgehe, was jemand empfinden konnte, der in Bombay geboren und aufgewachsen war. »Das ist der gleiche Unterschied wie der zwischen jemandem, der von Geburt an einer Religion angehört, und jemandem, der konvertiert ist«, sagte er. »Für den Konvertiten ist nichts selbstverständlich. Er hat eine Wahl getroffen, und deshalb ist seine Hingabe der des anderen überlegen. Was ich für Bombay empfinde, werden Sie niemals verstehen können. Es ist wie die reine Liebe zu einer schönen Frau, die Dankbarkeit für ihre Existenz, die Hingabe an ihre lebendige Gegenwart. Wenn die Stadt Bombay ein Geschöpf aus Fleisch und Blut wäre, mit meiner Blutgruppe, Rhesus negativ – und sehr oft glaube ich, sie ist es –, dann würde ich ihr mein Blut bis zum letzten Tropfen spenden, um ihr Leben zu retten.«

Gelegentlich fand Yezad, dass die Leidenschaft des Geschäftsmanns für Bombay ans Fanatische grenzte. Aber er sah auch, dass er die Sehnsucht nach der für immer verlorenen Vergangenheit seiner Familie im Punjab darin einfließen ließ.

Und Bombay war, vielleicht angesichts dieses Mangels, zum Gegenstand seiner Hingabe geworden.

Also sammelte Mr. Kapur Bücher über die Stadt, alte Fotografien, Postkarten und Plakate, und er ließ Yezad an allem teilhaben, an all den wenig bekannten Fakten über ihre Geschichte und Geographie, die er bei seinen Forschungen entdeckt hatte.

»Wissen Sie, warum ich heute so spät gekommen bin? Ich will es Ihnen zeigen.« Er sorgte dafür, dass Husain sich auf die Treppe setzte, wo er die Straße beobachten konnte, um zu verhindern, dass er wieder in seine dunkle Ecke im Lager zurückkehrte. Einen imaginären Kricketschläger schwingend, ging er hinter seinen Schreibtisch und machte dabei mit dem Mund das Geräusch, mit dem Ball und Holz aufeinander treffen: pock! Mit der schwungvollen Geste eines Zauberers nahm er zwei Fotos aus seinem Aktenkoffer.

»Ich musste mich beeilen, um sie aus einer Privatsammlung zu kaufen. Bevor die Händler kamen.«

Eine tolle Art, ein Geschäft zu führen, dachte Yezad. Ein Eigentümer, der losrennt, um Fotos zu kaufen, und ein Ladenhelfer, der in regelmäßigen Abständen arbeitsunfähig ist. Wie würde es hier wohl zugehen, wenn er nicht wäre? Er betrachtete das erste Bild: Im Vordergrund war ein Baldachin aus Bäumen, dahinter eine Reihe von anmutigen Bungalows. Im Hintergrund, noch hinter den Häusern, lag ein Maidaan mit weiteren Bäumen.

»Scheint ein bezaubernder Ort zu sein.«

»Raten Sie mal, wo es ist?«

Es musste im alten Bombay sein, wusste Yezad, wenn es zur Sammlung seines Arbeitgebers gehörte. Er studierte es von neuem und suchte nach einem Hinweis auf die Lage. »Sieht eher wie eine europäische Stadt aus, nicht wie Bombay.«

Mr. Kapur lachte. »Wenn ich Ihnen sage, dass es Ihre chaotische Marine Lines Station ist, würden Sie es glauben?«

»Was für ein tolles Foto. Vor wie viel Jahren?«

»In den Dreißigern. Es sind Militärbungalows, kurz vor dem Abriss, als die Armee neu erschlossenes Gelände am Standort Colaba bekam. Vor der Erschließung überschwemmte die Back Bay bei Flut die ganze Gegend, wo jetzt die Bahngleise verlaufen.«

Allmählich erkannte Yezad das heutige Marine Lines auf dem alten Foto. Die Wirkung war seltsam – als lebe er in zwei Zeitzonen, durch sechzig Jahre voneinander getrennt.

Er gab das Bild zurück, legte es behutsam auf den Tisch. »Das muss wertvoll sein.«

»Mit Geld nicht zu bezahlen«, sagte Mr. Kapur. »Das sind die Kindheitsbilder meines schönen Bombay. Die Zeit der Unschuld. Jetzt schauen Sie sich das andere an.«

Yezad runzelte die Stirn, als er es betrachtete – die Gegend kam ihm irgendwie bekannt vor.

»Kommen Sie mit«, sagte Mr. Kapur. Sie gingen hinaus auf die Straße, und dort zeigte er zur Ecke, wo das Metro-Kino stand. Dann hielt er das Bild in Yezads Blickrichtung.

»Das ist es! Die Kreuzung Dhobi Talao, bevor das Metro gebaut wurde!«

»Richtig.« Mr. Kapur strahlte.

Husain erhob sich neugierig von der Treppe, um festzustellen, was sie so aufregend fanden. Mr. Kapur hieß ihn willkommen. »Ao, Husain, dekho, sehr interessant.«

Aber die verblichene Schwarzweißfotografie enthielt nichts, was Husain unterhaltsam fand. Er betrachtete sie, um seinem Arbeitgeber eine Freude zu machen, und kehrte auf die Treppe zurück.

Yezads Blick ging vom Foto zu der Kreuzung, an der sechs Straßen aufeinander trafen, und wieder zurück zum Foto. Er bemühte sich, das Kino mit Hilfe des Bildes verschwinden zu lassen. »Was sind das für niedrige Gebäude auf dem Foto?«

»Ich war in der Bibliothek der Asiatic Society und habe Nachforschungen angestellt. Dieses Gelände wurde 1936 von der Metro Goldwyn Corporation erworben, gepachtet auf neunundneunzig Jahre zu einer Rupie pro Jahr. Was Sie auf dem Foto sehen, sind die Stallungen der Royal Air Force.«

»Wozu braucht die Air Force Stallungen?«

»Für ihre Pferde.«

»Sehr witzig. Okay, und warum braucht sie Pferde?«

»Um die Flugzeuge aus dem Hangar zu ziehen und schwere Maschinen zu bewegen – eine Mischung aus Low- und Hightech. Wie es sie noch heute gibt. Letzte Woche hat die Telefongesellschaft in der Nähe meines Hauses ein hochmodernes Glasfaserkabel verlegt, aber der Graben dafür wurde mit Spitzhacken und Spaten ausgehoben, und das Erdreich wurde von Frauen mit Körben auf dem Kopf abtransportiert.«

Sie gingen wieder hinein, und Mr. Kapur wandte sich den Neuigkeiten des Tages zu. Er vergrub sich nicht nur in der Vergangenheit der Stadt, sondern wühlte auch im undurchdringlichen Morast der aktuellen Politik und verfolgte jede Wendung, jede neue Abscheulichkeit, die von der Regierung begangen wurde und die ihn schmerzte, wie er sagte, als wäre es eine Wunde in seinem eigenen Fleisch.

»Jetzt werden diese Schweine also die Srikrishna-Kommission auflösen.«

»Welche ist das? Die die terroristischen Bombenanschläge untersucht?«

»Ja, und die Unruhen bei der Babri-Moschee. Alles stand kurz davor, ans Licht zu kommen: die Beteiligung der Shiv Sena an Plünderungen und Brandstiftungen, die polizeiliche Unterstützung für die Aufrührer, die unterlassene Hilfeleistung für die Muslime.«

»Regen Sie sich nicht auf, Mr. Kapur«, mahnte Yezad. »Sie wissen, was der Arzt über Ihren hohen Blutdruck gesagt hat.«

Während Mr. Kapur tief Luft holte und schwieg, geriet Husain in Erregung. »Es ist wahr, Sahab, jawohl! Die Polizei – so budmaash!«

»Hanh, Husain, wohto sutch baat hai«, stimmte Mr. Kapur zu und wechselte ins Hindi, um es dem Helfer leichter zu machen, weil dieser ihrer auf Englisch geführten Unterhaltung nur begrenzt folgen konnte.

Husain wechselte jetzt auch die Sprache und wurde gleich beredter. »Sahab, bei diesen Unruhen hat die Polizei sich benommen wie Gangster. In den muslimischen Mohallas haben sie auf unschuldige Menschen geschossen. Häuser brannten, und die Nachbarn kamen heraus, um zu löschen. Und die Polizisten? Haben geschossen, als wären sie auf dem Schießstand. Die Hüter des Gesetzes haben gemordet! Und meine arme Frau und die Kinder … ich konnte sie nicht einmal mehr erkennen …« Seine Stimme wurde zu einem Schluchzen, und er sprach nicht weiter.

»Hanh, Husain, es war schändlich«, sagte Mr. Kapur und rutschte auf seinem Stuhl hin und her. »Mehr als drei Jahre sind vergangen, und noch immer gibt es keine Gerechtigkeit. Shiv Sena hat die Polizei verseucht. Und jetzt ist Shiv Sena unsere Regierung.«

Husain erklärte, immer noch schluchzend, er werde neuen Tee bringen, aber Yezad erbot sich, es selbst zu tun. Mr. Kapur bedeutete ihm mit einer Handbewegung, zu warten: Es würde Husain gut tun; das Aufbrühen des Tees, das Servieren und Trinken empfand er stets als therapeutische Betätigung.

Bald kehrte der Mann mit dampfenden Tassen zurück. »Shukriya, Husain miyan«, sagte Mr. Kapur. »Trinkst du auch welchen? Gut.«

Dann wandte er sich an Yezad. »Ist es albern von mir, dass

ich diese bösartigen Menschen verabscheue? Sind Sie denn nicht empört über das alles?«

»Ich bin in Bombay geboren und aufgewachsen. Damit bin ich gegen Anfälle von Empörung automatisch geimpft.«

Kurz vor Geschäftsschluss übergab Yezad die Bareinnahmen des Tages, für die keine Rechnungen oder Quittungen ausgestellt worden waren. Mr. Kapur lud ihn ein, noch auf einen Drink zu bleiben.

»Wie fühlst du dich, Husain? Bier laayega?« Der Helfer nickte und ließ sich das Geld für den Botengang geben.

»Zwei Flaschen Kingfisher. Jaldi, hanh, bevor sie in deinen Händen warm werden.« Husain lachte und versprach, seine Hände kühl zu halten, und dann machte er sich auf den Weg zu Merwan Iranis Bierbar an der Ecke.

»Tja«, sagte Yezad. »Ich habe heute Morgen den Vertrag mit der Alliance Corporation abgeschlossen.«

»Ausgezeichnet. Kommen Sie, setzen wir uns in mein Büro.«

So winzig das Kämmerchen war, es hatte doch eine Klimaanlage, und Yezad war immer froh, wenn er dorthin eingeladen wurde. Er sah zu, wie Mr. Kapur zu dem großen Hartschalenkoffer in der Ecke ging, ihm den Rücken zuwandte und am Kombinationsschloss drehte. Das Geld von den Bargeschäften verschwand.

Diese tägliche Routine hatte Yezad verblüfft, als Mr. Kapur sie ihm mit einer Prise Schmeichelei erklärt hatte; es sei ein Segen, sagte er, einen Parsi als Angestellten zu haben. »Ich brauche nicht zu befürchten, dass irgendwelches Geld im Futter Ihrer Hose hängen bleibt. Wenn es doch nur mehr Gemeinschaften gäbe wie die Ihre.«

Yezad war verlegen gewesen. »Wir haben sicher auch unseren Teil an Gaunern und nichtsnutzigen Faulenzern.«

»Oh, nicht so bescheiden. Dass die Parsen den Ruf haben, ehrlich zu sein, ist wohl bekannt. Und selbst wenn es ein Mythos ist – es gibt keinen Mythos ohne Wahrheit. Wo Rauch ist, ist auch Feuer.«

Als neuer Angestellter hatte Yezad es vorgezogen, das Thema nicht weiter zu verfolgen; die möglichen Folgen der Steuerhinterziehung hatten ihm größere Sorgen bereitet, und er hatte sich gefragt, ob Mr. Kapur sich eigentlich darüber im Klaren war, dass er die Ehrlichkeit seines Angestellten pries, während er ihn im selben Atemzug zur Unehrlichkeit anleitete. Der Geschäftsmann hatte den Koffer freilich damit gerechtfertigt, dass er ihn als seine Rentenversicherung bezeichnete, als »geschäftliche Sonderpraxis«, zu der dank der absurden Steuergesetze der Regierung jedermann gezwungen war.

Jetzt verschloss Mr. Kapur den Koffer und stellte in Erwartung des Biers zwei Gläser auf den Tisch. Yezad kam noch einmal auf den neuen Vertrag zu sprechen – Auftragsumfang, zu erwartender Nettoertrag: Er hatte sämtliche Zahlen parat. Hoffentlich würde Mr. Kapur beeindruckt sein, denn dann hätte er einen Anlass, über eine Erhöhung seiner Provision bei diesem Geschäft zu reden. Jede Art von Zusatzverdienst wäre eine Hilfe, solange sie für Nariman zu sorgen hatten.

Aber Mr. Kapur hatte keine Lust, über Geschäfte zu reden. »Das tun wir den ganzen Tag. Jetzt ist Bombay Sporting geschlossen.«

Unterdessen war Husain mit den Kingfishers zurückgekommen und öffnete die Flaschen. Er schenkte vorsichtig ein, denn er wusste, dass der Sahab nicht gern zu viel Schaum hatte.

Mr. Kapur betrachtete lächelnd sein Glas, trank einen großen Schluck und schenkte sich nach. Er begutachtete die Flasche, die immer noch viertel voll war, und hielt sie dann Husain entgegen. »Möchtest du?«

»Ja, Sahab«, sagte der Helfer und bekräftigte seine Antwort, indem er im Kreis mit dem Kopf nickte.

»Wenn du ausgetrunken hast, kannst du nach Hause gehen. Abschließen werde ich.«

Husain ließ sich das Bier schneller als sie durch die Kehle gurgeln. »Sehr gut«, sagte er und beäugte die zweite Flasche.

»Willst du noch etwas?«, fragte Yezad. Auch er wurde mit einem kreisrunden Kopfnicken belohnt.

»Jetzt wirst du dich aber nicht betrinken, hörst du, und morgen zu spät zur Arbeit kommen?«, scherzte Mr. Kapur.

»Aray, Sahab.« Husain lachte. »Nur ein kleines Kind wird von so viel Bier betrunken. Ein alter Narr wie ich muss dazu schon sechs Flaschen trinken.« Er leerte die Flasche, bedankte sich bei beiden und ging.

Sie saßen eine Zeit lang schweigend da. Mr. Kapur lehnte sich zurück und legte die Füße auf den niedrigen Aktenschrank. »Da gibt es etwas, wozu ich Ihre Meinung hören möchte.«

»Gern.«

»Sie wissen, dass ich dauernd über Bombay rede – wie viel es mir bedeutet, wie viel es mir gegeben hat. Sie haben meine Familiengeschichte gehört.«

»Ja, schon oft.«

Mr. Kapur holte tief Luft. »Ich will bei der nächsten Gemeindewahl kandidieren.«

Yezad starrte ihn an und empfand jene Kombination aus Zuneigung und Verärgerung, die Mr. Kapur oft in ihm hervorrief. »Warum?«

»Das habe ich Ihnen gerade gesagt – weil Bombay alles für mich bedeutet. Es hat keinen Sinn, sich darüber zu beklagen, dass Gangster es zerstören, wenn …«

»Ich meine, was soll es nützen? Sie sagen immer, die Politik ist schmutzig und verunreinigt alles, was sie berührt.«

»Das ist keine Ausrede mehr.« Mr. Kapur trank einen Schluck und stellte sein Glas hin. »Wenn die Frau, die Sie lieben, belästigt wird, werden Sie dann nichts unternehmen, nur weil Sie in der Minderzahl sind? Nein, Sie werden sie verteidigen, Sie werden am Ende geschlagen und blutend, vielleicht tot, am Boden liegen, und Gott weiß, ob es ihr hilft. Aber eingreifen werden Sie trotzdem.«

»Ja, aber das ist eine persönliche ...«

»Ist das Gleiche. Mein geliebtes Bombay wird vergewaltigt.«

Yezad wusste, dass man mit ihm nicht diskutieren konnte, wenn er in diesen Begriffen von Fleisch und Blut von der Stadt redete. »Okay, sagen wir, Sie kandidieren. Für welche Partei würden Sie sich entscheiden?«

»Für keine Partei. Als Unabhängiger.«

»Was könnten Sie da bewirken?«

»Das habe ich schon gesagt: Darauf kommt es nicht an. Ich kann nicht abseits stehen und den Verbrechern zuschauen.«

»Und was wird aus Bombay Sporting?«

»Sie können meinen Platz einnehmen. Alle Lieferanten und größeren Einkäufer kennen Sie. Und natürlich werde ich dafür sorgen, dass es sich für Sie lohnt.«

Dieses Angebot ließ Yezad die Idee mit neuem Interesse betrachten. Eine Gehaltserhöhung würde Roxana helfen; es wäre dann am Monatsende nicht mehr so knapp ...

Er war fast bereit, diese verrückte Idee zu unterstützen. Dann aber schämte er sich für seine Selbstsucht. »Darum geht es nicht. Ist es nicht Ihre Pflicht, das Erbe Ihres Vaters zu hüten? Sagt Ihre Bhagavad-Gita Ihnen nicht, dass nichts Sie an der Ausübung Ihrer Pflicht hindern darf?«

»Das ist gut, Yezad.« Er lächelte. »Und wie soll ich meine

Pflicht definieren? Definitionen sind die letzte Zuflucht eines Schurken, aber ich habe wirklich das Gefühl, dass mein Vater über meine Entscheidung glücklich sein würde.« Er trank sein Glas leer. »Ich wünschte, ich hätte Husain nicht nach Hause geschickt. Er hätte uns noch Bier holen können.«

»Nehmen Sie meins; ich habe noch eine Menge übrig.«

»Sind Sie sicher?«

»Wenn es Sie nicht stört, aus meinem Glas zu trinken?«

Mr. Kapur schob sein Glas hinüber. »Sehen Sie, wie wir beide hier sitzen und teilen? So leben die Menschen in Bombay. Deshalb hat Bombay Überflutungen überlebt, Krankheiten, Seuchen, Wassermangel, platzende Leitungen und Kloaken und den Druck der Überbevölkerung. In ihrem Herzen hat die Stadt Platz für jeden, der hier zu Hause sein möchte.«

Stimmt, dachte Yezad: Vierzehn Millionen Menschen, und die Hälfte davon lebt in Slums und isst und scheißt in einer Umgebung, die man keinem Tier zumuten würde. Eine feine Art, sich das Geschenk Bombays zu teilen. Aber darum würde Vikram Kapur sich nicht scheren, wenn er zu einem seiner poetischen Höhenflüge ansetzte.

»Sehen Sie, Yezad, Bombay besteht weiter, weil es gibt und nimmt. Dies sind Schuss und Kette, aus denen die spezielle Struktur seines sozialen Gewebes besteht, der Geist der Toleranz, des Hinnehmens, der Großzügigkeit. Überall anderswo auf der Welt, in so genannten zivilisierten Ländern wie England und Amerika, würden solche schrecklichen Zustände zu einer Revolution führen.«

Was vielleicht nicht schlecht wäre, dachte Yezad.

»Von jetzt an«, sagte Mr. Kapur, »werden wir in diesem Geschäft alle Festtage feiern: Divali, Weihnachten, Id, Ihr parsisches Navroze, Baisakhi, Buddha Jayanti, Gabesh Chaturthi, alles. Wir werden die Schaufenster dekorieren und die entsprechenden Grüße aufhängen, mit Lichtern und allem

Drum und Dran. Wir werden ein Mini-Bombay sein, ein Vorbild für unsere Nachbarschaft. Das habe ich beschlossen, nachdem ich letzte Woche etwas Erstaunliches gesehen habe.«

Er trank von dem, was er sich aus Yezads Glas hatte eingießen lassen. »Letzte Woche habe ich meinen Wagen an der Grand Road Station geparkt und mir eine Bahnsteigkarte gekauft. Um den Zügen und Fahrgästen zuzusehen. Hatte einfach Lust dazu.«

Er unterbrach sich, um noch einen Schluck zu trinken, und fuhr dann fort. »Ich fahre nie mit dem Zug. Ich sehe, wie voll sie sind, wenn ich an den Gleisen entlangfahre. Aber auf dem Bahnsteig sah ich an diesem Tag etwas Neues. Ein Zug fuhr ab, voll bis oben hin, und die Männer, die daneben herliefen, gaben auf. Alle bis auf einen. Ich behielt ihn im Auge, denn er näherte sich dem Ende des Bahnsteigs.

Plötzlich hob er die Arme. Und die Leute im Zug streckten die Hände heraus und packten ihn. Was tun sie da, er wird mitgeschleift und getötet werden, dachte ich! Einen Augenblick später hatten sie ihn vom Bahnsteig gehoben. Jetzt baumelten seine Beine draußen vor dem Abteil, und fast hätte ich geschrien, man solle den Zug anhalten. Seine Füße strampelten in der Luft. Sie fanden kurz Halt an einer schmalen Kante, rutschten ab, fanden ihn wieder.

Und da hing er, und sein Leben lag buchstäblich in den Händen Fremder. Und er hatte es ihnen anvertraut. Er hatte ihnen vertraut. Immer mehr Hände streckten sich heraus und hielten ihn fest umschlungen. Es war ein Wunder – plötzlich war er in Sicherheit. So sehr in Sicherheit, dass ich mich fragte, ob ich auf die anfängliche Gefahr nicht überreagiert hatte. Aber nein, seine Lage war ein paar Sekunden lang äußerst bedrohlich gewesen.

Ich wartete auf dem Bahnsteig und sah mir noch mehr

Züge an. Und dann erkannte ich, dass das, was ich erlebt hatte, gar kein Wunder gewesen war. Es geschah immer wieder: Hände streckten sich aus, um zu helfen, als sei das ganz natürlich, ein Routinevorgang im Pendlerverkehr.

Wessen Hände waren das, und wessen Hände ergriffen sie? Hindus, Muslims, Dalit, Parsi, Christen? Niemand wusste es, und niemanden kümmerte es. Mitpassagiere, mehr waren sie nicht. Und ich stand lange auf dem Bahnsteig, Yezad, und meine Augen füllten sich mit Freudentränen, weil das, was ich sah, mir sagte, dass es immer noch Hoffnung für diese großartige Stadt gibt.«

Yezad nickte stumm. Was Mr. Kapur da erzählt hatte, sah er jeden Tag – ein prosaischer Anblick in der Tretmühle des Alltags. Aber Mr. Kapur hatte ihm einen Aspekt davon offenbart, den er noch nicht gesehen hatte, und jetzt fragte er sich, was ihm sonst noch alles entgangen war.

»Jetzt verstehen Sie, weshalb ich handeln will, bevor es zu spät ist«, fuhr Mr. Kapur fort. »Diese schöne Stadt der sieben Inseln, dieses Juwel am Arabischen Meer, dieses trocken gelegte Land, dieses Geschenk des Ozeans, zu Erde unter unseren Füßen verwandelt, dieses Rätsel des Kosmopolitismus, wo Rassen und Religionen Seite an Seite, Wange an Wange in Frieden und Harmonie zusammenleben, dieser Diamant der Vielfalt, diese großzügige Göttin, die Arme und Hungrige und die geduckten Massen umschlingt, diese Urbs Prima in Indis, diese liebe, liebe Stadt leidet jetzt – und ich übertreibe nicht – wie ein Patient auf der Intensivstation, Yezad, mein Freund, dorthin gebracht von kleinen, selbstsüchtigen Menschen, die sie zerstören wollen, weil ihre eigene Rohheit etwas so Großartiges, Prächtiges nicht ertragen kann.«

Yezad schwieg. Er bewunderte Mr. Kapurs Fähigkeit, berühmte Shakespeare-Zitate umzugestalten. Nariman würde diese Anspielung auf die große England-Hymne in ›Richard II‹ gefallen; er würde es ihm heute Abend erzählen. »Bravo«, sagte er schließlich. »Wenn Sie das auch auf Hindi und Marathi so ausdrücken können, dann werden Sie die Wahl gewinnen.« Er reichte ihm die Hand.

»Ich kann also auf Ihre Stimme zählen?«

»In den letzten sieben oder acht Jahren habe ich an keiner Wahl mehr teilgenommen, weder lokal noch national. Aber für Sie werde ich frühzeitig wählen – und oft.«

Lachend standen sie auf und schlossen das Geschäft ab.

Nach der Schule verbrachten die Jungen inzwischen jeden Tag ein wenig Zeit am Bett ihres Großvaters. Murad fand heraus, dass Grandpa in seiner Jugend Modellflugzeuge gebastelt hatte, und er fing an, mit ihm über Ein- und Doppeldecker aus dem Ersten Weltkrieg zu diskutieren. Sie verglichen die Fokker D.VII mit der Spad, die elegante Sopwith Camel mit dem tödlichen Fokker-Eindecker, und Jehangir hörte zu.

»Ich glaube, die Camel ist Biggles' Lieblingsmaschine«, sagte Murad. »Aber er fliegt auch die Spitfire und die Hurricane. Hattest du die in deiner Sammlung?«

»Nein«, sagte Nariman, »die sind aus dem Zweiten Weltkrieg. Im Gegensatz zu mir ist Biggles alterslos. Zu der Zeit, als die Balsaholzmodelle auf den Markt kamen, war ich schon viel älter und hatte keine Zeit mehr für mein Hobby.«

Er rückte zur Seite und versuchte, sein Kissen aufzuschütteln. Die Jungen taten es für ihn. »Danke. Aber da wir gerade von Zeit sprechen – wird es nicht Zeit, dass ihr eure Hausaufgaben macht?«

»Du hast mir noch keine Geschichte erzählt, Grandpa«, beschwerte sich Jehangir. »Du redest dauernd nur mit Murad über Flugzeuge.«

Also setzte Nariman seine Erzählungen vom Tag zuvor fort

und berichtete von seinem Kindheitsfreund Nauzer, dessen Eltern eine veritable Menagerie mit Vögeln und Hunden besessen hatten. Obwohl sie keine besonders große Wohnung gehabt hatten – nur vier Zimmer –, waren sie verrückt nach Tieren gewesen. Sie hatten einen Golden Retriever, zwei Spitze und drei Sydney Silkies gehabt. Jehangirs Augen leuchteten, als er sich in seiner Phantasie einen so lebhaften Haushalt ausmalte.

»Dann war da noch ein großer Käfig mit Turteltauben und Finken, die singen konnten«, erzählte Nariman. »Und ein Papagei namens Tehmuras. Aber er hatte seinen eigenen Käfig, in den er nachts kam. Tagsüber flog er frei umher.«

»Und er hat nicht versucht, wegzufliegen?«

»Nein, er war gern dort, und die Hunde liebten ihn, besonders die Golden-Retriever-Hündin, Cleopatra. Sie ließ Tehmuras auf sich herumspazieren, er durfte auf ihrem Rücken sitzen, sogar auf ihrem Kopf. Manchmal hockte er zwischen ihren Pfoten und legte seinen Schnabel neben ihre Nase.«

Jehangir wollte Einzelheiten über die Farbe der Vögel wissen, was die Hunde zu fressen bekamen, und wie sie schliefen. »Und konnte Tehmuras sprechen?«

»Tehmuras war ein afrikanischer Graupapagei, und er war brillant. Du musst wissen, Nauzers Mutter war sehr streng, und er musste jeden Abend seine Hausaufgaben machen. Also lernte der Papagei mit der Stimme der Mutter zu sagen: ›Nauzer! Zeit für die Schularbeiten! Nauzer!‹ Wenn mein Freund aus der Schule kam, fing der Papagei gleich damit an, und Nauzer drohte ihm an, einen speziellen kleinen Maulkorb zu machen, um Tehmuras zum Schweigen zu bringen.«

Jehangir lachte besorgt. »War das sein Ernst?«

»Nein, es war Spaß. Nauzer liebte alle Lebewesen, sogar die Schnecken, die wir bei Monsun im Schulgarten fanden.«

»Hatte er auch eine Katze?«

»Nein. Katzen nicht. Parsi-Familien halten keine Katzen. Sie glauben, dass sie Unglück bringen, weil Katzen das Wasser hassen und sich niemals baden.«

»Kommt dir das bekannt vor, Jehangoo?«, fragte seine Mutter und kam aus der Küche. »Vielleicht warst du in einem früheren Leben eine Katze.«

»Katzen halten sich sauber, indem sie sich lecken«, sagte Jehangir. »Das habe ich in einem Buch gelesen. Es ist sehr hygienisch.«

»Ja«, sagte Nariman. »Aber Glaube ist stärker als Fakten. Wie unser Glaube, was Spinnen und Hähne angeht.«

»Davon habe ich noch nicht gehört.«

»Nun, Parsen töten keine Spinnen, und sie essen nur Hühner, niemals Hähne – das musst du doch wissen, aus der Geschichte von Zuhaak dem Bösen.«

»Nein, die kenne ich nicht.«

»Natürlich kennst du sie«, sagte seine Mutter. »Ich habe sie dir erzählt, als du die Gebete für dein Navjote gelernt hast. Wir haben viele Geschichten aus dem Shah-Nama vorgelesen – über König Jamsheed, über Rustam und Sohrab. Und wie König Gustasps Lieblingspferd lahm wurde, und wie unser Prophet Zarathustra es heilte, indem er ihm mit den Händen über die Fesseln strich.«

»Daran erinnere ich mich, aber nicht an die über Zuhaak.«

»Pappa, ich glaube, er will sie bloß von dir hören.«

»Nein, wirklich, ich kenne die Geschichte nicht.«

»Nun«, sagte Nariman, »vor sehr langer Zeit, vor Tausenden von Jahren, lebte ein böser König, der hieß Zuhaak. Aus Zuhaaks Schultern wuchsen zwei gewaltige Schlangen, hässlich und stinkend, und sie mussten jeden Morgen mit den Gehirnen von zwei jungen Männern gefüttert werden. Zuhaak herrschte mehr als neunhundert Jahre lang, und er brachte unbeschreibliches Leid über die Menschen, weil er Tag für

Tag ihre Söhne schlachtete. Das Volk betete um Erlösung. Die Jahrhunderte vergingen, und schließlich erschien der große Held Faridoon und trat Zuhaak entgegen. Das ruchlose Ungeheuer hatte Faridoons Vater ermordet, und Faridoon trachtete nach Rache. Sie trafen sich zum Kampf, Mann gegen Mann. Es war ein schrecklicher Kampf, der Tage und Wochen dauerte. Manchmal sah es aus, als würde Faridoon gewinnen, und manchmal Zuhaak. Aber am Ende überwältigte Faridoon ihn und fesselte ihn mit mächtigen Ketten. Unvorstellbar starke Ketten, die keine Feile zersägen, kein Hammer zerschmettern konnte. Und als Zuhaak hilflos war, befahl der gute Engel Sarosh, Faridoon solle ihn tief im Berg Damavand begraben. Und so wurde das Universum gerettet.«

»Und die Spinne und der Hahn?«

»Sie sind es, die uns in Faridoons Abwesenheit beschützen. Der böse Zuhaak mit seinen Schlangenschultern lebt ja noch, und er ist sehr stark. Mit seinen übernatürlichen Kräften wütet und plagt er sich jede Nacht im Bauch des Berges Damavand und versucht sich zu befreien. Frühmorgens, wenn es dunkel und die Sonne noch nicht aufgegangen ist, und wenn es Zuhaak fast gelungen ist, seine Ketten zu sprengen, kräht der Hahn und warnt die Welt, dass der Böse bald wieder frei im Universum sein wird. Dann schickt der gute Engel Sarosh sofort die Spinne aus, damit sie ihr Netz spinnt und die Ketten flickt, bevor Zuhaak sie vollends zerreißt. Und so ist die Welt wieder sicher. Der Hahn und die Spinne sorgen dafür, jeden Tag.«

Jehangir nickte. »Und wenn die Menschen die Hähne aufessen und die Spinnen töten, ist niemand mehr da, der uns hilft, gegen das Böse zu kämpfen.«

»Genau. Mein Freund Nauzer liebte diese Geschichte. Stundenlang konnte er dasitzen und zusehen, wie eine Spinne ihr Netz spann. Vor allem draußen im Freien, in der Sonne nach dem Regen, wenn die Tropfen wie Edelsteine in den Spinnweben hingen.«

Jehangir fing an, Decke, Wände und Ecken des Zimmers nach einem Spinnennetz abzusuchen. Er wollte selbst sehen, wie schön es war.

Murad fing an zu lachen. »Mein Bruder ist verrückt, Grandpa. Jetzt wird er sich Sorgen wegen Zuhaak machen und anfangen, Spinnen zu beschützen.«

»Ich bin nicht verrückt. Ich weiß, dass es Zuhaak nicht gibt. Es ist nur eine Geschichte, genau wie mit dem Weihnachtsmann.«

»Die gibt es aber beide«, sagte Murad. »Und Zuhaak wird dich schnappen, wenn du auf dem Balkon schläfst.«

»Das sagst du bloß, weil ich ab morgen an der Reihe bin und du mich vergraulen willst.«

»Ich glaube, du hast Recht, Jehangir.« Sein Großvater lachte leise. »Aber selbst wenn es Zuhaak gäbe, würde er dich nicht behelligen. Er wäre zu beschäftigt mit Dingen wie Seuchen und Hungersnöten, mit Kriegen und Zyklonen.«

Die Durchsuchung des Zimmers erbrachte keine Spinnen. Jehangir ließ sich von seiner Mutter versprechen, dass sie beim nächsten Mal, wenn sie ein Spinnennetz fände, es ihn erst anschauen lassen werde.

»Wenn dein Bein wieder heil ist, Grandpa, können wir dann zu deinem Freund gehen und die Hunde und Vögel ansehen?«

»Aber das ist lange her, Jehangir. Diese Tiere sind alle …« Er schwieg und machte eine betrübte Handbewegung. »Sie sind alle fort.«

Er sah, dass es Jehangir widerstrebte, zu akzeptieren, dass die Tiere gestorben waren, und sprach mit größerer Offenheit weiter. »Ich weiß noch, wie Cleopatra gestorben ist. Das war nur eine Woche vor meinem Oberschulexamen. Aber ich bin mitgegangen, als Nauzer und seine Eltern sie begruben. Ein Freund von ihnen, der ein Häuschen in Bandra hatte, sagte, sie könnten gern seinen Garten benutzen, und so fuhren wir mit dem Taxi hin. Es war ein regnerischer Tag. Wir mussten es bei mehreren Taxis versuchen, ehe sich eins bereitfand, uns hinzufahren, und auch da erlaubte der Fahrer nicht, dass ein toter Hund auf den Sitz kam. Wir legten Cleopatra in ein Laken gehüllt in den Kofferraum. Nauzer und ich trugen sie. Das Laken war bald nass und lehmverschmiert. Das war das erste Mal, dass ich Nauzer weinen sah.«

Die Trauer eines Tages vor zweiundsechzig Jahren über die Beerdigung eines Hundes, den er nie gesehen hatte, wölbte sich über die Zeit hinweg und rührte Jehangir an. Schmerzlich betrübt fragte er: »Habt ihr beide das Loch gegraben, du und Nauzer?«

»Nein, das hatte der Gärtner schon getan. Es war neben einem Zitronenbaum. Dann wollte Nauzers Mutter Cleopatra noch einmal sehen, und Nauzer faltete das nasse Laken auseinander. Ich glaube, das war ein Fehler. Das schöne, goldbraune Fell war schmutzig und gelb, das Haar verknotet und verfilzt. Wir schlugen das Laken rasch wieder zu und begruben sie.«

Die Ellenbogen auf den Knien, das Gesicht in die Hände gestützt, saß Jehangir da und starrte zu Boden. Die Fragen waren ihm ausgegangen.

»Du siehst, einen Hund zu haben ist nicht leicht«, sagte seine Mutter. »Mit einem Hund kann man nicht nur lachen und spielen. Man muss auch auf die Trauer vorbereitet sein, wenn er stirbt.«

»Das weiß ich.« Er wandte sich wieder seinem Großvater zu. »Aber dein Freund hat vielleicht neue Tiere. Die könnten wir uns doch ansehen.«

Nariman schüttelte den Kopf. »Mein Freund Nauzer ist vor zwei Jahren gestorben.«

Eine Wolke zog über Jehangirs Gesicht. »Wie alt war er?«

»Sechsundsiebzig.«

Er rechnete: Grandpa war neunundsiebzig; wenn sein Freund jetzt noch lebte, wäre er achtundsiebzig. Ein Jahr jünger als Grandpa. Und trotzdem war der Freund tot.

Er spürte, dass seine Hände kalt wurden, und in seinen Augen brannten Tränen. Die Arithmetik bedrohte das Leben seines Großvaters, und er wünschte, er könnte die grausamen Zahlen vergessen. Jäh stand er auf und ging auf den Balkon.

Roxana machte eine pantomimische Geste, zu ihrem Vater gewandt: Sie zog mit der Fingerspitze eine Linie vom Auge über die Wange herunter. Murad tat unbeeindruckt, erwachsener.

Nariman wartete eine Weile und rief dann: »Jehangir, kennst du die Geschichte von Faridoons Leben, nachdem er Zuhaak besiegt hatte?«

»Nein.«

»Sie handelt von Salim, Tur und Iraj, den drei Söhnen Faridoons. Willst du das Ende nicht hören?«

»Doch«, antwortete er, aber er blieb auf dem Balkon, denn seine Augen waren noch nass. Verschwommen sah er das Pflaster unter sich, und dann erkannte er seinen Vater auf der Straße, der mit schnellem Schritt nach Hause kam.

Yezad musste seinen Schlüssel benutzen; er war enttäuscht, dass Jehangir nicht an der Tür war, und fragte Roxana, warum ihr Sohn auf dem Balkon stehe. Sie hielt den Finger an den Mund; Jehangoo wäre es peinlich, wenn er hörte, dass er geweint hatte, weil Pappa eine Geschichte erzählt hatte, die ihn traurig machte.

»Jehangla! Komm her, sprich mit mir.«

Jehangir wischte sich ein letztes Mal über die Augen und kam mit mattem Lächeln herein.

Yezad nahm seine Hand. »Was ist denn das für eine Geschichte, Chief? Wieso bringst du meinen Sohn zum Weinen? Wenn ich Geschichten erzähle, müssen alle lachen.« Er fuhr fort mit einer scherzhaften Strafpredigt gegen Nariman, aber sein von Eifersucht durchzogener Ärger war unverkennbar.

Jehangir wand seine Hand los. »Sei nicht wütend auf Grandpa.« Er merkte, dass ihm die Tränen, die er gerade losgeworden war, von neuem in die Augen traten.

»Okay, dann bin ich eben wütend auf dich. Tränen, bevor ich zur Arbeit gehe, und Tränen, wenn ich nach Hause komme!«

Jehangirs Schultern bebten von lautlosem Schluchzen, als er wieder auf den Balkon zurückkehrte.

Yezad drehte sich um und wollte ins Schlafzimmer gehen, aber er verfing sich in den nassen Kleidern, die auf ihren Kleiderbügeln im Türrahmen hingen. Wütend riss er sich die feuchten Hemden vom Gesicht und schleuderte sie beiseite. »Ist das ein Platz zum Wäschetrocknen?«

»Auf dem Balkon ist wegen des Zeltes kein Platz«, sagte Roxana sanft; sie war entschlossen, ruhig zu bleiben. »Wo soll ich sie sonst aufhängen?«

»Bring sie nach Chateau Felicity. Deine verdammten Geschwister können sie in ihren sieben Zimmern aufhängen.«

Sie sammelte die Hemden vom Boden auf, schüttelte sie aus und hängte sie wieder in den Türrahmen. »Tee, Yezdaa?«

Er gab keine Antwort. Sie machte trotzdem welchen und fragte, wie es auf der Arbeit gewesen sei.

»Was glaubst du? Sieh dir das an – Schmiere auf meinem Hemd. Ich musste die Arbeit für den Helfer tun und die verdammten Rollläden hochkurbeln.«

»Ich wasche es mit Surf, dann geht der Fleck weg.«

»Und was ist mit dem düsteren Gesicht, das dein Vater macht? Jetzt macht er Jehangir auch noch düster. Weiß denn keiner hier, wie man lächelt oder lacht?«

»Pst, Pappa kann dich hören! Du hast es doch immer sein Philosophengesicht genannt, und jetzt ist es düster, bloß weil er hier wohnt?«

Im vorderen Zimmer bat Murad seinen Großvater, mit der nächsten Geschichte anzufangen, mit der über Faridoons drei Söhne. Nariman schüttelte den Kopf; er befürchtete, Yezad könne es als Konkurrenz auffassen. »Später. Kommt, macht jetzt eure Hausaufgaben.«

Roxana stellte den Tee auf den Esstisch und schickte die beiden Jungen an ihren Schreibtisch. Dann sammelte sie die Wäsche von den Stühlen ein, um sie später wieder auszubreiten, wenn Yezad ins Bett gegangen wäre.

Er sah sie mit den feuchten Kleidern auf dem Arm und bemühte sich um Wiedergutmachung. »Lass sie liegen. Ich brauche nur einen Stuhl.«

Während er seinen Tee trank, setzte sie sich zu ihm und erzählte, wie Villie Cardmaster am Morgen beim Bunya Zwiebeln und Salz für sie gekauft hatte. »Du hattest Recht, sie ist eigentlich ganz nett.«

»Bitte sie um einen Matka-Tip. Wenn wir ordentlich gewinnen, können wir eine Krankenhaus-Ayah engagieren.«

»Ich werde verhungern, ehe ich spiele oder dich spielen lasse.«

»Beruhige dich, ich meine es nicht ernst.« Er sah, wie die Hände seines Schwiegervaters ruhen wollten, aber stattdessen auf seinen Oberkörper eindroschen, als wolle er sich an die Brust schlagen.

Murad kam zu ihnen und setzte sich. »Weißt du was, Grandpa?«, sagte er. »Du solltest Bongo spielen.«

»Und warum?«

»So, wie deine Finger sich bewegen, wärest du gut darin.« Er probierte seine Idee an einem Stuhl aus und ließ seine Finger zittern wie die seines Großvaters, um zu sehen, ob er einen Wirbel zustande brächte.

»Sei kein Clown«, sagte Yezad. »Das ist nicht lustig.«

Er schickte ihn zurück zu seinen Schularbeiten und riet ihm, sich ein Beispiel an seinem kleinen Bruder zu nehmen. Jehangir hörte dieses Friedensangebot und lächelte in sein Buch.

8

Bange Furcht vor dem bevorstehenden Urteil ließ Nariman mit nervösem Bauch aufwachen. Drei Wochen waren vergangen, und heute sollte Dr. Tarapore zu Besuch kommen und über seinen Knöchel befinden.

Bis jetzt hatte Nariman es jeden Morgen geschafft, einzuhalten, bis alle mit Tee und Frühstück fertig waren und das Haus verlassen hatten, um zur Schule und zur Arbeit zu gehen. Er war darauf bedacht, ihnen den Geruch zu ersparen, aber an diesem letzten Tag ließen seine Gedärme ihn im Stich.

»Es tut mir Leid«, flüsterte er Roxana zu. »Ich traue mich nicht, länger zu warten; die Schweinerei wird nur größer.«

»Sei nicht albern, Pappa. Wenn du deine Bettpfanne brauchst, musst du sie bekommen.« Sie vergewisserte sich, dass der Rand trocken war, bevor er sich ein wenig zur Seite drehte, damit sie ihm das Gefäß unterschieben konnte.

Yezad blieb stumm, bis der Geruch anfing, das Zimmer zu erfüllen. Er spürte, wie sich ihm der Magen umdrehte. Er schob seinen Teller von sich und flüchtete ins hintere Zimmer. Roxana folgte ihm.

»So ein Gestank bei meinem Frühstück.« Er dachte nicht daran, die Stimme zu senken. »Du konntest nicht noch ein paar Minuten warten?«

»Ich schon, aber Pappa nicht. Hast du nicht bemerkt, dass

er in der ganzen Zeit kein einziges Mal sein großes Geschäft verrichtet hat, ehe ihr aus dem Haus wart?«

»Und warum nicht auch heute? Will er mir noch eine Kostprobe zukommen lassen, ehe er auszieht?«

»Sei nicht ekelhaft!« Sie ging ins vordere Zimmer, wo die Jungen dabei waren, Nariman aufzuziehen.

»Chhee, Grandpa!«, sagte Jehangir. »Das ist eine Atombombe!«

Murad sagte, es sei eher eine Wasserstoffbombe. Yezad schrie aus dem hinteren Zimmer herüber, sie sollten hinausgehen; es sei nicht hygienisch, dort zu essen.

»Millionen Menschen in Bombay leben in der Gosse!«, schrie Roxana zurück. »Sie essen und schlafen neben Gullys und Abwassergräben! Die ganze Stadt stinkt wie eine Kloake! Und da machst du dir Sorgen wegen Pappas Bettpfanne? Wie dumm kann man noch sein?«

»Siehst du, Chief? Deinetwegen nennt sie mich dumm. Ist das fair?«

»Meine Tochter nennt alle Leute dumm«, antwortete Nariman sanft. »Mich eingeschlossen.«

Jehangir befürchtete, dass ein neuer Streit ausbrechen könnte, wie der wegen Grandpas Pipiflasche vor ein paar Tagen. »Ich weiß einen neuen Witz, Daddy«, sagte er. »Darf ich ihn dir erzählen?«

»Später.«

»Bitte, Daddy, er ist sehr komisch.«

»Also gut«, sagte Yezad brummig.

»Da waren einmal ein paar Touristen in Wien, die gingen ins Beethoven-Museum, wo …«

»Das ist ein alter Witz«, sagte Murad abschätzig. »Jeder kennt das mit Beethovens Abgang. Ich weiß einen neuen.«

»Ich will keine schmutzigen Witze hören«, warnte seine Mutter.

»Aber meiner ist nicht schmutzig. Pass auf: Ein paar Touristen waren in Wien im Beethoven-Museum …«

»Du klaust meinen Witz!«, protestierte Jehangir.

»Lass mich ausreden, es ist ein ganz anderer, okay? Die Touristen kamen also in einen Raum mit einem offenen Sarg, wo eine Leiche drinlag, ganz faulig und grün, und lauter Würmer krochen darauf herum. Sie hatte ein finsteres Gesicht mit einer breiten Stirn und zerzaustem Haar, genau wie Beethoven. Neben dem Sarg stand ein Notenständer mit dem Manuskript der ›Fünften Symphonie‹, und ab und zu streckte der Leichnam langsam eine Hand aus dem Sarg, nahm ein Blatt davon herunter und ließ es auf einen Haufen von modrigem Papier fallen. Die Touristen waren erschrocken und fragten den Führer, was das bedeuten sollte. Der Führer sagte: »Ja, das ist Beethoven, der berühmte Komponist. Er hat viel komponiert, aber jetzt kompostiert er.«

Alle lachten, und Roxana sagte, sie wisse wirklich nicht, wo die Jungen solche Sachen her hatten. Jehangir spürte, dass Murad ihn ausgestochen hatte, aber das störte ihn nicht. Gemeinsam hatten sie einen Streit zwischen Mummy-Daddy abgewendet. Begleitet von ihren Späßen und Neckereien räumte sie die Bettpfanne weg.

Bevor Yezad zur Arbeit ging, blieb er an Narimans Bett stehen. »Viel Glück, Chief, wenn Dr. Tarapore kommt.«

»Danke, Yezad.«

Roxana wartete an der Tür, um ihm einen Kuss zu geben. »Entschuldige, dass ich geschrien habe«, sagte er ihr ins Ohr. »Du weißt, wie ich mit Gerüchen bin.« Sie schloss die Augen, als er sie an sich drückte.

»Kannst du mir einen Gefallen tun, Yezdaa? Frag den Frisör an der Ecke, ob er jetzt kommen kann, um Pappa zu rasieren – ehe der Arzt hier ist.«

»Gern.« Er wollte die Treppe hinuntergehen und blieb

dann noch einmal stehen. »Wenn Jal und Coomy kommen, lass dich von ihnen nicht unter Druck setzen, wenn der Arzt dabei ist. Lass dich auf nichts ein.«

»Wie ich sie kenne, haben sie vergessen, dass heute die Untersuchung ist«, sagte sie und beruhigte ihn mit einer Kusshand.

Für Jal und Coomy endeten die drei Wochen, wie sie angefangen hatten, mit Streitereien und Ratlosigkeit, mit Sorgen und Diskussionen; was sie getan hatten, bereitete ihnen Gewissensbisse, aber sie hatten nicht die Kraft, es in Ordnung zu bringen. Sie genierten sich, ihre Schwester zu besuchen, und all die Spielsachen und der Firlefanz in der Vitrine konnten sie nicht ablenken von ihren Qualen.

Mehr als die Gegenwart war es die Zukunft, was Coomy Sorgen bereitete. Selbst wenn Pappas Knöchel wieder heilte und er sich ein bisschen bewegen könnte, würde es nicht lange dauern, bis er wieder bettlägerig wäre. Dr. Tarapore hatte sie gewarnt: Der Parkinson werde ihn außer Gefecht setzen. Die Art von Krankenpflege, die das erforderlich machen würde, versetzte sie in Angst und Schrecken. Sie und Jal hatten sich wacker bemüht, fand sie – was hatte es für einen Sinn, seine Grenzen zu verleugnen? »Und wenn Roxana eine Spur von Anstand besäße, würde sie ihren Vater noch länger bei sich behalten.«

»Was?«, rief Jal fassungslos. »In dieser winzigen Wohnung? Pappa ist hier zu Hause.«

»Ich kann ihn nicht zurücknehmen. Bitte zwinge mich nicht dazu. Ich habe noch nicht einmal ein Hausmädchen als Ersatz für Phoola gefunden, und all das Putzen und Wischen bricht mir das Kreuz. Seit Tagen flehe ich dich an, einen Ausweg zu finden. Nicht einen einzigen Vorschlag hast du gemacht.«

Was nicht überraschend war, denn Jal wollte das Unausweichliche akzeptieren und Pappa nach Hause holen. »Sei vernünftig, Coomy. Wir haben gesagt, drei Wochen, und wir müssen Wort halten. Wenn Roxana ihn pflegen kann, können wir es auch.«

»Wir? Du rennst jeden Morgen auf den Aktienbazaar. Und drei Wochen sind kein Ausgleich für die fünfzehn Jahre, die ich ihn versorgt habe. Wenn du edle Anwandlungen hast, bleib zu Hause und pflege Pappa. Andernfalls benutze deinen Kopf und lass dir etwas einfallen. Die Zeit wird knapp. Der Arzt kommt heute.«

Aber er hatte immer noch keinen Vorschlag, als sie sich um halb sieben auf den Weg machten, und schweigend ertrug er sie, bis sie in Pleasant Villa angekommen waren.

Es dämmerte, und im Treppenhaus war es halb dunkel. Jal suchte im Hausflur nach dem Lichtschalter. Er tappte in die falsche Ecke, geriet in Spinnweben und wich zurück. Er fuhr sich durch das Gesicht, um die Fäden loszuwerden, und sie machten sich in der Düsternis an den Aufstieg.

Als sie auf dem ersten Treppenabsatz waren, ging das Licht an. Sie hörten jemanden auf der Treppe unter ihnen, der immer zwei Stufen auf einmal nahm. »Die haben es eilig, lass sie vorbei«, flüsterte Jal.

»Wir waren zuerst da«, sagte Coomy. »Wer immer es ist, wird warten müssen. Von allen Leuten lässt du dich ausnützen.«

Hinter ihnen kam Yezad näher. Wie ein altes Ehepaar waren die beiden, dachte er, und nicht wie Bruder und Schwester. »Coomy hat Recht, Jal«, rief er über das Geländer. »Du musst dich durchsetzen.«

»Oh! Yezad«, sagte Coomy. »Entschuldige, ich wusste nicht, dass du es bist.«

»Macht nichts. Ihr habt ebenso viel Recht auf die Treppe

wie ich. Und wie geht's euch beiden? Wollt ihr Pappa nach Hause holen?«

Sie überdeckte ihre Panik mit fürsorglicher Anteilnahme. »Wir haben ihn vermisst. Ich hoffe, der Arzt hat gesagt, dass es ihm gut geht.«

»Oh, es geht ihm seit drei Wochen gut, nicht wahr?«

Sie ertrug diese Spitze ohne Widerspruch. Als sie oben angekommen waren, schloss er die Tür auf und rief Roxana warnend zu: »Hallo! Sieh doch, wen ich auf der Treppe getroffen habe!«

Man begrüßte sich, tauschte verwandtschaftliche Artigkeiten aus, und dann standen sie am Bett ihres Stiefvaters.

»Du siehst viel besser aus als vor drei Wochen, Pappa«, sagte Coomy. »Der Besuch hier hat dir gut getan.«

»Und so schön rasiert«, sagte Jal. »Sieh doch, wie rosig seine Wangen sind. Hast du ein Rendezvous, Pappa?«

»Ja, mit dem Schicksal.«

»Aber du liegst ja noch«, stellte Coomy fest, ohne die unbekümmerte Note zu verlieren. »Ich dachte, der Arzt hätte vielleicht probeweise einen Spaziergang mit dir gemacht.«

»Und ich dachte, ihr hättet vielleicht vergessen, wo ihr mich gelassen habt.«

»Wie kannst du so etwas sagen, Pappa. Ich habe Yezad gerade erzählt, wie sehr Jal und ich dich vermisst haben. Komm, Roxie, beunruhige uns nicht. Was hat der Doktor gesagt?«

»Wozu die Hast? Entspannt euch, trinkt erst einmal Tee«, sagte Yezad, obwohl auch er darauf brannte, es zu erfahren. Jal ging lächelnd zum Esstisch.

»Das würden wir gern, aber wir haben es eilig«, sagte Coomy, bevor ihr Bruder sich hinsetzen konnte. »Wir wollen in den Feuertempel, um für Pappas Genesung zu danken.«

»Gut. Ich komme mit«, sagte Nariman. »Und dann fahren wir nach Hause.«

»Wie nett«, sagte Coomy, und ihr Lächeln wurde zu einer starren Grimasse der Bestürzung. »Das heißt, der Doktor hat gesagt, dass du aufstehen kannst? Hast du deine Krücken schon ausprobiert?«

»Oh, Pappa, hör auf, sie auf den Arm zu nehmen«, sagte Roxana. Sie wünschte, sie hätte Yezad die Neuigkeit zuerst allein eröffnen und ihm erzählen können, was Dr. Tarapore über die Tabletten gegen die Parkinson'sche Krankheit, über ihren Hauptbestandteil L-Dopa und seine Nebenwirkungen gesagt hatte. Sie sollten sich keine Sorgen machen, hatte der Arzt gesagt, auch wenn es beunruhigend sein könne, dass ihr Vater unzusammenhängend daherredete. Wenn man die Tabletten absetzte, würde er die Gewalt über seine Glieder vollständig verlieren.

Das alles wollte sie nicht vor Jal und Coomy ausplaudern, und deshalb beschränkte sie sich auf den Knöchel. »Der Arzt hat gesagt, Pappa soll mit dem Aufstehen bis nächste Woche warten. Er hat heute einen Teil des Gipsverbandes abgenommen – da.«

Sie hob die Decke hoch. Der Gips, der das Bein vom Oberschenkel bis zum Fuß vollständig umschlossen hatte, war an beiden Enden ein wenig verkürzt worden. Die Zehen und das Knie waren entblößt.

Coomy verspürte beginnende Erleichterung. »Das ist sicher bequemer für Pappa.«

»Und was passiert jetzt?«, fragte Yezad. »Ich meine, in dieser Woche?«

»Der Arzt will Pappa in acht Tagen im Parsi General Hospital zum Röntgen sehen. Was diese Woche passiert, liegt bei uns.«

»Entschuldigung, aber es liegt bei mir«, sagte Nariman. »Und ich will jetzt nach Hause.«

»Wirklich, Pappa, wie unsensibel du bist«, sagte Coomy.

»Willst du die arme Roxie und Yezad kränken? Hier bist du doch auch zu Hause, oder?« Angesichts seines Schweigens fuhr sie fort: »Du kannst jetzt mit uns zurückfahren, Pappa. Aber das heißt, dass wir heute einen Krankenwagen rufen müssen, um dich von hier nach Chateau Felicity zu bringen, nächste Woche einen zweiten, um dich zum Röntgen ins Krankenhaus zu fahren, und dann einen dritten, um dich wieder nach Hause zu transportieren.«

»Keine Sorge, wir teilen uns die Kosten«, sagte Yezad.

»Es geht nicht um das Geld«, protestierte Coomy. »Es ist das Risiko, wenn diese wilden Krankenwagenfahrer Pappa packen und auf die Trage werfen. Gott behüte – wenn sie da etwas verrenken. Stellt euch vor, was für Schmerzen er leiden muss. Und seine Genesung zieht sich weiter in die Länge.«

Alle schwiegen, während diese düstere Weissagung in der Luft hing. Dann bekam Coomy zu ihrer Überraschung von ganz unerwarteter Seite Unterstützung.

»Sie hat Recht, Chief. Du solltest hier bleiben. Es sind ja nur noch acht Tage.«

Roxana schaute ihren Mann dankbar an, und Coomy bemühte sich, nicht allzu erleichtert auszusehen. »Habt ihr genug Medikamente für eine Woche?«, fragte sie. »Oder soll ich noch welche besorgen?«

Sie fingen an, die Tabletten abzuzählen. Eine fiel herunter, und Coomy sank auf die Knie, um sie aufzuheben. Der Aufschub, den sie gewollt hatte, war erreicht, dachte sie, aber das Unvermeidliche war nur um eine Woche hinausgeschoben worden. Und was käme danach?

Bei der Suche nach der heruntergefallenen Tablette entdeckte sie den Gips, den Dr. Tarapore entfernt hatte. Die Stücke lagen auf einer Zeitung unter dem Beistelltisch, kleine und große Bruchstücke, von denen einige noch die Krümmung von Narimans Bein erkennen ließen.

Und plötzlich ging ihr ein Licht auf. Hier war die Lösung – sie starrte ihr ins Gesicht.

»Ja, die Medikamente reichen noch für zehn Tage«, sagte Roxana, als sie zu Ende gezählt hatte.

»Gut«, sagte Coomy. »Und vorher kommt Pappa nach Hause. Ach, seht doch, da liegt die Tablette, unter dem Stuhl.«

Sie hob sie auf, und dann verabschiedeten sie sich und vereinbarten, sich in einer Woche im Parsi General wieder zu treffen.

»Siehst du nicht, wie wunderschön es ist?«, fragte Coomy. Eine Woche später versuchte sie noch immer, Jal zu überzeugen. »Ist es nicht erstaunlich, dass der Gips von seinem eigenen Bein mir die Lösung für unser Problem offenbart hat?«

»Aber es ist so hinterlistig, so zerstörerisch, so extrem.« Und wieder versuchte er sie davon abzubringen.

»Hast du eine andere Idee? Bist du bereit, von morgen an seine Bettpfanne und seine Toilette zu übernehmen?«

»Aber es wird ihm doch wieder besser gehen.«

»Mach dir nichts vor. Pappa wird es nie mehr besser gehen.«

»Und wie werden wir mit unserem Gewissen leben?«

»Daran werden wir uns gewöhnen. Ich bin sicher, ein Gewissen ist leichter versorgt als Pappa. Um ehrlich zu sein, ich kann die Vorstellung, ihn wieder hier zu haben, nicht ertragen. In diesen vier Wochen habe ich sehr viel genauer an Mamma und alles andere Schmerzliche denken müssen.«

»An Mamma und ihr Unglück denke ich auch. Aber wird es nicht Zeit, zu vergeben?«

»Hat Mamma Zeit gehabt, ihm zu vergeben, bevor sie gestorben ist? Das frage ich mich.«

»Wir wissen doch gar nicht genau, was passiert ist«, sagte Jal müde.

»Denk, was du willst – ich habe nicht den leisesten Zweifel. Du und ich, wir waren beide im Zimmer, als Mamma und Pappa ihren letzten Streit hatten. Wir haben beide gehört, was Mamma sagte, ehe sie zur Dachterrasse hinaufging.«

Er seufzte. »Je mehr Zeit vergeht, desto mehr finde ich, dass es keinen Sinn hat, irgendwem die Schuld zu geben – es war einfach ein trauriges, unglückliches Missgeschick. Manchmal ist das Leben so.«

»Hör auf zu philosophieren, und tu, was getan werden muss. Geh zu Edul Munshi.«

»Okay, schrei mich nicht an, ich gehe ja schon«, sagte Jal und schlich die Treppe hinunter. Dauernd zerrte sie die Vergangenheit wieder heraus, dachte er. Es war abnormal, nach dreißig Jahren noch so viel Groll zu hegen. Und jetzt wollte sie mit der Vergangenheit rechtfertigen, dass sie Pappa fern hielt, weil sie ihren Ekel vor der übel riechenden Arbeit im Krankenzimmer nicht überwinden konnte. Wie er selbst. Wenn nur ein paar Aktienkurse steigen würden; dann könnten sie eine Krankenhaus-Ayah einstellen und das Problem auf friedliche Weise lösen … nicht mit dem verrückten Plan, den sie jetzt hatte …

Er bereitete sich darauf vor, zu Edul Munshi zu gehen und das Thema zur Sprache zu bringen. Er dachte an Eduls Frau – die arme Manizeh. Er wusste, dass sie den Tag verfluchte, an dem Edul vor einem Stand mit Second-Hand-Büchern stehen geblieben war und unter den Büchern und Zeitschriften, die da auf dem Gehweg ausgebreitet lagen, ein amerikanisches Do-it-yourself-Magazin gefunden hatte. Edul erzählte noch immer, wie er zu seiner Berufung gefunden hatte, und predigte die Tugenden des handwerklichen Geschicks, wann immer sich jemand fand, der ihm zuhörte.

»Weißt du, warum Amerika ein großartiges Land ist? Weil

sie an Do-it-yourself glauben. Und wir sind arm und zurückgeblieben, weil wir es nicht tun. Heute verstehe ich, was Gandhiji meinte, wenn er svavlumban lehrte. Mit seiner Doktrin von der Eigenständigkeit war Mahatmaji der erste echte indische Do-it-yourselfer. Und seine Vision ist wahr: DIY ist die einzige Möglichkeit, dieses Land zu retten.«

Zuversichtlich hatte er diesen neuen Weg eingeschlagen und im Stil des Heimwerkers gelernt, die Werkzeuge, mit denen er arbeitete, zu personifizieren. Er hatte sogar ein eigenes Lied, das nach der Melodie von »Candyman« gesungen wurde: »The handyman can 'cause he fixes it with love and makes it work all right.«

Bei Munshis Wohnung angekommen, blieb Jal vor des Handymans Tür mit dem schiefen Namensschild stehen und läutete. Seit Edul die Klingel repariert hatte, musste man am Knopf wackeln und ihm gut zureden, ehe er mit unangenehmem Schrillen reagierte.

Manizeh öffnete die Tür. »Edoo! Jal von oben ist hier!«

Jal wartete und schenkte ihr ein Lächeln voller Mitgefühl. Anfangs war Manizeh erfreut über das Hobby ihres Mannes gewesen und hatte vor dem ganzen Haus mit seinen wunderbaren Werkzeugen und Apparaturen geprahlt. Was er damit alles zustande brachte, war so erstaunlich, dass es einem den Atem verschlug, erzählte sie ihren Nachbarn. Aber im Laufe der Zeit sah sie auch, was für Verwüstungen dieselben Gerätschaften anrichten konnten.

Eduls erstes Projekt war das Befestigen eines hölzernen Regals in der Küche gewesen. Nach tagelanger Arbeit, bei der jedermann, die Dienstboten eingeschlossen, mit ehrfürchtigem Staunen zugesehen hatte, verkündete Edul mit einem Akzent, den er für amerikanisch hielt: »Okay, Manizeh, die Babys sind fertig. Pack sie voll.«

Sie stellte drei Konservendosen ins Regal, eine auf jedes

Bord, und trat zurück, um die Wirkung zu bewundern. Sekunden später krachten die Bretter zu Boden.

Edul war vom Donner gerührt. Wie konnte sein teures, glänzendes Werkzeug ihn verraten? Er suchte Schrauben und Klemmen aus den Trümmern heraus, blies den Mörtelstaub ab und untersuchte sie, benommen vor Zorn.

Nach ein paar Tagen war sein gebrochenes Herz wieder genesen, und er nahm die Sache noch einmal in Angriff. Diesmal blieben die Borde oben. Aber im Putz an der Wand klafften große Löcher, und als er sie zugespachtelt hatte, war die Fläche so uneben wie die Wand einer Berghöhle. Manizeh versicherte ihm, es sei schön so, und für die moderne Einrichtung empfählen Innenarchitekten strukturierte Wandflächen.

Als Nächstes hatte Edul sich einen undichten Wasserhahn vorgenommen und das Tröpfeln in eine Flut verwandelt. Den ganzen Sonntagvormittag plagte er sich, und tatsächlich wechselte er den Dichtungsring, den er dabei als schlüpfriges Schwein anredete. Aber das Auf- und Zudrehen des Hahns erforderte jetzt den vollen Krafteinsatz beider Hände.

Nachdem er es fertig gebracht hatte, aus einer Reihe kleiner Arbeiten eine Serie zunehmend ausufernder Katastrophen werden zu lassen, hatte Manizeh das Steckenpferd ihres Mannes an die Kandare genommen. Die Regeln waren eindeutig: Edul musste ihr alle seine Projekte zur Genehmigung vorlegen.

Da sie ausnahmslos zu ehrgeizig waren, wurden sie stets abgelehnt. Seine Träume, einen neuen Fußboden zu verlegen, das Badezimmer zu renovieren und Einbauschränke zu befestigen, wurden allesamt begraben. Gelegentlich, wenn sie sicher war, dass dabei keine Schneise der Verheerung zurückbleiben würde, gestattete sie ihm bescheidene Unternehmungen wie etwa das Aufhängen eines Bilderrahmens.

Was Arbeiten größeren Ausmaßes anging, musste Edul seine Sehnsucht außerhalb der Wohnung stillen. Oft versuchte er Leute dazu zu überreden, sich sein Werkzeug auszuborgen, wobei seine Dienste stets eingeschlossen waren. Unglücklicherweise war den meisten seiner Freunde und Nachbarn aber inzwischen klar, welche verdeckten Kosten bei dieser Ausleihe anfielen, und niemand hatte Lust, sie zu bezahlen.

Aber Jal war optimistisch, als er jetzt auf Eduls Erscheinen wartete. Es konnte ja kaum viel passieren, wenn man nur nach einem simplen Hammer fragte, dachte er.

»Wie geht es Ihnen, Edul?«

»Erstklassig, Jal. Und selbst?«

»Gut. Funktioniert die Klingel nicht?«

Edul probierte sie aus, drückte den Knopf hierhin und dorthin, bis ein kurzer Kontakt das unangenehme Schrillen hervorbrachte. Manizeh zog eine Grimasse.

»Muss nur noch ein bisschen justiert werden«, beruhigte er sie.

Als er hörte, dass Jal einen Hammer borgen wollte, lief ihm das Wasser im Mund zusammen. »Sagen Sie mir, was Sie vorhaben. Das richtige Werkzeug zum richtigen Zweck, das ist das Motto des Handymans. Ich habe drei Typen von Hämmern: Klauenhammer, Rundlochhammer und Flachhammer.«

»Meine Güte, Edul, Sie sind aber wirklich gut ausgerüstet.«

»Eine kleine Grundausstattung«, sagte Edul bescheiden. »Es kommt nicht darauf an, wie viel man hat, sondern wie gut man damit umgeht. Worum geht es denn?«

Jal zögerte. Seine Lüge durfte nicht allzu interessant klingen, denn sonst würde Edul sofort mitmachen wollen. »Um Schuhe.«

»Schuhe?«

»Ja. An den Absätzen sind ein paar Nägel herausgekommen.«

»Gut. Treten Sie ein; wir hämmern sie wieder hinein.«

»Nicht an denen hier, an einem anderen Paar. Oben in der Wohnung. Bei Coomy auch; wir haben beide Absatzprobleme.«

»Okay, ich komme mit.«

»Um meine schmutzigen Schuhe zu reparieren?«, fragte Jal. »Ich würde Sie beleidigen.«

»Keine Sorge, Jal, mein Sohn. Wir Heimwerker sind an alle möglichen Sorten Schmutz gewöhnt.«

Jal musste sich rasch etwas einfallen lassen, denn sonst würde er gleich mit dem Handyman im Schlepptau die Treppe hinaufsteigen. »Darf ich ehrlich sein, Edul? Wir werden Ihre Hilfe später brauchen, bei einer schwierigeren Sache. Also lassen Sie mich das hier selbst machen, denn sonst wird Coomy sich übermäßig verpflichtet fühlen und Sie nicht mehr um einen Gefallen bitten.«

Edul machte große Augen. »Was ist es denn für eine schwierige Arbeit?«

»Ein Fenster.« Das war ziemlich ungefährlich, dachte Jal; es würde sich mindestens ein Problemfenster finden lassen, wenn er heraufkäme und es begutachten wollte. Er entschied, dass er jetzt schnell verschwinden musste; Edul geriet zusehends in Aufregung. »Könnte ich den Hammer bekommen?«

»Aber sicher. Der hier ist richtig für Ihren Zweck.« Er zeigte Jal, wie man die Klaue ansetzte, um die Nägel herauszuziehen. »Ist immer am besten, die alten Dinger wegzuwerfen und neue einzuschlagen. Nehmen Sie auch die Kneifzange mit, falls die Klaue sie nicht fassen kann. Und dieser Eisenblock dürfte in den Schuh passen wie ein Schusterleisten.«

So ausgerüstet ging Jal die Treppe hinauf in seine Wohnung.

Es war relativ einfach gewesen. Und Edul schien sich auszukennen. Vielleicht klagten die Leute doch zu sehr über seine Unzulänglichkeit; die Menschen neigten schließlich zu Übertreibungen.

Er fummelte an seinem Hörgerät herum und tat, als verstehe er nichts, während Coomy ihm Vorwürfe machte, weil er so lange bei Edul gewesen war. Er folgte ihr in das Zimmer ihres Stiefvaters, wo sie einen hohen Schemel auf das Bett stellte und ihm befahl, hinaufzusteigen.

»Der wackelt aber.«

»Ich halte ihn fest.«

Er zögerte immer noch. »Es wird Dreck machen. Sollten wir die Möbel nicht abdecken, Pappas hübsche Sachen?«

»Kannst du nicht ausnahmsweise deinen Kopf benutzen? Dreck ist genau das, was wir brauchen.«

Er stellte einen Fuß auf den Schemel, dann den zweiten, und blieb in der Hocke sitzen, bis er sicher war, dass er sein Gleichgewicht gefunden hatte. »Fertig?«, fragte er.

Sie umklammerte die Beine des Schemels. »Ja, ja, fertig.«

»Ich stehe jetzt auf.«

»Soll ich klatschen?«

»Du sollst den Hocker festhalten!« Er richtete sich auf, fand sein Gleichgewicht und versuchte die Decke zu berühren. Ja, es ging. Er drückte die Fingerspitzen der linken Hand an den glatten Putz und fühlte sich sofort stabiler.

»Los, fang an.«

Seufzend schwang er den Hammer. Mit halbherziger Wucht traf er die Decke, und Putzbröckchen rieselten auf das Bett und in Coomys Haare. »Gerade fällt mir ein – was ist, wenn jemand den Lärm hört?«

»Wer denn? Die Krähen? Über uns ist nur das Dach.«

Er fuhr fort, Löcher und Risse in die Zimmerdecke zu

schlagen. Manche Stellen zerbröckelten sofort, andere leisteten Widerstand. Er legte eine Pause ein, um seine Schulter auszuruhen, und ging dann nach Coomys Anweisungen zu anderen, weniger stark beschädigten Stellen über.

»Reicht das nicht?«

»Mach weiter. Dr. Tarapore hat mehr Gips von Pappas Bein abgemacht.«

Endlich ließ sie ihn herabsteigen und fragte ihn nach seiner Meinung. »Sieht es echt aus?«

Von unten sah die Decke schlimmer aus als oben aus der Nähe. Ihm war flau, als er die ruinierte Fläche betrachtete und dann mit dem Kopf nickte.

»Gut, dann können wir uns die andere Seite vornehmen.«

Der Hocker wurde auf die Kommode gestellt, er kletterte hinauf und tat, was ihm befohlen war. Von Narimans Zimmer gingen sie in Roxanas altes Schlafzimmer und dann in ihre eigenen.

Die Decke im Zimmer ihrer Mutter ließen sie intakt. Jal fragte sich, ob das nicht verdächtig wirken würde. Coomy meinte, nein, denn alle Welt wisse, dass Gottes Wege unerforschlich seien. Sie ging ins Bad und holte einen Eimer Wasser und einen Becher.

»Ist das nötig?«, fragte er. »Es sieht doch schon ganz realistisch aus.

»Es müssen Wasserflecken da sein. Was ist, wenn Yezad sich den Schaden ansehen will? Unsere Geschichte muss in allen Einzelheiten standhalten.« Sie fing an, Wasser an die Decke zu spritzen, aber das meiste traf nicht, sondern platschte nur auf sie herunter. »Du wirst noch einmal auf den Schemel steigen müssen.«

Jal durchnässte die zerschlagenen Stellen so großzügig mit Wasser, wie sie es ihm riet: Wenn Möbel und Fußboden auch nass wären, würde es echter aussehen.

Dann war es an der Zeit, sich zu säubern und den Staub aus den Haaren zu waschen, bevor sie sich zurechtlegten, wie sie die Neuigkeit von diesem Unglück morgen im Krankenhaus bekannt geben würden.

Dr. Tarapore betrachtete die Röntgenaufnahme mit zufriedenem Lächeln; die Knochen waren gut verheilt. »Ganz bemerkenswert, Professor, in Ihrem Alter und trotz der Osteoporose.«

Er unterwies Nariman in ein paar einfachen Übungen, die im Sitzen vollzogen werden konnten: mit den Zehen wackeln, den Fuß krümmen, ihn flach auf den Boden stellen und die Ferse anheben. Das Gehen würde für die nächsten vier Wochen auf ein paar Schritte täglich beschränkt bleiben, und zwar auf Krücken. »Gehen, mein lieber Professor«, sagte der Arzt, »ist für Sie kein Mittel, um von Punkt A nach Punkt B zu gelangen. Wenn die Krücken Ihnen zu mühselig sind, bleiben Sie im Bett. Aber vernachlässigen Sie die Übungen nicht.«

Roxana wünschte, Coomy wäre da, um es zu hören; sie befürchtete, dass Pappa sich mehr anstrengen würde, als er sollte, wenn er erst wieder zu Hause wäre. Dann ging es im Rollstuhl zu Mr. Rangarajan ins Verbandszimmer.

»Welche Freude, Professor Vakeels Jüngste kennen zu lernen«, sagte Mr. Rangarajan. »Und treten Sie in die Fußstapfen Ihres geschätzten Herrn Vaters, als Erzieherin und Erweiterin geistiger Horizonte?«

Sie schüttelte den Kopf. »Ich bin nur Hausfrau.«

»Nur?« Mr. Rangarajan war entgeistert. »Was sagen Sie da, meine Liebe? Das Hausfrauendasein ist eine äußerst wichtige Berufung, die zahllose Talente erfordert. Ohne Hausfrau kein Heim, und ohne Heim keine Familie. Und ohne Familie gilt alles andere nichts; es bricht von oben nach unten auseinander oder versinkt im Chaos. Nichts anderes ist im Grunde die Krankheit des Westens. Würden Sie da nicht zustimmen, Professor Vakeel?«

»Ich glaube nicht, dass der Westen ein Monopol darauf hat«, sagte Nariman. »Wir hier machen unsere Sache auch nicht schlecht, wenn es darum geht, unglückliche Familien zu produzieren.«

Mr. Rangarajan lachte und lenkte Roxanas Aufmerksamkeit dann auf die Art und Weise, wie der elastische Verband anzulegen war. »Im Grunde ist es eine Acht. Bitte schauen Sie, wie viel Spannung ich hineinlege.«

Während Roxana sich noch die Technik zeigen ließ, erschienen Jal und Coomy unter einem großen Wirbel von Gestik und Mimik, als hätten sie eine weite Reise unter widrigen Umständen hinter sich. »Welch eine Erleichterung, dich hier zu finden, Pappa. Wir haben nach Dr. Tarapore gefragt, aber an der Pforte sagte man uns, du seist schon fort.«

»Was ist passiert?«, fragte Roxana.

»Zu viel«, flüsterte Coomy. »Ich erzähle es euch gleich.«

»Jetzt, da alle versammelt sind«, verkündete Mr. Rangarajan, »werde ich mit dem Verband noch einmal ganz von vorn anfangen.«

»Ich frage mich, wie lange dieses gadhayro wohl dauern wird«, sagte Coomy auf Gujarati.

Verlegen schaltete Nariman sich ein. »Wir dürfen Sie nicht länger aufhalten, Mr. Rangarajan. Sie haben noch andere Patienten, die auf Sie warten. Vielen Dank für Ihre Hilfe.«

»Aber es macht mir keine Umstände …«

»Danke und auf Wiedersehen«, sagte Coomy.

Einen Augenblick lang sah Mr. Rangarajan gekränkt aus, aber dann fasste er sich wieder, wünschte dem Professor eine baldige Genesung und ging.

Sie schoben Narimans Rollstuhl auf den Gang hinaus und parkten ihn an einer Bank vor dem Fenster. »Ihr werdet nicht glauben, was für ein Pech wir hatten«, sagte Jal. »Wartet nur, bis ihr hört, was letzte Nacht passiert ist.«

»Der große Wassertank auf dem Dach ist geplatzt«, sagte Coomy, »und die Decke ist heruntergekommen.« Sie beschrieb das Getöse, das sie geweckt hatte, und wie dann Brocken von Putz auf ihr Bett gefallen waren; zu ihrem Glück hatten sie aus dem Bett springen können, ehe das Wasser durchdrang und größere Stücke herunterkrachten.

»Manche waren so groß wie Fußbälle. Ich muss sagen, Pappa, Gott wacht über dich. Wärst du gestern Nacht in deinem Bett gewesen, hätte ein großer Brocken dir den Schädel eingeschlagen. Vielleicht war es ja Gottes Art, dich zu beschützen, dass du dir den Knöchel gebrochen hast und nach Pleasant Villa umgezogen bist.«

»Zum Glück war es nicht allzu viel Wasser«, sagte Jal, dem es Unbehagen bereitete, Gott eine Nebenrolle in ihrem betrügerischen Drama zuzuweisen. »Der Tank kann nur halb voll gewesen sein.«

»Wir sind beide in Mammas Zimmer gezogen«, fügte Coomy hinzu. »Das ist unbeschädigt geblieben. Der einzige sichere Ort.«

»Merkwürdig«, sagte Nariman. »Es liegt unmittelbar neben eurem.«

»Wer weiß?«, sagte Jal. »Vielleicht ist das Dach uneben, und das Wasser konnte dort nicht hinfließen. Oder Mammas Decke ist stärker.«

»Gottes Wege sind unerforschlich«, verkündete Coomy.

Nariman erklärte, es sei nicht notwendig, Zeit mit theologischen Erörterungen zu verlieren – am besten, man fahre jetzt nach Hause und stelle wieder normale Zustände her; eine kaputte Decke störe ihn nicht.

Ein Chor der Ablehnung erklärte dieses Ansinnen für absurd: Es könne bauliche Probleme geben, vielleicht werde noch mehr einstürzen, und außerdem seien Jal und Coomy gesund und kräftig und könnten beim ersten Anzeichen eines

Bröckelns die Flucht ergreifen, während Pappa in der Falle säße.

»Das Risiko gehe ich ein«, sagte Nariman.

Schließlich konnte Roxana ihren Vater überreden, noch einmal für ein paar Tage nach Pleasant Villa zurückzukehren, während das Ausmaß des Schadens ermittelt wurde. Coomy versprach, Pappa seine Pension zu schicken, um bei den Kosten zu helfen.

»Es ist mir unangenehm, dir und Yezad noch mehr Umstände zu bereiten«, sagte Nariman.

»Sei nicht albern, Pappa. Es ist doch nicht deine Schuld«, sagte Roxana.

»Ein Akt Gottes ist niemandes Schuld«, sagte Coomy.

Sie machten sich auf den Weg zum Krankenwagen. Jal schob den Rollstuhl, und Nariman bemerkte, dass Coomy in letzter Zeit in die schlechte Gewohnheit verfalle, Gott allzu viel Verantwortung aufzubürden. »Und das ist nicht gut, weder für Gott noch für uns.«

Am Abend nahm Yezad die Neuigkeit mit der Decke ungerührt entgegen. Er hatte schon geahnt, dass Jal und Coomy den Chief heute nicht mit nach Hause nehmen würden.

Roxana protestierte: Man könne die beiden wohl kaum für den Wassertank verantwortlich machen. »Wie Coomy sagte, es war ein Akt Gottes.«

»Ja, und Sein Akt kommt hauptsächlich ihr zugute, nicht wahr? Muss an all diesen Besuchen im Feuertempel und ihren Sandelholzbestechungen liegen. Ich hätte vielleicht auch ein bisschen mehr Einfluss, wenn ich öfter hinginge.«

»Das wäre so schön, Yezdaa«, sagte sie eifrig. »Du könntest die Jungen mitnehmen und ein Deevo anzünden …«

»Das sollte ein Witz sein«, unterbrach er sie, und sie machte ein langes Gesicht.

Sie halfen Nariman aufstehen und schoben ihm die Krücken unter, und mit Yezads Hilfe unternahm er seine ersten Schritte. Langsam legten sie die anderthalb Meter zwischen Diwan und Stuhl zurück. Er verzog das Gesicht vor lauter Anstrengung, als er sich hinsetzte. Die Jungen applaudierten.

»Ein kleiner Schritt für Grandpas Fuß, ein Riesensprung für Grandpa«, sagte Murad.

»Genau«, keuchte Nariman.

»Und wie war es, Chief?«

»Es ging.«

»Schmerzen?«, fragte Roxana, die gesehen hatte, wie er das Gesicht verzog.

»Ein bisschen. Aber damit muss man rechnen.« Er blieb bis zur Abendbrotzeit auf dem Stuhl sitzen. Dann schoben sie ihn näher an den Tisch, damit er mit ihnen zusammen essen konnte.

Roxana hatte Dhandar-paatiyo gemacht, um die ersten Schritte ihres Vaters zu feiern, aber es störte sie, dass kein Fisch darin war. Für zwei kleine Pomfrets hatte der Machhivala hundertdreißig Rupien haben wollen. Neunzig hätte sie zusammenkratzen können, wenn sie woanders gespart hätte, aber der Gauner hatte sich nicht erweichen lassen. Warum sollte er auch – die Leute standen trotz seiner Preise bei ihm Schlange. Obszön, dieser Reichtum heutzutage in Bombay. So war es nun ein fischloses Dhandar-paatiyo, ein unvollständiges Festmahl. Sie fing an, den Tisch zu decken.

»Ich stelle fest, dass du nie das gute Geschirr von meiner Mutter benutzt, das ich euch zur Hochzeit geschenkt habe«, sagte ihr Vater.

»Natürlich nicht, Pappa. Es ist zu kostbar, so alt und so zerbrechlich.«

»Ist das ein Grund, es wegzuschließen? Ich bin auch alt und zerbrechlich, und Jal und Coomy wollten mich wegschließen. So kann man nicht leben. Benutzt das Geschirr.«

»Wie kann ich etwas so Wertvolles je ersetzen, wenn es zerbricht?«

»Menschen zerbrechen auch, und sie kann man auch nicht ersetzen. Sind Teller vielleicht wichtiger? Man kann sich nur an den Erinnerungen erfreuen, das ist alles.«

»Mein Philosoph«, sagte Yezad. »Erklär's ihr nur, Chief.«

»Ermuntere Pappa nicht noch. Solche unheildrohenden Reden, wenn wir seine Genesung feiern wollen.«

»Nicht unheildrohend«, sagte ihr Vater sanft. »Es gibt nur eine Möglichkeit, das Leid und die Trauer des Lebens zu besiegen: durch Lachen und Fröhlichkeit. Hol das gute Geschirr heraus, zieh deine guten Kleider an; es hat doch keinen Sinn, das alles zu horten. Wo sind die geschliffene Glasvase und die Rosenschale von eurer Hochzeit? Die Porzellanschäferin mit ihrem Lamm? Hol das alles heraus, Roxana, und freue dich daran.«

»Du bist albern, Pappa. Wie an deinem Geburtstag – lässt Coomy mit deinen Ansprüchen doppelte Arbeit machen.«

Die Erinnerung daran vertrieb das Lächeln aus Narimans Gesicht. Seit jenem Abend vor zwei Monaten schien eine Ewigkeit vergangen zu sein. Als er noch allein stehen, sich anziehen, zur Toilette gehen und herumspazieren konnte. Vor seinem Sturz, vor dem Albtraum mit Coomy und Jal und dem Toilettenstuhl, vor all den Tagen im Bett, stinkend, angstvoll und fröstelnd.

Roxana bereute ihr Worte sofort. Es tat ihr weh, mit anzusehen, wie sie auf ihren Vater wirkten, und sie schaute sich Hilfe suchend nach Yezad um, der voller Unbehagen auf seinem Stuhl hin und her rutschte.

Da räusperte Jehangir sich wie ein Erwachsener, der eine

wichtige Bekanntmachung abzugeben hat. »Wie dem auch sein mag, das gute Geschirr steht auf der Tagesordnung.«

Nariman lachte, und Yezad erklärte, es werde Zeit, dass dieser kleine braune Papagei ein paar neue Ausdrücke von Grandpa lernte. Murad tat, als richte er ihn ab: Jehangoo-Schätzchen, braver kleiner Jehangoo. Man holte das gute Geschirr aus dem unteren Fach von Yezads Schrank, die Rosenschale kam in die Mitte des Esstisches und die Porzellanschäferin auf den Beistelltisch, wo sie ihre Schützlinge weiden konnte.

Beim Essen kehrten Yezads Gedanken immer wieder zu den vor ihnen liegenden Tagen zurück. Der morgendliche Stress, die drangvolle Enge, der Gestank im vorderen Zimmer – alles würde weitergehen. Und angesichts dessen, dass jede einzelne Rupie verplant war, bedeutete die Versorgung einer weiteren Person einen Fehlbetrag von fünfundzwanzig Prozent in Roxanas Lebensmitteletat, von Dingen wie Seife und Wasser und Dhobi gar nicht zu reden.

»Was deine Pension angeht, Chief«, sagte Yezad, »wie viel bleibt da übrig, wenn du deine Medikamente für den Monat gekauft hast?«

»Um ehrlich zu sein, das weiß ich nicht. Coomy führt den Haushalt. Ich habe ihr schon vor langer Zeit Kontovollmacht gegeben.«

»Und was ist mit den Decken? Ich sollte mir die Sache mal anschauen und sehen, wie groß der Schaden ist.«

»Was mich angeht«, sagte Nariman, »ist der Schaden irrelevant. Abgefallener Putz ist nichts Schlimmes.«

Yezad nickte. Es würde nichts helfen, seine Geldsorgen offen auszusprechen; um Roxanas willen wäre es besser, sich ruhig und geduldig zu verhalten. »Eine runde Woche schaffen wir noch.«

Als die Medikamente ausgingen und Roxana neue kaufen wollte, stellte sie fest, dass das, was Coomy ihr als die Pension ihres Vaters gegeben hatte, nicht einmal die Kosten der Tabletten deckte. Da musste ein Irrtum vorliegen, dachte sie; vielleicht hatte Coomy ihr nur einen Teilbetrag geschickt.

Sie bezahlte die Apothekenrechnung und nahm den fehlenden Betrag von ihrem Haushaltsgeld. Zum Ausgleich kaufte sie Brot, aber keine Butter und eine kleine Dose Öl statt der größeren, wirtschaftlicheren. Tee, Zucker und Reis konnten bis nächste Woche warten. Und zum Abendessen würde es kein Fleisch geben, nur Blumenkohl und Kartoffeln.

Sie stellte die Pillenfläschchen auf den Beistelltisch neben ihrem Vater. Er wollte wissen, ob das Geld gereicht habe, und sie nickte; sie war überzeugt, dass Coomy und Jal bald mit der restlichen Summe auftauchen würden. Auch als Yezad sich beim Abendessen danach erkundigte, sagte sie: »Es ist vorläufig in Ordnung.«

In den folgenden Tagen begann ihre Sparsamkeit jedoch aufzufallen. Beim Frühstück maulte Murad, dass auf seinem Toast keine Butter sei, und Jehangir klagte, sein Tee sei bitter und er brauche mehr Zucker.

Yezad gefiel das Gemecker nicht. »Ihr Jungen seid verwöhnt. Seid doch dankbar, dass ihr wenigstens Toast zum Essen und Tee zum Trinken habt. Wisst ihr, wie viele Millionen Menschen auf der Welt glücklich wären, wenn sie hätten, was ihr habt?«

Gegen Ende der Woche fiel es Nariman schwerer, die Schmerzen in seinem Knöchel zu verbergen, wenn er auf Krücken stand. Er hatte geschwiegen, weil die drei kleinen Schritte, die er zustande brachte, viel dazu beitrugen, die Hoffnungen aller zu erhalten.

Aber eines Abends, als er wieder versuchte, zu stehen, ließen ihn die Qualen in seinem Knöchel laut aufschreien; die Krücken rutschten weg, und er kippte zurück auf den Diwan.

Yezad warf seine Zeitung beiseite und stürzte zu ihm. Roxana kam aus der Küche gerannt. Als sie sich davon überzeugt hatten, dass ihm nichts passiert war, verhörten sie ihn und wollten wissen, warum er geschrien habe. Er versuchte die Sache als kurzen Stich abzutun, aber Roxana durchschaute ihn und entriss ihm das Geheimnis.

»Dieser verdammte Tarapore«, sagte Yezad. »Der Quacksalber hatte es zu eilig.«

Nariman schüttelte den Kopf. »Fairerweise muss man sagen, dass wir doch alle erleichtert waren, als er sagte, ich könne aufstehen.«

»Verteidige ihn nicht noch, Chief. Wenn wir in Amerika wären, könnten wir ihm eine Millionenklage anhängen.«

Aber Dr. Tarapore wurde prompt noch einmal konsultiert und äußerte sich ganz unverblümt über den Rückfall: Die Röntgenaufnahme habe nicht gelogen, die Bruchstellen seien verheilt, aber Kalziummangel und poröse Knochen hätten dazu geführt, dass sich neuerliche Haarrisse aufgetan hätten.

Und so war wieder absolute Bettruhe verordnet.

Mindestens einmal täglich saß Roxana vor ihren Umschlägen, brütete über dem Inhalt und überlegte, ob sie ein paar Rupien aus dem mit der Aufschrift »Milch & Tee« in den für »Butter & Brot« oder von »Fleisch« nach »Reis & Zucker« transferieren sollte. Jehangir saß dabei und erkundigte sich nach dem Preis für einen Klumpen Amul-Butter, eine Packung Tee, ein Kilo Hammelfleisch, addierte die Summen im Kopf und machte Vorschläge.

Ganz versunken in ihre Sorgen diskutierte sie die Finanzprobleme mit ihm, bis ihr klar wurde, was sie da tat. »Das genügt, Jehangoo. Über Geld brauchst du dir nicht den Kopf zu zerbrechen. Daddy und ich können uns darum kümmern.«

»Ja«, fing er an. »Aber Daddy wird …« Er sprach nicht weiter, aber sie verstand seine Befürchtungen.

Zwei Wochen waren vergangen, seit die Decke heruntergefallen war. Jal und Coomy ließen sich nicht blicken, und Yezad lehnte es ab, sich an sie zu wenden; er brauche keine Gefälligkeiten von den beiden.

»Darf ich einen Vorschlag machen?«, drängte Nariman. »Ein Streit zwischen dir und Roxana wird das Problem nicht lösen. Ungeachtet der Pensionszahlung sind die Kosten für mich nicht beglichen. Daher gebe ich die Anweisung, etwas von meinem Sparkonto abzuheben. Von meinem Geld, das ich im Schweiße meines Angesichts verdient habe. Ganz einfach. Kurz gesagt, die Frage nach irgendwelchen Gefälligkeiten stellt sich überhaupt nicht.«

»Es ist mir peinlich«, sagte Yezad, »zu erklären, dass wir gekommen sind, um Pappas Geld abzuholen. Wenn sie ein bisschen Anstand besäßen, hätten sie es uns gebracht.«

»Ich habe eine Idee«, sagte Jehangir. »Du kannst sagen, du willst Grandpas Spazierstock holen, den wir ihm zum Geburtstag geschenkt haben.«

Yezad lachte, klopfte seinem Sohn auf die Schulter und sagte, genau das werde er tun.

9

Yezad und Roxana gingen durch den Schutt, der den Fußboden im Wohnzimmer bedeckte, und stiegen vorsichtig über die Putzbrocken. Jal bürstete hastig den Mörtelstaub von zwei Sesseln. Er klopfte die Kissen aus und hustete in der aufsteigenden Staubwolke.

Coomy kam knirschenden Schritts ins Zimmer. Jal fing an, einen dritten Sessel sauberzumachen, aber sie gab ihm mit einer Berührung des Ellenbogens zu verstehen, dass sie sich nicht setzen wolle. Also blieb auch er hinter ihr stehen, während sie griesgrämig erklärte, die Sonne sei untergegangen, die Kohlen für den Loban seien bereit, und sie sei im Begriff, das Aiwisruthrem Geh zu beten.

»Tut mir sehr Leid«, sagte Yezad. »Wir hatten nicht die Absicht, uns zwischen dir und Gott in die Schlange zu drängeln.«

Jal kicherte, und Roxana sagte: »Mach dich nicht lustig über heilige Dinge.« Sie erläuterte, warum sie gekommen waren, und Coomy schüttelte verdrossen den Kopf.

»Pappa hat wirklich Nerven. Wie lange wollt ihr seinen Unfug noch hinnehmen? Erinnert ihr euch an sein Geburtstagsessen und meine Vorhersage? Alle haben sich über mich lustig gemacht. Jetzt müsst ihr mich für eine Prophetin halten.«

Sie ging ins Zimmer ihres Stiefvaters, um das Geburtstagsgeschenk zu holen. »Kann kaum auf seinen Krücken humpeln und will seinen Spazierstock. Was für ein Wahnsinn.«

Yezad ging zu einem wichtigeren Thema über. »Was ist mit den Decken, Jal? Ich dachte, die wären inzwischen repariert?«

»Wir haben jemanden kommen lassen, der es sich angesehen hat.« Coomy antwortete für ihren Bruder. »Sie wollten zu viel dafür haben.«

»Und der Hauswirt?«

»Hah. Da müssten wir vor Gericht gehen, ehe er es reparieren lässt. Und Pappa hat nicht mehr die zwanzig Jahre Zeit, die das dauern würde. Aber es kommt noch ein Unternehmer.«

»Noch einer?« Yezad bemühte sich, die Stimmung nicht zu verderben. »Wir haben doch schon zwei in unserer Mitte: Jal Unternehmer und Coomy Unternehmer.«

Dieser Scherz über die Bedeutung ihres Familiennamens erheiterte Jal, aber angesichts von Coomys unerschütterlicher Strenge ließ er sich nichts anmerken.

»Übrigens«, sagte Roxana, »ich habe Pappas Medikamente gekauft. Das Geld hat nicht gereicht.«

»Das weiß ich«, sagte Coomy. »Ich habe sie jeden Monat gekauft.«

Roxana wartete, dass sie weiterredete. Aber es kam nichts mehr. »Könnte ich … könnte ich den Rest von seiner Pension bekommen?«

Coomy lachte kurz auf. »Das war alles. Mehr ist nicht da.«

»Bist du sicher?«, fragte Yezad.

»Was willst du damit andeuten? Dass ich Pappa beraube?« Sie lief hinaus und kam mit Kontoauszügen zurück.

»Ach, Coomy«, sagte Roxana, »er braucht sie nicht zu sehen. Es war nur ein Ausdruck seiner Überraschung.«

»Für mich klang es mehr wie der Ausdruck einer Beleidigung!« Coomy warf ihm die Auszüge in den Schoß.

»Nein, Coomy, bitte fass es nicht so auf.« Roxana versuchte es noch einmal. »Wie du weißt, ist es sehr schwierig, Pappa zu versorgen. Die Kosten.«

»Und die Arbeit«, sagte Yezad. »Sei nicht so bescheiden.« Er wandte sich an Jal. »Das ist ein anstrengender Job. Sie ist so erschöpft am Ende des Tages, dass ich mir Sorgen mache.«

»Erinnert ihr euch an die Arjanis im Erdgeschoss?«, fragte Coomy. »Haben eine Ganztagskrankenschwester für ihren Vater eingestellt, und er hat sich wund gelegen. Roxie bereitet es große Befriedigung, für ihren greisen Vater zu sorgen. Frag sie, wenn du mir nicht glaubst.«

»Das stimmt«, sagte Roxana. »Wenn seine Pension wenigstens für die Medikamente reichen würde, dann käme ich mit dem Rest schon zurecht. Die Regierung sollte sich schämen bei dem, was sie zahlt.«

»Wenn die Regierung Schamgefühl besäße, würde es viele Probleme gar nicht geben«, sagte Jal.

»Ja«, sagte Roxana. »Könnt ihr mir die Differenz nicht von Pappas Sparbuch geben?«

Wieder antwortete Coomy mit kurzem Auflachen. »Es gibt nichts dergleichen.«

»Aber Pappa sagt, das Geld von seinem Sparvertrag …«

»Pappas Gehirn ist weich wie eine eingelegte Mango. Du hörst dir sein Bakbakaat an, und dann kommst du zu mir und beschuldigst mich? Ich frage mich, wie fest dein eigenes Gehirn ist.«

Roxana schaute Jal an, um zu sehen, ob er etwas sagen würde. Er spielte wieder an seinem Hörgerät. »Du kannst mich beschimpfen, wie du willst«, sagte sie. »Aber vor Pappa solltest du ein bisschen Respekt haben. Jetzt ist er ein Problem, aber als euer Vater gestorben war, hat er euch ernährt und bekleidet.«

»Und meine Mutter umgebracht!«

»Rede keinen Unsinn! Und sie war auch meine Mutter.«

»Und meine«, ergänzte Jal in einem Ton, der um Frieden flehte.

»Ja, ja, das weiß unsere kleine Schwester«, sagte Coomy. »Was sie nicht weiß, ist, dass wir Monat für Monat die Differenz für Pappas Medikamente beglichen haben, für sein Essen, seine Kleider, Wäsche, alles. Wir haben es ihm mehr als vergolten. Wir haben ihn all die Jahre unterstützt. Aus reiner Herzensgüte haben Jal und ich für ihn gesorgt. Nicht, weil wir von irgendjemandem Lob oder Dank erwartet haben.«

»Oder weil ihr in seiner Wohnung wohnt und sie erben werdet«, sagte Yezad, und Roxana schoss ihm einen missbilligenden Blick zu.

»Oh, Mr. Clever glaubt, er weiß alles«, sagte Coomy. »Kommt hierher mit seinem Bist-du-auch-sicher und Das-restliche-Geld, und was weiß ich noch alles. Ich will dir etwas über diese Wohnung erzählen, Roxie, wenn dein Mann jetzt schon damit anfängt …«

»Bitte lasst uns nicht streiten«, sagte Jal.

»Unterbrich mich nicht! Er hat angefangen, und jetzt soll er die Wahrheit hören! Erinnert ihr euch – vor fünfzehn Jahren, als Pappa euch die Wohnung gekauft hat? Da ist er auch zum Hauswirt von Chateau Felicity gegangen und hat seine Wohnung auf Jals und meinen Namen überschreiben lassen.« Mit triumphierendem Blick schaute sie in ihre verdatterten Gesichter.

»Was für ein Narr«, murmelte Yezad.

»Hast du gehört?«, fuhr sie auf. »Dieser undankbare Mann nennt Pappa einen Narren.«

»Das habe ich gehört«, sagte Roxana. »Und lass dir sagen, selbst wenn Yezad ihn einen Narren nennt, liegt darin mehr Zuneigung als in all deinen besorgten Worten.«

»Nur zu, verteidige ihn ruhig! Mach, was du willst! Aber diktiere mir nichts in meinem eigenen Hause! Denn das ist es – meins und Jals. Und wir werden die Decke reparieren lassen, wann es uns passt, es sei denn, ihr hättet das Geld dafür. Pappa wird zurückkommen, wenn wir es wollen.«

»Das ist es also?«, fragte Yezad leise. »Ihr werft Pappa aus seiner eigenen Wohnung?«

»Dreh mir nicht die Worte im Mund herum! Niemand hat ihn hinausgeworfen. Dr. Tarapore hat gesagt, wegen seiner Depressionen braucht er …«

»Das wissen wir alles.« Yezad umklammerte den Spazierstock und stand auf. »Was sollen wir dem Chief also sagen?«

»Bitte sagt ihm«, bat Jal, »wir werden die Wohnung so bald wie möglich instand setzen lassen, damit er zurückkommen kann.«

Weil es selten vorkam, dass ihr Bruder wütend wurde, schaute Coomy ihm eine Zeit lang schweigend zu. Es war, als sei die Ordnung der Natur endlich zerbrochen.

»Was hatte das für einen Sinn?«, schrie er und marschierte wie wild im Zimmer auf und ab. »Warum hast du mich gezwungen, mir Eduls Hammer zu leihen? Warum musstest du die Decken zerschlagen? Du hättest ihnen schon vor Wochen sagen können, dass wir Pappa hinauswerfen!«

»Ich wollte, dass Pappa wegbleibt, aber auf zivilisierte Art und Weise«, sagte sie ruhig. »Ohne Streit, und ohne die Familienbeziehungen zu zerstören.«

»Wieso kümmert dich das? Die Familie bedeutet dir doch nichts! Du pflegst deine Verbitterung, statt Pappa zu pflegen.

Ich habe dich dreißig Jahre lang angefleht, es gut sein zu lassen, zu verzeihen, Frieden zu schließen.«

Er fing wieder an, auf und ab zu gehen, streckte die Arme zur Decke und schüttelte sie verzweifelt. »Sieh dich um! Sieh nur, was du getan hast!«

Sie sah sich um und hoffte, ihn zu beruhigen, indem sie tat, was er sagte. Überall sah sie Staub und Putz. Sie hob den Blick und betrachtete die zerstörte Decke. Ein Schauder überlief sie. Zum ersten Mal seit den Hammerschlägen verzagte sie.

»Wende dich nicht ab! Du hast gesagt, du willst eine Ruine – also weide dich jetzt daran! Glücklich? Das Haus ruiniert, und die Beziehung zu unserer einzigen Schwester ruiniert.«

Dann verlor seine Stimme ihren hysterischen Unterton; die Trauer überwältigte ihn plötzlich. Erschöpft ließ er sich in einen Sessel fallen und schlug die Hände vor das Gesicht.

Auch sie setzte sich und ließ sich durch den Kopf gehen, was er gesagt hatte, dachte an Roxana … ihre kleine Puppe … wie sie sie geliebt hatten, als sie geboren wurde, wie verrückt sie nach ihr gewesen waren. Überall hatten sie sie mitgeschleppt, sie überall hin mitgenommen, nach Marine Drive, ins Kino, zu den Hängenden Gärten … und wie hatte die Kleine sie angebetet in diesen Kindertagen …

Was war von all dieser Liebe jetzt noch übrig? Erschöpfung flutete auch über sie hinweg, und sie hatte Tränen in den Augen.

Jal hörte sie schniefen und nahm die Hände vom Gesicht. »Was ist los?«

»Nichts.« Dann fing sie an zu weinen. Niemand hatte auch nur einen einzigen Gedanken für ihre Gefühle übrig, flüsterte sie vor sich hin. Herzlose Dinge hatten sie zu ihr gesagt, und Yezad beschuldigte sie sogar, Pappa zu bestehlen – nach allem, was sie für Pappa getan hatte, so viele Jahre lang.

Yezad lehnte den Spazierstock in die Ecke neben den Diwan und fragte seinen Schwiegervater nach seinen Finanzen. Seine Fragen waren einfach und direkt, aber Nariman machte einen verwirrten Eindruck und war nicht in der Lage, hilfreiche Informationen zu liefern.

»Was hast du von deinem Sparkonto erzählt?«

»Ich weiß es nicht mehr.«

»Nach dem, was Coomy sagt, hast du kein Geld. Und auch keine Wohnung.«

Seine unverblümte Art betrübte Roxana. »Keine Sorge, Pappa. Du weißt, was für ein dummes Zeug sie manchmal redet.«

»Ich für meinen Teil habe jedenfalls genug von ihren Beleidigungen«, sagte Yezad. »Wir werden da nie wieder hingehen, solange sie sich nicht entschuldigt. Ich verbiete dir, sie zu besuchen.«

»Aber damit bestrafen wir auch den armen Jal«, sagte sie flehentlich. »Er hat noch nie ein grobes Wort zu uns gesagt.«

»Wenn er nicht so viel an seinem Hörgerät herumfummeln wollte, sondern stattdessen lieber etwas mehr Mumm aufbrächte, dann könnte er seine Schwester dazu bringen, sich zu benehmen.«

»Bitte streitet euch nicht«, beschwor Nariman sie. »Erzählt mir, was Coomy gesagt hat, womit sie euch so geärgert hat.«

Sie erzählten es ihm. »Ist das denn wahr?«

Er lächelte leise. »Kann sein.«

»Wenn du die Wohnung auf ihren Namen überschrieben hast, müsstest du das doch wissen.«

»Das ist viele Jahre her. Die armen Kinder, denen schon so übel mitgespielt worden war. Ich glaube, es kann sein, dass ich etwas unterschrieben habe.«

»Sehr töricht von dir.«

»Das verstehe ich nicht.«

»Ganz einfach: Du hast jetzt keinen Rechtsanspruch auf die Wohnung. Es sei denn, du gehst vor Gericht und kämpfst darum.«

Nariman drehte das Gesicht zur Wand und fasste sich, bevor er antwortete. »Es muss ein angenehmer Urlaub für sie sein, wenn sie mich nicht bei sich haben. Aber willst du andeuten, sie haben mich endgültig hinausgeworfen?«

»Es gibt nur einen Weg, das herauszufinden: Klingle an ihrer Tür. Mal sehen, ob sie dich hineinlassen«, sagte Yezad.

»Keine Sorge, Pappa. Sie schieben es nur hinaus. Sie wollen, dass du ganz gesund bist, wenn du zurückkommst, damit es für sie leichter ist.«

Sie ging in die Küche, um das Abendessen aufzuwärmen, und Yezad folgte ihr. Der unbotmäßige Herd widersetzte sich dem Zündfunken. Yezad drehte das Gas ab, nahm ihr den Anzünder aus der Hand und reinigte den Brenner. Sie müssten, sagte er, einen Weg finden, Jal und Coomy zu überlisten. »Das ist jetzt daraus geworden: Ein Kampf mit List und Tücke.«

»Aber wenn sie nicht die Absicht haben, Pappa zurückzunehmen …«

Der Brenner flammte rauschend auf. »Kommt nicht in Frage. Wenn sie dieses Spiel spielen wollen, tun wir es auch. Sie werfen ihn zu uns in die Wohnung, und wir finden eine Möglichkeit, ihn zurückzuwerfen.«

»Pappa ist kein Ball. Und ich werde mich nicht benehmen wie sie.«

»Das brauchst du auch nicht. Das werde ich tun.« Er spielte mit dem Gasanzünder und ließ Funken vom Feuerstein sprühen.

Sie riss ihm den Anzünder aus der Hand und warf ihn auf den Tisch. »Das sage ich dir gleich: Wenn du Pappa zwingst auszuziehen, dann kannst du mich gleich mit hinauswerfen.«

Dieses Ultimatum ließ ihn für ein paar Augenblicke verstummen. »So ist das also? Das ist alles, was ich dir bedeute? Was deine Familie dir bedeutet?«

»Gehört Pappa denn nicht zur Familie?«

Er fand, dass es sich nicht lohnte, dieser Definition zu widersprechen. Also verließ er die Küche, setzte sich an den Esstisch und spielte mit dem Toaster, drückte den Hebel herunter und ließ ihn hochschnappen, immer wieder. Was für ein Wirrwarr das Leben doch geworden war, dachte er, und er wünschte, Mr. Kapur würde mit seiner Wahlkampfplanung vorankommen. Bis zur Wahl waren es nur noch drei Monate, und die versprochene Beförderung würde zumindest die Geldprobleme lösen.

»Die Feder geht kaputt, Daddy«, sagte Jehangir.

Seufzend schob Yezad den Toaster von sich. Roxana kam mit einem dampfenden Topf zum Tisch, schnitt das Brot auf und teilte die Scheiben unter den fünfen auf. Die überzählige legte sie auf Yezads Teller, und dann rief sie die Jungen.

»Was gibt es heute?«, fragte Murad.

»Irishstew.« Sie löffelte ihm Zwiebeln, Kartoffeln und Sauce auf den Teller.

Er begutachtete seine Portion. »Wo ist der Hammel?«

»Gute Frage«, sagte Yezad. »Wahrscheinlich in Irland auf der Weide.« Er tunkte eine Scheibe Brot in die Sauce und fing an zu essen.

Jehangir beobachtete seinen Vater, tat es ihm nach und erklärte, das Stew sei köstlich. Darüber musste seine Mutter lächeln, als sie die übrigen Teller füllte.

Als sie bei der Schale ihres Vaters ankam, sagte er nach dem ersten Löffel: »Danke, das ist genug.«

»Was ist los, Chief? Magst du unsere fleischlosen Gerichte nicht? Iss lieber etwas, sonst kränkst du deine kleine Roxie.«

»Bitte, Pappa geht es schon schlecht, okay?«

»Es könnte ihm noch schlechter gehen. Bald gibt es vielleicht Wasser und Brot.«

»Hör auf! Wie kannst du so gemein sein?«

Nariman hob die Hand. »Was immer Yezad sagen will, ich verdiene es. Ihr müsst jetzt unter meiner Kurzsichtigkeit leiden. Es war dumm von mir, die Wohnung zu überschreiben.« Er zerdrückte ein Stück Kartoffel und sprach leise in seine Schüssel. »In so vielen Seminaren habe ich über ›Lear‹ gesprochen und dabei selbst nichts gelernt. Was ist das für ein Lehrer, der am Ende seines Lebens genauso töricht ist wie zu Beginn?«

»Was ist ›Lear‹?«, fragte Jehangir.

Nariman schluckte seine Kartoffel herunter. »Das ist der Name eines Königs, der viele Fehler beging.«

»Es ist doch nicht deine Schuld, wie Jal und Coomy sich benehmen, Pappa. Was du getan hast, beweist nur deine gutherzige und vertrauensvolle Natur.«

»Gutherzigkeit und Vertrauen schaffen dir aber kein Dach über dem Kopf«, bemerkte Yezad.

»Keine Sorge«, sagte Nariman. »Dieser Lear wird wieder nach Hause gehen. Ich kenne Coomy – sie lässt mich zurückkommen, wenn sie so weit ist.«

Sie aßen eine Zeit lang schweigend. Dann fragte Murad, ob noch Brot da sei.

»Du hast deinen Teil bekommen«, sagte seine Mutter.

»Aber ich habe noch Sauce auf dem Teller.«

Sie reichte ihm eine von ihren eigenen Scheiben. Sein Vater richtete den Zeigefinger auf ihn. »Gib sie Mummy zurück«, befahl er und hielt ihm eine von seinen hin.

»Nein, wir dürfen Daddy nichts wegessen«, sagte Roxana. »Er muss arbeiten gehen und Geld nach Hause bringen.«

»Und Mummy braucht ihre Kräfte, um die Bettpfanne zu tragen.« Er warf seine Scheibe auf Murads Teller neben die, die sie dort hingelegt hatte.

Murad stand vom Tisch auf, ohne das Brot anzurühren, und seine Mutter erklärte, wenn es so weitergehe, werde niemand den Hammel vermissen, denn die Kinder würden von den kindischen Aufführungen ihres Vaters satt werden.

Er wartete, bis die Jungen den Tisch abgeräumt hatten, und zog sich dann die Schuhe an.

»Wo willst du hin?«, fragte Roxana.

»Nirgends speziell.«

Die Tür fiel laut ins Schloss. Roxana hielt sich die Hand vor den Mund und starrte auf das Rosenmuster der Tischdecke. Es war das erste Mal in den fünfzehn Jahren ihrer Ehe, dass er sich so benommen hatte.

»Sei nicht traurig«, sagte Nariman. »Der arme Mann ertrinkt in Sorgen. Macht wahrscheinlich einen kleinen Spaziergang, um den Kopf frei zu bekommen. Das hat mir immer geholfen.«

»Ach, Pappa, wie kann es denn helfen, wenn man hässliche Dinge sagt und aus der Haut fährt?«

»Was soll er sonst tun? Er ist kein Heiliger. Das ist keiner von uns.«

Sie nahm die Hand, die er ihr entgegenstreckte. Er leidet selbst so sehr, sagte sie, und dabei tröstet er mich immer noch.

Die Jungen liefen auf den Balkon und beobachteten, wie ihr Vater aus dem Haus trat und die Straße überquerte. Sie warteten, dass er sich umdrehte und winkte, aber er verschwand um die Ecke.

»Er geht in Richtung Bazaar, Mummy«, berichtete Murad.

»Hat er … gewinkt?«

»Ja«, sagte Jehangir schnell.

An der Ecke konnte Yezad seine beiden Söhne auf dem Balkon beobachten, ohne selbst gesehen zu werden. Ihre bangen

Gesichter betrübten ihn. Wie viel Freude hatte es ihm doch immer gemacht, ihren gesunden Appetit zu sehen. Die letzten paar Wochen hatten all das ausgelöscht … und Roxie nahm jeden Tag eine kleinere Portion, um etwas im Topf übrig zu lassen, aber die Jungen ließen sich nichts vormachen … Beim ersten Mal hatte Murad noch gezögert, aber Jehangla hatte sofort abgelehnt und seinem Bruder ein Zeichen gegeben. Jetzt behaupteten sie immer, sie seien pappsatt, und zwangen sie so, ihren Teil zu essen. Murad musste heute Abend wirklich hungrig gewesen sein, wenn er nach mehr Brot gefragt hatte …

Die Idee drang durch seinen Kopf wie ein Bohrer. Er schaute wieder zum Balkon hinauf. Als er sicher war, dass niemand ihn beobachtete, lief er in gefährlichem Zickzack durch den Verkehr über die Straße zurück und schlüpfte durch die Haustür von Pleasant Villa. Er schlich die Treppe hinauf in den dritten Stock, ging auf Zehenspitzen an seiner eigenen Wohnungstür vorbei zu Villie Cardmasters und klopfte.

Die Tür ging sofort auf.

»Hallo, mein lieber Yezadji!«, dröhnte sie. »Was führt Sie …«

»Pst!« Er trat ein und schloss die Tür hinter sich. Bei dem Geruch, den sie wie immer verströmte – sie roch wie leicht ranzig gewordenes Belgaum-Ghee –, hätte er am liebsten einen Schritt rückwärts gemacht. »Roxana darf nicht wissen, dass ich hier bin.«

Sie kicherte. »Was planen Sie denn, mein Lieber?«

»Sie müssen mir einen Gefallen tun.«

»Sprechen Sie, Yezadji.«

»Wie läuft es mit dem Matka in letzter Zeit?«

»Es geht auf und ab. Meine eigenen Träume sind zuverlässig. Mit anderen verliere ich Geld. Das Dumme ist, mein Schlaf ist nicht mehr das, was er war.«

Sie schob eine verirrte Haarsträhne an ihren Platz und zog

ihren zerknüllten Kragen glatt. »Aber wieso dieses plötzliche Interesse am Matka?«

»Nur vorübergehend …« Er zögerte. »Brauche ein bisschen Geld nebenher. Für eine Überraschung. Für Roxana.«

»Oh, ihr zwei Turteltauben!«

»Wir wär's heute? Irgendein Vorschlag?«

»Mein Traum letzte Nacht war so handfest, dass die Zahlen für heute garantiert sind.«

»Was haben Sie denn geträumt?«

Ihr Blick wurde verschämt. »Das war sehr persönlich.« Als sie merkte, dass er nicht nachfragen würde, sagte sie: »Ich kann es Ihnen auch erzählen – ich bin ja nicht verantwortlich für das, was in Träumen passiert, oder? Wissen Sie, ich war in der Grant Road und wollte einen BH kaufen, und ich blieb an einem Stand mit einer guten Auswahl stehen. Der Kerl fragte, welche Größe, und ich sagte wie immer: 34A.«

Yezad beschlich ein unbehagliches Gefühl, aber sie fuhr fort. »Der Händler schüttelte den Kopf und starrte mir auf die Brust. Was für ein ungezogener Kerl. Mit schmutzigem Grinsen sagte er: ›Madam, sie sind keine 34A. Ich bin seit vielen Jahren in der Branche, und ich brauche nur einen Blick auf Ihre reizende Figur zu werfen und kann's Ihnen sagen – Sie sind eine 36C.«

Wider Willen riskierte Yezad einen kurzen Blick: Villies Busen sah aus wie immer, formlos unter dem schäbigen Hausmantel.

»›Hör auf, mich anzustarren‹, sagte ich zu dem Maavali. ›Ich kenne meine Brust. Ich trage jetzt seit Jahren 34A, und ich bin kein aufblühendes Schulmädchen.‹ ›Probieren Sie ihn nur mal an, Madam‹, antwortete er, ›und dann sagen Sie selbst.‹ ›Sind Sie verrückt geworden?‹, fragte ich ihn. ›Ich soll ihn anprobieren, hier auf der Straße?‹ ›Nein, nehmen Sie ihn mit nach Hause, Madam. Vertrauen Sie mir – Brüste und Büstenhalter sind mein Beruf, mein Lebensunterhalt. Sie werden mit 36C sehr glücklich sein. Bringen Sie ihn zurück, wenn er nicht passt, und ich erstatte Ihnen den vollen Kaufpreis plus zehn Prozent für Ihre Unannehmlichkeiten.‹

Also habe ich ihn mit nach Hause genommen. Und würden Sie es glauben? Der Kerl hatte Recht, 36C passte mir wie angegossen!«

Jetzt gab sie die dramatische Pose und Redeweise auf, die sie angenommen hatte, um ihren Traum zu inszenieren. »Können Sie mir folgen, Yezadji? Heute ist Matka sechsunddreißig – drei für die Eröffnung, sechs für den Schluss.«

Yezad zog seine Brieftasche heraus und gab ihr zehn Rupien. »Können Sie die für mich auf Sechsunddreißig setzen?«

»Wie spät ist es? Du liebe Güte, dann muss ich mich beeilen.«

Sie lief ins Nachbarzimmer, kam mit einem verschossenen gelben Sari zurück und fing an, ihn um ihren Hausmantel zu wickeln. »Wo sind jetzt meine Sicherheitsnadeln? Helfen Sie mir damit, Yezadji. Schulter, Taille, und hier am Rücken. Und die hier stecke ich mir an den Bauch. So. Danke, mein Lieber.«

»Gern geschehen.«

Sie musterte sich im Spiegel von vorn und von der Seite und war zufrieden. »Wenn ich noch rechtzeitig komme, kriegen Sie achthundertzehn Rupien für Ihre zehn.«

»Und wann erfahren wir das Ergebnis?«

»Der Schluss wird um zwölf Uhr bekannt gegeben. Werden Sie kommen?«

»Ich warte bis morgen. Gute Nacht.« Und im Weggehen fügte er hinzu: »Träumen Sie süß.«

Zwei Stunden, nachdem das Licht ausgeschaltet worden war, wälzte Jehangir sich immer noch hin und her und konnte nicht einschlafen. Die Latten unter der Matratze knarrten bei jeder Bewegung. Er befürchtete, seine Mutter würde bald nachsehen kommen. Verfolgt von dem Unglück, das wie eine hässliche Kreatur in ihrem Heim erschienen war und sich dort breit gemacht hatte, ballte er die Fäuste und kämpfte verzweifelt gegen die Tränen.

Er dachte an den Zorn seines Vaters – nicht an den Jähzorn, der hin und wieder aufloderte wie ein Gewitter und sich dann wieder verzog, um den Sonnenschein seines Lächelns erstrahlen zu lassen. Diese dumpfe Wut, die seit Tagen beständig anhielt, war etwas anderes.

Die letzten paar Wochen waren ihm ein Rätsel. Dauernd gab es Streit und sarkastische Bemerkungen. Völlig verschwunden war die Zärtlichkeit zwischen seinen Eltern, die glücklichen Blicke, die sie heimlich wechselten (nicht heimlich genug für ihn allerdings – er sah alles). Das wohlige Wispern und leise Lachen, das er nachts aus ihrem Bett hörte, schläferte ihn ein wie ein Wiegenlied und versicherte ihm, dass mit der Welt alles in Ordnung war. Aber jetzt brach seine Welt auseinander. Zorniges Zischeln und barsches Gebrumm in ihrem Zimmer brachten ihn zum Weinen.

Wenn er nur ein bisschen Geld für Mummy-Daddy verdienen könnte. Wie die Fünf Freunde und die Spürnasen, die kleine Arbeiten übernahmen und Botengänge erledigten. Dabei brauchten sie das Geld nicht einmal wie er für etwas Wichtiges, sondern kauften sich dafür nur Lakritz und Firlefanz. Und Eiscreme, die sie aber immer nur Eis nannten. Das war alles so ungerecht; sein Leben würde nie so lustig sein wie ihres, und keiner von ihnen hatte einen kranken Grandpa, der eine Menge teurer Medikamente brauchte. An den Streitereien zwischen Mummy und Daddy war nur Grandpa schuld.

Jehangir schaute hinüber zum Diwan und fragte sich, ob sein Großvater schlief, oder ob er nur die Augen geschlossen hatte. Er hörte ihn atmen, und das Zittern seiner Glieder hatte nachgelassen. Seine Medizinflaschen standen auf dem Tisch. Jehangir hatte es sich zur Aufgabe gemacht, seinem Großvater die Tabletten mit einem Glas Wasser zu bringen. Manchmal verschluckte Grandpa sich, und Jehangir zuckte mitfühlend zusammen, wenn er die Tabletten wieder hervorhustete. Dann wischte er ihm das Wasser ab, das ihm über Kinn und Hals tropfte, und drängte ihn sanft, tief durchzuatmen (»ein und aus, Grandpa, ein und aus«), bevor er es langsam mit neuem Wasser versuchte.

Was ging Grandpa wohl durch den Kopf, wenn er so den ganzen Tag allein im Bett lag, ohne je zu klagen? Onkel Jal und Tante Coomy mit ihrer Herzlosigkeit? Vielleicht fragte er sich besorgt, wo er wohl hingehen würde, wenn Daddy die Nase voll hätte und ihn aufforderte, auszuziehen. Der arme Grandpa, so alt und schwach, und all die Schmerzen in seinem Körper, die ihn zusammenzucken und stöhnen ließen, auch wenn er sich Mühe gab, es zu verbergen (aber nicht vor Jehangir, denn der sah alles).

Er fing wieder an zu weinen, und der kurze Groll verwandelte sich in Trauer. Er hatte gehört, wie Dr. Tarapore heimlich mit Mummy gesprochen hatte: Grandpa werde es immer schlechter gehen, es gebe keine Heilung, es werde ihm immer schwerer fallen, Arme und Beine zu benutzen. »Der Bewegungsapparat wird zunehmend Schwierigkeiten bereiten«, hatte der Doktor gesagt.

Seine Tränen ließen die Dunkelheit verschwimmen. Er hatte nicht gewusst, dass die Nacht genauso lebendig wie der Tag sein konnte, genauso anfällig für Verzerrungen. Vielleicht konnte er ein bisschen Geld verdienen, indem er sich erbot, kleine Aufträge für Tante Villie auszuführen. Und für Tante Daisy unten. Murad könnte mitgehen. Zu zweit könnten sie sogar große Aufträge übernehmen und noch mehr Geld verdienen.

Gewiegt von diesem tröstlichen Gedanken, schlief er endlich ein. Er träumte, dass Grandpa auf Krücken ging, munter die Beine schwingend, und dass alle applaudierten. Aber dann wurde er langsamer; irgendetwas stimmte nicht mit einer der beiden Krücken. Als er in die Küche kam, entdeckte er, dass die obere Hälfte der Krücke sich in eine riesige Hammelkeule verwandelt hatte. Daddy nahm das große Messer aus der Schublade und fing an, es zu wetzen, um das Fleisch abzuschneiden und zu kochen, aber Mummy sagte, nein, wie soll Pappa denn dann gehen? Und bald gab es wieder einen schrecklichen Streit mit Geschrei und Gebrüll, bis Grandpa sagte, es sei schon okay, er komme zurecht. Er überließ Daddy und Murad, dem das Wasser im Munde zusammenlief, die Hammelkeule und führte ihnen vor, wie gut er mit einer Krücke gehen konnte, und beinahe wäre er hart gestürzt. Mummy kreischte Daddy an: Mit seiner Gier nach Hammelfleisch werde er ihren armen Vater noch umbringen, und außerdem werde so viel dunkles Fleisch seinen Cholesterinspiegel erhöhen, und dann wäre sie bald eine Witwe, die zwei kleine Jungen zu versorgen hätte …

Jehangir fuhr erschrocken hoch. Er setzte sich auf, und die Pritsche ächzte laut.

»Was ist?«, flüsterte Nariman.

»Deine Krücke, Grandpa. Ich habe geträumt, sie wäre kaputt …«

»Meine Krücke ist nicht kaputt. Komm, nimm meine Hand und schlaf.«

Jehangir tastete zum Diwan hinüber und nahm die Hand seines Großvaters, und bald war er fest eingeschlafen. In dieser Nacht träumte er nicht noch einmal.

Warte«, rief Roxana und lief zur Tür, um ihm einen Abschiedskuss zu geben, aber ihr Mann war schon im Treppenhaus verschwunden. Schon wieder ein Morgen, dachte sie, der es nicht vermocht hatte, seinen heilenden Zauber auf ihn auszuüben.

Als Yezad auf dem Treppenabsatz im zweiten Stock angekommen war, hörte er, wie oben die Tür geschlossen wurde, und blieb stehen. Jetzt, wo die Sonne das Treppenhaus durchflutete, hatte er das Gefühl, dass er am Abend zuvor eine Dummheit begangen habe. Villie zehn Rupien zu geben, damit sie sie auf die Größe ihres Traum-BHs setzte – ebenso gut hätte er das Geld in den Mülleimer werfen können.

Daisy Ichhaporias Geigenmusik schwebte durch das Treppenhaus und begleitete ihn auf seinem Rückweg in den dritten Stock. Er klopfte an, Villies Auge erschien im Türspion, und er hielt sich den Finger an die Lippen. Sie öffnete und winkte ihn herein. In ihrem Hausmantel wiegte sie sich romantisch zum Klang der Violine, und er war dankbar, dass die Musik zu einem ruhigen zweiten Satz gehörte – nichts Wildes und Feuriges wie ein Czardas.

Noch immer bewegt vom Rhythmus der Melodie, schob sie die Hand vorn in ihren Hausmantel und zog eine Rolle Geldscheine hervor. Sie packte sein Handgelenk und klatschte ihm das Geld in die flache Hand. »Bitte sehr, mein Lieber. Achthundertundzehn Rupien. Zählen Sie nach, los.«

Er starrte sie ungläubig an. Dann rollte er die Scheine gierig auseinander. Sie waren noch warm von ihrem Busen. »Das ist ja phantastisch. Anfängerglück, nehme ich an.«

»Was soll das heißen, Anfänger?« Sie war empört. »Ich habe schon als Kind geträumt.«

Trotz des Gewinns legte er den Weg zum Bahnhof deprimiert zurück; er dachte an Villies kümmerliches und einsames Leben. Aber ihre Größe 36C hatte beim Matka tatsächlich etwas eingebracht. Zufall? Oder hatte sie die Zukunft vorhergesagt? Und wenn das mit Träumen möglich war … dann Schluss mit Sorge und Bangigkeit. Die schlimmsten Neuigkeiten würden, wenn man sie im Voraus kannte, ihren Stachel verlieren. Natürlich würde es auch die Freude über gute Nachrichten verringern. Aber diesen Preis war er bereit zu zahlen.

Heute Abend würde er heimlich hundert Rupien auf Roxanas Umschläge verteilen. Nächste Woche dann wieder hundert, und übernächste Woche … und wenn sie es merkte, würde er sagen: Eine Überraschung! Extraprovision von Mr. Kapur.

Auf dem Weg zum iranischen Restaurant, wo sie ihre nachmittägliche Teepause verbringen wollten, deutete Vilas auf Mr. Kapurs Schaufensterdekoration zum Divali. »Sehr dramatisch.« Aus Pappe geschnittene Figuren von Ram und Sita standen in einem Kreis von Öllampen. Hingestreckt zu ihren Füßen lag der zehnköpfige, zwanzigarmige Dämonenkönig Ravan.

»Sieht aus, als besuchten Ram und Sita die Raakshas im Krankenhaus«, sagte Yezad.

»Das hatte Mr. Kapur im letzten Jahr noch nicht, oder?«

»Nein. Aber er hat beschlossen, von jetzt an jeden Feiertag zu begehen. Er freut sich schon auf Weihnachten. Mach dich auf noch dramatischere Schaufenster gefasst.«

»Apropos Drama«, sagte Vilas, »zwei Jungs aus meinem Amateurtheater kommen gleich vorbei, um hallo zu sagen.«

Am Restaurant mussten die beiden um ein Durcheinander von verschütteten Speisen und umgestürzten Stühlen vor dem Eingang herumgehen. Hinter der Theke stand Merwan Irani riesig und rund an der offenen Kasse. Er sortierte Geldscheine nach ihrem Nennwert. Er wandte ihnen das rote, schweißglänzende Gesicht zu und begrüßte sie.

»Was ist hier passiert?«, fragte Yezad. »Schlägerei?«

Merwan Irani erzählte, dass es zum Handgemenge mit einem Gast gekommen sei. »Saalo Maaderchod kam herein wie ein König, setzte sich hin und bestellte Tee mit Bun-muskaa, Extrabutter und allem Drum und Dran. Mit lauten, geschäftigen Zähnen, batchar-batchar, hat der Dreckskerl alles verschlungen, glücklich wie ein Ziegenbock auf dem Müllhaufen, und sich auch den Tee durch die Gurgel gejagt. Als er die Rechnung bekam, sagte er, sorry, kein Geld. Mein Kellner dachte, er macht einen Witz. Aber der Bhonshrino weigerte sich standhaft, zu zahlen.«

Da hatte der Kellner ihm einen Stoß versetzt, und die Prügelei hatte begonnen. Am Ende hatten drei Kellner den Mann am Boden festgehalten, und Merwan hatte persönlich seine Taschen durchsucht. »Aber ich fand wirklich nur ein voll gerotztes Taschentuch. Absolut karko, keine einzige Paisa. Er sagte, er habe kein Geld, sei aber hungrig gewesen – stellen Sie sich nur vor, was dieser Maaderchot sich traut.«

»Zumindest war er ehrlich«, meinte Vilas.

»Aray, scheiß auf die Mutter der Ehrlichkeit! Das halbe Land hat Hunger. Wenn sie sich alle benehmen wollten wie dieser Chootiya, wie sollte ich dann überleben? Ich habe ihm einen kräftigen Rückhand-Chamaat verpasst.«

Er hob die Hand, um es ihnen zu demonstrieren, und sie warfen einen Blick auf die fleischige Handfläche und die dicken Wurstfinger und empfanden Mitleid mit dem armen Opfer.

»Sinnlos, die Polizei zu rufen«, sagte Merwan. »Sie hätten ihn nur verprügelt und dann laufen lassen.« Aber er habe noch einen Ratschlag für den Mann übrig gehabt, ehe er ihn weggeschickt habe: Es sei klüger, im Bazaar einen Apfel oder eine Banane zu stehlen und wegzulaufen.

Der Mann hatte gesagt, das tue er für gewöhnlich auch, aber heute sei der zehnte Jahrestag seines College-Examens, und da habe er ein großes Verlangen nach Tee und Bun-muskaa verspürt, wie er es in jenen glücklichen Zeiten mit seinen Freunden auf dem College immer so gern genossen habe. Dann hatte er sich das Hemd wieder säuberlich in die Hose gestopft, sich gekämmt und die Schuhe zugebunden, und schließlich hatten er und Merwan einander die Hand geschüttelt und sich ganz freundschaftlich verabschiedet.

»Was mich traurig macht, ist die Tatsache, dass ein Collegeabsolvent keinen Job findet«, sagte Merwan.

»Ist aber normal«, sagte Vilas. »Ein gewöhnlicher B.A. oder B.Sc. nutzt gar nichts. Die Einzigen, die noch Geld machen, sind die Computerleute.«

»Ich habe ja schon von Straßenraub gehört, von Einbrüchen und Überfällen«, sagte Merwan. »Aber einen Tee-und-Bun-muskaa-Diebstahl habe ich noch nicht erlebt. Was sind das nur für Zeiten.«

Sie lachten und gingen nach hinten zu ihrem Tisch. An der Küchentür hielt der Kellner zwei Finger in die Höhe, um sich zu vergewissern, dass es wie üblich zwei Tassen sein sollten. Sie nickten. In diesem Augenblick erschienen Vilas' Freunde im Eingang. Er winkte sie herüber und zeigte dem Kellner vier erhobene Finger. Dann machte er Yezad mit Gautam und Bhaskar bekannt.

Sie schüttelten einander die Hände und rückten Stühle heran. Bhaskar hatte eine runde, stahlgeränderte Gandhi-Brille, und beide trugen Khadi-Taschen über der Schulter. Die Taschen waren ebenso modisch geflickt wie ihre Jeans, und Löcher im Gewebe ermöglichten verlockende Blicke auf

Bücher und Zeitschriften, während sorgsam angelegte Risse im Jeansstoff auserwählte Hautflächen freigaben.

Der Tee kam. »Heute geht es auf meine Rechnung«, sagte Yezad und wandte sich an den Kellner. »Suno, bhai, vier Hammelpastetchen und einen Teller Waffeln.«

Vilas beugte sich zu ihm und flüsterte: »Wieso spendierst du das? Du hast doch Geldprobleme mit deinem Schwiegervater.«

»Das ist okay. Ich habe heute ein bisschen beim Matka gewonnen.«

»Wirklich? Ich wusste nicht, dass du Matka spielst.«

»War das erste Mal. Neben mir wohnt eine Matka-Queen, und sie ist eine machtvolle Träumerin. Sie hat für mich gesetzt.«

»Anfängerglück«, sagte Vilas. »Spare das Geld und spiel nicht noch einmal.«

Gautam sagte, für die meisten Leute sei Matka ein harmloses Vergnügen, so etwas wie eine Lotterie. »Aber im Grunde ist es eine kriminelle Pest, die das wehrlose Bombay völlig in den Klauen hält.«

Der Kellner kam mit den bestellten Pastetchen und Waffeln. Yezad lachte. »Hören Sie auf. Sie reden, als ob Bombay von der Cosa Nostra beherrscht würde.«

»Im Grunde genommen ist die Cosa Nostra ein Haufen unschuldiger Kinder, verglichen mit den Gangs in Bombay«, sagte Gautam. »Bei allem Respekt, aber Sie haben keine Ahnung, wovon Sie reden.«

»Entschuldigung«, sagte Yezad, ganz verblüfft über diese Attacke von einem, den er gerade erst kennen gelernt hatte.

Bhaskar schaltete sich ein. »Wissen Sie, wir sind Journalisten, und Gautam hat kürzlich einen Artikel über Matka geschrieben. Eine eingehende Analyse der Verflechtungen zwischen Politik, organisiertem Verbrechen und Polizei. Shiv

Sena kam in dem Artikel auch vor, und das hat denen nicht gepasst. Letzte Woche haben ihm ein paar von ihren Goondas vor der Redaktion aufgelauert.«

»Hatte nachher ein schwarzes Gesicht«, sagte Gautam nüchtern und biss in eins der Hammelpastetchen.

»Was haben sie getan? Dich geschlagen und bedroht?«, fragte Vilas.

»Ich habe nicht metaphorisch gesprochen.«

»Du meinst, sie haben dir tatsächlich ...?«

»Ja.« Gautam erzählte, wie ein Dutzend von ihnen über ihn hergefallen war. Sie hatten geschrien, Journalisten, die Shiv Sena anschwärzten und ihren guten Namen in den Schmutz zögen, indem sie Lügen druckten, würde das mit gleicher Münze heimgezahlt. Dann hatten sie ihm die Arme auf den Rücken gedreht und ihn bei den Haaren gepackt, damit er sich nicht rührte. Sie hatten eine Dose schwarze »Cherry Blossom«-Schuhcreme dabei, mit der sie ihm Gesicht, Ohren und Hals beschmierten, wobei sie außerdem sein Hemd ruinierten.

»Gautam sah aus wie Al Jolson, als sie fertig waren«, sagte Bhaskar, und Yezad und Vilas lachten.

»Das ist nicht zum Lachen.« Der Journalist funkelte sie an. »Es brannte so sehr in den Augen und auf der Haut, dass ich schleunigst zum Arzt laufen musste. Und um das Zeug wieder herunterzubringen, musste ich so viel schrubben, dass mein Gesicht immer noch wund ist.«

»Diese Leute sind absolut gesetzlos«, sagte Yezad. Ihm war, als sehe er einen schwarzen Punkt neben dem Adamsapfel, und er überlegte, ob das ein Rest »Cherry Blossom« war oder doch eher ein Leberfleck.

»Ich wette«, sagte Vilas, »ganz gleich, aus welchem Shakha diese Shiv Sainiks gekommen sind, die Polizei in ihrer Gegend weiß genau, wer sie sind.«

»Eins steht jedenfalls fest«, sagte Bhaskar. »Der Artikel hat einen Nerv getroffen. Die Leute finden es gar nicht schlecht, wenn Shiv Sena reiche Geschäftsleute erpresst – ihnen ›Spenden‹ für ihre ›Wohltätigkeitsarbeit‹ abnimmt. Aber auch Matka finanziert die Maschinerie der Shiv Sena. Und mit Matka-Geld wurde der Plastiksprengstoff für den Terroranschlag auf die Börse bezahlt. Sie sehen, wie paradox die Sache ist? Die Feinde der Nation und politische Parteien, die sich als Verteidiger der Nation ausgeben, beziehen ihre Mittel aus denselben Quellen.«

»Das Problem ist«, meinte Vilas, »das tun auch Millionen ganz gewöhnlicher Leute. Die Zahlen, auf die sie jeden Abend setzen, sind der Grund, weshalb sie am nächsten Morgen wieder aufwachen. In gewisser Weise ist Matka Bombay, und Bombay ist Matka.«

»Hört sich tief schürfend an, ist aber Unsinn«, sagte Gautam. »Die Leute, die es spielen, müssen wissen, dass sie damit ein kriminelles Unternehmen unterstützen.«

»Ich schätze, es war das erste und letzte Mal für mich«, sagte Yezad.

Gautam nickte beifällig und hob sein Pastetchen zum Mund, um noch einen Bissen zu nehmen, aber Vilas hielt sein Handgelenk fest. »Das ist mit Matka-Geld bezahlt.«

»Das weiß ich. Aber wenn ich es verderben lasse, verhindere ich damit keine illegalen Geschäfte. Im Gegenteil, etwas so Köstliches wegzuwerfen, das wäre nur ein weiterer Straftatbestand.«

Sie lachten und bissen in die knusprigen Waffeln. Dann sagte Bhaskar, es sei lange her, dass Vilas etwas für ihr Amateurtheater geschrieben habe, und sicher habe er im Laufe seiner Schreibertätigkeit wieder eine Menge Rohmaterial zusammengetragen.

»Tatsächlich habe ich heute Morgen einen Brief gelesen,

aus dem sich eine abendfüllende Tragödie machen ließe«, sagte Vilas. »Er kam aus dem Dorf des Mannes in Uttar Pradesh. Drehte sich um seinen jüngeren Bruder.«

Er fasste zusammen, was der Dorfschreiber erzählt hatte. Der jüngere Bruder hatte sich mit einem Mädchen aus einer höheren Kaste getroffen, und darüber hatten die Leute im Dorf sich geärgert, vor allem die Verwandten des Mädchens. Man hatte beiden befohlen, damit aufzuhören. Zur Warnung hatten ein paar Männer aus der Familie des Mädchens den jungen Mann überfallen, aber das hatte den Trotz des Paares nur gesteigert.

Eines Abends ertappte man die beiden, wie sie einander in den Armen lagen. Die Männer zerrten die Liebenden auseinander, schlugen sie, rissen ihnen die Haare aus und die Kleider vom Leib. Der Dorfrat kam zu einer Dringlichkeitssitzung zusammen. Das Paar, zerschlagen und blutend, wurde vorgeführt.

Die Familie des Jungen sagte, wenn ihr Sohn ein Verbrechen begangen habe, könne die Polizei eine Anzeige aufnehmen. Die Familie des Mädchens hielt dagegen: Es sei eine Dorfangelegenheit und erfordere die traditionelle Bestrafung. Der Rat schloss sich dieser Meinung an. Innerhalb von Minuten war die Entscheidung gefallen: Beide sollten aufgehängt werden, und vorher würde man ihnen Nase und Ohren abschneiden.

Der Vater des Jungen fiel vor dem Rat auf die Knie und flehte weinend um Gnade. Er schlug einen Kompromiss vor: Man sollte dem Jungen Ohren und Nase abschneiden, ihn aber am Leben lassen. Nein, sagten sie, das Vergehen sei zu schwer, und jegliche Art von Milde würde nur weitere junge Leute zu schlechtem Benehmen ermutigen.

In den Augen des Rates waren beide Familien als geschädigte Partei zu betrachten. Deshalb hatte der Vater des Mädchens das Privileg, dem Jungen Ohren und Nase abzuhacken, und dem Vater des Jungen wurde angeboten, das Gesicht des Mädchens zu entstellen. Er weigerte sich, und da nahm der Vater des Mädchens die geforderten Verstümmelungen auch an seiner Tochter vor, ehe sie gehängt wurde.

»Eine sehr traurige Geschichte«, befand Gautam. »Aber für uns nicht geeignet.«

»Warum nicht?«

»Wir brauchen urbane Themen. Im Grunde genommen haben wir den Auftrag, den großstädtischen Armen ihre Lage bewusst zu machen.«

»Und die Geschichte hat auch ihre Probleme«, sagte Bhaskar. »Wenn es eine Tragödie ist, wer ist dann der tragische Held, und was ist sein fataler Irrtum, seine Hamartia? Und was ist mit dem Publikum, welche Form wird die Katharsis annehmen? Diese Fragen muss man ebenfalls berücksichtigen.«

Vilas sah Yezad an und verdrehte die Augen. »Hör zu, das Publikum wird Mitleid mit den beiden jungen Leuten empfinden und Empörung über die Barbaren und das Kastensystem. Ist das nicht genug?«

Die Journalisten schüttelten die Köpfe und lächelten weise.

»Es würde nicht funktionieren, glaub mir«, sagte Bhaskar. »Wir möchten, dass du etwas über Shiv Sena schreibst. Das ist die größte urbane Bedrohung.«

»Aber du darfst sie nicht direkt erwähnen«, sagte Gautam. »Sonst brennen sie den Saal nieder, in dem wir uns treffen.«

»Versuche es im allegorischen Stil«, riet Bhaskar. »Vielleicht schreibst du in Form einer Fabel.«

Yezad spielte mit dem Salzstreuer und schob ihn auf dem Tisch hin und her. »Was ist denn mit den Eltern des Jungen? Die müssen doch zur Polizei gegangen sein.«

Schon über die beiden Journalisten verärgert, stürzte Vilas

sich jetzt auf ihn. »Du hörst dich an wie ein ausländischer Tourist, der über Law and Order redet, über Demokratie. Du weißt ganz genau, wie es in diesem Lande …«

»Du hast ja Recht.« Yezad kam sich töricht vor. »Aber wenn man so schreckliche Dinge hört …«

»Ja«, sagte Vilas. »Wenn die Leute sich hilflos fühlen, dann sagen sie so etwas, damit es ihnen besser geht. Oder sie leugnen das Unrecht.«

»Isolierte Einzelfälle nennen sie es dann«, sagte Gautam.

»Genau«, sagte Bhaskar. »Sie sagen, unser Land hat doch so große Fortschritte gemacht – Satellitenfernsehen, sagen sie, Internet, E-Mail, die besten Softwaredesigner der Welt.«

Gautam lachte. »Hamaara Bharat Mahaan, sagen sie und wiederholen immer nur den Slogan der Regierung.« Und sie lachten.

»Ich will euch ein Beispiel geben«, sagte Vilas. »Vor einiger Zeit habe ich einen Roman über den Ausnahmezustand unter Indira gelesen. Ein dickes Buch, voller Schrecklichkeiten so real wie das Leben. Aber auch voller Leben, erfüllt vom Lachen und von der Würde einfacher Menschen. Einhundert Prozent ehrlich – ich musste lachen und weinen, als ich es las. Aber einige Rezensenten sagten, nein, nein, so schlimm war es nicht. Vor allem ausländische Kritiker. Ihr wisst ja, die kommen für zwei Wochen her und werden gleich zu Experten. Eine arme Frau, deren Namen ich vergessen habe, schrieb ein solches Kuddelmuddel zusammen; sie muss ein bisschen pagal gewesen sein: verteidigte Indira, verteidigte das Sterilisationsprogramm von Sanjay, verteidigte den ganzen Ausnahmezustand – man bekam wirklich Mitleid mit ihr, obwohl sie eine große Professorin an einer großen Universität in England war. Was soll man machen? Die Menschen wagen nicht, der Wahrheit ins Auge zu sehen. Wie T. S. Eliot schreibt: ›Die Menschheit erträgt nicht viel Realität.‹«

Er schaute auf die Uhr, sah erschrocken, wie spät es war, und stürzte seinen Tee herunter. Er und Yezad standen auf, um wieder zur Arbeit zu gehen.

»War nett, Sie kennen zu lernen, Yezad«, sagten die beiden jungen Männer. »Lass von dir hören, Vilas, und schreib etwas für uns. Versprochen?«

Als Yezad die Rechnung bezahlte, kam aus der Küche ein lautes Klirren von Geschirr, und dann erhob sich eine Kakophonie schriller Stimmen, die sich gegenseitig beschuldigten. Merwan Irani warf ihm das Wechselgeld hin, schloss die Kasse ab und hastete nach hinten, so schnell seine Körpermassen es gestatteten.

Wie ein wandelnder Schafstall, dachte Yezad.

»Der arme Kerl«, sagte Vilas. »Heute ist nicht sein Glückstag.« Draußen fuhr er fort: »Verstehst du, was ich meine mit diesen Schauspielern? Zu pseudo, finde ich. Mit ihrem intellektuellen Gehabe werden sie blind für das wirkliche Leben. Stanislavsky dieses, Strasberg jenes, brecht'scher Verfremdungseffekt – das ist alles, wovon sie reden.«

Noch immer bestürzt über die Geschichte von dem gehängten Liebespaar, fragte Yezad, ob Vilas für den Kunden eine Antwort geschrieben habe. Vilas schüttelte den Kopf. Der arme Mann habe einen Schock bekommen. »Ich wollte ihm die Vorlesegebühr zurückgeben, die er im Voraus bezahlt hatte. Wie könnte ich ihm Geld abnehmen und ihm dann solche Neuigkeiten eröffnen? Aber er wolle den Tod seines Bruders nicht billig machen, sagte er, indem er sich gratis darüber berichten lasse. Er wollte in sein Dorf zurückkehren und seinen Bruder rächen. Der Ärmste. Wie kann man ihm klarmachen, dass das Leben kein Amitabh-Bachchan-Film ist? Dass Gerechtigkeit eine Fata Morgana ist?«

»Was hast du ihm geraten?«

»Seiner Familie zu schreiben. Sie teilhaben zu lassen an seiner Trauer und seinem Zorn. Was sonst?« Vilas seufzte. »Es ist eine Sache, von solchen Fällen in der Zeitung zu lesen, aber kannst du dir vorstellen, wie der Mann neben mir sitzt und wir beide völlig ahnungslos sind, und wie ich den Brief öffne, in dem von der Ermordung seines kleinen Bruders berichtet wird?«

»So geht es einem Arzt mit einem todkranken Patienten«, sagte Yezad.

»Nein, es ist schlimmer. Der Arzt kann seinen Patienten und die Familie wenigstens vorbereiten. Aber wenn man mir einen Brief gibt, weiß ich nicht, was drinsteht. Meine Augen sehen die Worte, und mein Mund spricht sie aus, und ich kann nichts tun, kann nur lesen.«

»Du könntest eine Pause machen und vorher ein wenig Trost anbieten: Tur mir Leid, es sind schlechte Nachrichten, mach dich darauf gefasst. Ihn warnen wie ein Arzt.«

»Da gibt es aber einen großen Unterschied, Yezad. Wenn ein Arzt so etwas tut, verstößt er nicht gegen seinen hippokratischen Eid. Im Gegenteil, ein guter Arzt ist verpflichtet, gütig und mitfühlend zu sein. Aber wenn ich die Nachricht versüße, die Neuigkeit nur nach und nach offenbare, dann ist das ein Vertrauensbruch.«

»Ich bitte dich – Barmherzigkeit ist ein Vertrauensbruch?«

Da es Vilas so wichtig war, Yezad die Sache verständlich zu machen, sprach er mit großer Leidenschaft. »Wenn ein Kunde mir einen Brief in die Hände legt, ist das ein Akt heiligen Vertrauens. Ich gelobe, ihm die Worte so vorzulesen, wie seine eigenen Augen sie aufnehmen würden – wenn er lesen könnte. Das ist ein unumstößlicher Kontrakt: Kein Wort hinzufügen, keines weglassen, keines hinauszögern.«

»Du nimmst das zu ernst. Im schlimmsten Fall ginge es um eine kleine Notlüge.«

»Manche Dinge kann man nur ernst nehmen!« Vilas wurde

lauter, und die Leute, die vorbeigingen, mussten annehmen, dass die beiden sich stritten. »Kleine Notlügen sind Lügen wie alle anderen. Mischt man sie, die großen und kleinen, dann senkt sich eine große graue Wolke der Vieldeutigkeit auf alles, die Gesellschaft treibt schiffbrüchig auf einem amoralischen Ozean, und Verderbnis, Fäulnis und Verwesung blühen auf. Eine solche Zeit durchleben wir gerade. Alles zerfällt, weil man die Details vernachlässigt und nichts mehr ernst nimmt.«

Atemlos erkannte Vilas, dass er überreizt war. »Entschuldige, Yezad, du musst glauben, ich sei besessen von meinen Briefen. Du hast wahrscheinlich genug eigene Probleme, ohne dass du dir noch meine Großfamilientragödien anhörst.«

»Das ist in Ordnung. Der Kontrast lässt meine eigenen Probleme kleiner erscheinen.«

»Ja, aber nur vorübergehend. Wenn es Abend wird und du nach Hause kommst, zu den Qualen deines Schwiegervaters, zu deiner geplagten Frau und zu deinen Kindern, denen du nicht geben kannst, was du möchtest, dann wird deine Bürde wieder riesenhaft werden. Die Leiden der Welt werden dich nicht trösten.«

»Danke. Sehr aufmunternd.«

»Und – wirst du noch einmal Matka spielen?«

Yezad runzelte die Stirn und zuckte die Achseln. »Ich würde es lieber nicht tun. Wenn ich meine Gehaltserhöhung bekomme, brauche ich die Matka-Queen nicht mehr.«

»Du brauchst nur Geduld, mein Freund. Geduld ist in dir, Rupien sind außer dir. Und du bist ohne Rupien.« Er lachte. »Gut gesagt, wie?«

»Sehr lustig. In mir oder außer mir – intelligente Menschen sollten doch wissen, wie sie an Geld kommen, wenn sie welches brauchen.«

»Aber dir fehlt in dieser Gaunerkultur die Qualifikation dazu.«

»Wieso?«

»Wegen deiner Erziehung, wegen deines Glaubens an Integrität und Fairplay.«

»Du klingst wie Mr. Kapur mit seinem Unsinn über die Ehrlichkeit der Parsen.«

»Das ist kein Unsinn. Mythen erschaffen die Realität. Der springende Punkt ist: Es gab eine Zeit, als das Leben nach bestimmten Mythen für eure Gemeinschaft sehr vorteilhaft war. Beim derzeitigen Zustand der Gesellschaft können dieselben Mythen aber Menschen zu Außenseitern machen. Sogar die Briten wussten, wann sie sich an den Mythos ihres ›Not Cricket, Old Chap‹ halten mussten und wann sie dich ruhig unter die Gürtellinie schlagen, dir in die Eier treten und die Augen ausstechen konnten.«

Sie lachten, und Vilas fuhr fort. »Freilich müssen sie heute einen neuen Ausdruck erfinden, weil Kricket selber nicht mehr Kricket ist, sondern ein unsauberes Geschäft wie alles andere, mit Buchmachern und Schmiergeldern und manipulierten Spielen, die uns Subkontinentalen das Kricket liebende Herz brechen.«

»Du willst mir also raten, auch zu einem Gauner zu werden?«

Vilas schüttelte lächelnd den Kopf. »Das schaffst du nicht. Versuch es, wenn du willst – aber du bleibst immer ein Kricketspieler.«

All das Reden über Kricket erinnerte Yezad daran, wie er und Nariman früher zu den erstklassigen Spielen ins Wankhede Stadium gegangen waren. Der Chief, ein echter Fan, ließ sich kein einziges Spiel der Meisterschaften oder der Ranji Trophy entgehen. Ein Vergnügen, dann neben ihm zu sitzen und ihm zuzuhören, wenn er von den Großen der Vergangenheit erzählte, den Giganten, die er im alten Brabourne Stadium in Aktion gesehen hatte – von Leuten wie Lala Armanath und C.K. Nayadu und Vijay Merchant und Polly Umrigar …

Die Erinnerung an jene Tage erfüllte Yezad mit tiefer Trauer. Heute lag Nariman hilflos im Bett. Und nicht einmal in seinem eigenen Bett.

Wie doch die Zeit verging und alles veränderte. Auch ihm selbst rieselten die Jahre durch die Finger – nichts als ein sinnloser Tag nach dem andern in endloser Eintönigkeit … war das alles, was es in seinem Leben jemals geben würde? Dreiundvierzig Jahre, und was hatte er erreicht? Schaffte es nicht einmal, ins verdammte Kanada zu kommen und einen neuen Anfang zu machen … und die Kinder wurden so schnell groß. Was hatte er ihnen zu bieten? Gar nichts.

Er verabschiedete sich von Vilas, ging ins Geschäft und kehrte zu seinem Stuhl zurück. Er räkelte sich über den Schreibtisch, stützte das Kinn in die Hand und starrte aus dem Fenster hinaus auf den Verkehr mit seinem üblichen, bösartigen Chaos. Autos und Busse verströmten Aggressionen und Auspuffqualm, während sie sich kriechend auf die Kreuzung von Dhobi Talao zubewegten.

Er war froh, als Husain kam und ihn ablenkte, indem er ihn fragte, ob er Chai haben wolle.

10

Nachdem er zwei Tage darüber gebrütet hatte, weihte Jehangir seinen Bruder auf dem Weg zur Schule in seinen Plan ein.

Murad sagte, zunächst einmal würden die Nachbarn ihnen keine Aufträge geben, und wenn doch, würden sie so wenig dafür zahlen, dass es an Mummy-Daddys Geldproblemen nichts ändern würde.

»Woher willst du wissen, wie viel sie bezahlen?«

»Ich weiß es eben. Hast du nie gehört, wie sie mit ihren Dienstboten streiten, und wie sie sie behandeln?«

»Mit uns würden sie nicht so umgehen.«

»Nein, noch schlimmer, weil wir Kinder sind.«

Jehangir trug einen neuen Plan vor: Sie könnten ihre Märchenbücher an Freunde in der Schule verkaufen.

»Woher hast du diese Geistesblitze? Wir würden kaum etwas dafür bekommen – sehr viel weniger, als sie gekostet haben. Mummy-Daddy werden böse werden, weil wir ihr Geld verschwendet haben. Außerdem brauchen wir viele hundert Rupien für Grandpa.«

Am Schultor trennten sie sich, und Murad verschwand im Meer der beigefarbenen Uniformen, das den Schulhof erfüllte. Niedergeschlagen lungerte Jehangir allein herum und zermarterte sich das Hirn nach einer Lösung, bis es zum ersten

Mal läutete. Dann stapfte er die Treppe hinauf, und die Sorgen wurden ihm so schwer wie seine Schultasche. Jemand kam hinter ihm herangehüpft und schlug ihm auf den Rücken.

»Hi, Milind.«

»Match heute«, sagte Milind. »Hast du hoffentlich nicht vergessen. Katholiken gegen Nichtkatholiken.« Er schwang seinen Kricketschläger. Es war der nichtkatholische Kricketschläger; die andere Mannschaft würde ihren eigenen mitbringen. Und die Torstäbe, dargestellt durch Kreidestriche an einem Baum auf dem Spielfeld, würden ökumenisch sein.

Milinds Hosentasche wölbte sich über einem Tennisball für das Match. Kricketbälle waren verboten; sie galten als zu hart und gefährlich für den Spielplatz. Er zählte die Namen der katholischen und der nichtkatholischen Spieler auf, aber er tat es im Flüsterton; an St. Xavier's billigte man solche Spaltungen in der Schülerschaft nicht, nicht einmal beim Kricket.

Zu Beginn des Jahres wurde dieses Thema in der Schulversammlung zur Sprache gebracht. »Vor vielen Jahren«, sagte Father D'Silva, »als das Spiel in unserem Land weithin bekannt wurde, begründete man das Bombay Pentagular Tournament, bei dem Mannschaften aus Hindus, Muslims, Parsen und Europäern sowie ein fünftes Team, das man ›der Rest‹ nannte, um die Meisterschaft spielten. Aber für Mahatma Gandhi war dies ein Anlass zu großer Betrübnis. Wir, die Kinder Mutter Indiens, sagte er, müssten bei der Arbeit wie im Spiel eine große Familie sein, wenn wir sie von den Ketten der Sklaverei befreien wollten. Er trauerte und fastete, traf mit Mannschaftskapitänen und Trainern zusammen, beeindruckte sie mit seinen Kenntnissen über Batting und Bowling und Field Placements und überzeugte sie von der Notwendigkeit von Teamgeist und Einigkeit. Unter seiner Anleitung wurde das Pentangular-Turnier abgeschafft: Auf der Grundlage von religiösen oder ethnischen Unterschieden würde es kein Kricket mehr geben.

Denkt daran, Jungen, dass wir hier in unserer großartigen Schule danach streben, den Rat des Vaters unserer Nation zu befolgen. Wir dürfen uns nicht als Katholiken und Nichtkatholiken betrachten, denn wir alle sind Kinder dieser gütigen und liebevollen Alma Mater, die nicht nach Kaste oder Glaubenszugehörigkeit unterscheidet.«

So aufmerksam sie in der Schulversammlung auch lauschten, auf dem Spielplatz vergaßen die Schüler Father D'Silvas Ermahnungen prompt. Was sie anging, war an ihrem Spiel nichts Sektiererisches, und ihre Methode diente nur dazu, Mannschaften zu organisieren. In der vergangenen Woche waren es Vegetarier gegen Nichtvegetarier gewesen, und es hatten auch schon geölte Haare gegen ungeölte Haare und gestärkte Uniformen gegen ungestärkte gespielt. Gleichwohl war die Schule immer auf der Hut, wenn auch nur der leiseste Hauch von Kommunalismus aufkam, vor allem nach den Unruhen bei der Babri-Moschee.

Daher war Milind sorgsam darauf bedacht, in dem Schulkorridor, in dem Father D'Silva beständig auf der Pirsch war, kein Aufsehen zu erregen, und flüsterte seinem Freund die Mannschaftsaufstellungen ins Ohr. Jehangir gefielen die Namen des katholischen Teams: Henry, George, Francis, William, Philip. Sie klangen wie die Namen in den Enid-Blyton-Büchern, wenngleich die Nachnamen dann D'Souza und Fernandes und D'Mello lauteten, ganz anders als die Nachnamen der Fünf Freunde oder der Spürnasen. Er wünschte, er hätte seinen eigenen Namen ändern können. Jehangir, Jehangla, Jehangoo. Könnte man zu Jehan abkürzen. Das klänge fast wie John. John Chenoy. Es gefiel ihm, wie das klang, denn es brachte ihn einen Schritt näher an die wunderbare Welt dieser Bücher.

»Wir fangen in der kurzen Pause an«, sagte Milind, der Kapitän der nichtkatholischen Mannschaft war. »Rajesh kommt zu den Ersatzspielern, und ich hole dich dafür ins Team.«

»Ich fühle mich nicht wohl«, sagte Jehangir.

»Komm schon, yaar, du spielst nie mit uns.«

Er läutete zum zweiten Mal. Jehangir brannte darauf, an seinen Platz zu kommen; er versprach mitzumachen, wenn es ihm in der kurzen Pause besser ginge. Im Gegensatz zu seinem Bruder war er nicht sportbegeistert; er verfolgte die Ergebnisse und hörte die Berichte im Radio, aber das war alles.

Das dritte Läuten markierte den Beginn des Schultages, und die Glockenklänge eskortierten Miss Helen Alvarez in ihr Klassenzimmer. Einundsechzig Paar Schuhe scharrten, Pulte knarrten und Bänke ächzten, als die Klasse sich erhob. »Gu-ten Mor-gen, Lehrerin!«

»Guten Morgen, Jungen. Bitte setzt euch.«

Mit neuerlichem Scharren und Rumpeln kamen die Schüler ihrer Aufforderung nach. Die meisten hatten ihr Herz an sie verloren, denn Helen Alvarez war hübsch und duftete nach Parfüm. Sie war eine zierliche Goanerin, Mitte zwanzig, hatte ausgeprägte Wangenknochen und ein stumpfes Näschen. Sie war immer schick gekleidet, trug hohe Absätze und blieb stets auf der Höhe der Mode. In diesem Jahr waren die Rocksäume in die Höhe gestiegen, und so stieg häufig auch der Pulsschlag der Jungen, besonders wenn sie die zwei Stufen zum Podest hinaufstieg, sich auf ihrem Stuhl niederließ und ihre unglaublich glatten Beine übereinander schlug.

Der Stuhl hatte eine Sitzfläche aus Rohrgeflecht. Wenn Miss Alvarez ein paar Minuten gesessen hatte und dann aufstand, hatte sich das Muster dieses Geflechts in ihren engen Rock eingeprägt, was den Jungen das Gefühl gab, dass sie ein intimes Geheimnis mit ihnen teilte. Sie fragten sich, ob das geometrische Muster tief genug reichte, um seinen Abdruck auf ihrem reizenden Po zu hinterlassen.

Jehangir weidete seine Blicke schüchtern an Miss Alvarez' Zauber. Er betete sie an, und es ärgerte ihn, wenn manche der Jungen sie wegen ihres Vornamens mit der Helen aus den alten Hindi-Filmen verglichen, jener Schauspielerin in den freizügigen Kostümen, die ihnen aus den Videos vertraut war, die ihre Eltern sich ausliehen, um ihrer Sechziger-Jahre-Nostalgie zu frönen. Die Helen in den Hindi-Filmen spielte immer einen Vamp, eine Verführerin, die sexy Cabaretnummern einsetzte, um den Helden von seiner wahren Liebe wegzulocken. Aber auch wenn der Held manchmal strauchelte, entsagte er ihr doch stets, bevor der Film zu Ende war, und kehrte wohlbehalten in die Arme seiner jungfräulichen Heldin zurück.

Für Jehangir indessen war die Lehrerin Helen eine jungfräuliche Heldin. Es machte ihn wütend, wenn die Jungen unanständige Reden über Miss Alvarez führten. Aber er hielt den Mund, denn sonst hätte das Gehänsel ihm das Leben in der Schule zur Hölle gemacht. Einer der drei von Miss Alvarez ernannten Hausaufgabenaufsehern zu sein war schon schwierig genug.

Die Hausaufgabenaufsicht war Miss Alvarez' Lieblingsprojekt, ein System, in dem die Schüler ihre Hausaufgaben von ihresgleichen überprüfen ließen. Das Ziel, erklärte sie, bestehe darin, ihren Schülern einen Sinn für Vertrauen, Ehrlichkeit und Anstand einzuimpfen. Das Klassenzimmer, sagte sie, sei ein Miniaturmodell der Gesellschaft und des Staates. Wie jede Gesellschaft brauche es Institutionen von Recht und Ordnung, eine Polizei und eine Justiz. Und eine gerechte und blühende Gesellschaft könne es nur geben, wenn die Bürger und die Hüter von Recht und Ordnung einander achteten und vertrauten.

»Wenn ihr gute Bürger meines Klassenzimmers seid«, sagte Miss Alvarez, »dann werdet ihr auch gute Bürger Indiens sein.« Sie glaubte daran, dass auf diese Weise die Rückständigkeit, die Verlotterung und die Korruption im Lande zu bekämpfen sei: Klassenzimmer für Klassenzimmer.

Zu Beginn des Schuljahrs im Juni, als sie ihnen ihr Hausaufgabensystem erläutert hatte, war Jehangir zutiefst bewegt gewesen, denn er brachte ihre Worte in Zusammenhang mit dem, was er hörte, wenn Daddy und Grandpa und Onkel Jal über Politik diskutierten: Dann sprachen sie von den armen Leuten in einem Dorf in Bihar, die verhungert waren, weil das Geld für Lebensmittel und Bewässerung geradewegs in die Taschen korrupter Bezirksbeamter geflossen war, von den vierhundertfünfzig Kindern, die während einer Schulfeier zerquetscht worden waren, weil der Bauunternehmer, der die Aula errichtet hatte, betrügerisch am Zement gespart hatte, und von den vielen Dutzend Zuschauern, die in einem Kino ohne Sprinkleranlage bei lebendigem Leibe verbrannt waren, weil der Eigentümer den Sicherheitsinspektor bestochen hatte, ihm eine falsche Bescheinigung auszustellen.

Ja, dachte Jehangir, und sein Herz klopfte voller Inbrunst und Enthusiasmus, ja, er würde Miss Alvarez helfen, die Korruption zu bekämpfen und Menschenleben zu retten, er würde die Verhältnisse für alle im Lande verbessern. Er beschloss, ein Hausaufgabenaufseher zu sein, wie es keinen besseren geben könnte: fleißig, unparteiisch und genau.

Die Gründlichkeit, mit der er an seine Pflichten heranging, machte ihn bei den gewohnheitsmäßigen Delinquenten sogleich unbeliebt. Sie bettelten um Nachsicht, sie versuchten es mit Schmeicheleien und Einschüchterungen, versprachen Freundschaft und drohten mit Feindschaft. Ihnen unnachgiebig zu widerstehen war schwer. Zuweilen kam er ins Wanken: Würde es etwas schaden, Arvind mit den falschen Daten zur

East India Company davonkommen zu lassen, Vasants unvollständige Berechnungen zu übersehen, die Verworrenheit von Anthonys Exzerpt zu ignorieren?

Dann sah er Miss Alvarez auf dem Podest mit ihren gütigen Augen und seidigen Beinen, und wie den Helden in Helens Hindi-Filmen durchströmte ihn neue Muskelkraft, und der Vamp der Verführung wurde abgeschüttelt. Mit neuer Entschlossenheit nahm er einen ehrlichen Eintrag ins Hausaufgabenregister vor.

Jetzt waren fünf Monate des Schuljahrs vergangen, und er fand sich in seiner Rolle besser zurecht und war immun gegen die Schmeicheleien und Beschimpfungen seiner Klassenkameraden. Für heute war ein Gedicht zu lernen, und Ashoks Pult war das Nächste in der Reihe. Er setzte sich neben ihn und forderte ihn auf, das Buch zuzuklappen und zu rezitieren.

»Hey, sala Jehangir«, sagte Ashok sanft drohend, »sei nett zu mir. Ich warne dich.«

Miss Alvarez bezeichnete Ashok als Beständiges Problem und schrieb in regelmäßigen Abständen Briefe an seine Eltern. Sie besaßen Textilgeschäfte, eine Maruti-Vertretung und drei Tankstellen, und die Briefe der Lehrerin betrachteten sie mit ernster Besorgnis, aber die Strafen, die Ashok zu Hause auferlegt wurden, verbesserten seine Leistungen in der Schule nicht.

»Bist du so weit?«, fragte Jehangir.

»›Brich brich brich‹ von Lord Alfred Tennyson«, sagte Ashok.

»Alfred, Lord Tennyson.«

»Wieso das denn, yaar? Er heißt Alfred mit Vornamen und Tennyson mit Nachnamen. Sagst du Jehangir Mr. Chenoy oder Mr. Jehangir Chenoy?«

Jehangir entschied, es hingehen zu lassen. Miss Alvarez hatte verfügt, dass sechzehn Zeilen des Gedichts zu lernen seien; der Name des Dichters war streng genommen nicht Bestandteil der Aufgabe.

Ashok fing an. »Brich brich brich brich …«

»Nur drei brich.«

»Ja, ja, ich weiß. Das vierte brich ist für deinen Schädel, wenn du den Klugscheißer spielst.« Er kicherte über seine eigene Cleverness, mit der er den Fehler ausgewetzt hatte. »Ich warne dich, zähl das nicht als Fehler. Es war ein Witz.«

Jehangir entschied, im Zweifel zu seinen Gunsten zu entscheiden.

»Brich brich brich«, begann Ashok noch einmal. »An die grauen …« Er stockte. »Warte, sag's nicht, ich weiß schon – ›An die grauen Klippen, o Meer! Und ich …‹ äähh – es ist was mit sagen, sagen da-da da-da …«

»Gibst du auf?«

Ashok verneinte; nach Miss Alvarez' Regeln war dreimaliges Vorsagen erlaubt, und so früh im Gedicht wollte er es noch nicht haben. Er kratzte sich heftig am Kopf, fing von vorn an, geriet an derselben Stelle ins Stocken und funkelte den Hausaufgabenaufseher an. »Wie geht die Zeile?«

»›Und ich wollte, ich könnte es sagen …‹«

»Wusste ich doch, ich habe gesagt, meine Zunge. ›Und ich wollte, ich könnte es sagen‹ …« Er räusperte sich und ging mit Schwung in die letzte Zeile der Strophe. »›Warum das Herz so schwer.‹ Okay? Zweite Strophe?«

»Die erste ist noch nicht vollständig.«

»Was? ›Warum das Herz so schwer‹ – das ist die letzte Zeile.«

»Warum *mir* das Herz so schwer.‹ Zweiter Fehler.«

Ashok flehte ihn händeringend an, es durchgehen zu lassen, aber Jehangir blieb hart.

Der nächste Vierzeiler kam mit halsbrecherischer Geschwindigkeit. »›O glücklich der Fischerknabe, / Der spielt mit der Schwester im Sand, / O glücklich der Junge, der jauchzend / Treibt seinen Kahn an Land.‹«

»Gut«, sagte Jehangir und hoffte, das Beständige Problem würde es diesmal schaffen.

»›Und die stolzen Schiffe ziehn hin, / Wo die schwimmende Küste sich dehnt.‹«

»Schimmernde, nicht schwimmende.«

»Wo ist der Unterschied? Schimmernde, schwimmende, ist doch dasselbe, yaar. Bitte nicht«, bettelte er, als das Hausaufgabenregister aufgeklappt wurde. »Bitte, ich kriege großen Ärger mit meinen Eltern.«

Jehangir schickte sich an, den Eintrag vorzunehmen. »Ich kann nichts daran machen. Miss Alvarez hat gesagt …«

»Warte.« Ashok schob die Hand in die Tasche und wühlte etwas hervor. »Hier.« Er zog Jehangirs Hand unter das Pult.

Es waren zehn Rupien. Jehangir schob den Schein zurück, als habe er sich die Hand verbrannt.

»Das ist für dich«, sagte Ashok flehentlich. »Gib mir nur ein Okay.«

Jehangir weigerte sich.

Ashok durchsuchte seine Tasche noch einmal und fügte dem ersten Geldschein einen zweiten hinzu. Dann hielt er sie beide dem Hausaufgabenaufseher entgegen.

Zwanzig Rupien! Diesmal hielt Jehangir inne und betrachtete das Geld, bevor er die zerknüllten Scheine zurückschob. »Nein.«

»Behalte es, yaar, es ist ein Geschenk. Niemand wird es erfahren. Ich werde es nicht einmal meinen besten Freunden erzählen.« Wieder schob er ihm das Geld zu.

Jehangir zögerte. »Du wirst es Vijay und Rajesh erzählen.« Er wusste, dass die drei unzertrennlich waren.

»Nicht mal denen.«

Noch einmal schaute er Ashoks Geld an. Ein kleines Paket

Butter. Oder Hammelfleisch für eine Mahlzeit. Oder eine Woche lang Eier für Daddys Frühstück. Das war es, was er da in der Hand hielt.

Mit klopfendem Herzen machte er ein Häkchen neben Ashoks Namen und steckte das Geld ein. Ihn schwindelte angesichts der Ungeheuerlichkeit, die er soeben begangen hatte.

Als der Schultag endete, lastete die heimliche Transaktion schon nicht mehr auf ihm, aber stattdessen plagte ihn eine andere Bürde: Wie sollte er das Geld ausgeben? Wenn er Lebensmittel dafür kaufte, würden sie ihn fragen, womit er bezahlt habe. Wenn er es Mummy gäbe, stände er vor dem gleichen Problem. Er könnte sagen, er habe es auf dem Schulhof gefunden, aber dann würden sie darauf bestehen, dass er es zu Bruder Navaro ins Fundbüro brächte.

Im Bus befingerte er das Geld in seiner Tasche. Wenn er erst eine Möglichkeit gefunden hätte, es auszugeben, würde zwischen Mummy und Daddy wieder alles gut werden. Er könnte den Betrag noch vergrößern, indem er für Tante Villie arbeitete. Es machte nichts, dass Murad sich an dem Plan nicht beteiligen wollte.

Er starrte aus dem Busfenster und träumte davon, wie das Glück zu Hause wieder einkehrte. Dann fuhr der Bus in den Kreisverkehr, und auf dem Gehweg erblickte er jemanden, der aussah wie sein Bruder. Er verlor ihn im Gedränge aus den Augen, fand ihn wieder und sah, dass es wirklich Murad war. Wieso ging er zu Fuß nach Hause? Was hatte er mit seinem Fahrgeld gemacht?

Er wunderte sich, bis der Bus in der Nähe von Pleasant Villa an der Ecke hielt. Dort sprang er hinaus, und seine Hand kehrte immer wieder in die Hosentasche zurück, fasziniert von der Macht, die in diesen kleinen Papierfetzen steckte. Zuversicht durchströmte ihn. Er würde sofort zu Tante Villie gehen.

Er klopfte an ihre Tür.

»Hallo, mein kleiner Jehangirji, was für eine Überraschung. Wie geht es dir?«

»Gut, Tante.«

»In letzter Zeit gute Träume gehabt?«

Er dachte an den Traum mit der Hammelkrücke. »Nein, Tante.«

»Braucht deine Mummy etwas vom Bazaar?«

»Nein, ich dachte bloß … gibt es irgendeine Arbeit, die ich für dich erledigen könnte, Tante? Du kannst mich dafür bezahlen.«

Sie klatschte entzückt in die Hände. »Sag mir, weiß deine Mummy, dass du so etwas tust?«

»Es ist ein Geheimnis.«

Sie schaute ihn liebevoll an. »Hör zu, mein Lieber, du kannst mir helfen, aber Geld kann ich dir keins geben. Wenn deine Eltern es hörten, würden sie sagen, ich mache ihren Sohn zum Dienstboten.«

»Ich würde es ihnen nicht erzählen«, beteuerte er.

»Helfen ist etwas Gutes, Darling, aber nicht gegen Geld.«

Murad hatte Recht; sie wollte ihn übers Ohr hauen und ihn umsonst arbeiten lassen. »Danke, Tante«, murmelte er und ging.

Dumme Tante Villie. Und dumme Enid Blyton. Von jetzt an würde er kein Wort mehr glauben von dem, was in ihren Büchern stand. Und diese lächerlichen Fünf Freunde – von denen brauchte er sich auch nicht mehr inspirieren zu lassen. Er wusste, was er tun würde, damit es Mummy und Daddy wieder besser ginge, und er würde es ganz allein tun. Aber er fand immer noch, dass John Chenoy besser klang.

Gegen Feierabend lud Mr. Kapur Yezad in sein winziges Büro ein, wo die Klimaanlage auf vollen Touren lief. Ihr Tosen überdeckte den Lärm der Stadt draußen. So muss man sich in einem Düsenflugzeug fühlen, dachte Yezad – losgelöst von allem, weit weg von der wirklichen Welt.

Auf dem Schreibtisch lagen drei Fotos in Zellophanhüllen. Mr. Kapur drehte die Bilder nach unten, als Yezad hereinkam. »Ich habe eine Überraschung für Sie.«

»Das da?« Er streckte die Hand nach den Schwarzweißbildern aus.

»Halt, Sie müssen sie in der richtigen Reihenfolge sehen. Das hier zuerst.«

Yezad fing an zu grinsen. »Hey, das ist eine Aufnahme von der Hughes Road. Da bin ich aufgewachsen.«

»Warum, glauben Sie, habe ich es gekauft? Und zu Ihrer Information, der Name wurde schon vor Jahren in Sitaram Patkar Marg geändert.«

»Für mich wird es immer die Hughes Road bleiben.«

Mr. Kapur lächelte beifällig, und Yezad fuhr fort. »Ich kann Ihnen jedes Detail hier beschreiben. Dieses Gebäude – das ist Jehangir Mansion. Meine Eltern sind dort eingezogen, nachdem sie geheiratet hatten. Ich wette, das Foto wurde von der Sandhurst Bridge aufgenommen, vom Dach eines Dadajee Dhackjee. Und Jehangir Mansion gegenüber ist Sukh Sagar. Sehen Sie – das Schild von Bush Radio ist auch zu erkennen.«

Er schwieg kurz. »Kann kein besonders altes Foto sein – sieht noch genauso aus wie heute.«

»Es ist neu«, bestätigte Mr. Kapur. »Um 1990 herum gemacht. Aber wichtig für meine Sammlung im Zusammenhang mit den beiden andern.«

Er wartete darauf, dass Yezad das Bild zurückgab, damit er zum nächsten übergehen könnte. Aber Yezad hörte nicht auf, sich daran zu berauschen. »Erstaunlich, wie ein Foto einem Dinge zeigt, die die Augen zu sehen vergessen haben.«

»Vor allem an einem vertrauten Ort. Das Objektiv ist unser drittes Auge.«

Das Foto ließ die Straße für Yezad lebendig werden; er hörte den Verkehr, roch den Fleischrauch, der immer vor der Grillstation hing, schmeckte das Bhel-puri. Er spürte die Anspannung des Monsunhimmels auf dem Bild. Die grauen Wolken erinnerten ihn daran, wie oft er ohne Regenmantel überrascht worden war, wenn er vom College kam (nur ein Waschlappen trug einen Regenmantel, das war damals die Überzeugung gewesen). Dann war er vor dem Sukh Sagar aus dem Bus Nummer 83 gestiegen und über die Straße nach Hause gerannt, nach Jehangir Mansion, in weniger als einer Minute nass bis auf die Haut, und seine Mutter hatte geschimpft, weil er den Regenmantel zu Hause gelassen hatte, obwohl sie ihn zusammengefaltet neben seine Bücher gelegt hatte …

»Jetzt schauen Sie sich das hier an«, sagte Mr. Kapur.

Yezad gab das erste Bild zurück. Und ein Kloß stieg ihm in die Kehle, als er das nächste erblickte. Es war immer noch die Hughes Road, aber in einem ursprünglicheren Zustand, aus einfacheren Zeiten. Der Fotograf musste am anderen Ende von Jehangir Mansion gestanden haben, vor der Apotheke, Madon Chemists. Die Kreuzung von Hughes Road und Sandhurst Bridge lag jetzt im Zentrum. Das Licht ließ vermuten, dass es früh am Morgen war. Kein Auto war zu sehen, die Straße leer bis auf einen Handkarren. Drei einsame Gestalten standen auf dem Gehweg, geheimnisumwittert wie Seher oder Wahrsager, die die Bevölkerungsexplosion im Bombay der Zukunft weissagten.

Er schluckte den Kloß in seiner Kehle herunter. »Als ich ganz klein war, war diese Straße so ruhig.« Er hustete. »Welches Jahr ist das?«

»Nach dem Buick-Schild bei Metro Motors zu urteilen, würde ich sagen, Ende der vierziger Jahre«, sagte Mr. Kapur. »Vielleicht fünf Jahre vor Ihrer Geburt?«

»Etwa um die Zeit haben meine Eltern geheiratet«, sagte Yezad. »Das ist also die Straße, die sie nach der Hochzeit gesehen haben.«

Die Häuser und Bäume im Morgenlicht warteten wie Kindheitsfreunde, die ihn zurückholen wollten. Und die alten Straßenlampen, die mitten über der Straße hingen. Er hatte vergessen, wie bezaubernd sie gewesen waren, beinahe zierlich, ganz anders als die turmhohen Stahlmasten der neuen Beleuchtung. Er starrte in das Foto hinein, und ein kleiner Junge erschien mit seinem Vater vor Madon Chemists und wartete auf den Bus zur Schule … und als der Bus ins Bild rollte, umarmte ihn sein Vater noch einmal, bevor sie sich für den Tag trennten … Dann war es spät am Nachmittag; der Bus brachte ihn zurück, und er war hungrig und freute sich auf seinen Tee und konnte es nicht erwarten, zum Spielen auf den Hof zu kommen, bevor es Zeit für die Hausaufgaben wurde … Und da stand seine Mutter an der Bushaltestelle, und sie nahm ihn bei der Hand und führte ihn wohlbehalten über die Straße, auf der vielleicht ab und zu ein halbes Dutzend Autos vorbeifuhren …

Er strich sich mit den Fingern über die Augen, und die Geister wichen zurück. »Es ist wie ein Zauber, dieses Bild. Fängt die Zeit ein …«

»Und das Letzte.« Mr. Kapur schob es über den Schreibtisch.

Yezad hatte beinahe Angst, es zu nehmen. Aber dann schaute er doch hin und war erleichtert: Nur eine Landschaft.

Er fragte sich, warum Mr. Kapur ihm ein Bild von Kokospalmen an einer Landstraße zeigte. Dann sah er das gusseiserne Geländer, und seine Augen weiteten sich.

Er erkannte das verschnörkelte Geländer an der Biegung der Sandhurst Bridge, wo sie in die Hughes Road mündete. Aber da war kein Jehangir Mansion, kein Sukh Sagar, kein Metro Motors. Wo diese Gebäude später stehen würden, standen Kokospalmen. Einige bogen sich über die Straße, andere ragten gerade in den Himmel. Und dahinter: das Meer.

Ihn fröstelte, und er wusste seine Empfindungen nicht zu deuten – dieses Bild, ganz ohne seine geliebten Orientierungspunkte, hätte eigentlich nicht mehr bedeuten dürfen als eine Landschaftspostkarte.

»Sie frieren«, sagte Mr. Kapur und ging um seinen Schreibtisch herum zur Klimaanlage. Ein Klicken, und das Tosen verstummte. Die Stille erschien endlos in dieser Plötzlichkeit, weit und leer wie der Weltraum.

Yezad fragte leise, aus welchem Jahr das Bild stamme.

Mr. Kapur wandte sich von den Regelknöpfen ab und legte ihm die Hand auf die Schulter. »1908. In dem Jahr wurde die Hughes Road angelegt.«

Yezad nickte; er traute seiner Stimme nicht. Blinzelnd versuchte er, das verschwimmende Bild wieder scharf zu sehen.

»Das ist ja schrecklich«, sagte Mr. Kapur. »Ich habe die Fotos mitgebracht, um Sie aufzuheitern, weil Sie in letzter Zeit so deprimiert aussehen.« Und er drohte, die Bilder wegzunehmen, wenn sie ihn traurig machten.

»Ich bin nicht traurig. Die Bilder sind erstaunlich. Es ist bloß, dass …«

»Ich weiß, ich habe nur Spaß gemacht.« Er klopfte Yezad auf die Schulter und kehrte zurück zu seinem Sessel.

»Dieses Geländer«, sagte Yezad, »es ist auf dem Foto nicht sehr scharf.«

Mr. Kapur nahm eine Lupe aus seiner Schublade. »Ein wunderschönes Beispiel gusseiserner Schmiedekunst. Ganz prachtvoll. Es gefällt mir, wie die Stützstreben bei jeder Spanne wie Minarette in die Höhe ragen.«

Yezad betrachtete die Fotos durch das Vergrößerungsglas, ließ es quer über Jehangir Mansion wandern, Stein für Stein, und machte Mr. Kapur auf Details aufmerksam. »Bevor die Straße verbreitert wurde, stand diese Mauer sehr viel weiter weg vom Gebäude. Dadurch hatten wir einen schönen großen Hof.«

Und die Jungen, die im Haus wohnten, waren die Könige dieses Hofes und trieben die Bewohner des Erdgeschosses mit ihren lärmenden Spielen zur Verzweiflung. Meistens war es Kricket, das zur Raserei ausartete, wenn England oder Australien zu den Meisterschaftsspielen zu Gast waren. Aber in den sechziger Jahren, während der Olympiade in Rom, hatten sie Kricket für eine Weile aufgegeben und so getan, als seien sie allesamt Milkkha Singh beim Vierhundertmeterlauf. Sie hatten den Hof vermessen und ausgerechnet, wie viele Runden dafür erforderlich waren, und sich gewünscht, sie hätten lange Haare wie der Sikh, die sie oben zu einem Knoten hätten binden können, und einen Bart, dessen Strähnen hinter ihnen her flatterten, wenn sie wie der Fliegende Sardar um die Bahn schossen.

Mr. Kapur lachte, als er hörte, wie einige von ihnen ohne viel Erfolg versucht hatten, Milkkha Singhs Haarknoten zu imitieren, indem sie Taschentücher mit Papier ausgestopft und mit Gummibändern auf dem Kopf befestigt hatten. Beim Rennen waren die Gummis immer wieder abgesprungen.

Yezad zeigte auf die einzelnen Wohnungen und zählte auf, wer dort gewohnt hatte. Dann hörte er auf. »Ich langweile Sie mit all dem Zeug.«

»Im Gegenteil«, sagte Mr. Kapur; anscheinend freute es ihn, dass er mit seinen Fotos eine solche Flut von Erinnerungen ausgelöst hatte. »Hört sich an, als sei Jehangir Mansion ein Parsi Baag gewesen.«

»Nein. Hier in der Parterrewohnung lebte eine Muslimfamilie. Shahrukhs Familie. Sein Vater fuhr ein Taxi, und manchmal packte er uns zu sechst oder zu siebt in seinen Hillman und brachte uns zur Schule.«

»Und Shahrukh gehörte auch zu Ihrer Meute?«

»O ja, unbedingt ... Allerdings«, räumte er nach kurzer Pause ein, »Sie wissen ja, wie Jungen streiten. Und wenn es mal eine Auseinandersetzung gab – ob einer im Aus war oder nicht, zum Beispiel –, und wenn Shahrukh nicht unserer Meinung war, dann sagten wir immer, geh doch nach Pakistan, wenn es dir nicht passt. Und wir zogen ihn auf, weil er beschnitten war, und nannten ihn ABC – Sie wissen schon: Adha Boolla Catayla.«

Voller Bedauern schüttelte Yezad den Kopf. »Wenn ich von meiner Kindheit träume, wünschte ich beim Aufwachen jedes Mal, ich könnte Shahrukh finden und ihm sagen, dass es mir Leid tut. Das Traurige war, dass die Familie später wirklich weggezogen ist, nach Pakistan, wo sie Verwandte hatten. Danach hatten wir alle ein schlechtes Gewissen.«

Er legte das Foto hin und nahm noch einmal das älteste zur Hand, auf dem die Straße nur aus Palmen bestand. »Das war neunzehnhundert ... wann, sagten Sie?«

»1908.«

»Es ist, als sähe man die Hughes Road an ihrem ersten Morgen«, sagte er ehrfürchtig. »Und dieses perfekte Geländer – es hat mich fasziniert. Wie gern habe ich die Kreise, Windungen und Schnörkel befühlt. Wenn ich mit meinem Vater unterwegs war, ließ er mich auf die Mauer steigen, auf der das Geländer befestigt war. Dann schwang ich mich zu gern an diesem Geländer entlang, und er hielt den Arm immer in Höhe meiner Hüfte bereit, für alle Fälle, bis wir am Ende angekommen waren und ich auf den Gehweg hinuntersprang. Genauso machten wir es auf dem Heimweg. Wenn man das Geländer sah, wusste man immer, jetzt ist man zu Hause. Man kam vom Opera House zur Ecke, und da war es und begrüßte einen, wenn man die Brücke überquerte.«

»Warum war das Geländer so wichtig?«

»Ich weiß es nicht«, sagte Yezad. »Vielleicht, weil es das einzige schöne Ding in unserem Leben war. Ich erinnere mich, dass wir manchmal nachts von klirrenden Geräuschen geweckt wurden, weil ein Dieb versuchte, ein Stück davon zu stehlen, um es als Altmetall zu verhökern. Überall im Haus gingen dann die Lichter an, und Köpfe streckten sich aus den Fenstern und schrien und brüllten. Der arme Dieb rannte wie der Teufel, um irgendwo anders einen leichteren Raub zu begehen.«

Das Scheppern der herabrollenden Stahljalousien drang ins Büro. Husain traf Anstalten, das Geschäft zu schließen.

Yezad legte die Bilder auf den Schreibtisch und gab die Lupe zurück. »Wissen Sie, mit diesen Bildern haben Sie mir gezeigt, was ich verloren habe.«

»Es tut mir Leid, Yezad, ich …«

»Nein, ich bin Ihnen dankbar.« Die Fotos hatten ihm bewusst gemacht, wie viel die Straße und die Häuser ihm bedeuteten. Wie eine erweiterte Familie, die er als selbstverständlich empfunden und ignoriert hatte, weil er annahm, dass sie immer da sein werde. Aber Häuser und Straßen und Räume waren ebenso zerbrechlich wie Menschen, und man musste sich an ihnen erfreuen, solange man sie hatte.

»Ist Ihnen eigentlich klar«, sagte Mr. Kapur, »dass Sie in den fünfzehn Jahren, seit ich Sie kenne, heute zum ersten Mal über Ihr Leben und Ihre Kindheit gesprochen haben?«

»Ach, ich rede und rede«, sagte Yezad verlegen.

»Ist nur gerecht. Sonst geht es immer um mich und meine Familiengeschichte.«

»Aber die ist auch interessanter.«

»Jeder unterschätzt sein eigenes Leben. Das Komische ist, am Ende sind alle unsere Geschichten – Ihr Leben, meines, das Leben des alten Husain –, am Ende sind sie alle gleich. Genau genommen gibt es immer nur eine wichtige Geschichte, wohin Sie auch gehen in der Welt: die von der Jugend, vom Verlust, von der Sehnsucht nach Erlösung. Deshalb erzählen wir alle dieselbe Geschichte, immer wieder. Nur die Details unterscheiden sich.«

Er streckte die Hand nach der Klimaanlage aus. »Es ist wieder sehr warm hier drin, nicht wahr?«

»Ja, aber Sie sollten sie trotzdem weniger benutzen. Die Stromrechnung wird jeden Monat höher.«

Mr. Kapur lachte leise und nahm die Hand von den Schaltern. »Das gefällt mir so an Ihnen, Yezad. Sie achten auf mein Geld.«

Er hob die Hände über den Kopf, schwang sie nach vorn und versenkte einen unsichtbaren Basketball. Nachdem er sich vergewissert hatte, dass die Zellophanumschläge verschlossen waren, räumte er die Fotos weg. »Drei Bilder, und so viele Erinnerungen. Und das geht mit jedem einzelnen Foto – in jedem verbergen sich Bände. Man braucht nur das richtige Paar Augen« – er machte die Bewegung des Schlüsselumdrehens –, »um die Magie aufzuschließen.«

Sie traten aus dem Kämmerchen in den halb dunklen Laden, wo Husain an der Tür wartete. Die Stahlblenden waren mit Vorhängeschlössern gesichert. Ram, Sita und der liegende Ravan wirkten verloren in dem unbeleuchteten Schaufenster.

»Von einem bin ich jetzt überzeugt«, sagte Mr. Kapur. »Sie lieben diese Stadt genauso sehr wie ich. Wenn nicht noch mehr. Ich hoffe, Sie verstehen jetzt, warum ich bei der bevorstehenden Kommunalwahl kandidieren möchte.«

Yezad nickte. »Sie bleiben also dabei?«

»Unbedingt. Ich habe erstklassige Pläne gemacht. Demnächst werde ich mich nur noch mit der Organisation beschäftigen. Alle meine einflussreichsten Freunde werden mich unterstützen. Und ich habe so etwas wie ein Wahlprogramm entworfen. Ich werde es Ihnen per E-Mail zukommen lassen. Ich möchte Ihre Meinung hören.«

»Ich habe keinen Computer.«

»Nicht? Dann drucke ich es Ihnen aus. Und ich habe jede Menge Ideen für den eigentlichen Wahlkampf.«

Er trug eine davon vor: Anstelle der üblichen öden Praxis des Handzettelverteilens würde er mit einem Team von Helfern in einem Van herumfahren, der mit Tee und Snacks ausgestattet war – einem rollenden Teestand mit Klappstühlen und Schemeln. In jedem Häuserblock würden sie Halt machen, in Einfahrten und Innenhöfen, auf Vorplätzen und unter Treppen, wo immer gerade Platz war. Dann würde er die Bewohner einladen, mit ihm zu plaudern und dabei eine Erfrischung zu sich zu nehmen.

»Es wird ein Nachbarschaftstreffen bei einer Tasse Tee sein; die Gemeinschaft wird ihre menschlichen Bindungen wieder entdecken, und alle werden teilhaben an einer wohltuenden Erörterung ihrer Ideen und Träume und Visionen.«

»Klingt großartig«, sagte Yezad. »Und was Bombay Sporting angeht, so können Sie sich auf mich verlassen.«

»Das habe ich auch vor. Lassen Sie uns bald darüber sprechen – über Ihre neuen Zuständigkeiten und über das entsprechende Entgelt.« Und im Verschwörerton fügte er hinzu: »Vergessen Sie meinen speziellen Koffer nicht, denn auch für ihn werden Sie verantwortlich sein. Damit wird mein Wahlkampf finanziert werden.«

Sie lachten, und Husain lächelte, als er die Tür abschloss, als mache es ihn schon glücklich, ihre Heiterkeit aus der Nähe zu erleben. Mit einem Salaam übergab er die Schlüssel, und sie sagten einander gute Nacht.

Yezad fühlte sich im Frieden mit der Welt und so ruhig wie seit Wochen nicht mehr. Seltsam, dass die Fotos, die ihn so sehr in Erregung versetzt hatten, eine solche Wirkung haben konnten. Vielleicht war es eine positive Erregung gewesen – wie bei Arzneifläschchen, die geschüttelt werden mussten.

Im Bahnhof tauchte er in die schwitzenden Menschenmassen ein und ließ sich von ihrer Flut in den Zug tragen. Er umklammerte die Stange über seinem Kopf und dachte an Jehangir Mansion und an die Hughes Road. Wie lieb und teuer ihm diese Erinnerungen an die Heimat seiner Kindheit jetzt waren. Er hatte nicht mehr oft an jenen Ort gedacht; als die Familie das Haus endgültig verlassen hatte, war es heruntergekommen gewesen, und die Ratten hatten die Fundamente in ein Labyrinth von Gängen verwandelt, sodass sie alle froh gewesen waren, es nicht mehr sehen zu müssen. Und doch musste es ihn die ganze Zeit über in seinem Bann gehalten haben.

Er stellte sich Mr. Kapurs Fotos vor: das Gebäude, die Straße, das Geländer. Jetzt mochte er ihn noch lieber als vorher, und auf alle Fälle verstand er ihn besser. Seine Kandidatur würde ihnen beiden nur Gutes einbringen.

In eine Wolke von Optimismus getaucht, wäre er beinahe über seine Station hinaus gefahren und sprang erst herunter, als der Zug schon wieder anrollte. Er fing an zu pfeifen.

Roxana kam ihm aus der Küche entgegengelaufen und bat ihn, leise zu sein: Pappa habe einen schrecklichen Tag gehabt, habe offenbar die ganze Nacht nicht geschlafen, sei dann den ganzen Vormittag und den Nachmittag über immer wieder eingedämmert und habe alles Mögliche vor sich hin geraunt.

Während sie noch in der Tür standen, begann Nariman zu murmeln: »Lucy, meine Liebe, meine süße Klarinette, ich spiele ein liebliches Lied auf dir …«

Roxana zog die Brauen hoch und legte die Hand vor den Mund; die Jungen mussten außer Hörweite gebracht werden, fand sie. Seltsam, dass Pappas Hände ruhig waren, aber sein Geist nicht. Murad konnte auf dem Balkon bleiben, aber Jehangir mit seinen Büchern würde den Esstisch räumen und ins hintere Zimmer gehen müssen.

»Aber hier ist mehr Platz«, wandte Jehangir ein, darauf bedacht, jedes von Grandpas Worten zu hören, auch wenn der Sinn ihm dunkel blieb.

»Tu, was ich sage«, flüsterte seine Mutter. »Wir brauchen den Tisch fürs Abendessen.« Sie schloss die Zwischentür, und er schmollte, weil man ihn von Grandpas Geheimnissen fern hielt.

»Komm, leb mit mir und lass dich lieben. Und uns wird alle Lust beschieden«, sagte Nariman, »lass uns werden aller Freude Dieb …«

Sie brachte die Teller zum Tisch und fragte: »Pappa? Willst du zu Abend essen?«

Nariman stöhnte, und Yezad meinte, man solle ihn lieber nicht stören, wenn er sich heute ein wenig unpässlich fühle; da solle er sich lieber ausruhen und seinen Magen nicht belasten.

Sie nickte. »Übrigens, Yezdaa, die Uhr muss aufgezogen werden.«

Murad auf dem Balkon hörte, was seine Mutter sagte. Er kam herein und tat nonchalant, als er an seinen Eltern vorbeiging und sich in die Küche schlich, wo er einen Hocker vor die Wand stellte und hinaufstieg. Er öffnete die Glasklappe an der Uhr. Seine Finger tasteten unter dem Pendel nach dem glänzenden Chromschlüssel und schoben ihn hinein.

Das Knarren beim Aufziehen der Feder drang an Yezads Ohren, als er gerade zur Toilette gehen wollte. »Was fällt dir eigentlich ein?«

»Die Uhr war stehen geblieben«, sagte Murad.

Ohne ein Wort hob er seinen Sohn vom Hocker herunter und zog ihn zu Roxana ins hintere Zimmer.

»Ich bringe ihn um«, sagte er leise. »Gleich hier, vor deinen Augen, bringe ich ihn um.«

»Beruhige dich, Yezdaa!«, flehte sie. »Sag mir, was er getan hat.«

»Er hat die Uhr aufgezogen.«

Sie schrak zurück; es würde schwer sein, Murad vor einer Tracht Prügel zu bewahren, wenn das sein Verbrechen gewesen war. »Wir wollen ihn fragen, warum er es getan hat, obwohl er weiß, dass er es nicht darf. Sag es uns, Murad.«

Murad schwieg trotzig. Von seinem Schreibtisch in der Ecke aus sah Jehangir starr vor Schrecken zu.

Roxana versuchte es noch einmal. »Du weißt, dass diese Uhr für Daddy etwas ganz Besonderes ist. Warum hast du es getan? Bitte sag es mir.«

Murad zögerte. »Ich wollte Daddy helfen. Er ist abends immer so müde.«

»Eine raffinierte Ausrede«, sagte Yezad. »Aber sie reicht nicht. Er kann auf ein Dutzend verschiedene Arten helfen, aber er tut genau das, was er nicht darf.«

Roxana zog es vor, die Begründung unbesehen hinzunehmen, wenn die Bestrafung sich damit abwenden ließe. »Das ist nett von dir, Murad. Aber sag Daddy trotzdem, dass es dir Leid tut, denn du hast etwas Unrechtes getan. Du weißt, wie kostbar die Uhr ist. Du hast die Geschichte gehört.«

»Welche Geschichte?«, fragte Jehangir.

»Komm nicht mit deinen Tricks, Jehangla.«

»Nein, wirklich, Daddy, ich kann mich nicht daran erinnern.«

»Das kann sein«, sagte Roxana. »Er war noch sehr klein, als du sie erzählt hast.« Sie wusste, dass die Geschichte ein gutes Mittel sein würde, um Yezad zu beruhigen.

»Ich habe sie völlig vergessen«, sagte Jehangir, jetzt noch ernsthafter.

»Die Uhr hing früher bei Daddy zu Hause in Jehangir Mansion«, begann Roxana. »In der Küche. Sein Vater hatte sie vom Vorsitzenden der Bank geschenkt bekommen, für seine Tapferkeit.«

Yezad korrigierte sie. »Die Gravur lautet: ›In Dankbarkeit für ein beispielhaftes Maß an Mut und Ehrlichkeit in Ausübung der Pflicht.‹« Und dann übernahm er es, die Geschichte weiterzuerzählen, wie sie es gehofft hatte.

»Mein Vater war Hauptkassierer. Einmal in der Woche transportierte er das Bargeld von seiner Filiale zur Hauptverwaltung, begleitet von einem bewaffneten Wachmann. Das war damals das System. Und der Zwischenfall ereignete sich in den letzten Monaten des Zweiten Weltkriegs.«

»Wie alt warst du da?«, fragte Jehangir.

»Ich war noch nicht auf der Welt. Mein Vater unternahm die allwöchentliche Fahrt mit dem Taxi, zusammen mit dem Wachmann, Duleep Singh. Plötzlich hörten sie eine schreckliche Explosion, als wäre die ganze Stadt in die Luft geflogen. Und Tod und Vernichtung regneten vom Himmel. Die Explosionen gingen immer weiter, und niemand wusste, was passiert war. Die Leute auf der Straße glaubten, feindliche Bomber seien über Bombay angekommen. Innerhalb von Minuten lagen Hunderte tot am Boden. Und der Taxifahrer bekam solche Angst, dass er anhielt, aus dem Wagen sprang und wegrannte, und er schrie: ›Bhaago, sahab, bhaago!‹ Dann geriet auch Duleep Singh in Panik; er ließ seinen Karabiner im Taxi liegen und rannte ebenfalls davon.

So kam es, dass mein Vater mit einem Koffer mit fünf Lakh Rupien allein im Taxi saß, ohne Fahrer und ohne Schutz, während auf der Straße das Chaos losbrach.

Die schrecklichsten Möglichkeiten schossen ihm durch den Kopf. Wenn irgendwelche üblen Elemente wussten, dass er dieses Vermögen in bar bei sich hatte, konnten sie ihn jetzt umbringen, und niemand würde es je erfahren. Oder die Explosionen konnten ihn erwischen – es gab Hunderte, deren Leichen nie gefunden wurden. Wenn das geschähe, würde die Bank vielleicht glauben, er habe sich die Situation zunutze gemacht und sei mit dem Geld durchgebrannt. Und das war es, was er am meisten befürchtete: den Verlust seines guten Namens.«

»Konnte er sich nicht in einem Geschäft oder einem Gebäude verstecken?«, fragte Murad.

»Geschäfte, Häuser, alle hatten ihre Türen verschlossen. Sie glaubten, der Feind sei einmarschiert. Meinem Vater blieb nur eins übrig. Er konnte versuchen, zur Hauptverwaltung durchzukommen. Er betete unablässig Yatha Ahu Varyo und marschierte los.

Stets wachsam, suchte er Schutz unter Arkaden und in Hauseingängen, und Stunden später erreichte er die Hauptverwaltung. Auch dort waren die Türen verschlossen. Er klopfte, hämmerte, schrie, bis der Wachmann kam. Er erkannte meinen Vater, den er jede Woche sah, und ließ ihn sofort herein.«

»Aber was waren das für Explosionen?«, fragte Jehangir.

»Dazu komme ich jetzt. Seht ihr, weil ja Krieg war, hatten zwei britische Munitionstransporter im Hafen angelegt. Es gab einen Unfall, die beiden Schiffe explodierten, und die Munition bombardierte die Stadt. Erst später erkannte man das ganze Ausmaß der Zerstörung, erfuhr man, wie viele Tausende umgekommen waren.

Und in der Bank sahen sie, wie tapfer mein Vater gewesen war, wie entschlossen, und vor allem: wie ehrlich. Als bei der Jahresfeier der Bank die Uhr überreicht wurde, hielt der Vorsitzende eine Rede, in der er den Mut meines Vaters pries. Er sagte, ebenso genau, wie die Uhr die Zeit anzeige, zeige uns das Handeln meines Vaters, was Ehrlichkeit sei.«

Yezad schwieg kurz. »Als euer Großvater in Lebensgefahr war, galt seine größte Sorge nicht dem Tod, sondern dem Verlust seines guten Namens. Wenn er mir die Geschichte erzählte, sagte er am Ende immer: ›Merke dir, man kann dir alles nehmen, aber deinen Anstand kann dir niemand rauben. Nicht, wenn du ihn behalten willst. Den kannst du dir nur selbst nehmen, und zwar durch das, was du tust.‹«

»Prägt euch die Worte von Daddys Vater für alle Zeit ins Gedächtnis ein«, sagte Roxana. »Verstanden?«

»Ja, Mummy«, sagte Jehangir.

»Und was ist mit dir, Murad?«

Murad nickte.

In der Wohnung war es still, und seit über einer Stunde waren alle im Bett, als Nariman anfing zu reden. Roxana betete, er möge wieder verstummen, ehe er Yezad störte.

Dann hob ihr Vater seine Stimme. »Du machst der Rolle des Vaters Schande! Wenn du die Frau, die ich liebe, eine Hure nennst, wenn du dieses Haus als Raanwada bezeichnest, nur weil ich sie hierher einlade, dann verzweifle ich an dir!«

Yezad sprang aus dem Bett. »Hat er Raanwada gesagt?«

»Sschh«, sagte Roxana. »Ich glaube, er streitet sich mit seinem Vater wegen Lucy.«

»Was ist denn das für eine Ausdrucksweise vor einem kleinen Jungen.«

»Keine Sorge, Jehangir schläft.«

»Hast du nachgesehen?«

Sie stand auf und schlich zur Tür. Als sie hinausspähte, lächelte sie: Ihr Sohn ruhte anscheinend wohlbehalten in den Armen eines friedlichen Schlummers.

»Wer weiß, was dein Vater sonst noch alles herausschreien wird? Nariman Vakeels Leben würde einen guten Roman abgeben, aber keine Gutenachtgeschichte für ein Kind.«

Er drehte sich auf den Rücken und erklärte murrend, jetzt werde er eine Ewigkeit brauchen, um wieder einzuschlafen. Sie legte eine Hand auf seine Brust und spielte mit den Haaren, streichelte und beruhigte ihn wie ein Kind.

Nariman verfiel wieder in leises Gemurmel. Jehangir lauschte, den Kopf auf den Ellenbogen gestützt. Er war froh, dass er es geschafft hatte, die Augen zu schließen, bevor Mummy merkte, dass er wach war. Er wollte nichts von dem versäumen, was Grandpa sagte, denn nur so würde er je etwas erfahren. Immer, wenn er Mummy-Daddy eine Frage stellte, sagten sie, er solle seine neugierige Nase nicht in die Probleme Erwachsener stecken.

»Komm herunter von der Brüstung, meine Liebste«, hörte er Grandpa mit flehentlicher Stimme sagen. »Bitte, Lucy, das ist kein guter Platz zum Singen. Komm herunter, mein Herz; stelle dich neben mich, und ich singe mit dir …«

Grandpa geriet jetzt in große Erregung. »Ich habe Angst, Lucy. Bitte komm herunter, meine Liebste …« Jehangir befürchtete, er könnte zu laut werden und Daddy wieder wecken. Er überlegte, ob er Grandpas Hand halten sollte, wie Grandpa neulich nachts seine gehalten hatte; vielleicht würde ihn das trösten.

Aber nachdem er noch ein Weilchen gefleht hatte, fing Grandpa an, sein Lied zu summen. »One Day When We Were

Young.« Also hatte Lucy anscheinend auf ihn gehört. Jehangir nahm den Ellenbogen herunter und ließ den Kopf auf das Kissen sinken. Über dem leisen Gesang schlief er ein, während er sich noch den Kopf darüber zerbrach, auf was für einer Brüstung Grandpas Freundin da stand, und weshalb Grandpa solche Angst hatte.

11

Jehangir betrachtete sein Spiegelbild und fragte sich, ob sich an seinem Aussehen etwas geändert hatte. Er kannte Geschichten, in denen geheime Schuld sich in körperlichen Manifestationen offenbart hatte: Die Haut bekam Geschwüre, die Nägel wurden schwarz, die Stimme wurde heiser, die Haare fielen aus.

Die zwanzig Rupien steckten seit Tagen in seiner Tasche, und er litt Höllenqualen. Wie konnte er das Geld verwenden, ohne in Bedrängnis zu kommen? Gottlob sah das Gesicht, das ihm aus dem Spiegel in Daddys Schranktür entgegenstarrte, ganz normal aus.

Dann hörte er einen gewaltigen Krach aus der Küche, sehr viel lauter als das übliche Zischen des Dampfkochtopfs. Er rannte hinüber, um nachzusehen. Seine Mutter befahl ihm, zurückzutreten; es sei zu gefährlich am Herd. Sie selbst stand wie erstarrt da, nur ein, zwei Schritte weit entfernt von der Bestie, die Dampf und Essen durch ihr Ventil spritzen ließ. Die erste, machtvolle Fontäne hatte ihre Spuren an Wand und Decke hinterlassen.

Vom Flur aus beobachtete er den Topf fasziniert. Durch das Zischen und Gurgeln drang der Klang der Türglocke. Seine Mutter hatte es anscheinend nicht gehört; also ging er selbst zur Tür, spähte durch das Guckloch und öffnete.

Tante Daisy marschierte zielstrebig an ihm vorbei in die Küche.

»Stellen Sie den Herd ab«, sagte sie, und seine Mutter machte einen Satz, als sie die Stimme hörte.

»Daisy!«

»Stellen Sie den Herd ab«, wiederholte Tante Daisy und entschied dann, es selbst zu tun. Sie raffte ein Küchenhandtuch an sich und wickelte es sich schützend um die Hand. Mit der anderen beschirmte sie ihr Gesicht und schlich sich dann geduckt an den Herd heran.

Wie ein Cowboy, der sich einen Viehdieb vornehmen will, dachte Jehangir. Sie streckte die Hand aus und stellte mit einer raschen Drehung des Knopfes das Gas ab. Der schnellste Knopf im ganzen Westen, dachte Jehangir.

»Und jetzt einen Eimer kaltes Wasser«, befahl sie, immer noch ganz geschäftsmäßig. Sie schüttete das Wasser über den Kochtopf. Die Bestie verstummte.

»Danke«, sagte seine Mutter und ließ erleichtert die Schultern hängen. »Ich weiß nicht, wie das passieren konnte. Ich bin immer so vorsichtig. Das Gewicht lag auf dem Ventil, alles war bestens, und ich war bei Pappa.«

»Es kommt vor«, sagte Tante Daisy. »Als ich das Trompeten-Fortissimo hörte, wusste ich gleich, dass Ihr Topf explodiert ist.« Sie trat zurück und begutachtete das Resultat. »Sieht aus wie ein Jackson Pollock.«

»Was?«, fragte seine Mutter.

Daisy zeigte auf die Wand. »Moderne Kunst. Was war im Topf?«

»Gelbe Linsen. Und Tomatensauce.«

»Schöne Farben.« Daisy bewunderte die Kombination.

Jehangir kehrte ins hintere Zimmer und zum Spiegel zurück, wo er sein Gesicht untersucht hatte. Er öffnete die Schranktür und die Innenschublade, wo Mummy ihre Umschläge aufbewahrte. Wenn er die zwanzig Rupien einfach hineinsteckte, ohne etwas zu sagen, was dann? Sie würde das Geld finden und glauben, es sei von Daddys Gehalt, und dann würde sie es einfach ausgeben.

Sie war immer noch mit Tante Daisy in der Küche und wischte das Essen von der Wand. Murad und Daddy waren nicht zu Hause. Und Grandpa schlief. Jetzt war der richtige Augenblick.

Er griff nach den vertrauten Umschlägen, mit denen er am Zahltag hantierte, wenn er mit Mummy am Tisch saß und sie das Geld einteilte. Wenn die Scheine neu waren, ließ sie ihn zählen, und er freute sich an ihrem frischen Duft. Wenn es alte Scheine waren, war sie vorsichtiger – man wusste nie, wer sie angefasst hatte, wie hygienisch sie gewesen waren, ob sie sich nach der Toilette zweimal die Hände mit Seife gewaschen hatten.

Er blätterte durch die Umschläge und las, was darauf stand: Butter & Brot, Gas, Ghee, Reis & Zucker, Milch & Tee, Wasser & Strom, Fleisch … und so ging es immer weiter und überflutete seinen Kopf mit zahllosen Forderungen. Zwanzig Rupien waren alles, was er hatte. Wie abgegriffen und zerdrückt die Umschläge waren. Die Klappen waren am Knick eingerissen. Er konnte sich noch erinnern, dass sie vor drei Jahren strahlend weiß gewesen waren. Mummy-Daddy hatten tagelang über etwas geredet, was sie »Gehaltserhöhung« nannten. Er hatte gefragt, was das bedeute. »Mehr Geld«, hatte sie fröhlich gesagt. Aber dann sagte Daddy, dass sie wegen der Inflation weniger dafür bekommen würden, und er fragte, was eine Inflation sei. »Ein Ungeheuer, das unsere Zukunft frisst«, sagte Daddy und erklärte ihm, was steigende Preise bedeuteten und was Kaufkraft war. Aber Mummy war voller Hoffnung; sie würde einen neuen Haushaltsplan aufstellen und neue Umschläge nehmen, die ihnen Glück bringen sollten.

Jetzt waren sie alt und fleckig, und Glück brachten sie anscheinend keins. Es waren so viele, und man brauchte so viel mehr Geld, wenn der Unterschied wirklich spürbar sein sollte. Wo sollte er die zwanzig Rupien hineinstecken, wo würden sie den meisten Nutzen bringen? Er musste sich schnell entscheiden. Mummy und Daisy würden in der Küche bald fertig sein.

Er blätterte und hielt bei »Butter & Brot« inne. Gestern Morgen hatte Daddy gesagt: »Schon wieder trockener Toast, dank deiner Familie.« Und Mummy hatte geantwortet: »Ich habe nicht gemerkt, dass deine Familie in den letzten fünfzehn Jahren eine große Hilfe war«, was Daddy noch wütender gemacht hatte. »Zumindest behandeln sie unsere Wohnung nicht wie ein Krankenhaus.«

Sie hatten wieder angefangen zu streiten; Mummy erinnerte ihn daran, wie halkat seine drei Schwestern vor der Hochzeit gewesen waren; sie hatten ihm nicht einen einzigen Stuhl, kein Bett, keinen Schrank aus der Wohnung der Familie zugestanden, obwohl er ein Anrecht auf einen Teil der Möbel gehabt hatte. Nicht ein zerbrochenes Stück Holz hatte er aus Jehangir Mansion mitnehmen dürfen, und es war ein Wunder, dass er nicht auch seine Kleider und seine Schuhe hatte zurücklassen müssen. Aber Daddy sagte, wenn sie jetzt seine Familiengeschichte ins Spiel bringen wolle, dann könne er mit ihrer das Gleiche tun, nur sei ihre zu schrecklich, um vor den Kindern davon anzufangen.

Mummy erwiderte, wenn seine Schwestern nicht gewesen wären, hätten sie sich in seinem Haus niederlassen können, Grandpa hätte nicht sein ganzes Geld ausgeben müssen und wäre heute noch Herr seines Geschicks. Aber Grandpa habe alles für sie geopfert und gesagt, man dürfe ein neues Leben nicht in Streit und Bitterkeit anfangen.

»Vergiss also nicht«, sagte Mummy, »dass es nicht meine Familie war, die unsere Probleme geschaffen hat.«

Daddy hatte zu Grandpa auf dem Diwan hinübergezeigt. »Und was, glaubst du, ist das? Ich will dir eins sagen: Ich habe dich nicht geheiratet, um die Ehre und das Privileg zu erhalten, deinen Vater zu pflegen.«

Jehangir dachte an den harten Wortwechsel zwischen seinen Eltern und stand starr da, das Geld in der Hand. Alles in seiner Brust fühlte sich schwer an, ganz so wie in seinem Kopf, wenn er Kopfschmerzen hatte. Ob sich Herzschmerzen so anfühlten? Und gab es Tabletten gegen Herzschmerzen?

Geräusche aus der Küche alarmierten ihn. »Butter & Brot« war die beste Wahl, entschied er. Er steckte die zwanzig Rupien hinein und legte die Umschläge zurück, als seine Mutter durch den Flur kam. Tante Daisy erkundigte sich nach Grandpa, und sie gingen zusammen ins vordere Zimmer.

»Sieh mal, wer da ist, Pappa – Daisy Ichhaporia.«

Sein Großvater machte ein ratloses Gesicht und strahlte dann. »Die Geigerin.«

»Sehr gut!«, sagten sie, und Jehangir fand, es hörte sich an wie das Lob von Mummy, wenn er gute Zensuren nach Hause brachte.

»Und wo ist die Geige?«, fragte sein Großvater.

»Ach, Pappa.« Seine Mutter lachte. »Daisy ist hier, um mir in der Küche zu helfen, nicht um ein Konzert zu geben.«

»Wenn die Musik der Liebe Nahrung ist, spielt weiter! Gebt mir volles Maß«, flüsterte er zu Daisys Entzücken. »Sie sollten nirgendwo ohne Ihre Geige hingehen.«

»Warum sagst du ihr nicht, Pappa, wie gut dir ihre Musik gefällt? Wissen Sie, Daisy, immer wenn er Sie üben hört, ist er im Himmel. Dann sollten Sie sein Gesicht sehen.«

Sie nahm sie beiseite und sagte, an schlechten Tagen sei die Musik ein Segen für Pappa – sowie sie anfange zu spielen, werde er ruhiger, als habe er ein wirksames Medikament bekommen.

»Interessant«, sagte Daisy. »Vor einiger Zeit habe ich ein Buch über Musiktherapie gelesen. Darin wurden bestimmte Kompositionen für Leiden wie Migräne, niedrigen oder hohen Blutdruck und Magenkrämpfe verordnet. Ich erinnere mich nicht mehr genau, aber Bach war derjenige, der am meisten verordnet wurde, vor allem bestimmte Fugen aus dem ›Wohltemperierten Klavier‹. Warten Sie, ich bin gleich wieder da.«

Sie kam mit ihrer Geige zurück und begann ein lebhaftes Stück, das mit seiner Energie das Zimmer erfüllte. Lächelnd schloss Nariman die Augen und lauschte, und Roxana machte Daisy mit einer Handbewegung darauf aufmerksam, wie sehr er sich freute.

Die Musik wirbelte hin und her, und Jehangir vermutete, so müsse es sich anfühlen, wenn man in einem offenen Auto sehr schnell über eine leere Straße fuhr: Schwärme von Vögeln flogen am Himmel, die Sonne schien, und kleine weiße Wolken trieben dahin. Das Stück endete mit einem schwungvollen Bogenstrich.

»Bravo«, sagte Nariman und versuchte zu klatschen, aber man hörte es kaum. Die anderen sorgten für Ausgleich. »Ich hatte früher eine 78er-Schallplatte, auf der es von Heifetz gespielt wurde«, sagte er. »Der ›Zapateado‹ von Sarasate, nicht wahr?«

Sie nickte. Es freute sie, dass er das Stück kannte.

»Was bedeutet Zapa… dieser Name?«, wollte Jehangir wissen.

»Za-pa-te-a-do«, wiederholte sein Großvater. »Das ist ein Tanz, bei dem man mit den Füßen stampft. ›Zapato‹ heißt auf Spanisch ›Schuh‹.«

Jehangir bevorzugte seine eigene Interpretation mit Vögeln und Wolken und einem Auto. Er wiederholte das Wort. »Zapato – klingt ganz wie Sapat.«

»Ganz recht. Gujarati und Spanisch gehören beide zur selben indo-europäischen Familie.«

Daisy begann, Mendelssohns ›Auf den Flügeln des Gesanges‹ zu spielen, und sie verstummten. Diese Musik fand Jehangir viel zarter; sie strömte so süß aus der Violine, dass er sie beinahe schmecken konnte. Er musste an Honig denken, der in zartem goldenen Faden vom Löffel tropft. Wenn er einen wunden Hals hatte, mischte seine Mutter Honig mit Zitronensaft, um das raue Gefühl zu lindern.

Daisy spielte zu Ende, und sie klatschten wieder. Sie wollte die Geige beiseite legen. »War das alles?«, fragte Nariman. »Sie können heute doch genauso gut hier üben.«

»Sie wollen sicher nicht all meinen Unsinn hören, Professor Vakeel.«

Er überzeugte sie, dass er es sehr wohl wollte. Aber ihre Noten und der Notenständer waren unten, und so spielte sie noch ein paar Stücke auswendig und legte die Violine dann wieder in ihren Kasten. Sie versprach, am nächsten Tag zurückzukommen, wenn er es wirklich wolle.

»Sie müssen mir noch etwas versprechen.«

»Gern.«

»Versprechen Sie, dass Sie kommen und für mich spielen, wenn ich sterbe.«

Daisy sagte, er habe sicher noch viele Jahre vor sich.

»Die Anzahl der Jahre ist nicht das Entscheidende. Ich will, dass Ihre Geige meine Ohren erfüllt, wenn der letzte Atem aus mir weicht – wann auch immer. Versprochen?«

Er streckte ihr die Hand entgegen. Sie zögerte, aber sie konnte es ihm nicht abschlagen. Seine Hand umklammerte ihre, und der Pakt war besiegelt. »Versprochen.«

Roxana runzelte jetzt die Stirn, und Jehangir war bestürzt, als müsse der Umstand, dass sie seiner Bitte nachgegeben hatte, den traurigen Moment desto schneller eintreten lassen.

Miss Alvarez hielt eine kleine Lobrede auf die Hausaufgabenaufseher und ihre Klasse. Jehangir war sicher, dass sie ihm sein schlechtes Gewissen an den Augen ansehen würde, und wagte nicht, sie anzuschauen. Stattdessen starrte er auf einen Punkt hinter ihr an der Wand.

»Jungen, ich möchte euch sagen, dass die Leistungen derer, die zu Anfang des Jahres noch nicht so gut waren, sich verbessert haben; sogar die Besonderen Probleme strengen sich mehr an. Wisst ihr, warum? Weil ihr euch den Respekt eurer Klassenkameraden erwerben wollt. Ich bin so stolz auf euch. Danke. Macht weiter so, und herzlichen Glückwunsch euch allen.«

Dann schlug Miss Alvarez ihre die Klasse elektrisierenden Beine übereinander und fing an, Klassenarbeiten zu korrigieren, während die Hausaufgabenaufseher ihrer Arbeit nachgingen. Es ging um die Daten des Mughal-Reiches: zehn Fragen für jeden Schüler.

Jehangir wanderte von Pult zu Pult und dachte immer nur daran, was passieren würde, wenn er zu Ashok käme. Seit dem letzten Mal war eine Woche vergangen. Würde er ihm wiederum Geld anbieten? Die Angst, dass Miss Alvarez ihn erwischen könnte, lag ihm schwer im Magen.

Lange bevor Ashok an der Reihe war, hatten seine schwitzenden Hände den braunen Umschlag seines Geschichtsbuchs durchfeuchtet. Er wischte die Hände an den Ärmeln ab, aber nach wenigen Augenblicken waren sie wieder nass. Er hielt seine Finger von der Mitte fern, um die Tinte nicht zu verschmieren, wo Daddy seinen Namen auf das braune Papier geschrieben hatte:

Jehangir Chenoy
Klasse IV A
Geschichte

Daddys Handschrift war makellos wie Perlen. So pries Mummy sie, und die Buchstaben waren alle miteinander verbunden durch den Glanz der königsblauen Tinte. Sie ermutigte Jehangir, sich Mühe zu geben und genauso schön zu schreiben. Für Murad war es zu spät; seine Buchstaben krochen wie Wanzen über das ganze Blatt, sagte sie immer, wenn das Schuljahr anfing und sie die Schulbücher in braunes Papier einschlugen und mit Daddy am Esstisch saßen, wo er ihre Namen, Klassen und Fächer auf die Umschläge schrieb. Das war der beste Teil des Schulbeginns nach den Maiferien. Jehangir liebte den frischen Glanz des braunen Papiers, den Geruch der neuen Bücher, das kribbelnde Gefühl, wenn sein Name aus der Feder auf Daddys Füller floss. Und er sah an seinem gewichtigen Gesichtsausdruck, dass es auch Daddy Spaß machte. Manchmal sagte Daddy scherzhaft, dass der Prozess des Lernens erst beginnen könne, wenn die Bücher den Namen des Schülers trügen, weil die Kenntnisse darin sonst gar nicht wüssten, in welches Gehirn sie wandern sollten.

Und jetzt drohte der Schweiß seiner Ruchlosigkeit die Perlen seines Vaters zu verschmieren. Gebeugt unter der Last von Schuld und Angst schleppte Jehangir sich dahin und erreichte den Ursprung seiner bangen Sorge.

Er begann mit den Fragen über das Mughal-Reich und ignorierte Ashoks Augenzwinkern. Es überraschte ihn, mit welcher Leichtigkeit es ihm gelang, würdevolle Distanz zu wahren, als wäre er nicht durch ein abscheuliches Geheimnis wie mit Handschellen gefesselt.

»In welchem Jahr wurde Babur König von Farghana?«

»1947.« Grinsend schob Ashok die Hand in die Tasche.

»Die erste Schlacht von Panipat wurde wann geschlagen?«

»1947.« Er zog einen Zwanzigrupienschein hervor, und Jehangir schob die Hand unter den Tisch.

»Humayun wurde Kaiser im Jahr …?«

»1947.«

Jehangir steckte das Geld ein, während sie die Fragen durchgingen. Ashok antwortete zehnmal mit 1947. Jehangir trug »Neun von zehn« ins Hausaufgabenregister ein.

Dann ging er weiter, und seine Handflächen waren völlig trocken, reingewischt von der Zuversicht. Wie einfach es gewesen war. So viel Angst wegen nichts, dachte er, und nahm Platz, um Vijay zu prüfen.

Vijay, Ashok und Rajesh verbrachten die kurze Pause zusammen, saßen in der großen Pause beim Lunch zusammen und fuhren zusammen nach Hause. Vijays Mutter liebte Kokosnussöl, und deshalb glänzte sein Haar immer. Als die geölten gegen die ungeölten Haare Kricket gespielt hatten, hatte Vijay Mannschaftskapitän sein wollen, weil seine Haare am öligsten waren.

Jehangir fing mit den zehn Fragen an, und Vijay plagte sich mit den Antworten und presste die Finger an die Schläfen, als wolle er die richtigen Worte dort hervorquetschen. Bald hatte er die erlaubten drei Fehler zusammen.

»Tut mir Leid«, sagte Jehangir und klappte das Register auf.

»Okay.« Vijay seufzte und forderte ihn flüsternd auf, die Hand unter das Pult zu schieben.

»Wozu?«

»Chal yaar, tu nicht so. Ich kenne den Preis: zwanzig Rupien.«

Mit klopfendem Herzen wies Jehangir das Geld zurück. Ashok, dieses Schwein! Er hatte ihn verraten! Obwohl er versprochen hatte, es niemandem zu erzählen. »Ich muss ein ›durchgefallen‹ eintragen.«

»Okay. Wirst ja sehen, was passiert.«

»Was kann denn passieren?« Er versuchte es mit Tollkühnheit.

»Erst reibe ich meine Haare an deinem Geschichtsbuch. Und dann sage ich der Lehrerin, dass du Geld nimmst.«

»Sie wird dir nicht glauben.«

»Ashok wird mich unterstützen. Er wird sagen, dass er dich bezahlt hat.«

Mit dieser Drohung war Jehangirs Widerstand gebrochen, und Vijay schob das Geld in sein Geschichtsbuch.

Eine Ecke des Geldscheins schaute heraus. Aus Angst, man könnte sie sehen, stopfte Jehangir das Geld in die Hosentasche. Dann notierte er für Vijay »acht von zehn« ins Hausaufgabenregister.

Ein paar Pulte weiter kam Rajesh, dessen breites Grinsen ihm schon verriet, was er zu erwarten hatte, ohne dass ein Wort darüber gewechselt werden musste. Sie absolvierten den Test, und Jehangir steckte noch einen Zwanziger ein.

Von da an bildete Rajesh zusammen mit Ashok und Vijay ein Trio, das ihn jede Woche mit sechzig Rupien versorgte. Die Möglichkeit, Geld ohne Arbeit zu bekommen, etwas für nichts, erfüllte ihn mit Staunen und gab ihm ein Gefühl von Macht.

Nicht lange, und er empfand es als selbstverständlich: Es stand ihm zu. Es ärgerte ihn, wenn einer der drei seine Hausaufgaben ordentlich gemacht hatte (meistens war es Rajesh, der fleißiger arbeitete und nicht reich war wie die beiden andern). Und wenn er den entsprechend kleineren Betrag in die Umschläge seiner Mutter steckte, kam er sich vor, als lasse er sie im Stich.

Dann fand er einen Weg, das Ergebnis zu steuern. Miss Alvarez gab den Hausaufgabenaufsehern eine Liste von Fragen für jede Aufgabe, aber es stand ihnen frei, sich auch eigene auszudenken. Sie vertraue auf ihr Urteilsvermögen, ermahnte sie.

In Geographie stellte er Rajesh zunächst die Fragen von Miss Alvarez' Liste, aber sie waren zu leicht, und Rajesh beantwortete sie richtig. Es war an der Zeit, der Kugel einen kleinen Drall zu geben. Er durchkämmte das Erdkundebuch nach obskuren Fakten. »Nenne das jährliche Gesamtvolumen aller Flüsse in Indien.«

»Was?« Rajesh war fassungslos. »Das ist keine faire Frage!«

Jehangir wischte den Protest mit eisigem Schweigen beiseite und gab selbst die Antwort. »1 680 000 000 000 Kubikmeter pro Jahr.«

»Dreckskerl!«

Zwei Fehler brauchte er noch. Jehangir attackierte ihn mit ähnlichen Fragen numerischer Natur.

»Das hier sind Erdkundeaufgaben, nicht Arithmetik!«, stammelte Rajesh empört. Er funkelte ihn mit hasserfülltem Blick an und reichte die zwanzig Rupien herüber. »Warte, dir werde ich es zeigen.«

Lächelnd steckte Jehangir das Geld ein und ging weiter an der Reihe entlang zum nächsten Jungen.

In seiner Hast schloss er die Schublade geräuschvoll, nachdem er die sechzig Rupien auf verschiedene Umschläge verteilt hatte. Seine Mutter hörte es in der Küche und ertappte ihn an der offenen Schranktür.

»Was machst du da?«

Er dachte schnell. »Ich wollte mir Daddys Briefe anschauen. Die kanadischen.« Das würde sie glauben; er hatte es immer gern gehört, wenn sein Vater die Geschichte von dem Antrag und dem Interview erzählte.

»Du sollst nicht an seine Sachen gehen. Und – hast du die Briefe gefunden?«

»Nein. Ich wollte nichts durcheinander bringen.«

Sie nickte beifällig zu dieser klugen Entscheidung. »Frag ihn, wenn er nach Hause kommt. Wenn er gute Laune hat.« Sie streichelte ihm die Wange und beugte sich dann zu ihm. »Was hast du denn, Jehangoo?«

»Nichts.«

»Bist du glücklich?«

Er nickte.

»Komm, dein Tee ist fertig. Warum kommt Murad wieder so spät? Wieso verpasst er den Bus und du nicht?«

»Weil ich mit Volldampf die Treppe hinunter und zur Bushaltestelle renne.« Er hatte nicht vor zu verraten, dass sein Bruder in letzter Zeit immer zu Fuß ging. Murad musste gute Gründe haben, wenn er sein Fahrgeld sparte – vielleicht wollte er ebenfalls den Eltern helfen.

Aber wenig später war Murad zu Hause, und seine Mutter fragte nicht noch einmal, denn kurz danach kam auch sein Vater und sagte: »Unglaublich«, während er die Tür aufschloss.

Kaum war er hereingekommen, fragte sie sich, was ihn so verärgert haben konnte. »Ist etwas nicht in Ordnung, Yezdaa?«, fragte sie zaghaft.

»Zum ersten Mal seit Wochen ist einmal etwas in Ordnung.«

Ihre Bangigkeit zerschmolz in einem Lächeln. »Was ist denn?«

»Mal sehen, ob du es erraten kannst. Ich gebe dir einen Tipp: Ich bin heute nicht drei Treppen hinaufgestiegen, um nach Hause zu kommen.«

»Was denn, bist du heraufgeflogen?«, fragte Roxana, und Jehangir lachte erleichtert über die Art und Weise, wie sie sich unterhielten.

»Ja, genau«, sagte Yezad. »Ich bin in einem Käfig heraufgeflogen.«

»Der Lift funktioniert!«, schrie Murad.

»Nach acht Jahren. Ist das zu glauben, Chief?«

»Das ist wirklich eine gute Neuigkeit«, sagte Nariman. »Das Wunder der modernen Technologie ist nach Pleasant Villa zurückgekehrt.«

Sie lachten, und Jehangir rief ausgelassen: »Ein dreifach Hoch auf den guten alten Lift!« Er war glücklich, weil sein Vater heute Abend glücklich war. »Hip-hip hurraaa!«

»Hört sich an, als hättest du das bei Enid Blyton gelesen«, bemerkte Yezad, und Roxana rief alle zu Tisch; das Essen sei fertig.

Sie fingen an zu essen. Es gab Kartoffeln, gekocht, in Scheiben geschnitten und mit Zwiebeln, gehackten grünen Chilischoten und Kumin gebraten. Sie wusste, dass das Gericht unvollständig war, denn es fehlte die letzte Schicht aus vier schaumig geschlagenen Eiern. Beim Auftragen machte sie sich plötzlich Sorgen, das Ganze könnte allzu schlicht aussehen.

»Sehr lecker«, sagte Yezad. »Grüner Chili hat Zauberkräfte.«

Jehangir nickte dankbar zustimmend. »Daddy, darf ich meinen Namen in John ändern? Als Kurzform?«

»Hast du das gehört, Roxie? Dein Sohn will Christ werden.«

»Nein, ich bleibe Parse. Bloß mein Name ist ein kleines bisschen anders.«

»Hör zu, Jehangla, deine christlichen Freunde haben christliche Namen. Deine Hindu-Freunde haben Hindu-Namen. Du bist ein Parse, also hast du einen persischen Namen. Sei stolz darauf. So etwas wirft man nicht weg wie einen alten Schuh.«

»Einen alten Zapato«, sagte Jehangir.

»Nicht, dass wir uns heutzutage leisten könnten, irgendetwas wegzuwerfen.«

Das unangenehme Thema Geld rückte wieder in die Nähe. Besorgt hörte Jehangir auf zu kauen. Seine Mutter fragte, ob ihm das Essen nicht schmecke.

»Es ist sehr lecker«, sagte er und aß wieder schneller.

»Hast du Daddy erzählt, was du im Schrank gesucht hast?«

Bei dieser Frage wurde Jehangir stumm vor Angst. Er konnte nur mit Mühe den Kopf schütteln.

»Was hast du getrieben, du Racker?«

»Er wollte deine Briefe sehen«, sagte seine Mutter. »Deine ganze Kanada-Korrespondenz.«

Erleichterung flutete über Jehangir hinweg. Wie eine Brandungswelle, dachte er. Er wusste, dass seine Mutter die Sache zur Sprache gebracht hatte, weil sie Daddys gute Laune genau wie er so lange wie möglich erhalten wollte.

Als sie zu Ende gegessen hatten, bat er seinen Vater, die Geschichte zu erzählen.

Die Einwanderungsgeschichte hatte immer zwei Teile gehabt: den Traum und die Wirklichkeit. Aber im Laufe der Jahre war der Traum – von Wohlstand, Haus, Auto, CD-Player, Computer, sauberer Luft, Schnee, Seen, Bergen, Überfluss – verworfen worden, weil er niemals Wirklichkeit werden würde. Dieser Teil der Geschichte war beinahe zu nichts zusammengeschrumpft. Zum Ausgleich war der andere Teil gewachsen und bildete jetzt die ganze Geschichte, angefangen mit dem Brief, den Yezad an die Canadian High Commission geschrieben hatte, um seinen Wunsch nach einer Einwanderungserlaubnis für ihn selbst und seine Familie vorzutragen, die damals aus Roxana und dem dreijährigen Murad bestanden hatte.

»Das hast du doch alles schon gehört«, sagte Yezad, als Jehangir nicht aufhörte, ihn zu löchern.

»Ja, aber du hast uns den Brief nie vorgelesen, Daddy.«

»Ich glaube doch.«

»Ich zumindest würde ihn gern hören, Yezad«, sagte Nariman.

»Also gut.« Er ging zum Schrank, und während er die Korrespondenz herauswühlte, nutzte er die Gelegenheit, um den Rest seines Matka-Gewinns wahllos in fünf verschiedene Umschläge zu stecken. Im Wohnzimmer öffnete er das Bündel Briefe und suchte den heraus, den sie hören wollten.

Er zog die Bögen hervor und erklärte, dass er vor Jahren, als er an die Canadian High Commission geschrieben habe, zu dem Schluss gekommen sei, dass sein Brief, da seine Qualifikation begrenzt war – er war weder Ingenieur noch Krankenpfleger, Techniker oder sonst jemand aus einer gesuchten Berufsgruppe –, das vollbringen müsse, was sonst Diplome und akademische Abschlüsse bewirkten. Er müsse den High Commissioner dazu bringen, dass er innehielt und zur Kenntnis nahm, dass hier ein Bewerber war, der Kanadas würdig wäre. Worte hatten die Macht, Menschen umzustimmen, Worte hatten Großes erreicht, Worte hatten Kriege gewonnen. Gewiss würde die Sprache Churchills und Shakespeares und Miltons, entflammt mit einer sorgsam angerührten Mischung aus Vernunft und Leidenschaft, ihm auch ein schlichtes Einwanderungsvisum einbringen können.

Also hatte er eine Lobeshymne auf Kanada verfasst, auf seine Ehrfurcht erweckende Geographie, sein Volk, seinen Platz in der Welt, auf die Großzügigkeit seiner multikulturellen Politik, einer Politik, die in ihrer wundervollen Weisheit nicht forderte, dass man das Alte über Bord warf, ehe man am Neuen teilhaben durfte. Man mache ja viel Aufhebens um den American Dream mit seinem Schmelztiegel, hatte er geschrieben, der seiner Meinung nach aber eher ein Albtraum sei: ein barbarisches Bild, besser geeignet als schweflige Beschreibung von Höllenfeuer und Asche denn als Sinnbild für ein Gelobtes Land. Nein, die mosaikhafte Vision des Kanadischen Traums sei dem doch weit überlegen – ein Mosaik erfordere Phantasie und Geduld und Kunstfertigkeit, eine Ästhetik, die der Brutalität eines glühenden Kessels ermangele.

Er schwieg kurz. »Das alles klingt heute so aufgeblasen.«

»Mach weiter, Daddy«, sagte Jehangir. »Das ist ein toller Brief.«

Yezad lachte, wandte sich der nächsten Seite zu und las laut vor. »Die Großzügigkeit des Kanadischen Traums schafft Raum für jedermann, für eine Vielzahl von Sprachen und Kulturen und Völkern. In der Bereitschaft Kanadas, sich auf der Grundlage des Einbeziehens unablässig zu definieren und neu zu definieren, liegt seine Größe, seine Verheißung, seine Hoffnung.

Meine Familie und ich würden an diesem Traum gern teilhaben. Wir glauben an seine Vornehmheit und möchten unser Leben in einer Gesellschaft verbringen, die sich dem Ziel geweiht hat, ein Licht für die Welt zu werden.

Ich habe einen Traum: Bald wird meine Familie diesen Ort der Verdrossenheit für immer verlassen und dort leben, wo das Mitgefühl unter allen Werten am höchsten steht, wo das Credo der Selbstsucht eingepfercht und ausgemerzt ist, wo man den Kompromiss der Konfrontation vorzieht und die Blume der Harmonie hegt und pflegt.

Vor allem aber habe ich den Traum, dass meine Frau, mein Sohn und ich eines nicht mehr fernen Tages die Häupter zum Himmel erheben und aus ganzem Herzen singen werden: ›O Canada‹.«

Der Brief endete mit Einzelheiten der üblichen technischen Art, und Yezad überging sie. »Gott«, sagte er. »Habe ich diesen naiven Unsinn wirklich geschrieben?«

»Na ja«, sagte Nariman, »für das, was damit erreicht werden sollte, ist es sehr gut. Ausreichend bis zu dem Tag, da …«

»Ob ihr es glaubt oder nicht, ich habe sechs Wochen harter Arbeit darauf verwandt, diesen Brief zu komponieren, zu entwerfen und wieder zu entwerfen, über den Kommata zu brüten, hier eines hinzuzufügen und da eines wegzunehmen, bevor ich ihn nach New Delhi geschickt habe. Und dann blieb die verdammte High Commission drei Monate lang stumm. Ich fing an mich zu fragen, ob ich etwas geschrieben hatte, woran sie Anstoß genommen hatten. Das Echo der Rede von Martin Luther King – vielleicht ärgerte es sie, dass ich einen amerikanischen Helden zitiert hatte, während ich die Einwanderungserlaubnis für Kanada beantragte. Vielleicht hätte ich gründlicher nachforschen und ein kanadisches Zitat finden müssen. Vielleicht hatte ich auch mit allzu harten Worten über den Schmelztiegel Amerika geschrieben, was ja gegen mich sprechen, mich als Radikalen kennzeichnen könnte, als Amerika-Hasser und Hetzer, der Unruhe stiften würde. Vielleicht fand sich auch ein leiser Unterton von Illoyalität gegen Indien? So etwas hatte ich vermeiden wollen.

Aber schließlich kam doch eine Antwort. Rate, was es war, Chief: ein zweizeiliger Formbrief. Ein Antragsformular sei beigelegt, und dazu die Anweisungen, wie es auszufüllen sei. Schau, hier ist die Fotokopie.«

»Ich kann es immer noch nicht fassen«, sagte Roxana. »Wie konnten diese Leute einen solchen Brief ignorieren?«

»Bürokratie«, sagte Nariman. »Der sch-sch-schlimmste Feind der Menschheit.«

»Das stimmt«, sagte Yezad und wechselte einen Blick mit Roxana – auch sie hatte es gehört, dieses Stocken in der Sprache ihres Vaters. »Also füllte ich das Antragsformular aus, aber meine Hoffnungen waren inzwischen schon geschwunden. Wenn ich sie mit meinem Brief nicht hatte beeindrucken können, was blieb mir dann noch, um ihre Entscheidung zu beeinflussen? Nichts.

Stellt euch die Überraschung vor, als sie sechs Monate später um ein Interview ersuchten. Meine Begeisterung erwachte von neuem, denn die High Commission interviewte einen Bewerber nur, wenn seine Zulassung wahrscheinlich war. Und die ganze Familie war eingeladen, nicht nur ich.«

»Ich weiß noch, was wir an diesem Tag angezogen haben«, sagte Roxana. »Daddy seinen dunkelblauen Zweireiher, ich das malvenfarbene Kostüm, das ich damals hatte. Für Murad haben wir eine sehr niedliche Schleife gekauft. Und dann sind wir mit dem Taxi gefahren, damit wir nicht verschwitzt ankamen.«

»Ja«, sagte Yezad. »Als wir dort waren, sagte die Empfangsdame, der Einwanderungsbeamte, Mr. Mazobashi, werde uns in Kürze hereinrufen. Wir setzten uns im Warteraum auf ein Sofa. Der Raum war voller Familien, die sich fein gemacht hatten wie wir; es war wie auf einem Hochzeitsfest. Manche Frauen trugen kiloweise Goldschmuck. Wie lächerlich, wenn ich heute daran denke. Aber in dem Augenblick konnte ich nur an eines denken, nämlich an den Namen des Einwanderungsbeamten: Mazobashi.

Ich war fasziniert. Das war das Schöne an Kanada, fand ich: dass Mazobashi so kanadisch sein konnte wie jeder andere Name. Chenoy, zum Beispiel. Dann rief eine Stimme auf dem Flur: Familie Chenoy. Wie beim Arzt, wenn der nächste Patient ins Sprechzimmer gerufen wird. Und als ich den Mann sah, glaubte ich nicht, dass es der Einwanderungsbeamte sei: Der Kerl war gekleidet wie ein Chaprassi, mit einem zerknautschten Hemd von der Kurta-Sorte, das ihm über die Hose hing. Die Füße steckten in Kolhapuri-Sandalen, und die Zehennägel waren schmutzig.

Aber wir gingen in das Büro, und er setzte sich auf den

großen Sessel hinter dem Schreibtisch. Auf dem Tisch stand ein Namensschild aus Messing: M. M. Mazobashi. Dieser schäbig gekleidete Mann würde also das Interview mit uns führen. Hielt er so wenig von uns? Aber dann beschloss ich, mit meinem Urteil noch abzuwarten. Vielleicht waren die Kanadier noch lässiger als die Amerikaner.«

»Die Briten nannten so jemanden ›verbuscht‹«, sagte Nariman.

»Ja«, sagte Yezad. »Mr. Mazobashi schlug unsere Akte auf, ohne uns Platz nehmen zu lassen. Es gab auch nur einen Stuhl, und ich stieß Roxana an und winkte ihr, sich zu setzen. Er sah es und sagte: ›Yeah, klar, nur zu‹, und zeigte auf einen anderen Stuhl, der in der Ecke stand.

Als wir saßen, sagte er: ›Ist euch nicht heiß in euren Jacken?‹ Ich lächelte und sagte: ›Nein, Sir, die Klimaanlage arbeitet äußerst wirkungsvoll.‹«

»In Wirklichkeit«, unterbrach Roxana seine Erzählung, »war es eiskalt in dem Büro, und ich bereute, dass ich mein Nylontuch nicht mitgenommen hatte. Außerdem machte ich mir Sorgen, dass Murad sich erkälten könnte. Der Mann muss gesehen habe, dass mich fröstelte. Er war so schroff. ›Was ist los – ist es euch zu kalt? Und ihr wollt in Kanada leben?‹ So ein unkultivierter Kerl. Ich konnte ihn von Anfang an nicht ausstehen.«

»Wie dem auch sei«, sagte Yezad, »er ging plötzlich ohne ein Wort hinaus und kam mit einem Glas Wasser zurück. Ich dachte, er wollte endlich ein wenig Höflichkeit zeigen, aber er goss das Wasser in einen kleinen Blumentopf auf seinem Tisch. ›Wie weit ist es bis Kanada, wissen Sie das?‹ fragte er mich ohne Vorwarnung. Ich sagte, das komme darauf an, welchen Teil Kanadas er meine; die Entfernung könne sich um fast sechstausend Kilometer vergrößern, wenn er von der Westküste spreche.«

»Gut gegeben«, sagte Nariman.

Und Jehangir war erfreut, denn Daddy hatte dem gemeinen Mr. Mazobashi eins ausgewischt. »War das der Augenblick, als du ihm gesagt hast, er sei ein unhöflicher Mann?«

»Nein, noch nicht. Er schlug die Akte wieder auf, zündete sich eine Zigarette an, betrachtete seine Fingernägel und fragte mich, warum ich nach Kanada wollte. Ich wiederholte ein wenig von dem, was ich in meinem langen Brief geschrieben hatte, und am Ende sagte ich etwas, das ich besser nicht gesagt hätte – dass wir aus den gleichen Gründen dorthin wollten wie seine eigene Familie.

Er grinste mich höhnisch an. ›Meine Familie ist in Kanada geboren.‹ Ich schwieg. Jetzt stellte er mir die erste relevante Frage in diesem Interview. ›Sie verkaufen Sportartikel, steht hier. Erzählen Sie mir mehr davon.‹

Ich fing an, aber er schnitt mir das Wort ab. ›Okay, okay, genug von Kricket und Badminton und Tischtennis. Haben Sie vor, in Kanada auch Sportartikel zu verkaufen?‹

›Ja, aber ich bin bereit, auch jede andere Arbeit zu übernehmen, wenn …‹

›Na, dann erzählen Sie mir was über kanadische Sportarten. Wie viele Spieler gehören zu einer Eishockeymannschaft?‹

›Elf?‹

›Falsch. Wie viele Abschnitte hat ein Spiel?‹

›Zwei?‹

›Falsch. Was ist ein Power Play? Wissen Sie, was ein Deke ist? Was ist ein Icing Penalty? Sagen Sie mir den Unterschied zwischen CFL und NFL. Wie viele Konzessionen gibt es in der NHL? Wie spielt man Lacrosse?‹

Er schoss seine Fragen auf mich ab wie mit einem Maschinengewehr. ›Ihr Inder‹, sagte er schließlich. ›Ihr seid so naiv. Ihr wollt in ein Land ziehen, von dem ihr keine Ahnung habt, und euch da den Hintern abfrieren, bloß um einen Haufen Geld zu machen. Na, vielen Dank für Ihr Interesse an Kanada. Wir lassen von uns hören.‹«

Jehangir wartete; er wusste, dass jetzt die gute Stelle kam.

»Er erwartete, dass wir jetzt lammfromm aufstanden und gingen«, erzählte Yezad. »Aber ich blieb sitzen. ›Verzeihung, Sir, darf ich etwas sagen?‹ ›Klar‹, antwortete er, ›aber machen Sie es kurz. Ich habe noch mehr von euch zu interviewen.‹ Und ich sagte: ›O ja, ich werde es allerdings kurz machen.‹

Ich beugte mich auf meinem Stuhl vor. ›Sie, Sir, sind ein unhöflicher und ignoranter Mensch, eine Schande für Ihr Amt und für Ihr Land. Sie sitzen hier und beschimpfen uns, beschimpfen die Inder und Indien, eines der vielen Länder, die Ihre Regierung ihrer Brainpower beraubt, jener Brainpower, der Sie Ihr Wachstum und Ihren Wohlstand verdanken. Statt so viel Anstand zu besitzen, uns dafür zu danken, sondern Sie Ihre Vorurteile und Ihre bigotten Ideen ab. Sie, deren Verwandte in Kanada unter Rassismus und Xenophobie leiden mussten, obwohl sie kanadische Staatsbürger waren, und in Lager gesperrt wurden wie Kriegsgefangene – von Ihnen, Sir, sollte man mehr als von irgendjemandem sonst erwarten, dass er die aufgeklärten kanadischen Ideale des Multikulturalismus versteht und verkörpert. Aber wenn Sie in irgendeiner Weise beispielhaft sein sollten, dann ist Kanada ein einziger, riesiger Schwindel.‹«

»Bravo«, sagte Nariman, und Jehangir und Murad applaudierten stolz.

»Ja, ich habe eine ordentliche Rede gehalten. Es ist so viele Jahre her, dass ich nicht mehr alles behalten habe.«

»Du hast noch etwas über die Flagge gesagt, die hinter seinem Schreibtisch stand«, soufflierte Roxana. »Über das Blatt.«

»Ach ja, ich habe gesagt, es sei ein Wunder, dass das rote Ahornblatt auf der Flagge noch nicht vor lauter Scham verwelkt und abgefallen sei, weil man es zwinge, mit ihm das Büro zu teilen.«

»Erstklassig«, sagte Nariman.

»Ich hatte gründlich recherchiert, bevor ich meinen Antrag gestellt hatte. Vilas, mein Freund aus der Buchhandlung, hatte mir einen Roman mit dem Titel *Obasan* geliehen. Und noch ein Buch, das hieß *The Enemy That Never Was*. Dazu noch ein paar andere – über den Bau der nationalen Eisenbahn, den Goldrausch am Klondike, die Konföderation im Jahr 1867. Tatsächlich war ich, glaube ich, besser über Kanada informiert als viele Leute, die dort geboren sind. Nur nicht über kanadischen Sport. Und dieser Mann lehnte mich ab.«

Nariman schüttelte betrübt den Kopf. »Wir nehmen immer an, dass Menschen, die Grausamkeiten erlitten haben, eine überdurchschnittliche Fähigkeit zum Mitgefühl entwickeln. Aber dafür gibt es keine Garantie. Wie dem auch sei, ich bin froh, dass ihr nicht ausgewandert seid.«

»Das sind Jal und Coomy sicher auch, Chief. Ein Krankenwagen von Bombay nach Kanada wäre ihnen zu teuer gewesen.«

»Ich bin froh, dass ihr es nicht getan habt«, wiederholte Nariman, »weil ich das Auswandern für einen gewaltigen Fehler halte. Es ist der größte Fehler, den man im Leben machen kann. Der Verlust der Heimat hinterlässt eine Lücke, die man nie wieder füllen kann.«

Bei den Worten seines Schwiegervaters stieg ihm ein Kloß in die Kehle, denn sie erinnerten ihn an Mr. Kapurs Fotos von Jehangir Mansion und der Hughes Road. An seine verlorene Heimat. Das Gefühl von Trauer und Leere kehrte zurück, und dazu eine seltsame Ruhe.

Er schob die diversen Formulare und Briefe wieder in den großen Umschlag mit all seinen Zeitungsausschnitten über Kanada, die er in den letzten zwölf Jahren gesammelt hatte. Heute wusste er noch mehr über das Land als damals, als er Mr. Mazobashi gegenübergesessen hatte. Der Stachel der Zurückweisung hatte in ihm das Verlangen erweckt, den Zurückweisenden noch besser zu verstehen.

Er trug den Umschlag zum Schrank und hielt dann inne. Warum hatte er das alles eigentlich aufgehoben? Er wusste, warum – weil er sich an den Gedanken geklammert hatte, dass er eines Tages noch einmal einen Antrag stellen und dann Erfolg haben würde.

Er setzte sich auf das Bett und schüttelte den Umschlag aus. Briefe, Formulare, Fotokopien, Zeitungsausschnitte – alles flatterte heraus und landete auf einem Haufen. Er fing an, die Sachen zu zerreißen.

Das Geräusch ließ Roxana ins Schlafzimmer kommen. »Was machst du da?«, fragte sie entsetzt.

»Ich räume Müll weg.«

Einen Augenblick lang dachte sie daran, die Dokumente zu retten. Dann verstand sie: Yezad hatte Recht, es lohnte sich nicht, das Zeug zu behalten.

Sie setzte sich mit gekreuzten Beinen zu ihm auf das Bett und fing an, Blätter zu zerreißen. Sie schauten lächelnd von dem Papierhaufen auf, und ihre Blicke trafen sich.

Als alles zu einem Berg aus papiernen Blütenblättern zerfetzt war, streckte er die Arme aus und zog sie an sich. Er umschlang sie und barg ihren Kopf an seiner Brust.

Murad erzählte Jehangir auf dem Balkon, er habe eine Idee für Daddy: Warum beschwere er sich nicht bei der Regierung in Kanada, dass Mr. Mazobashi bei dem Interview unhöflich und unfair gewesen war?

»Weil«, sagte Jehangir weise, »Regierungen gewöhnlichen Menschen niemals helfen.«

»Du denkst an Indien«, sagte Murad. »Aber in anderen Ländern ist es nicht so. Ich werde es Daddy vorschlagen.«

»Warte«, sagte Jehangir. »Nicht jetzt. Mummy-Daddy küssen sich.«

12

Der Burshane-Mann holte die leere Gasflasche unter dem Herd hervor, und Roxana passte auf: Ließe man ihn allein, würde er vielleicht einen Löffel einstecken oder eine Flasche Masala vom Regal. Sie schnupperte – ein Hauch von Gas aus dem abgetrennten Schlauch stieg in die Luft.

Die neue Flasche kam rumpelnd an ihren Platz, der Mann ging in die Knie, um den Schlauch anzubringen, und zündete dann den Brenner an, um den Gasstrom zu prüfen. Die Flamme war sauber und blau. Grunzend wuchtete er sich die leere Flasche auf die Schulter und wurde hinausbegleitet.

Als sie eilig das Geld holte, ließ ein Blick auf die Rechnung sie innehalten. Schon wieder eine Preiserhöhung. Sie hatte nicht übel Lust, dem Mann zu sagen, er solle das Gas wieder mitnehmen. Kerosin für den alten Primuskocher wäre billiger. Aber wahrscheinlich war die Düse verstopft und die Pumpe festgerostet. Und sie musste immer noch das Abendessen kochen.

Als sie durch die Umschläge blätterte und den mit der Aufschrift »Gas« suchte, bemerkte sie, dass in »Butter & Brot« noch Geld war. Zwanzig Rupien? Unmöglich. Sie hatten seit Tagen keine Butter mehr kaufen können.

Der »Strom«-Umschlag ging durch ihre Finger, und sie fühlte auch hier, dass etwas darin war. Sie schaute hinein:

fünfundvierzig Rupien. Aber die Rechnung hatte sie am Dritten dieses Monats bezahlt.

Sie bezahlte den Burshane-Mann und kehrte zum Schrank zurück, um sämtliche Umschläge zu untersuchen. Nach ihren Berechnungen enthielten sie hundertachtzig Rupien zu viel.

Am Abend erzählte sie Yezad davon. »Da ist irgendein Gotaalo in meiner Haushaltskasse«, gestand sie zögernd; sie befürchtete, er könnte sie für inkompetent halten. »Ich habe immer wieder nachgerechnet.«

»Vielleicht ist Mr. Kapur ein Irrtum bei meinem Gehalt unterlaufen. Aber warum machst du dir Sorgen, wenn es zu viel Geld ist? Gib es doch einfach aus, wo es fehlt.«

Innerlich musste er lächeln, obwohl er ein bisschen verwundert war. Er hatte nur hundertzwanzig dazugetan.

In den folgenden Tagen hoffte er immer wieder auf Villies nächsten mächtigen Traum, und auf eine seltsame Weise graute ihm zugleich davor – vor der Versuchung, die er mit sich bringen würde. Jedes Mal, wenn er die Wohnung verließ, lauerte sie ihm auf dem Treppenabsatz oder auf der Treppe auf und traktierte ihn mit ihren »heißen Tipps«, wie sie es nannte. Manchmal, wenn ihre Darlegungen ihm einleuchten wollten, war er entsetzt über sich selbst: Wie konnte er im numerischen Unfug der armen Villie irgendetwas Logisches entdecken? Es ärgerte ihn, dass er schwach genug war, um sich an ihre Phantasien zu klammern.

Dann musste er an den machtvollen Büstenhaltertraum denken. Wie war der zu erklären, wenn das alles Humbug war? Vielleicht besaß Villie eine natürliche Affinität zur Wissenschaft der statistischen Wahrscheinlichkeitsrechnung. Wie Shakuntala Devi und all diese mathematischen Wunderkinder, die zwölfstellige Zahlen im Kopf miteinander multiplizieren konnten und einem das Ergebnis schneller mitteilten, als man es selbst mit einem Taschenrechner ermitteln konnte. Was immer der Grund sein mochte, jedenfalls schien Villies Rezept zu funktionieren.

Hin- und hergerissen zwischen der wirklichen Welt und der Hoffnung, die Villies Zahlenreich ihm vorgaukelte, beschloss er, das Schicksal für sich entscheiden zu lassen. Wenn er seine Beförderung bei Bombay Sporting bekäme, wäre Schluss mit Matka. Aber Mr. Kapur sprach nicht mehr über dieses Thema. Ob er ihn daran erinnern sollte? Oder, noch besser, warum bat er nicht einfach um eine Gehaltserhöhung? Verdient hatte er sie doch sicher, nachdem er in letzter Zeit so viel Arbeit übernommen hatte – da war es gar nicht nötig, bis zum Wahlkampf zu warten …

Während die Tage vergingen und er auf den Entscheid des Schicksals wartete, setzte er gelegentlich kleine Beträge (um in Kontakt zu bleiben, sagte er sich), und er gewann und verlor gerade so viel, dass der Batzen, den er von dem Größe-36C-Traum gespart hatte, erhalten blieb. Bald begann er sich als Experte zu fühlen, und eine Diskussion über Träume und Zahlen verlief in der gleichen Atmosphäre wie ein Gespräch über den Tag im Büro. Das Gefühl der Erregung, das die Wetten begleitete, und vor allem der Augenblick der Spannung, kurz bevor er das Matka-Resultat erfuhr, der warme Rausch, der ihn durchströmte und der sich in Hochstimmung oder Niedergeschlagenheit verwandeln konnte – auch das war etwas, das er mehr und mehr genoss. Und immer, wenn sein Guthaben wuchs, schöpfte er ein paar Rupien ab und steckte sie in Roxanas Umschläge.

»Schon wieder Irrtümer«, sagte sie jedes Mal, wenn die Extrabeträge zum Vorschein kamen. Ihre fröhlichen Bekanntmachungen ließen keinen Zweifel daran, dass sie bereit war, das Spiel mitzuspielen. Sie nahm an, dass er zusätzliche Provisionen verdiente; dass er sie in ihre Umschläge steckte, war seine Art, ihr mitzuteilen, dass sie nicht mehr streiten würden.

Ein paar Wochen nach dem ersten Glücksfall riss Villie die Tür auf, als er von der Arbeit nach Hause kam. »Gute Nachrichten, Yezadji.«

Sie hielt seine Hand fest, die schon nach dem Portemonnaie greifen wollte, und sagte: »Wie unruhig Sie werden, mein Lieber. Hören Sie sich den Traum wenigstens an, bevor Sie es herausziehen.«

Er fragte sich, ob es wieder um Unterwäsche ging, während er die Geldscheine herauszog, die er sorgsam hinter dem Münzfach verstaut hatte. Der letzte Rest seines Gewinns. Er zählte das Geld und wünschte, er hätte mehr, damit er einen größeren Einsatz machen könnte. Wenn er doch jetzt nur ein bisschen Bares in die Hände bekommen könnte … »Ich sollte Ihnen wirklich nur mein Geld geben und gehen, Villie.«

»Es dauert keine zehn Sekunden, Yezadji. Kurz und süß.«

Er scharrte mit den Füßen, und sie fügte hinzu: »Sie sind darin vorgekommen.«

»Ach ja?«

»Es war der einfachste Traum, den ich je gehabt habe. So einfach, dass die meisten Leute ihn beim Aufwachen schon wieder vergessen hätten. Sie und ich, in meiner Küche. Wir haben Schokolade gegessen.«

»Das ist alles?«

»Ich sage doch, kurz und süß.« Sie kicherte. »Vielleicht sollte ich sagen, lang und süß – es war eine große Tafel Cadbury, die wir uns geteilt haben. Sie ein Stück, ich ein Stück. Das Wasser lief uns im Mund zusammen, die Schokolade war ganz klebrig …«

»Ich bin sicher, Sie haben die richtigen Zahlen ermittelt«,

unterbrach er sie. »Sie sind die Expertin, Sie brauchen mich nicht.«

»In meinem Traum habe ich Sie gebraucht«, antwortete sie kokett. »Sie waren derjenige, der die Tafel Schokolade mitgebracht hat.«

»Ich?«

»Ja. Sie haben sie selbst ausgepackt und mir gezeigt, wie groß sie war, und Sie haben die Stücke gezählt, bevor Sie sie mir gegeben haben.«

»Und?«

»Achtzehn Stücke«, flüsterte sie verführerisch. »Achtzehn, Darling, ist unsere Zahl.«

Sie gaben sich die Hand und wünschten einander Glück, bevor er sich in die Wohnung flüchtete.

Den Rest des Abends über war Yezad so abwesend, dass Roxana schon befürchtete, er werde wieder in seine schlechte Laune verfallen. Dabei waren die letzten Wochen so angenehm gewesen. Was hatte ihn denn wieder so vollständig verändert?

Sie hatte vorgehabt, ihm zu erzählen, dass Murad in letzter Zeit jeden Tag so spät nach Hause kam, damit er sich ihren Sohn einmal vorknöpfen könnte. Aber das hatte Zeit, bis eine bessere Gelegenheit käme. Sie beschloss, ihm aus dem Weg zu gehen und nicht zu versuchen, ein Gespräch anzufangen.

Die Jungen waren an ihren Schreibtisch im hinteren Zimmer verbannt. Sie arbeiteten fleißig, um ihrem Vater einen erfreulichen Anblick zu präsentieren, während er seinen Tee trank. Als er fertig war, verkündete Jehangir gewichtig, er habe einen Aufsatz mit dem Titel »Warum ich glaube, dass Indien ein großartiges Land ist« zu schreiben.

»Hilfst du mir dabei, Daddy?«, fragte er und hoffte, seinem Vater damit eine Freude zu machen.

»Komm zu mir, wenn eure Lehrerin euch einen Aufsatz darüber schreiben lässt, warum Indien ein hoffnungsloses Land ist.«

Diese Bemerkung ließ Roxana ihren Vorsatz vergessen. »Es ist sehr grausam, so etwas zu einem kleinen Jungen zu sagen.«

»Die Wahrheit ist manchmal grausam. Beim Lügen kannst du ihm helfen. Oder Professor Vakeel erfindet ein paar Fakten.«

»Mit Vergnügen«, sagte Nariman.

Jehangir schaute seine Mutter erlaubnisheischend an. Sie nickte, und er setzte sich an den Esstisch. »Okay, Grandpa, ich bin so weit.«

Von seinem Stuhl in der Ecke aus sah Yezad die intensive Konzentration seines Sohnes und die Freude, die Nariman ins schmerzerfüllte Gesicht geschrieben stand. Was war aus seinem Leben geworden, dass er nicht mehr die Geduld besaß, sich mit seinem Sohn zusammenzusetzen und ihm bei einem Aufsatz zu helfen?

Er ertrug es nicht, den beiden zuzusehen; er stand auf, prallte gegen den Beistelltisch, ging ins hintere Zimmer und schickte Murad hinaus. Dann versuchte er die Tür zu schließen, die sonst immer offen stand. Lange Zeit unbenutzt, war sie aufgequollen, und er musste sich anstrengen, um den Riegel vorzuschieben.

Das Geräusch des einrastenden Riegels beunruhigte Roxana. Sie wartete einen Augenblick, stand dann auf und legte ein Ohr an die Tür.

Dahinter war es still. Nicht einmal Schritte hörte sie. Er war heute Abend so rastlos gewesen, hatte sich so merkwürdig benommen. »Yezad?« Sie klopfte.

Er gab keine Antwort.

»Yezad, ist alles in Ordnung?«

Sie klopfte und klopfte und rief seinen Namen. In ihrer

Panik fing sie an, gegen die Tür zu treten und zu hämmern. »Bitte Yezad! Bitte mach die Tür auf!«

Die Tür öffnete sich plötzlich, und sie taumelte vorwärts. Sein Arm versperrte ihr den Weg. »Wirst du jetzt mit deiner Hysterie aufhören? Oder soll ich dir Arme und Beine festbinden?«

Er schlug die Tür wieder zu. Wie vom Donner gerührt, starrte sie sie ein paar Sekunden lang an, ehe sie sich abwandte. Sie setzte sich an den Esstisch zu Jehangir, der aufgehört hatte zu schreiben.

»Mach mit deinem Aufsatz weiter«, sagte sie matt. »Daddy ist einfach über irgendetwas wütend.«

»Ob auf der Arbeit alles in Ordnung ist?«, erwog Nariman.

»Woher soll ich das wissen? Er erzählt mir nichts, er benimmt sich wie ein Fremder«, flüsterte sie.

Jehangir rutschte von seinem Stuhl herunter und vergrub das Gesicht an ihrer Schulter. Sie küsste seinen Scheitel.

»Er wird dich nicht festbinden«, schluchzte er.

»Natürlich nicht.«

»Das hat er bloß gesagt, weil er wütend ist«, sagte Murad.

Yezad lag auf dem Bett und schämte sich für sein Benehmen, aber er redete sich ein, dass er keine Wahl gehabt habe – wie sollte er es anstellen, ohne das Schlafzimmer abzuschließen? Und er tat es doch zum Wohle seiner Familie, oder? Nur dass er immer noch nicht sicher war, ob er die richtige Entscheidung getroffen hatte. Er stand auf, ging im Zimmer auf und ab und ballte und lockerte die Fäuste, ehe er schließlich zielstrebig zum Schrank ging.

Er nahm die Umschläge heraus. Viele waren leer, weil die Rechnungen zu Anfang des Monats bezahlt worden waren. Er fing an, das Geld, das noch da war, herauszunehmen: Butter & Brot, Milch & Tee, Reis & Zucker …

Als er die Geldscheine herauszog, hatte er einen Augenblick lang das Gefühl, als stehle er die Lebensmittel, deren Namen auf den Umschlägen standen. Phantastereien, sagte er sich – morgen würde er alles hundertfach zurücklegen.

Aber warum kam er sich dann vor wie ein Dieb? Wenn er doch nur mit Roxana über seine Strategie sprechen könnte – aber sie würde niemals damit einverstanden sein. Von ihrem Hass auf das Glücksspiel abgesehen, würde sie sagen, das Risiko sei zu groß.

Flüchtiges Durchzählen ergab, dass er etwas mehr als siebenhundert Rupien hatte. Er stopfte das Geld in sein Portemonnaie, legte die leeren Umschläge wieder in den Schrank und ging zur Tür, um sie wieder zu öffnen.

Seine Hand lag auf dem Riegel, als er wieder zögerte. Das war es: Wenn Villies Traum nicht …

Seine Finger rissen den Riegel krachend zur Seite. Er kam heraus, als sei nichts geschehen, und ging geradewegs weiter zur Wohnungstür.

»Bitte, Yezad«, flehte Roxana. »Sag mir, was du hast. Wo willst du hin?«

»Spazieren.«

Er trat in den Fahrstuhl, schlug die Falttür zu, um sein Gehen zu signalisieren, und fuhr ins Erdgeschoss. Dort wartete er ein Weilchen, und dann stieg er die Treppe hinauf.

Seine Schritte auf den Steinstufen hallten durch das leere Treppenhaus. Im ersten Stock hörte er Gelächter und hielt inne. Glückliche Kinderstimmen wehten heraus, ein kleines Mädchen quiekte entzückt wegen irgendetwas, die Stimme der Mutter rief sie zum Essen …

Er wäre am liebsten geflohen vor diesen Klängen. Ihre Vertraulichkeit schmerzte ihn und erinnerte ihn an das, was aus ihrer eigenen Wohnung verschwunden war, wo es einmal ebenso glücklich und warm und liebevoll zugegangen war …

Es würde wiederkommen, sagte er sich. Wenn er nur erst

wieder selbst Herr der Lage wäre. Er ging weiter die Treppe hinauf und klopfte an Villies Wohnungstür.

Er hielt sich nicht mit Begrüßung und Artigkeiten auf. »Schnell, Sie müssen noch einmal zu Ihrem Bunya.« Er hatte das Portemonnaie schon in der Hand und zog das Bündel Geldscheine heraus. »Setzen Sie das für mich.«

Villie war verblüfft über seine Schroffheit, aber sie bewahrte ihre eigene Freundlichkeit. »Mit Vergnügen. Aber sind Sie auch sicher, mein Lieber? So viel Geld?«

»Das geht Sie nichts an. Machen Sie nur, bevor die Wetten geschlossen sind.«

Sie nahm das Geld ohne ein weiteres Wort; es kränkte sie, dass ihr Matka-Kamerad so mit ihr redete. Das entsprach einfach nicht dem Geist des Spiels.

Gegen neun ging er auf den Balkon und fragte sich, ob die Eröffnungsziehung schon verkündet worden war. Er stützte sich auf das Geländer und wartete, und er wünschte, es ginge eine Brise. November, und noch immer keine Linderung – ebenso gut hätte es Mai sein können, so heiß war es. Was würde die Eröffnung sein? Eins. Sie musste es sein.

Gegen halb zehn sagte er, er gehe noch einmal aus.

»Schon wieder?« Die Erschöpfung ließ Roxanas Frage eher wie eine Feststellung klingen.

Er sah den Blick, den sie mit ihrem Vater wechselte. »Hast du Regeln und Rationierungen für mich? Wie Coomys Regeln für ihn?«

»Du hast wachsend Ähnlichkeit mit Coomy, wenn du so ein dummes Zeug redest.«

»Das ist ja wohl ein toller Witz. Du beobachtest jede meiner Bewegungen, du stellst ein Dutzend Fragen, wenn ich sage, ich gehe aus …«

»Geh doch, wohin du willst! Von mir aus kannst du gehen, rennen, kriechen. Ich habe keine Ahnung, was du treibst, und es ist mir auch egal!«

Er trat in den Lift und machte wütend Lärm mit der Falttür. Dann wiederholte er die schon einmal veranstaltete Charade, tappte ein paar Augenblicke später die Treppe hinauf und klopfte bei Villie.

»Und?«, fragte er barsch.

Viellie lächelte. »Mein Lieber, die Eröffnung lautet eins.«

Sie sah die Erleichterung in seinem Gesicht und wollte ihm einen Ausweg eröffnen. »Es ist noch nicht zu spät, die Schlussziehung abzusagen, falls Sie meinem Traum nicht trauen. Lalubhai wird mir den Gefallen schon tun.«

Er antwortete nicht.

»Sie bekommen dann immer noch den Gewinn für die Eröffnungszahl.«

Er rechnete: Insgesamt siebenhundertfünfundachtzig Rupien hatte er gesetzt. Das hieß, er hatte jetzt schon neunmal siebenhundertfünfundachtzig Rupien gewonnen. Er brauchte eine Weile, um es im Kopf zu multiplizieren: siebentausendfünfundsechzig.

Phantastisch, dachte er, schnapp dir das Geld und …

Aber wenn er alles noch auf den Schluss setzte, und die Acht käme, dann würde sich diese Summe noch einmal verneunfachen, und dann hätte er … »Bleistift, Villie?« Er kritzelte die Rechnung auf ihre Wohnungstür. Das Ergebnis war Ehrfurcht gebietend: dreiundsechzigtausendfünfhundertfünfundachtzig.

Genug, um alles zu bezahlen. Sogar, um die Decke in Coomys und Jals Wohnung reparieren zu lassen.

Ihre Stimme riss ihn aus seinen Berechnungen. »Wenn Sie aussteigen wollen, muss ich sofort losgehen.«

»Nein«, befahl er. »Lassen Sie es stehen.« Dann wurde ihm

bewusst, in welchem Ton er mit ihr redete. »Entschuldigen Sie, Villie. Der Stress wird mir zu viel.«

»Das verstehe ich«, sagte sie und tätschelte seine Schulter.

Yezad stützte sich mit der Hand auf die Matratze und warf sich auf den Rücken. Die heftige Bewegung brachte das Kopfbrett ins Wanken. Schwer atmend murmelte er, es sei glühend heiß im Zimmer. Er strampelte mit den Füßen, um die Decke herunterzustreifen, und wischte sich die feuchten Handflächen am Pyjama ab. Kurz darauf zog er die Decke fröstelnd wieder hoch, weil der Schweiß an seinem Körper kalt wurde.

Er drehte sich zum Wecker um und stützte sich auf den Ellenbogen. Das Ding tickte so laut, dachte er – kein Wunder, dass er nicht einschlafen konnte. Die Ziffern leuchteten nicht mehr im Dunkeln wie früher, als der Wecker neu gewesen war.

Blinzelnd beugte er sich weiter hinüber: halb eins. Matka war geschlossen.

Roxana versuchte ihren Mann zu beruhigen, indem sie einen Arm auf ihn legte, aber bei ihrer Berührung spannte er sich an. Verzweifelt ließ sie ihn wieder los und fragte sich, ob das Ende ihrer Ehe nahte, wenn jetzt schon ihre Berührung ihn abstieß.

Endlich ließ sein Drehen und Wälzen nach, und sie spürte, dass er einschlief. Seine Beine stießen ein paar Mal in die Dunkelheit, dann zog er die Knie an und war ruhig.

Jetzt hörte sie aus dem vorderen Zimmer ihren Vater, der im Schlaf sprach. Heute Nacht war er nicht erregt; es klang wie ein zufriedenes Murmeln, und sie freute sich für ihn, aber gleichzeitig machte sie sich Sorgen, dass er Yezad wecken könnte. Ach, Pappa, flehte sie stumm. Bitte nicht zu laut, Pappa.

Sie waren in einer Nachmittagsvorstellung gewesen. Im Regal Cinema war »The Magnificent Ambersons« gelaufen. Danach machten er und Lucy noch einen Spaziergang auf der Cuffe Parade. In den ersten Jahren machten sie es immer so: nachmittags ins Kino, dann ein langer Spaziergang, und schließlich Abendessen in einem Restaurant wie dem Volga oder dem Parisian. Aber der Film hatte sie nachdenklich gemacht, und ihre Gedanken drehten sich um Stolz und Arroganz, um Niedergang und Schande. Die See war rau, und ein starker Wind machte das Reden schwierig, denn er zerrte an Stimmen und Haaren und Kleidern.

An einem geschützten Fleckchen fanden sie eine Bank. Jetzt hing der Geruch von Regen in der Luft des frühen Abends. Die Verkäufer, die Kokosmilch, Zuckerrohr und Erdnüsse anboten, waren verschwunden. Nur ein kleines Blumenmädchen war noch da und kam auf sie zu, als es sie sah. »Chamayli, Sahab? Chamayli für Memsahab?«, flehte sie mit hoher Stimme.

Er kaufte einen Jasminstrang und versuchte ihn in Lucys Haar zu befestigen. Aber sie war nicht gewohnt, Blumen zu tragen. Sie nahm sie ab und schlang sie sich um das Handgelenk. Er hob ihre Hand, um an den duftenden Blüten zu schnuppern. »Jasminarm und Rosenblütenhand«, sagte er.

Er küsste ihre Handfläche und begann dann ihre Finger zu lecken, einen nach dem andern. Nach einer Weile sagte er: »Warum verschwenden wir hier unsere Zeit? Meine Eltern sind inzwischen sicher gegangen.«

Es widerstrebte ihr, mit ihm nach Hause zu gehen, denn sie fürchtete, dass man sie dort überraschen könnte. Aber er versicherte ihr, dass seine Eltern bei Sammy und Juni Kotwal zu deren alljährlichem Whist-Dinner eingeladen wären, und das sei nie vor ein Uhr morgens zu Ende; es bestehe keine Gefahr, dass sie ihnen über den Weg liefen. »Und selbst, wenn – irgendwann musst du sie ja kennen lernen.«

Es fing an zu regnen, und sie nahmen ein Taxi. Der Verkehr wurde langsamer, das Gehupe lauter. Der Scheibenwischer blieb immer wieder hängen, und der Fahrer musste hinauslangen, um ihn mit einem Stoß wieder in Gang zu setzen. Für seinen durchnässten Arm hatte er ein Handtuch auf dem Vordersitz liegen.

Als das Taxi vor Chateau Felicity anhielt, stand der Nachbar aus dem Erdgeschoss, Mr. Arjani, am Fenster und freute sich an dem Wolkenbruch. »Hallo, Nari!«, rief er ihm zu und fügte dann viel sagend hinzu: »Ihre Eltern sind fort. Ich habe sie vor einer halben Stunde gehen sehen.«

Nariman nickte, und als sie an der Wohnungstür vorbeigingen, hörten sie, wie er Mrs. Arjani aufgeregt berichtete, dass der junge Vakeel eine nagelneue Freundin mit nach Hause gebracht habe. Nariman warf einen Blick in Lucys Gesicht, als sie auf den Aufzug warteten. »Sie sind lächerlich, nicht wahr?«, flüsterte er.

Oben legte er für alle Fälle die Sicherheitskette vor, sodass die Tür sich nicht öffnen ließ. Lucy wollte wissen, ob es nicht besser wäre, stattdessen seine Zimmertür abzuschließen.

»Mein Zimmer kann man nicht abschließen. Und sie würden geradewegs hineinspazieren, selbst wenn ich die Tür zumache.«

»O Gott.« Bei dem Gedanken erschauderte sie. »Ist es das wert?«

»Ja«, flüsterte er und knabberte an ihrem Ohr und hob ihr Haar, um ihren Hals zu küssen.

»Du solltest die Bilder deiner Ahnen zuhängen«, sagte sie, als sie durch den langen Korridor zu seinem Zimmer gingen. »Sie schauen mich alle ganz finster an.«

»Sie wurden auch nie von einem Engel geliebt.«

Sie setzte sich auf die Bettkante und streifte die Schuhe ab. Er zog die Vorhänge zu, und in dem dämmrigen Zimmer wurde es dunkel bis auf einen hellen Strich zwischen den einander überlappenden Vorhanghälften. Er schaltete die Tischlampe ein. Sie fingen an, sich auszuziehen, und als sie bis auf die Unterwäsche entkleidet war, deutete sie schamhaft auf die Lampe. »Mach sie aus.«

»Ich muss dich sehen – ganz. Bitte.«

»Warum?«

»Damit ich dich mit all meinen Sinnen anbeten kann.«

Sie hielt inne und zog sich dann weiter aus; seine Antwort gefiel ihr, aber sie beschwerte sich, dass sie nie eine Diskussion mit ihm gewann. Er trat hinter sie, öffnete ihren Büstenhalter und schnupperte dann an ihrem Nacken. Er hob ihren Arm und schnupperte an ihrer Achselhöhle. Sie lachte. »Was machst du denn da?«

»Ich bete dich an mit meiner Nase.« Er stellte sich vor sie, vergrub sein Gesicht zwischen ihren Brüsten und atmete ein. Er sank auf die Knie, hakte die Finger hinter den Gummibund ihres Slips und zog ihn bis zu ihren Knöcheln herunter. Immer noch kniend, beugte er sich vor und rieb seine Nase in ihren Haaren. Ihre Hände umfassten seinen Kopf, um ihn einen Augenblick länger dort zu halten.

Im Bett legte er das Ohr auf ihre Brust und lauschte ihrem Herzschlag. Er küsste sie und kostete ihre Zunge, dann ihre Ohren und ihre Brustwarzen. Weiter unten leckte er ihren Nabel und glitt in Schlangenlinien tiefer …

Die Türglocke läutete. Das Geräusch hallte wild durch die stille Wohnung, gefolgt von einer Salve aggressiven Klopfens. Sie richteten sich im Bett auf; ihre Lust war sofort dahin. Nariman beschloss, den Lärm zu ignorieren – wer immer da war, würde wieder gehen und glauben, es sei niemand zu Hause.

Aber das Klopfen und Klingeln hörte nicht auf. Ihm war, als höre er seinen Vater rufen, und er ging in den Korridor und lauschte. Ja, er war es. Hastig zogen sie sich an. Lucy eilte ins Wohnzimmer und ordnete unterwegs ihre Frisur. Nach einem flüchtigen Blick in den Dielenspiegel nahm er die Kette von der Tür.

Das Gesicht seiner Mutter war ohne jede Farbe, als stehe sie kurz vor einer Ohnmacht. Ihr Vater stützte sie auf der einen, Soli Bamboat auf der anderen Seite. Er nahm Solis Platz ein und fragte, was passiert sei.

»Das Übliche«, sagte seine Mutter keuchend. Sie versuchte zu lächeln. »Der Blutdruck ging plötzlich wieder in den Keller.«

Das Gewicht seiner Mutter lastete auf seiner Schulter, als sie durch den Korridor zum Zimmer seiner Eltern gingen. Er half ihr, die Schuhe auszuziehen. Als sie wohlbehalten im Bett lag, ging er mit seinem Vater hinaus.

Sein Vater explodierte. »Und darf ich fragen, was hier vorgeht? Deine Mutter ist krank, ich bringe sie nach Hause und muss feststellen, dass man uns aus unserer eigenen Wohnung ausgesperrt hat! Und sie steht taumelnd auf der Schwelle!«

»Es tut mir Leid, ich hatte euch nicht so früh erwartet.« Der Atem seines Vaters roch nach dem abendlichen Alkohol, und Solis ebenfalls.

»Das ist keine Entschuldigung!«, donnerte sein Vater. »Warum musst du ...«

Dann fiel sein Blick durch die Wohnzimmertür, und er sah Lucy. »Das ist also der Grund!«

»Ja«, sagte Nariman leise. »Ich musste die Kette vorlegen, denn ihr respektiert mein Privatleben nicht.«

»Bay-sharam! Was ist das für ein unnatürlicher Sohn, der von seinen Eltern ein Privatleben fordert? Wenn er nicht vorhat, schmutzige Dinge zu treiben?« Er deutete auf Lucy, die auf dem Sofa saß und, ihnen abgewandt, aus dem Fenster starrte.

»Sschh, Marzi, die arme Jeroo schläfft«, sagte Soli, der wie üblich Probleme mit seinen Vokalen hatte. »Lasst uns Ruhe und Fridden bewarren. Wir können das alles spätter dieskutirren, wenn es ihr besser gett.«

»Später? Es ist doch schon zu spät! Mein Sohn hier hat aus meinem Haus ein Raanwada gemacht und seine Hure herge-

bracht! Genau diese Art von Unmoral führt die Gemeinde der Parsen in den Untergang!«

Nariman ging quer durch das Zimmer, nahm Lucy bei der Hand und führte sie hinaus. Sie warteten nicht auf den Lift, denn sie wollten sich nicht der Gefahr aussetzen, dass sein Vater die Tür öffnete und sie mit weiteren Beschimpfungen überhäufte.

Erst als sie zwei Treppen zwischen sich und die Wohnung gebracht hatten, fühlte er sich sicher. In der Stille des Treppenhauses blieben sie stehen. »Es tut mir Leid, Lucy. Und ich schäme mich für das Benehmen meines Vaters.«

»Du kannst nichts dafür«, sagte sie. Sie bewahrte die Fassung, obwohl ihre Stimme zitterte. »Es war einfach Pech.«

Sie lächelten und küssten einander lange, abgeschirmt durch die Krümmung der Treppe. Nachdem er sie in ein Taxi gesetzt hatte, ging er wieder nach oben.

Sich in sein Zimmer zurückzuziehen würde ihm nicht helfen – sein Vater würde ihm nachkommen. Also wartete er ab und ignorierte den Wortschwall, bis eine Pause eintrat, die ihm Gelegenheit zum Sprechen gab.

»Ich habe nur eines zu sagen. Wenn du die Frau, die ich liebe, eine Hure nennst, wenn du dieses Haus als Raanwada bezeichnest, nur weil ich sie hierher einlade, dann machst du deiner Rolle als Vater Schande, und ich verzweifle an dir.«

»Oh, Nari, Nari!« Soli schaltete sich ein. »So darfst du nicht mit deinem Vatter sprechen, ganz gleich, aus welchem Gruund.«

»Mein Sohn hat mich als Vater noch nie respektiert. Hier ist der Beweis, Soli – du hast ihn gehört.«

Die Vorwürfe und erbitterten Beschuldigungen setzten erneut ein, während Soli sich bemühte, Frieden zwischen ihnen zu stiften. Er flehte und schimpfte abwechselnd. »Komm, Marzi. Vergebben und vergessen. Genugg, Nari, kein Wort mehr jetzt!«

Dann war es still, und Soli nutzte die Gelegenheit, um zu philosophieren. »Jungen sind ebben Jungen, Marzi. Besser, er amü-

sirrt sich jetzt und hat seinen Spaß. Und später sucht er sich ein nettes Parsenmädchen und lässt sich mit ihr nidder. Nicht warr, Nari? Keine Mätzchen mehr nach der Hochzeit.«

Anscheinend war er entschlossen, seinen humorvollen Ansatz weiterzuverfolgen, um den Zwist zu schlichten. »Sagg mir, Nari. Deine Freundin da – wird sie ihrem Pfarrer in der Beichte erzällen müssen, was ihr beide heute getan habt?«

Nariman ignorierte den Freund seines Vaters, und dieser lachte laut und fuhr fort: »Ich weiß aus zuverlässiger Quelle, dass diese Pfarrer sich von den Mädchen all die saftigen Details erzällen lassen – hat er dich angefasst, hast du ihn angefasst, hat er ihn hineingesteckt?«

Soli lachte wieder; sein Bauch wogte, und Narimans Vater schmunzelte. Sie ermahnten einander, Jeroo nicht zu stören. Dann fing Soli an, Nariman wegen seiner Humorlosigkeit aufzuziehen, und Nariman fauchte zurück, er finde seine kindischen Bemerkungen nicht im entferntesten komisch …

Roxana wollte schon zum Bett ihres Vaters hinübergehen, aber dann dachte sie an Yezads unruhigen Schlaf und ließ es bleiben. Die gemurmelten Wortfetzen ihres Vaters drangen weiter durch die Dunkelheit. Yezads Arm schlug gegen das Kopfteil des Bettes. Hatte er Pappa auch gehört? Oder waren es die Dämonen in seinem eigenen Kopf?

Ihr Vater redete gedämpft weiter, ohne noch einmal zornig herauszuplatzen. Sie hörte, wie Jehangir im Dunkeln leise Kussgeräusche machte, um ihn zu beruhigen, und ein seltsam schmerzliches Glücksgefühl erfüllte ihr Herz. Was für ein wunderbarer Junge, Gott segne ihn, so zuverlässig, so erwachsen – wer hätte an seinem Benehmen erkennen können, dass er erst neun war …?

Sie lag mit offenen Augen da und lauschte. Was Pappa quälte, konnte sie sich denken. Aber sie hätte alles dafür gegeben zu verstehen, in welcher Hölle Yezad schmorte. Wenn er sich ihr schon im wachen Zustand nicht anvertraute, dann konnte er doch wenigstens im Schlaf sprechen und ihr irgendeinen Hinweis darauf geben, was ihn so sehr plagte.

Ihre Blicke trafen sich über ihren Teetassen. Sie hatten beide dunkle Ringe unter den Augen. Elend sieht sie aus, dachte Yezad, mit ihrem hageren Gesicht und den hängenden Schultern. Es zerriss ihm das Herz.

Aber die Morgensonne hatte seine Zweifel vertrieben. Bald würde er ihr die Wahrheit sagen und sein Benehmen erklären können. Mit dem Bündel seiner über dreiundsechzigtausend Rupien in der Hand würde es ein Leichtes sein, ihre Vergebung zu erlangen.

Vor neun verließ er die Wohnung und folgte seiner gewohnten Routine, um zu Villies Tür zu gelangen. Ob sie den Gewinn schon beim Buchmacher abgeholt hatte? Er nahm sich vor, mit dem Geld geradewegs zu Roxana zurückzugehen und ihrem Elend ein Ende zu machen. Dann würde er zwar zu spät zur Arbeit kommen, aber es würde Mr. Kapur schon nicht umbringen, wenn er das Geschäft einmal selbst aufschließen musste.

Er klopfte. Keine Antwort. Er klopfte lauter. Nichts. Wo steckte dieses alberne Weib – sie wusste doch, wie unruhig er war. Vielleicht rächte sie sich so für seine Unhöflichkeit vom vergangenen Abend. Aber er hatte sich doch entschuldigt. Vielleicht war sie in diesem Augenblick beim Bunya und zählte sein Geld. Eine so große Summe, das dauerte seine Zeit.

Er klopfte noch einmal und angelte sein Taschentuch hervor, um sich den Schweiß abzuwischen. Dann befeuchtete er seinen Daumen mit etwas Speichel und plagte sich ab, um die Rechnung wegzuwischen, die er auf Villies Tür gekritzelt hatte. Die Bleistiftzahlen verwandelten sich in einen grau verschmierten Fleck. Er klopfte noch einmal, und dann gab er auf und machte sich auf den Weg zur Arbeit.

Die Zeit kroch langsam dahin. Er dachte an die Schnecke, die Jehangir aus dem Schulgarten mit nach Hause gebracht hatte, inspiriert von den Geschichten seines Großvaters über den Tierliebhaber. Sie war auf dem Balkon umhergekrochen – was war nur aus ihr geworden …? Dieser Tag bewegte sich langsamer voran als die Schnecke, und der Feierabend wollte überhaupt nicht kommen.

Aber dann war es doch Zeit, den Laden zu schließen. Er rannte zum Bahnhof und kämpfte sich in den ersten Zug, den er erreichte.

Seine Füße flogen über den Gehweg nach Pleasant Villa. Zu erschöpft, um noch vorsichtig zu sein, fuhr er mit dem Lift in den dritten Stock, aufwärts durch die abendlichen Düfte des Essens, das in Pleasant Villa gekocht wurde. Das Wasser lief ihm im Munde zusammen … irgendwo wurden Hammelkoteletts gebraten. Es kümmerte ihn nicht mehr, ob ihn jemand zu Villie gehen sah; jetzt würde alles gut werden, und in wenigen Augenblicken würde er das Geld in Roxies Hände legen.

Während er sich noch die glückliche Versöhnung ausmalte, öffnete sich die Tür. Anstelle der jovialen Matka-Queen stand eine verzweifelte Frau vor ihm, eine trostbedürftige Erscheinung.

»Yezadji!«, heulte sie leise auf. »Was für ein trauriger, trauriger Tag für mich!«

Sein erster Gedanke war, dass jemand in ihrer Familie gestorben war – ihre sieche Mutter vielleicht. »Das tut mir Leid, Villie. Was ist denn passiert?«

»Sie haben es nicht gehört? Wo waren Sie denn den ganzen Tag?«

»Im Geschäft.«

»So? Aber ganz Bombay weiß Bescheid. In allen Straßen, allen Gassen redet man von nichts anderem. Die Polizei hat das Matka geschlossen.«

»Wann?«

»Heute früh.« Um Mitternacht habe sie wie immer am Fenster gestanden und auf Sampal aus dem ersten Stock gewartet, der immer unter der Laterne stehen blieb und ihr die Schlusszahl mitteilte. »Er hielt acht Finger hoch.«

Jawohl, dachte Yezad. Jawohl, meine Sorgen sind vorbei.

Ohne auf sein erleichtertes Aufatmen zu reagieren, fuhr sie fort. »Wenige Stunden später fingen die Polizeirazzien an. Unser armer Lalubhai wurde um halb fünf in der Frühe verhaftet.«

»Aber das ist doch schon vorgekommen, oder? Ein großer Shor-shaar schließt das Matka für ein paar Tage, und dann beruhigt sich alles, und es fängt wieder an.«

»Diesmal nicht.« Die bisherigen Razzien, sagte sie, seien zwischen den Matka-Chefs, der Polizei und den Politikern abgesprochen gewesen, und nur ein paar kleine Buchmacher seien überhaupt je ins Gefängnis gekommen. Aber was letzte Nacht geschehen sei, habe alle Welt überrascht. »Und diesmal haben sie das Matka völlig zerschlagen. Den ganzen Tag habe ich in Lalubhais Laden bei seinen Söhnen verbracht, die versuchen, die Kaution für ihn zusammenzubekommen.«

Die Polizei, berichtete sie, verhafte Leute von ganz oben bis ganz unten – große Buchmacher und kleine, große Fische und kleine. Man munkele, dass man nach dem terroristischen Bombenanschlag auf die Börse, der Bombay erschüttert habe, etwas gegen Matka habe unternehmen müssen. Nicht einmal dem betrügerischsten Politiker sei daran gelegen, dass aus Bombay das nächste Beirut werde.

»Kein Matka, kein Lalubhai – ich habe nichts mehr. Was fange ich jetzt mit meinen Träumen an?«

»Das macht doch nichts, Villie.« Er unternahm einen lahmen Versuch, sie zu trösten, und stieß sie scherzhaft mit dem Ellenbogen an. »Ihr mächtigster Traum ist wahr geworden. Sie haben sich mit einem Knall verabschiedet. Wie ein Kricketspieler, der in seinem letzten Inning vor dem Ruhestand noch einmal hundert Läufe hinlegt.«

»Wissen Sie, Yezad, als ich von den Razzien hörte, waren Sie der Erste, der mir in den Sinn kam. Ich wünschte, Sie hätten mir erlaubt, Ihre Wette zurückzuziehen.«

Seine Hände wurden kalt. »Das Resultat war achtzehn! Darauf haben wir gewettet – achtzehn Stück Cadbury-Schokolade!« Er merkte, dass er die Stimme hob, und senkte sie wieder. »Die Razzia hat erst nach Mitternacht stattgefunden, und da war die Zahl doch schon bekannt gegeben.«

»Na und? Alles ist beschlagnahmt. Lalubhais Söhne haben nicht einen einzigen Paisa mehr.«

»Aber es muss doch …«, stammelte er fassungslos und klammerte sich an Worte, so dünn wie Strohhalme. »Es gibt doch sicher eine Quittung, irgendeinen Beleg … etwas, das man vorzeigen kann? Um zu beweisen …«

»Denken Sie nach, bevor Sie etwas sagen. Matka ist illegal – wie kann es da Quittungen und Belege geben? Und wenn es welche gäbe, wo wollten Sie damit hingehen? Zur Polizei vielleicht? Möchten Sie Lalubhai in seiner Zelle Gesellschaft leisten?«

Ohne ein weiteres Wort schleppte er sich aus ihrer Wohnung in seine eigene.

Im hinteren Zimmer setzte er sich auf das Bett, um die Schuhe auszuziehen. Dann rief er Roxana, und Jehangir kam mit ihr herein.

Yezad schickte ihn wieder hinaus. »Ich möchte mit Mummy allein sprechen.«

Sein Sohn schaute sie an, und sie nickte. Yezad machte die Tür hinter ihm zu und holte die Umschläge aus dem Schrank.

»Setz dich hin«, sagte er und legte ihr die Umschläge in den Schoß. Sie schaute hinein, und Angst stieg ihr ins Gesicht.

»Ja. Sie sind leer«, sagte er dumpf. »Alle. Ich habe das Geld genommen.«

Er begann mit seiner ersten heimlichen Matka-Wette, die er ein paar Wochen zuvor abgeschlossen hatte, und erzählte ihr alles. Ihr Zorn flammte auf, aber bald gewann die Sorge die Oberhand, und Yezads Stimme, aus der alles Leben gewichen war, beunruhigte sie. Fast wünschte sie, er möge wieder toben.

Sie legte die leeren Umschläge beiseite und rückte näher an ihn heran, bis ihre Schultern sich berührten. Sofort lehnte er sich an sie, und sie schlang einen Arm um ihn.

Er versprach das Geld zu ersetzen, indem er sich von Mr. Kapur einen Vorschuss auf künftige Provisionen geben ließe – bald würden Schulen und Colleges neue Geräte bestellen, und der Verlust würde sich leicht ausgleichen lassen. Und was Villie angehe, so wolle er nie wieder mit ihr reden. Sie und ihre machtvollen Träume könnten zum Teufel gehen …

Und während er sein schweres Herz erleichterte, segnete Roxana die glückliche Fügung, dass der November schon mehr als zur Hälfte vorüber war – die größeren Ausgaben, Schulgebühren und Stromrechnung waren bereits beglichen.

Auf dem Weg zur Arbeit fiel Yezad auf, dass in vielen Schaufenstern bereits Weihnachtsdekorationen erschienen waren. Bis zur vergangenen Woche war es noch Divali-Schmuck gewesen; jetzt sah man Watte und Plastik-Stechpalmen und Lametta.

Heute Morgen, nahm er sich vor, würde er Mr. Kapur um einen Vorschuss bitten. Und um eine Gehaltserhöhung – jetzt brauchte er sie mehr denn je. Mr. Kapur hätte bestimmt gute Laune, denn seine neue Weihnachtsdekoration sollte geliefert werden. Seit Tagen war er aufgeregt wie ein Kind.

Aber es war schon sonderbar, dachte Yezad, dass Shiv Sena den Weihnachtsmann noch nicht zu einem politischen Thema gemacht hatte, wenn man bedachte, welch wilde Aufregung ihr Mob wegen des Valentinstags veranstaltet hatte. Seit sie die Macht besaßen, befanden sie sich in einem Rausch von Zensur und Verfolgung, der kein Ende nahm. Ganz oben auf ihrer Liste standen die Muslime, wie immer ihre bevorzugten Sündenböcke, fand er. Dann hatten sie die Werke berühmter indischer Künstler zerstört, weil sie sie als Missachtung von Hindu-Göttern und -Göttinnen erachteten. Die Redaktionen von Männermagazinen waren in Flammen aufgegangen, weil sie die indische Moral mit Nacktheit, Sex und Vulgarität in Gefahr brachten. Und Frauen durften nach zwanzig Uhr nicht mehr in Bars und Diskotheken arbeiten, weil dies im Widerspruch zu den Werten der indischen Familie stand.

Diese Regierung war ein Witz. Clowns und Gauner. Oder gaunerhafte Clowns. Ein Weihnachtsmann mit Gesichtsmaske und Maschinengewehr wäre eine passende Weihnachtsdekoration für Shiv Sena gewesen. Aber auch für jede andere Partei, was das anging.

Er erwiderte Husains Gruß und schloss die Ladentür auf, und er fragte sich, was Mr. Kapur sich wohl als Weihnachtsdekoration ausgedacht haben mochte. Normalerweise blieb das Schaufenster Husain überlassen: eine schlichte Lichterkette, ein Silberstern, eine Tafel mit der Aufschrift »Frohe Weihnachten« in roten und grünen Lettern, an deren Serifen und Abstrichen Schneeflocken und Eiszapfen prangten. Wenn alles fertig war, lud ein strahlender Husain Mr. Kapur und Yezad ein, sein alljährliches Meisterstück zu bewundern.

Aber in diesem Jahr hatte Mr. Kapur angedeutet, dass Großartiges zu erwarten sei. »Sie werden schon sehen, unsere neue Dekoration wird das Stadtgespräch werden. Sie kommt schon bald, Yezad. Sind Sie in Weihnachtsstimmung?«

Wenn er nur wüsste, wie es zu Hause zugeht, dachte Yezad, und wie schwierig unsere finanzielle Lage ist. Hoffentlich stand ihnen nichts allzu Grelles oder Religiöses bevor – es gab jetzt schon genug Krippen, Jesuskinder, Marias, Josephe, Weihnachtsmänner und blinkende Lichter in der ganzen Stadt.

Ein Hupen am Bordstein rief Husain zum Abladen nach draußen. Yezad folgte ihm und sah einen grinsenden Mr. Kapur am offenen Kofferraum. »Ich bin persönlich zu meinem Tischler gefahren, um es abzuholen, weil …«

Er unterbrach sich, um den Helfer zur Vorsicht zu mahnen. »Aray Husain, sambhaalo! Bahut empfindlich hai, na.«

Auf der Stelle legte Husain äußerste Behutsamkeit an den Tag und nahm die Pakete in den Arm, als wären es Babys. Er trug sie eins nach dem andern ins Geschäft und deponierte sie sanft auf der Theke, als lege er sie zum Schlafen in ihr Bettchen. Mr. Kapur fing an auszupacken.

»Sind Sie so weit? Ta-taaa!« Mit einem Fanfarenstoß riss er das Papier herunter.

In all seiner gehörnten Pracht kam ein Rentier zum Vorschein, gekleidet in ein weißes Krickettrikot. Eine Schirmmütze klemmte zwischen den Hörnern. Die zweidimensionale Sperrholzfigur, ungefähr einen halben Meter hoch, war mit einem Standfuß ausgestattet, sodass sie auf den Hinterbeinen stehen konnte. Es gab fünf solche Rentiere, jedes in einer etwas anderen Pose, und dazu kam das Wicket hütende Rentier, das gefährlicher aussah als die anderen. Seine Augen glitzerten einschüchternd – ein Fehler nur, und es würde einem die Ohren lang ziehen.

»Die Feldspieler«, sagte Mr. Kapur. »Und? Was meinen Sie?«

»Phantastisch«, sagte Yezad mechanisch. Im Geiste war er mit finanziellen Problemen beschäftigt und versuchte zu kalkulieren, wann der beste Augenblick für sein Ersuchen sein könnte.

Dann merkte er, dass Mr. Kapur ihn verwundert beäugte, und er zeigte ein bisschen mehr Interesse. »Phantastisch«, wiederholte er. »Aber warum gibt es keine vollständige Mannschaft?«

»Weil unser Schaufenster für elf nicht groß genug ist. Aber ich habe noch einen hier.«

Mr. Kapur wickelte das letzte Paket aus, das größte, und nahm einen Weihnachtsmann mit erhobenem Schläger heraus. Er trug kein weißes Trikot, sondern seine rote Uniform; auch Kniepolster und Handschuhe waren rot. Nariman würde das niemals billigen, dachte Yezad.

»Chalo, Husain, mach Platz im Fenster«, sagte Mr. Kapur aufgekratzt. »Wir wollen alles aufstellen. Ach, Moment, ich habe vergessen, euch das Wichtigste zu zeigen.«

Seine Hand verschwand in seinem Aktenkoffer und kam mit einem kleinen, speziell modifizierten Elektromotor wieder zum Vorschein. Er brachte den Apparat auf der unbemalten Seite hinter der Schulter des Weihnachtsmannes an und schaltete ihn ein. Der Schläger hob sich steif, als wären die

Gelenke von akutem Rheumatismus geplagt. Als der Sperrholzarm beinahe senkrecht stand, verharrte der Schläger und begann dann seinen mühsamen Abwärtsschwung.

»Das gibt vier Läufe!«, rief Husain.

Sie lachten und machten sich daran, die Dekoration aufzustellen. Fröhlich diskutierten sie über die Positionen. »Wir wechseln uns ab«, sagte Mr. Kapur. »Morgen sind Sie für die Feldspieler zuständig.«

Als Nächstes kam das, was er als Beiwerk bezeichnete: die Torstäbe aus Sperrholz, der Kunstrasen für das Wicket, weißes Klebeband für die Markierungen. Und natürlich waren die üblichen Stechpalmenzweige und Wattebäusche zu verteilen.

»Kricket am Nordpol«, sagte Mr. Kapur und strahlte vor Vergnügen. »Zum ersten Mal in der Geschichte des MCC.«

Yezad schaute ihm zu und fand, sein Boss sehe aus wie ein kleiner Junge, der mit einem mechanischen Weihnachtsmann spielte. War das ein Mann, der sich auf die Kommunalwahl vorbereitete? Auf Händen und Knien kroch er zwischen Kunstrasen und Lametta hin und her, verschob dies hierhin, verstreute jenes dort, bis alles zu seiner Zufriedenheit geordnet war.

Nein, dachte Yezad lächelnd, unmöglich, er in der Politik.

»Kommen Sie schon, Mr. Chenoy, hören Sie auf zu grinsen und helfen Sie mir beim Dekorieren.«

Yezad trat ins Fenster und half mit, Glitzerschmuck und Miniaturstrümpfe aufzuhängen. Er sehnte sich nach der Rückkehr des ehrgeizigen Unternehmers, der auf Wachstum und Expansion bedacht war. Wenn Mr. Kapur nur ein bisschen Verstand hatte, würde er ihm auf der Stelle die Geschäftsleitung übertragen, ungeachtet irgendwelcher Wahlkampfpläne. Er würde Wunder wirken bei Bombay Sporting, er könnte sogar …

»Hey, Yezad, gerade fällt mir ein, ich könnte ein Weihnachtsmannkostüm mieten und den Kunden Süßigkeiten schenken.«

»Das ist nicht Ihr Ernst.«

»Würde doch Spaß machen, oder?«

Nein, dachte Yezad. Aber Mr. Kapur war ganz erpicht darauf. Und jetzt war es an der Zeit, ihn um den Vorschuss zu bitten, solange er ebenso heiter gestimmt war wie der Mann, dessen rotes Kostüm er gern tragen wollte.

»Ich muss Sie um einen Gefallen bitten, Mr. Kapur«, begann er und fuhr dann in vertraulichem Flüsterton fort: unvorhergesehene Umstände, dringende Ausgaben.

»Aber gern. Stellen Sie nur einen Scheck aus, ich unterschreibe ihn.«

»Danke, Mr. Kapur.« Das war nicht schwer gewesen, dachte er erleichtert. »Übrigens, was machen Ihre Wahlkampfpläne?«

»Laufen ausgezeichnet. Eine Menge Unterstützung von Freunden und Nachbarn.«

»Sie wissen ja, Sie können sich darauf verlassen, dass ich das Geschäft führe.«

»Ich zähle darauf.«

»Und wissen Sie, Mr. Kapur, ich habe mir gedacht – es ist doch nicht nötig, damit zu warten. Ich könnte auf der Stelle mehr Verantwortung übernehmen, um Sie zu entlasten. Dann haben Sie mehr Zeit für Ihre Planung und für die Weihnachtsfeierlichkeiten.«

»Danke, Yezad. Aber ich glaube, vorläufig komme ich noch zurecht. Wenn der Wahlkampf richtig beginnt, übernehmen Sie selbstverständlich hier die Leitung.«

»Vielleicht sollten wir schon die endgültige Vereinbarung …«

»Sahab!«, rief Husain drängend von der Straße. Er hatte das Fenster von außen begutachtet.

»Was?«, fragte Mr. Kapur und lief zur Tür. Über die Unterbrechung fluchend, folgte Yezad ihm.

»Sahab, großes Problem! Da ist Schläger, Spieler, Wicket. Sub kootch hai. Aber nur kein Ball.«

Mr. Kapur schlug ihm liebevoll auf den Rücken. »Sehen Sie, Yezad, wie scharfsinnig mein Husain miyan ist. Nicht einmal Sie haben bemerkt, dass der Ball fehlt.«

»Und wo ist er?«

Der werde noch angefertigt, sagt Mr. Kapur, und komme in ein paar Tagen. Und er forderte sie auf, sich auf eine weitere fabelhafte Überraschung gefasst zu machen.

13

Vor dem Schlussgebet rief Miss Alvarez Jehangir zu sich ans Pult. Er konnte ihr Parfüm riechen, als sie ihm einen Umschlag reichte. Mit wackligen Knien kehrte er an seinen Platz zurück und steckte ihn in seine Schultasche.

Die katholischen Jungen machten die Augen zu und bekreuzigten sich, ein paar andere taten es ihnen gleichgültig nach, und der Rest faltete nur die Hände. Die Klasse begann mit ihrem Singsang: »Allmächtiger Gott, wir danken dir …«

Jehangir zitterte und konnte sich nicht mehr an die Worte erinnern, die er doch jeden Tag wiederholte. Er war sicher, bei dem Brief konnte es nur um eines gehen. »Bitte gib das deinen Eltern«, hatte die Lehrerin gesagt, und ihre Stimme hatte traurig geklungen.

»Ja, Miss«, hatte er gemurmelt.

Aber er gab den Brief nicht seiner Mutter, als er nach Hause kam. Er wartete, und er war froh, dass er gewartet hatte, denn sein Vater hatte gute Laune, und das bedeutete, dass jetzt auch sie glücklich sein würde. Dadurch würde die Sache mit dem Brief leichter werden. Mit Schrecken stellte er sich vor, was passiert wäre, wenn Daddy so nach Hause gekommen wäre wie an dem Tag, als er gedroht hatte, Mummy festzubinden. Er schob ihm den verschlossenen Umschlag hin.

»Was ist das?«

»Von Miss Alvarez.«

»Warum?«

»Mach ihn auf, Yezdaa, dann wirst du schon sehen«, sagte seine Mutter, als rede sie einem Kind zu. »Wahrscheinlich hat Jehangoo wieder den ersten Platz in einer Prüfung belegt oder so etwas.«

Jehangir wandte sich zum Balkon, um sein Gesicht zu verbergen, während sein Vater den Umschlag aufriss und laut vorlas.

»Sehr geehrte Mr. und Mrs. Chenoy,

ich wäre Ihnen dankbar, wenn einer von Ihnen morgen zu mir kommen könnte. Außerhalb der normalen Unterrichtszeit von 8 Uhr 30 bis 16 Uhr 30 werde ich auch vor der Schulversammlung noch eine Stunde zur Verfügung stehen.

Ich bedaure, dass ich Ihnen Umstände bereite.

Hochachtungsvoll

Helen Alvarez

(Klasse IV A)«

»Warum lässt sie uns kommen, Jehangoo?«, fragte seine Mutter.

»Ich weiß nicht.«

»Verheimlichst du etwas?«

»Nein.«

»Gehst du hin?«, fragte Yezad.

»Wie kann ich das? Wer bleibt dann bei Pappa?«

Seufzend sagte er zu Jehangir, er solle Miss Alvarez mitteilen, dass er morgen um sechzehn Uhr dreißig da sein werde.

Miss Alvarez' hohe Absätze hallten scharf durch das leere Klassenzimmer, als sie von ihrem Podest herunterkam und ihm die Hand gab. »Es tut mir Leid, dass ich Sie den weiten Weg habe machen lassen, Mr. Chenoy, aber es geht um eine ernste Angelegenheit.«

Ihr Aussehen beruhigte ihn: Wie ernst konnte eine Angelegenheit sein, die er von einer so hübschen Frau zu hören bekam? Er dachte an seine eigene Schulzeit – damals waren so reizende Lehrerinnen noch nicht erfunden gewesen. Seine Zeit an St. Xavier's war mit wütenden Paukern namens Mr. Lobo und Mr. Mascarenhas und Mr. Monteiro angefüllt gewesen, Zuchtmeistern mit mächtigen Schnurrbärten. Nichts, was einer Helen Alvarez auch nur entfernt nahe gekommen wäre.

Jehangir wartete draußen auf dem Flur, und sie rief ihn herein. »Es fällt mir immer noch schwer, zu glauben, dass mein bester Schüler sich mit diesen anderen Jungen eingelassen hat«, begann sie zögernd.

Yezad lächelte und fragte sich, welchen Unfug die Bengel wohl getrieben haben mochten, und insgeheim freute es ihn, dass Jehangla dabei mit seinen Kameraden unter einer Decke gesteckt hatte. Immer nur Tugendbold sein, das war auch nicht gut. Die Kindheit, das Jungenalter – da fehlte ja etwas, wenn die Racker nicht auch einmal in Schwierigkeiten kamen. Er war genauso gewesen in seiner eigenen Schulzeit …

Und die Klassenzimmer hatten sich kaum verändert. Reihen leerer Pulte und Bänke erstreckten sich hinter Miss Alvarez; er konnte sie sehen, wenn er ihr über die Schulter blickte. Der Schuljungengeruch nach Schweiß und Jugend und Essen hing in der Luft – Ammoniak mit Spuren von Tinte, Keksen, Pausenbroten, Puri-bhaji, Ragdaa-Pasteten. Er durchdrang alles, erfüllte den Raum so handfest wie die Möbel, ein zeitloser Geruch …

Plötzlich sah Yezad sich in seiner eigenen Jugend. Die Erinnerung bevölkerte die Bänke mit Gesichtern aus der Vergangenheit. Jene glückliche Zeit, in der eine Woche Schule ein ganzes Leben bedeutete, ereignisreich und vollständig. In einer Woche konnten Fremde zu guten Freunden werden, Schlachten konnten verloren oder gewonnen, ganze Königreiche errungen werden, denn damals lief die Zeit noch anders. Wie langsam die Jahreszeiten gewechselt hatten – von einem Monsun zum nächsten schien eine Ewigkeit zu vergehen, endlos strömte der Regen vom Himmel, und der einzige Lichtblick war die Aussicht auf einen freien Tag, wenn die Straßen überflutet waren. Und wenn das geschah, bekam man stets eingeschärft, sich vom Randstein fern zu halten und an der Häuserseite des Gehwegs zu bleiben, weil Abflussgitter verschwunden sein konnten – gestohlen und als Altmetall verkauft –, und weil jedes Jahr Kinder in die Kanalisation geschwemmt wurden. Busse und Autos, halb unter Wasser, sahen aus wie seltsame Boote, die auf einem Binnenmeer navigierten. Und es war ein Abenteuer, durch die Gefahren des hüfthohen Wassers zu waten, trüb vom treibenden Müll, und so zu tun, als sei es der Amazonas, wo die Anakonda lauerte. Man vollbrachte Heldentaten von unvorstellbarer Tapferkeit, bis man höheres Gelände erreichte und die Zivilisation entdeckte, wenn man heimkam zu heißem Tee und einem Imbiss und einem freien Tag …

»Deshalb, sehen Sie, Mr. Chenoy, ist es mein wichtigstes Projekt«, sagte Miss Alvarez.

Sein Name holte ihn in die Gegenwart zurück – sie redete über die Hausaufgabenaufsicht. Er erinnerte sich, dass Jehangir an Narimans Geburtstag davon erzählt hatte. Das war kaum vier Monate her … es kam ihm so viel länger vor …

Er simulierte ein teilnahmsvolles Kopfnicken. »Das klingt sehr interessant.«

»Und ich hatte so große Hoffnungen auf die Klasse gesetzt. Aber jetzt muss ich das Projekt aussetzen. Denn, wissen Sie, drei Jungen, die ihre Hausaufgaben nicht gemacht hatten, haben dem Aufseher Geld bezahlt, damit er ihnen gute Noten gibt.«

Jehangir studierte die Schuhe seines Vaters, seine eigenen und die von Miss Alvarez; man sah ihre Zehen, und jeder war mit einem hübschen kleinen Rubin gekrönt. Dann ließen Tränen seinen Blick verschwimmen, und die Rubine wurden zu einem breit verwischten, dunkelroten Fleck.

Unterdessen schnalzte Yezad mit der Zunge und schüttelte den Kopf, um seine Missbilligung zum Ausdruck zu bringen. Er fragte sich, welche Rolle Jehangla wohl gespielt haben mochte. Bestochen hatte er nicht, denn dazu hatte er kein Geld; außerdem machte er immer seine Hausaufgaben, und er war selbst Hausaufgabenaufseher …

Ein Gedanke keimte auf und erstarrte in seinem Kopf zu Eis. »Haben Sie die drei erwischt?«

»Ja. Auch den Aufseher, der das Geld genommen hat.« Und während sie noch sprach, hob sie den Arm und legte ihn um die Schultern ihres Schülers; es gelang ihr, daraus eine identifizierende und zugleich beschützende Gebärde zu machen.

Yezad zog die Brauen hoch und schaute erst seinen Sohn, dann Miss Alvarez an.

Sie nickte betrübt.

»Ich weiß nicht, was ich sagen soll.« Der Klassenzimmergeruch bereitete ihm plötzlich Übelkeit. Er schaute Jehangir an und wartete auf eine Erklärung. Aber Jehangir studierte noch immer angelegentlich die Fußbekleidung der Anwesenden.

»Ich war ebenso schockiert, als ich es erfuhr«, sagte Miss Alvarez. »Nicht wegen der drei – das sind Trottel.« Sie errötete über die eigene Ausdrucksweise. »Ich meine, sie sind in der Schule hoffnungslos, weil ihnen alles gleichgültig ist; sie kommen aus reichen Familien, und ihre Eltern glauben, dass sie für Geld im Leben alles bekommen. Aber Jehangir war mein Goldjunge.«

Sie schluckte. »Als ich erfuhr, dass er jede Woche sechzig Rupien kassierte, zwanzig von jedem der drei, da war ich so bestürzt, dass ich …«

Sechzig. Sie hatte sechzig gesagt. Yezad hörte nicht mehr zu. Sechzig Rupien, das war die Differenz zwischen dem, was er in die Umschläge gesteckt, und dem, was Roxie gefunden hatte.

»… und ich wollte ein festes Fundament für meine Jungen legen und dafür sorgen, dass Ehrlichkeit zu einem festen Bestandteil ihres Charakters wurde. Damit sie als Erwachsene in der Lage wären, der Korruption in unserer Gesellschaft zu widerstehen. Vor allem diejenigen, die vielleicht in die Politik oder in den Staatsdienst gehen würden. Aber stattdessen hat genau dieses Übel sogar schon mein Klassenzimmer infiziert. Wie soll es da mit unserem Land jemals besser werden?«

Murmelnd erklärte Yezad, wie Leid es ihm tue, und er versprach, dafür zu sorgen, dass Jehangir seine Lektion aus dieser Begebenheit lerne.

»Als ich heute Morgen aufwachte, hatte ich das Gefühl, ich sollte meinen Beruf als Lehrerin aufgeben«, sagte Miss Alvarez. »Was nützt das alles, fragte ich mich, wenn mein bester Schüler sich zu solchem Unrecht verführen lassen kann?«

»Sie dürfen niemals aufgeben, Miss Alvarez. Sie sind eine wunderbare Lehrerin. Jehangir hat uns alles über Sie erzählt, und wir wissen, wie gern er Sie hat. Er sagt, Sie sind die beste Lehrerin, die er je gehabt hat.«

Jetzt fing Jehangir an zu weinen, erst lautlos, aber dann ließ das Schluchzen seine Schultern beben. »Es tut mir Leid, Miss Alvarez«, wisperte er.

Sie lächelte. »Ich denke, ich werde Lehrerin bleiben. Und ich hoffe, du wirst aus diesem großen Fehler etwas lernen.«

Yezad versicherte ihr, dass dergleichen nie wieder passieren werde; das verspreche er ihr persönlich. Sie wünschte, sagte sie, dass alle Eltern so kooperativ wären, und dankte ihm für sein Kommen.

Das Warten war eine Qual. Er wollte, dass sie ihn rasch bestraften, dass sie wütend waren. Aber stattdessen drückte sein Vater nur immer wieder seine Schulter und sagte Dinge wie: Es ist okay, Jehangla, mach dir keine Sorgen. Und seine Mutter zog ihn an ihre Seite und sagte, mein armes Kind, er sorgt sich wie ein Erwachsener. Es sei ihre Schuld, beharrte sie, denn sie habe ihm die Umschläge gezeigt, und sie sei dafür verantwortlich, dass er gesehen habe, wie wenig Geld da war.

Das war alles – kein Schimpfen, keine Ohrfeigen. Und deshalb war ihm entsetzlich zumute.

Dann fingen sie an, miteinander zu zanken und Beschuldigungen zu verteilen, wo sie nicht recht hinpassten. Hören zu müssen, wie sie einander kränkten, weil er getan hatte, was er getan hatte, sollte seine Strafe sein, erkannte Jehangir.

»Da siehst du, was deine furchtbaren Halbgeschwister angerichtet haben«, sagte Yezad. »Ein neunjähriges Kind muss sich auf Bestechung und Korruption einlassen.«

»Übertreibe nicht«, sagte Roxana. »Ein paar üble Jungen haben Jehangoo Geld angeboten, und er hat es genommen, um seiner Familie zu helfen. Punkt. Es ist nicht nötig, alles zu verdrehen und etwas Hässliches daraus zu machen.«

»Aber es ist etwas Hässliches. Und es gibt nur eine Erklärung dafür. Dieselbe Korruption, die dieses Land verpestet, ist hier, in deiner eigenen Familie, in Jals und Coomys schamlosen Tricks und Betrügereien. Denk doch, was für ein Vorbild sie abgeben. Ist es da ein Wunder, wenn Jehangla sich hat bestechen lassen?«

»Weißt du eigentlich, was für einen Unsinn du redest?

Kannst du dich selbst hören? Unser Sohn hat das Geld nicht genommen, um sich dafür Kaugummi oder Eiscreme zu kaufen. Er hat es getan, um seinen Eltern zu helfen, das Essen zu bezahlen und Grandpas Medikamente.«

»Dann ist also alles nur meine Schuld. Weil ich nicht genug verdiene, um dieses Luxuspflegeheim für deinen Vater zu finanzieren.«

»Das habe ich nicht gesagt.«

Und Yezad erklärte, wenn er zehn Jahre zuvor in die Zukunft hätte schauen können, dann hätte er seinen kanadischen Traum nicht aufgegeben. Er hätte es immer wieder versucht, und dieser rassistische Einwanderungsbeamte hätte ihm den Weg nicht in alle Ewigkeit versperren können. Dann würden sie jetzt alle glücklich in Toronto leben und die reine Luft der Rocky Mountains atmen, nicht die giftigen Ausdünstungen dieser sterbenden Stadt, die unter Umweltverschmutzung, Müll und Korruption verrotte.

Roxana entgegnete, ob er vielleicht glaube, Kanada sei das Land der lebenden Heiligen? Und soweit sie wisse, seien die Rocky Mountains immer noch in Alberta – es sei denn, die Regierung habe sie eines Nachts unauffällig nach Ontario verschoben.

Dieser Ausrutscher brachte Yezad in Verlegenheit, und er sagte, sehr gut, eine Eins in Geographie, und jetzt wolle er nicht mehr darüber reden, sondern auf den Balkon gehen, um ein bisschen Ruhe und Frieden zu finden. Nein, nicht auf den Balkon, korrigierte er sich dann – sie hätten ja keinen mehr, sie hätten jetzt ein Jhopadpatti.

»Warum musst du so unnötig hässlich daherreden?«, beschwor sie ihn. »Warum nennst du das Zelt der Kinder, das ihnen Freude macht, ein Jhopadpatti?«

»Sieh es dir doch an: Villies stinkendes altes Plastiktischtuch. Wenn du in irgendeinen Slum gehst, wirst du finden, dass Plastik dort das Baumaterial ist. Wie soll ich das hier nennen, wenn nicht Jhopadpatti?«

»Nenne es, wie du willst, ich habe keine Zeit zum Streiten. Ich muss noch auf den Markt, Kartoffeln kaufen, und das Abendessen kochen.«

»Was hast du denn den ganzen Nachmittag gemacht?«

»Getanzt! Was glaubst du? Ich musste Pappa mit dem Schwamm waschen. Weißt du, wie lange das dauert? Und das Wechseln der Bettwäsche, während er drinliegt? Wenn ich es nicht tue, beschwerst du dich über den Geruch.«

»Es riecht trotzdem. Er furzt ohne Unterlass. Was gibst du ihm zu essen?«

»Das Gleiche, was ich dir zu essen gebe. Aber sein Magen funktioniert nicht mehr so gut. Das wirst du schon merken, wenn du alt bist.«

»Jetzt belegst du mich mit einem Fluch.«

»Warum ist das ein Fluch? Wirst du nie alt? Murad! Jehangir! Schlagt eure Bücher auf. Ich möchte, dass ihr mit euren Hausaufgaben fertig seid, wenn ich zurückkomme.«

Vom Balkon aus sah Yezad, wie Roxana mit ihrem Korb aus dem Haus ging, und sein Blick folgte ihr, wie ihrer ihm gefolgt war, wenn er morgens zur Arbeit ging, als sie einander noch zugewinkt hatten. Sie trat vom Gehweg herunter, und fast hätte er geschrien: Halt! Da kommen Autos!

Aber sie hatte sie gesehen und wich zurück auf den Randstein. Er seufzte erleichtert. Sie wartete eine Lücke im Verkehrsstrom ab und eilte dann hinüber. Sie bewegte sich mit der ungelenken Hast der Erschöpfung, und es tat ihm weh, das mit anzusehen. Ihr Rücken sah so gebeugt aus von hier oben. Sein Liebling Roxana. Allmählich vernichtete die Bürde, die auf ihr lastete, ihre Reize, und er konnte sie nicht davor bewahren. Wie kam es, dass er in seinen Gedanken nichts als Liebe zu ihr empfand, und dass dennoch, wenn sie vor ihm stand, nichts als Streitsucht und Feindseligkeit aus seinem Munde kam, als wäre sie seine Widersacherin?

Die Zeit verging; er stand auf dem Balkon und sah zu, wie die Wolken die Farbe des Abends annahmen. Die untergehende Sonne malte ihnen kupferrote Ränder. Er betrachtete das Chaos von Fernsehkabeln und Radioantennen und Stromanschlüssen und Telefonleitungen, das sich über den Himmel spannte. Passend, dachte er, für eine Stadt, die das Chaos verkörperte. Dieses irrwitzige Gewirr von Drähten kreuz und quer zwischen den Gebäuden, planlos über die Straße gespannt, in verrückten Schleifen um Bäume geschlungen, wie trunken zu den Dächern hinaufsteigend – es war, als halte dieser wahnsinnige Wirrwarr das ganze Viertel wie ein Netz gefangen.

»Flasche bitte«, rief Nariman von innen.

Yezad ließ das Geländer los, auf das er sich gestützt hatte, richtete sich auf und wandte den Kopf um. Ein ungeordneter Schwarm Krähen flog durch das Geflecht am Himmel. Er wartete. Nariman rief noch einmal.

Sollte er …? Es war nicht seine Aufgabe, das hatte er Roxana ganz klar gesagt. Zumindest in diesem Punkt würde er fest bleiben … und sie würde ja auch bald nach Hause kommen.

Die Dämmerung war jetzt erfüllt von Vögeln, die gegen den Abend um die Wette flogen, und Fledermäusen, die die Dunkelheit willkommen hießen. Er sah zu, wie sie hin und her flatterten, ratlos in einem Pferch aus Drähten.

»Bitte, ich brauche meine Flasche.«

Die Worte wehten steuerlos durch den Raum. Ein paar Augenblicke später kam Jehangir schüchtern zu seinem Vater auf den Balkon. »Daddy, ich glaube, Grandpa muss mal.«

»Ja, das habe ich gehört. Mummy kommt gleich wieder«,

sagte Yezad und schickte seinen Sohn zurück zu seinen Schulbüchern.

Nariman flehte noch einmal, lauter jetzt. »Die Flasche, bitte! Ich platze …« Seine müde Stimme verlor sich, er schwieg eine Weile und fing dann wieder an.

Roxana hörte das Flehen aus dem vorderen Zimmer, sowie sie den Fuß in die Tür setzte. »Sind hier alle taub geworden?«, rief sie. »Der arme Pappa muss mal.«

»Was soll ich denn tun?«, fragte Yezad.

»Ihm seine Flasche geben, was sonst? Mit ihm Kricket spielen?« Sie hob die Bettflasche auf.

Er schüttelte den Kopf.

»Ich habe dich noch nie gebeten, mir zu helfen! Aber kannst du nicht wenigstens Pappa helfen, wenn ich nicht da bin?«

Wieder schüttelte er den Kopf. »Ich habe es dir an dem Tag gesagt, als der Chief herkam, und ich habe auch die Jungen gewarnt: Finger weg von Bettpfanne und Flasche.«

»Was ist denn so schlimm an der Flasche? Ich halte sie hygienisch sauber!« Vielleicht, sagte sie, solle er versuchen, sich auf die Lehren Gandhis zu besinnen: Nichts sei edler, als den Schwachen, den Alten und den Unglücklichen zu dienen.

Er antwortete, sie solle Gandhiji da nicht hineinziehen; keine einzige seiner Lehren habe Indien etwas gebracht. »Er hat Pakistan weggegeben und dem Land nur Probleme hinterlassen.«

»Du hörst dich an wie diese RSS-Fanatiker, wenn du einem Heiligen die Schuld in die Schuhe schieben willst. Statt dich über die Flasche aufzuregen, solltest du lieber froh sein, dass unsere Kinder lernen können, was Alter und was Fürsorge bedeutet. Das wird sie auf das Leben vorbereiten und sie zu besseren Menschen machen.«

»Als Erstes sollten sie lernen, was Spaß und Glück bedeutet, und sie sollten ihre Jugend genießen. Sie werden noch reichlich Zeit haben, Krankheit und Tod kennen zu lernen.«

»Was du heute kannst besorgen … Jetzt haben sie Gelegenheit, täglich Herzensgüte zu üben, wie Daisy ihr Geigenspiel übt. Wenn sie lernen, was Herzensgüte ist, wird das Glück schon folgen. Und wenn wir eines Tages alt und hilflos sind, werden sie uns nicht den Rücken zukehren.«

Yezad erklärte, hoffentlich werde nie der Tag kommen, da sie ihren Söhnen eine so schwere Last aufbürdeten. Er werde jedenfalls dafür sorgen, dass ihre Angelegenheiten klüger geregelt würden, damit sie nicht im Alter ohne eine Rupie daständen.

Die Krähen krächzten, der Papagei auf der anderen Straßenseite kreischte, die Straßenhändler sangen auf dem Gehweg, und das Frühstück war fast fertig. Murad hatte schon gebadet und zog im Schlafzimmer seine Schuluniform an. Aber Jehangir wollte die Augen nicht öffnen, bis sein Vater ihn bei der Schulter rüttelte und sagte, er werde zu spät zur Schule kommen.

»Ich fühle mich nicht wohl.«

»Was hast du denn?«

»Magenschmerzen.«

»Bist du sicher? Es ist doch nicht wegen Miss Alvarez?«

»Nein, es tut wirklich weh.«

»Miss Alvarez ist eine sehr gütige Lehrerin. Dir wird nichts passieren.«

Sein Vater ging ins Bad, und Jehangir holte sein Comer-See-Puzzle hervor und versuchte, an seine Mutter zu appellieren. Sie zeigte mehr Mitgefühl. »Hast du nicht geschlafen, Jehangoo? So dunkle Ringe unter den Augen.«

»Sein Gewissen hat ihn wach gehalten«, rief Yezad aus dem

Badezimmer, während er sich auszog. »Und das ist gut, denn es bedeutet, dass es noch funktioniert.« Und er rief weitere aufmunternde Worte durch das Klappern von Becher an Eimer und das Plätschern des Wassers.

Aber Jehangir hörte nicht mehr zu. Er wollte sich in das Puzzle vom Comer See flüchten. Dessen vertraute Landschaft war viel weniger kompliziert als die wirkliche Welt. Mit eintausendzweihundertzweiundsiebzig Teilen, so stand es auf dem Deckel, war dies sein schwierigstes Puzzle. Die Farben waren so fein abgestuft, dass das Blau des Himmels mit dem See verschmolz (»azurn« – er erinnerte sich an das Wort, das Grandpa benutzt hatte), und die tiefdunklen Grüntöne konnten entweder belaubte Bäume sein oder zu dem dichten Gebüsch gehören, das sich an die Berge schmiegte. In dem Widerstreben, ihre Geheimnisse zu offenbaren, lag ihr Zauber. Die Puzzleteilchen im Pappkarton waren ein kostbarer Schatz.

Und wenn der See zum Vorschein käme und der Weg an seinem Ufer, dann würde er von hier verschwinden, hinein ins Puzzle, würde an der Seite des Bauernmädchens spazieren, das einen Esel am Halfter führte, und der Esel zog einen klirrenden Karren, der hoch mit Heu beladen war. Sie würden die Straße hinunterwandern, die im Bogen zwischen den bewaldeten Hügeln verschwand. Stück für Stück würde er seine Zuflucht zusammensetzen, den Wind vom See und das goldene Sonnenlicht in seinem Gesicht genießen, das fette Gras unter den Füßen spüren, die duftende Luft einatmen …

Das Letzte war am schwersten zu fassen, hatte er festgestellt. Man konnte keine Teilchen zusammenfügen, um einen Duft zu machen. Er war nirgendwo in der Landschaft und doch überall.

Er musste sich die frische Luft vorstellen, die über dem Pfad im Innern des Puzzles wehen würde. Und Vogelgesang –

denn wo es frische Luft gab, sagte sein Instinkt, musste es auch Vogelgesang geben. Nicht das raue Gekrächze der Aas fressenden Krähen, sondern Vogelgesang – wie das Pfeifen seines Vaters, kühn und schön. Das Pfeifen seines Vaters konnte Unglück vertreiben, ja, sogar die Erinnerung an Unglück. Das Pfeifen seines Vaters war unbesiegbar, es schwebte über ihm wie ein lustiger Schirm, und wenn sein Vater seine Hand hielt und sie zusammen darunter einhergingen, dann war die Welt ein sicherer und wundervoller Ort. Dann liebte Jehangir ihn und wollte niemand anders sein als der Sohn seines Vaters, nicht einmal, wenn er mit einem der berühmten Fünf Freunde hätte tauschen können …

Auf der anderen Straßenseite kreischte wieder der Papagei. Jehangir fing an, die Teile wieder in den Karton zurückzuwerfen. Es war hoffnungslos; das Puzzle half ihm nicht.

Sein Vater kam ins vordere Zimmer, ein Handtuch um den Leib gewickelt, und versuchte mit einem Finger das Wasser aus dem Ohr zu bekommen, das es verstopfte. »Sag mir, Jehangla, wie lange kannst du zu Hause bleiben und Miss Alvarez aus dem Weg gehen?«

»Ich habe doch gesagt, ich habe Magenschmerzen.« Jehangir roch den Duft von Cinthol-Seife auf der Haut seines Vaters.

»Die werden aufhören, wenn du in die Schule gehst. Vertrau mir. Kümmere dich nicht um die bösen Jungen, geh in den Unterricht wie immer, und alles ist in Ordnung.«

Wasser tropfte vom Kopf seines Vaters auf den Deckel des Puzzle-Kartons. Jehangir schob den Karton beiseite. Sein Vater ging ins hintere Zimmer und zog seine Hose an. Dann kam er mit dem Handtuch um den Kopf wieder heraus und trocknete sich die Haare.

»Du bist ein erstklassiger Schüler, Jehangla. Du hast nichts zu befürchten.« Er hängte sich das feuchte Handtuch um den Hals und legte Jehangir den Arm um die Schultern. »Weißt du, was dein Name bedeutet?«

Jehangir schüttelte den Kopf.

»Er bedeutet ›Eroberer der Welt‹.«

Jehangir war beeindruckt. Er blickte auf und lächelte seinen Vater matt an. Die Löckchen auf seiner Brust waren noch feucht.

»Bauchschmerzen können den Eroberer der Welt nicht aufhalten.« Sein Vater klopfte ihm auf den Rücken und befahl ihm, sich anzuziehen.

Murad kam ins vordere Zimmer, die Schulkrawatte lose um den Kragen geschlungen. »Was bedeutet mein Name?«, fragte er.

»Du bist eine Wohltat, ein Segen.«

»Und Mummys Name?«

»Roxana bedeutet Morgendämmerung.«

»Und deiner?«

»Schutzengel. Komm her, ich binde dir deine Krawatte.«

Jehangir dachte über diese Namen nach, während er zusah, wie sein Vater den Knoten band und Murad sich nach weiteren Namen erkundigte. Mit Grandpa war es besonders kompliziert; sein Name stammte aus der Shah-Nama-Sage, und Daddy versuchte sich an die Ahnenreihe des Helden Rustam zu erinnern und ob Nariman der Ur- oder der Ururgroßvater war. Dann verriet Grandpa, der eben aufgewacht war, ihnen die Antwort: der Urgroßvater.

Ihre Namen zusammengenommen, dachte Jehangir, bildeten eine perfekte Familie: Sie waren gesegnet, sie besaßen die ganze Welt, sie hatten ihren eigenen Schutzengel, und Mummys Morgendämmerung leuchtete über ihnen allen. Und trotzdem stritten Mummy und Daddy sich und waren unglücklich …

»… und auch wenn ihr es jetzt vielleicht nicht wisst, ist dies eure glückliche Zeit, eure Schulzeit.« Daddy sprach mit ihnen beiden. »Ehe ihr euch verseht, ist sie euch durch die Finger geronnen. Und wenn ihr älter seid, werdet ihr euch sehnsuchtsvoll daran erinnern, und ihr werdet euch wünschen, sie käme noch einmal wieder. Aber das wird nicht geschehen. Also haltet sie jetzt fest und freut euch daran.«

Jehangir wollte seinem Vater gern glauben, aber zuerst musste die Welt, die auseinander gebrochen war, wieder zusammengesetzt werden. Er wünschte, das ginge wie mit einem Puzzle – den Karton aufmachen, Grandpas Wohnung in Chateau Felicity instand setzen, Grandpas Knochen heil machen, den Streit mit Tante Coomy und Onkel Jal schlichten. Und vor allem die wunderbaren Morgenstunden wieder zusammenfügen, in denen sie lachten und Geschichten erzählten, und die anscheinend spurlos verschwunden waren.

Yezad verabschiedete die Jungen mit einer Extraumarmung, als sie zur Schule gingen, und an der Tür gab er ihnen noch einen Kuss auf die Stirn. Dann kehrte er zum Esstisch zurück.

Träumend saß er da und sah seine Jungen in der Tür vor sich, wo sie ihm eben noch zum Abschied zugewinkt hatten. Sie wuchsen so schnell heran. Erst gestern, so schien es ihm, war Murad in den Kindergarten gekommen, und Jehangir war in seinen Windeln umhergekrochen. Und wenn man sie jetzt sah … Sich vorzustellen, dass er sie geschaffen hatte, er und Roxie, diese beiden wunderbaren Söhne, die sie da hatten.

Dann rief er sich streng in Erinnerung, dass jeder Hund und jede Katze sich fortpflanzen konnten, dass er dieses Verfahren nicht erfunden und auch sonst nichts Einzigartiges getan hatte. Es war gerade diese schlampige Denkweise, die die Geburtenkontrolle in diesem Lande unmöglich machte.

Aber nach seinen überaus vernünftigen Ansichten zu diesem Thema kehrte das Staunen zurück. Und gedankenverloren fing er leise an zu pfeifen: »Sunrise, Sunset.«

Roxana erkannte das Lied und setzte sich neben ihn. Er hörte auf, und sie streichelte seinen Arm. »Woran denkst du, Yezdaa?«

»An nichts Wichtiges.«

»Sag es mir.«

Er seufzte. »Ich habe zugesehen, wie die Jungen sich fertig machten, und ich fand, sie sehen hübsch aus in ihren Uniformen.«

Sie lächelte.

»Und ich habe mich an die Jahre erinnert, als sie klein waren – wie ich sie auf den Armen und auf den Schultern getragen habe, und wie wir gespielt haben. Das könnte ich heute nicht mehr. Und dann fiel mir dieses Lied ein. Wo Tevje und seine Frau auf der Hochzeit ihrer Tochter sind – erinnerst du dich an den Film?«

Roxana nickte. »Sie heiratet den Schneider.«

»Ja. Und Tevje verfolgt die Zeremonie, und voller Staunen betrachtet er sein erwachsenes Kind und den Bräutigam. Da musste ich daran denken, dass Murad und Jehangir eines Tages heiraten werden, und dann werden wir die Zeremonie verfolgen. Und danach werden wir alt sein und allein.«

»Sei nicht albern, Yezdaa. Sie werden immer unsere Söhne bleiben.«

»Nein. Sie werden die Männer ihrer Frauen sein.«

»Ich habe dich noch nie so sentimental gehört«, sagte sie. »Was ist los mit dir in letzter Zeit?«

Er schwieg. Dann zog er sie an sich und schlang den Arm um sie.

Mr. Kapur umkreiste das Paket wie ein kleiner Junge, der gegen die Versuchung ankämpft, sein Geschenk vor der zugewiesenen Stunde zu öffnen. In dem Paket war der spezielle Ball für das Weihnachtsschaufenster. Er und Yezad warteten darauf, dass der Ladenhelfer von einem Botengang zurückkehrte.

»Husain wird enttäuscht sein, wenn wir es ohne ihn machen«, sagte Mr. Kapur und führte einen Abwehrschlag mit seinem imaginären Schläger.

Yezad nickte gedankenverloren, ohne zuzuhören. Sein Entschluss stand fest: Ehe der Tag zu Ende ginge, würde er noch einmal versuchen, Mr. Kapur festzunageln und ihn zu fragen, wann er mit dem Wahlkampf anfangen wolle. Ihm irgendeine verbindliche Zusage zu entlocken.

Er suchte nach einer Einleitung. »Sie haben wirklich Spaß an diesem Weihnachts-Tamasha, nicht wahr?«

»Sie kennen meinen Grundsatz: In unserem kosmopolitischen Geschäft begehen wir sämtliche Festtage, denn sie alle feiern unsere menschliche und göttliche Natur. Je mehr, desto besser.« Er lächelte sein fröhliches, die ganze Menschheit umarmendes Lächeln und trat ans Fenster, um über die Schulter des Weihnachtsmannes hinweg auf die Straße zu schauen. Er nickte Passanten zu, winkte dem Pao-bhajivala, wünschte einem Bekannten mit lauter Stimme einen guten Morgen.

»Dieser Grundsatz ist absolut richtig, Mr. Kapur«, sagte Yezad. »Die Stadt ist ein Wunder der Toleranz. Und das muss sie bleiben.«

»Sie reden allmählich wie ich selbst.« Mr. Kapur war amüsiert über Yezads ernsthaften Ton.

»Nun, ich höre Ihnen ja auch seit fünfzehn Jahren zu«, sagte Yezad, und sie lachten beide.

»Sehen Sie, da kommt Husain.« Sie winkten ihm, er solle sich beeilen. Um sie zu erheitern, tat der Helfer, als renne er wie ein kleines Kind auf unsicheren Beinen. »Chalo, miyan, der spezielle Ball ist gekommen.«

Mr. Kapur riss die gepolsterte Verpackung herunter und hielt die eigens angefertigte Requisite in die Höhe. Es war eine runde Glühbirne in der leuchtend roten Farbe eines neuen Kricketballs, ringsum mit Reihen von Stichen bemalt, die die Naht darstellen sollten.

»Und? Was sagen Sie?«

»Brillant.« Er würde diesen neuen Ball benutzen wie ein Kricketspieler in Hochform, er würde ihn mit Effet schlagen, er würde täuschen und mit voller Wucht losdreschen – was immer nötig war, um Mr. Kapurs Wicket zu erwischen.

»Warten Sie, bis Sie ihn in Aktion sehen. Es ist noch brillanter, als es aussieht.« Mr. Kapur wühlte in der Verpackung nach Schnur und Fassung. »Sie ist nämlich mit dem Motor für den Arm des Weihnachtsmanns synchron geschaltet. Immer, wenn der Schläger sich dem Ball nähert, leuchtet er auf.«

»Gut, dann schließen wir es jetzt an.« Je eher alles funktionierte, desto besser, denn dann würde Mr. Kapurs milde Stimmung ihren Höhepunkt erreichen, und er würde sich großzügig zeigen, wenn sie über die Konditionen redeten.

Mr. Kapur hatte eine Spule mit durchsichtigem Garn aus dem Nähkorb seiner Frau mitgebracht. Er wickelte ein Stück davon ab und band das Ende um die Fassung, damit man sie an die Decke hängen konnte.

»Ich steige auf die Leiter«, erbot sich Yezad. »Das ist ein heikles Unternehmen. Zu nah, und der Schläger zerschmettert die Birne. Zu weit weg, und es sieht nicht realistisch aus.«

Von der Leiter aus ließ er die Birne hinunter, bis sie etwa einen Fuß hoch über dem Boden hing. Dabei stützte er sich mit einer Hand an der Decke ab. »Wie ist das?«

»Ein bisschen tiefer«, sagte Mr. Kapur. »Es soll aussehen, als ob er den Ball genau in die Mitte trifft.«

Yezad ließ noch ein kleines Stück Faden durch die Finger gleiten. »Dieses Schaufenster wird Scharen von Menschen anlocken. Wir werde einen eigenen Havaldar brauchen, um sie im Zaum zu halten.«

»Hoffentlich. Ein Stückchen nach links.«

»Wissen Sie, Mr. Kapur, Sie sollten die Gelegenheit nutzen, um Ihren Namen bekannt zu machen. Mit einer Tafel, auf der steht: Frohe Weihnachten wünscht Vikram Kapur, Eigentümer.«

»Nein, das würde billig aussehen.«

Yezad versuchte noch einmal, sich an das Thema heranzuschleichen. »Dann bringen Sie wenigstens einen Wahlkampfslogan ins Fenster: Eine Stimme für Vikram Kapur ist eine Stimme für den Weihnachtsmann. Oder: Schlag einen Sechser, wähle Vikram Kapur.«

»Nicht schlecht, Yezad.« Er lachte bemüht. »Aber es wird keinen Wahlkampf geben.«

Yezad entging sein Unbehagen nicht. Er bewegte den Faden weiter nach links und nach vorn und folgte den Winken der Hand unter ihm. »Aber natürlich wird es einen geben.«

»Nicht für mich. Ich glaube nicht, dass ich kandidiere.«

Der durchsichtige Faden glitt Yezad aus den Fingern. Die Birne fiel zu Boden und zersprang.

»O nein!« Mr. Kapur fuhr zurück, um den Glassplittern zu entgehen.

Mit zitternden Händen stieg Yezad von der Leiter. Seine Stimme klang, als spreche jemand anders, als er sich entschuldigte. »Aber warum nicht, Mr. Kapur?«

»Sie haben den Ball fallen lassen! O Yezad, Yezad, Yezad!«

»Es tut mir Leid, Mr. Kapur. Aber sagen Sie mir doch bitte …«

»Jetzt muss ich einen neuen bestellen.« Empört ging er davon. »Es wird drei oder vier Tage dauern, bis er kommt.«

»Sie hören mir nicht zu, Vikram. Ich habe gefragt, warum nicht.«

Mr. Kapur sah ihn an; dann wandte er sich ab und blickte wieder ins Schaufenster. »Seit fünf Tagen schlägt der Weihnachtsmann jetzt in die Luft«, grollte er. »Seit fünf Tagen warte ich auf diesen Ball.«

Trotz seiner Bestürzung wusste Yezad, dass Mr. Kapur besänftigt werden musste. »Vielleicht können wir vorläufig eine normale Birne aufhängen«, schlug er vor.

»Das wird noch alberner aussehen«, murrte Mr. Kapur. Aber nachdem er eine Weile geschmollt hatte, war er mit einem Versuch einverstanden. Husain ging ins Lager, um eine Ersatzglühbirne zu holen.

»Ich verstehe das nicht«, sagte Yezad vorsichtig. »Nach all Ihren Plänen und Vorbereitungen, und nachdem Sie ein Wahlprogramm verfasst haben, wie Sie mir erzählt haben – wieso haben Sie es sich jetzt anders überlegt?«

»Aus vielen Gründen. Es ist … es ist zu kompliziert. Ich glaube, es ist unrealistisch, zu hoffen, dass ich …«

Er brach ab und schaute weg, aber Yezad sah sein betretenes Gesicht in der Fensterscheibe. »Es ist zu gefährlich. Meine Frau hat ein kluges Wort gesagt: Sie sagt, Wahlen sind heutzutage nichts anderes als ein Kampf zwischen Gangstern. Und wenn ich darüber nachdenke, muss ich ihr Recht geben. Außerdem macht sie sich Sorgen wegen meines Blutdrucks.«

Er spielte mit der Lampenfassung und sah aus, als wolle er weitere Erklärungen abgeben, als Husain zurückkehrte. Er zog einen Besen hinter sich her und schwenkte eine Sechzig-Watt-Birne. »Hier, Sahab, ich habe eine gefunden!«

Mr. Kapur war sichtlich erleichtert über die Unterbrechung und machte sich im Fenster zu schaffen. Der Helfer fegte die roten Scherben zusammen, die wie Blutstropfen verstreut am Boden lagen. Wenn er Watte, Lametta und Stechpalmenzweige schüttelte, lösten sich weitere Tröpfchen und fielen herunter. Als sie fertig waren, schraubte Mr. Kapur die Birne in die Fassung und schaltete den Motor ein.

Der Schläger senkte sich, das Licht ging an; der Schläger hob sich, das Licht ging aus. Husain jubelte wie ein Zuschauer auf der Tribüne im Wankhede Stadium, um seinen Arbeitgeber zum Lächeln zu bringen. Aber das trübe gelbe Licht der Ersatzbirne hatte die Stimmung verdorben.

Wie konnte Mr. Kapur ihn auf eine so beiläufige Weise im Stich lassen, dachte Yezad verzweifelt. Die Frau sagt nein! War das eine Begründung?

Den Rest des Tages über kämpfte er mit einem Gefühl der Hoffnungslosigkeit. Er war zornig und fühlte sich verraten, bis er schließlich ruhiger wurde und einsah, wie irrational er sich aufführte. Mr. Kapur wusste ja eigentlich gar nichts von seinen Problemen.

Vielleicht musste er Mr. Kapur ins Vertrauen ziehen und ihm sagen, warum sein Entschluss, nun doch nicht zu kandidieren, eine so tiefe Enttäuschung war. Dass er alle seine Hoffnungen auf diese Beförderung gesetzt hatte. Er würde seinen Stolz herunterschlucken und ihm gestehen müssen, dass es unmöglich geworden war, mit seinem Gehalt über die Runden zu kommen: zwei Kinder, das Schulgeld, Monat für Monat steigende Preise … und dazu jetzt noch ein kranker Schwiegervater, den seine Stiefkinder hinausgeworfen hatten, kein Platz in der winzigen Wohnung, kein Geld für Arzneimittel, dazu eine stinkende Bettpfanne im Wohnzimmer … was zu ständigen Streitereien mit meiner Frau führt, aber ich fühle mich ihm verpflichtet, weil er uns die Wohnung gekauft hat, als wir geheiratet haben …

Yezad legte eine Hand an die Stirn. Nein, die ganze Geschichte war zu unappetitlich. Viel zu unappetitlich, um sie jemandem zu erzählen, der letzten Endes doch ein Fremder war, wenn es darum ging, ihm all diese privaten Familienangelegenheiten zu offenbaren.

Den Nachmittag über schaute er dem krampfartig zuckenden Weihnachtsmann zu, der sich mit seiner arthritischen Schulter plagte. Ab und zu lief der kleine Motor unregelmäßig; dann blinkte die Birne ein paar Mal schnell hintereinander, und der Schläger machte kleine, zittrige Auf- und Abbewegungen. Als hätte der Weihnachtsmann die Parkinsonkrankheit, dachte er.

Husain lief los, um Mr. Kapur zu holen, und der wiederum kam sofort herbeigerannt, um den Schalter zurückzusetzen. Nachdem alles neu eingestellt war, gab Mr. Kapur ein großartiges Signal mit emporgerecktem Daumen und kehrte in sein Büro zurück. Der Schläger nahm seinen normalen Betrieb wieder auf.

Die trägen Blitze der Glühbirne schlugen Yezad in einen hypnotischen Bann, als die Stunden vergingen. Er fühlte sich unbeweglich wie die Rentiere auf ihren Feldpositionen und der starre Wicketkeeper, stets bereit, Captain Weihnachtsmann ins Aus zu spielen und dem unsichtbaren Schiedsrichter sein »Howzat?« zuzurufen.

Aber der Ruf ertönte niemals. Und je länger Yezad das idiotische Tableau anstarrte, desto niedergeschlagener wurde er. Alles verlor seinen Sinn.

Plötzlich erschien ihm sein eigenes Leben so dürftig wie das der armen Villie Cardmaster – das reizende kleine Mädchen in dem rosafarbenen Kleid und mit den von unschuldiger Hoffnung leuchtenden Augen auf dem Geburtstagsfoto, das zu der Frau geworden war, die sie heute war …

Er riss den Blick von dem hypnotischen Weihnachtsmann los und schaute stattdessen Husain zu. Der Mann kam immer wieder vorbei, um ein Wattebäuschchen zurechtzurücken, ein Plastikblatt, einen Strang Lametta.

Yezad beneidete ihn um seine Fähigkeit, sich an einfachen Dingen zu erfreuen. Was war sein Geheimnis? Obwohl sein Leben durch den Albtraum der Ermordung seiner Familie zerstört war, fand er immer noch Vergnügen an diesem schäbigen Firlefanz.

Wie Mr. Kapur, der aus seinem Büro kam, Yezad nachsichtig zulächelte und zu seinem Schaufenster ging, um dort grinsend ein paar Augenblicke stehen zu bleiben, ehe er an seinen Schreibtisch zurückkehrte.

14

Als Roxana im Hausflur von Chateau Felicity auf den Aufzug wartete, hörte sie ein Auto vor der Haustür, und dann klapperte, rasselte und krachte etwas. Es war Edul Munshi mit seinem Werkzeugkasten.

Sie war nicht in der Stimmung für sein Handyman-Geschwätz und hoffte, der Lift werde sie retten, bevor er hereinkäme. Dieser Besuch bei Jal und Coomy, der Versuch, sich mit ihnen zu versöhnen, verstärkte ihre bange Unruhe noch. Sie musste eine Möglichkeit finden, Pappa zurückzubringen; die Belastung für Yezad war zu groß – er benahm sich in den letzten paar Tagen schon so merkwürdig …

»Ach, wen haben wir denn hier?«, sagte Edul hinter ihr. »Habe Sie seit Monaten nicht gesehen, Roxana. Wie geht es Ihnen?«

»Gut. Und Ihnen?«

»Erstklassig. Komme eben von einem Freund, dem ich mit seinem wackligen Bein geholfen habe. Am Esstisch«, fügte er hinzu.

»Und ist es jetzt wieder in Ordnung?«, fragte sie höflich, und Edul ließ einen umfassenden Bericht über die Reparatur vom Stapel: dass sein Freund Cavus immer gern Abkürzungen nehme und deshalb einfach schnell zwei Schrauben habe hineindrehen wollen; er aber habe ihn davon überzeugt, dass es besser sei, das Bein ganz abzumontieren und es richtig zu machen, und nachdem er nun Hand angelegt habe, sei die Sache so solide wie der Mount Everest.

»Manizeh kann von Glück sagen, dass sie einen so begabten Mann hat«, sagte Roxana.

Er errötete bescheiden. »Ich mache nur ein bisschen hier und da. Übrigens, habe Ihren Bruder und Ihre Schwester in letzter Zeit nicht mehr gesehen. Wie geht es Ihrem Pappa?«

»Eigentlich wie immer. Der Arzt sagt, bei Parkinson besteht eigentlich keine Hoffnung auf Besserung.«

Edul schüttelte mitfühlend den Kopf, während der Lift kam und sie einstiegen. »Was für ein kompliziertes Ding der menschliche Körper doch ist. Ich wünschte, es gäbe Do-it-yourself-Werkzeug für den Fall, dass er nicht funktioniert.«

»Es gibt Ärzte.«

»Trauen Sie niemals einem Profi. Nicht bei Renovierungen und nicht bei Krankheiten. Es ist lange her, dass ich gesehen habe, wie Ihr Pappa mit dem Krankenwagen weggebracht wurde. Ist er wieder hier?«

»Er ist bei mir zu Hause. Oben muss die Decke repariert werden.«

Seine Augen leuchteten auf. »Von diesem Problem hat mir niemand etwas erzählt.«

»Coomy kümmert sich darum.« Roxanas Hand schoss zum Knopf, als sie in seinem Stockwerk ankamen, aber es war zu spät.

Keine Sorge, sagte seine Handbewegung. »Einen Unternehmer zu finden, der ehrlich, kundig und bezahlbar ist, kann sehr schwer sein. Aber das sind die drei Mindestvoraussetzungen. Vielleicht sollte ich mal mit Coomy reden.«

»Das wäre hilfreich.« Die Beratung durch einen Dritten würde Coomy vielleicht so weit in Verlegenheit bringen, dass sie etwas unternähme, dachte sie.

»Ich kann jemanden empfehlen, der absolut ehrlich und extrem kundig ist und für sehr wenig Geld arbeiten wird. Genau gesagt, für die reinen Materialkosten.«

Sie wusste, was kam, aber sie spielte mit. »Das kann ich kaum glauben.«

Er lächelte. »Wenn ich es einmal so sagen darf: Ich rede von mir selbst.«

Der Lift hielt an, und er hielt ihr die Tür auf. Sie versuchte sich das Szenario vorzustellen, wenn man ihn in Pappas Wohnung von der Kette ließe – ebenso gut könnte man einem Affen ein Rasiermesser in die Hand geben.

»Es wär unfair«, sagte sie, »Sie auszunutzen.«

»Wer redet vom Ausnutzen? Ich biete mich freiwillig an. Sie kennen mich doch, es macht mir Spaß, es ist mein Hobby. Ich habe Freude an dem Glück, das ich in die Herzen der Menschen bringe, wenn etwas, das kaputt war, wieder heil ist.«

Die Liftglocke schrillte durch den Schacht. Unten hatte jemand auf den Knopf gedrückt. »Danke, Edul, aber wir können nicht von Ihnen verlangen, dass Sie eine so umfangreiche Arbeit übernehmen. Die Decken sind stark beschädigt.«

Es kümmerte ihn nicht, dass unten jemand schrie, man solle die Tür schließen, damit der Lift nach unten fahren könne. »Umfangreich, geringfügig – das Geheimnis besteht darin, dass man methodisch vorgeht. Zweimal messen, einmal schneiden, das ist das Motto des Heimwerkers. Man durchdenke das Problem und führe sich die Lösung vor Augen. Wie beim Schach. Ist eine spezielle Gabe, die manche Leute haben.«

Und er fuhr fort, die Vorzüge zu schildern, die ihn für diese Arbeit prädestinierten, aber sie hörte nicht mehr zu. Ihr war eben eingefallen, dass die Decken bereits in einem schlimmen Zustand waren und nicht mehr vor Edul beschützt werden mussten. So ungeschickt er auch war, schlimmer konnte er es nicht machen.

Und plötzlich kam ihr die Idee gar nicht so übel vor: Er konnte den Dreck beseitigen, ein paar grobe Ausbesserungen vornehmen und die Decken wieder sicher machen. Risse und Löcher würde man dann zwar noch sehen, aber was machte das? Es kostete nichts, und Pappa könnte wenigstens wieder nach Hause.

Aber zuerst musste Coomy überzeugt werden. »Wenn Sie sicher sind«, sagte sie, »kann ich Jal und Coomy von Ihrem freundlichen Angebot erzählen.«

»Ich bin hundert Prozent sicher.«

Der Schreihals im Erdgeschoss war verstummt; anscheinend hatte er die Hoffnung aufgegeben, dass der Lift noch kommen könnte. Edul fragte, ob er nicht mit ihr hinauffahren sollte. »Ich könnte mir sofort ein Bild von der Arbeit machen, die Einzelheiten notieren, einen Kostenvoranschlag für das Material aufstellen.«

»Es ist besser, wenn ich vorher mit ihnen rede. Sie müssen selbst entscheiden, ob sie Ihnen eine so große Sache zumuten wollen.«

»Keineswegs«, sagte er und trat wieder in den Aufzug. »Etwas zu renovieren ist niemals eine Zumutung für mich.« Der Lift fuhr abwärts, aber seine Stimme schwebte herauf. »Für mich ist es ein Quell der Befriedigung.«

»Coomy! Roxie ist zu Besuch gekommen!«, verkündete Jal strahlend. »Komm, Roxie, komm!« Er nahm ihre Hände, zog sie in die Wohnung und umarmte sie ausgiebig. In seinem Blick lagen Freude und Erleichterung darüber, dass die Entfremdung doch nicht von Dauer sein sollte. »Warum ist Yezad nicht bei dir?«

»Er arbeitet noch.« Sie sah, wie sein Gesicht leuchtete – als habe sie einen Schalter angeknipst –, und war gerührt über diese Begrüßung.

»Coomy!«, rief er noch einmal. »Wo bist du? Roxie ist gekommen!«

Ein mahnendes »Shushum hmm hmm!« aus Coomys Zimmer gab ihnen zu verstehen, dass sie betete. Dann zeigte sie sich selbst für einen Augenblick im Flur; ihr Kopf war mit dem weißen Mulmul bedeckt.

»Oh, Verzeihung«, sagte Jal.

Ein paar Minuten später kam sie ins Wohnzimmer. »Wieso bist du so aufgeregt? Als ob die Queen von England gekommen wäre.«

»Nein, nein, nicht Armeen und Hoshang – unsere Roxie!«

Coomy klopfte auf das Hörgerät in seiner Tasche. »Ist die Batterie wieder leer?« Die beiden Frauen legten einander leicht die Hände auf die Schultern, und ihre Wangen berührten sich.

»Wie geht es Pappa?«, fragte Coomy.

»Unverändert. Er fragt dauernd nach der Wohnung, und ob die Reparaturarbeiten schon angefangen haben. Ich sage immer, bald, Pappa, bald. Er ist sehr traurig, denn ihm ist klar, dass ich in Wirklichkeit keine Antwort weiß.«

In Jals Gesicht spiegelte sich sein schlechtes Gewissen. Er rang die Hände, befingerte seinen Ohrhörer und schaute Coomy wortlos beschwörend an.

»Dein Gerät macht dir Schwierigkeiten«, sagte sie. »Geh neue Batterien kaufen. Ich erzähle dir später, was Roxie an Neuigkeiten bringt.«

»Nein, es geht schon.« Er hörte auf zu fummeln.

»Pappa hat gute und schlechte Tage«, fuhr Roxana fort. »Was die Sache verschlimmert, ist der Umstand, dass die Tabletten immer zu Ende gehen, bevor seine Pension kommt.«

»Ich wünschte, wir könnten euch finanziell unter die Arme greifen«, sagte Coomy. »Aber Pappas Konto ist leer. Und auf dem Aktienbazaar läuft es in letzter Zeit sehr schlecht – das kann Jal dir erzählen.«

»Aber genug von meinen Sorgen«, sagte Roxana. »Erzählt mir von euch. Wie geht es euch?«

»Wie du siehst: Wir sind versunken in unserem Missgeschick, in Putz und Staub.«

»Suchen immer noch nach einem Unternehmer«, murmelte Jal.

»Ist weiter nichts eingebrochen?«, fragte Roxana. »Alle Gefahren beseitigt? Gut.« Dann bezähmte sie ihre Zunge; Sarkasmus würde ihre Versöhnungsmission nicht befördern. »Dabei fällt mir ein – ratet mal, wen ich unten getroffen habe? Ein solcher Glücksfall: Edul Munshi.«

»Das nennst du einen Glücksfall?«, fragte Coomy. »Nur Leute, auf denen ein Fluch liegt, laufen diesem Kerl über den Weg.« Jal lachte; er war froh, dass das Gespräch freundschaftlicher wurde.

»Ich weiß, was du meinst«, sagte Roxana. »Aber er hat sich nach eurer Decke erkundigt und angeboten, sie zu reparieren, kostenlos.«

»Natürlich«, sagte Coomy. »Er würde noch Geld dafür bezahlen, wenn jemand ihn in seiner Wohnung arbeiten ließe, so verzweifelt ist er. Seine Frau lässt ihn zu Hause nichts anrühren.«

»Er ist kein Handwerker, er ist ein Clown«, kicherte Jal. »Er sollte sein Werkzeug nehmen und zum Zirkus gehen.«

»Ich habe genauso reagiert. Aber dann habe ich nachgedacht: Keiner von uns hat das Geld für einen Unternehmer. Er kann wenigstens neuen Putz anbringen; das wäre schon eine Verbesserung.«

»Nein, der Mann ist eine Gefahr«, erklärte Coomy. »Wenn

er eine Glühbirne auswechselt, fällt im ganzen Haus der Strom aus. Und du willst, dass er für uns arbeitet?«

Roxana zuckte die Achseln. »Das müsst ihr wissen.«

Die anfängliche Anspannung schlich sich wieder herein. Dann ergriff Jal zu ihrer Überraschung das Wort. »Die Idee gefällt mir. Was kann es schaden, wenn wir Edul …«

Coomy fuhr jäh herum, und er verstummte und wartete auf eine Strafpredigt. Aber es kam nicht zum Streit.

Ja, dachte Coomy, soll Edul die Arbeit übernehmen. Was konnte ihnen Besseres passieren, als dass dieser Idiot einen noch größeren Schlamassel anrichtete? Bei seiner Neigung, jede Arbeit in die Länge zu ziehen, um sein eigenes Vergnügen zu verlängern, würden sie Pappas Heimkehr endlos hinauszögern können. Sie würde keine Ausreden mehr erfinden müssen.

Edul wäre der perfekte, ahnungslose Komplize.

Mr. Kapur hob protestierend den Finger und deutete auf seine Uhr. »Sehen Sie, wie spät es ist? Schluss mit ›Mister‹.« Er schaute Yezad prüfend ins Gesicht. »Seit zwei Tagen sehen Sie jetzt so niedergeschlagen aus. Was ist los?«

Yezad zuckte die Achseln. »Ich schätze, es liegt an all den Dingen, über die wir geredet haben … und an den alten Fotos, und … Sie haben mich bekehrt. Ich glaube wirklich, dass ein guter Mann wie Sie in der Politik sein sollte. Sonst regieren uns wirklich nur noch Gauner und Ganoven.«

»Ist das nicht komisch?«, sagte Mr. Kapur mit traurigem Lächeln. »Wir haben uns völlig umgedreht – ich rede wie Sie, Sie reden wie ich.« Er seufzte. »Ich wünschte, ich hätte eine Wahl.«

»Wir haben immer eine Wahl.«

»Aber die Familie geht vor, Yezad, das verstehen Sie doch. Der Dienst an der Familie steht über dem Dienst an der Öffentlichkeit; daran hat meine Frau mich erinnert. Und neben meinem Blutdruck geht es ihr auch um das Koffergeld, und ich bin ihrer Meinung: Wir sollten es nicht für einen Wahlkampf ausgeben.«

Er nahm Yezad beim Arm und führte ihn in sein Büro. »Seien Sie nicht so enttäuscht. Es sah einmal aus wie eine gute Idee. Jetzt ist es erledigt – das müssen wir akzeptieren.«

»Sie haben gesagt, es sei Ihre Pflicht.«

»O ja. Meine und die eines jeden guten Staatsbürgers. Ich bin da nichts Besonderes. Aber mir ist klar geworden, dass Pflicht in diesem Fall etwas Wertloses ist.«

»Soll heißen?«

»Denken Sie doch nach. Reines Pflichtgefühl kümmert sich nicht um das Ergebnis. Selbst wenn ich Stadtrat werde und für das Gute kämpfe – was habe ich am Ende? Die Genugtuung, zu wissen, dass ich meine Pflicht getan habe. Was Bombay angeht, so ändert sich nichts. Niemand kann die Uhr zurückdrehen.«

Yezad hörte ungläubig zu. Mr. Kapurs komplette Kehrtwendung war schwer zu fassen.

»Also«, fuhr Mr. Kapur fort, »können wir jetzt nur noch über Gräber reden, über Würmer und Grabschriften. Lassen Sie uns auf diesen Stühlen sitzen und uns traurige Geschichten über den Tod von Städten erzählen.«

Yezad sagte nichts. Wenn der Boss Unsinn reden wollte, würde er dabei auf Antworten und Reaktionen verzichten müssen.

Mr. Kapur unternahm einen lahmen Versuch, einen Zitatenscherz zu machen. »Wissen Sie, was mein Problem ist? Ich bin jemand, der Bombay nicht klug, doch zu sehr liebt. Und ich glaube, ich mache meine Frau eifersüchtig. Sie will nicht, dass eine zweite Schönheit mit ihr konkurriert.«

Yezad war jetzt so verärgert, dass er sein Schweigegelübde brach. »Haben Sie nicht anstelle von Othello zur Abwechslung einmal eine indische Quelle, aus der Sie zitieren können?«

Die ätzende Antwort tröpfelte harmlos an Mr. Kapur herunter; er war entzückt, dass Yezad überhaupt gesprochen hatte. »Das ist ein Grundproblem unserer Bildung, Ihrer wie meiner. Aber Shakespeare ist wie Bombay. In beiden finden Sie, was immer Sie brauchen – sie enthalten das Universum.«

Innerlich kochend, blickte Yezad auf seine Uhr. »Wenn Sie nichts dagegen haben, werde ich jetzt gehen.«

Mr. Kapur schloss seinen Schreibtisch ab. »Ich hoffe, Sie sind nicht immer noch wütend.«

»Mit welchem Recht sollte ich wütend sein? Es ist Ihr Leben, Ihre Frau, Ihre Entscheidung.«

Mr. Kapur hob seinen Aktenkoffer auf und schaltete das Licht aus. »Ist Ihnen aufgefallen, Yezad, dass ich Ihrem Rat gefolgt bin? Ich benutze die Klimaanlage nicht mehr. Von jetzt an akzeptiere ich, was Bombay mir bietet: Hitze, Schwüle, Seewind, Taifun.«

»An diese Philosophie halte ich mich seit Jahren. Natürlich fällt mir das leicht; ich kann mir keine Klimaanlage leisten.«

»Sie brauchen auch keine. Wir Inder haben ein eingebautes Kühlsystem – Chilis und Garam Masala bringen uns zum Schwitzen, der Wind lässt den Schweiß verdunsten, und wir bleiben kühl.«

Yezad lächelte matt.

Mr. Kapur unternahm einen letzten Versuch, ihn freundlich zu stimmen. »Denken Sie doch daran, Yezad: Wir werden immer die Fotos haben. Unsere Stadt ist darin erhalten geblieben. Und diese Zeugnisse werden für die bleiben, die nach uns kommen. Sie werden wissen, dass es einmal eine Zeit gab, hier in dieser strahlenden Stadt am Meer, als wir ein tropisches Camelot besaßen, einen goldenen Ort, an dem Rassen und Religionen in Frieden und Freundschaft zusammenlebten ...«

Yezad hörte nicht weiter zu; wieder empfand er Ärger und gegen seinen Willen auch Zuneigung, hervorgerufen von der Leidenschaft und den Widersprüchen dieses Mannes. Er war sicher, dass Mr. Kapur es in zwei Monaten, wenn die Wahl vorüber wäre, bereuen würde, dass er es nicht versucht hatte. Vielleicht würde er es sich in den nächsten paar Tagen auch wieder anders überlegen und doch noch kandidieren. Wer konnte das bei Mr. Kapur schon wissen?

Auf dem Weg zur Tür sah Yezad, wie er mit zärtlichem Blick seine Weihnachtsdekoration betrachtete. Jemand sollte ihm sagen, dass er noch zu jung sei, um in eine zweite

Kindheit zu verfallen. Irgendein Ruck war nötig, irgendetwas Drastisches, was ihn aus dem Kokon seiner Selbstzufriedenheit risse.

In der ganzen Straße hatten die Geschäfte sich anscheinend vom Bombay Sporting Goods Emporium inspirieren lassen. Der Jai Hind Book Mart hatte einen barfüßigen Weihnachtsmann im Padmasana ausgestellt, eine englische Übersetzung der Bhagavad-Gita aufgeschlagen auf dem Schoß. Auf seiner Nase saß eine Lesebrille mit halbmondförmigen Gläsern. Rasoi Stainless Steel zeigte einen Weihnachtsmann mit Schürze, der in einem großen Kochtopf rührte. Der Weihnachtsmann von Bhagat Opticals trug eine elegant verspiegelte Sonnenbrille.

Jeder Laden musste einen haben, dachte Yezad müde; sie gaben sich nicht länger zufrieden mit einem Weihnachtsbaum, einem Stern, einem Engel. Der Herrenausstatter hatte einem ein paar Hemden und Krawatten über den ausgestreckten Arm drapiert. Der im Schuhgeschäft trug einen Stapel Schuhkartons. Barmherzigerweise hatte das Sarigeschäft auf eine sechs Meter lange Cross-Dressing-Orgie verzichtet.

Die ganze Veranstaltung war öde und ohne Witz (die Buchhandlung ausgenommen, dank Vilas Phantasie). Ausnahmsweise wäre eine Shiv-Sena-Agitation durchaus willkommen gewesen, bei diesem Unsinn. Wo waren diese Goondas, wenn man sie brauchte? Warum wüteten sie nicht in der Straße, warum zertrümmerten sie diese grässlichen Dekorationen nicht?

Vielleicht wäre das eine Anregung, wie Mr. Kapur sie brauchte. Wenn seine Feldspieler enthörnt, die blinkende Birne zum Schweigen gebracht und der blöde weißbärtige Schläger von den Sturmtruppen der Sena gestreckt und gevierteilt worden wäre, dann würde sein Kampfgeist vielleicht zurückkehren. Was für ein heilsamer Schock das wäre, wenn Shiv Sena auf Mr. Kapurs eigener Türschwelle erschiene …

Von seiner Warte vor dem geschlossenen Buchladen rief Vilas ihn an. Er klopfte mit der flachen Hand auf die Stufe und machte Platz, damit er sich setzen konnte.

»Nein, es ist spät«, sagte Yezad und knetete seine steifen Nackenmuskeln, um sie zu lockern.

»Du siehst aufgebracht aus. Stimmt etwas nicht?«

»Mr. Kapur – du weißt doch von seinen Kandidaturplänen. Er war immer so engagiert. Und jetzt ist es plötzlich völlig umgekehrt. Er sagt, seine Frau hat nein gesagt.«

Vilas lachte. »Wie nett. Ein Punjabi unter dem Pantoffel, das gibt es sicher nicht oft.«

»Ich weiß nicht, was mit ihm los ist. Und meine Beförderung ist dahin.«

Während sie noch redeten, kam ein Arbeiter mit einem leeren Korb auf die Buchhandlung zu und blieb in respektvollem Abstand stehen. Er zog einen Brief aus dem Turban und bemühte sich, die Falten glatt zu streichen, um für den Schreiber bereit zu sein.

»Dein Kunde«, sagte Yezad und erhob sich von der Stufe.

Der Schmerz saß wie eine Messerklinge zwischen den Schulterblättern. Immer wieder rieb er sich die Nackenmuskeln und drehte den Kopf von links nach rechts, von links nach rechts, und bewegte ihn dann auf und ab. Statt geradewegs zur Marine Lines Station zu gehen, machte er einen Umweg über Dhobitalao und ging die Princess Street hinunter – er brauchte Zeit zum Nachdenken. Sein Atem ging kurz und flach, er hechelte fast. Fünf Schritte einatmen, ermahnte er sich, und die nächsten acht ausatmen. Fünf ein, acht aus …

Eine Wolke von Dieselabgasen ließ ihn husten. Verdammte Luftverschmutzung. Das hier war keine Stadt, in der man tief durchatmete. Es sei denn, es gelang ihm, in Mr. Kapurs alte Fotos hineinzuschlüpfen. In die alte Hughes Road … Und das Gespräch mit Vilas hatte ihn nur wieder aufgebracht. Vilas hatte gut reden: Er solle Geduld haben und einen Weg finden, Mr. Kapur zu motivieren. Aber er war außer sich vor Sorge.

Ein Motorradfahrer knatterte vorbei; er trug eine Atemmaske. Bald würde hier jeder eine brauchen, wenn es so weiterginge – aber wäre es nicht großartig, wenn es eine Maske gäbe, mit der sich die Probleme der Welt herausfiltern ließen …?

»Sahibji«, sagte eine Stimme.

Er drehte sich um. Es war der Mann in dem Sandelholzladen vor dem Wadiaji-Feuertempel. Yezad erkannte, dass er soeben an seinen Toren vorüberging.

»Sahibji«, sagte der Mann noch einmal und unterbrach seine Arbeit; er war dabei, die Sandelholzstäbe nach der Größe zu sortieren. »Sukhad? Es ist echtes Malbari.«

Er trug eine Gebetsmütze aus schwarzem Samt, sah Yezad, wie sein Vater sie immer getragen hatte. Er wies das Sandelholz zurück und ging weiter.

Nach einigen Schritten zögerte er, und dann kehrte er zum Tor zurück und betrat das Gelände. Es war leer bis auf zwei Fahrräder, die an einen Pfahl gekettet waren. Wahrscheinlich die Chasnivalas, dachte er, die für Familien, die um Gebete ersucht hatten, Chasni lieferten. Es war eine Ewigkeit her, dass er bei einem Chasni dabei gewesen war … hatte fast vergessen, wie Paapri und Malido schmeckten …

Er blieb an der Tür des Feuertempels stehen, denn er war barhäuptig. Er könnte sein Taschentuch nehmen, wenn er … Nein – er hatte nicht die Absicht einzutreten.

Das Licht drinnen war dämmrig, aber er sah den lang gestreckten, verandaähnlichen Raum mit dem Steinboden und den Waschbereich mit der steinernen Brüstung. Eine einsame Gestalt am hinteren Ende trocknete sich eben Hände und Gesicht, um mit den Kusti-Gebeten zu beginnen.

Jetzt zog der Mann seine Sudra und sein Hemd aus dem Hosenbund. Er griff nach seinem Kusti unter dem Hemd und begann, die Knoten aufzuknüpfen, während er betete. Dann wickelte er es von seiner Taille und hob es an die Stirn.

Und diese kleine Gebärde im Dämmerlicht rief Yezad die Worte des Gebets in Erinnerung, das er seit Jahren nicht mehr gebetet hatte … Ahura mazda khodai, az hama gunah, patet pashemanum … er ließ es sich durch den Kopf gehen und empfand tiefe Genugtuung darüber, dass er sich immer noch daran erinnern konnte. Dann formte der Mann zwei Schlingen mit dem Kusti und hob es wieder an die Stirn. Yezad wusste, dass er bei der Manashni-, Gavashni-, Kunashni-Sektion angekommen war und sich anschickte, die heilige Schnur wieder umzubinden …

Und während er die einsame Gestalt beobachtete, füllte sich die Veranda vor seinem geistigen Auge mit den fröhlichen Menschen, die er immer gesehen hatte, wenn er als Junge mit seinen Eltern hier gewesen war, an Navroze und Khordad Sal, wenn alle ihren farbenprächtigen Neujahrsstaat getragen und sich mit Sandelholzstäben in den Händen an die Brüstung gedrängt hatten, begierig darauf aus, das silberne Karasio zu ergreifen und sich die Hände zu waschen, um ihre Andacht zu vollenden und zu den Festlichkeiten des Tages überzugehen. Die Frauen, die wie Yezads Mutter einen Sari trugen, konnten leicht ihre Kustis lösen, aber diejenigen, die ihre Röcke hochheben mussten, um die Knoten aufzubinden, versammelten sich hinter der Trennwand. Das waren die modernen Frauen, und die Orthodoxen betrachteten sie mit Stirnrunzeln, denn sie fanden, dass ein Mädchen, wenn es zu menstruieren begann, kein Kleid mehr zu tragen habe. Manche Männer warfen verstohlene

Blicke zu den Milchglasscheiben hinüber und hofften, das Licht werde ihnen mehr zeigen als nur eine verschwommene Silhouette. Oft hörte er, wie irgendeine Großmutter sich darüber beklagte, dass die Mua muvalis sich nicht einmal im Atash-behram an einem Glück verheißenden Tag benehmen könnten und dass die Flegel verdienten ausgepeitscht zu werden.

Nach den Kusti-Gebeten ging die Familie dann durch die Haupthalle weiter in den Feuertempel hinein. Drinnen herrschte nicht weniger Gedränge. Je näher man dem Heiligtum kam, desto wärmer wurde es; das Feuer loderte höher und heller als an irgendeinem anderen Tag des Jahres, denn die Silbertabletts flossen über von Sandelholzopfern. Man musste abwarten, bis man an der Reihe war, und dann kniete man vor dem Heiligtum nieder und senkte den Kopf bis auf den Boden.

Und nach dem Feuertempel wurden Verwandte besucht, Süßigkeiten verteilt und üppige Mahlzeiten verspeist. Abends ging es dann ins Theater, zu einer Adi-Marzban-Farce oder seiner Varietéshow, randvoll mit parsischen Witzen und Sketchen und Liedern …

Der einsame Beter beendete sein Kusti, stieg die Verandatreppe hinauf, ging an den kanellierten Säulen vorbei und verschwand in den inneren Räumen. Jetzt war der Waschbereich völlig verlassen.

Wie still es dort drinnen zu sein schien, wo der Mann hingegangen war, dachte Yezad, wie kühl und dunkel. Roxana hatte Recht, es war eine richtige Oase inmitten dieser großen, irrsinnigen Stadt.

Er hörte schlurfende Schritte aus dem Gang zu seiner Linken, das Klatschen von Sapats, und bevor er sich zurückziehen konnte, sah er eine große, magere Gestalt in Weiß vor sich. Der Dustoorji trug sein Gebetsgewand, und der Stoff duftete nach Sandelholzrauch. Der Geruch ließ Yezad wehmütig lächeln.

Der Dustoorji lächelte zurück. »Sahibji«, sagte er und hob die rechte Hand zur Stirn, blieb stehen und schob den Kopf vor, als wolle er den Parsi, der da draußen herumlungerte, genauer betrachten. Dicke Brillengläser verkleinerten seine Pupillen zu schwarzen Punkten.

Yezad hatte das Gefühl, dass sie sich in ihn hineinbohrten, aber er konnte nicht wegschauen. Der lange weiße Bart ließ das hagere Gesicht noch länger erscheinen. Der Dustoorji sprach noch einmal. »Brauchen Sie vielleicht eine Kappe?«

»Nein, nein, vielen Dank«, sagte Yezad verstört. »Nicht heute … ich verspäte mich schon.« Er machte auf dem Absatz kehrt und floh zum Bahnhof.

Die Jungen waren allein im hinteren Zimmer, als er nach Hause kam. Er fragte sie, wo ihre Mutter sei.

»Sie ist ausgegangen, Daddy.«

»Das sehe ich. Ich habe gefragt, wohin.«

»Sie hat es uns nicht gesagt.«

Er ging in die Küche und setzte den Kessel auf. Narimans Stimme wehte leise aus dem vorderen Zimmer herein; er bat um seine Flasche.

Jehangir kam eilig in die Küche. »Ich glaube, Grandpa muss mal.«

Die Besorgnis seines Sohnes rührte ihn, aber er blieb fest. »Darüber haben wir doch letzte Woche schon gesprochen, oder nicht?«

»Ja, Daddy, aber ich glaube, er muss sehr nötig.«

»Hör zu, Jehangla, als euer Großvater in unser Leben gestoßen wurde, habe ich mir eins geschworen: Ich werde niemals die Flasche oder die Bettpfanne anrühren. Und ihr auch nicht.«

Jehangir machte ein ratloses Gesicht, als sein Vater sprach. In seiner Stimme lag Trauer. Jehangir unternahm noch einen Versuch und gab zu bedenken, dass das Bett nass werden könne.

»Das ist nicht deine Sache. Mach deine Schularbeiten.«

Mit hängenden Schultern ging er zurück und atmete tief aus. Er hörte seinen Großvater wieder rufen: »Bitte, ich kann nicht mehr warten. Am Ende … wird es herauskommen …« Dann verfiel er in ein Wimmern.

Yezad brühte seinen Tee auf und rührte all seinen Groll hinein. Er nahm einen Schluck aus der Untertasse, stürzte dann den Rest hinunter und verzog das Gesicht. Nicht so gut wie Roxanas.

Er brachte die leere Tasse zurück in die Küche, warf einen Blick ins hintere Zimmer, wo die Jungen an ihren Hausaufgaben saßen, und ging auf den Balkon, wo er sich an das Geländer lehnte. Entwickelte er sich zu einem dieser erbärmlichen Männer, die überall ein Vorbild an Freundlichkeit waren, nur nicht in ihrem eigenen Heim, wo sie sich als Tyrannen aufspielten?

Nein, das wollte er nicht glauben. Sein Leben an sich, das Leben, das er bis vor ein paar Monaten geführt hatte, war gekidnappt worden. Roxanas Familie hatte ihm seinen Frieden und seine Zufriedenheit gestohlen. Und solange er beides nicht wieder fände, würde er sich dem Schmutz in diesen vier Wänden stellen müssen, an diesem Ort, der immer seine Zuflucht vor der brutalen Stadt gewesen war.

Er hätte sich in den Feuertempel setzen sollen, statt zurückzukommen. Zurück in dieses elende Wohnzimmer, in dieses Übelkeit erregende Krankenzimmer. Nicht, dass es ihm viel genutzt hätte – er konnte ja nicht auf Dauer im Feuertempel wohnen. Dieser Schweinestall hier würde ihn immer erwarten.

Jehangir war außerstande, sich auf seine Hausaufgaben zu konzentrieren. Die Laute vom Diwan quälten ihn. Er wusste, wie unangenehm es war, wenn man musste und nicht konnte. Er hatte so etwas einmal erleiden müssen, als Miss Alvarez eine Klassenarbeit hatte schreiben lassen und niemand zur Toilette hatte gehen dürfen. Aber er hatte doch wenigstens losrennen können, sowie es läutete. Der arme Grandpa musste daliegen und warten, ohne zu wissen, wann es endlich so weit wäre. Und wieso war Daddy so stur wegen der Flasche? Jehangir verstand sonst immer intuitiv, was ihn störte, aber diesmal kam es ihm so vor, als habe sein Vater sich willkürlich irgendeinen Anlass ausgedacht.

»Geh und frag du noch mal«, drängte er seinen Bruder.

»Ich weiß nicht, was du hast«, sagte Murad. »Mummy hat gesagt, wir sollen Tante Villie rufen. Sie hat gesagt, sie hat alles mit ihr abgesprochen.«

»Aber was wird sie denken, wenn sie sieht, dass Daddy zu Hause ist? Es ist nicht fair. Er sollte Grandpa die Flasche geben.«

»Nicht im Traum.«

Nariman stöhnte wieder, und Jehangir konnte es nicht länger ertragen. Tante Villie zu holen schämte er sich, und so legte er seinen Bleistift hin und ging zum Diwan, ohne auf Murads ängstliche Warnungen zu achten.

Grandpa war seit drei Tagen nicht mehr mit dem Schwamm gewaschen worden, und er roch wie der Wäschekorb, wenn er voll mit schmutzigen Sachen für die Wäscherei war. Er nahm die knochige, zitternde Hand, stählte sich und zog, so fest er konnte, um Grandpa in eine sitzende Position zu bringen. Mummy ließ ihn sein kleines Geschäft immer im Sitzen vollbringen; sie sagte, es sei gut für seine Gelenke, wenn er sich ein bisschen bewegte.

Die Urinflasche kauerte wie ein glattes weißes Tier unter

dem Diwan. Er hob sie auf und führte Grandpa in die Öffnung – vorsichtig, damit er sich an der Kante nicht verletzte. Es war wie an diesem Spielstand auf einer Mela, dachte er, wo man eine kleine Schlaufe an einem Draht entlangführen musste; wenn man ihn damit berührte, ging ein Summer los, und man hatte verloren. Manchmal, wenn Mummy es eilig hatte, sagte Grandpa: Autsch.

Sie warteten. Nichts passierte. Grandpa schaute ihm hilflos ins Gesicht, runzelte konzentriert die Stirn und gab ein aggressives Stöhnen von sich, ein Grollen beinahe.

Jehangir machte jenes zischende Geräusch, das seine Mutter immer benutzte, um die Sache in Gang zu bringen. »Soosss«, sagte er. »Soo-soo-soo-soo sssss!«

Sein Vater hörte das anspornende Gesäusel und kam vom Balkon herein. »Was soll denn das?«

»Grandpa musste so dringend«, murmelte er, als die durchscheinende Plastikflasche gelb durchflutet wurde und anfing, sich zu füllen. Sein Vater machte ihn so nervös, dass er Mühe hatte, stillzuhalten.

Dann versiegte das Rinnsal, wurde zu einem Tröpfeln und hörte ganz auf. Jehangir schüttelte kurz, wie er es seine Mutter hatte tun sehen. Als er die Urinflasche wegnahm, fielen ein paar Tröpfchen ins Bett. Er schob sie wieder hin, aber zu spät. Der letzte Tropfen, der noch an der Vorhaut hing, war alles, was er auffangen konnte.

15

Abend für Abend zwischen sieben und neun stand Edul auf seinem wackligen transportablen Baugerüst aus zwei Trittleitern und einem Brett und hämmerte auf den Deckenputz ein.

Jal zog die Plastikplanen zurecht, mit denen die Möbel abgedeckt waren, und blieb dann in der Tür stehen, um die Decke im Auge zu behalten. Von Zeit zu Zeit warf er ein, dass diese Stelle doch gut aussehe, sodass Edul ein Stück weiterrücken könne, oder dass jener Bereich unbeschädigt sei und nicht unnötig aufgeschlagen werden müsse.

Zur Antwort beschenkte Edul ihn mit Perlen aus seinem Buch der Heimwerkerweisheiten: »Präparieren ist besser als reparieren, Jal, mein Sohn. Ich muss das Lattenwerk unter dem Putz kontrollieren, um sicherzugehen, dass es nicht verfault ist. Wenn der Koch zu eilig ist, fliegt das Curry auf den Mist.« Dann klopfte er mit den Knöcheln auf den intakten Putz und nahm das Geräusch mit fachmännischem Nicken zur Kenntnis. »Hören Sie das? Sehen Sie, was ich meine?«

Jal rückte sein Hörgerät zurecht und lauschte, damit er das Geräusch in Zweifel ziehen könnte. Er legte den Kopf schräg und ersuchte Edul, noch einmal zu klopfen.

Aber die Bestrebungen ihres Bruders, die Arbeit zu beschleunigen, beunruhigten Coomy. Sie unterbrach ihr Abendgebet, rief ihn in die Küche und befahl ihm, mit dem Genörgel aufzuhören. »Sonst hat Edul irgendwann genug und geht. Du willst Pappa doch zurückhaben, oder?«

Er habe ihn schon vor drei Monaten zurückhaben wollen, murmelte Jal. Er begreife nicht, weshalb sie Edul im Wohnzimmer habe anfangen lassen und nicht in Pappas Schlafzimmer.

»Ich will, dass Edul im Wohnzimmer übt und aus seinen Fehlern lernt. Wir können Pappa nicht zum Versuchskaninchen machen.«

Und so fuhr Edul mit seinen Angriffen gegen den Deckenputz fort. Den ganzen trübseligen Abend hindurch vollführte der Hammer seine endlosen Trommelwirbel. Als ob das Unheil an die Tür klopfte, dachte Jal. Und die ganze Zeit sorgte er sich um Roxana und Yezad und stellte sich vor, wie unmöglich die Verhältnisse in ihrer winzigen Wohnung sein mussten.

Gelegentlich belebte der Heimwerker das Geschehen mit einer kleinen Ablenkung. Eines Abends hörten sie ein zweifaches Krachen und dann Eduls lautes Gebrüll. Als sie zu ihm hineinstürzten, hatte er sich die Hände vors Gesicht geschlagen und schrie, er habe Putz in die Augen bekommen.

»Lassen Sie sehen«, sagte Coomy, aber er wollte die Hände nicht wegnehmen. Sie befahl Jal, seine Handgelenke herunterzuziehen und festzuhalten, während sie ihm die Augenlider auseinander zog und zweimal in jedes Auge blies.

Edul blinzelte, rieb sich die Augen und wischte sie trocken. »Sie sind ein Genie, Coomy.«

»Das habe ich von meinem Vater gelernt – von meinem richtigen Vater, Palonji –, Jal bekam immer Sand in die Augen, wenn wir nach Chowpatty fuhren, der übermütige Junge.«

Dann erging sie sich in Erinnerungen an diese Ausflüge zum Strand mit Eimer, Schaufel, Sieb und Gießkanne, die ihr Vater ihnen gekauft hatte, an die Burgen, die sie gebaut hatten, besonders Jal, der sehr begabt dafür war, und an den Stolz, der ihren Vater erfüllt hatte, wenn andere Familien stehen geblieben waren, um die Burgen zu bewundern. »Er sagte immer, Jal werde ein Baumeister werden und dem Namen Contractor alle Ehre machen.«

Edul lachte. »Dieser Jal?« Er hob Hammer und Meißel vom Boden auf und sprintete wieder die Leiter hinauf.

An einem anderen Abend zerriss ein durchdringendes Geheul die Dämmerung. Diesmal rannten sie nicht, denn sie hatten sich an Eduls Krisen gewöhnt; müde spazierten sie zum Wohnzimmer und fanden ihn mit dem Daumen im Mund vor.

»Gärtner haben grüne Daumen, Handwerker blaue«, sagte er und versuchte herzhaft zu lachen. »Berufsrisiko.«

»Hämmer sind schlüpfrige Dinger«, sagte Jal voller Mitleid.

»Ganz und gar nicht. Mein Hammer ist erstklassig.« Edul war zu ehrlich, um auf diese Ausrede einzugehen. »Ein guter Handwerker gibt niemals seinem Werkzeug die Schuld.« Der Daumen verschwand wieder im Mund.

»Wie sieht es denn aus?«, fragte Coomy. »Möchten Sie Eis darauf tun?«

»Alles wunderbar«, sagte er, aber das Eis nahm er trotzdem. Nachdem er den Daumen eine Weile damit gerieben hatte, schob er den Eiswürfel in den Mund und zerkaute ihn krachend.

Vierzehn Tage, nachdem Edul mit der Arbeit angefangen hatte, hob Jal heimlich fünfhundert Rupien von der Bank ab. Dass die Heimlichkeit nicht von Dauer sein würde, wusste er; Coomy würde es herausfinden. Aber das war ihm gleichgültig.

Am Abend ging er nach Pleasant Villa, und dort hörte er, dass Musik aus der Wohnung kam. Drinnen sah er zu seiner

Überraschung eine Geigerin am Fußende von Pappas Diwan. Roxana hielt ihn in der Diele auf: Ob er etwas dagegen habe, Pappa nicht mehr zu begrüßen – es sei ihm in den letzten vierundzwanzig Stunden sehr schlecht gegangen, und er sei jetzt endlich dabei, einzuschlafen.

»Ich bleibe im hinteren Zimmer«, sagte Jal.

Sie kehrte zu ihrem Vater zurück und setzte sich zu ihm. Feuchte Tropfen rannen aus seinen Augenwinkeln. Sie tupfte sie mit einer Serviette ab, während Daisy die Allemande aus einer Partita von Bach vollendete und dann abwartend den Bogen über den Saiten schweben ließ wie ein Fragezeichen: Noch mehr Musik?

Roxana legte den Finger an die Lippen, und sie zogen sich leise zurück. Yezad machte Daisy im hinteren Zimmer mit Jal bekannt. »Mein Schwager.«

»Das war ein schönes Stück«, sagte er und schüttelte ihr die Hand. »Vielen Dank, dass Sie für Pappa spielen.«

»Danken Sie mir nicht«, sagte Daisy. »Es ist ein Vergnügen.« Sie schärfte Roxana ein, Jehangir auch morgen herunterzuschicken, falls man sie brauchen sollte.

»So eine nette Dame«, sagte Jal, als sie gegangen war. »Ist sie verheiratet?«

»Nein«, sagte Yezad mit boshaftem Lächeln. »Sollen wir etwas für dich arrangieren?«

»Nein.« Jal wurde rot. »Es war nur eine Frage. Und wie geht es Pappa?«

»Schlechter, glaube ich«, sagte Roxana, und sie erzählte ihm, dass Pappa in letzter Zeit Schwierigkeiten beim Sprechen habe.

Diese Auskunft betrübte ihn. Auf Zehenspitzen ging er zum vorderen Zimmer, um einen Blick hineinzuwerfen. »Er ist so dünn geworden seit dem letzten Mal. Nur noch Haut und Knochen, als ob sein Fleisch weggeschmolzen wäre.«

»Der Arzt sagt, es handelt sich um eine fortschreitende Muskelatrophie. Komm, setz dich.« Sie deutete auf das Bett und erkundigte sich, was es in Chateau Felicity Neues gebe.

Am Fußende halb zurückgelehnt, halb sitzend, spielte er mit einer Ecke des Bettlakens und erzählte, Coomy gehe es gut, und alles sei bestens. Dann konnte er die Lüge nicht länger aufrechterhalten, und in einem Schwall von Emotionen erleichterte er sein Herz.

»Es ist ein einziges Chaos, und ich weiß überhaupt nicht mehr, was ich tun soll. Dieser Idiot Edul – tock tock tock, schlägt er Tag für Tag mit seinem Hammer auf die Decke ein. Und Coomy will ihn nicht zur Eile antreiben; sie beharrt darauf, dass es auf Kosten der Sicherheit geht, wenn er hastig arbeitet.«

»Da ist etwas dran«, sagte Roxana nachsichtig.

»Und wir wissen, was dran ist«, sagte Yezad.

»Ich hatte gehofft, er würde in ein paar Tagen mit dem Verputzen fertig sein und Pappa könnte nach Hause kommen«, sagte Jal. »Aber bei diesem Tempo wird es noch ein, zwei Monate dauern mit diesem Trottel und seinem Hammer.«

»Da können wir nicht viel tun«, sagte Yezad.

»Aber es ist nicht fair, bei eurer winzigen Wohnung. Die arme Roxie hat so viel zu tun. Dann die Arzneimittel und die Kosten und …« Er holte den Umschlag mit den fünfhundert Rupien hervor. Weil er nicht genau wusste, wem er ihn geben sollte, konzentrierte er sich darauf, die zerdrückten Ränder glatt zu streichen. »Ich … das ist für …«

Roxana öffnete den Umschlag und ließ Yezad hineinschauen. »Weiß Coomy davon?«, fragte sie sanft; sie wollte ihren Bruder nicht kränken.

»Das Geld gehört mir genauso wie ihr. Ich brauche sie nicht um Erlaubnis zu bitten. Ich kann Pappa ein Geschenk machen, wenn ich will.«

Yezad lächelte beifällig, aber er konnte sich gut vorstellen, was Jal bevorstand. Er hielt ihm den Umschlag entgegen. »Bist du sicher? Coomy könnte ein bisschen wütend werden.«

Jal zögerte und zwirbelte sein Ohrläppchen. »Das ist mir egal.« Jetzt war seine Selbstachtung so stark wie seit Monaten nicht mehr. »Was soll sie denn machen – mich auch noch hinauswerfen? Wenn ich die Wahl hätte, würde ich freiwillig gehen.«

Diese unverhoffte Eröffnung war eine Überraschung für Roxana und Yezad. Sie wechselten einen Blick. »Ist mit Coomy etwas vorgefallen?«

»Nein, nichts Besonderes. Nur das Übliche – ich habe keinen Verstand, ich bin zu nichts zu gebrauchen, ich mische mich ein. Und ich habe es satt, mir ihren dreißig Jahre alten Groll anzuhören.« Er schwieg kurz. »Wenn ihr eine riesige Wohnung hättet wie die in Chateau Felicity, dann würde ich zu euch ziehen.« Mit einem Blick auf Yezad fügte er hastig hinzu: »Natürlich nur, wenn ich willkommen wäre.«

»Wenn ich eine riesige Wohnung hätte, würde ich darauf bestehen, dass du zu uns ziehst«, sagte Yezad.

»Ich könnte sogar Roxie helfen, Pappa zu pflegen. Und mit meinem Teil des Geldes könnte ich mich an den Kosten beteiligen. Wie schön das wäre.«

Er stand auf, um sich zu verabschieden, und sie versicherten ihm, er könne so oft zu Besuch kommen, wie er wolle. Dankbar lächelnd ging er noch einmal auf Zehenspitzen ins vordere Zimmer und zum Diwan.

Sein Stiefvater hatte die Augen geschlossen, aber seine Lippen bewegten sich. Jal sah es betrübt; er fragte sich, was für unentrinnbare Erinnerungen es sein mochten, die ihn da im Schlaf verfolgten. Er blieb ein paar Augenblicke stehen, und seine Fingerspitzen ruhten leicht auf Narimans Schulter.

Es hatte vor einer Weile geregnet, und auf der Dachterrasse war alles nass. Als er, immer zwei Stufen auf einmal nehmend, oben ankam, pochte sein Herz wie ein Hammer in seiner Brust. Lucy stand noch immer auf der Brüstung.

»›One day, when we were young, one wonderful morning in May‹«, sang sie, den Blick starr zum Horizont gerichtet, nicht hinunter auf den abendlichen Verkehr oder die Menschenmenge, die sich unten versammelt hatte, um zu sehen, was weiter geschehen würde.

Es war Mr. Arjani aus dem Erdgeschoss gewesen, der jemanden zu ihm geschickt hatte, um ihn von dieser erschreckenden Wendung der Ereignisse in Kenntnis zu setzen. Zunächst hatte er dem Boten nicht glauben wollen – wenn Mr. Arjani rachsüchtig genug gewesen war, um Lucy als seine Ayah einzustellen, dann traute er ihm auch einen derart grausamen Scherz zu.

Aber er war doch zum Fenster gegangen, um nachzusehen. Yasmin und die Kinder drängten sich um ihn. Was sie sehen konnten, war der Trubel auf der Straße, die Leute auf dem Gehweg, die nach oben schauten, die Finger ausstreckten, schrien, und die Autos, die mitten auf der Straße anhielten, während die Fahrer die Hälse reckten.

Als Nariman Anstalten gemacht hatte, zur Dachterrasse hinaufzueilen, hatte Yasmin ihn ermahnt, es sich zweimal zu überlegen, ehe er ein weiteres Nonsens-Drama mit dieser Frau aufführte. Mr. Arjani habe sich darum zu kümmern, meinte sie, wenn er sie unbedingt als seine Ayah halten müsse. Ihr Mann sei dafür nicht verantwortlich.

»Aber ich fühle mich verantwortlich«, sagte er – verantwortlich für die Vergangenheit, für die elf Jahre, die sie ein Paar gewesen waren, aber auch dafür, dass er mit dazu beigetragen hatte, sie zu dieser Verzweiflungstat zu treiben. »Wäre es nicht besser gewesen, du hättest mich einfach weiter mit ihr zur Schule gehen lassen?«

»Und wie lange? Bis die Gören der Arjanis ihr Examen machen? Du hättest der Sache schon vor Monaten einen Riegel vorschieben sollen, als sie anfing, herzukommen und zu unserem Fenster heraufzustarren! Aber du hast sie gelassen, und da ist sie weitergegangen! Und jetzt das!«

Jal und Coomy saßen am anderen Ende des Wohnzimmers und beobachteten ihn voller Groll aus den Augenwinkeln. Er wusste, was sie dachten: Jetzt war er wieder gemein zu ihrer Mutter und brachte sie zum Weinen. Sie hatten sich an die Streitigkeiten ihrer Eltern gewöhnt, dachte er traurig. Hatten sich daran gewöhnt, ihre Mutter zornig zu sehen, und auch an das, was in ihren Augen wahrscheinlich herzlose Quälereien waren, die er an ihr beging. Wenn er ihnen doch nur erklären könnte, dass er sie nicht unglücklich machen wollte. Dass er sich bei all dem ebenso hilflos fühlte wie sie alle.

Plötzlich kreischte Coomy: »Hör auf damit, Pappa! Du darfst nicht auf die Dachterrasse gehen!« Ihre Mutter sagte, sie solle still sein, und gab ihr einen Kuss, und dann schickte sie die Geschwister in ihr Zimmer, damit sie ihre Hausaufgaben machten.

»Dies ist nicht der Augenblick, die Debatten über die Vergangenheit wiederzukäuen«, sagte er flehentlich zu Yasmin. »Die Situation ist zu gefährlich.«

»Wenn das so ist, kannst du nichts tun. Die Frau braucht professionelle Hilfe in einer psychiatrischen Klinik.«

»Da hast du vielleicht Recht. Aber bevor man sie dort hinbringen kann, muss sie erst herunterkommen.«

»Das wird sie schon tun, wenn sie müde ist. Wie lange kann sie auf der Brüstung stehen und singen?«

»Vielleicht wird sie müde, ihr wird schwindlig, und sie fällt. Willst du den Tod einer unglücklichen Frau auf dein Gewissen laden?«

Widerstrebend ließ Yasmin ihn gehen.

Auf der Treppe zum Dach hörte er Lucys Stimme. Oben angekommen, sah er sie auf der Brüstung. Ihr Haar fiel lose über die Schultern, wie sie es früher getragen hatte. Schlank sah sie aus im Abendlicht, als wäre sie wieder jung. Sie schien glücklich zu sein, wie sie so als Silhouette vor dem grauen Himmel stand und sich im Walzertakt wiegte.

Dann schauderte es ihn; als er die nassen Steinplatten betrat, wurde ihm klar, dass die Brüstung, auf der sie stand, genauso schlüpfrig sein würde. Er hatte keine Zeit zu verlieren.

Der alte Widersacher seines Vaters hatte sich mit seinem Sohn hinter dem großen Wassertank verborgen. Sie winkten ihn zu sich. Mr. Arjani gab ihm mit ausladenden Gebärden zu verstehen, dass man keinen Laut machen dürfe. Sie hätten versucht, sie zur Vernunft zu bringen, flüsterte er, aber damit hätten sie sie anscheinend nur verärgert, und deshalb hätten sie sich zurückgezogen.

»Wir müssen uns beeilen – der Himmel verhüte, dass sie abrutscht und in die Tiefe fällt. Das hat die arme Frau nicht verdient. Und können Sie sich vorstellen, wie lästig die polizeilichen Ermittlungen werden würden?«

Nariman schluckte seinen Abscheu herunter und ignorierte die Bemerkung. Vorsichtig spähte er um den Wassertank herum.

»Was meinen Sie, wie sollten wir die Sache angehen?«, fragte der Sohn des Alten.

»Am besten wäre es, Sie beide gingen vom Dach herunter«, sagte Nariman.

Sie waren froh, als sie auf Zehenspitzen davonschleichen konnten. Bevor er verschwand, versicherte Mr. Arjani ihn flüsternd seiner Dankbarkeit und sagte etwas von vergeben und vergessen.

Als er mit Lucy allein war, stimmte er in ihren Gesang ein. »›When songs of spring were sung …‹«

Sie hörte seine Stimme und verstummte. Sie drehte sich um, wandte der Straße den Rücken zu und ließ den Blick über die Dachterrasse wandern. Dann entdeckte sie ihn neben dem Wassertank. »Hallo, Nari.«

In ihrem Lächeln lag sanfter Vorwurf, und es gab ihm einen Stich ins Herz. »Wie geht es dir, Lucy?«

»Ich habe dich vermisst.«

»Ich habe dich auch vermisst.«

Sie spiegelte sich in einer dünnen Schicht Regenwasser nahe der Kante. Sie tat einen Schritt zur Seite, und das Spiegelbild bewegte sich. Er hielt den Atem an.

»Ich sehe dich morgens nicht mehr, Nari, wenn ich die Kinder zur Schule bringe. Und auch nicht nachmittags.«

»Weil ich arbeiten gehe.«

Eine leichte Brise strich über die Terrasse und berührte die Regenpfütze. Lucy schimmerte in dem gekräuselten Spiegel. Sie fing wieder an zu singen. Er blieb stumm.

»Warum singst du nicht mit? Stimmt etwas nicht mit mir?«

»Oh, Lucy, du bist immer noch so hinreißend wie Miliza Korjus.«

Ein strahlendes Lächeln ließ ihr Gesicht aufleuchten. »Es ist so lange her, Nari, dass wir im Kino waren.«

»Komm herunter, Lucy, und wir singen zusammen. Ich verspreche es dir.«

Sie sang weiter.

»Bitte, Lucy, das ist kein guter Platz zum Singen. Komm herunter, mein Herz, und stelle dich neben mich.«

Unvermittelt streckte sie die Hand aus, und er half ihr von der Brüstung. Ihre Handfläche fühlte sich rau an, und er verfluchte ihren Arbeitgeber dafür. Er führte sie die Treppe hinunter ins Gebäude, und sie sang den ganzen Weg bis ins Erdgeschoss.

An der Wohnungstür der Arjanis wandte sie sich ab und winkte ihm zu, als habe er sie nur nach Hause gebracht, nachdem sie den Abend über ausgegangen waren. Bevor die Tür sich schloss, warf sie ihm eine Kusshand zu. Um den Schmerz in seinem Herzen zu lindern, erwiderte er ihn rasch.

Die Arjanis begrüßten ihn als Helden, aber er wischte ihren überschwänglichen Dank beiseite. Sie versprachen, sich mit ihrer Familie in Verbindung zu setzen und die entsprechenden Schritte einzuleiten, damit ihr geholfen werde. Er war erleichtert darüber, dass der Zwischenfall ein gutes Ende genommen hatte.

Ein paar Tage vergingen. Dann läutete er im Erdgeschoss, um sich zu erkundigen, ob man Fortschritte gemacht habe.

Mr. Arjani bat ihn herein und erneuerte seinen Dank. »Es wird Sie freuen zu hören, dass Lucy wieder absolut normal ist.«

»Das ist gut«, sagte Nariman. »Aber was sie neulich getan hat, war nicht normal. Sie braucht einen Arzt.«

»Ach, kommen Sie, Nari, jeder darf einmal einen Fehler machen.« Es wäre nicht recht, meinte Mr. Arjani, sie wegen dieses albernen Dramas in eine Irrenanstalt zu sperren – schließlich täten die meisten Frauen irgendwann in ihrem Leben seltsame und unerklärliche Dinge, nicht wahr, angesichts ihrer komplizierten Perioden und Menopausen und all den weiblichen Problemen dieser Art. Ja, seine eigene Gattin, Gott segne sie, stelle ihn nach zweiundfünfzig glücklichen Ehejahren mit ihrem Verhalten zuweilen vor ein Rätsel. Außerdem könnten sie sich über Lucys Arbeit nicht beklagen, sie kümmere sich liebevoll um die Enkelkinder, sie koche und putze. Wenn sie mit ihr zum Arzt gingen und ihm sagten, was sie getan habe, werde er sie mit an Sicherheit grenzender Wahrscheinlichkeit einweisen lassen. »Was mich angeht«, sagte Mr. Arjani, »wäre das Machtmissbrauch.«

Zuzeiten hatte Nariman gute Lust, selbst die Initiative zu ergreifen und dafür zu sorgen, dass Lucy medizinische Hilfe zuteil wurde. Aber es war schwer vorherzusagen, was dabei herauskommen würde. Die unmenschlichen Zustände in den staatlichen Kliniken waren ihm wohl bekannt, und er kannte die käfigartigen Räume, in die man Psychiatriepatienten sperrte.

Und wenn es draußen keine Familie gab, die die Interessen des Patienten im Auge behielt, war es ein lebenslängliches Urteil. Wie konnte er Lucy einem solchen Schicksal ausliefern?

Aber er hörte nicht auf, Mr. Arjani an seine Verantwortung zu erinnern. Sein Ton wurde schärfer und schärfer, bis Mr. Arjani ihn daran erinnerte, dass es ihm nicht zustehe, sich in die Angelegenheiten eines fremden Haushalts einzumischen.

»Dazu bin ich gezwungen«, sagte Nariman. »Ihr Gewissen ist so abgestumpft, dass es nichts fühlt.«

»Man höre sich an, wer da vom Gewissen redet! Der Mustergatte persönlich!«

Yezad versuchte eine Zeit lang, dem Gemurmel Narimans zu folgen, aber dann drehte er sich auf die Seite, wandte sich Roxana zu und stellte fest, es sei gut gewesen, Jal an diesem Abend zu sehen – zu sehen, dass er endlich sein Rückgrat wieder gefunden habe. »Ich wünschte bloß, es wäre schon eher geschehen. Vielleicht wäre der Chief dann nicht aus seiner eigenen Wohnung hinausgeworfen worden.«

»Wer weiß«, sagte Roxana. »Manche Dinge geschehen erst, wenn die Zeit reif ist.«

»Nein, es liegt bei uns, geschehen zu lassen, was wir wollen.«

Er legte den Arm über sie und beschloss, dass es an der Zeit sei, sich an seinen eigenen Ratschlag zu halten.

Die Straße hatte ihren morgendlichen Brei aus Verkehr und Auspuffgasen noch nicht gebraut, als Yezad vor dem Jai Hind Book Mart ankam. Er spürte, dass eine Veränderung in der Luft lag; vielleicht war endlich kühleres Dezemberwetter im Anzug, und die Hitze ließ nach.

Ein Kunde, der sich mit einem eben geschriebenen Brief verabschiedete, beugte sich nieder, um in Dankbarkeit Vilas' Füße zu berühren: Geld allein, sagte der Mann, reiche nicht aus, um diesen kostbaren Dienst zu bezahlen. Vilas verscheuchte ihn. »Wenn du das tust, werde ich nie wieder für dich schreiben.«

»Tut mir Leid, Raneji, tut mir sehr Leid.« Der Mann legte die Hände zusammen und hob sie an die Stirn.

Vilas schickte ihn mit nachsichtigem Winken seiner Wege und berichtete Yezad in kurzen Worten, worum es gegangen war: Eine Familie verkaufte eine ihrer Töchter. Sie war vierzehn und sollte mit einem sechzigjährigen Witwer verheiratet werden. »Er sagt, er will eine Frau, aber das ganze Dorf weiß, dass er eine Sklavin kauft. Und die Familie tut es aus den üblichen Gründen – sie können nicht alle ernähren. Der Mann, der gerade hier war, ist der ältere Bruder des Mädchens; er will, dass die Eltern warten, und er wird bald Geld schicken.«

Yezad hörte mit verschlafenen Augen und ungeduldig zu; Vilas' Berichte über das elende Leben seiner Kunden ermüdeten ihn, und er hatte das Gefühl, dass ihm die Kraft fehlte, noch mehr Jammer und Leid zu ertragen. »Hör mal, ich habe eine Lösung gefunden«, unterbrach er Vilas' Erzählung und schilderte ihm, wie er vorhatte, Mr. Kapur zu motivieren.

»Und an dieser Stelle kommst du ins Spiel. Geh zu deiner

lokalen Shiv Sena Shakha und beschwere dich über die Weihnachtsmänner, die Marine Lines und Dhobi Talao überschwemmt haben. Erzähle ihnen von dieser ausländischen Invasion und stachle sie an, etwas zu unternehmen.« Er warf einen Seitenblick auf Vilas, der auf seinem Schreibblock Kringel malte. »Warum schüttelst du den Kopf?«

»Ich habe keinen Einfluss bei der Shakha.«

»Du kannst dich als loyaler Maharashtrier beschweren, als patriotischer Inder, als gläubiger Hindu.«

»Ich bin aber nichts dergleichen.«

»Du könntest so tun.«

»Okay, sagen wir, ich tue es. Der Shakha Pramukh würde keinen Aufstand anfangen. Das geschieht nur auf direkten Befehl von oben.«

»Du könntest zumindest den Vorschlag machen.«

Vilas seufzte. »Das sind keine vernünftigen Pläne.«

»Was soll das heißen? Du warst doch derjenige, der gesagt hat, Mr. Kapur muss motiviert werden.«

»Aber nicht so. Nie sollst du die schlafende Schlange wecken oder den lauernden Tiger necken.«

»Auf deine Sprichwörter kann ich verzichten.«

Eine Zeit lang saßen sie schweigend da und schauten dem Verkehr zu, den Händlern, den Schulkindern mit ihren Taschen und Wasserflaschen.

»Früher hat mir Weihnachten immer Spaß gemacht«, sagte Yezad. »Aber sieh dir nur diese dämlichen Schaufenster an. Von meinen privaten Problemen ganz abgesehen, würde Shiv Sena uns einen Gefallen tun. Wir schlagen zwei Fliegen mit einer Klappe.«

»Wenn die Shiv-Sena-Leute kommen, bringen sie mehr als eine Fliegenklatsche mit. Sie werden solchen Terror verbreiten, dass wir alle zittern wie dein Schwiegervater.«

»Ich wünschte, du würdest nicht so sehr übertreiben«,

fauchte Yezad. Er stand auf, klopfte sich den Staub vom Hosenboden und ging die Stufen hinunter.

»Willst du dir nicht einen Vorschlag von mir anhören, bevor du gehst?« Vilas klopfte mit der flachen Hand auf den Platz neben sich, und Yezad setzte sich wieder. »Dein Plan ist im Prinzip ja ganz gut. Das einzige Problem ist die Einbeziehung der Shiv Sena. Wir müssen dieses riskante Element durch etwas Gutartiges ersetzen.«

»Nämlich?«

»Du erinnerst dich an meine beiden Freunde, die du vor zwei Monaten kennen gelernt hast? Gautam und Bhaskar, die Schauspieler?«

»Ja.«

»Ich kann sie bitten, sich als Shiv Sainiks auszugeben. Sie werden entzückt sein; sie sind dauernd auf der Suche nach neuen Projekten.«

»Das ist dein Vorschlag? Ein Mob, der aus zwei Schauspielern besteht?«

»Nur Geduld. Lass mich erklären.« Unterdessen erschien ein neuer Kunde und begrüßte Vilas mit einem Namaskaar. Er bat den Mann, zu warten, und schilderte dann mit gedämpfter Stimme, wie er sich die Sache vorgestellt hatte.

Yezad war skeptisch.

»Es wird funktionieren, glaube mir«, beharrte Vilas. »Wir werden durch die Macht der Worte erfolgreich sein. Gautam und Bhaskar sind ausgezeichnete Schauspieler.«

»Wie können sie denn wirkungsvoller sein als die echte Shiv Sena?«

»Bei der echten Shiv Sena hast du Leute, die wie wilde Tiere in den Straßen wüten, klirrendes Glas, den Gestank von Rauch und Feuer, Goondas mit Knüppeln und Steinen. Vergiss es, Yezad. Es ist zu gefährlich. Und Mr. Kapur ist sowieso eher ein Mensch von der Sorte, die man mit Worten umstimmen kann, nicht mit brutaler Gewalt. Meinst du nicht auch?«

Yezad musste zurück ins Geschäft, und so kamen sie überein, sich am Abend zu treffen, den Plan zu erörtern und etwas zu Papier zu bringen. Yezad machte die Treppenstufe für Vilas' nächsten Kunden frei.

Zwei Tage später hatte Mr. Kapur einen Termin zum Blutdruckmessen nach dem Lunch. Ein paar Minuten nach ihm verschwand auch Husain zu seinen Botengängen. Gut, dachte Yezad: Der Nachmittag entwickelte sich ihrem Plan entsprechend.

Er wanderte im Laden auf und ab, von vorn nach hinten und wieder zurück, und ließ sich noch einmal durch den Kopf gehen, was er sagen würde, wenn Mr. Kapur zurückkäme. Das Blinken der blöden roten Glühbirne fiel ihm ins Auge. Er stellte den Motor ab.

Er ging die ganze Szene durch, probte, improvisierte, legte sich die Beschreibung der imaginären Besucher und ihres Gehabes zurecht. Allzu präzise durfte er nicht sein, darüber hatten er und Vilas gesprochen. Wenn man überrascht und erschreckt worden war, hatte man normalerweise Mühe, sich genau zu erinnern, und man sagte etwa: Oh, er hatte ein grünes Hemd an … nein, vielleicht auch grau … oder graugrün … Man faselte, man spekulierte – und daran musste er bei seiner Vorstellung denken.

Also verbrachte er eine Stunde mit Probieren, bis Mr. Kapur mit einem weihnachtsmännischen »Ho-ho-ho« in den Laden kam, wie er es seit ein paar Tagen zu tun pflegte. Er wollte wissen, warum der Weihnachtsmann stillstehe.

»Ist wieder stecken geblieben. Ich habe ihn abgeschaltet.«

Mr. Kapur ging zum Fenster, legte den Schalter um und sah zu, wie der Kricketschläger sich ein halbes Dutzend Mal auf und ab bewegte. »Jetzt funktioniert es.«

Nach seinem Blutdruck befragt, berichtete er, der Arzt habe ihm aufgetragen, seine Tabletten weiter zu nehmen und jede Aufregung zu vermeiden. Er machte sich am Schaufenster zu schaffen und schob die Feldspieler in neue Positionen. Passanten blieben stehen und schauten herein, und er lächelte und nickte ihnen freundlich zu. »Nichts Aufregendes in meiner Abwesenheit, nehme ich an?«

Yezad machte ein angespanntes Gesicht. »Wir haben Besuch bekommen«, sagte er leise und schluckte.

»Ja?«

»Zwei Männer. Von Shiv Sena.«

»Hah.« Mr. Kapur winkte geringschätzig ab und behielt den auf- und absteigenden Kricketschläger im Auge. »Ich hoffe, Sie haben ihre Flugblätter, oder was immer es war, in den Papierkorb geworfen.«

»Sie waren nicht hier, um Flugblätter zu verteilen.«

Mr. Kapur wandte sich vom Schaufenster ab und wurde aufmerksam. »Was wollten sie?«

»Sie sagten, sie kämen von der Steuerabteilung.«

Mr. Kapur runzelte die Stirn. »Aber gerade haben Sie gesagt, Shiv Sena.«

»Davon haben sie zuerst nichts erwähnt.«

»Die Mistkerle waren also grob zu Ihnen, hm?«

Yezad schüttelte den Kopf. »Sie haben mir einen guten Tag gewünscht und mich Sir genannt. Das hat die Sache eigentlich noch beängstigender gemacht, als ich erst wusste, wer sie waren. Ich sagte, das Geschäft habe keinen Steuerbescheid erhalten. Mit breitem Lächeln antworteten sie, sie kämen nicht von der Regierung, sondern von einer speziellen Steuerabteilung der Shiv Sena. Und sie hätten da ein kleines Problem zu besprechen.«

»Hah.«

Yezad schwieg kurz; es klang merkwürdig in seinen eigenen Ohren, wie seine Stimme die Worte sprach, die er geprobt hatte. Ob es Mr. Kapur überzeugte? Im Schutze seines Schreibtischs wischte er sich die Handflächen an der Hose über den Knien ab und fuhr dann fort. »Sie hätten allen Läden, Hotels, allen Geschäften mit Bombay im Namen mitzuteilen, dass dies innerhalb von dreißig Tagen in Mumbai zu ändern sei. Andernfalls sei ein Bußgeld fällig.«

»Was haben Sie gesagt?«

»Ich habe gefragt, ob die Regierung diesbezüglich ein Gesetz erlassen habe. Sie sagten, ein Gesetz sei nicht nötig; es sei eine neue Richtlinie der Shiv Sena.«

»Die Schweine. Und dann?«

»Ich sagte, ich sei nur ein Angestellter, der Besitzer sei ausgegangen. Da wurde der eine wütend: Erst sagst du, du bist hier verantwortlich, und jetzt bist du nur ein Angestellter – willst du uns auf den Arm nehmen?

Ich dachte, er würde mich schlagen. Aber ich bewahrte Ruhe. Wenn Sie Inspektoren von der Umsatz- oder Einkommensteuer wären, sagte ich, dann könnte ich Ihnen helfen, aber dies ist eine besondere Angelegenheit.«

»Wie sahen sie aus? Goondas? Muskelmänner?«

»Ganz normale Maharashtrier, Angestellte. Dünn, mit geölten Haaren. Und einer hatte einen schmalen Schnurrbart. Oder beide …? Ich weiß es nicht mehr.«

Mr. Kapur nickte. »Ich kann sie mir genau vorstellen.«

Diese Bemerkung verstärkte Yezads Selbstvertrauen. Je tiefer er sich in seine Geschichte hineinbegab, desto mehr gewannen seine Figuren an handfestem Fleisch und Blut. Instinktiv erkannte er ihr Potenzial, und sie wachsen zu lassen machte keine Mühe. Sie brauchten nur eine führende Hand, wie von einem Vater oder einem Puppenspieler.

»Das Komische ist, obwohl sie harmlos aussahen, schüchterten sie mich ein. Mit ihrem Ton, ihren Stimmen gaben sie mir deutlich zu verstehen, dass sie die Macht hatten. Sie wussten, dass ich Angst vor ihnen hatte.«

Der leicht amüsierte Ausdruck verschwand aus Mr. Kapurs

Gesicht. Er hatte den Ernst der Situation erfasst, dachte Yezad.

»Haben sie ihre Namen genannt?«

»Ja. Balaji soundso … Deshpande, glaube ich. Und Gopinath Sawant. Moment mal – vielleicht auch Balaji Sawant und Gopinath Deshpande? Jedenfalls, sie sagten, die Änderung sei kein Problem; sie hätten Formulare, die ich unterschreiben sollte. Ich sagte, das könnte ich nicht.«

»Da haben sie sich bestimmt sehr gefreut.«

»Balaji fing an zu schreien. Ich sagte, wie kann ich ohne die Erlaubnis des Eigentümers eine Namensänderung vornehmen? Ein Name ist sehr wichtig, und Erfolg oder Scheitern des Geschäfts können davon abhängen. Gopinath flüsterte Balaji etwas ins Ohr und sagte dann, wir verstehen Ihr Problem, und wir können eine spezielle Ausnahmegenehmigung erteilen. Kostet dreißigtausend Rupien sofort und fünftausend für jeden Monat, so lange Sie Bombay behalten wollen.«

»Schweine! Das ist Erpressung!«

»Oder wir müssen den Namen in Mumbai Sporting Goods Emporium ändern.«

»Nein!« Mr. Kapur schlug mit der Faust auf die Glastheke.

Erschrocken und erfreut sah Yezad den echten Zorn, den seine erfundene Geschichte hervorrief. »Beruhigen Sie sich, Mr. Kapur. Es ist deren Aufgabe, Ihr Glas zu zerschlagen; das brauchen Sie nicht selbst zu tun.«

»Entschuldigung, Yezad.« Mr. Kapur lächelte matt. »Sie haben es richtig gemacht. Übrigens, war Husain hier, als sie kamen?«

»Nein, er war schon beim Ausliefern.«

»Gut. Erwähnen sie die Shiv Sena nicht, sonst gerät der arme Kerl in Panik. Wenn er wieder da ist, schließen wir.«

»Warum denn das? Sie werden denken, wir haben Angst vor ihnen.«

Mr. Kapur wandte sich wütend um. »Der Mann ist noch nicht geboren, der mir Angst machen kann. Mir hat es die Laune verdorben, das ist alles.« Er setzte sich an seinen Schreibtisch und fuhr fort. »Wenn ich da gewesen wäre, hätte ich diesem Abschaum schon die Meinung gesagt.« Er hob die Faust. »Denen hätte ich gesagt, wohin sie gehen können. Wann kommen sie wieder?«

»Sie wollten keinen Termin vereinbaren. Ich habe ihnen gesagt, dass Sie vormittags meistens hier sind.«

Mr. Kapur runzelte die Stirn und willigte ein, das Geschäft offen zu halten. Den Nachmittag über hielt er wütende Reden und verfluchte die Shiv Sena und die Pest, die sie über die Stadt gebracht hätten, und er war dabei so giftig und verbittert, wie man ihn noch nie gesehen hatte; Yezad fasste neue Hoffnung – die Strategie schien zu wirken.

Bis zum Abend hatte Mr. Kapur sich merklich beruhigt. Er blieb an Yezads Schreibtisch stehen, legte einen imaginären Straight Bat wie aus dem Kricket-Lehrbuch hin und sagte: »Wir haben vier Möglichkeiten.«

»Vier? Sie haben uns zwei gegeben.«

»Vier«, wiederholte Mr. Kapur. »Wir ändern den Namen. Wir ändern den Namen nicht und zahlen an die Gangster. Wir ändern ihn nicht und gehen zur Polizei. Und schließlich: Wir ignorieren sie und warten ab, was passiert.«

Yezad sagte, dann gebe es fünf Möglichkeiten. »Nämlich die Entscheidung, die Sie schon einmal getroffen haben – Sie kandidieren bei der Wahl. Dann werden Sie wichtige Leute kennen lernen und Kontakt zu Polizei und Politik bekommen. Sie könnten das Problem an der Wurzel bekämpfen, aus dem Innern des Systems.«

»Wenn das möglich wäre, würde ich es tun, das habe ich doch gesagt«, antwortete Mr. Kapur hitzig; dann hob er die Hände und atmete tief durch, als müsse er sich an den Rat seines Arztes erinnern. »Haben Sie schon einmal einen Banyanbaum gesehen, Yezad?«

Yezad nickte.

»Wissen Sie, wie er wächst? Die langen Äste schicken Luftwurzeln herab, die sich tief in die Erde bohren und zu Säulen werden, die die Äste stützen, und diese werden immer länger, während die Wurzeln sich über weite Flächen ausbreiten.«

»Ja, ich habe Bilder davon gesehen. Wo ist der Zusammenhang?«

»Ein Stadtrat, der die Korruption bekämpft, gleicht einem Taschenmesser, mit dem man einen Banyanbaum ausgraben will.«

Yezad hätte das eine oder andere Argument gewusst, um diese Analogie zu bestreiten, aber Mr. Kapur schüttelte betrübt den Kopf. »Lassen Sie es gut sein, Yezad«, seufzte er. »Es sind nur vier Möglichkeiten.« Er ließ sich auf seinen Stuhl fallen und sank in sich zusammen.

Im nächsten Augenblick richtete er sich entschlossen wieder auf. »Ich werde abwarten. Sollen die Schweine nur zu mir kommen. Wer weiß, vielleicht sind sie einfach aufs Geratewohl vorbeigekommen, weil sie dachten, sie könnten einem verängstigten kleinen Ladenbesitzer ein bisschen Bargeld abluchsen.«

Die Entscheidung, sich nicht zu entscheiden, besserte Mr. Kapurs Stimmung, und als sie einander gute Nacht wünschten, vollführte er einen Volley mit einem unsichtbaren Tennisracket. Dann klopfte er Yezad auf die Schulter und sagte, er sei davon überzeugt, dass das Pack nicht wieder auftauchen werde.

Yezad hätte ihm gern versichert, dass sie es doch tun würden.

16

Yezad saß mit Vilas und den beiden Schauspielern in Merwan Iranis Restaurant und hörte zu, wie sie das Script erörterten und durcharbeiteten. Das unablässige Getriebe und Geklapper von Kellnern und Geschirr erfüllte den Raum, und über allem lag der beißende Geruch bratender Bhajias.

Vilas' Prophezeiung war richtig gewesen, dachte Yezad – Gautam und Bhaskar betrachteten das Kapur-Projekt (wie sie es nannten) tatsächlich als faszinierendes Theaterexperiment. Etwas derart Ungewöhnliches sei ihnen im gewohnten Verfolg ihres Hobbys noch nicht über den Weg gelaufen, sagten sie.

In Chawls und Gemeindesälen, in den schmalen Straßen und Gässchen von Bombay, beschränkte sich ihr Talent auf Einakter, kurze Dramen, in denen es um ernste gesellschaftliche Probleme ging: Brautverbrennungen und Witwentötungen, die Bedrohung durch den Kommunalismus, die Fratze des Alkoholismus, das Übel der Ehefrauenmisshandlung, die Tragödie des Glücksspiels. Auch Humor kam vor: politische Narreteien, das Kaufen und Verkaufen von Parlamentsabgeordneten, eine Gesetzgebung, die den Studenten das Recht zum Mogeln beim Examen garantierte, und die Absurditäten des Lebensmittelkartensystems.

Sie erinnerten sich an eine besonders erfolgreiche Vorstellung und ließen Yezad und Vilas an ihren Erinnerungen teilhaben: Es war um den Minister für Telekommunikation gegangen, in dessen Haus die Kriminalpolizei kürzlich eine Razzia durchgeführt hatte. Bei der Durchsuchung des Puja-Zimmers hatte man zwei Truhen und zweiundzwanzig Koffer gefunden – voll gestopft mit Bargeld und säuberlich hinter dem Laxmi-Schrein aufgestellt.

»Diesen Sketch haben wir komplett aus Zeitungsschlagzeilen zusammengestellt«, erzählte Bhaskar und schob seine Gandhi-Brille auf der Nase hoch. »Wir brauchten nur ein paar Witze über das hinzuzufügen, was der Minister zu seiner Verteidigung anführte. Der Vorwurf der Korruption sei unbegründet, behauptete er; die Göttin des Reichtums selbst habe sein karges Ministergehalt vervielfacht, weil sie der Ansicht sei, dass er in der Regierung gute Arbeit leiste.«

Die jungen Männer führten einen Teil des Sketches auf: wie der Minister für Telekommunikation und Laxmi per Handy miteinander konferierten und die Göttin ihm finanzielle Ratschläge erteilte. Manchmal beriet sie ihn auch, indem sie auf einem speziellen Satelliten-TV-Kanal erschien: »All Laxmi, All the Time«.

»Dieses Stück hat überall Begeisterung hervorgerufen«, sagte Bhaskar, während Vilas und Yezad noch von Herzen lachten. »Aber das Kapur-Projekt, das wird sein, als verlege man das Straßentheater nach innen.« Yezads skeptische Miene brachte ihn dazu, zu erklären, was er meinte: »Auf der Straße gibt es keine Ankündigung der Vorstellung. Wir fangen an, uns zu streiten, uns zu prügeln, tun, als wären wir betrunken – als ob sich da das wirkliche Leben entfaltete. Die Leute bleiben stehen, um zuzuhören, und eine Menschenmenge strömt zusammen.«

»Ja, aber da gibt es einen Unterschied«, gab Gautam zu

bedenken. »Früher oder später weiß unser Straßenpublikum, dass es genau das ist: ein Publikum, das uns zusieht, wie wir ein Nataak aufführen. Bei Mr. Kapur wird es keines geben.«

»Da bin ich anderer Meinung, wenn du gestattest«, sagte Bhaskar. »Ich würde sagen, er selbst wird Publikum und Schauspieler zugleich sein – es wird ihm nur nicht bewusst sein.«

»Ein Schauspieler ohne Bewusstsein ist eine hölzerne Marionette«, verkündete Gautam großspurig und war sicher, dass er einen entscheidenden Punkt erzielt hatte.

»In einer Kultur, die das Schicksal zur alles bestimmenden Macht erhoben hat, sind wir alle nur Marionetten«, erklärte Bhaskar nicht minder großspurig.

Yezad wurde ungeduldig; er wünschte, sie wollten aufhören, sich selbst zu beweihräuchern. Wie sie sich aufführten, konnte man meinen, sie würden jeden Augenblick aufstehen, sich in die Brust werfen, das Kinn hochrecken, den Schwertarm erheben und »Khabardaar!« rufen, ganz wie ein Chanjibhai Cheecheepopo.

»Wir diskutieren hier nicht über den Gegensatz von Schicksal und freiem Willen«, sagte Gautam. »Bleib bei der Sache.«

»Alles hängt mit allem zusammen«, sagte Bhaskar. »Du bist besessen von konventionellen Vorstellungen – so irrelevant wie der Proszeniumsbogen.«

»Unsinn, der Proszeniumsbogen ist immer noch von absolut entscheidender Bedeutung. Er hat sich nur in die Proszeniumsstraße verwandelt, die …«

»Das reicht, Mr. Bhaskar Olivier und Mr. Gautam Gielgud«, sagte Vilas. »Yezad und ich müssen in einer Viertelstunde wieder zur Arbeit.«

Sein Eingreifen gestattete Yezad, zu schildern, was bisher

mit Mr. Kapur geschehen war. Sorgsam betonte er, dass er seinen Arbeitgeber gern habe und dass ihr kleines Drama lediglich dazu dienen solle, Mr. Kapur einen sanften Schubs in eine Richtung zu geben, die er schon immer habe einschlagen wollen – zur Kandidatur bei der Wahl.

»In gewisser Weise ist es wie eins eurer Stücke über ein gesellschaftliches Problem«, sagte Vilas. »Ihr könntet es ›Shiv Sena – die Gefahr‹ nennen.«

»Stimmt«, sagte Gautam. »Im Grunde geht es darum, dass Mr. Kapur zum Handeln aufgerufen ist, und um eine unausgesprochene Moral: Wer sich dem Übel entgegenstellen kann, darf es nicht ignorieren.«

»Wer ist denn jetzt starrköpfig? Wie zum Teufel kannst du sagen …«

»Hai, hört auf«, sagte Vilas. »Es geht hier um das Stück – um Yezads Stück. Bleibt bei der Sache.«

»Ich finde, es ist eine großartige Idee, diese Bombay-Mumbai-Namenssteuer zu benutzen, um Mr. Kapur zu motivieren«, sagte Bhaskar.

»Danke«, sagte Vilas. »Ihr dürft aber nicht vergessen, dass es hier nicht um schlichte Einschüchterung geht. Jemandem Geld abzupressen, das ist einfach. Aber eure Aufgabe ist es, ihm einen Kreuzzug abzupressen.«

»Verstanden«, sagte Gautam. »Im Grunde geht es darum, dass Mr. Kapur eine Epiphanie erleben muss. Wir müssen ihm also mehr vermitteln als nur eine unmittelbare Bedrohung für ihn und sein Geschäft. Wir müssen das Hier und Jetzt transzendieren, müssen uns hinausbewegen über diese Schülerbank der Gegenwart und ihn einen Blick auf das Grauen einer Gesellschaft werfen lassen, wo es den Besten jeglicher Überzeugung mangelt, während die Schlechtesten erfüllt sind von glühender Leidenschaft.«

Nach diesem Yeats-Zitat flogen die Anspielungen schnell

hin und her, als sie sich den Einzelheiten zuwandten: Der Besuch würde in drei Tagen stattfinden, vormittags, wenn Mr. Kapur allein im Geschäft wäre. Yezad versprach, sich fern zu halten; er würde sich mit dem Sportdirektor der Don Bosco High School treffen.

»Perfekt«, sagte Gautam.

»Wenn ich mir die Freiheit nehmen darf, zusammenzufassen«, sagte Bhaskar, ängstlich darauf bedacht, seinen Anteil an Publikumsaufmerksamkeit nicht zu verlieren. »Unser Ziel ist es, Mr. Kapurs noblen Drang neu zu entfachen. Wir müssen ihn bewegen – über die Katharsis hinaus, hinaus auch über Mitleid und Entsetzen ihn in einen Zustand des Handelns bringen, in die Arena des epischen Realismus, wo der Mann der Tat ...«

Yezad hörte nicht mehr zu. Er merkte, dass er Kopfschmerzen bekommen würde, wenn sie mit ihrem Geschwätz nicht bald aufhörten.

»Ihr beide redet, als wäre das Theater eine exakte Wissenschaft«, stellte Vilas fest.

»Ah, die Vilasische Doktrin des ewigen Skeptizismus«, sagte Gautam. »Wenn Brecht sich solchem Pessimismus unterworfen hätte, wo wären wir dann heute?«

»Aber warum muss es so kompliziert klingen?«, fragte Vilas. »Wir tun nichts weiter, als Mr. Kapur für einen guten Zweck zu täuschen.«

»Na, ich habe Ihnen ja schon gesagt, wie die Shiv Sainiks aussehen müssen.« Yezad versuchte zum Thema zurückzukommen. »Und was ihre Forderungen sind. Brauchen Sie sonst noch etwas?«

Die Schauspieler antworteten, Auftritte und Abgänge hätten sie nun, aber sie brauchten noch mehr Tee.

Yezad und Vilas lehnten das Angebot einer weiteren Tasse lachend ab und verließen das Restaurant, während die beiden sich weiter stritten und über die Zukunft des Theaters diskutierten.

»Starke Redner, die zwei, wie?«, sagte Yezad, als sie draußen waren. Er rieb sich energisch die Haare, als müsse er einen Überschuss von Worten ausbürsten.

»Ihre ganze Gruppe ist so. Ein paar Minuten lang unterhaltsam, und dann unerträglich.«

Vor Bombay Sporting blieben sie stehen, und Yezad starrte auf den Gehweg. »Was ist jetzt los?«, fragte Vilas.

»Ich weiß nicht genau. Dieses Komplott mit den Schauspielern ... Ich denke an Mr. Kapurs hohen Blutdruck.«

»Hör mal, wenn du Zweifel hast, kann ich Gautam und Bhaskar auch sagen, dass wir die Sache abblasen ...«

»Nein, tu das nicht.« Yezad trat eine leere Zigarettenschachtel über den Randstein in die Gosse. »Ich hoffe nur, dass Gautam und Bhaskar zuverlässig sind.«

»Zuverlässig sind sie. Meine einzige Sorge ist, dass wir uns vielleicht mehr einhandeln, als uns lieb ist.«

Als Yezad in dieser Woche von seiner morgendlichen Besprechung mit dem Sportdirektor der Don Bosco High School zurückkam, wäre er am liebsten gleich zu Mr. Kapur ins Büro gerannt. Aber er setzte sich an seinen Schreibtisch und tat, als arbeite er. Es war besser, zu warten, bis Mr. Kapur mit der Neuigkeit zu ihm kam.

Er beobachtete das regelmäßige Aufblinken der roten Birne im Schaufenster, den auf- und absteigenden Cricketschläger. Aus dem Augenwinkel sah es aus, als schwebe da ein großes, prähistorisches Insekt in der Dekoration, während die Rentiere wie Höhlenmenschen erschienen. Man brauchte ihnen nur noch Knüppel an die Hufe zu klemmen, und schon würden sie aussehen wie eine Meute Goondas, die sich auf ihr Opfer stürzten: auf den Mann in Rot, der nicht ahnte, dass ihm gleich das Gehirn aus dem Schädel geprügelt werden würde …

Die Hand auf seiner Schulter ließ ihn hochfahren und riss ihn aus seinen blutrünstigen Tagträumen. »Worin sind Sie so vertieft?«, fragte Mr. Kapur.

»Entschuldigung, ich habe Sie nicht kommen sehen – ich arbeite an dem Angebot für Don Bosco.«

»Gut.« Mr. Kapur spielte mit einem großen braunen Umschlag und ließ ihn dann auf Yezads Schreibtisch fallen.

»Was ist das?«

»Ihre beiden Freunde waren heute Morgen hier.«

»Freunde?«

»Unsere Freunde, sollte ich wohl sagen – diese Schweine, Balaji und Gopinath mit ihren schmalen Schnurrbärten.« Er sah sich nach dem Helfer um und senkte die Stimme. »Ich habe sie in mein Büro geführt, damit sie Husain keine Angst einjagten.«

Dann klopfte er auf den Umschlag. »Das ist für sie. Ich habe es aus dem Koffer genommen – fünfunddreißigtausend.«

Yezad warf einen kurzen Blick hinein, und in seinem Gesicht spiegelten sich rasch hintereinander Erstaunen, Entsetzen und Verzweiflung.

»Ja, ich war auch überrascht«, sagte Mr. Kapur. »Ich habe nicht gedacht, dass sie noch einmal wiederkommen.«

»Aber …« Yezad stand auf, und seine Stimme zitterte. »Aber das ist doch verrückt! Sie rücken das Geld heraus, einfach so!«

»Schluss mit den Vorträgen! Was wollen Sie denn – dass ich mir die Kehle durchschneiden und mein Geschäft in Schutt und Asche legen lasse?«

Er ging zurück in sein Büro, und Husain folgte ihm und kündigte heißen Tee an. »Stimmt etwas nicht, Sahab?«

»Nur ein geschäftliches Problem, Husain; mach dir keine Sorgen.«

Der Helfer ging ins Lager und setzte den Kessel auf, um frischen Tee aufzubrühen. Ein paar Minuten später rief er: »Chai fertig, Sahab.«

»Ich will keinen«, antwortete Mr. Kapur.

Enttäuscht kehrte Husain nach hinten zu seinem Schemel zurück und hockte sich hin wie ein verwundeter Vogel. Nach wenigen Augenblicken gab Mr. Kapur nach.

Der Helfer brachte ihm die Tasse, stellte sie auf den Tisch und zog sich zurück, blieb aber vor der Bürotür stehen. Aufmerksam lauschte er auf jedes Geräusch von drinnen: wie Mr. Kapur über seinen Tee blies, wie er trank, wie er ausatmete.

Ein gurgelndes Schlürfen signalisierte den letzten Schluck, und dann kam Mr. Kapur mit der leeren Tasse heraus. Mit der freien Hand schlug er eine Tennisrückhand und konzentrierte sich auf den Return.

»Tut mir Leid, dass ich Sie angeschrien habe, Yezad.«

»Das macht nichts. Es stand mir ja nicht zu ...«

»Vergessen Sie es.« Er lobte Husain für den Tee und winkte Yezad, ihm zu folgen. Der Helfer sah befriedigt zu, wie sie zusammen ins Büro gingen: Die Lage war wieder normal, der Teekessel hatte seinen Zauber getan. Husain griff zum Staubwedel.

Sein energisches Geflatter war in dem Kämmerchen zu hören, und das Geräusch ließ Mr. Kapur lächeln, ehe er weitersprach. »Glauben Sie, ich bin nicht aufgebracht? Die Vorstellung, dass ich mich von diesem Abschaum terrorisieren lasse, von diesen Gangstern, die sich als politische Parteien aufspielen – das macht mich rasend!« Als sei ihm sein Blutdruck eingefallen, strich er sich mit der Hand über das Gesicht und fügte leise hinzu: »Manchmal möchte ich weinen.«

Yezad schluckte. »Nehmen Sie es nicht persönlich; diese Leute sind … Sie wissen schon … sie sind es nicht wert.«

Mr. Kapur wischte sich den Schweiß von Nacken und Stirn. Die Klimaanlage war abgeschaltet. Er hatte Wort gehalten und benutzte sie nicht mehr, seit er gelobt hatte, Bombay zu akzeptieren, wie es sei. »Wissen Sie, was mich am meisten aufbringt? Ihre Arroganz: Nichts wird sich ihnen in den Weg stellen, schienen sie zu sagen, denn dies ist jetzt ihr Königreich. Sie nehmen sich, was sie haben wollen – wie eine siegreiche Armee.«

Er stand auf und streckte sich. »Und die arme Stadt hat keinen Ritter, der sie verteidigt. Eine unglückliche Stadt, die keine Helden hat.«

Yezad ging ins Bad, nahm den kleinen Spiegel vom Haken und kam damit zurück ins Büro. Er hielt ihn Mr. Kapur vor.

»Was soll das?«

»Ich zeige Ihnen einen Helden.«

Mr. Kapur lächelte unsicher.

Yezad blieb hartnäckig. »Einen Helden, der Bombay retten kann, wenn er bei der nächsten Wahl kandidiert.«

»Plagen Sie mich schon wieder?«

»Ja. Ich finde es lächerlich – zwei dürre Vegetarier tyrannisieren das Bombay Sporting Goods Emporium.«

»Lassen Sie sich durch ihre Erscheinung nicht täuschen. Sie mögen dürr sein, aber diese Bhaji Raus und Bhaji Khaos sind Nachkommen von Marathas, hart wie Stahl – so hart wie dieser andere Spinatfresser, Popeye.«

Sie lachten ein wenig, und dann fuhr Mr. Kapur in ernstem Ton fort. »Meine Geschäftsfreunde haben mit ähnlichen Situationen zu tun gehabt. Sie alle raten mir, zu zahlen und den Mund zu halten.«

Yezad starrte niedergeschmettert auf den Schreibtisch. Der Plan war gescheitert. Restlos gescheitert. Und das musste er jetzt akzeptieren. Es gab nichts mehr zu sagen, nichts mehr zu tun. Er schob den Umschlag zu Mr. Kapur hinüber, um ihn daran zu erinnern, dass er ihn an einem sicheren Ort verwahren sollte.

Mr. Kapur schob ihn zurück. »Behalten Sie ihn in Ihrer Schublade, bis sie zum Kassieren kommen.«

»Geben Sie es ihnen lieber selbst.«

»Keine gute Idee. Ich könnte mich versucht fühlen, ihnen ins Gesicht zu spucken.« Er nahm den Spiegel vom Tisch. »Bitte hängen Sie den wieder ins Bad.«

Er wollte ihn hinüberreichen, aber dann zögerte er und bat Yezad zu sich herüber. »Schauen Sie.«

Yezad schaute seinem Arbeitgeber über die Schulter: Sie waren beide im Spiegel zu sehen.

»Sehen Sie das?«, fragte Mr. Kapur. »Die Gesichter von ganz gewöhnlichen Familienvätern. Keine Helden.«

Wie hatten die Schauspieler es wagen können, vom vereinbarten Plan abzuweichen, wollte Yezad wissen – maßten sie sich etwa an, Mr. Kapur besser zu verstehen als er, der er seit fünfzehn Jahren mit dem Mann zusammenarbeitete? Jetzt hatten sie nur eins zuwege gebracht: Sie hatten ihm einen noch größeren Schlamassel eingebrockt, noch mehr Komplikationen und Durcheinander angerichtet.

»Beruhige dich«, sagte Vilas. »Ich habe mich heute Morgen mit Gautam und Bhaskar getroffen. Sie haben sich buchstabengetreu an unseren Plan gehalten.«

»Und warum hält Mr. Kapur jetzt das Geld abgepackt bereit?«

Vilas klopfte mit der flachen Hand neben sich auf die Stufe. »Hast du mit einer unverzüglichen Bekehrung gerechnet? Mit einem Kreuzzug über Nacht?«

»Ich habe aber auch nicht mit unverzüglicher Kapitulation

gerechnet. Um einen einfachen Gefallen habe ich dich gebeten: Beschwere dich bei Shiv Sena über den Weihnachtsmann. Das war alles, was ich wollte, weiter nichts.«

»Ja. Alles, was du wolltest, war ein Spiel mit dem Feuer.«

Yezad schaute ihn verachtungsvoll an. »Stattdessen bringst du zwei Möchtegern-Schauspieler an. Die mit ihrer dramatischen Epiphanie! Wo ist sie denn? Wo ist Mr. Kapurs Offenbarung, sein klarer Blick?«

Vilas tat, als suche er in seinen Taschen, aber Yezad lachte nicht. »Es wird Zeit brauchen«, sagte Vilas tröstend. »Nur im Roman bekommt man sofort Resultate.«

»Als wäre die Situation nicht schon schlimm genug – jetzt muss ich auch noch für einen Umschlag mit fünfunddreißigtausend Rupien verantwortlich sein. Ich muss ihn für zwei nicht existierende Shiv Sainiks aufbewahren, die nie wieder erscheinen werden.«

»Genau genommen, Yezad, gibt das Geld dir doch einen Vorwand, Mr. Kapur immer wieder an seine Pflicht zu erinnern. Wenn unsere beiden Thespisbrüder das Saatkorn gepflanzt haben, so könnte dein Soufflieren es zum Sprießen bringen.«

»Soll ich mir vielleicht noch einen Souffleurkasten bauen?«, fragte Yezad wütend.

»Reg dich nicht auf. Lass uns doch das Beste hoffen.«

Yezad stapfte die drei Stufen hinunter und ging mit dröhnendem Schädel davon. Als er um die Ecke bog, hatte er das Gefühl, dass alle Kraft aus ihm gewichen war. Er merkte, dass er seine Füße schleifen ließ. Wie wütend seine Mutter immer geworden war, wenn er das als Kind getan hatte. Geh nicht khassar-khassar, hatte sie geschimpft, heb die Füße hoch.

Ihm wurde bewusst, dass er auf einem Umweg zum Bahnhof ging, am Wadiaji-Feuertempel vorbei. Nun, das Gehen würde ihm gut tun. Was hatte es für einen Sinn, nach Hause in diese zwei elenden Zimmerchen zu eilen? Sie würden seinen pochenden Kopfschmerz nicht lindern; er brauchte Ruhe und Frieden.

Als er sich dem Feuertempel näherte, merkte er, dass er diejenigen beneidete, die in der Lage waren, die heitere Ruhe in seinem Innern zu genießen. Aber das konnte auch er, sagte er sich – er brauchte nur eine Gebetsmütze aufzusetzen und einzutreten. Aber es wäre unehrlich, denn er war nicht religiös und hatte seit zwanzig Jahren nicht einmal mehr die kurzen Kusti-Gebete gesprochen. Andererseits trug er immer noch seine Sudra – auf der Haut war nichts angenehmer als weiches Mulmul. Und jeden Morgen nach dem Baden schlang er sich, wenn auch nachlässig, das Kusti um die Taille. Aber das tat er aus Gewohnheit. Und um Roxana bei Laune zu halten.

Andererseits gab es keine Vorschrift, die verlangte, dass er religiös war, wenn er den Feuertempel betreten wollte. Auf dem Schild stand: »Zutritt nur für Parsi« – und er war einer: Also hatte er das Recht, hineinzugehen.

Sollte er? Was würde er tun, wenn er erst in dem kühlen, stillen Tempel wäre? Zögernd blieb er vor dem kleinen Sandelholzladen stehen.

»Hallo, Onkel.« Heute Abend stand ein kleiner Junge hinter der Theke. »Willst du Sukhad kaufen, Onkel? Echtes Malbari.«

Dann sah Yezad auch den älteren Mann; er saß auf einem Schemel unterhalb der Theke. Bildete seinen Sohn im Geschäft aus. Würde es noch ein Geschäft geben, wenn der Junge ein Mann wäre, überlegte Yezad – so, wie die Zahl der Parsen in Bombay abnahm und wie Leute wie er selbst mit dem Glauben umgingen? Auch die Sandelholzbäume verschwanden rasch, dank solchen Banditen und Schmugglern wie Veerappan …

»Wie viel, Onkel?«, fragte der Junge eifrig.

Yezad lächelte. »Für fünf Rupien?«

»Gern.« Der Junge wählte einen Splitter des duftenden Holzes, reichte ihn mit beiden Händen herüber und nahm das Geld.

»Danke.« Yezad hielt das Stück Holz ehrfürchtig in der Hand. Er fühlte sich versucht, es sich unter die Nase zu halten, aber durch den Nebel der Jahre erinnerte er sich daran, dass man ihm gesagt hatte, es sei unhöflich, an dem Sandelholz zu riechen, das für Dadaji bestimmt war; man müsse Geduld haben, bis man im Tempel sei, wo es einem dann freistehe, den Duft des heiligen Feuers zu genießen.

Er wandte sich zum Gehen und zögerte wieder. »Kann ich eine Kappe borgen?«

Der Junge warf einen Blick zu seinem Vater hinüber, und dieser nickte. Er stellte eine Schachtel mit Gebetsmützen auf die Theke, in verschiedenen Größen, meist schwarz, und einige stärker mit Haaröl und Pomade verschmiert als andere.

Leicht angeekelt durchwühlte Yezad das Sortiment auf der Suche nach einer, die nicht ganz so unappetitlich war. Ein dunkelbraunes Exemplar auf dem Boden der Schachtel schien ihm halbwegs sauber zu sein. Wahrscheinlich nicht so beliebt, dachte er, wegen der Farbe. Die Gebetsmütze, die seine Mutter ihm für eine Navjote-Feier gekauft hatte, war genauso braun gewesen. Damals war er sieben gewesen – und wie stolz war seine Familie, weil er die Gebete bereits beherrschte. Andere mussten warten, bis sie neun oder elf waren.

Er machte die Naht der Mütze ausfindig, denn sie gehörte nach hinten, und er bedeckte seinen Kopf. »Ich bringe sie in ein paar Minuten zurück.«

»Das ist okay, Onkel, du kannst beten, solange du willst.«

Yezad wollte antworten: »Ich will nicht …«, und brach ab. »Danke«, sagte er und ging durch das Tempelgelände zur Veranda, um die Waschungen vorzunehmen.

Er wusch sich Hände und Gesicht und trocknete sich mit seinem Taschentuch ab. Dann setzte er sich hin, um sich die Schuhe auszuziehen; er konnte es nicht erwarten, in den stillen Raum mit dem Feuer zu gelangen. Auf Socken stand er auf und stieß seine Schuhe mit einem Tritt unter die Bank.

Aber als er die Stufen neben den kanellierten Säulen hinaufstieg, empfand er nagendes Unbehagen. Er blieb stehen – es war nicht richtig, spürte er, hineinzugehen, ohne zuvor sein Kusti zu absolvieren. Was er vor Jahrzehnten gelernt hatte, zwang ihn, auf die Veranda zurückzukehren.

Dann wurde ihm klar, dass er nicht wusste, in welche Richtung er schauen musste. Niemand sonst betete, an dem er sich hätte orientieren können. Er erinnerte sich, dass es etwas mit der Sonne zu tun hatte, und es war Abend – die Sonne war wahrscheinlich inzwischen untergegangen, also …

Aufs Geratewohl wandte er sich der Brüstung zu und fing an, die Knoten seines Kusti aufzudröseln. Er war froh, dass niemand ihn fummeln sehen konnte. Seine Finger hatten keine Übung mehr darin, hinter dem Rücken zu arbeiten. Ihm war wohler, als er bei den vorderen Knoten angelangt war.

Und zu seinem Erstaunen kamen jetzt die Worte des Kem Na Mazda lautlos über seine Lippen, als habe er das Gebet sein Leben lang jeden Morgen und jeden Abend gesprochen, ohne einen Tag auszulassen. Satz um Satz bis zum nächsten Abschnitt: Ahura Mazda Khodai, manashni, gavashni, kunashni, und schließlich die letzten Vorbereitungen für das Wiederanlegen des Kusti.

Slap-slap, slap-slap – er hörte ein Paar Sapats hinter sich. Sie kamen näher. Waren jetzt ganz nah. Und er spürte eine Hand auf seiner Schulter. Es war der alte Priester mit dem langen weißen Bart, der ihm begegnet war, als er durch den Eingang gespäht hatte.

Der Dustoorji lächelte und drehte ihn um hundertachtzig Grad herum. Yezad war tief beschämt. Wie lange mochte der Dustoorji ihn schon beobachtet haben? Und hatte er gesehen, wie er mit seinem Kusti gekämpft, wie ungeschickt er an den Knoten gezerrt hatte?

Der Dustoorji legte einen Finger an die Lippen und mahnte zum Schweigen – der Faden des Gebets durfte nicht durch profane Reden und unnötige Erklärungen zerschnitten werden.

Yezad nickte. Die Hand des Dustoorji bewegte sich von seiner Schulter zum Nacken und strich dann mit fester Berührung bis ins Kreuz hinunter.

Dreimal wiederholte der Dustoorji diese Bewegung über seinen Rücken. Yezad hatte das Gefühl, als entferne er körperlich etwas – als ziehe er Fasern der Anspannung aus seinem gepeinigten Leib. Schließlich klopfte der Dustoorji ihm noch einmal auf die Schulter und ging, slap-slap, slap-slap, weiter den Korridor hinunter.

Bewegt und verwirrt knüpfte Yezad den letzten Knoten seines Kusti. Wieso hatte der Dustoorji ihm über den Rücken gerieben? Waren seine Probleme so offenkundig, sein Gesicht so gehetzt, seine Stirn so gefurcht?

Er ging in den Tempel, und seine Füße schwelgten in der Pracht schwerer alter Perserteppiche, als er durch die weite Halle tappte. Hier war es sicher um sechs Grad kühler als auf der Straße.

Am Ende angekommen, blieb er vor dem angrenzenden Raum stehen, der kleiner und sehr viel dunkler war als die Halle, die er soeben durchquert hatte. Er verspürte den plötzlichen Drang, auch die Socken auszuziehen. Er streifte sie ab, stopfte sie in die Hosentaschen und betrat den Raum, der zum Allerheiligsten führte, zu der heiligen Kammer, dem Ort, wo das Feuer wohnte, abgegrenzt durch eine Marmorschwelle, die von Laien nicht übertreten werden durfte.

Als Kind hatte Yezad sich machtvoll zum Heiligtum hingezogen gefühlt. Nicht einmal jeder Dustoorji durfte dort hinein, nur solche, die sich in einem Zustand ritueller Reinheit befanden. Oft hatte er sich ausgemalt, wie er seinen Eltern ausriss und hineinrannte, um über den großen silbernen Afargaan zu streichen, der in majestätischem Glanz auf seinem Piedestal stand und die Flammen barg, die mit den Stunden des Tages auf- und abloderten. Aber das war verboten. Schon, wenn er sich nur der Schwelle vor Dadajis heiliger Behausung näherte, hatte ihn ehrfürchtige Angst erfüllt – dass er stolpern und fallen könnte, und dass ein Teil von ihm, eine Hand oder ein Finger, versehentlich über dic verbotene Schwelle geraten würde, mit irgendwelchen schrecklichen Konsequenzen …

Drei Schritt weit vor dem Heiligtum setzte er sich auf den Boden und strich mit den Händen über den dicken Teppich, genoss das sanfte Kribbeln und lächelte über sein kindliches Ich. Das Feuer glühte nur noch dunkel. Es gab nicht viel Rauch, aber die Luft war schwer von Sandelholzduft. Hin und wieder knisterte es laut, und ein Funken flog hinauf zur hohen Kuppel.

Wie still, wie erholsam, dachte er. Und das Feuer brannte … brannte ununterbrochen seit fast hundertfünfzig Jahren, seit dieser Atash-bahram gebaut worden war … auf dasselbe Feuer hatten seine Eltern geblickt, seine Großeltern und seine Urgroßeltern. Der Gedanke erfüllte ihn mit Ruhe, mit Trost.

Minuten vergingen. Eine alte Frau kam herein. Ihr Kopftuch war fest unter dem Kinn verknotet. Sie legte ein Stück Sandelholz auf das Tablett, kniete mühsam nieder und ging bald wieder. Yezad fragte sich, ob er nicht auch gehen sollte; es wurde spät, und Roxie machte sich bestimmt Sorgen. Es widerstrebte ihm, diesen Ort des Friedens zu verlassen. Aber er konnte ja jederzeit wiederkommen. Morgen, nach der Arbeit. Nach Ladenschluss würde er sofort gehen, keine Zeit mit Mr. Kapur oder Vilas vertändeln, geradewegs herkommen …

Ein Dustoorji kam herein, sammelte das Sandelholz vom Tablett und ging auf das Heiligtum zu. Er zog sich das schützende Stück Mulmul vom Kopf und bedeckte damit Nase und Mund – das Feuer durfte nicht durch menschlichen Atem verunreinigt werden. Yezad lächelte bei dem Gedanken an uralte Witze über Priester und maskierte Banditen.

An der Schwelle blieb der Dustoorji stehen und drehte sich zu ihm um. Yezad wurde verlegen, als habe der Priester seine Gedanken gelesen. Der Dustoorji deutete auf sein Hemd und dann auf das Feuer.

Yezad schaute nach unten: Sein Stück Sandelholz steckte noch in seiner Tasche, und der Dustoorji wollte nur wissen, ob er es zum Opfer dazugeben wolle.

»Ja, danke«, flüsterte er und reichte es ihm.

Jetzt betrat der Dustoorji das Allerheiligste, um die Zeremonie zum Wechsel des Geh zu vollziehen. Der Sonnenuntergang, dachte Yezad, das vierte Geh des zoroastrischen Tages, hatte begonnen. Er verfolgte die rituelle Reinigung des Allerheiligsten, des Piedestals, des Afargaans, die stillen Vorbereitungen zum Brandopfer.

Wie beruhigend war es, dachte Yezad, das alles zu beobachten, während der Friede des Augenblicks den Raum erfüllte. Warum erschien es ihm so zeitlos? Wie tröstlich, die Gestalt in dem fließenden weißen Gewand zu sehen, wie sie sich ohne Hast bewegte, die verschiedenen silbernen Utensilien der Zeremonie benutzte und die mystischen Gebärden vollführte, die fünfmal täglich wiederholt wurden, und das mit einer Eleganz, die nur aus der gesammelten Anmut von Generationen und Jahrhunderten erwachsen konnte, eingeschrieben in Fleisch und Blut …

Jetzt war der Dustoorji bereit, dem Feuer zu dienen. Mit kundiger Hand versorgte er die Glut, und Flammen leckten an seiner Zange und wuchsen unter seinem leisen Gebetsgemurmel, als er das Sandelholz auflegte, das er vom Tablett genommen hatte.

Und da, dachte Yezad, bei den übrigen war auch sein Fünfrupienstück, unter all den anderen Stücken, die von Händen wie seinen hergebracht worden waren. Welcher Teil des Feuers, welche Flammenzunge wurde von seiner Opfergabe genährt? Konnte man Feuer auf diese Weise aufteilen? War das wichtig?

Der Dustoorji kam jetzt zum Ende der Zeremonie. Er ging zu der Glocke in der Ecke des Allerheiligsten. Als der erste Ton erklang, laut und unvermittelt, setzte Yezads Herz einmal aus. Dann wurde das Läuten zu einer prachtvollen Kette und erfüllte Heiligtum und Kuppel, den dunklen Raum und die Halle, und verkündete dem ganzen Tempel, dass das neue Geh begonnen hatte. Es kündete vom Leben, dachte Yezad, und von der Hoffnung, und sein Herz stimmte in den Gesang der Glocke ein.

Dann war es still. Der Dustoorji verneigte sich ein letztes Mal vor dem Feuer, sammelte die Asche mit einer silbernen Schaufel und bot sie Yezad an. Yezad nahm eine Prise davon für Stirn und Kehle. Der Dustoorji hob zum Abschiedsgruß die Hand an die Stirn und verschwand.

Yezad näherte sich noch einmal dem Allerheiligsten. Das Feuer brannte kräftig, die Flammen sprangen freudig in die Höhe, und der Raum war ein Tanz aus Licht und Schatten. Versunken blieb er ein paar Augenblicke stehen, und dann fand er plötzlich, dass es ungehörig wäre – ungehörig, sich nicht zu verneigen vor einem Anblick, der in seiner schlichten Schönheit so vornehm war. Wenn er sich jetzt nicht verbeugte, vor diesem Feuer, wovor würde er sich dann noch verbeugen?

Er kniete nieder, und seine Stirn berührte die Marmorschwelle. Lange Zeit verharrte er so gebeugt.

In der großen Halle blieb er stehen, um sich die Socken anzuziehen, ehe er auf die Veranda ging und seine Schuhe holte.

Draußen war es dunkel geworden, als er aus dem Feuertempel kam. Er ging über den Vorplatz, erfüllt von seinem Reichtum an Ruhe, gab dem lächelnden Jungen am Sandelholzstand die geborgte Mütze zurück und machte sich auf den Heimweg.

Als Roxana ins Bett kam, stellte sie noch einmal fest, dass er nach Sandelholz dufte.

»Ich war heute Abend im Atash-bahram«, sagte Yezad.

»Warum so plötzlich?« Sie bewahrte einen beiläufigen Tonfall, aber sie wusste, dass sie vor Freude strahlte, und sie war froh, dass das Licht aus war.

»Hatte viel zu tun heute, brauchte ein bisschen Ruhe. Und da habe ich mich an deinen Vorschlag erinnert.«

»Wie war es?«

»Friedlich.« Er schob sein Kopfkissen zurecht und fügte hinzu: »Was würde ich nicht dafür geben, wenn es in einer Ecke dieser Wohnung auch so friedlich sein könnte.«

Sie lächelte im Dunkeln und nahm ihren ganzen Mut zusammen, um zu fragen: »Hast du gebetet?«

»Natürlich nicht.«

Sie glaubte ihm nicht.

Die verzögerte Epiphanie, auf die Yezad wartete, stellte sich nicht ein. Jeden Tag beobachtete er Mr. Kapur und hoffte auf ein Anzeichen dafür, dass das, was er geplant hatte, wie ein Retard-Medikament allmählich seinen Weg durch den Verdauungstrakt seines Gehirns nahm. Und jeden Tag sah er sich enttäuscht, denn der Boss kam herein, inspizierte seine Rentiere und zog sich in sein Kämmerchen zurück. Er wirkte versonnen und lud Yezad am Ende des Tages nicht mehr ein, zu ihm hereinzukommen.

Eines Morgens dann, etwas mehr als eine Woche vor Weihnachten, kam Mr. Kapur ungewöhnlich spät – kurz vor Mittag erst. Yezad fragte, was ihn aufgehalten habe.

»Aufgehalten?« Mr. Kapur sah auf die Uhr. »Sie haben Recht – sehen Sie nur, wie spät es ist. Mir war nicht klar, wie lange ich mit öffentlichen Verkehrsmitteln brauchen würde. Wissen Sie, ich habe nämlich endlich mein Auto verkauft.«

»Sie sind mit dem Zug gekommen?«

»Mit dem Taxi«, sagte Mr. Kapur mit einem Hauch von Verlegenheit. »Aber eigentlich wollte ich den Zug nehmen.«

Und er schilderte sein seltsames Abenteuer in allen Einzelheiten: Er war zum Bahnhof gegangen, darauf erpicht, einer der Millionen zu sein, die wie Vieh auf dem Schienenweg transportiert wurden. Jedes Mal, wenn ein Zug eingefahren war, hatte er sich nach vorn gekämpft, und jedes Mal war er auf dem Bahnsteig stehen geblieben. Einmal war er mitten im Kern des Gedränges gewesen, ganz sicher, dass er mitkommen werde, aber irgendeine Zentrifugalkraft hatte ihn gewaltsam beiseite geschoben.

Yezad nickte. »Das kommt vor.«

»Nachdem ich mich eine Stunde lang bemüht hatte, gab

ich auf. Aber morgen unternehme ich einen neuen Versuch. Ich glaube, es ist eine Frage der Übung.« Mit Bedauern betrachtete er das unbenutzte Ticket und warf es in den Papierkorb. Yezad erkundigte sich, woher das plötzliche Interesse am Zugfahren komme.

»Das ist eine philosophische Entscheidung – wir haben darüber schon einmal gesprochen. Ich möchte alles in mich aufnehmen, was meine Stadt zu bieten hat. Ich will mich unter ihre Menschen mischen, will ein Teil der Leiber sein, die sich in Straßen und Zügen und Bussen aneinander pressen. Eins mit dem organischen Ganzen sein, das Bombay ist. Darin liegt meine Erlösung.«

So viel zu Vilas' Vertrauen auf seine Schauspieler und auf den epischen Realismus, dachte Yezad. Der arme Mr. Kapur – er war zu weit entrückt ins Reich der Phantasie. Ins Reich seiner Rhetorik. An die er wirklich glaubte, und die am Ende nichts bewirken würde. Das war das Traurige daran.

»Ich frage mich, warum ich heute keinen Erfolg hatte. Mein Geist ist zu hundert Prozent willig. Ist mein Fleisch es etwas weniger? Fühlt es sich immer noch abgestoßen von Körpergeruch und schmutzigen Kleidern und öligen Haaren? Vielleicht. Aber ich werde es überwinden. Ich werde den Zug nehmen.«

Yezad dachte besorgt an Mr. Kapurs Blutdruck und hoffte, dass er seine Idee mit dem Zugfahren bald satt haben, zur Vernunft kommen und sich ein neues Auto kaufen werde.

Am nächsten Tag jedoch schleppte Mr. Kapur sich zerzaust und humpelnd ins Geschäft. Husain rannte los und holte ihm einen Stuhl, und Mr. Kapur ließ sich darauf fallen. Yezad nahm ihm den Aktenkoffer ab, und der Helfer goss Tee in eine Untertasse und hielt sie seinem Arbeitgeber an die Lippen.

Das ärgerte Mr. Kapur; er schob sie beiseite und nahm die

Tasse. Nach einigen Schlucken begann er gestärkt mit seinem Bericht. »Sie erinnern sich doch, dass ich vor ein paar Monaten das Wunder erlebt habe, dass ein Mann von Fahrgästen, die selbst halb aus dem Zug hingen, aufgehoben und von ihren Händen festgehalten wurde. Sie zogen ihn ins sichere Abteil und machten Platz für ihn, obwohl es schon bis zum Dach voll war.

Nun, als ich gestern spät abends im Bett lag, kam mir der Gedanke, dass ich dieser Mann auf dem Bahnsteig sein könnte. Ich brauchte nichts weiter zu tun, als mein ganzes Vertrauen in meine Bombayer Mitbürger zu setzen, und dann würde ich schon hineinkommen.

Als der Zug sich heute Morgen in Bewegung setzte, lief ich also mit. Anfangs war es leicht, denn er fuhr sehr langsam. Die Männer, die in der Tür hingen, zwängten sich mühsam hinein. Stück für Stück schienen sich alle in Sicherheit zu bringen, und jeder fand irgendeinen Griff oder eine Stange.

Bald würde ich an der Reihe sein, und obwohl ich außer Atem war, rannte ich weiter neben dem Zug her. Ich streckte den Arm aus. Jemand gestikulierte. War es ein Gruß oder eine Zurückweisung, fragte ich mich und hielt beide Arme hoch, damit sie mich nicht missverstehen und etwa glauben konnten, ich wollte ihnen nur zum Abschied winken.«

Mr. Kapur schwieg und starrte betrübt in seine Teetasse. »Sie haben mir nicht geholfen, Yezad. Nicht ein Einziger hat die Hand ausgestreckt und die meine ergriffen. Sie haben mich angesehen, als wäre ich irgendein Fremder. Ja, okay, ich bin ein Fremder. Aber ich bin doch auch ihr Bruder in Bombay, oder nicht? Und sie haben einfach durch mich hindurchgeschaut. Andere fanden mich anscheinend erheiternd; sie haben einander angesehen und gelacht.«

Er trank seine Tasse leer und gab sie Husain. »Es gab kein Wunder für mich, Yezad. Kurz vor dem Ende des Bahnsteigs bin ich gestolpert und gefallen. Und dann habe ich ein Taxi genommen.«

Die Zurückweisung schien seine Lebensgeister gebrochen zu haben. Er saß in der Tür wie ein Invalide, der darauf wartete, dass sein Bett gemacht wurde.

»Ich habe nachgedacht«, flüsterte er schließlich.

»Ja?« Yezad rechnete damit, dass er jetzt sagen würde, es sei ein Fehler gewesen, den Wagen zu verkaufen.

»Im Taxi hierher habe ich mich gefragt: Warum hat man mich auf dem Bahnsteig im Stich gelassen?«

Weil der Zug voll war, dachte Yezad, und weil sie den romantischen Unfug in deinem Kopf nicht hören konnten. »Ist schwer zu sagen«, antwortete er.

»Nein, ist es nicht. Sehen Sie mich doch an – meine Kleidung, meine Schuhe, mein Haar. Los, sagen Sie mir, was Sie denken.«

Yezad betrachtete das Werk des teuren Haarstylisten und ließ den Blick dann hinunter zum offenen Kragen des feinen Leinenhemdes wandern. Obwohl es nach dem Eisenbahnabenteuer verschmutzt und zerknautscht war, konnte man die Qualität doch nicht übersehen; das Gleiche galt für die Hose mit der perfekten Bügelfalte und dem Stoff aus einer Mischung leichter Naturfasern. Und schließlich waren da die italienischen Slipper, deren geschmeidiges Leder in selbstgefälliger Überlegenheit glänzte.

»Und?« Mr. Kapur wurde ungeduldig.

»Elegant, mit einem Hauch von Klasse – das ist mein Urteil.«

»Genau. Und das ist das Problem. Meine ganze Erscheinung verkündet nur eines: Ich bin keiner von euch. Trotz allem, was ich mit den Passagieren gemeinsam habe, könnte ich ebenso gut von einem anderen Stern kommen. Warum sollte ihre Umarmung mich in den Zug tragen, wenn ich mein Möglichstes tue, um zu sagen: Seht mich an, wie überlegen ich euch bin!«

Und Mr. Kapur gelobte, diesen Mangel zu beheben. Von jetzt an würde er seine Kleidung nicht mehr in klimatisierten Herrenausstattergeschäften kaufen, sondern an den Straßenständen in Grant Road und Girgaum – Kurta-Pyjamas oder schlecht sitzende Hosen mit hängenden Hosenböden, und kurzärmelige Buschhemden, die unter den Achseln kniffen. Und keine Socken und Schuhe mehr, sondern Chappals von der Sorte, die einem Schwielen und Hühneraugen verursachten und erlaubten, dass der Schmutz Bombays seine Zehennägel verkrustete.

»Und nie wieder werde ich Signor Valentes Salon aufsuchen. Ein Gehsteigfriseur in Khetwadi wird das Nötige erledigen. Wenn er mir erst das Haar verschnitten hat, werden wir schon sehen, ob die Zugfahrgäste mich vom Bahnsteig heben oder nicht.«

»Und wann werden Sie die Verwandlung vollziehen?« Yezad konnte sich den Spott nicht verkneifen.

Mr. Kapur zählte stumm an den Fingern. »In neun Tagen. Gleich nach Weihnachten.« Er stand auf und ging munter zu seinem Büro; die Niedergeschlagenheit war bereits verflogen.

»Übrigens«, sagte Yezad, »manchmal sehen selbst billige Kleider gut aus. Achten Sie darauf, dass sie schlecht sitzen, wenn Sie Ihre neue Garderobe kaufen.«

Aber nachdem Mr. Kapur seine Zuversicht wieder gefunden hatte, blieben solche Sticheleien so wirkungslos, als wollte man einem Nadelkissen wehtun. »Das werde ich tun«, sagte er. Dann blieb er stehen, drehte sich um und stieg in sein Weihnachtsschaufenster.

17

Der allabendliche Streit in der Wohnung der Munshis in Chateau Felicity war vom Erdgeschoss bis zum Dach zu hören. Er begann, wenn der Heimwerker mit seiner Werkzeugkiste nach Hause kam, ging beim Abendessen weiter und dauerte, bis er und seine Frau zu Bett gingen.

Das Gezänk überraschte und bestürzte Jal, denn als Edul mit der Arbeit an der Decke begonnen hatte, hatte Manizeh sich für ihren Mann gefreut. Es war kein Geheimnis im Haus, dass sie ständig ein schlechtes Gewissen hatte, weil sie ihm verboten hatte, seine Fertigkeiten in der eigenen Wohnung unter Beweis zu stellen.

Aber diese Arbeit war in ihrem Umfang doch etwas ganz anderes als die kleinen Reparaturen, die Edul für gewöhnlich verpfuschte; sie dauerte jetzt schon mehrere Tage, und Manizeh fing an, sich zu beschweren, dass sie ihn jeden Abend vermisse. Im Laufe der Zeit wurden ihre Klagen scharf und bitter: Ebenso gut könne sie eine Witwe sein, denn ihr Mann sei nie mehr bei ihr.

Edul zog Jal ins Vertrauen und versicherte ihm, es gebe keinen Grund zur Besorgnis: Er pariere Manizehs Verbitterung mit Humor, und solange sie seinen Hammer hören könne, sei sie die stolze Besitzerin eines glücklichen Ehegatten.

»Es ist alles gut«, sagte er wieder und wieder zu Jal.

Aber Jal hatte den Verdacht, dass längst nicht alles so gut war, wie Edul vorgab. Seine Ahnungen bestätigten sich an dem Tag, als in der Wohnung der Munshis kriegsähnliche Feindseligkeiten ausbrachen, und zwar mit voller Lautstärke.

»Glaubst du, ich habe keine Ahnung, was da oben vorgeht?«, schrie Manizeh. »Du und diese unverheiratete Frau! Während der Bruder der Hure, dieser Kuppler, einen Spaziergang macht und dich mit deinem Werkzeugkasten dableiben lässt! Wie praktisch!«

»Sschh! Die Nachbarn werden dich hören!«, flehte Edul.

»Gut, sollen sie nur! Immer noch besser, als wenn sie hinter meinem Rücken lachen und sagen, ihr Mann macht Reparaturen für Coomy! Diese schmutzige Frau – sich an einen verheirateten Mann heranzumachen!«

»Wie kannst du auf Coomy eifersüchtig sein? Sieh sie dir doch an – vorn und hinten völlig platt. Dein Hintern ist so entzückend, und deine …«

»Sprich leise, du Trottel! Willst du den Nachbarn eine komplette Beschreibung geben? Da kannst du ihnen doch gleich Nacktbilder von mir schenken!«

Als Edul am nächsten Abend kam, um an der Decke zu arbeiten, sah Jal, dass ihm der gewohnte Schwung gänzlich fehlte. Der Werkzeugkasten, der sonst munter baumelte, hing regungslos herab wie das Pendel einer kaputten Uhr, und anstelle des flotten Heimwerkerauftritts präsentierte er ein betretenes Lächeln. Nach dem »Hallo, wie geht's?« und seinem üblichen »Erstklassig« trat verlegenes Schweigen ein.

»Sie haben meine Manizeh gestern Abend sicher gehört.« Edul bemühte sich um einen ungezwungenen Ton. »Sie war ein bisschen aufgebracht.«

»Tatsächlich? Nein, wir haben nichts gehört. Geht es ihr jetzt wieder besser?«

»Erstklassig. Nur ein kleines Missverständnis – Frauen haben keine Ahnung vom Reparieren und Renovieren.«

Er öffnete die Schließe an seinem Werkzeugkasten und ließ den Deckel krachend nach hinten fallen. Das Werkzeug klirrte und klapperte, als er darin herumwühlte, und dabei spitzte er die Lippen und versuchte, ein fröhliches Pfeifen anzustimmen. Mit einiger Mühe kam ein Lied zustande, das nach wenigen Takten ins Melancholische modulierte.

Dies war der Abend, den Jal mit Ungeduld erwartet hatte: Edul wollte anfangen, eine neue Schicht Putz aufzutragen. Aber der Handyman konnte sich nicht dazu aufraffen. Der Sack mit dem Mörtel stand unberührt an der Wohnungstür.

Auf den Abendspaziergang musste verzichtet werden. Nur wenn er zu Hause blieb, entschied Jal, konnte er Manizehs Kuppeleivorwurf zum Verstummen bringen. Gern hätte er den Fall aufgeklärt und sie eingeladen, ihrem Edoo bei der Arbeit zuzuschauen, damit sie selbst sehen könnte, dass hier nichts Fragwürdiges vorging.

Aber er tat es nicht – die abendlichen Streitereien, die er hörte, wenn er am Fenster stand, ließen keinen Zweifel daran, dass Manizeh nicht in der Stimmung war, sich versöhnen zu lassen. Ihrem Zorn fügte sie eine fatalistische Note hinzu: Dass solches Unglück über ihr Leben komme, sei ja keine Überraschung – Edul habe sich schließlich in die Wohnung des Unheils gewagt, die Wohnung, die Familien zerstört, zwei Frauen getötet und Generationen des Leids hervorgebracht hatte. Und ihr Mann habe sich angesteckt.

Coomy sagte zu Jal, er solle mit dem Lauschen aufhören. »Ist es nicht merkwürdig, dass du auf einmal alles hören kannst? Nur nicht, wenn ich mit dir rede.«

»Aus der Entfernung ist es leichter«, sagte Jal. »Ich kann dann die Lautstärke besser einstellen.«

Er beklagte, dass die beiden solche Turteltäubchen gewesen seien und dass ihr glückliches Heim jetzt nur wegen der zerschlagenen Decke in solches Unglück gestürzt werde. Coomy bemerkte, dass es ganz so glücklich nun auch wieder nicht zugegangen sein könne, denn sonst hätte eine so alberne Kleinigkeit nicht solche Wirkung haben können.

»Albern für dich, aber nicht für Manizeh«, widersprach Jal. »Sie kennt die Fakten nicht.«

»Fakten haben damit nichts zu tun. Die Leute denken sich die Fakten aus, die sie brauchen. Es liegt bei Edul, ob er weiterarbeiten oder aufhören will.«

Zu Jals Erleichterung arbeitete Edul weiter, sowohl an der Decke als auch daran, Manizeh zu überzeugen, dass sie sich irrte. Er gab zu, dass er viel Zeit oben verbringe und dass ihm die herausfordernde Arbeit Spaß mache. Das sei doch kein Grund für sein Zuckerpüppchen, sich schmutzige Dinge einzubilden, oder? Warum konnte sie sein für einen Mann so passendes Hobby nicht einfach akzeptieren? Wäre sie glücklicher, wenn er stattdessen sticken oder stricken wollte? War es das, was sie wollte: einen Schlappschwanz?

Seine Beharrlichkeit zahlte sich aus, Manizeh gab nach, und die Streitereien hörten auf. Jetzt fing sie an, zu kurzen Inspektionen an der Baustelle aufzutauchen, bewaffnet mit irgendeinem Vorwand.

»Entschuldigen Sie die Störung«, sagte sie zu Jal und sah erleichtert ihren Mann auf der Leiter und Coomy nirgendwo. »Edoo, mein Lieber, möchtest du den Fisch heute Abend gebraten oder lieber mit Sauce?«

»Heute möchte ich ihn gebraten«, antwortete er und zwinkerte. »Heiß und brutzelnd will ich's heute Abend.«

Sie unterdrückte das Lachen und sah Jal an, der tat, als sei sein Hörgerät abgeschaltet.

Ein andermal kam sie, um wegen der Bügelwäsche nachzufragen: das blaue Hemd oder das braune, welches wolle Edoo lieber haben?

»Das blaue Hemd für morgen«, antwortete ihr Mann. »Und heute Abend kannst du den Anzug bügeln, in dem ich geboren wurde.«

Voller Panik hob Manizeh einen Finger an die Lippen und deutete zu Coomy hinüber, die vor der Tür stand. Er versteckte sein Grinsen hinter einer putzverschmierten Hand, und Coomy verdrehte die Augen und ging davon, angewidert von diesem unanständigen Benehmen.

Acht Tage nach Beginn der Putzarbeiten wischte Edul seine Kelle ab und erklärte das Wohnzimmer für wieder bewohnbar. Er rief durch das Treppenhaus nach Manizeh und bat Jal, er möge Coomy aus ihrem Zimmer holen.

»Nun?«, strahlte er. »Was sagt ihr?«

Obwohl Jal und Coomy auf ein schreckliches Resultat vorbereitet gewesen waren, wussten sie jetzt keine passende Antwort. Sie betrachteten die pockennarbige Decke, übersät von großen und kleinen Kratern, eine häusliche Version der Mondoberfläche, und hatten Mühe, ihre Bestürzung zu verbergen.

Manizeh sprang in die Bresche. »Weißt du, Edoo, ich kann nicht glauben, dass du das alles allein gemacht hast.« Zu Jal und Coomy gewandt, fügte sie hinzu: »Ist er nicht wunderbar?«

»Gute Arbeit, Edul«, brachten sie hervor. »Wir sind Ihnen so dankbar.«

»Nicht der Rede wert«, sagte Edul und winkte bescheiden ab, aber seine Augen leuchteten. »Tut mir Leid, dass es so lange gedauert hat.«

»Vier Wochen ist doch nicht lange für eine so wundervolle Arbeit; ich hatte mit sehr viel mehr gerechnet«, sagte Coomy, und Manizeh funkelte sie wütend an.

»Und jetzt können Sie in Pappas Zimmer anfangen«, sagte Jal.

Aber Edul teilte ihnen mit, dass er vorher drei Tage Pause mache. Er und seine Frau gingen Hand in Hand davon, und Jal schaute ihnen nach wie ein glücklicher Vater, bis Coomy die Tür schloss.

Nach seinem kurzen Urlaub machte Edul sich daran, den beschädigten Putz von der Decke in Narimans Zimmer abzuschlagen. Er kam rasch voran, denn Jals Hammer hatte schon gründliche Arbeit geleistet. Hin und wieder hielt er in seinem Pfeifen inne und bestaunte den Schaden, den das imaginäre Leck hatte anrichten können.

Am zweiten Tag sagte er: »Satansbraten!«, und rief seine Kunden ins Zimmer.

»Sie kennen den Tragbalken in dieser Decke?«

Sie nickten.

»Schlechte Neuigkeiten. Ich habe eben festgestellt, dass er faul ist.«

»Was?«

»Faul«, wiederholte er und genoss die Wirkung seiner Bekanntmachung. »F-A-U-L. Beschädigt durch das Wasser, das den Putz hat herunterkommen lassen.«

»Ausgeschlossen!«, sagte Jal. Diesen Querschläger in der Entwicklung konnte er nicht akzeptieren.

»Fassen Sie sich, Jal, mein Sohn. Die Nachricht ist ein Schock, aber was kann ich tun? Ich muss ehrlich Bericht erstatten. Sehen Sie, wo er mit dem dritten Querträger zusammentrifft?«

»Wie kann das Holz so schnell verfaulen?«

»Aha, aber wir wissen doch nicht, wie lange es nass gewesen ist. Es kann schon monatelang geleckt haben, bevor der Putz herunterfiel.«

»Ausgeschlossen!«

Edul war verwirrt. »Warum sagen Sie das immer wieder?«

»Weil ich es weiß! Weil ich …«

Coomy befürchtete, ihr Bruder könnte etwas Verräterisches ausplaudern, und schaltete sich ein. »Angenommen, er ist faul. Wie geht es dann weiter?«

»Wieso angenommen? Zweifeln Sie an mir? Er ist faul. Er muss ausgewechselt werden.«

»Nein! Bitte nicht anrühren!«

»Benimm dich nicht wie ein Kind«, sagte Coomy. »Lass uns ruhig darüber nachdenken. Edul, sind Sie sicher?«

»Tausendprozentig.«

»Aha.« Sie rechnete: Die Komplikation mit diesem Balken würde bedeuten, dass Pappas Rückkehr noch weiter hinausgeschoben werden musste. »Können Sie das machen?«

»Ich will Sie nicht belügen. Das ist eine ernste Sache. Könnte gefährlich werden, wenn man es nicht richtig macht. Sie brauchen jemanden, der langsam und sorgfältig arbeitet.«

»Und der sind Sie«, sagte sie, worauf er lächelte.

»Bitte, verputzen Sie die Decke einfach, und lassen Sie es gut sein!«

»Schluss mit dem Drama, Jal«, sagte seine Schwester.

»Wollen wir nicht wenigstens ein Zweitgutachten einholen?«

»Wir Heimwerker haben da eine Redensart: Zweitgutachten bringen Verwirrungsfrachten.«

»Leuchtet ein«, sagte Coomy.

»Wieso leuchtet das ein?«, polterte Jal.

»Jal, mein Sohn, entspannen Sie sich, lassen Sie mich die Methode erläutern«, sagte Edul, und er ging dazu über, die Stahlstreben und die hydraulischen Hebeböcke zu beschreiben, die er einsetzen würde, während die Last, die auf den Deckenbalken ruhte, auf behelfsmäßige Stempel übertragen würde. Die Gründlichkeit, mit der er diese Aufgabe in allen Einzelheiten beschrieb, war die eines qualifizierten Ingenieurs, eines Handwerkers mit jahrelanger Erfahrung.

Jal verpasste einen Teil davon, weil er seinen Ohrhörer herausnahm, darauf pustete und ihn wieder einsetzte.

»Der wichtigste Punkt ist der: Ich setze den Stahlträger parallel zum existierenden Holz ein. Nicht einen Augenblick lang wird das Bauwerk ungestützt bleiben.«

»Oh«, sagte Coomy erleichtert. »Dann haben wir zwei Balken statt einem. Hast du das gehört, Jal? Zwei Träger – das ist noch sicherer.«

Es gab keine Einwände mehr. Man kam überein, dass Edul die Sache in Angriff nehmen sollte.

Bei seinem Eintreffen in Pleasant Villa schlug Jals Herz ein wenig schneller, als er Daisy mit ihrer Geige an Narimans Bett erblickte. Er wollte sie begrüßen, und fast hätte er ihren Blick auf sich gelenkt, aber dann wiegte sie sich, ihr Bogenarm hob sich, und er formte das Wort »Hallo« mit dem Mund vor ihrem Ellenbogen.

Sein Stiefvater nickte wortlos, als er ihm auf die Schulter klopfte und sich auf Zehenspitzen zu einem Stuhl begab. Er stellte sein Hörgerät ein, um Daisys Musik besser hören zu können, und fragte Roxana dann, wo Yezad sei.

Flüsternd antwortete sie, er müsse auf dem Heimweg von der Arbeit wohl am Wadiaji-Feuertempel vorbeigegangen sein.

Jal zog die Brauen hoch. »Yezad? Zum Feuertempel?«

Sie nickte. »Er geht fast jeden Tag hin. Nicht zum Beten – er sagt, die paar Minuten Ruhe und Frieden helfen ihm.«

Er lächelte und nickte. »Pappa sieht auch besser aus.«

»Er wird jedes Mal fröhlicher, wenn Daisy kommt.«

»Pst«, sagte Jehangir. »Ihr stört die Musik.«

»Entschuldigung, Dikra«, sagte Jal und lehnte sich zurück. Die Geigenklänge, langsam und stimmungsvoll, sogen ihn auf, je länger er lauschte. Er hatte das Gefühl, dass die Musik unvermittelt über Dinge sprach, die tief in seinem Herzen verborgen waren … diese komplizierten Empfindungen, die mit Worten unmöglich auszudrücken waren. Manchmal, nur einen Augenblick lang, erschien der Klang beinahe menschlich, als artikuliere das Instrument Worte in einer Sprache, die er fast verstehen konnte …

Das Stück war zu Ende, sie klatschten, und Daisy sagte Jal Hallo und bat um Entschuldigung, weil sie ihn nicht begrüßt habe, als er hereingekommen sei.

»Oh, das ist ganz in Ordnung«, antwortete er schüchtern.
»Glä glä glänzend«, murmelte Nariman. »Sie mü müssen es aufführen.«
»Das ist mein Bestreben – Solistin beim BSO.«
»Entschuldigung«, sagte Jal. »Was für ein Stück war das?«
»Beethovens Violinkonzert«, antwortete sie.
»Nummer?«
»Es gibt nur eins.«
»Und welchen Teil haben Sie geübt … welchen Satz?«
»Den zweiten – das Larghetto.«
Daisy wandte sich Nariman zu und schilderte ihm, wie schwierig es sei, ihren Traum zu verwirklichen, und während sie ihr Instrument stimmte, verfolgte Jal jede ihrer Bewegungen mit bewundernden Blicken. Roxana gab ihm einen Rippenstoß. »Na los, sprich mit ihr.«
»Später«, flüsterte er und verstummte, als das Geigenspiel von neuem begann.
Dann kam Yezad nach Hause; leise schloss er die Tür auf und sah Jal. Er brannte darauf, zu hören, wie es um die Decke stand, aber er wartete, bis Nariman eingeschlafen war. Als Daisy gegangen war, zogen sie sich ins hintere Zimmer zurück.
»Und – wie lautet das neueste Bulletin aus Chateau Felicity?«
»Vor einer Woche hätte ich wie Edul gesagt: erstklassig. Jetzt weiß ich es nicht mehr.« Er berichtete ihnen von dem verfaulten Balken, und sein Blick ging besorgt zwischen Yezad und Roxana hin und her.
»Ist doch nicht deine Schuld«, sagte Yezad. »Du brauchst kein schlechtes Gewissen zu haben.«
»Aber ich bin immer derjenige, der euch Eduls Unsinn überbringt, und …«
»Vielleicht ist der Balken wirklich verfault«, sagte Roxana. »Wie lange wird es dauern?«

»Ein Jahr«, sagte Yezad und lachte hohl.

»O nein, nein«, sagte Jal. »So lange nicht.«

Er erzählte, dass Edul plane, das nötige Gerät in den nächsten Tagen aufzustellen, um dann den Stahlträger einzuziehen. »Spätestens bis zum Vierundzwanzigsten, denn er will den Weihnachtsfeiertag nutzen, um die Sache zu erledigen. Er meint, man dürfe nicht auf halber Strecke unterbrechen; wenn nötig, wird er bis in die Nacht arbeiten, um es zu Ende zu bringen.«

»Sieht nach fröhlichen Weihnachten für euch aus«, sagte Yezad.

»Eine stille Nacht wird es sicher nicht. Und was ist mit dir, Jehangir? Wirst du einen Strumpf für den Weihnachtsmann aufhängen?«

»Ja«, sagte Jehangir müde. »Ich habe keine Lust mehr, mit Murad zu streiten. Er macht mich verrückt, weil er mich dauernd dazu bringen will, dass ich daran glaube.«

»Aber da hat er doch Recht«, sagte Jal. »Du bist neun Jahre alt?«

»Ja«, gab Jehangir vorsichtig zu.

»Da hast du es. Der Weihnachtsmann kommt, bis man zehn ist. Deine letzte Chance.«

»Ich bin kein kleines Kind, okay, Onkel? Du kannst mir nichts vormachen.«

Jal lachte, nahm Jehangir in den Arm und gab den andern an der Tür die Hand. Er versprach, ihnen Bescheid zu sagen, sobald es etwas Neues gäbe. Sie machten die Tür zu und gingen auf den Balkon, um zu winken.

Roxana kuschelte sich an ihren Mann und sog den Duft des Sandelholzrauchs in seinen Kleidern ein. »Ich glaube, Jal mag Daisy wirklich gern. Wäre es nicht hübsch, wenn sie …«

»Bitte«, sagte Yezad. »Deine Familie hat keine besonders gute Bilanz vorzuweisen, was das Ehestiften angeht.«

Er setzte sich an den Esstisch und spielte mit seiner Teetasse. Sie ging in die Küche, um aus den verschiedenen Resten vom Tag zuvor ein Abendessen zuzubereiten. Er warf einen Blick auf seinen Schwiegervater, dessen Hände und Füße unter der Decke hilflos hin und her schlugen.

Wie gefangene Tiere, die ausbrechen wollen. Was für ein Fluch war doch die Krankheit im Alter. Dieser verdammte Parkinson, grausam wie eine Folter. Wenn die neue Forschung in Amerika nur schneller vorankäme – irgendetwas mit Fötengewebe, Embryonen … Aber es gab Gruppen, die dagegen protestierten. Wahrscheinlich lebten sie nicht mit Parkinson und brauchten auch nicht zuzusehen, wie ein alter Mann sich Tag für Tag damit quälte. Ein feiner Luxus, so um die Rechte des Ungeborenen zu streiten, um den Beginn des Lebens, den Augenblick des Todes, all diese raffinierten Diskussionen. Leeres Gerede. Genau wie bei Mr. Kapur … Aber hier konnte man sich solchen Luxus nicht leisten. Es sollte eine Vorschrift geben: Erst durch das Feuer gehen, dann philosophieren …

Nariman stöhnte im Schlaf, und Yezad unterbrach seinen Gedankengang und ging zum Diwan. »Alles okay, Chief.« Er berührte seine Schulter. »Ich sitze hier bei dir.«

Er kehrte zu seiner Teetasse zurück und war nicht sicher, ob Nariman ihn gehört hatte. Ein seltsamer Trip, diese Reise zum Tode. Man konnte nicht wissen, wie viel Zeit der Chief noch hatte … ein Jahr, zwei Jahre? Aber Roxana hatte Recht: Den Alten auf diesem Weg zu helfen war die einzige Möglichkeit, etwas darüber zu lernen. Und der Trick bestand darin, sich später daran zu erinnern, wenn die Zeit für einen selbst gekommen war …

Würde er sich erinnern? Er fragte sich. Welche Torheit war es, die junge Leute und selbst noch solche im mittleren Alter glauben ließ, sie seien unsterblich? Um wie viel besser wäre ihr Leben, wenn sie das Ende im Gedächtnis behalten könnten. Wenn man seinen Tod jeden Tag mit sich herumtrüge, wäre es schwer, seine Zeit mit Unfreundlichkeit, Zorn und Verbitterung zu verschwenden, überhaupt mit allem Kleinkarierten. Das war das Geheimnis: Erinnere dich an die Zeit des Sterbens, um das Dumme und Hässliche aus der Zeit des Lebens herauszuhalten.

Leise schob er seinen Stuhl zurück und trug seine Tasse in die Küche. Er spülte sie, trocknete sich die Hände ab und kehrte zu Nariman zurück, um ihn im Auge zu behalten. Eigenartig, dachte er, wie ein Mensch, wenn man ihn nur lange genug kannte, jede Art von Gefühlsregung in einem wecken konnte, alle möglichen Reaktionen: Neid, Bewunderung, Mitleid, Wut, Zärtlichkeit, Eifersucht, Liebe, Abscheu. Aber am Ende wurden alle Menschen zu Kandidaten für das Mitleid, jeder, ohne Ausnahme … und wenn wir das von Anfang an begreifen könnten, was würden wir uns da an Schmerz und Leid und Jammer ersparen …

Das Stöhnen vom Diwan wurde lauter. Er stand wieder auf und berührte Nariman bei der Schulter. Es musste doch eine Möglichkeit geben, dem Chief zu helfen. Die Antwort war nicht schwer: Er musste Geld für seine Medikamente besorgen – und er hatte keins. Letzten Endes lief es immer auf Geld hinaus. Alles.

Da lag dieser Umschlag in seinem Schreibtisch im Geschäft, lag seit über einer Woche nutzlos herum und wartete darauf, dass er von imaginären Shiv-Sena-Abgesandten abgeholt wurde, während Mr. Kapur seine Weihnachtsmannvorbereitungen traf. In einer Woche wäre Weihnachten. Wenn er nur den Mumm hätte, das Geld aus diesem Umschlag auszugeben, statt darauf zu warten, dass … ja, was?

Er hatte auf Villies Matka-Traum gewartet und auf die Beförderung, die Mr. Kapur ihm versprochen hatte. Er hatte darauf gewartet, dass Narimans Knöchel heilte, dass die Decke repariert wurde und dass die Schauspieler eine Epiphanie herbeiführten.

Er hatte genug gewartet, entschied er. Am Ende war er auf sich selbst angewiesen. Und auf den Feuertempel – seine Zuflucht in dieser sinnlosen Welt.

Das Weihnachtsmannkostüm wurde am Dreiundzwanzigsten kurz vor Mittag geliefert. Mr. Kapur probierte es an, um es Yezad und Husain vorzuführen.

»Sehr schön, Sahab«, sagte der Helfer und klatschte in einfältigem Entzücken in die Hände. »Lal-Farbe steht Ihnen sehr gut.«

Mr. Kapur posierte vor dem schweigenden Yezad, und dieser warf einen Blick auf den billigen Gürtel aus schwarzem Plastik und die Gummistiefel, die rochen – die Sorte, die Murad und Jehangir immer während des Monsuns getragen hatten, bis sie rebelliert hatten.

»Insgesamt gesehen, ganz gut«, war sein Urteil. »Aber Sie brauchen einen dickeren Bauch.«

Sie schauten sich im Geschäft um und stopften ihm den Bauch mit einer Kombination aus Kniepolstern in Kindergröße und einem Paar Boxhandschuhen aus. Dann beschloss Mr. Kapur, auch noch den Rest der Verkleidung anzulegen, aber der flauschige weiße Vollbart ließ Husain zurückzucken. Zu Yezad sagte er, Sahab sehe jetzt für seinen Geschmack zu wild aus.

»Ho-ho-ho!«, begann Mr. Kapur. »Ho-ho-ho!« Und dabei wedelte er wie besessen mit den Armen, um die Glöckchen an seinem Handgelenk klingeln zu lassen.

»Warum hört Sahab sich an, als hätte er Schmerzen?«, flüsterte der Helfer Yezad ins Ohr.

Yezads Kichern ließ Mr. Kapur fragen, was denn da so komisch sei. Über die Antwort musste auch er lachen, was Husains Verwirrung nur noch größer machte.

»Aray, Husain miyan, das ist kein Schmerzenslaut! Es ist das muntere Lachen des Weihnachtsmanns!«

Husain sah nicht überzeugt aus, aber er enthielt sich weiterer Kommentare. Am Nachmittag ging er die Süßigkeiten abholen, die am Tag zuvor bestellt worden waren.

Mr. Kapur hatte immer noch sein Weihnachtsmannkostüm an, als er zu Yezad kam, ihm aufmerksam ins Gesicht schaute und wissen wollte, warum er solche dunklen Ringe unter den Augen habe. »Sieht aus, als ob Sie nicht gut schlafen.«

»Das liegt an meinem Schwiegervater – er wohnt zurzeit bei uns. Er spricht und schreit im Schlaf.«

Yezad schwieg, aber dann beschloss er, weiterzureden und die Gelegenheit zu nutzen, Mr. Kapur zu soufflieren, wie Vilas es genannt hatte. »Außerdem hält mich die Sorge wegen Shiv Sena wach.«

»Entspannen Sie sich, Yezad. Sorgen helfen nicht. Letzte Nacht hatte ich einen Geistesblitz. Ich habe die Lage noch einmal überdacht – habe nachgedacht über Goonda raj und die Korruption, über Kriminelle in der Politik.«

Yezads Herz machte einen Satz. Würden die Bemühungen der Schauspieler vielleicht doch noch Früchte tragen?

»Ich bin zu einer bedeutenden Schlussfolgerung gelangt«, sagte Mr. Kapur. »Dass Bombay nämlich viel mehr ist als eine Stadt. Bombay ist eine Religion.«

»Ist das eine Beförderung für die Stadt? Sie haben doch immer gesagt, sie ist eine wunderschöne Frau.«

Mr. Kapur lachte und machte sich ein Eckchen auf Yezads Schreibtisch frei, um sich hinzusetzen. »Das ist sie, Yezad. Aber jetzt ist sie gealtert. Und wenn sie ihre Falten mit würdevoller Haltung akzeptieren kann, muss ich es ebenfalls tun. Auch in solcher Einsicht liegt Schönheit. Und dies soll mein holistischer Ansatz sein.«

Eher ein hohlköpfiger Ansatz, dachte Yezad. »Sie wollen nichts mehr gegen die Probleme tun?«

»Nein. All ihre Schönheitsfehler – ihre Slums, ihre verwahrloste Kanalisation, ihre korrupten und kriminellen Politiker, ihre …«

»Moment, Mr. Kapur. Ich glaube, Verbrechen und Korruption kann man nicht als Schönheitsfehler bezeichnen. Eher als Krebsgeschwür. Wenn man aber einen Tumor im Körper hat, dann sollte man verdammt dagegen kämpfen.«

»Nicht nach dem holistischen Denkansatz. Den Krebs zu hassen und ihn mit aggressiven Methoden zu bekämpfen, das ist vergeblich. Holistisch gesehen müssen Sie Ihren Tumor mit Liebe und Güte dazu bringen, dass er seine bösartige Natur zu einer gutartigen macht.«

»Und wenn der Tumor nicht zuhören will?«, fragte Yezad ein wenig gehässig. »Dann wird sie sterben, oder?«

»Jetzt dürfen Sie meine Metapher mit der schönen Frau aber nicht allzu wörtlich nehmen«, sagte Mr. Kapur tadelnd.

»Tue ich das? Ich habe sie nur konsequent angewandt. Die junge Stadt Bombay auf Ihren Fotos, dann die alternde, die krebskranke …«

»Okay, dann vergessen Sie die schöne Frau«, sagte Mr. Kapur mit gereiztem Unterton. »Sie erinnern sich, dass ich gesagt habe, Bombay ist wie eine Religion? Ja, sie ist wie der Hinduismus. Glaube ich.«

»Und wie sind Sie darauf gekommen?«

»Der Hinduismus ist seiner Natur nach alles akzeptierend, einverstanden? Ich rede nicht von den fundamentalistischen, Moscheen zerstörenden Fanatikern, sondern vom wirklichen Hinduismus, der dieses Land seit Jahrtausenden nährt, alle Konfessionen und Religionen und Dogmen und Theologien willkommen heißt und ihnen erlaubt, sich hier heimisch zu fühlen. Und manchmal, ohne dass sie es merken, absorbiert er sie. Sogar falsche Götter werden untergebracht und in wahre verwandelt, sodass zu den bereits existierenden Millionen ein paar weitere Gottheiten hinzukommen.

Auf die gleiche Weise hat Bombay Platz für alle. Migranten, Geschäftsleute, Perverse, Politiker, heilige Männer, Spieler, Bettler – wo immer sie herkommen, gleich welcher Klasse, welcher Kaste sie angehören, die Stadt heißt sie willkommen und macht sie zu Bombayern. Wer bin ich denn, dass ich sage, diese Leute gehören hierher und jene nicht? Janata-Partei okay, Shiv Sena nicht okay, Säkularisten gut, Kommunalisten schlecht, BJP inakzeptabel, Congress das geringere Übel?

Nein, das kommt uns nicht zu. Bombay empfängt jeden mit offenen Armen. Was wir als Verfall betrachten, ist in Wahrheit ihre Reife, ihre standhafte Treue zu ihrer dem Wesen nach komplexen Natur. Wie kann ich es wagen, ihrem Zeitgeist zu widersprechen? Wenn dies Bombays Epoche des Chaos ist, wie kann ich dann ein goldenes Zeitalter der Harmonie verlangen? Wie können Recht und Demokratie herrschen, wenn dies die Stunde der Millionen Meutereien ist?«

Yezad nickte. Er hatte das Gefühl, dass sein Kopf unter Mr. Kapurs wilden und sperrigen Analogien demnächst in eine Million Stücke zerspringen würde.

In diesem Augenblick kehrte Husain mit den Süßigkeiten zurück, und Mr. Kapur gab das Thema auf und machte sich daran, die sechs großen Pakete zu inspizieren, um sich zu vergewissern, dass alles, was er bestellt hatte, auch vorhanden war. Yezad bemerkte, dass diese Süßigkeiten, nach der Menge zu urteilen, sehr teuer gewesen sein müssten.

»Das stört mich nicht«, sagte Mr. Kapur. »Es ist für einen guten Zweck. Wenn die Schurken von Shiv Sena Tausende von uns bekommen, warum soll es dann nicht auch ein paar Geschenke für die Kinder aus der Nachbarschaft geben? Außerdem werden sie dann etwas über andere Gemeinschaften und Religionen, über Toleranz lernen, nicht wahr? Über Intoleranz erfahren sie genug von Shiv Sena.«

Und was ist mit Geschenken für meine Kinder?, dachte Yezad verbittert, als sie die Pakete in Mr. Kapurs Büro trugen. Ach was, Geschenke – was ist mit dem Notwendigen für meine Familie?

»Dabei fällt mir ein, Yezad – haben diese Schurken ihre dreckigen Pfoten schon nach unserem Geld ausgestreckt?«

»Noch nicht.« Er verfluchte die Erinnerung daran – kaum eine Stunde verging, ohne dass er an diesen elenden Umschlag dachte. Wie lange sollte er noch in seinem Schreibtisch liegen und ihn plagen? Bis Mr. Kapur entschied, dass Shiv Sena nicht mehr kommen würde, und ihn wieder in den Koffer zurücklegte. Ende eines nutzlosen Dramas. Es sei denn …

»Schauen Sie sich das hier an, Yezad«, sagte Mr. Kapur. Er hatte eine handbeschriebene Papptafel gemacht, die er draußen aufhängen wollte. Die Lettern waren sechs Zoll hoch und grün und rot: KOMMT, KINDER, BESUCHT DEN WEIHNACHTSMANN! Darunter stand das Gleiche auf Hindi: AO, BACHCHAY, SANTA CLAUS KO MILO! Auch die Sprechzeiten des Weihnachtsmannes waren aufgeführt: 14 bis 19 Uhr am 24. Dezember und 10 bis 13 Uhr am 25. Dezember.

»Sie öffnen auch an Weihnachten?«

»Nicht zum Verkauf – um Frieden und guten Willen zu verbreiten. Aber Sie brauchen nicht zu kommen; genießen Sie nur den Feiertag. Du auch, Husain.«

»Sahab, ich möchte aber kommen. Humko bhi mazaa ayega.«

»Natürlich. Chalo, Schild ko Schnur lagaake aufhängen karo.«

Husain holte die Trittleiter aus dem Lager und hängte das Pappviereck unten an die Fassung des Neonschriftzugs von Bombay Sporting. »Okay, Sahab?«

»Vorzüglich. Das wär's.«

Den Rest des Nachmittags über spielte Mr. Kapur herum; er war zu aufgeregt zum Arbeiten und behielt die ganze Zeit das Kostüm an, beschwerte sich aber, dass ihm darin heiß sei. Als er es bei Geschäftsschluss auszog, war es schweißdurchtränkt.

»Man muss hart arbeiten als Weihnachtsmann«, scherzte er und breitete die rote Jacke und die Hose zum Trocknen auf der Theke aus. »Heute Abend muss ich mich ordentlich ausruhen.«

Sie schlossen den Laden ab, und Husain begleitete Mr. Kapur an den Randstein und wartete, bis er in ein Taxi gestiegen war. Er war sichtlich froh darüber, dass sein gutmütiger Sahab unverändert dem zottelbärtigen roten Ungeheuer entstiegen war.

Yezad wünschte eine gute Nacht und ging den Gehweg hinunter, vorangeschoben vom Gedränge der Berufstätigen, die nach Hause eilten. Er sehnte sich nach dem Frieden des Feuertempels. Welch ein Glück, dass seine Oase in dieser unwirtlichen Wüste, zu der die Stadt geworden war, so nahe lag.

Und heute hatte er seine eigene Gebetsmütze mitgebracht. Er schob die Hand in die Tasche und vergewisserte sich ihrer beruhigenden, samtenen Gegenwart. Lange hatte er sie nicht benutzt, und immer noch schmiegte sie sich weich an seine Finger.

Mit geschlossenen Augen saß Yezad vor dem Allerheiligsten, ein offenes Gebetbuch auf dem Schoß. Die Boi-Glocke war geläutet worden und hing jetzt still, das hell lodernde Feuer im Afargaan brannte allmählich herunter. Nach und nach breitete sich wieder das behagliche Halbdunkel in dem Raum aus.

Er klappte das Gebetbuch zu und stellte es auf das Regal zurück. Vor der Marmorschwelle des Allerheiligsten verbeugte er sich, und dann nahm er eine großzügige Prise Asche, um sich Stirn und Kehle damit zu bestreichen. Rückwärts gehend entfernte er sich langsam vom Feuer und verließ den Raum.

Auf der Veranda traf er den weißbärtigen Dustoorji, tief versunken in ein Gespräch mit einem anderen Priester. Yezad stellte sich vor, dass sie über irgendein tiefgründiges Thema diskutierten – vielleicht über ein Interpretationsproblem der Gathas? Wie gern würde er sich solches Wissen aneignen. Ob es ihm helfen würde, sich einen Reim auf diese Welt, auf seine Welt zu machen? Solange er es nicht versuchte, würde er es nicht wissen.

Am Tor nahm er seine Gebetsmütze ab und steckte sie ein; dann wischte er sich die Asche ab und machte sich auf den Weg zur Marine Lines Station.

Nach ein paar Schritten blieb er stehen, machte kehrt und ging zielstrebig zurück zum Bombay Sporting Goods Emporium. Er nahm einen Umweg, um Vilas nicht zu begegnen, falls dieser noch vor der Buchhandlung saß und Briefe schrieb. Er hatte die Schlüssel schon in der Hand, als er das Geschäft erreichte. Schnell war die Tür geöffnet – das Schloss war gut geölt – und hinter ihm wieder geschlossen.

Er ging hinein, ohne Licht zu machen; er sah, was er sehen musste. Er kam an dem Weihnachtsmannkostüm vorbei, das über die Theke drapiert war und auf morgen wartete. Mit den Fingern ertastete er den richtigen Schlüssel, schloss seinen Schreibtisch auf, zog die Schublade heraus, nahm den braunen Umschlag und schob ihn in seine Aktentasche. Er verschloss den Schreibtisch, verschloss die Ladentür und ging nach Hause.

Er sprach kein Wort mit Roxana. Er konnte nicht – nicht, solange in seinem Kopf ein solches Durcheinander herrschte. Die sorgfältig bedachte Tat hatte nur noch weiteren Aufruhr hervorgebracht. Und etwas spannte sich eng um sein Herz.

Den ganzen Abend über plagte er sich mit dem Wirrwarr in seinen Gedanken, und Murad und Jehangir beäugten ihn sorgenvoll und blieben auf Distanz. Roxana befürchtete, dass es Streit geben könnte, und sie fragte sich, was jetzt wieder passiert war, nachdem sie doch gehofft hatte, dass segensreiche Ruhe in ihr Heim zurückgekehrt sei.

Am nächsten Nachmittag wanderte Mr. Kapur schon lange vor vierzehn Uhr in seiner Reinkarnation als Weihnachtsmann rastlos zwischen den Theken von Bombay Sporting hin und her. Ab und zu erschreckte er Husain mit einem überschwänglichen Ho-ho-ho, oder er übte sein Winken und probierte verschiedene Arten aus, um zu sehen, welche das beste Klingeln hervorbrachte. Gleich an der Tür, wo er seine Besucher empfangen würde, stand sein Stuhl, von der blinkenden Glühbirne in ein gespenstisches Rot getaucht.

Als die vorgesehene Stunde endlich kam, setzte er sich mit einem Sack voll Süßigkeiten hin. »Machen Sie kein so besorgtes Gesicht, Yezad. Die Leute werden schon kommen.«

»O ja, sie werden kommen.« Schuldbewusstsein sah offenbar aus wie Sorge, dachte er und versuchte sich zu fassen. Die Beklemmung in seiner Brust, die er am Abend zuvor verspürt hatte, plagte ihn schon den ganzen Tag, und er überlegte, ob er vielleicht zum Arzt gehen sollte.

Nach einer halben Stunde fing Mr. Kapur wieder an, auf und ab zu gehen. »Wieso kommt keiner? Als ich gestern bei Akbarally vorbeikam, waren dort Scharen von Kindern. Schauen Sie mich an, Yezad. Bin ich Akbarallys Weihnachtsmann unterlegen?«

»Sie sehen wunderbar aus. Das Problem ist, sie haben dort einen Postverteiler, und sie haben spezielle Einladungen verschickt. Mein Jehangir hat letzte Woche auch eine bekommen.«

»Sind Sie mit ihm hingegangen?«

»Natürlich nicht. Er ist zu groß für so etwas. Und wenn er den Weihnachtsmann besuchen wollte, würde ich ihn hierher bringen.«

Diese Antwort gefiel Mr. Kapur. Er hielt in der Menschenmenge, die draußen vorbeihastete, Ausschau nach einem Kind, dem er zuwinken könnte und das dann vielleicht hereinkommen würde.

Wieder verging eine halbe Stunde, und der Einzige, der Süßigkeiten verzehrte, war Yezad. Eine nach der andern wickelte er aus und kaute und verschlang sie. Wenn er an den Papierchen nestelte, merkte er, dass seine Hände zitterten wie bei einem Kettenraucher.

»Niemand will meine Geschenke«, sagte Mr. Kapur betrübt. »Da können Sie sie auch gleich alle haben. Sie und Husain können sie mit nach Hause nehmen.«

»Vielleicht ist die Tafel das Problem.« Yezad legte das Zuckerkonfekt, das er in der Hand hielt, wieder hin. »Ich frage mich, ob die Leute lesen können, was darauf steht.«

Mr. Kapur griff nach dieser Erklärung wie nach einem rettenden Strohhalm. »Natürlich. Warum bin ich darauf nicht gekommen? Husain kann sich draußen hinstellen und die Leute darauf aufmerksam machen.«

Der Helfer nahm seinen neuen Auftrag ernst. Als eine Frau mit ihrem Sohn stehen blieb, um einen Blick ins Schaufenster zu werfen, näherte er sich den beiden mit solchem Eifer, dass sie erschrocken zurückwichen.

»Geh schneller, Baba, das ist ein Verrückter«, sagte sie und schaute sich furchtsam um.

Gekränkt, aber unverzagt erwählte Husain ein neues Objekt für Kapur sahabs Wohltaten. Ein Mann und ein kleines Mädchen, wahrscheinlich seine Tochter, blieben vor einem Schaufenster stehen. Das Kind fragte etwas, der Mann schüttelte lächelnd den Kopf und tätschelte ihr tröstend die Wange.

Sie kamen näher, und Husain machte sich bereit. Er schien entschlossen, seine Jagdbeute diesmal nicht entkommen zu lassen – er würde Kapur sahab ein Kind heranschaffen. Und als die beiden vorbeikamen, stürzte er sich auf sie.

Er packte das kleine Mädchen beim Arm und fing an, den Vater zu beschwören. »Bitte kommen Sie herein, bhai sahab! Gratisbonbons milayga, Ihr bachchi wird sich freuen!«

Vielleicht vermutete der Vater einen Entführungsversuch, oder er ärgerte sich über die aggressive Werbung. »Hai, sala!«, schrie er. »Haath mut lagao!«

Aber Husain ließ nicht los.

»Lass uns los oder ich schlage dir den Schädel ein!«

Als er sich anschickte, Husain zu schlagen, fand Mr. Kapur, dass es an der Zeit sei, seinen Helfer zu retten. »Entschuldigung, Sir!«, rief er durch die Tür und kam dem Schlag zuvor. »Verzeihen Sie die Belästigung! Wir verteilen nur kostenlose Süßigkeiten zu Weihnachten!«

Auch Yezad ging zur Tür, um einzugreifen, wenn es nötig würde. Aber Mr. Kapurs Worte hatten den Vater beruhigt. Das Kind indessen sah die rote Erscheinung und brach in Tränen aus. Die Leute blieben stehen, um zuzuschauen; eine womöglich einzigartige Auseinandersetzung wollten sie sich nicht entgehen lassen: Weihnachtsmann gegen Publikum.

»Rona nahi, mein Kind«, sagte Mr. Kapur und streckte die Hand aus. Die Kleine fuhr zurück. »Verstehst du Englisch?«

»Meine Tochter ist in der ersten Klasse, Englisch medium«, sagte der Vater hochfahrend. Er empfand die Frage als Beleidigung.

»Ausgezeichnet«, sagte Mr. Kapur. »Und warum weinst du, kleines Mädchen? Hast du noch nie den Weihnachtsmann gesehen?«

»Wir sind Anhänger der Jaina-Religion«, sagte der Vater eisig.

»Das ist gut«, sagte Mr. Kapur. »Ich selbst bin Hindu. Aber

ein bisschen Weihnachtsspaß kann nichts schaden. Und der moderne Weihnachtsmann ist ohnehin eine weltliche Gestalt.«

Der Mann zerrte sein Kind, das inzwischen ebenso fasziniert wie erschrocken war, hinter sich her und ging weiter, während Mr. Kapur sich über die Vorzüge einer kosmopolitischen Gesellschaft verbreitete, die das Privileg habe, die Feste aller möglichen Glaubens- und Religionsrichtungen zu feiern. Die Leute auf dem Gehweg hörten ihm zu, und mehrere klatschten zustimmend. Er winkte ihnen zu, erschrak selbst über das Glöckchengeklingel und kehrte ziemlich ernüchtert ins Geschäft zurück.

»Oollu kay patthay!«, schalt er Husain. »Ich habe gesagt, du sollst die Leute auf den Weihnachtsmann aufmerksam machen. Nicht sie gubhrao, indem du ihnen ihre Kinder entreißt. Lächle sie an, sei nett. Als wolltest du Freunde in unser Haus einladen. Jao, versuch's noch einmal.«

Husain ging wieder hinaus, bekümmert über Kapur sahabs Zorn. Veränderten das wild aussehende Kostüm und der Bart seine freundliche Natur?

Unterdessen hatte Yezad den Eindruck, er müsse Mr. Kapur sein Mitgefühl zeigen. »Neue Dinge brauchen Zeit, bis sie funktionieren.«

»Der Weihnachtsmann ist nichts Neues«, sagte Mr. Kapur düster. »Er ist Hunderte von Jahren alt.«

Sie sahen zu, wie Husain einen neuerlichen Versuch unternahm, Besucher anzulocken. Er grinste und verbeugte sich, wies auf das Schild, deutete auf den Mann in Rot im Geschäft. Er meisterte die Kunst des Kommunizierens ohne Einschüchterung, und die ersten Gäste waren ihr Lohn.

Der Junge war mit der weihnachtsmännischen Etikette vertraut. Er ging zu Mr. Kapur, gab ihm die Hand und ließ sich wortlos umarmen. Die liebenden Eltern antworteten eifrig bejahend, als ihr Sohn gefragt wurde, ob er in diesem Jahr auch brav gewesen sei.

Strahlend langte Mr. Kapur in seinen Sack und bemühte sich, den schweigsamen Jungen ins Gespräch zu ziehen. In überschwänglicher Großzügigkeit gab er auch den Eltern Hände voll Süßigkeiten.

Verblüfft beobachtete Husain das Ritual im Zentrum der ausgeklügelten Vorbereitungen seines Arbeitgebers. Seinem Gesichtsausdruck war anzusehen, dass das alles für ihn keinen Sinn ergab: Sahab verschenkte Süßigkeiten an Fremde, die überhaupt nicht daran interessiert waren, irgendetwas aus dem Geschäft zu kaufen.

»Ho-ho-ho!«, lachte der Weihnachtsmann den Gästen zu, als sie sich zum Gehen wandten. »Fröhliche Weihnachten, und auf Wiedersehen im nächsten Jahr!«

»Sag danke, Weihnachtsmann«, wiesen die Eltern den Jungen an, aber dieser ignorierte sie und war ganz mit seinen Süßigkeiten beschäftigt, als er die Treppe hinunterging.

»Das ist gut gegangen«, sagte Mr. Kapur.

»Tadellos«, sagte Yezad hinter ihm und wünschte, der Abend wäre bald zu Ende. Er wischte sich den Schweiß von der Oberlippe, trocknete sich den Finger am Ärmel ab und griff in den roten Sack, um sich noch ein letztes Bonbon zu nehmen.

»Ich glaube, jetzt wird der Betrieb losgehen«, verkündete Mr. Kapur. »Ich spüre es in den Knochen. Chalo, Husain, was starrst du mich an wie ein Buddhoo? Geh hinaus und schick mir mehr bachchay mit ihren ma-baap herein.«

Zwar waren Mr. Kapurs Knochen weit davon entfernt, Recht zu haben, aber das Rinnsal der Besucher war doch stetig genug, um sein Herz mit vielfältigen Erlebnissen zu erwärmen. Kinder, die ihren ersten Weihnachtsmann sahen, starrten ihn fasziniert an oder wandten sich entsetzt ab. Andere marschierten wie wohlerzogene Roboter ein und aus. Diejenigen, die für den Weihnachtsmann schon zu groß waren, holten sich ihre Bonbons mit feixender, spöttischer Attitüde. Ein Junge wiederholte unablässig fröhlich: »Der Weihnachtsmann hat Läuse im Bart!«

Die verlegene Mutter erklärte, ihr Sohn verwechsele den Weihnachtsmann mit Familienwitzen über einen weißbärtigen Priester, dessen Gesichtsbehaarung in dem Ruf stehe, Insekten zu beherbergen.

Um sieben wurde die Schaufensterbeleuchtung abgeschaltet, und man befahl Husain, keine weiteren Besucher zu rekrutieren. In seinem Büro zupfte Mr. Kapur sich den Vollbart vom Gesicht und zuckte dabei schmerzlich zusammen, weil er an der Haut ziepte. Draußen hörte man das beruhigende Scheppern der Stahlrollläden. Mr. Kapur setzte sich, um seine Gummistiefel auszuziehen, aber seine Füße waren in ihrer warmen Gummiumhüllung angeschwollen. Nach einigem Kämpfen gelang es ihm, den einen Stiefel herunterzubekommen.

Während er noch mit dem zweiten rang, kam Husain herein. »Ah, miyan bhai, kannst du mir helfen? Bahut zu eng hai.«

Der Helfer kniete nieder und packte den Stiefel an Absatz und Spitze, und Mr. Kapur hielt sich an seinem Stuhl fest. Mit einem schmatzenden Laut rutschte der Stiefel vom Fuß. Er drehte die Knöchel, wackelte mit den Zehen und schob die schmerzenden Füße in seine bequemen italienischen Slipper. »Können wir gehen, Yezad?«

Sie gingen hinaus, und während Yezad die Tür abschloss, deutete Mr. Kapur auf das Namensschild. »Sehen Sie sich das an.«

Yezad rieb sich mit einer Hand die Brust; die Beklemmungen dort hatten nicht nachgelassen. Er starrte den Schriftzug an. Die Neonschrift lautete: BOMBAY SPORTING GODS EMPORIUM – ein O war durchgebrannt. In jedem Wort war ein O, dachte er, aber ausgerechnet dieses war erloschen.

»Die Elektrofirma wird morgen geschlossen sein«, sagte er. »Ich lasse es übermorgen nachsehen.«

»Unbedingt. Verbringen Sie den Feiertag mit Ihrer Familie.«

»Danke, Mr. Kapur.«

»Fröhliche Weihnachten, Yezad.«

18

Nach Mitternacht merkte Yezad, dass das enge Gefühl in seiner Brust schlimmer wurde, und von seiner Stirn tropfte der Schweiß. Vorsichtig stand er auf, aber das Bett knarrte, und Roxana drehte sich um.

»Was ist, Yezdaa?«

»Nichts, nur Blähungen, glaube ich. Ich trinke ein Ginger.«

Er ließ die Küche im Dunkeln und öffnete den Kühlschrank. Die Beleuchtung ließ ihn blinzeln. In der Tür stand eine Flasche Ginger. Er fasste sie an: Sie war kaum kalt.

Seine Finger ließen die Löffel in der Schublade klappern, bevor sie sich um den Flaschenöffner schlossen. Er hebelte den Kronkorken herunter und versuchte ihn aufzufangen, ehe er herunterfiel und unter den Tisch rollte. Dann goss er das sprudelnde Getränk in ein Glas. Neue Flasche, dachte er und trank ein paar Schluck. Die Kohlensäure zischte weiter im Dunkeln.

Das Ginger-Rülpsen ließ nicht auf sich warten, aber er wusste, dass das Getränk ihm nicht die Erleichterung bringen würde, die er suchte: Es lag nicht an Magenblähungen, sondern an dem Umschlag. In dem Augenblick, als er ihn mit nach Hause gebracht hatte, war er zu seiner schwersten Bürde geworden und drückte ihm die Luft ab. Was war nur in ihn gefahren? Verzweiflung, das wusste er. Und er war immer noch verzweifelt; nichts hatte sich in den vierundzwanzig Stunden geändert, der Chief litt immer noch, Roxana trieb sich immer noch zur Erschöpfung, es gab nicht genug zu essen, und hier war Geld, um all diese Schwierigkeiten zu beheben – er brauchte nur den Umschlag zu öffnen und mit dem Ausgeben anzufangen …

Er hörte, wie jemand auf nackten Füßen in die Küche kam. Wahrscheinlich Roxana, die wissen wollte, wie er sich fühlte. Das Licht ging an. Er beschirmte seine Augen.

Es war Murad, der erschrak, als er seinen Vater auf dem Hocker neben dem Herd sitzen sah. »Warum sitzt du hier im Dunkeln, Daddy?«

»Die Birne ist mir zu hell.« Er deutete auf das Glas Ginger. »Blähbauch«, fügte er hinzu und rieb sich die Brust. »Was hast du vor?«

»Ich muss Jehangirs Weihnachtsgeschenk in seinen Strumpf stecken.«

Sein Vater machte schmale Augen. »Woher hast du das Geld dafür?«

»Ich habe mein ganzes Busfahrgeld gespart.«

Yezad wollte eine weitere strenge Frage stellen, aber dann verstand er. Sanft fuhr er fort: »Du hättest Mummy sagen sollen, dass du zu Fuß gehst; sie hat sich Sorgen gemacht, weil du jeden Tag so spät aus der Schule gekommen bist.«

»Es sollte ein Geheimnis sein. Ich wollte am Weihnachtsmorgen alle überraschen.«

Yezad lächelte. »Ich werde kein Sterbenswörtchen sagen.« Er nahm einen Schluck Ginger. »Das musst du schon vor Monaten geplant haben.«

Murad nickte. »Jehangir sieht dauernd so traurig aus und macht sich um alles Sorgen. Ich wollte ihn aufmuntern.«

Yezad stellte sein Glas hin. Er stand vom Hocker auf und drückte seinem Sohn die Schulter.

Grinsend öffnete Murad den Gewürzschrank und langte hinter die Schachteln und Flaschen, um das versteckte Päckchen herauszuholen. Er schnupperte an der Verpackung und verzog das Gesicht. »Riecht wie im Motilal-Masala-Geschäft.«

»Was hast du denn gekauft für Jehangir?«

»Drei Bücher – Enid Blyton.« Er machte den Gewürzschrank zu und wollte hinausgehen. »Soll ich das Licht anlassen?«

»Nein.«

Es wurde wieder dunkel, und Murad stieß irgendwo an. »Man sieht nichts«, flüsterte er.

»Bleib stehen, bis deine Augen sich daran gewöhnt haben. Wenn du herumpolterst, wirst du Jehangir und Grandpa wecken.«

Er hörte seinen Sohn atmen, hörte, wie eifrig erpicht er darauf war, seinen Bruder zu überraschen. Irgendetwas mussten sie wohl richtig gemacht haben, dachte er, er und Roxana – aber vor allem Roxana –, wenn sie einen so prächtigen Jungen großgezogen hatten. Er zeigte seine Zuneigung nicht nach außen, wie Jehangla es tat, aber er war nicht weniger fürsorglich.

»Jetzt kann ich gut sehen«, sagte Murad und ging hinaus.

Ein paar Augenblicke später folgte Yezad seinem Sohn. Er wollte diesen Augenblick nicht versäumen.

Geräusche an seinem Bett verrieten Jehangir, dass sein Bruder sich dem Strumpf näherte. Eigentlich war es kein Strumpf, sondern ein alter Einkaufsbeutel aus Stoff, den Mummy in die entsprechende Form geschnitten und abgenäht hatte; die beiden Henkel waren noch dran. Er fragte sich, was sein Weihnachtsgeschenk wohl sein würde.

Er öffnete die Augen einen Spalt breit, um Murad auf frischer Tat zu ertappen. Sein Bruder bewegte sich sehr vorsichtig. Etwas raschelte, er erstarrte und schaute geradewegs auf sein Kopfkissen. Dann machte Grandpa ein Geräusch, und Murad wäre beinahe auf den Balkon geflüchtet. Aber nachdem er ein paar Worte über Mr. Braganza gemurmelt hatte, war Grandpa wieder still, und Murad versuchte noch einmal, das Geschenk in den Strumpf zu stopfen.

Jehangir machte sich bereit, sich auf ihn zu stürzen. Jetzt? Er zögerte. Er sah Murads Gesichtausdruck, das kleine, flackernde Lächeln. Im Gesicht seines Bruders lag Zärtlichkeit.

Plötzlich begriff er, warum Murad wollte, dass er an den Weihnachtsmann glaubte: nicht, um ihn zu veralbern, sondern weil er wollte, dass ihm die Geschichte Spaß machte.

In gewisser Weise, dachte Jehangir, war die Geschichte vom Weihnachtsmann wie die Bücher mit den Fünf Freunden. Man wusste, dass nichts davon Wirklichkeit war, aber man konnte sich doch vorstellen, dass es irgendwo eine bessere Welt gab. Man konnte von einem Ort träumen, wo es reichlich zu essen gab, wo Kinder ein mitternächtliches Festgelage veranstalten und die Speisekammer plündern konnten, die immer voll von den herrlichsten Köstlichkeiten war. Von einem Ort, wo sie Picknicks auf dem Land organisieren und Abenteuer erleben konnten, und wo die Schmuggler und Diebe, die sie erwischten, nicht allzu gefährlich waren – nur »unangenehme Kunden«, die »nichts Gutes im Schilde führten«, wie es der freundliche Polizeiinspektor am Ende jedes Buches erklärte. Von einem Ort, wo es keine Bettler gab, keine Krankheiten, und wo niemand verhungerte. Und einmal im Jahr brachte ein munterer dicker Mann den braven Kindern Geschenke.

All das war es, was Murad sich für ihn wünschte. Jetzt aus dem Bett zu springen und zu sagen, ich habe dich erwischt, du kannst mir nichts vormachen – das wäre ziemlich gemein.

Er machte die Augen fest zu und bewegte keinen Muskel.

Das Paket wurde in den Strumpf gestopft, und Murad ging auf Zehenspitzen in sein Bett auf dem Balkon.

In der dunklen Küche griff Yezad noch einmal zu seinem Glas Ginger, und er wünschte, Roxana wäre dabei gewesen, um ihre Söhne zu sehen. Er war sicher, dass Jehangir Murad beobachtet hatte; er hatte es daran gesehen, wie der Junge sich entspannt und dann auf den Rücken gedreht hatte, als Murad aus dem Zimmer gegangen war. Tagelang hatte Jehangla es abgelehnt, an den Weihnachtsmann zu glauben. Heute Nacht hätte er nichts weiter tun müssen, als sich im Bett aufzurichten, um zu beweisen, dass er Recht hatte. Aber er hatte Murad mit seiner Überraschung gewähren lassen.

Er wollte ihn umarmen, wollte sie beide umarmen und ihnen sagen, dass er sie über alle Maßen liebte. Ihnen sagen, wie glücklich er sich schätze, solche Söhne zu haben, und welch ein Segen es für sie sei, Brüder zu sein, die einander am Herzen lagen. Dass er sich wünsche, diese Zuneigung möge niemals enden und sie würden ein Leben lang aufeinander Acht geben. Am liebsten hätte er Roxana und den Chief geweckt und allen erzählt, was er empfand …

Er trank noch etwas von dem lauwarmen Ginger in dem Glas, und er war außerstande, diesen kostbaren Augenblick mit der Qual in Einklang zu bringen, die er sich selbst zu verdanken hatte. Die Küchenuhr schlug einmal. War es halb eins oder ein Uhr?

Er spähte zur Uhr, um die Stellung der Zeiger zu erkennen: ein Uhr dreißig. Er starrte auf das achteckige Zifferblatt, auf die Glastür in ihrem Rahmen aus dunkel poliertem Holz, auf das Messingpendel, das einen matten Lichtschimmer einfing. Er starrte sie an, diese Uhr, die früher in Jehangir Mansion in der Küche gehangen hatte, die einzige Erinnerung an das Heim seiner Kindheit, an seinen Vater …

Während er sie anschaute, verschluckte die Uhr die Zeit. Und er war wieder in der Parterrewohnung und sah zu, wie sein Vater den großen Chromschlüssel in der Hand hielt, wie er ihn erst links hineinschob und im Uhrzeigersinn drehte, und dann rechts entgegengesetzt. Wie sein Vater die Zeiger über die Stunden schob, auf die Gongschläge wartete, die genaue Zeit einstellte und die Glastür mit einem Klicken wieder schloss, nachdem er sie blank gewischt hatte. Und der kleine Junge, der Yezad gewesen war, bat von neuem darum, die Geschichte hören zu dürfen, die sich hinter der gravierten Inschrift verbarg: *In Dankbarkeit für ein beispielhaftes Maß an Mut und Ehrlichkeit in Ausübung der Pflicht,* die Geschichte von seinem Vater, wie er in einer brennenden Stadt mit einer riesigen Bargeldsumme herumirrte …

Die Uhr schlug zwei und rief Yezad in die Küche von Pleasant Villa zurück. Wie tröstlich das Ticken war, wie beruhigend: eine stetige Hand, die die Angelegenheiten des Universums lenkte. Wie die Hand seines Vaters, die die seine festhielt, als er klein war, und ihn durch eine Welt voll Wunder und Aufruhr führte. Und die Worte seines Vaters, mit denen er seine Geschichte jedes Mal beendete: *Denke an deine Kusti-Gebete: manashni, gavashni, kunashni – gute Gedanken, gute Worte, gute Taten …*

Er hörte sie im Ticken der Uhr und spürte, wie sein Herz sich zusammenkrampfte. Sein Blick folgte dem schimmernden Pendel noch ein Weilchen. Dann schloss er die Augen und entschied, am nächsten Morgen ins Geschäft zu gehen.

Ja, er würde Mr. Kapur fröhliche Weihnachten wünschen, und während Mr. Kapur am Eingang Süßigkeiten verteilte, würde er den Umschlag wieder in die Schublade legen. Oder er könnte ganz früh hinfahren, bevor irgendjemand da wäre.

Er schüttete den Rest Ginger weg und wollte wieder zu

Bett gehen. Unter der Uhr blieb er stehen; er strich mit der Hand darüber und klopfte auf die Glastür.

Der Druck in seiner Brust war fast verschwunden. Er hörte Nariman im Schlaf rufen und wünschte ihm in Gedanken eine gute Nacht. Das Bett knarrte, als er sich hinlegte.

»Yezdaa? Wie fühlst du dich?«

»Schon viel besser. Schlaf jetzt.« Er küsste sie sanft auf den Rücken.

Auf einen Ellenbogen gestützt, hörte Jehangir seinem Großvater zu, der wieder den gleichen Traum hatte, in dem Lucy ihr Lieblingslied sang. Jetzt bat er sie herunterzukommen; es sei gefährlich, dort oben zu stehen. Aber er bekam nur Fetzen von Grandpas Traum mit. Wie bei Daddys Radio, das nicht richtig funktionierte, sodass der Ton immer kam und ging.

Er drehte und wendete die Sätze im Kopf und verstaute sie bei den anderen Bruchstücken, die er aufbewahrt hatte. Eines Tages würde alles zusammenpassen, und dann ergäben Grandpas Worte einen Sinn; dessen war er sicher.

Im Haus kam Unruhe auf – die Ayah singt wieder auf dem Dach! schrie jemand –, und Nariman erstarrte vor Angst. Dann überkam ihn Wut auf Mr. Arjani, auf sich selbst, auf Lucy, weil sie sich und ihn diesem Elend unterwarf.

Er holte tief Luft und ermahnte sich, ruhig zu bleiben, als Mr. Arjani sich wieder einmal erniedrigte und ihn um Hilfe anflehte. Und wieder einmal willigte er um Lucys willen ein.

Yasmin tobte. Damit hatte er gerechnet. Aber das Ausmaß ihres Zorns, den sie ihm entgegenschleuderte wie nie zuvor – wie eine Faust empfand er ihn –, überraschte ihn. Fast zwei Monate waren seit dem ersten Drama auf der Dachterrasse vergangen, sagte sie. Zwei Monate hatten die Arjanis Zeit gehabt, um diese Verrückte an einen Ort zu schicken, wo sie in Sicherheit wäre, ohne das Leben anderer Menschen zu ruinieren. Sie verbot ihm, ihr zu Hilfe zu eilen; es ginge ihn nichts an.

Aber er lief die Treppe zum Dach hinauf. Vom Absatz unter ihm beschwor ihn Yasmin, wenigstens einen Gedanken für seine Ehre zu erübrigen, falls er noch welche habe, und für die seiner Familie. Er drehte sich um, schaute sie traurig an und ging weiter.

Die Lage auf dem Dach erschien ihm beinahe identisch mit dem, was sich beim letzten Mal ereignet hatte. Da stand Lucy fröhlich singend auf der Brüstung. Da kauerten auch Mr. Arjani und sein Sohn hinter dem Wassertank, und ihre Erleichterung über sein Erscheinen war fast mit Händen zu greifen. Auch wieder ihr überschwänglicher Dank, den er verschmähte. Er befahl ihnen, vom Dach zu verschwinden. Von einem Gefühl absoluter Müdigkeit übermannt, lockte er Lucy von der Brüstung, brachte sie zu den Arjanis zurück und ging nach Hause.

Er rechnete mit einem Donnerwetter, wie er noch keines erlebt hatte. Aber stattdessen sah er Yasmin am Tisch sitzen, vor sich das silberne Räuchergefäß mit den glühenden Kohlen für den abendlichen Loban.

Gut, dachte er, sie bereitete sich auf ihr Abendgebet vor; vielleicht würde es also keinen Streit mehr geben.

Er sah einen Stapel Briefe, Karten und Fotos neben dem Räuchergefäß und fragte sich, was das sein mochte. Dann erkannte er es – Yasmin musste seinen Schreibtisch durchwühlt und die Schubladen geplündert haben, während er auf dem Dach gewesen war.

»Bist du wieder da?«, fragte sie. »Dann kannst du mir jetzt ja verraten, warum du diesen Müll aufgehoben hast.«

Er schwieg.

»Die ganze Zeit erzählst du, sie ist eine Plage, du tust dein Bestes, um sie loszuwerden, versuchst sie zu überreden, endlich fortzugehen. Warum behältst du dann das alles hier? Hast du mich angelogen? Antworte mir!«

Er schwieg weiter.

»Sei ein Mann und gib es zu. Gib zu, dass du immer noch etwas für sie empfindest.«

»Ich weiß nicht mehr, was ich empfinde. Oder für wen.«

»Dann wirst du auch nichts dagegen haben, wenn ich dieses Zeug verbrenne!« Sie nahm eine Hand voll Papier und warf es auf die glühenden Kohlen im Weihrauchbecken.

Er wollte zum Tisch stürzen, die Briefe retten, aber er zwang sich, im Sessel sitzen zu bleiben. Die Blätter begannen zu glimmen und gingen dann in Flammen auf. Immer mehr kam auf den Scheiterhaufen: Fotos von Lucy, Geburtstagskarten, Karten ohne besonderen Anlass, die kleinen Briefchen, die Lucy aus einer Augenblickslaune geschrieben hatte – er sah zu, wie die Erinnerungen an ihre glücklichen Tage Stück für Stück auf die brennenden Kohlen gelegt wurden, sah zu, wie sie zu Asche wurden.

Yasmin verbrannte alles ohne ein weiteres Wort. Die Flammen erstarben, und er wandte sich ab.

Diese Geste ließ Yasmins anfängliche Wut erneut auflodern. »Das Ganze ist doch Theater! Ein Trick von ihr, um dich da hinaufzulocken. Um mit dir zu flirten, weil ich dich daran hindere, ihr jeden Morgen hinternwackelnd nachzulaufen. Für sie ist es ein Wettkampf. Sie will zeigen, dass sie meinen Mann um den Finger wickeln kann, dass sie ihn tanzen lassen kann, wie sie Lust hat.«

»Vielleicht hast du Recht. Aber was ist, wenn du nicht Recht hast und sie hinunterspringt, wenn ich einmal nicht hinaufgehe?«

»Unsinn! Wer sich wirklich umbringen will, veranstaltet niemals ein solches Schauspiel. In ihrem Kopf ist alles in Ordnung – er funktioniert sogar besser, als gut für sie ist.«

Dann verlegte sie sich auf Drohungen; sie schwor, sie werde ihn mit allen drei Kindern verlassen, und er werde seine zweijährige Tochter niemals wieder sehen. Ehe sie bliebe und sich weiter demütigen ließe, wolle sie mit den Kindern verhungern, aber seine Grausamkeit werde sie nicht weiter hinnehmen.

Er sah, dass die rasende Wut ihrer Mutter den Kindern Angst einjagte. Jal und Coomy waren an die Streitereien gewöhnt, aber jetzt brachen sie doch beide in Tränen aus, als hätten sie erkannt, dass ihre Mutter, die sie immer für stark gehalten hatten, in Wirklichkeit schwach war, eingesperrt in den Käfig der Ehe, und dass es keinerlei Ausweg gab. Und er spürte, dass ihr Hass auf ihn mit jeder Minute wuchs.

»Du bist ein schrecklicher Mann!«, kreischte Coomy. »Warum behandelst du Mamma so schlecht?«

Jal versuchte seine Schwester zu beruhigen, aber sie fuhr fort. »Vergiss nicht, Gott wird dich bestrafen für das, was du tust!«

Das Herz tat ihm weh, aber es gab nichts, was er ihnen hätte sagen können, und so saß er einfach da und ließ den Kopf in die Hände sinken. Er sah, wie die Kinder zu ihrer Mutter gingen, sie umarmten und ins Bett führten.

In seiner Verzweiflung suchte er Lucys Familie auf. Mrs. Braganza öffnete ihm die Tür, schaute ihn an, als wäre er ein Gespenst, und schlug sie wieder zu. Er klingelte wieder und wieder. Die Tür wurde noch einmal geöffnet, diesmal von Mr. Braganza, der sagte, er werde die Polizei rufen, wenn er nicht ginge. Nariman fing an, von Lucy zu erzählen; er redete hastig und beschrieb, in welchem Zustand sie war. Aber er kam nicht weit; die Tür wurde wieder zugeschlagen. Er redete trotzdem weiter, bis er merkte, dass ihm niemand mehr zuhörte.

Konnte es sein, dass es Mr. Braganza wirklich nicht kümmerte, was mit seiner eigenen Tochter geschah? Er versuchte sich selbst und die kleine Roxana in dieser Lage zu sehen, aber er konnte es sich nicht vorstellen.

Nach einer Weile kümmerten sich die Leute in Chateau Felicity fast nicht mehr um Lucy. Kaum jemand blieb auf dem Gehweg *stehen oder schaute aus dem Fenster. Er hörte, wie man im Haus redete; das Ereignis werde zur Routine, die Ayah sei ein bisschen verrückt, und es mache ihr Spaß, einmal in der Woche auf der Brüstung zu singen – und nicht einmal immer ein anderes Lied, Khodai salaamat raakhay, sondern immer wieder das Gleiche –, und dann komme sie an Professor Vakeels Arm wieder herunter. Das war alles. Lohnte sich nicht, allzu viel Aufhebens deshalb zu machen.*

Wie die Arjanis gingen mittlerweile alle davon aus, dass er weiter seine Pflicht tun und Lucy wohlbehalten zur Erde und in ihre Wohnung zurückbringen würde. Das Ereignis war nicht länger von einer Aura der Gefahr umgeben. Und nach und nach empfand er es ebenso. Die Dinge zu akzeptieren, wie sie waren, war vielleicht der beste Weg.

Eines Abends, als man ihn wiederum auf die Dachterrasse rief, erklärte Yasmin, heute werde sie selbst hinaufgehen. Sie werde von Angesicht zu Angesicht mit der Irren reden und feststellen, wie verrückt sie tatsächlich sei.

Er flehte sie an, es nicht zu tun. Er versuchte ihr einen Eindruck davon zu verschaffen, wie schrecklich verstört Lucy bei all ihrem Singen und ihrem friedfertigen Verhalten wirklich sei. Aber Yasmin sagte, sie werde der Frau ein für alle Mal den Kopf zurechtrücken, und alles, was er ihr entgegenhielt, konnte sie nicht davon abbringen.

»Sei vorsichtig, Mamma«, weinte Coomy. »Die Verrückte könnte dich schlagen.«

»Mach dir keine Sorgen, mein Liebling. Ich kann zurückschlagen.«

Nariman folgte Yasmin die Treppe hinauf und blieb nur ein paar Schritte hinter ihr. Als sie auf dem Dach angekommen war, blieb er im Schatten des Wassertanks stehen.

Was nun? Vor lauter Angst konnte er nicht mehr denken.

Es dämmerte; der Abend war warm und still, und es ging kein

Lüftchen. Straßenlärm – Autohupen, kreischende Bremsen – drang wie durch einen Trichter auf das Dach, einem Eindringling gleich. Wie im Traum beobachtete er, dass Yasmin sich im Dämmerlicht Lucy auf der Brüstung näherte.

»Hey, Ayah!«, hörte er sie rufen, und sie breitete die Arme aus. »Was soll dieser Unsinn? Komm da herunter und geh in deine Küche. Auf der Stelle. Arjani seth wartet auf das Abendessen!«

Wie angewurzelt stand Lucy da, und er sah, wie sie sich nach Yasmin umschaute. Anscheinend erkannte sie die Frau nicht, die sie da so grob anschrie.

Auf dem Dach des Gebäudes auf der anderen Straßenseite blinkte eine Neonreklame abwechselnd rot und blau und zeigte bald ein Paar Schuhe und bald den Slogan des Herstellers: DIE GANZE WELT IN EINEM SCHRITT.

Er hörte, wie Yasmin noch etwas sagte, und wieder sah er, dass sie auf ausdrucksloses Schweigen stieß. Wie in Trance schaute er zu, als Yasmin ihren Rock hochraffte, selbst auf die Brüstung stieg und Lucy rau auf die Schulter klopfte.

»Hey! Bist du taub oder was?« Immer weiter klopfte sie auf die Schulter. »Du kannst mich wenigstens ansehen, wenn ich mit dir rede.«

Er schüttelte seine Betäubung ab und schlich sich näher. Wie predigte man hier Vernunft, wie ging man mit zwei Frauen auf der Brüstung um? Das Neonlicht überflutete sie abwechselnd rot und blau.

»›We laughed then, we cried then‹«, sang Lucy und schob die Hand von ihrer Schulter.

Endlich hatte Yasmin eine Reaktion provoziert. Aber es war nicht das, was sie gewollt hatte. »Was glaubst du, wer du bist?«, kreischte sie.

Entsetzt sah er, wie sie Lucys Arm mit beiden Händen packte, wie Lucy zurückwich und ihren Griff abschütteln wollte, und wie die beiden Frauen gefährlich auf der Brüstung taumelten.

Er rannte auf sie zu, und seine Hände schossen vor, um sie zu stützen, sie zurückzuhalten. Es gelang ihm tatsächlich, beide am Arm zu ergreifen, aber nur für eine Sekunde.

Sein Großvater schrie.

Jehangir fuhr auf dem Ellenbogen hoch. Sein Herz pochte. Welches Grauen verfolgte Grandpa da in seinem Traum? Nach einer Weile hörte er ihn schniefen. Er achtete darauf, dass nichts knarrte, als er aufstand, und dann fragte er flüsternd: »Brauchst du etwas, Grandpa?« Er hielt ihm die Schnabeltasse entgegen. »Wasser?«

Grandpa schüttelte den Kopf, hob die Hand, um sein Gesicht zu tätscheln, und ließ sie dort.

Jehangir umfasste die Hand und machte ein leises Kussgeräusch. »Ich halte deine Hand, Grandpa. Schlaf nur.«

Wie gut die Luft heute Morgen ist, dachte Yezad und atmete tief durch, als er Bombay Sporting erreicht hatte und die Tür aufschloss. Musste an der Dezembertemperatur liegen, an dem leichten Rückgang.

Mr. Kapur und Husain waren noch nicht gekommen; es war erst kurz vor neun. Er legte den Umschlag zurück in die Schublade, wo er hingehörte, und schloss seinen Schreibtisch ab.

Er pfiff ›White Christmas‹, während er sämtliche Lichter im Geschäft und auch die Neonschrift einschaltete. Dann holte er die lange Kurbel von hinten und ging hinaus. Es gefiel ihm, wie geschmeidig die Läden sich hoben und den Sonnenschein hereinließen. Dieser Moment hatte etwas Besonderes – wenn die Fenster aufwachten und ihre großen Augen öffneten. Und wie gut Husain den Mechanismus ölte.

Als er fertig war und die Kurbel herauszog, erschien der Helfer, grüßte mit einem Salaam und blieb mürrisch in der Tür stehen. Yezad fragte sich, ob dies wieder einer seiner depressiven Tage sein würde. »Kapur sahab kommt gleich. Er wird seinen chai brauchen.«

»Warum tun Sie meine Arbeit, Sahab?«, fragte Husain mit gekränkter Miene. »Ich kann chai machen und die Läden hochkurbeln.«

»Das habe ich nur heute getan, um dir zu helfen«, sagte Yezad versöhnlich. »Du wirst heute viel zu tun haben, genau wie gestern, wenn du die Kinder begrüßt.«

Die Erinnerung an diesen Spezialauftrag freute Husain. Er eilte nach hinten, um den Herd anzuzünden. Yezad schaltete die Schaufensterdekoration ein und entschied, die Rentiere umzustellen. Als er mit dem Rücken zur Straße im Fenster hockte, klopfte jemand an die Scheibe, und er erschrak.

»Ho-ho-ho!«, dröhnte Mr. Kapur durch das Glas. Er sah ungeheuer erfreut aus, ihn hier zu sehen. »Unartiger Junge!« Er kam herein und trat zu Yezad ans Fenster. »Ich dachte, Sie wären zu Hause bei Ihrer Familie.«

»Ich wollte den Weihnachtsmann noch einmal in Aktion sehen.«

»Gut. Großartig. Ich habe ein Weihnachtsgeschenk für Sie. Hatte es schon gestern, aber in der Aufregung habe ich es vergessen.«

Sie gingen in sein Büro, und Mr. Kapur schloss seinen Schreibtisch auf, um das Geschenk herauszuholen. Das Einwickelpapier war mit Glocken und Stechpalmenzweigen bedruckt.

Lächelnd drehte Yezad das flache Päcken von einer Seite auf die andere. Es fühlte sich an wie ein rechteckiges Stück Pappkarton. »Was ist es?«

»Na los, machen Sie auf.«

Yezad entfernte das Geschenkpapier und fand eine Mappe mit drei Zellophanhüllen. Darin waren die drei Fotos von der Hughes Road.

Er schaute Mr. Kapur an. »Aber … die sind doch …«

»Ich hoffe, sie gefallen Ihnen immer noch.«

»Ja, aber ich … sie sind so wertvoll, und Ihre Sammlung …«

»Aber ich möchte, dass Sie sie haben.«

Yezad schluckte und strich mit den Fingern an den Kanten entlang. »Danke, Vikram. Es ist zu viel, es ist …«

»Gern geschehen, Yezad.« Mr. Kapur legte den Arm um ihn und ersparte ihm, weiter nach Worten zu suchen. »Ich bin so froh, dass ich Ihnen etwas Sinnvolles schenken kann. Und jetzt muss ich mein Kostüm anziehen.«

Während er sich umzog, brachte Husain zwei dampfende Tassen herein, stellte sie auf den Schreibtisch und ging wieder nach vorn, um sich auf die Besucher vorzubereiten.

»Sahab, da sind zwei Leute, die mit Ihnen sprechen wollen.«

Mr. Kapur schnalzte mit der Zunge. »Ich bin noch nicht umgezogen. Hast du ihnen das Schild nicht gezeigt? Der Weihnachtsmann fängt um zehn Uhr an.«

»Sahab, das sind zwei Männer, keine Kinder. Ich glaube nicht, dass sie Bonbons haben wollen.«

»Soll ich mit ihnen reden?«, fragte Yezad.

»Aber sie haben nur nach Kapur sahab gefragt«, sagte Husain zögernd.

»Okay, ich werde nachsehen, was sie wollen.« Auf Socken und in einem halben Weihnachtsmannkostüm ging er in den Laden hinaus. Yezad folgte ihm.

Die Besucher grinsten entzückt über seinen Aufzug. »Guten Morgen, Sir.«

»Was kann ich für Sie tun?«

»Entschuldigen Sie, dass wir Sie stören, Sir, aber wir haben Ihr Schild gesehen.«

»Hören Sie«, sagte Mr. Kapur, »erstens öffnen wir um zehn, und zweitens verteilt der Weihnachtsmann seine Bonbons nur an Kinder. Ich glaube, Sie sind keine Kinder, oder?«

Die beiden jungen Männer lächelten über das Missverständnis. »Nicht dieses Schild, Sir. Ihr Ladenschild. Auf dem steht ›Bombay Sporting Goods Emporium‹.«

»Sporting Gods, genau gesagt.«

»Ja, Sir.« Sie lächelten. »Wir haben gesehen, dass das O ausgefallen ist.«

Mr. Kapur fragte sich, ob es Handwerker waren, die sich um die Arbeit bewerben wollten. »Wollen Sie mein Ladenschild reparieren? Was würden Sie berechnen?«

Sie lächelten wieder. »Nein, nein, Sir, wir sind keine Elektriker. Wir kommen von unserer lokalen Shiv Sena Shaka, um Sie freundlich davon in Kenntnis zu setzen, dass auf dem Schild ›Mumbai Sporting Goods Emporium‹ stehen sollte; das ist eine neue Vorschrift für …«

»Ach, das. Ja, darüber weiß ich Bescheid.« Mr. Kapurs Miene hatte sich verfinstert, und er warf Yezad einen Blick zu, als wolle er sagen: Da sind sie endlich.

Das Blut wich aus Yezads Gesicht. Was für ein verrückter Zufall war denn das? Er fuhr sich mit der kalten Hand über den Mund und versuchte, Ruhe zu bewahren. Wenigstens war das Geld wieder in der Schublade. Ihm wurde schwindlig, als er sich ausmalte, wie Mr. Kapur ihn aufforderte, es hervorzuholen, und er es nicht konnte.

Unterdessen wurde Mr. Kapur in seiner roten Jacke heiß vor Ärger. Er schnallte den breiten schwarzen Gürtel ab und warf ihn auf einen Stuhl. Die beiden jungen Männer lächelten und warteten geduldig ab.

»Ich habe diese Diskussion bereits geführt. Wenn Sie hier sind, um das Geld abzuholen, warum sagen Sie es dann nicht einfach?«

Die beiden machten verwirrte Gesichter. Mr. Kapur befahl Yezad, den Umschlag herzubringen.

»Aber das sind nicht die Kerle, die beim ersten Mal hier waren«, flüsterte Yezad ihm ins Ohr. »Wir sollten nicht …«

»Geben Sie es einfach her, damit sie verschwinden!«

Yezad schloss seinen Schreibtisch auf und gab Mr. Kapur den Umschlag, und der schleuderte ihn auf die Theke, den Männern entgegen.

»Hier ist das ganze Geld. Wie verabredet mit Balaji und Gopinath.«

»Bitte, Sir, wir verstehen nicht.«

»Ach, Sie verstehen nicht?«, fragte er höhnisch. »Dann gehen Sie und fragen Sie bei Ihrer Shakha nach! Was für ein Spiel wollt ihr Mistkerle hier treiben?«

»Bitte, Sir, werden Sie doch nicht ausfallend. Wir wollen kein Geld. Wir wollen Sie nur ersuchen, den Namen in Mumbai zu ändern.«

Yezad zog Mr. Kapur gewaltsam beiseite und bedrängte ihn, nicht die Geduld zu verlieren, denn das werde nichts helfen. Mr. Kapur schüttelte ihn ab: Genug sei genug, und es reiche ihm jetzt mit diesen Gangstern.

»Fünfunddreißigtausend ist der Preis für die Sondergenehmigung! Und damit war ich einverstanden, damit ich Bombay behalten kann!«

Er nahm den Umschlag von der Theke, streckte ihn den Männern entgegen, schlug dem einen damit vor die Brust. Verblüfft schauten sie hinein und wechselten einen Blick. »Sir, wenn Sie eine Spende für Shiv Sena geben wollen, ist das schön. Aber der Name des Geschäfts muss auf jeden Fall in Mumbai geändert werden.«

»Sehen Sie das?«, brüllte Mr. Kapur und riss ihnen den Umschlag aus den Händen. »Eine Spende! Die wollen ein Omelett machen und das Ei nicht zerschlagen! Beschissene Gauner!«

»Wir sind keine Gauner, Sir. Wir arbeiten auf das eifrigste für die öffentliche Wohlfahrt und kümmern uns um die Interessen der Menschen in dieser Gegend. Wir arbeiten dafür, dass sich die Lage der Armen verbessert, und …«

»Ich werde dafür arbeiten, dass sich eure Lage verschlechtert, wenn ihr nicht die Klappe haltet! Eure Möchtegernlektionen in Geschichte interessieren mich nicht!«

»Sir, Sie dürfen uns nicht drohen. Wir stellen lediglich fest, wie die Vorschrift lautet, und dass Ihr Name geändert werden muss. Wenn das nicht innerhalb einer Woche geschieht, wird es sehr schlimm.«

Jetzt drang Mr. Kapur auf sie ein und schob sie zurück. Sie

taumelten, und er gab ihnen noch einen Stoß und trieb sie zur Tür.

»Glaubt ihr, ihr könnt mir Angst machen, ihr beschissenen Gras fressenden Ghatis? Wisst ihr, wer ich bin? Ich habe die Milch des Punjab getrunken! Saalay bhonsdi kay bharve, ich schlage euch die Zähne ein, wenn ihr hier keck werdet!«

Er schob sie immer weiter, bis sie bei der Tür angekommen waren. Ein letzter Schubs, und die beiden taumelten die Treppe hinunter auf den Gehsteig.

»Ihr beleidigendes Benehmen wird Ihnen noch Leid tun!«, zischten sie.

Mr. Kapur schlug die Tür zu und verfluchte sie, weil sie ihm den Vormittag verdorben hätten. Er legte den Umschlag wieder in Yezads Schreibtisch, hob den schwarzen Gürtel für sein Weihnachtsmannkostüm auf und ging mit Yezad in sein Büro zurück. Husain, den der Zwischenfall sichtlich erschüttert hatte, folgte ihnen.

»Ist alles in Ordnung, Sahab?«

»Ja, bestens«, antwortete Mr. Kapur bärbeißig. Noch immer war seiner Stimme der Zorn anzuhören.

»Noch Tee, Sahab?«

»Wie viel Tee willst du mir geben? Tee löst nicht jedes Problem.« Er schaute Yezad prüfend an. In dessen aschgraues Gesicht kehrte allmählich die Farbe zurück. »Sagen Sie mir nicht, dass sogar Sie Angst bekommen haben.«

»Keine Angst. Aber ich mache mir Sorgen. Vielleicht hat es in ihrer Shakha ein Missverständnis gegeben.«

»Sahab, bitte …« Husain scharrte mit den Füßen, um anzudeuten, dass er etwas sagen wollte. »Sahab, ich möchte sagen, dass es nicht gut ist, mit Shiv Sena zu kämpfen. Gegen sie können Sie nicht gewinnen.«

»Ich weiß Bescheid über Shiv Sena. Du brauchst dir keine Sorgen zu machen.«

»Nein, Sahab.« Jetzt kamen ihm die Tränen. »Wissen Sie, als die Babri-Moschee zerstört wurde und die Straßenkämpfe aufflammten, haben diese schlechten Menschen so viele Unschuldige ermordet, mit eigenen Augen habe ich es gesehen, Sahab, sie haben sie in ihren Häusern eingesperrt und sie angezündet, sie haben Menschen mit Schwertern und Äxten überfallen ...«

Mr. Kapur legte dem Helfer einen Arm um die Schultern. »Es ist schon gut, Husain miyan, du brauchst dich nicht zu fürchten. Sie greifen nur arme Leute an. Schwache Leute. Wie alle Tyrannen sind sie Feiglinge im innersten Herzen. Ist es nicht so, Yezad?«

»Ja, so ist es«, bestätigte Yezad, immer noch beklommen.

Kopfschüttelnd verließ Husain das Büro, und Mr. Kapur bat Yezad, ihm beim Anlegen der Glöckchenarmbänder zu helfen. Ihr Klingeln besserte seine Laune allmählich wieder.

Vorsichtig öffneten sie die Ladentür, um nachzusehen, ob die Gestalten noch da waren oder ob sie etwa Verstärkung herbeigeholt hatten. Aber auf der Straße herrschte die gewohnte, gutmütige Hektik; auf den Gehsteigen drängten sich die Fußgänger vorbei, und auf der Fahrbahn dröhnte der Verkehr.

Bald war es zehn Uhr, und Husain nahm seinen Platz vor der Tür ein. Die ersten Besucher kamen mit ihren Kindern herein, und von neuem erfüllte Mr. Kapurs herzhaftes Ho-ho-ho das Geschäft.

Guten Morgen, Coomy! Fröhliche Weihnachten!« Edul Munshi segelte an ihr vorbei in den Flur, ein Lied auf den Lippen. »Zwei Ghatis sah ich ko-hommen, ko-hommen«, synkopierte er sein leicht abgewandeltes Weihnachtslied. »Zwei Ghatis sah ich ko-hommen, wohl am Weihnachtsmo-horgen.«

»Was singen Sie da für einen Unsinn?« Coomy war heute Morgen gereizt und deprimiert und deshalb nicht bereit, irgendjemandes Albernheiten hinzunehmen. Zu Weihnachten plagten sie immer die Erinnerungen an ihre Klosterschule, an eine glückliche Zeit in ihrer zerrissenen Kindheit, und gern hätte sie auf die Freuden der Erinnerung verzichtet, wäre es möglich gewesen, zugleich auch den Schmerz loszuwerden.

Sechs Wochen vor Weihnachten hatte ihr Schulchor angefangen, für das Konzert zu proben, zu dem die Eltern eingeladen wurden. In der zweiten Dezemberwoche wurde der Baum aufgestellt. Und das Schmücken war eine besondere Vergünstigung, die den Mädchen aus dem Chor vorbehalten blieb. Wie die meisten nichtchristlichen Familien bekamen auch Coomys Eltern von Zeit zu Zeit Zweifel, ob diese Schule der richtige Ort für ihr Kind sei. Um Jal machten sie sich keine Sorgen; auf der Bharda New High School war er nicht in Gefahr, aber sie fragten sich doch, ob Coomys Erziehung keinen allzu starken katholischen Beigeschmack bekam, zumal es so wenig zoroastrische Einflüsse gab, die dem entgegengewirkt hätten. Sie spürten, dass ihre parsischen Gebräuche ernsthaft benachteiligt waren, weil ihnen eine unterhaltsame Gestalt nach Art des Weihnachtsmannes fehlte.

Dann kam der Tag des Konzerts. Sie gingen hin und hörten Coomy singen, und diese Sorgen waren vorübergehend vergessen. Danach erklärte ihr Vater, dass der Schulchor wunderbar klinge, aber seine Coomy sei die Beste und Lauteste von allen gewesen. Beim ersten Mal gefiel es ihr ungeheuer gut, aber im Jahr darauf, als sie schon mehr gelernt hatte, protestierte sie: »Pappa, meine Stimme soll mit dem Chor verschmelzen! Wenn du sie hören kannst, bedeutet das, ich singe schlecht!«

Und ihr Vater bestand lachend darauf, dass er die Stimme seines kleinen Engels selbst dann noch hören könne, wenn sie mit tausend anderen vollkommen verschmelze. All das war in den glücklichen Jahren, ehe er sich ins Bett legte und, wie ihre Mutter sagte, selbst ein Engel wurde.

Erfüllt von heftigem Beschützerdrang gegen ihre guten Erinnerungen – an die Klosterschule, den Chor, den Weihnachtsbaum, das Entzücken ihres Vaters –, funkelte sie Edul an. Die freche Grobheit, mit der er sich an einem ihrer liebsten Weihnachtslieder vergriff, empfand sie als pure Barbarei. »Ihr Text hat doch keinen Sinn«, sagte sie.

»O doch, er hat einen. Wissen Sie, ich habe zwei Ghatis aus dem Rationierungsladen engagiert, die mir mit dem Balken helfen sollen. Sie kommen um elf.« Er fing wieder an zu singen: »Meine Ghatis mit dem Balken, Balken, meine Ghatis mit dem Balken, wohl am Weihnachtsmo-horgen.«

»Aufhören!«, fuhr sie ihn an.

Hinter ihrem Rücken versuchte Jal, ihn mit Gebärden zum Schweigen zu bringen. Auch er war heute Morgen angespannt, denn das Einziehen des Trägers lastete auf seinem Gemüt.

»Wie wäre es denn damit? ›Sehet den Heimwerker, ihr Männer und Frau'n. Heute wird er eine neue De-hecke bau'n.‹«

Jal ließ alle Hoffnung auf den Erhalt des Friedens fahren, aber da läutete es an der Tür, und Coomy ging hin, um zu öffnen. Es gefiel ihm nicht, wie seine Schwester geneckt wurde; er wusste, wie sie sich heute fühlte. Aber so etwas Edul zu erklären, wäre einfach unmöglich.

Sie hörten, wie sie an der Tür mit jemandem diskutierte, und gingen hinaus, um nachzusehen.

»Ah, da sind sie ja«, sagte Edul. »Meine beiden Ghatis mit dem Balken.«

»Ja«, sagte Coomy. »Ich versuche gerade, ihnen zu erklären, dass es erst neun Uhr ist. Sie haben sie für elf Uhr bestellt.«

»Ich werde es erklären. Mein Marathi ist viel besser als Ihres.«

Edul begann mit einer kleinen Strafpredigt. »Tumee lok aykat nai! Bai tumhala kai saangte?«

So weit kam er mit seinem Vokabular, ehe er in ein hilfloses Potpourri aus Hindi, Gujarati und Englisch verfiel und nur noch gelegentlich ein würzendes Marathi-Wort einstreute. »Asaala kasaala karte? Main tumko erklären kiya, na, elf Uhr ao. Abhi jao. Ration Shop ko jao. Paisa banao, später vapis ao.«

»Ist Issa Massih Feiertag heute, seth«, antworteten sie. »Gibt heute keine Rationen zu liefern. Wir können helfen – egal, wobei.«

Edul kam ins Wanken, und Coomy griff ein und bestand darauf, dass sie wieder gingen. »Ich will nicht, dass sie in meiner Wohnung herumlungern.«

Er nahm sie beiseite und riet ihr ab: Es sei riskant, sie wegzuschicken – was, wenn sie anderswo Arbeit fänden und nicht wiederkämen? Der gesamte Zeitplan mit dem Träger würde umgestoßen.

Der Träger lagerte seit über einer Woche im Flur unter den Ahnenporträts, und immer wieder stolperte Coomy darüber und ärgerte sich ganz allgemein über seine Anwesenheit. Die

Aussicht auf eine oder sogar zwei weitere Wochen mit diesem Ärgernis gefiel ihr auch nicht. Also durften die Männer bleiben.

»Aber ich zahle nichts extra«, warnte Edul.

»Oh, wir wollen kein Geld extra. Ein kleines Tässchen Tee würde unsere aufrichtige Dankbarkeit erwecken.«

»Was für eine Unverschämtheit!«, sagte Coomy. »Glauben die, ich hätte hier einen Teestand?«

Edul beschwatzte sie, den Kessel aufzusetzen – es sei Weihnachten, sagte er, und sie solle die beiden als zwei weise Männer aus dem Morgenland betrachten, die gekommen seien, ihre Decke zu ehren. Er brachte den Handel zum Abschluss, indem er versprach, nicht mehr zu singen, wenn sie Tee machte.

Aber als sie in der Küche war, sang Edul den Männern schon wieder ein umgedichtetes Weihnachtslied vor. »Im Rationierungsladen geboren, seid ihr ein Gespann. Euch hab ich auserkoren, ihr bringt den Träger an.«

Sie saßen mit gekreuzten Beinen auf dem Boden und lauschten aufmerksam, ohne ein Wort zu verstehen. Als er fertig war, gab es lauten Applaus.

Jal betrachtete die beiden Männer; sie kamen ihm bekannt vor. Dann fiel es ihm ein: Es waren dieselben, die vor vielen Monaten Pappa nach seinem Sturz in das Bauloch nach Hause gebracht hatten.

»Ich mache mir Sorgen, Edul«, sagte er. »Sind Sie sicher, dass die beiden für diese Arbeit qualifiziert sind? Die können doch nur Getreidesäcke auf dem Kopf tragen.«

»Keine Sorge, Jal, mein Sohn. Ich brauche nichts als ihre rohen Kräfte. Für Geschick und Planung ist meine Wenigkeit zuständig.«

Der Tee kam – Blechtassen für die beiden Arbeiter und normales Porzellan für Edul – und wurde geräuschvoll und mit beifälligem Schlürfen konsumiert. Dann führte Edul seine Leute in Narimans Zimmer. In den nächsten zwei Stunden hörte man, wie sie die Streben für das Hochziehen des Trägers aufrichteten, die Pfosten sicherten und einander in regelmäßigen Abständen aufmunternde Laute zukommen ließen.

Bis zum Mittag standen Pfosten und Verstrebungen in Reih und Glied zwischen zwei gegenüberliegenden Wänden. Jal inspizierte sie mit banger Sorge, und um ihn zu beruhigen, demonstrierte Edul ihre Tauglichkeit, indem er gegen einen Pfosten trat und sich dann mit seinem ganzen Gewicht dagegen lehnte.

Jal rechnete halb damit, dass die ganze Konstruktion einstürzen werde, und hielt sich schützend die Hände vors Gesicht. Aber das Gerüst widerstand dem Ansturm. »Und was kommt jetzt?«

»Die Hauptveranstaltung.« Edul führte seine Männer zu dem Stahlträger. »Chaal, Ganpat«, sagte er und deutete auf das eine Ende. Dann wandte er sich dem andern zu. »Was guckst du, Ganpat? Haath lagao, nimm das andere Ende.« Er selbst stellte sich in die Mitte.

»Sie haben beide den gleichen Namen?«, fragte Jal.

Edul grinste. »Ich nenne alle Gathis Ganpat.«

Die drei Männer packten den langen dunklen Stahlträger und fingen an, ihn durch den Korridor in Narimans Zimmer zu bugsieren. Der Flur war nicht breit genug, um geradewegs hineinzugehen; sie mussten sich ein paar Mal vorwärts und rückwärts bewegen, während Edul in seinem Sprachenmischmasch hektische Anweisungen erteilte. »Ai baba! Assa nako ghay! Hierhin, nicht dorthin, sunta hai kya. Sadanter Idiot chhe, saalo.«

Endlich waren die Männer und der Träger im Zimmer. Keuchend ließen sie ihn auf den Boden sinken, dreieinhalb Meter unter der Stelle, wo er seine letzte Ruhestätte finden sollte.

»Okay, perfekt«, sagte Edul. Er wischte sich den Schweiß von der Stirn und wandte sich an Jal und Coomy. »Jetzt muss ich Sie beide bitten, den Raum zu verlassen. Ich brauche den Platz.« Aber er gab ihnen die Erlaubnis, vom Flur aus zuzuschauen.

Nachdem er noch einmal jede Strebe und jeden Pfosten kontrolliert hatte, trat er zurück und befahl den Männern, anzufangen. Jal und Coomy hielten den Atem an, als sie den Träger auf die erste Ebene, einen Meter hoch über dem Boden, hochwuchteten und auf die Zwischenstreben legten.

Sie machten Pause und erfrischten ihre Lungen, bevor sie die Stufenleitern erklommen, um den Träger auf zwei Meter zu heben. Das war ein bisschen verzwickter, denn die beiden Männer brauchten dazu einen festen Stand. Edul hatte die Leitern abgestützt, damit sie nicht wackelten, aber es war trotzdem ein schwieriges Manöver.

Sie standen auf der vierten Sprosse, hoben den Träger sauber hoch und brachten ihn auf Schulterhöhe. Aber als er das Gewicht auf eine der Streben verlagern wollte, geriet einer der Männer ins Taumeln, und sein Ende des Trägers verfehlte seinen Platz auf der Strebe.

»Hoi, Vorsicht!«, schrie Edul. »Höher stemmen! Jor lagao!«

Der Mann fand sein Gleichgewicht wieder, und der Träger gelangte sicher auf seinen Platz. Er nickte Edul, der unter ihm stand, beruhigend zu.

»Assa kạі, Ganpat«, schimpfte Edul. »Nicht gefrühstückt? Kein pao-bhaji?«

Im letzten Schritt kam der Träger oben auf die beiden Stahlpfosten, die unten mit einer hydraulischen Hebevorrichtung versehen waren. Auf Eduls Zeichen hin vollendeten sie die Arbeit in einem einzigen, kraftvollen Schwung.

»Sabaash!« Edul gratulierte ihnen, und das Lob ließ die Männer vor Freude einen Kopf größer werden. Stolz posierten sie mit den Händen am Träger.

Jetzt stellte Edul eine dritte Leiter auf und kletterte hinauf, um den Stahlträger zu sichern. Vier Paar Schrauben und Muttern wurden an beiden Enden in vorgebohrte Löcher gedreht, und dann kamen alle drei von ihren Leitern herunter. Edul erklärte, er werde nach dem Mittagessen weiterarbeiten.

»Kann man es denn so lassen?«, fragte Coomy.

»Unbedingt. Das ist so solide wie der Turm von Pisa. Ich meine, wie der Eiffelturm«, korrigierte er sich und trat mehrmals hintereinander kraftvoll gegen den Stahlstempel.

Er bezahlte die Männer und gab ein Bakshish von zehn Rupien über den vereinbarten Betrag hinaus. »Es ist Weihnachten«, sagte er als Erklärung für diesen Impuls zu Jal und Coomy.

Die Männer waren überwältigt, und bevor sie gingen, sagten sie, sie seien unten vor dem Rationierungsladen, falls es noch mehr Arbeit gebe.

Dann ging auch Edul. Er versprach, in einer Stunde vom Mittagessen zurück zu sein, vielleicht auch eher, falls Manizeh keine Schwierigkeiten machte.

Als das Zimmer leer war, nutzte Jal die Gelegenheit, um die Decke zu inspizieren, und dabei sah er etwas, das ihm in all der Aufregung nicht aufgefallen war: eine große Lücke zwischen Stahlträger und Querbalken.

Hah, dachte er, der arme Kerl hatte gepatzt wie gewöhnlich. Gottlob hatte er es gesehen, bevor die ganze Sache verputzt war.

Als Edul wieder da war, nahm er ihn genüsslich ins Gebet. »Kommen Sie her, Edul, mein Sohn, sehen Sie sich das da drüben an«, sagte er und zahlte ihm die Sticheleien heim, unter denen er hatte leiden müssen. »Mindestens zehn Zentimeter zwischen dem Träger und der Decke.«

»Jal, mein Sohn.« Edul lachte. »Ich werde es Ihnen zeigen. Sehen Sie diese Dinger unten an den Stempeln? Das sind hydraulische Hebevorrichtungen. Wissen Sie, was hydraulische Hebevorrichtungen sind?«

»Selbstverständlich.«

»Ich werde also die Stempel hochfahren, bis der Träger fest unter der Decke sitzt.«

Jal lächelte betreten, aber Edul ritt nicht weiter darauf herum. »Der Irrtum ist verständlich«, sagte er. »Warum sollen Sie etwas von diesen Geräten verstehen? Sie sind kein Handwerker.«

Er begann die beiden Stempel auszufahren, immer abwechselnd und immer nur ein paar Hebelbewegungen auf einmal, um den Höhenunterschied nicht zu groß werden zu lassen. Die Bewegung verlief millimeterweise, beinahe unmerklich.

Nach einer Weile wurde es Jal langweilig. Zuzuschauen, wie Edul zwischen den beiden Stempeln hin und her huschte, war nur begrenzt faszinierend. Also ging er ein Nickerchen machen.

Edul brauchte fast eine Stunde, bis der Stahlträger fest unter der Decke anlag. Gegen Ende musste er zwischen den Hebeschritten ein paar Mal auf die Leiter klettern, um sich zu vergewissern, dass er den Träger nicht allzu hoch wuchtete, denn sonst würde er die Decke eindrücken.

Zufrieden arretierte er die Hebevorrichtungen und bewunderte sein Werk. Er hatte gute Lust, Manizeh heraufzurufen, damit auch sie es bewundern könnte.

Dann bemerkte er, dass der Stahlträger auf der einen Seite ein kleines Stück weit vom ursprünglichen Holzbalken abzuweichen schien und schräg an die Wand stieß, wo er rechtwinklig hätte anschließen müssen.

Er stieg auf die Leiter, um nachzumessen, und stellte fest, dass die Abweichung achtzehn Millimeter betrug. Kaum zu bemerken. Er steckte den Winkelmesser wieder ein.

Aber dieser geringfügige Fluchtungsfehler ließ ihm keine Ruhe. Er stieg noch einmal hinauf, überprüfte die Anomalie und überlegte es sich anders: Er würde es korrigieren.

Als Erstes musste er die hydraulischen Stempel ein kleines Stück weit absenken, denn jetzt saß der Träger zu fest unter der Decke. Als er ungefähr zwei Zentimeter Spielraum hatte, arretierte er die Hydraulik und kletterte auf die Leiter. Er packte den Träger an der Unterseite und zog.

Er rührte sich nicht. Edul versuchte es noch einmal, ohne dass etwas geschah. Verdammtes Drecksding, dachte er. Gab nur eins – die Schrauben herausdrehen, die Korrektur vornehmen, und sie wieder eindrehen.

Schnell hatte sein Schraubenschlüssel die vier Muttern gelöst, und er steckte sie zur Aufbewahrung in die Tasche. Jetzt die kleine Korrektur. Dann wäre sein Werk makellos.

Er umklammerte den Stahl mit schweißfeuchten Fingern, wandte seine ganze Kraft auf, hatte das Gefühl, dass sich etwas bewegte, und hielt inne, um nachzumessen. Nein, immer noch unverändert. Er versuchte es noch einmal, und seine lautlosen Beschimpfungen des Trägers verwandelten sich in lautes Fluchen.

»Beweg dich, du verfluchtes Miststück!«, knurrte er. Seine Hände waren glitschig, und er wischte sie an der Hose ab. »Verdammt und zugenäht, achtzehn Millimeter, mehr brauche ich nicht von dir!«

Während er noch mit dem Träger kämpfte, erschien Coomy und blieb in der Tür stehen. Es war kurz vor vier. Sie hatte ihm Tee und eine Scheibe Früchtekuchen gebracht.

»Oh, Verzeihung, Coomy!«, keuchte er, als er sie bemerkte. »Bitte entschuldigen Sie meine Ausdrucksweise. Das Scheißding klemmt fest.«

»Vielleicht sollten Sie die Ghatis zu Hilfe holen.«

»Nein, ich schaffe es schon. Nur eine kleine Korrektur. Sehen Sie die Lücke?«

Sie kam herein, um es sich anzuschauen, und blieb mit ihrem Tablett unter der Leiter stehen.

»Ich muss ihn ein kleines Stück zu mir hin verrücken. Ist das Weihnachtskuchen? Großartig, warten Sie einen Augenblick, ich bin gleich unten.«

Er packte den Stahlträger mit inbrünstiger Feindseligkeit, brüllte wie ein Gewichtheber und riss ihn zu sich hin.

»Vorsicht!«, sagte Coomy. »Der Stempel bewegt sich!«

Ihre Warnung kam zu spät. Der Träger hatte sich bereits aus seiner Befestigung gelöst. Krachend kam er herunter und fegte Edul von der Leiter. Coomy wollte ausweichen, aber der Stahlträger streifte sie am Kopf, und der Schlag genügte, um ihr den Schädel zu zerschmettern. Der Träger landete quer auf Eduls Brust, wo er am Boden lag.

Jal war ein paar Minuten zuvor von Coomy zum Tee geweckt worden, und er war immer noch damit beschäftigt, sein Hörgerät einzusetzen, als der Stempel umstürzte. Nicht der Lärm, sondern das Beben signalisierte ihm den Unfall. Er spürte, wie sein Bett erzitterte, und wusste, dass etwas Schreckliches geschehen war. Er rannte in Narimans Zimmer.

In der Wohnung unter ihnen war der Krach ohrenbetäubend. Und das Erzittern – wie bei einem leichten Erdbeben – drang auch zu Manizeh hinunter. Sie stürmte die Treppe hinauf und hämmerte mit der Faust an die Tür.

Jal öffnete mit kreideweißem Gesicht. Ein Blick genügte,

und sie wusste die Wahrheit, aber sie fragte trotzdem: »Wo ist er? Ist alles in Ordnung?«

Jal konnte nicht antworten. Er hob die Hand, als wolle er um etwas bitten, aber er wusste nicht recht, um was – Geduld, Mut, Verzeihung?

Sie drängte sich an ihm vorbei in die Diele.

»Warten Sie, Manizeh, bitte lassen Sie mich …«

Sie war schon im Zimmer, kniete neben ihrem Mann, schluchzte und hielt sein Gesicht. Den Blick starr auf seine zermalmte Brust gerichtet, kreischte sie Jal an: »Rufen Sie jemanden! Einen Arzt! Einen Krankenwagen!«

Er sah, wie sie sich umschaute und Coomys Schicksal erfasste, die nicht weit von Edul zu Boden gefallen war. Das Blut bildete einen kleinen Kreis um ihren Kopf. Die beiden reglosen Körper, der Winkel, in dem sie zueinander lagen, die Art und Weise, wie der Tod ihre Gliedmaßen angeordnet hatte, ließ sie so intim vertraut miteinander erscheinen, wie sie es im Leben nie gewesen waren, dachte Jal.

In diesem Augenblick löste sich die Hilflosigkeit, die ihn zunächst gepackt hatte. Er fühlte sich ruhig, er wusste genau, was jetzt würde geschehen müssen, Schritt für Schritt, all die unausweichlichen Aufgaben, die er jetzt zu erfüllen hatte. Er musste nachdenken, Entscheidungen treffen, handeln.

Er schaute Manizeh ins Gesicht. Sie war betäubt vom Schock. Und von etwas anderem, das spürte er, als er sah, wie ihr Blick immer wieder zu Coomy zurückkehrte. Die Qualen, die sie litt, waren in diesem Moment das Bedrückendste im Zimmer. Sie hatte etwas Besseres verdient; sie zu beruhigen, war seine erste Pflicht.

»Tee – sie ist mit dem Tee gekommen.« Er drängte sie, ihm zu glauben. »Und mit einem Stück Kuchen.«

Er fand das zerbrochene Teegeschirr und sammelte die

Scherben auf. »Sehen Sie? Hiermit hat Coomy den Tee gebracht. Und sehen Sie doch, Manizeh, da ist die Pfütze, wo er hingespritzt ist. Ach, und der Früchtekuchen, da drüben.«

Inzwischen hatte das Krachen, das wie eine Explosion durch das Gebäude gedröhnt hatte, auch andere nach oben gelockt. Sie kamen durch die offene Tür hereinspaziert und waren fassungslos; einige wandten sich entsetzt ab, und man hörte, wie sich draußen jemand übergab. Jemand anders telefonierte nach einem Krankenwagen.

Es dauerte eine Weile, bis er eintraf, und als die Sanitäter ins Zimmer gerannt kamen, fing einer der Nachbarn an, sie zu beschimpfen: Angesichts der Zeit, die sie hätten verstreichen lassen, hätte inzwischen jedes Lebenszeichen erloschen sein müssen. »Zu eurem Glück sind sie beide auf der Stelle gestorben«, sagte er.

»Warum haben Sie uns dann überhaupt gerufen? Holen Sie einfach die Polizei.«

Und um das Maß der Gefühllosigkeit voll zu machen, bestanden die Krankenwagenmänner darauf, die nächste Polizeiwache zu verständigen. Das sei das Gesetz, sagten sie.

Die Nachbarn, die in der Wohnung versammelt waren, steckten die Köpfe zusammen; eine schnelle Entscheidung musste getroffen werden. Wenn die Polizei informiert würde, könnte das alle möglichen Komplikationen und Formalitäten nach sich ziehen, vielleicht sogar eine Autopsie, sodass die Bestattung um mehr als vierundzwanzig Stunden nach dem Zeitpunkt des Todes hinausgezögert werden würde, was nach dem zoroastrischen Ritus nicht wünschenswert war.

»Wenn Sie mich fragen, diese Kerle hoffen auf eine kleine Prämie«, sagte jemand.

»Ja, dann geben wir ihnen eine, und fertig. Sie sollen vergessen, dass sie hergekommen sind.«

»Gute Idee. Hundert Rupien werden ihr Gedächtnis leicht in die richtige Bahn bringen.«

»Aber wir brauchen immer noch ordentliche Papiere, sonst wird der Doongerwadi die Leichen nicht akzeptieren.«

Dann machte Jal einen Vorschlag, den sie überaus vernünftig fanden: Man solle sich an Inspector Masalavala wenden, der Chateau Felicity gegenüber auf der anderen Straßenseite wohnte.

Vor Jahren war es der Vater des Inspectors, der verstorbene Superintendent Masalavala, gewesen, der die Familie gerettet hatte, als Yasmin Vakeel und Lucy Braganza vom Dach gefallen waren. »Hat keinen Sinn, Parsi-Wäsche in der Öffentlichkeit zu waschen«, war sein Verdikt gewesen, und er hatte die Angelegenheit so unauffällig wie möglich erledigt.

Trotz seines niederen Ranges erwies sein Sohn sich als gleichermaßen erfindungsreich. Inspector Masalavala hörte der Delegation, die ihn in seinem Hause aufsuchte, verständnisvoll zu, denn er teilte die Philosophie seines Vaters. Er überredete sogar seinen Nachbarn, den pensionierten Dr. Fitter, ihnen behilflich zu sein, wie er es vor all den Jahren im Fall Vakeel getan hatte.

Sie kamen über die Straße und suchten zusammen den Schauplatz des Unfalls auf. Ihr Erscheinen bewirkte eine wundersame Veränderung bei den Krankenwagenmännern: Ihre Wichtigtuerei hörte auf, und an ihre Stelle trat eine neugewonnene Demut. Sie versuchten sich sogar an einer Art Salut für den Polizeiinspektor.

Dr. Fitter untersuchte die Toten, fühlte nach ihrem Puls und erklärte, er werde für beide den Totenschein ausstellen; eine Autopsie sei nicht notwendig.

Jetzt ist alles Routine, dachte Jal, und sah betäubt zu.

19

Yezad legte den Arm um seinen Schwager und flüsterte: »Es tut mir so Leid.« Dann trat er beiseite und machte Platz für Roxana. Sie umarmte Jal und fing an zu weinen.

Jal traten zum ersten Mal die Tränen in die Augen, als er sich mit den beiden allein sah. Die Nachbarn, die sich in der Wohnung versammelt hatten, waren wieder gegangen, und all sein Schmerz, den er unterdrückt hatte, während er sich um praktische Angelegenheiten gekümmert hatte, brach sich jetzt Bahn. Er weinte, sagte er, ebenso sehr über den Verlust von Coomy als auch über den Gedanken, dass Coomy gegen das Leben verloren habe.

»Das hat Pappa gesagt«, schluchzte Roxana. »Als wir ihm die Nachricht brachten, sagte er, wie traurig, dass sie voller Zorn gestorben sei.«

Jal nickte. Er schmiegte ihren Kopf an seine Brust und weinte lautlos.

Dann kam Roxana zu dem Schluss, dass es das Beste sei, sich zu beschäftigen, und schlug ihm vor, er solle eine kleine Tasche für die Nachtwache im Turm des Schweigens packen. Sie ging hinein, um damit anzufangen.

Im Zimmer ihrer Mutter, das er sich mit Coomy geteilt hatte und dessen Decke vom Hammer verschont geblieben war, suchte sie in seiner Hälfte nach seinen Sachen. Ihr Blick wanderte dabei auf die andere Seite. An einem Haken hinter der Tür hing Coomys geblümtes Nachthemd. Ihre vernünftigen Schuhe standen unter dem Bett. Auf der Frisierkommode lag eine Liste mit Zahlen – sie hatte an den Haushaltsausgaben gearbeitet. Daneben lag ein spitzer Bleistift. Das Blatt war mit dem Gebetbuch beschwert. Roxana ging hinüber, um nachzuschauen: das Khordeh Avesta war beim Aiwisruthrem Geh aufgeschlagen. Also hatte Coomy gestern gebetet, irgendwann zwischen Sonnenuntergang und Mitternacht.

Sie begann hemmungslos zu weinen. Im Wohnzimmer hörten sie es und eilten zu ihr. Als sie sie mit Coomys Gebetbuch in der Hand dastehen sahen, verstanden sie.

Wenig später kam der Leichenwagen. Zusammen fuhren sie zum Turm des Schweigens. Die Einleitungsformalitäten und rituellen Waschungen für die Bestattung, die am nächsten Nachmittag stattfinden sollte, wurden vollzogen, und der weiß gewandete Leichnam wurde auf dem Marmortisch in der Bethalle aufgebahrt. Einstweilen gab es nichts weiter zu tun.

Sie setzten sich auf die Stühle, die an der Wand des matt erleuchteten Raumes standen. Hin und wieder hörte man Stimmen von hinten und das Geklapper von Utensilien, die gewaschen und für die Bestattungszeremonie vorbereitet wurden. Dann verhallten die Geräusche, und Stille erfüllte den Bungalow.

Roxana stand auf, ging zur Tür und schaute über die Veranda hinaus. Wie üppig das Laub an den Bäumen und Büschen war, dachte sie – eine ganz andere Welt, hier oben auf dem Hügel. Und so ruhig, hoch über dem Staub und Gestank der Stadt.

Insektenlaute durchdrangen nach und nach die Stille, als es dunkel wurde. Es ließ diesen Ort noch friedlicher erscheinen, fand sie. Ihre Augen versuchten dem Pfad zu folgen, der an der Veranda vorbei und weiter den Hügel hinaufführte, wo er sich schließlich im Dämmerlicht verlor. Der Pfad, über den man morgen Coomys Leichnam tragen würde, dachte sie, hinauf und auf den Turm, und dann werden die Geier sich niederlassen …

Sie ging wieder hinein und warf Yezad einen Blick zu. Er nickte; es war Zeit zu gehen. Er verbeugte sich noch einmal vor dem Leichnam und trat zurück. Sie blieb noch einen Moment lang da, um einen Blick in das Gesicht zu werfen. Es war noch unbedeckt; morgen nach den Gebeten würde man das Tuch darüberziehen.

Coomys Gesichtsausdruck war jetzt so viel sanfter, dachte sie. Sie sah ihre Kindheitsschwester darin wiedergekehrt, die sie mit Zuneigung überhäuft und wie eine geliebte Puppe umhergeschleppt hatte. Und Tränen rannen ihr die Wangen hinunter.

Yezad berührte behutsam ihren Ellenbogen. Er legte den Arm um sie, sie wischte sich über das Gesicht, und langsam gingen sie zur Tür. Jal trat mit ihnen hinaus auf die Veranda.

Sie gingen den Weg hinunter, drehten sich dann noch einmal um und winkten. Dann wanderten sie den Hügel hinunter, der umhüllt war von Dämmerlicht und Vogelgesang, und das dichte Laub wölbte sich über sie wie ein großer dunkler Schirm.

In dem Taxi, das sie nach Pleasant Villa zurückbringen sollte, wartete Roxana, bis Yezad dem Fahrer den schnellsten Weg gewiesen hatte, und dann sagte sie: »Mir ist schrecklich zumute. In einem solchen Augenblick musste ich plötzlich an die Decke denken.«

»Mach dir nichts draus. Ich hatte den gleichen Gedanken. Das ist nur natürlich.«

»Und selbst wenn sie repariert würde und Pappa zurückkehren könnte, wie sollte Jal jemals allein zurechtkommen?«

»Vielleicht ist es uns bestimmt, für den Chief zu sorgen.«

Auf dem Rest des Weges schwieg er; er war seiner Lasten müde und konnte sie nicht länger tragen. Jetzt würde er alles in Gottes Hand legen – was immer Er wollte, würde geschehen, wie es ohnehin immer geschah.

Er bat den Fahrer, sie an der Straßenecke vor Pleasant Villa aussteigen zu lassen. Das restliche Stück gingen sie zu Fuß, um das Fahrgeld zu sparen. Roxana ging schon hinauf, während er noch einen Abstecher in die Apotheke machte, um dort zu telefonieren und Mr. Kapur zu sagen, dass er wegen der Bestattung am nächsten Tag nicht zur Arbeit kommen werde. Aber bei Mr. Kapur zu Hause nahm niemand ab.

Er ging heim und sah Roxana mit den Jungen auf dem Bett sitzen. Sie hatte die Arme um sie geschlungen. Murad stellte Fragen über den Unfall und wollte wissen, wie Tante Coomy gestorben sei, und Yezad und Roxana beantworteten alles so direkt, wie sie nur konnten.

»Komme ich mit zur Bestattung?«, fragte Jehangir.

»Möchtest du denn mitkommen?«

Er nickte.

»Und Murad?«

Auch er nickte.

Nach dem Abendessen ging Yezad wieder hinunter und versuchte noch einmal, bei Mr. Kapur anzurufen. Noch immer meldete sich niemand. Bis elf Uhr unternahm er in angemessenen Abständen drei weitere Versuche; dann gab er auf. Er würde am nächsten Morgen nach Bombay Sporting fahren und es ihm persönlich sagen müssen.

An der Tür klebte ein handgeschriebenes Schild. *Wegen eines Todesfalls in der Familie bleibt das Geschäft bis auf weiteres geschlossen. Wir bitten unsere geschätzten Kunden um Entschuldigung.*

Einen Augenblick lang war Yezad verwirrt – woher wusste Mr. Kapur von Coomys Tod? … und wie nett, dass er mich als Familie betrachtet …

Seine verworrenen Gedanken klärten sich allmählich. Nein, es konnte nicht Coomys wegen sein. Aber wer war dann gestorben? Noch ein Zufall? Ein Todesfall in meiner Familie, ein Todesfall bei Mr. Kapur …

Er holte seinen Schlüsselbund aus der Tasche, und dabei fiel ihm auf, dass die Handschrift auf dem Zettel nicht Mr. Kapurs war. Er beschloss, ins Geschäft zu gehen, anzurufen und herauszufinden, wer gestorben war. Er würde Mr. Kapur sein Beileid aussprechen und ihm von dem Verlust in seiner eigenen Familie berichten. Er öffnete die Querverriegelung und schob dann den Schlüssel ins Türschloss.

Der Schlüssel drehte sich, aber die Tür ging nicht auf. Er versuchte es noch einmal, ehe er das Vorhängeschloss an der Haspe am Fuße der Tür entdeckte. Man hatte ihn ausgesperrt. Warum? Vielleicht hatte die Person, die den Zettel geschrieben hatte, aus Sorge um die Sicherheit auch das Vorhängeschloss angebracht.

Er steckte seinen Schlüsselbund wieder ein und sah Husain herankommen. Er würde ihm die Lage erklären müssen.

»Salaam, sahab.«

»Tut mir Leid, Husain, wir können heute Morgen nicht hinein.«

Der Helfer nickte, hob die Hände in einer trauernden Gebärde zur Tür und ließ sie leblos fallen. »Es bricht mir das Herz, Sahab«, sagte er aufschluchzend.

Yezad fragte sich, weshalb Husain über einen Todesfall in Mr. Kapurs Familie so traurig sein konnte. Der Mann hatte wieder einen seiner überspannten Zustände und brauchte

Freundlichkeit. »Warum hier Zeit verschwenden, Husain miyan? Geh nach Hause, ruh dich aus. Bezahlt wirst du trotzdem. Und Mr. Kapur sehen wir, wenn das Geschäft wieder öffnet.«

Husain starrte ihn entsetzt an. »Was sagen Sie da? Wir werden Kapur sahab nie wieder sehen!«

Yezad lehnte sich an die Tür, um sich gegen das Straßenpflaster zu wehren, das sich schwankend ringsum gegen ihn drehte. Er ließ sich auf die Treppenstufe sinken, und die Anstrengung hätte ihn beinahe hinunterfallen lassen. Husain stützte ihn, und dann setzte er sich neben ihn und weinte.

»Erzähl mir, was passiert ist«, bedrängte Yezad den Helfer.

»Was soll ich erzählen? Sie haben ihn umgebracht ... zwei Männer.« Er zuckte die Achseln, als wäre das schon die ganze Geschichte.

Mit Mühe brachte Yezad seine eigenen Gefühle unter Kontrolle; behutsam redete er auf Husain ein, stellte ihm eingehende Fragen nach den Männern – was sie gesagt hätten, ob es einen Kampf gegeben habe. Er sprach jetzt Hindi, wie Mr. Kapur es getan hätte, um den Helfer zu ermutigen, sich freier auszudrücken.

Husain strengte sich an und begann von neuem. »Ich war draußen vor dem Laden. Ich konnte hören, wie Sahab ihnen sagte, das Geschäft ist geschlossen, nur für Kinder geöffnet. Sie lachten und sagten, was sie vorhätten, könnten sie besser in einem geschlossenen Geschäft erledigen.«

Die Anspannung der Erinnerung verzerrte sein Gesicht. »Sie nannten ihn Punjoo – wir werden dir eine Lektion erteilen, du Punjoo, sagten sie und stießen ihn nach hinten. Sie schlugen ihm in den Magen und gaben ihm Fußtritte. Ich wollte schreien, aber meine Stimme wollte nicht. Plötzlich nahm Sahab einen Kricketschläger und drohte sie zu verprügeln – ›Ich schlage einen Sechser mit eurem Kopf‹, rief er.«

Der Gedanke daran, wie sein Sahab die Oberhand gehabt hatte, ließ ihn einen Augenblick lang strahlen. Aber die Schilderung Mr. Kapurs, unverwüstlich, trotzig bis zum Ende, wirkte verheerend auf Yezad, und einen Augenblick lang vergaß er Husains zartes Gemüt. Aber dann fasste er sich wieder. »Phir kya hua, Husain?«

»Die Männer bekamen Angst und rannten hinter die Theke. Aber sie zogen Messer heraus. Sie umkreisten ihn, und dann war der eine hinter ihm. Sahab schrie auf. Jetzt schrie auch ich, denn meine Stimme kam zurück, und sie liefen weg wie Hunde.

Sahab fiel zu Boden, ich stürzte hinein. Erst konnte ich das Blut gar nicht sehen, weil er seine roten Sachen anhatte. Aber dann durchtränkte es den weißen Besatz. ›Hilf mir, Husain‹, sagte er. ›Ruf meine Frau an.‹ Das tat ich, und ich hörte Kapur bibis Stimme und wiederholte, was er mir gesagt hatte: Kapur sahab hatte einen Unfall, rufen Sie einen Krankenwagen, kommen Sie schnell.«

Yezad nickte aufmunternd, und Husain erzählte weiter. »Sie brachten ihn ins Krankenhaus, ich fuhr mit, Kapur sahab sagte ihnen, er brauche mich. Ich hielt die ganze Zeit seine Hand, bis Kapur bibi kam. Sie brachten einen Schlauch an, um Blut aus einer Flasche in seinen Körper fließen zu lassen, weil er so viel von seinem eigenen Blut vergossen hatte. Ich sagte ihnen, wenn sie mehr brauchten, könnten sie es von mir nehmen. Sie haben es geprüft und gesagt, nein, sie brauchten die gleiche Sorte.«

Er schwieg kurz und fragte dann unter Tränen: »Warum sagt das Krankenhaus nein zu meinem Blut? Weil meins von der Muslim-Sorte ist, und Kapur sahabs ist Hindu?«

»Nein, nein, Husain – absolut nicht. Sie reden von Blutgruppen, und das ist eine medizinische Angelegenheit, keine religiöse. Deine Blutgruppe kann eine andere sein als die deines eigenen Bruders, und Kapur sahab kann eine andere Blutgruppe haben als Kapur bibi. Hat nichts mit Religion zu tun.«

»Hanh, achha.« Husain nickte; die Erklärung tröstete ihn. Dann besann er sich darauf, wo er abgebrochen hatte. »Am Abend atmete Sahab nicht mehr, und da nahmen sie den Blutschlauch ab.«

Er schlug sich mit der Hand an die Brust. »So ein guter Mann! Warum ermorden sie gute Menschen?«

Yezad wünschte, er könnte sich den Luxus leisten, besäße die Einfalt, so zu trauern wie Husain. Aber er würde später Zeit haben, seine eigenen Gefühle zu erforschen; jetzt brauchte Husain ihn.

»Wie können wir das wissen, Husain? Es ist der Wille Allahs.« Er legte ihm den Arm um die Schultern, wie Mr. Kapur es getan hätte. »Was ist mit der Polizei?«

»Polizei?« Husains Verachtung klang unüberhörbar durch seinen Schmerz. »Sie haben mir Fragen gestellt, viele Fragen. Ich habe ihnen alles erzählt. Wie die Männer ausgesehen haben, was sie gesagt haben. Sie haben es aufgeschrieben. Müssen Räuber gewesen sein, sagten sie, und mein Geschrei hat sie verjagt. Keine Chance, etwas zu stehlen.

Ihre Worte ergaben keinen Sinn für mich. Ich habe ihnen erzählt, dass Shiv-Sena-Leute am Morgen gekommen waren, und von dem großen Streit. Ich hatte Angst, darüber zu reden. Aber ich wollte, dass die Polizei die Hunde fängt, die Kapur sahab ermordet haben.« Husain schwieg gedankenverloren.

Yezad wartete eine Weile und stieß ihn dann sanft an.

»Sie sagten, es sei nicht recht, Shiv Sena da hineinzuziehen, es gebe keine Beweise. Ein Polizist lachte sehr hässlich. Er sagte: ›Ihr Muslime – immer wollt ihr Shiv Sena die Schuld geben.‹ Er machte mir Angst. ›Es tut mir sehr Leid, Police sahab‹, sagte ich mit gefalteten Händen. ›Das ist nicht meine Absicht. Bitte bestrafen Sie die Mörder, wer immer sie sein mögen. Ich habe es nur erwähnt, weil Sie alles wissen wollten.‹«

Husain schauderte es jetzt; er nestelte am Riemen seines Chappal und schüttelte den Kopf. Yezad tätschelte ihm das Knie und sagte, er sei sehr tapfer gewesen.

»Jetzt muss ich zu Kapur bibi. Ihr mein Beileid auszusprechen und ihr meine Hilfe im Geschäft anzubieten. Möchtest du mitkommen?«

»Sie weiß, dass ich trauere. Ich bleibe hier.«

Yezad berührte seine Schulter; dann erhob er sich von der Treppe und ging die Straße hinunter. Seine Gedanken waren in Aufruhr, während er sich mühte, die Neuigkeit zu erfassen; blindlings stürmte er voran, prallte gegen Leute und stolperte auf dem unebenen Gehweg.

In der Nähe von Mr. Kapurs Haus blieb er benommen stehen und versuchte sich zu orientieren. Er musste nach dem Weg fragen, um sicherzugehen, dass er auch in die richtige Seitenstraße einbog. Auf dem Weg dorthin hatte er an nichts anderes denken können als an seine Verschwörung mit Vilas und den Schauspielern; er gab ihnen die Schuld, gab sich selbst die Schuld an dem, was Mr. Kapur zugestoßen war … der arme Mann, grundlos ermordet … kein Wunder, dass er geglaubt hatte, man wolle ihn hereinlegen, als die echten Shiv Sainiks kamen … aber wer hatte ahnen können, dass sie kommen würden? Das war das Problem: Niemand rechnete mit der Möglichkeit des Zufalls …

Er betrat den granitverkleideten Eingangsflur des Gebäudes und starrte mit leerem Blick auf das Verzeichnis an der Wand. Der Wachmann fragte ihn, wen er suche, und nannte ihm die Nummer der Wohnung. Ein Hochgeschwindigkeitsaufzug schnellte ihn hinauf in den sechzehnten Stock des Luxushochhauses.

Die Wohnungstür der Kapurs stand offen, und wie gelähmt blieb er im Gang stehen und überlegte, ob er läuten oder einfach hineingehen sollte. Der Messingtürgriff hatte die Form einer Sitar. Drinnen wimmelte es von Leuten. Aus einiger Entfernung hätte es ausgesehen, als sei eine große Party in vollem Gange, dachte er – wenn die weißen Kleider und das Gemurmel gedämpfter Stimmen nicht gewesen wären …

Neue Besucher, die hinter ihm erschienen, zogen ihn in ihrem Kielwasser mit sich hinein. Er beschloss, Mrs. Kapur sein Beileid auszusprechen und schnell wieder zu gehen.

In der marmorgefliesten Diele zögerte er und überlegte, in welche Richtung er sich wenden sollte. Die Geschäftigkeit ließ vermuten, dass Mrs. Kapur sich in einem Zimmer zur Rechten aufhielt. Zaghaft ging er darauf zu; er spürte, dass die Gäste, wahrscheinlich Verwandte und enge Freunde, ihn musterten und sich fragten, wer er sei. Jemand begrüßte ihn und schüttelte ihm die Hand.

»Eine erschreckende Geschichte«, sagte der Mann leise. »Was für ein schändlicher Ort des Verbrechens Bombay geworden ist.«

»Entsetzlich«, sagte Yezad und schüttelte den Kopf. »Mrs. Kapur …?«

»Ja, ja, bitte, in dem Zimmer da.«

Yezad ging weiter und nickte den Leuten zu, denen er in der Diele begegnete. Er spähte durch die Tür: Ja, er hatte Mrs. Kapur gefunden. Da saß sie, in einem Sessel am Fenster.

Aber eine Phalanx von Verwandten umringte sie, und er stellte bald fest, dass es schwierig war, sie zu durchbrechen. Jedes Mal, wenn er versuchte, näher heranzukommen, manövrierte ihn jemand aus. Es wäre unschicklich, dachte er, sich energischer zu bemühen, und so wartete er, bis sich eine Öffnung auftäte.

Alle schienen wie besessen darauf aus zu sein, Körperkontakt mit Mrs. Kapur zu haben, stellte er fest. Als wäre ihre Trauer mit Argwohn zu betrachten, wenn sie nicht ihre Finger umklammerten, ihr übers Haar strichen, die Hände an ihre Wangen legten. Die arme Frau … eine solche Tragödie, und dann musste sie das hier ertragen …

Er hielt sich hinter einer Gruppe, die schon mehr als ihren Teil an Beileidsbekundungen abgelegt hatte. Ihrem Getuschel entnahm er, dass sie Mr. Kapurs Leichnam erwarteten – die Polizei hatte ihn nach der gerichtsmedizinischen Untersuchung freigegeben, und jetzt würde er bald eintreffen.

Dann meldete eine aufgeregte Stimme auf dem Balkon: »Ja, ich glaube, sie kommen!« Etwas, das aussah wie ein Leichenwagen, war in die Gebäudeeinfahrt eingebogen.

Alles strömte auf den Balkon, um nachzuschauen. Aber es war falscher Alarm – nur ein Möbelwagen.

»Tut mir sehr Leid«, sagte der Mann. »Von hier oben ist es nicht leicht, so tief unten etwas zu erkennen. Ich sollte mir das Fernglas aus Vikrams Arbeitszimmer holen.« Er machte sich auf die Suche.

Aber diese Ablenkung gab Yezad Gelegenheit, an Mrs. Kapur heranzukommen. Ob sie sich an ihn erinnern würde? Sie hatten sich vor Jahren kennen gelernt, als sie noch die Gewohnheit gehabt hatte, im Geschäft vorbeizukommen.

»Ich bin Yezad Chenoy«, sagte er, »vom Bombay Sporting …«

»Natürlich«, sagte sie und nahm seine Hand. »Bitte setzen Sie sich.«

Sie deutete auf den Sessel neben ihr, der wegen der Balkonepisode frei geworden war. Er nahm auf der Kante Platz; der Verzicht auf Bequemlichkeit war ein Zeichen seines Respekts. Ihre Haltung war bemerkenswert, fand er, besonders im Kontrast zu den anderen ringsum.

»Es war ein solcher Schock«, sagte er leise. »Ich habe heute Morgen den Zettel gesehen, als ich ins Geschäft gehen wollte. Dann kam Husain und hat mir erzählt, was passiert ist.«

»Der arme Husain«, sagte Mrs. Kapur. »Er ist ganz durcheinander. Nur ein ungebildeter Hilfsarbeiter, aber was für eine Hilfe war er mir gestern. Vikram hatte großes Glück mit seinen Angestellten. Sie wissen, dass er Sie sehr gern hatte. Er hat immer in den höchsten Tönen von Ihnen gesprochen.«

»Es war mir eine Ehre und eine Freude, für Mr. Kapur zu arbeiten«, murmelte er mit zitternder Stimme. »Wenn ich irgendetwas tun kann … was das Geschäft angeht … oder sonst etwas …«

»Danke, dass Sie gekommen sind, Yezad«, sagte sie.

»Nicht der Rede wert. Ich kann leider nicht zur Bestattung kommen. Wissen Sie, meine Schwägerin ist gestern ebenfalls gestorben – ein Unfall.«

»Ich bin betrübt, das zu hören. Aber das verstehe ich natürlich. Die Familie geht vor.«

Er reichte ihr noch einmal die Hand und flüsterte dann: »Da ist noch etwas, Mrs. Kapur …«

»Ja?«

Er war verlegen und wusste nicht, wie er ihr von dem Schwarzgeld erzählen sollte, von den unversteuerten Einnahmen, die im Geschäft versteckt waren. »Wissen Sie, in Mr. Kapurs Büro ist ein großer Koffer.«

Sie lächelte verschwörerisch. »Der ist in Sicherheit. Dank Husains Geschrei haben die Diebe die Flucht ergriffen. Ich habe ihn nach Hause geholt.«

»Das ist gut«, sagte Yezad, und wieder staunte er über ihre ruhige Gefasstheit.

»Was das Geschäft angeht, werde ich Sie informieren«, versprach sie. »Sobald ich meine Entscheidung getroffen habe.«

»Wenn Sie mich in irgendeiner Eigenschaft benötigen …«

»Ja, danke.«

Er merkte, dass die Leute, die darauf brannten, ihr zu kondolieren, seine Anwesenheit allmählich mit Ungeduld betrachteten. Eine Frau hatte sich schon hinter seinen Sessel gezwängt und rieb Mrs. Kapurs Nacken. Eine andere hatte den Arm ausgestreckt und Mrs. Kapurs Schulter in Beschlag genommen, und sie fixierte ihn mit einem halb feindseligen Blick, der ihre Leichenbittermiene in Zweifel stellte. Er fühlte sich an ein Foto erinnert, das er einmal in *National Geographic* gesehen hatte: von einer Grimasse im Begrüßungsritual der Maori.

Der Eifer der Frau war beunruhigend. Yezad gab Mrs. Kapur die Hand und verabschiedete sich, und dann löste er sich behutsam aus dem anbrandenden Gedränge um sie herum.

Zwischen Bestattung, Uthamna und Charam, in den vier Tagen des Gebets und der Zeremonien, sahen sie Jal regelmäßig. Und jedes Mal wirkte er erschöpfter als zuvor. Dann trafen sie sich eine Zeit lang nicht mehr, und Roxana fragte sich, ob es ihm gut gehe.

»Er weiß, dass er gern jederzeit um Hilfe bitten kann«, sagte Yezad.

Zwei Abende später kam Jal zu Besuch und gestand, dass die letzte Woche ihn sehr ermüdet habe; deshalb sei er zu Hause geblieben, um sich auszuruhen und nachzudenken. Er hatte ein paar Aluminiumbehälter mit Lebensmitteln mitgebracht, die er ihnen überreichte: Es sei so viel übrig zu Hause, erklärte er – er habe die Seva-Sadan-Lieferungen noch nicht von zwei Personen auf eine umstellen lassen.

In seinem Korb waren Koteletts, Kartoffelpüree, eine kleine Schüssel mit Sauce und Karamellcreme. Roxana nahm alles eifrig entgegen; es würde ein schönes Abendessen abgeben, und wenn man die Sauce mit etwas Wasser verlängerte, würde sie auch für fünf reichen.

Dann sprach Jal von den letzten paar Tagen und erzählte, in den Nächten im Turm des Schweigens habe er trotz seiner Erschöpfung so friedlich geschlafen wie noch nie im Leben.

»Das glaube ich gern«, sagte Yezad. »Vor ein paar Jahren war ich wegen meines Vaters da. Ich hatte gelobt, bei ihm zu sitzen, bis die Sonne aufginge. Aber Doongerwadi ist ein magischer Ort. Er nahm mir den Schmerz und die Trauer und hinterließ stattdessen Frieden. Fast, als wären Engel und Fareshtas herabgestiegen, um mich zu trösten.« Er lächelte Roxana zu, um zu bestätigen, dass er ihren Ausdruck verwandt hatte, und fuhr dann fort: »Gegen drei Uhr morgens, das weiß ich noch, bin ich eingeschlafen. Und ich habe so tief geschlafen, als ob die Hand meines Vaters mir den Kopf streichelte und den Rücken massierte, wie er es getan hat, als ich klein war.«

»Genau so habe ich mich auch gefühlt«, sagte Jal. Dann berichtete er, dass er am Tag zuvor an einigen Gebeten für Edul teilgenommen habe – als versöhnliche Geste an Manizehs Familie, die ihn für Eduls Tod verantwortlich machte. Um sein Sandelholz dem Feuer zu übergeben, habe er an der Sitzreihe der Angehörigen vorbeigehen müssen, und diese Gelegenheit habe er benutzt, ihnen zuzunicken und seine Stirn zu berühren. Händedruck und Beileidsäußerungen habe er sich lieber für später aufsparen wollen.

»Aber als die Gebete zu Ende waren, brachten sie Manizeh im Handumdrehen weg. Ich habe sie überall im Feuertempel gesucht, und auch im Garten, aber sie war nicht mehr da.«

»Du bekommst sicher noch eine Chance«, sagte Yezad. »Oder du kannst einen Kondolenzbesuch machen; sie wohnt ja unter dir.«

»Nein, die Wohnung ist jetzt leer; sie ist wieder bei ihren Eltern. Hoffentlich zürnen sie mir nicht für immer. Schreckliche Sache, so ein Zorn.« Er schüttelte den Kopf. »So viele unglückliche Ehen ziehen sich im Streit in die Länge, und hier wurde ein glücklich liebendes Paar auseinander gerissen. Was ist diese absurde Macht namens Schicksal?«

»Der Mensch denkt, Gott lenkt«, war Yezads Erklärung. »Wir sollen gar nicht alles verstehen. Wir machen uns nur selbst das Leben schwer, wenn wir es versuchen.«

»Du hast Recht«, sagte Jal. »Übrigens, ich habe mir vorgenommen, morgen zu Inspector Masalavala zu gehen und ihm für seine Hilfe zu danken. Und bei Dr. Fitter, für die Totenscheine.«

»Gute Idee. Bitte richte ihnen auch unseren Dank aus.«

Jal ging, bevor sie sich zum Abendessen setzten. Roxana wärmte das Essen auf, das er mitgebracht hatte, und sah bestürzt, wie viel es war. »So viele Koteletts – hat er auch genug für sich selbst behalten?«

»Ich glaube nicht, dass er vorhat, zu verhungern.«

»Coomy hat doch die ganze Hausarbeit gemacht. Es muss so schwer sein für ihn.«

»Er ist kein Kind. Er wird zurechtkommen.«

Jal läutete am nächsten Abend um kurz nach halb sieben an Inspector Masalavalas Tür. Er würde nicht lange bleiben, nahm er sich vor – und dann weiter zu Dr. Fitter.

Aber als das Hausmädchen öffnete, sah Jal, dass der Arzt mit dem Inspector im Wohnzimmer saß. Sie hatten es sich in geräumigen Rattansesseln bequem gemacht und weiche Kissen hinter sich gestopft. Auf der Glasplatte eines Rattantischs standen zwei Drinks mit Eiswürfeln.

»Bitte behalten Sie doch Platz«, sagte er, und die beiden blieben mit Vergnügen sitzen und reichten ihm die Hand aus der gemütlichen Tiefe ihrer Sessel.

»Ich bin gekommen, um Ihnen zu danken, Inspector. Für all die Hilfe, die Sie uns letzte Woche gewährt haben. Und nachher wollte ich auch bei Ihnen an die Tür klopfen, Doktor, um mich auch bei Ihnen zu bedanken.«

»Da können Sie zwei Fliegen mit einem Klopfen danken«, sagte Dr. Fitter.

»Bitte setzen Sie sich doch«, sagte Inspector Masalavala. »Ich wollte unserem guten Doktor ebenfalls meine Dankbarkeit erweisen. Kommt auf meine Bitte hin aus dem Ruhestand zurück, eh?« Er lachte. »Deshalb habe ich ihn auf einen Drink eingeladen.«

Inspector Masalavala untertrieb, denn es war mehr als nur ein Drink: Er verwöhnte Dr. Fitter mit einem doppelten Scotch aus seiner kostbaren Flasche Johnny Walker Blue Label. Ob Jal auch einen Schluck nehmen wolle, fragte er.

»Nein danke, ich möchte jetzt nichts trinken.«

»Das verstehe ich. Ich bedränge Sie nicht«, sagte der Inspector und stellte die Flasche rasch wieder zur Seite. »Etwas anderes vielleicht? Etwas Kaltes?«

»Nein, gar nichts, ehrlich. Ich wollte Ihnen nur sagen, wie dankbar ich bin. Das gilt für die ganze Familie – ich soll Ihnen beiden danken.«

»Keine Ursache, überhaupt keine Ursache.«

»Es ist das Mindeste, was wir tun können.«

Sie griffen nach ihren Gläsern. »Salaamati«, sagte Inspector Masalavala.

»Tandarosti«, antwortete Dr. Fitter.

Es war kurz still, während sie ihren Whisky genossen. Dann sagte der Inspector, er sei froh, dass er habe behilflich sein können. »Wenn wir uns in der Not nicht um unsere eigenen Leute kümmern, wer wird es dann tun?«

»Ganz meine Meinung«, sagte Dr. Fitter.

»Aber es war sehr freundlich von Ihnen«, sagte Jal.

»Durchaus nicht, durchaus nicht.«

Sie nippten an ihrem Scotch, priesen seine vorzügliche Qualität und sonnten sich im warmen Glanz ihrer guten Tat. Jal tat es wohl, ihnen zuzusehen, wie sie ihre Drinks genossen. Der Arzt erkundigte sich, wie es Professor Vakeel gehe, und Jal sagte, nicht sehr gut.

»Das ist das Problem mit dem verdammten Parkinson«, knurrte der Arzt. »Wird nicht besser.«

»Gerade bevor Sie kamen, Jal«, sagte Inspector Masalavala, »haben wir über die Zukunft der Parsi-Gemeinde geplaudert.«

»Ach ja? Über die Debatte zwischen Orthodoxen und Reformisten?«

»Das ist nur ein Teil davon. Entscheidender ist die sinkende Geburtenrate bei uns, die Tatsache, dass unsere Männer und Frauen Nichtparsen heiraten, und die massive Migration in den Westen.«

»Geier und Krematorien werden bald überflüssig sein«, erklärte Dr. Fitter, »wenn es keine Parsen mehr gibt, um sie zu ernähren. Was ist Ihre Meinung?«

»Ich weiß nicht recht«, sagte Jal, der sich nur ungern in eine Diskussion über dieses brisante Thema verwickeln lassen wollte. »Wir waren von Anfang an eine kleine Gemeinde. Aber wir haben überlebt, und es ist uns gut gegangen.«

»Das waren andere Zeiten, eine andere Welt«, sagte Inspector Masalavala. Er war nicht in der Stimmung, Optimismus hinzunehmen. »Die Demographen sind davon überzeugt, dass es in fünfzig Jahren keine Parsen mehr geben wird.«

»Ausgestorben – wie die Dinosaurier«, ergänzte Dr. Fitter. »Sie werden unsere Knochen studieren müssen. Mehr gibt es dann nicht mehr.«

Jal lächelte. Er mochte den Arzt trotz seiner bärbeißigen und unverblümten Art. Sein Humor war die Verkörperung des parsischen Geistes, der Fähigkeit, im Angesicht der Finsternis zu lachen.

»Dann wird man Sie Jalosaurus nennen«, sagte Dr. Fitter. »Und ich bin Shapurjisaurus. Und wenn sie die Knochen meines Vaters finden, haben wir einen Pestonjisaurus mit einem Pugree auf dem Kopf. Und unser Inspector hier, der seinen Scotch liebt, wird der mächtige Whiskysaurus sein, mit einer Magnumflasche Blue Label unter dem Arm. Einstweilen lassen Sie uns essen, trinken und fröhlich sein.«

Sie lachten, der Arzt und Jal, und dieser spürte, wie gut es tat, wieder zu lachen.

Der Inspector blieb ernst und fragte sich, was an dem Gedanken an parsische Dinosaurier komisch sein sollte. »Ich werde sehr deprimiert, wenn ich an diese Dinge denke. Das Frustrierendste daran ist, dass wir die Mittel haben, um die Katastrophe abzuwenden.«

»Wirklich?«, fragte der Arzt.

»Nehmen Sie die sinkende Geburtenrate. Unsere parsischen Jungen und Mädchen wollen erst heiraten, wenn sie eine eigene Wohnung haben. Was in Bombay praktisch unmöglich ist, oder? Aber sie wollen nicht unter einem Dach mit Mummy und Daddy schlafen. In den anderen Gemeinschaften treiben sie es unterdessen im selben Zimmer, vom selben Dach ganz zu schweigen, voneinander getrennt allenfalls durch eine Sperrholzwand oder einen zerrissenen Vorhang. Unsere kleinen Lords und Ladys wünschen Schalldämpfung und Privatsphäre. Diese abendländischen Ideen sind schädlich.«

»Wahrhaftig«, sagte Dr. Fitter. »Das Komische ist nur, dass wir uns einmal etwas darauf eingebildet haben, verwestlicht zu sein, fortschrittlicher.«

»Ja, aber hören Sie sich meine Lösung an. Wenn der Mangel an Privatsphäre einer Ehe im Wege steht, sollte der Parsi Panchayat für die notwendigen Umbauten in der Wohnung der Eltern aufkommen. Man nimmt eine Ecke und macht sie absolut schallsicher, sodass das Paar dort hineingehen und sich vergnügen kann. Da können sie so viel Lärm machen, wie sie wollen. Und jede Menge Babys dazu.«

»Ein Paarungszimmer?«, fragte Dr. Fitter. »Glauben Sie, die jungen Paare wollen so etwas haben?«

»Einen Versuch wäre es wert. Aber Privatsphäre ist nicht das einzige Problem. Es gibt viele wohlhabende Paare, die allein in neuen Wohnungen leben und nur ein Kind produzieren. Zwei, wenn wir Glück haben. Die Parsen scheinen die einzigen Leute in Indien zu sein, die sich an die Richtlinien der Familienplanung halten. Der Rest des Landes vermehrt sich wie die Karnickel.«

»Nun ja«, sagte Dr. Fitter, »Ihre Demographen werden Ihnen aber auch sagen, dass die Geburtenrate desto niedriger ist, je gebildeter eine Gemeinschaft ist.«

»Dann müssen wir das ändern. Ich habe zwei Vorschläge. Erstens, man muss unseren jungen Leuten verbieten, mehr als ein Bachelor-Diplom zu erwerben. Geben wir ihnen

Geldprämien, wenn sie weniger studieren. Und denjenigen, die trotzdem ein Postgraduiertenstudium absolvieren wollen, sagen wir, dass sie keine Stipendien vom Panchayat erhalten, wenn sie sich nicht vertraglich verpflichten, so viele Kinder zu zeugen, wie es in ihrer Familie Personen gibt, die über fünfzig sind. Aber höchstens sieben – wir wollen ja die Gesundheit unserer jungen Frauen nicht ruinieren.«

»Verstehe«, sagte Dr. Fitter. »Aber was ist mit denen, die vielleicht medizinische Probleme haben und unfruchtbar sind?«

»Das ist keine Entschuldigung«, sagte der Inspector. »Nicht mehr heutzutage, mit In-vitro-Fertilisation und all den atemberaubenden Technologien, mit denen sich Mehrfachgeburten herbeiführen lassen. Wir können sechs oder sieben Parsen auf einen Schlag produzieren, sage ich Ihnen.«

»Ah«, sagte der Arzt. »Ein hochinteressanter Vorschlag.«

»Unsere Gemeinde, unsere Jugend muss die Freuden der Großfamilie wieder entdecken«, fuhr Inspector Masalavala fort, ohne zu bemerken, dass Jal und der Arzt ein Lächeln wechselten. »Sie müssen erkennen, was sie versäumen. Kinderlachen, das das Heim erfüllt wie eine fröhliche Musik, eine Frau, die in der Küche mächtige und herzhafte Mahlzeiten zubereitet, das Klappern von Töpfen und Pfannen, die Düfte von Dhansak und Dhandar.«

»Und Sie werden bei Ihrem Plan sicherstellen«, sagte der Arzt, »dass die Übel, die Großfamilien sonst begleiten, sich hier nicht einschleichen und Freude und Glück ruinieren können?«

»Ja natürlich«, versicherte ihm der Inspector. »Welche Übel meinen Sie?«

»Die üblichen – Krankheit, Armut …«

»Ach, das. Nein, nein, der Panchayat hat genug Geld. Das Einzige, was uns Sorge bereiten kann, sind die Gedanken des

Individualismus. Gift. Reines Gift – das sind diese Ideen für die Parsi-Gemeinschaft.«

»Mein lieber Freund«, seufzte der Arzt. »Es ist schwer, den Marsch der Ideen aufzuhalten.«

»Wir müssen es versuchen«, erklärte der Inspector streng. »Sie bringen zu viel Jammer hervor. Nehmen Sie Edul Munshi zum Beispiel. In der Blüte seiner Jugend zu Tode gequetscht. Weshalb? Wegen seines albernen Heimwerkerhobbys. Hätte er seine Pflicht als Parse getan und ein halbes Dutzend Kinder bekommen, dann hätte er gar keine Zeit gehabt, mit seinem Werkzeug herumzuspielen. Er würde noch leben.«

»Stimmt«, sagte Jal. Das war bis jetzt das Einzige in Inspector Masalavalas Tirade, was ihm einleuchtete.

»Dasselbe gilt für Ihre Schwester. Ich will Sie nicht verletzen, Jal, aber wenn sie geheiratet hätte, dann wäre sie im Haus ihres Mannes gewesen, weit entfernt von dem Stahlträger, der ihr den Schädel gebrochen hat.«

»Wenn, wenn, wenn«, sagte Dr. Fitter. »Wenn es uns bestimmt ist auszusterben, dann wird uns nichts retten.«

»Ja«, sagte Inspector Masalavala. »Aber für die Welt wird es ein Verlust sein. Wenn eine Kultur verschwindet, ist die Menschheit der Verlierer.«

»Einverstanden«, sagte Dr. Fitter. »Vielleicht sollten wir für die Nachwelt eine Zeitkapsel vergraben. Zu öffnen in eintausend Jahren. Mit Rezepten für Dhansak, Patra-ni-machhi, Margi-na-farcha und Lagan-nu-Creme.«

Dieser Vorschlag gefiel Inspector Masalavala, und seine Miene hellte sich auf. »Wie wär's, wenn man auch das Zend-Avesta dazulegt, und Texte und Musik für Chhaiye Hamay Zarthoshti?«

»Natürlich. Und ein paar alte Ausgaben von *Jam-e-Jamshed.*«

»Und ein paar Kassetten mit Adi Marzbans Radio-Comedys«, schlug Jal vor. »Die hat Coomy so gern gehört.«

»Und die kompletten Anweisungen und Erläuterungen zu allen unseren Ritualen und Zeremonien«, sagte der Inspector.

»Was immer Sie tun, Sie dürfen nicht vergessen, ein Exemplar unseres großen Navsari-Epos hineinzutun«, sagte der Arzt.

»Welches wäre das?«

»›Ek Pila Ni Ladai‹.«

Inspector Masalavala lachte und entspannte sich endlich doch ein wenig. »Aber mit einer englischen Übersetzung«, sagte er.

Die drei versuchten sich selbst daran und einigten sich auf »Die Schlacht um das Huhn« als Titel für das Gedicht. Sie gaben sich große Mühe, sich an all die Verse zu erinnern, die von der Frau erzählten, die mit ihren Nachbarn wegen ihres gestohlenen Huhns in Fehde lag – eine Konfrontation, die vierundfünfzig unvergessliche Tage währte. Mehrere Strophen waren der heimtückischen Art gewidmet, in der die finstere Tat begangen wurde, gefolgt von ihren Drohungen und Verwünschungen: eine Serie von grässlichen Krankheiten möge die Diebe befallen, sollten sie sich auch nur einen Bissen von dem gestohlenen Vogel zu Gemüte führen. Den größten Spaß machten ihnen die Verse, die sich mit einer Auflistung der Siechtümer befassten – ein endloser Strom von Heimsuchungen, von Typhus, Cholera, Diphtherie, Diarrhöe, Ruhr, Eiterfluss, Hämorrhoiden und Herpes bis zu Mumps, Masern, Malaria, Wahnsinn – und natürlich Hühneraugen.

Der Abend verging, und die drei füllten ihre imaginäre Zeitkapsel mit ihren Lieblingsgegenständen, antiken und modernen, ernsten und frivolen, heiligen und profanen, bis ihnen die Ideen ausgingen.

Seufzend goss Inspector Masalavala noch Scotch in die beiden leeren Gläser. »Wenn man bedenkt, dass wir Parsen es waren, die diese schöne Stadt erbaut und zur Blüte gebracht haben. Und in ein paar Jahren wird keiner von uns mehr da sein, um davon zu berichten.«

»Nun, wir sterben aus, und Bombay stirbt auch«, sagte Dr. Fitter. »Wenn der Geist erst fort ist, dauert es nicht lange, bis auch der Körper verwest und zerfällt.«

»Das ist schön«, sagte Inspector Masalavala und betupfte sich diskret den Augenwinkel. »Das leuchtet ein. Jetzt fühle ich mich besser.«

»Einstweilen wollen wir essen, trinken und fröhlich sein.«

Dann erschien Mrs. Fitter, um ihren Mann nach Hause zu holen, weil das Essen fertig sei.

»Ganz fertig oder fast fertig?«, fragte Dr. Fitter; er hatte seinen Scotch noch nicht ausgetrunken.

»Ganz fertig und fast auf dem Tisch«, sagte sie. »Wenn du trödelst, wird der Fisch kalt, Shapurji, und dann wirst du ununterbrochen maulen.«

Sie wandte sich den beiden anderen zu und klagte: »Dieser Parse, den ich da habe, ist ein so heikler Bursche – Sie sollten ihn hören. Man könnte meinen, er sei immer noch der Chef in seinem OP, wo er Befehle erteilt, und nicht mein pensionierter Dosaji.«

»Okay, Temido, du hast für einen Abend genug Malido aus meiner Ehre gemacht«, sagte er jovial. Er leerte sein Glas und stemmte sich mühsam aus seinem tiefen Rattansessel hoch.

Das Geplänkel des alten Ehepaars, die Liebe, die sie so offenkundig miteinander verband, empfand Jal als herzerwärmend. Er stand ebenfalls auf, um mit ihnen hinauszugehen.

Mrs. Fitter eilte voraus, während die beiden Männer noch ein wenig auf der Straße trödelten und im Dämmerlicht den Verkehr, die Leute und den Himmel betrachteten.

Der Abend hatte sich auf die Stadt gesenkt. Aber sie war frenetisch wie immer. Vital in ihrem Überschwang. Jal sah, dass Dr. Fitter das alles mit Befriedigung betrachtete und dabei vor sich hin nickte, während ein leises Lächeln auf seinen Lippen spielte, als bringe er einem Patienten eine gute Nachricht. Sie gaben einander die Hand, und dann eilte der Arzt nach Hause zu seinem Fisch.

Während er am Randstein wartete, um die Straße zu überqueren, schaute Jal auf die Uhr. Fast halb neun. Er war viel länger geblieben, als er vorgehabt hatte. Aber die Gesellschaft war überaus vergnüglich gewesen.

Seltsam, dachte er, wie Inspector Masalavalas endlos strömender Pessimismus von Dr. Fitter mit einer Hand voll Worte abgelenkt werden konnte, mit seinem durchtriebenen Humor, der düster dräuendes Unheil in etwas Komisches verwandeln konnte. Er wünschte, auch er hätte die Fähigkeit, sich mit Hilfe des Lachens einen Reim auf die Welt zu machen oder das Lachen wenigstens als Schild gegen ihre unablässigen Angriffe zu benutzen. Was den Inspector und seine Demographen anging, so war deren Verzweiflung etwas für Narren – er brauchte nur einen Blick auf Roxies und Yezads Familie zu werfen, auf ihre Söhne, um das zu wissen. Meine Neffen, dachte er voller Stolz.

Es gab keine Zeitung mehr, mit der Yezad sich die Zeit hätte vertreiben können. Er hatte sie zwei Tage nach Weihnachten abbestellt, weil ihm sein nächstes Gehalt nicht mehr sicher war. Die Jungen waren in der Schule, und er saß allein am Esstisch. Und gestern hatten die Cusmoo-Gebete für Coomy stattgefunden – das hieß, dass Bombay Sporting Goods jetzt schon seit zehn Tagen geschlossen war.

»Yezad, wie wird es im Geschäft weitergehen?«, fragte Roxana, überwältigt von dem Drang, ihrer Beklommenheit Luft zu machen. »Werden sie dich jetzt zum Geschäftsführer machen?«

Um ihretwillen musste er ruhig bleiben, beschloss er; sie durfte nicht merken, dass er sich um seinen Job Sorgen machte und nicht wusste, ob er ihn überhaupt noch hatte. »Mrs. Kapur braucht erst einmal Zeit, sich zu erholen. Überleg doch – ihr Mann im Laden ermordet, ohne jede Vorwarnung.«

»Du hast Recht, zehn Tage sind gar nichts«, sagte sie. »Nur, als Jehangoo und Murad ihre Uniformen anzogen …«

»Ja?«

»Ich hatte das Gefühl, dass sie abgenommen haben.«

»Aber Roxie, sie waren immer schon dünn.« Er tat amüsiert. »Du weißt doch, welches Spiel wir immer mit ihnen gespielt haben – wie wir ihre Rippen gezählt und darauf Klavier gespielt haben.«

Die Erinnerung munterte sie auf, und sie lächelte und ging in die Küche. Die Schnabeltasse mit dem Tee für ihren Vater ließ sie zum Abkühlen noch ein Weilchen stehen.

Yezad fragte sich, wie lange er diese äußerlich zur Schau getragene Ruhe noch würde aufrechterhalten können. Aber ihm blieb keine Wahl – wenn er sich nicht mehr in der Gewalt hätte, würde die Verzweiflung sie alle überwältigen. Wieder einmal rief er sich in Erinnerung, dass letzten Endes alles in Gottes Hand lag, und mit diesem Gedanken ging er auf den Balkon.

Die Schultern über das Geländer gebeugt und mit hängenden Ellenbogen starrte er auf die Straße hinunter. Der Papagei im dritten Stock auf der anderen Straßenseite hüpfte unaufhörlich in seinem Käfig umher, schob sich von einer Seite auf die andere und warf sich beinahe gegen die Gitterstäbe. Yezad verzog schmerzlich das Gesicht. Wenn das sein Vogel wäre, würde er den Käfig öffnen und ihn fliegen lassen.

Er ertrug den Anblick nicht länger und ging wieder hinein. Die Schnabeltasse mit dem Tee stand noch auf dem Tisch. Er fasste sie an – kühl genug. Er wollte Roxana rufen, aber dann besann er sich.

»Bereit, Chief, für deinen Tee?«

»Umm.«

Er setzte sich auf die Kante des Diwans und hielt Nariman die Tülle an die Lippen. Der Tee rann ihm aus dem Mundwinkel.

»Hoppla. Tut mir Leid, Chief, das ist eine verflixte Tasse.« Er griff nach der Serviette, die neben dem Kopfkissen lag, und wischte Nariman das Kinn ab. Die langen grauen Bartstoppeln verhakten sich im Stoff. Es war Wochen her, dass sie sich die Dienste des Friseurs hatten leisten können. »Gut, dass er so langsam wächst, Chief, sonst hättest du inzwischen einen Vollbart wie Karl Marx.«

Nariman versuchte zu lächeln, und Yezad reichte ihm noch einmal die Schnabeltasse. Jetzt hatte er den Bogen heraus und fand den richtigen Winkel, der einen beherrschbaren Fluss erlaubte. Er hielt die Tasse schräg, und Nariman schluckte.

Dann wurde ihm bewusst, dass er noch nie so dicht neben seinem Schwiegervater gesessen hatte, seit dieser vor Monaten ins Haus gekommen war.

Obwohl es nur eine kleine Tasse war, dauerte es eine Weile, bis der Tee getrunken war. Als das Rinnsal versiegt war, hob Nariman seine zitternde Hand und legte sie auf Yezads. Ihre beiden Hände hielten gemeinsam die Tasse und zitterten gemeinsam.

Yezad wusste, dass Nariman sich bedankte. Er schaute die Hand an, sah die langen Finger, deren Nägel geschnitten werden mussten. Die Knöchel sahen aus wie Strandkiesel, die den Elementen ausgesetzt waren; die Haut war beinahe durchscheinend, und man sah ihr das Werk der Zeit an, der ertragenen Jahre.

»Gern geschehen, Chief«, flüsterte er und schluckte den Kloß in seiner Kehle herunter.

Er brachte die Schnabeltasse in die Küche, und Roxana nahm an, er wolle sie daran erinnern.

»Aber sie ist leer«, sagte sie, als sie hineingeschaut hatte, und für den Bruchteil einer Sekunde war sie verwirrt, ehe sie begriff, dass er Pappa zu trinken gegeben hatte. Ihre Unterlippe zitterte.

»Er hat alles ausgetrunken«, sagte er und ging wieder hinaus.

»Okay, Chief, schneiden wir dir die Nägel.« Er hob Narimans Hand vom Bett und nahm sich als Erstes den Daumen vor. Der Tremor ließ seine eigene Hand zittern, und der Nagel entkam dem Clipper immer wieder.

»Versuchen wir es anders.« Er setzte sich seitwärts auf den Diwan und schlug die Beine übereinander, sodass sein Knie erhoben war. Auf dieses Knie legte er die Hand seines Schwiegervaters und hielt sie dann mit der eigenen Hand fest, die Finger über die Kniescheibe gespreizt. Mit jedem

Knipsen des Clippers flogen harte gelbe Halbmonde durch das Zimmer.

»So. Wie ist das?«

»Ausge ausgezeichnet.«

Aber die Kanten waren rau; die spröden Nägel waren unter dem Clipper gebrochen, statt sich schneiden zu lassen. Er klappte die Feile aus und fing an, die gesplitterten Nägel zu glätten, was Nariman zum Lächeln brachte.

»Besser, nicht wahr?« Yezad kontrollierte die Nägel noch einmal.

»Entkrallt. Und ha ha harmlos.«

»Du doch nicht, Chief. Nicht mit deiner Zunge.«

Sie lachten leise, und Yezad ließ den Blick über den Fußboden wandern und sammelte einen großen Teil der Nagelsplitter auf ein altes Stück Zeitungspapier. »Weißt du, Chief, eigentlich könnte ich dir auch gleich die Fußnägel schneiden.«

»Zu viel Um um um …«

»Macht überhaupt keine Umstände.«

Er zog die Decke von den Beinen und sah die Füße seines Schwiegervaters. Die Zehennägel waren viel härter, beinahe verhornt. Wie die Schnäbel von kleinen Vögeln, dachte er. Er sah sich um. Eine Träne lief Nariman über die Wange. Er tat, als habe er nichts gesehen, und drückte den Clipper zusammen.

Er las auch die Zehennagelabschnitte auf, legte sie auf das Zeitungspapier und wickelte es zusammen. »Und jetzt müssen wir etwas mit diesem Bart machen, Chief. Ich glaube, du hast deinen Rasierapparat mitgebracht, oder?«

Er war im Koffer, zusammen mit Rasierpinsel und Seife. Aber die Klinge war stumpf; es würde Kratzer und Schnitte geben, erst recht bei so langen Stoppeln. Yezad nahm eine neue Rasierklinge aus seiner eigenen Schachtel und ging mit seiner Plastikschüssel in die Küche, um heißes Wasser zu holen.

»Rasieren?«, fragte Roxana mit einem Blick auf den Fünf-Uhr-Schatten auf den Wangen ihres Mannes.

Er nickte und ging wieder ins Wohnzimmer. Dort breitete er ein Handtuch über Narimans Brust aus, befeuchtete seine Wangen und rührte einen kräftigen Schaum an, um die Bartstoppeln einzuweichen. Nariman sog die Lippen ein, damit der Pinsel auch unter seine Nase gelangen konnte.

»Alles klar«, sagte Yezad und tauchte den Rasierer ins heiße Wasser. Er fing an einem Ohr an und zog die Haut straff, um sie zu glätten; sein Daumen musste fest zufassen, ehe sie sich spannte. Nariman tat sein Bestes, um ihm zu helfen, versuchte den Mund schief zu ziehen oder die Wange aufzublasen.

Yezad arbeitete unter dem Kinn, als Roxana hereinkam. Sie sah, wie er sich über Pappa beugte, und geriet für einen Augenblick in Panik – war etwas passiert? Dann begriff sie, was er tat. Sie hielt eine Hand vor den Mund, um still zu bleiben.

Als er fertig war, wischte er die verbliebenen Schaumflöckchen aus den Nasenlöchern und von den Ohrläppchen, sammelte das Rasierzeug ein und drehte sich um. Er sah sie in der Tür stehen, sah, wie ihre Augen überflossen von einer so inbrünstigen Dankbarkeit, dass er die eigenen schuldbewusst niederschlug.

Kurz vor der Abendbrotzeit kam Jal mit einem neuen Lebensmittelpaket. »Wieder jede Menge übrig«, sagte er fröhlich. »Es macht euch hoffentlich nichts aus.«

»Nein, es kommt sehr gelegen«, sagte Roxana; sie war dankbar, aber sie wusste nicht, wie Yezad auf diese Gaben reagieren würde.

Dann sah er Nariman, wie aus dem Ei gepellt und beinahe

flott – wenn man im Bett flott aussehen konnte. »Hallo! Bist du das wirklich, Pappa?«

»Onkel, fühl mal«, sagte Jehangir und drückte das Kinn seines Großvaters. »Ganz weich und glatt, wie früher.«

Jal zögerte.

»Fass an – es fühlt sich so schön an.«

Er beugte sich von seinem Stuhl herüber und strich sanft über das Kinn. »Jehangir hat Recht. Besser rasiert als ich.«

Nariman lächelte. »Yezad … ver ant wort lich für meine Ver…«

»Verwandlung? Ja?« Er schaute Yezad an, und der wandte sich ab.

Aber Roxana stimmte ein eifriges Loblied an. »Maniküre, Pediküre, Gesichtspflege, alles! Yezad hat Pappa eine komplette Schönheitsbehandlung verpasst!«

Sie lachten, und Murad meinte scherzhaft, vielleicht sollte Daddy Monsieur Chenoys Salon de Beauté eröffnen.

»Hat gerade ein bisschen Französisch gelernt, und jetzt hört bloß, was für große Reden er führt«, sagte Yezad voller Stolz.

»Weißt du, Daddy«, sagte Jehangir nachdenklich, »wenn du dich auf alte Leute spezialisierst, hättest du wahrscheinlich eine Menge Kunden. Es gibt bestimmt viele Grandpas, die …« Er sprach nicht zu Ende.

Von seinen Gefühlen überwältigt, stand Jal auf und umarmte Yezad. »Du bist ein so guter Mensch. Ich kann dir nicht genug danken.«

»Du brauchst mir überhaupt nicht zu danken.« Mit leisem Unbehagen wand er sich aus Jals Armen.

Roxana fragte ihren Vater, ob er eins von den Hammelpastetchen haben wolle, die Jal mitgebracht hatte. Er verneinte und flüsterte dann, dass er seine Bettpfanne brauche.

Als sie sich danach bückte, bemerkte sie, dass Yezad sich in seinem Sessel zusammenduckte und dann aufstand und sich beiläufig auf den Balkon verdrückte. Nun ja – sie lächelte bei sich: Das war eine Sache, bei der er nicht helfen würde.

Der Mann, der den Brief überbrachte, starrte das Glas an, das Yezad in der Hand hielt, als er ihm die Tür öffnete, und das Gebiss, das da im Wasser lag. Dann schaute er auf Yezads Mund, als wolle er feststellen, ob da noch Platz für weitere Zähne sei.

Yezad, der das Gebiss gebürstet hatte, lachte. »Nicht meine«, erklärte er. »Die hier gehören dem alten Vater.«

»Habe mich schon gewundert«, sagte der Mann. Dann besann er sich auf seinen Auftrag und überreichte den Brief.

Er war von Mrs. Kapur. Drei Wochen waren seit dem Tod ihres Mannes vergangen. Yezad stellte das Glas hin und riss den Umschlag auf.

Der Bote wartete, bis er zu Ende gelesen hatte. »Memsahab hat gesagt, ich soll Ihre Antwort überbringen.«

»Bitte sagen Sie ihr, dass ich morgen um zehn Uhr komme, wie sie es wünscht. Soll ich es aufschreiben?«

»Nein, nein, das kann ich behalten.«

Der Bote ging, und Roxana frohlockte – diese Nachricht konnte nur eines bedeuten. Und Yezad würde sicher morgen bezahlt werden. Hoffentlich würde Mrs. Kapur ihm die Zeit, die das Geschäft geschlossen gewesen war, nicht vom Gehalt kürzen. »Schließlich warst du ja bereit, den Laden allein zu führen. Höchstens kann sie einen oder zwei Tage wegen Coomy abziehen.«

»Ja. Wir werden sehen.«

Eine Spur von Erschöpfung in dieser zurückhaltenden Antwort beunruhigte sie. »Was ist los, Yezdaa?«

»Nichts«, sagte er, aber ihm graute vor dem Gedanken, das Geschäft wieder zu betreten. Damit konnte er Roxana nicht belasten. Das war eine Sache zwischen Gott und ihm selbst.

20

Als Yezad im Bombay Sporting Goods Emporium ankam, waren die Stahlrollläden herabgelassen, aber die Tür war offen. Der Bote, der am Tag zuvor den Brief von Mrs. Kapur überbracht hatte, war im Geschäft. Er deutete wortlos nach hinten zum Büro.

Als Yezad um die Theke herumging, hörte er das Tosen der Klimaanlage, und durch die offene Tür sah er Mrs. Kapur im Sessel ihres Mannes. Er fand, dass sie den Platz eingenommen hatte, als sei es immer schon ihrer gewesen … hatte die Heimsuchung offenbar ganz unversehrt überstanden … Aber nein, das war herzlos. Der menschliche Geist war stark, und sie war nur zu loben. Trotzdem, sie wirkte ein wenig zu entspannt hinter diesem Schreibtisch, dachte er. Er beneidete sie um das Wohlgefühl und die Kraft in ihrer Erscheinung.

»Guten Morgen, Mr. Chenoy, bitte nehmen Sie Platz.«

»Danke.« Beim letzten Mal hatte sie ihn Yezad genannt, dachte er beklommen.

»Ich will gleich zur Sache kommen. Bombay Sporting wird nicht wieder öffnen.«

Er fragte sich, warum er keinen Schrecken, keine Überraschung verspürte. Allenfalls ein seltsames Gefühl der Erleichterung. »Verkaufen Sie das Geschäft?«

»Warum? Möchten Sie es kaufen?« Ihr strahlendes Lächeln

verschleierte nicht, dass sie der Ansicht war, es gehe ihn nichts an.

Er schüttelte töricht den Kopf, und sie fuhr fort: »Zusätzlich zu Ihrem ausstehenden Gehalt zahle ich Ihnen noch einen Monat extra.«

Sie schob einen schmalen Umschlag über den Schreibtisch. Er ließ ihn liegen, und eine Gleichung ging ihm durch den Kopf: Fünfzehn Jahre treue Dienste waren Mrs. Kapur ein Monatsgehalt wert.

»Bitte nehmen Sie es.« Sie missdeutete seine Reglosigkeit als Zögern. »Ich bin sicher, Vikram hätte gewollt, dass Sie es bekommen.«

»Danke.« Er zog den Umschlag näher zu sich heran. War es das? Sollte er jetzt aufstehen und den Umschlag einstecken? Er rutschte auf die Stuhlkante und schickte sich an, zu gehen.

»Übrigens, Mr. Chenoy – der Koffer, der immer hier war …?« Sie lächelte immer noch strahlend.

»Ja?«

»Immer wenn Vikram davon sprach, hat er Sie gelobt. Er sagte, er habe sich nie um eine einzige Rupie aus den Barverkäufen sorgen müssen. Jeden Abend hätten Sie ihm das ganze Geld ausgehändigt.«

»Was hätte ich sonst tun sollen?«

Sie lachte bellend. »Da könnte ich Ihnen eine Menge Beispiele erzählen. Es ist so schwierig, ehrliche Angestellte zu finden. Wenn Sie nicht gewesen wären, wäre dieser Koffer sicher sehr viel leichter gewesen, als er ist.«

Und dafür belohnt sie mich mit einem Monatsgehalt, dachte er.

»Vikram nannte es immer unsere private Rentenversicherung. Mein armer Mann – er ist nie in ihren Genuss gekommen.« Sie schwieg kurz. »Wissen Sie, vor ein paar Monaten hatte er die verrückte Idee, in die Politik zu gehen. Er wollte das Koffergeld für seinen Wahlkampf ausgeben. Aber da habe ich ein Machtwort gesprochen.«

»Da war er sicher enttäuscht.«

Sie schüttelte den Kopf. »Mein Vikram war in vieler Hinsicht wie ein Kind; er wollte immer alle möglichen Albernheiten ausprobieren. Ich musste ihn dann auf die Probleme aufmerksam machen. Manchmal frage ich mich, wie er ohne mich dieses Geschäft führen konnte.«

»Er konnte es sehr gut.«

»Oh, das ist nett von Ihnen – ein so loyaler Mitarbeiter. Dabei fällt mir ein – wissen Sie, wie viel in dem Koffer war?«

»Nein, ich glaube, nicht einmal Mr. Kapur wusste immer die genaue Summe.«

Sie lächelte. »Er nicht, aber ich. Jeden Abend, wenn er nach Hause kam, sagte er mir, wie viel er hineingetan hatte. Wir Punjabi haben eine Redensart: Bakshish kann hunderttausend Rupien sein, aber die Bücher müssen stimmen bis auf den letzten Paisa.«

Und was war mit Schwarzgeld und Steuerhinterziehung? Gab es da auch eine Redensart? Das hätte er am liebsten gefragt.

»Gestern Abend habe ich das Koffergeld gezählt. Und hier ist das Problem: Es sind fünfunddreißigtausend weniger, als es sein müssten.«

Darauf also wollte sie mit ihrer freundlichen Plauderei hinaus. Die lächelnde Spinne hatte ein Netz für ihn gewoben. »Hat Mr. Kapur es Ihnen nicht erzählt?«, fragte er höflich.

»Was sollte er mir erzählen?«

»Von Shiv Sena. Sie wissen doch, wie sie in die Geschäfte kommen und ihre so genannten Spenden fordern …«

»Sie haben uns nie belästigt«, unterbrach sie ihn scharf.

»Jetzt doch.« Und er erzählte ihr von der Mumbai-Namenssteuer, zu der Mr. Kapur sich bereit gefunden habe, um den Namen Bombay auf seinem Ladenschild zu behalten. »Und deshalb hat er fünfunddreißigtausend aus dem Koffer genommen.«

»Aha. Und haben sie eine Quittung für diese Zahlung ausgestellt?«

»Daher kam doch die ganze Verwirrung am Weihnachtstag – es kamen zwei andere Kerle und behaupteten, es gebe keine Ausnahmegenehmigungen. Und die beiden ersten sind nie zurückgekommen, um das Geld abzuholen.«

»Ach, ich verstehe – nie zurückgekommen. Und was ist aus dem Geld geworden?«

»Es ist noch in meinem Schreibtisch.« Er deutete hinter sich ins Geschäft. »Es sei denn, die Diebe hätten es am Weihnachtstag gestohlen.«

Ihre Augen wurden schmal. »Es wurde nichts angerührt, Mr. Chenoy. Die Diebe sind weggelaufen, als Husain schrie. Übrigens habe ich die Zweitschlüssel zu Ihrem Schreibtisch nicht finden können. Wollen wir nachsehen?«

Er wühlte den Schlüsselbund aus der Hosentasche, und sie verließen das Büro. Seine Hand zitterte, als er seinen Schreibtisch aufschloss. Langsam zog er die Schublade auf, und dabei dachte er an seinen Vater, an die Uhr in der Küche, an Ehre und einen guten Namen …

Empfindungslos reichte er ihr den Umschlag. Sie beugte sich über die Schublade und spähte hinein, um zu sehen, was vielleicht noch darin lag.

»Zählen Sie es lieber, Mrs. Kapur. Die Bücher müssen stimmen bis auf den letzten Paisa, wie Sie schon sagten.«

»Ich verstehe es immer noch nicht.« Nacktes Misstrauen lag jetzt in ihrem Tonfall, und ihre Feindseligkeit war mit Händen zu greifen. »Warum war das Geld in Ihrem Schreibtisch?«

»Weil Mr. Kapur wollte, dass ich die Sache erledige. Er sagte, es mache ihn krank, mit diesen Gaunern zu reden.«

»Die ganze Angelegenheit ist äußerst merkwürdig. Warum wollte Vikram eine Ausnahmegenehmigung, statt einfach den Namen zu ändern? Ein neues Schild hätte sehr viel weniger als fünfunddreißigtausend gekostet.«

»Mr. Kapur hat nicht alles in Geld umgerechnet.« Yezad hatte Mühe, seinen gelassenen Tonfall zu bewahren. »Wie Sie wissen, bedeutete der Name ihm viel. Bombay war die Welt für ihn.«

Sie schüttelte den Kopf. »Mein Vikram war nicht so sentimental. Aber wie dem auch sei, Sie sollten Ihre persönlichen Sachen aus dem Schreibtisch nehmen, damit Sie nicht noch einmal herkommen müssen.«

Wie wenig sie ihren Mann kannte, dachte er, als er die Schubladen öffnete, eine nach der andern, und den Inhalt durchging. Viel gehörte ihm hier nicht. Ein paar Zeitschriften, Anerkennungsschreiben von Kunden, Grußkarten zu Divali und Neujahr, die verschiedene Geschäftspartner im Laufe der Jahre geschrieben hatten – das war alles.

Mrs. Kapur stand neben ihm und beaufsichtigte ihn, und sie inspizierte jeden Gegenstand, der in seine Aktentasche wanderte. Sie reckte den Hals und trat von einem Fuß auf den andern, um immer alles im Auge zu behalten.

Yezad beeilte sich nicht; er tat, als prüfe er sorgfältig seine Unterlagen, ohne zu merken, dass sie ihm über die Schulter schaute. Aber sein Kopf war von einer Kindheitserinnerung erfüllt, die ungebeten aufgetaucht war – an einen Dienstboten, der des Diebstahls verdächtigt worden war ... Henry, ungefähr fünfzehn, drei oder vier Jahre älter als er, aus irgendeinem trivialen Grund entlassen. Henrys Vater, voller Scham, war gekommen, um seinen Sohn zu holen. Der kleine Koffer des Jungen, rostig und verbeult, stand an der Hintertür bereit, daneben die magere Rolle seines Bettzeugs. Aber bevor sie gehen durften, musste Henry vor seinen Arbeitgebern den Koffer ausleeren und das verschlissene, geflickte Bettzeug entrollen und demonstrieren, dass er nichts aus dem Haus schmuggelte, und Henrys Vater stand tief gedemütigt dabei …

Yezad fragte sich, ob sein eigener Vater die Demütigung seines Sohnes jetzt auch mit ansehen musste. Dann war er fertig, schloss die Schubladen, gab ihr den Schlüssel.

»Danke, Mr. Chenoy. Ich danke Ihnen auch in Vikrams Namen. So. Gibt es irgendetwas im Geschäft, das Sie gern als Souvenir mitnehmen würden? Irgendeine Kleinigkeit zur Erinnerung an Vikram?«

Vielleicht wollte sie damit ihr Misstrauen wieder gutmachen, dachte er. Er wollte das Angebot ablehnen, aber dann fiel ihm etwas ein.

»Tatsächlich hat Mr. Kapur mir ein Weihnachtsgeschenk gemacht. Ich habe an dem Tag vergessen, es mitzunehmen, bei all dem Aufruhr wegen Shiv Sena. Drei Fotos von der Hughes Road – er muss sie wieder in seinen Schreibtisch gelegt haben, um sie für mich aufzubewahren.«

»Oh, ich weiß, wo sie sind, Mr. Chenoy. Aber die sind sehr wertvoll.«

Er schaute ihr in die Augen. »Mr. Kapur hat sie mir geschenkt«, wiederholte er mit fester Stimme. »Am Weihnachtsmorgen.«

»Das halte ich für ausgeschlossen. Sie gehören zu Vikrams Sammlung. Eins seiner Hobbys. Aber ich werde sie verkaufen müssen – als Witwe muss ich auf mein Geld achten. Gibt es etwas anderes, was Sie gern hätten? Vielleicht den Weihnachtsmann da? Oder einen Fußball?«

»Nein, danke.«

»Sind Sie sicher? Okay, dann auf Wiedersehen.«

Yezads Kopf war leer, als er den Laden verließ. Er fühlte die Türschlüssel in seiner Tasche – sie hatte vergessen, sie zurückzunehmen. Er schaute sich um, als er die Tür hinter sich zuzog: Nein, sie hatte es nicht vergessen – beide Schlösser waren ausgewechselt worden.

Er ging am Randstein entlang, griff noch einmal in die Tasche, angelte die Schlüssel heraus und warf sie in die Gosse. Fünfzehn Jahre. Er hörte es klirren, als sie landeten.

Ein Schrottsammler, der in der Nähe im Abfall stocherte, sah die Schlüssel fallen und stürzte sich darauf, um sie an sich zu nehmen. Er wühlte sie aus dem Matsch und warf sie in seinen Sack mit Altmetall.

Als er am Jai Hind Book Mart vorbeikam, hörte Yezad, wie sein Name gerufen wurde. Er tat, als habe er nichts gehört, und ging einfach weiter. Er blieb erst wieder stehen, als er am Wadiaji-Feuertempel war.

Er durchsuchte die alte Handtasche mit dem kaputten Reißverschluss, in dem Roxana alle wichtigen Unterlagen aufbewahrte, Quittungen, Medizinbeipackzettel, die Zeugnisse der Kinder. Sein High-School-Zeugnis, seine Bachelor-Urkunde, sein Verkaufs- und Management-Diplom und eine fünfzehn Jahre alte Fassung seines Lebenslaufs waren auch dabei.

Er breitete alles auf dem Esstisch aus. Dann brachte er den Lebenslauf auf den neusten Stand und schrieb ihn mit der Hand ab. Roxana schaute aufmunternd zu und bewunderte seine Schreibkunst.

»So hübsch wie immer, Yezdaa, deine Perlen auf Papier. Bei einer Handschrift wie deiner ist es ein Vorteil, wenn es nicht mit der Maschine geschrieben ist.«

Er lächelte.

»Ich glaube, du wirst leicht einen neuen Job finden. Einen besseren als den alten.« Sie drückte ihm einen Kuss auf den Scheitel und zog sich zurück.

Er schrieb den Lebenslauf zu Ende und legte die sortierten Unterlagen in seine Aktentasche, auch die Anerkennungsbriefe der Kunden, die er aus dem Geschäft mitgenommen hatte. Dann ging er in den Laden an der Ecke, um alles zu fotokopieren.

Drei Tage lang machte er die Runde durch die großen Sportgeschäfte der Stadt. Die Geschäftsführer und Eigentümer, die wussten, welches Unheil über seine vorige Arbeitsstätte gekommen war, nahmen seine Bewerbung teilnahmsvoll entgegen, und sie versprachen, ihn wissen zu lassen, wenn eine Stelle frei würde. Aber für Yezad war ihr Unbehagen nicht zu übersehen. Sie reichten ihm die Hand mit spitzen Fingern, als hätten sie lieber keinen Kontakt mit jemandem, der in so enger Beziehung zu einem Mord stand.

Am vierten Tag verließ er morgens zur gewohnten Zeit das Haus und ging zu Fuß zum Feuertempel. Seine Zugfahrkarte war abgelaufen. Er betete über zwei Stunden lang und ging dann nach Hause. Es war erst ein Uhr, als er zur Tür hereinkam.

»Yezdaa? So früh zurück?«

»Es gibt keine Sportgeschäfte mehr, die ich besuchen kann.«

»Willst du dich nicht auch anderswo umsehen? In anderen Geschäften?«

»Was willst du damit sagen? Dass ich faul bin, weil ich heute früher nach Hause komme?«

»Ich habe mich nur gefragt, was für Pläne du hast.«

»Frag dich nicht. All die Leute, bei denen ich gewesen bin – sie brauchen Zeit, um mir etwas anbieten zu können. Gott wird entscheiden, wann ich an der Reihe bin.«

Sie ließ ihn in Ruhe, aber am Nachmittag fragte sie, ob sie ein Weilchen ausgehen könne, wenn er zu Hause sei. »Jal will, dass ich Coomys Kleider und Schuhe und Sachen aussortiere. Er möchte sie dem Altenheim und den Witwenwohnungen spenden.«

»Natürlich. Je eher, desto besser – arme Leute können die Sachen noch gebrauchen.«

Bevor sie ging, brachte sie ihrem Vater die Urinflasche, ohne dass er sie darum gebeten hätte. Ihr Zischen verriet ihm, was verlangt war. Gehorsam ließ er ein paar Tröpfchen hineinrieseln.

»Ist das alles, Pappa? Versuch es noch einmal, damit du nicht mehr musst, ehe ich wieder da bin.«

Nariman stöhnte, versuchte es noch einmal und brachte noch ein bisschen mehr zustande. Sie schüttete es in die Toilette und spülte die Flasche aus. Dann versicherte sie Yezad, dass Pappa einen guten, ruhigen Tag habe, und ging.

Yezad blieb eine Weile im Wohnzimmer. Er betrachtete Narimans flatternde Hände und die Augen, die sich unter geschlossenen Lidern rastlos bewegten. Aber sein Schweigen, das seit ein paar Wochen fast ununterbrochen währte, machte Yezad trauriger als alles andere.

Er ging auf den Balkon und lehnte sich ans Geländer, und er dachte an seine kindische Abneigung gegen Nariman, als dieser vor vier Monaten hergekommen war. Er dachte daran, wie viel Spaß er früher mit Nariman gehabt hatte, mit seinem Witz und seiner lebhaften Konversation, die von ein paar viel sagenden Worten bis zu einem Sturzbach voller Überzeugungskraft alles beherrschte. Aus all dem war ein kaum hörbares Rinnsal geworden. Wie der Ventilator mit umschaltbarer Geschwindigkeit im Schlafzimmer, der sich nur langsam fächelnd drehte … An sich war auch das genießenswert – wenn es nicht die düstere Ankündigung der nahenden Stasis gewesen wäre. Das Ende aller Bewegung, aller Worte …

Er setzte den Kessel auf, als die Jungen aus der Schule kamen. Es war ihnen anzumerken, wie gut ihnen diese neue Erfahrung gefiel – dass ihr Vater zu dieser ungewohnten Stunde zu Hause war und ihnen Tee machte, während er sonst immer auf der Arbeit gewesen war. Er blieb bei ihnen, als sie ihn tranken.

»Und jetzt an eure Bücher.«

Sie gingen an den kleinen Schreibtisch im Schlafzimmer, und er setzte sich auf das Bett. Auf der Stirn der Jungen glänzte der Schweiß. Nicht einmal Ende Januar, dachte er, und das Wetter änderte sich schon wieder. Er erkundigte sich nach ihren Hausaufgaben.

»Ich habe eine Französischübersetzung auf«, sagte Murad.

»Ich habe noch ein bisschen Französisch behalten, wenn du Hilfe brauchst.«

»Merci, Papa.«

»Und Jehangla?«

»Arithmetik. Aber die Aufgaben sind so dumm. In dieser hier heißt es, Mrs. Bolakani geht mit Rs. 100,00 zum Markt. Sie gibt Rs. 22,50 für Eier aus, Rs. 14,00 für Brot, Rs. 36,75 für Butter und Rs. 7,00 für Zwiebeln. Wie viele Rupien hat sie noch, wenn sie nach Hause kommt?«

Yezad wollte wissen, was daran dumm sei, und Jehangir sagte, kein Mensch würde so viel Butter auf einmal kaufen, und Mrs. Bolakani habe bestimmt nicht so gute Umschläge wie Mummy.

Sie lachten, und er drückte ihnen zärtlich die Schultern. Murad fragte, ob er den Ventilator einschalten dürfe.

Jehangir sah seinen Bruder stirnrunzelnd an. »Mummy hat dir doch gesagt, dass die Stromrechnung sehr hoch wird, wenn du den Ventilator einschaltest.«

»Aber ich schwitze so. Wie soll ich mich da an all die französischen Wörter erinnern?«

Yezad sagte, sie dürften ihn für zehn Minuten einschalten. Er drehte den Schalter auf LANGSAM – die einzige Einstellung, die funktionierte –, und die Luft im Zimmer erwachte zum Leben.

Nur nach und nach drang Narimans undeutliche Stimme aus dem Wohnzimmer herüber. Yezad ging zu ihm. »Wie geht es dir, Chief?« Er kam sich albern vor, noch ehe er zu Ende gesprochen hatte. »Roxie ist weggegangen, aber wir sind alle hier.«

Narimans stimmliche Bemühungen hörten nicht auf, und Yezad kehrte zu den Jungen zurück. »Ich glaube, Grandpa will etwas sagen. Mal sehen, ob ihr ihn versteht.«

Die drei stellten sich in einer Reihe am Diwan auf und warteten.

»Vielleicht muss er Pipi?«, erwog Yezad.

»Nein«, sagte Jehangir. »Bei Pipi kann man verstehen, dass er ›Flasche‹ sagt. Ich glaube, er muss A-a.«

Yezad rutschte das Herz in die Hose. »Bist du sicher?«, er beugte sich über das Kopfkissen und fragte sanft: »Großes Geschäft?«

Nariman stöhnte, und sein erleichterter Ton deutete auf ein Ja.

»Soll ich Tante Villie holen?«, fragte Murad.

Sein Vater atmete tief durch. »Nein. Die brauchen wir nicht.«

Diese Antwort verschlug den Jungen die Sprache. Sie konnten an nichts anderes denken als an das absolute Verbot, die Bettutensilien anzurühren, und an die vielen Streitereien zwischen ihren Eltern. Aber dann war ihren Gesichtern anzusehen, dass seine Entscheidung ihren Beifall fand.

»Aber ich weiß nicht, wie das geht«, sagte Jehangir. »Es ist komplizierter als die Flasche.«

Murad nickte; ihm ging es genauso.

»Das kriegen wir raus«, sagte Yezad. »Kann nicht so schwierig sein.«

Er hob die Decke hoch und schob sie zur Seite, damit sie nicht schmutzig werden konnte. Der schale Geruch, der Nariman umgab, verstärkte sich. Und das trotz Roxies endloser Bemühungen, dachte Yezad, ihn mit Schwamm und Talkum frisch zu machen.

»Okay, Jehangla, wenn Murad und ich Grandpa hochheben, schiebst du ihm die Bettpfanne unter. Fertig?«

»Moment, mir fällt gerade ein – Mummy legt immer noch ein Stück Plastik darunter.«

Das zusammengefaltete Plastikstück lag am Fußende des Diwans unter der Matratze. Jehangir schüttelte es aus.

»Alles klar?«, fragte ihr Vater. »Auf die Plätze, fertig, los.« Flink zog Jehangir das Plastik über das weiße Laken und schob seinem Großvater dann die Bettpfanne unter.

»Ausgezeichnet«, sagte Yezad, als er und Murad ihn wieder herunterließen. »Fühlt es sich richtig an, Chief?«

Nariman bestätigte es mit einem Seufzer der Erleichterung, und sie traten zurück.

Wie schaffte Roxana das allein?, fragte Yezad sich. Das Hochheben, das Plastik, die Bettpfanne, Tag für Tag? Und statt sie für ihre Kraft zu loben, was hatte er getan? Getobt und gejammert. Sie hatte seine Hilfe gebraucht, und alles, was er zustande gebracht hatte, waren seine jämmerlichen Tiraden. Morgens, abends und nachts hatte sie seine bittere Frustration mit Geduld erwidert …

Von Scham überwältigt, bemerkte er kaum den Geruch der Bettpfanne, und seine heikle Nase beklagte sich nicht.

Jehangir schob die Hand in die seines Vaters. »Daddy, wirst du bald wieder Arbeit finden?«

»Gott ist groß. Wenn Er es will, werde ich es ganz sicher.«

Die Jungen schauten schüchtern weg; an diese neue Redeweise hatten sie sich noch nicht gewöhnt. Ein paar Augenblicke lang herrschte Schweigen, unterbrochen nur von Narimans Stöhnen und Seufzen.

»Ich weiß etwas«, sagte Yezad. »Morgen ist Feiertag. Kommt doch beide morgen früh mit mir zum Feuertempel. Ihr könnt zu Gott beten und Ihn bitten, uns zu helfen.«

Sie nickten ein wenig verlegen. Solche Worte waren immer von Tante Coomy gekommen, aber nie von ihrem Vater.

»Ich glaube, Grandpa ist fertig«, sagte Murad.

»J j ja.«

Sie hoben ihn leicht an, und Jehangir zog die Bettpfanne

heraus und legte den Deckel darauf. Unter dem Sofa holte er einen Korb hervor, der kleine, aus alten Sudras und Pyjamas geschnittene Vierecke enthielt. »Um Grandpa den Hintern abzuwischen – Mummy sagt, Klopapier ist zu teuer.«

Yezad wurde bleich, aber er nahm ihm den Korb ab. Da ging die Wohnungstür auf, und Roxana war wieder zu Hause.

»Oh, Pappa, nein!«, rief sie aus der Diele, wo sie der Geruch erreichte. »Hast du das Bett schmutzig gemacht?«

Sie kam ins Wohnzimmer, sah sie um den Diwan stehen, sah die Lappen in Yezads Hand und verstand. »Danke«, flüsterte sie und nahm ihm den Korb ab. »Das übernehme ich.«

»Bedanke dich bei Jehangir und Murad. Ohne sie hätte ich nichts tun können.«

Sie lächelte und hatte dabei Mühe, die Tränen niederzukämpfen.

»Ich weiß nicht, wie du das allein schaffst«, sagte Yezad.

»Es ist nicht schwer. Mit etwas Übung habe ich mich daran gewöhnt.«

Nicht Übung, dachte er. Mit Liebe und Hingabe. Es musste ein Körnchen Wahrheit in dem Sprichwort liegen, dass Liebe Berge versetzen könne. Sie gab Roxana jedenfalls die Kraft, ihren Vater zu heben.

»Mach das Paket auf, Yezdaa, und sieh mal, was Jal dir schickt.«

Er riss das braune Papier auf und fand ein kleines silbernes Räuchergefäß. Seine erlesene Form war eine genaue Nachbildung des großen, anderthalb Meter hohen Afargaan im Wadiaji-Feuertempel. Die runde Platte an der Oberseite, wo man den Weihrauch verbrannte, war schwarz verkohlt.

Er wog den kleinen Afargaan in der Hand und schaute Roxana fragend an.

»Es ist Mammas«, sagte sie. »Erkennst du ihn nicht? Wir

haben Coomy bei ihrem Abendgebet damit gesehen, wenn sie den Loban durch die Wohnung trug.«

»Ja, ich erinnere mich.«

»Jal dachte, er könnte dir gefallen. Schau, er hat auch das Päckchen Loban mitgeschickt.«

Er öffnete den Plastikbeutel und schnupperte an dem Weihrauch. Der Afargaan gefiel ihm – seine Form, wie er sich in der Hand anfühlte, sein Glanz.

Nach dem Frühstück am nächsten Morgen erinnerte Yezad die Jungen an den Feuertempel. Murad wollte nicht; es sei ja nicht Navroze oder Khordad Sal. »Kommt mir komisch vor, einfach so hinzugehen. Es ist ja nicht mal Examenszeit.«

»Man braucht keinen speziellen Anlass. Gott hört an dreihundertfünfundsechzig Tagen im Jahr zu.«

»Dreihundertsechsundsechzig, wenn Schaltjahr ist«, sagte Jehangir. Es war lange her, dass er mit seinem Vater ausgegangen war, und er konnte es kaum erwarten. Widerwillig wechselte Murad seine Hauskleidung gegen etwas Besseres.

In den Straßen war es still, als sie zum Feuertempel gingen; Geschäfte und Büros waren geschlossen, denn heute war Republic Day. Von Zeit zu Zeit fuhr ein Auto vorbei, und darin saßen Leute, die kleine Papierfahnen schwenkten. Die Jungen meinten, es werde hübsch sein, am Abend hinauszugehen, wenn es dunkel wäre, und die Illuminationen anzuschauen.

Jehangir schob die Hand in die seines Vaters und stimmte auch seinen Gang mit ihm ab. Alle paar Schritte musste er einen Extrahüpfer einlegen, um im Takt zu bleiben. Murad ging ein kleines Stück weit vor ihnen her und wahrte seine Unabhängigkeit, ehe er langsamer wurde. Als er neben ihnen war, nahm sein Vater auch ihn bei der Hand und fing an zu pfeifen.

Jehangir schaute zu ihm auf und fragte sich, welches Lied wohl daraus werden würde, aber sein Vater pfiff immer nur fröhliche Phrasen, wie ein Vogel. Dann fing er doch noch mit einem Lied an, mit der Titelmusik von ›Laurel und Hardy‹, und Murad watschelte wie ein dicker Mann und streckte den Bauch heraus.

Bald waren sie am Sandelholzstand, und der Mann, der Yezad inzwischen als Stammkunden kannte, sagte guten Tag und griff in seinen Kasten mit den Holzstücken. »Heute drei?«

Yezad schüttelte den Kopf und sagte, um seine Verlegenheit zu verbergen, scherzhaft: »Eine Familie, ein Sukhad.«

Der Mann lächelte. »Ihre Söhne?«

Er nickte.

Sie setzten ihre Gebetsmützen auf und gingen für die Waschungen auf die Veranda. An der Waschbrüstung öffnete Yezad den Deckel des Haando und ließ den silbernen Karasio hinein, der dabei an die Wand stieß und wie eine Glocke läutete. Sein Arm verschwand bis zur Schulter, bevor der Karasio das Wasser erreichte. »Fast leer«, flüsterte er.

»Dieser Haando ist so groß, dass Jehangir darin schwimmen könnte«, stellte Murad fest.

»Als ob ich so klein wäre.«

Yezad goss seinen Söhnen Wasser über die Hände und wusch dann seine eigenen. Zum Abtrocknen teilten sie sich sein Taschentuch. »Wenn ihr mit dem Kusti angefangen habt – kein Geplapper und keine Witze mehr, okay?«

»Warum nicht?«, fragte Murad.

»Weil ihr mit Gott sprecht, wenn ihr betet. Und es ist unhöflich, sich dabei zu unterbrechen.«

Murad zog hinter dem Rücken seines Vaters ein Gesicht, um Jehangir zu verstehen zu geben, dass er Daddy nur bei Laune halten wolle und an all das nicht glaube. Sie zogen ihre Hemden hoch, klemmten sie sich unters Kinn und fingen an, ihre Kustis aufzubinden.

Yezad behielt sie im Auge, damit sie nicht etwa einen Teil der Zeremonie übersprangen. Aus den Augenwinkeln beobachteten sie ihren Vater, fasziniert von seinem geschickten Umgang mit dem drei Meter langen Kusti. Es war so elegant in seinen Fingern, und so anmutig band er die Knoten, selbst die unsichtbaren auf dem Rücken.

Sie ließen ihre Schuhe unter der Bank und gingen hinein in die stille Ruhe des Raumes, wo das Feuer glühte. Yezad kniete vor dem Heiligtum nieder, und die Jungen folgten ihm. Er nahm das Sandelholz aus der Hemdtasche und zögerte. Dann griff er nach Murads Hand, legte sie auf die Opfergabe und tat mit Jehangirs Hand das Gleiche. Drei Hände legten das Stück Holz auf das silberne Tablett.

Immer noch kniend, nahm er eine Prise Asche, strich ihnen etwas davon auf die Stirn und den Rest auf seine eigene. Dann fasste er sie bei den Schultern und drückte sie herunter. Sie begriffen, dass sie sich vor dem Feuer verbeugen mussten, und beugten sich nieder, bis sie mit der Stirn die Marmorschwelle berührten.

Zwischen ihnen senkte er selbst den Kopf … O Dada Ormuzd, segne meine Söhne, lass sie gesund und ehrlich bleiben, sorge für unsere ganze Familie nach deinem Willen und hilf mir zu tun, was dein Wille ist …

Er stand auf, und die Jungen erhoben sich mit ihm. Rückwärts entfernten sie sich vom Feuer, aber sofort entwickelte sich ein Wettrennen zwischen den beiden, die sehen wollten, wer schneller rückwärts gehen konnte. Fast wären sie gegen einen Priester geprallt.

Es war der alte Dustoorji, der große, magere mit dem langen weißen Bart, der bei jenem ersten Mal mit Yezad gesprochen hatte. Er nahm die Hände der beiden Jungen und erkundigte sich mit einem Augenzwinkern: »Habt ihr auch alles richtig aufgesagt? Kein Gaapcha in euren Gebeten, nein?«

Sie nickten schüchtern.

Lachend sagte der Dustoorji zu Yezad: »Es macht mich immer glücklich, hier jungen Leuten zu begegnen.« Und er ging hinein, um seinen Dienst am Feuer zu versehen.

Sie gingen auf die Veranda zurück und holten ihre Schuhe, und Murad bemerkte, wenn dieser Dustoorji fett wäre und einen roten Anzug anhätte, würde er mühelos aussehen wie der Weihnachtsmann.

»Und wenn der Weihnachtsmann ein bisschen abnehmen und ein weißes Gewand anziehen wollte«, antwortete Yezad, »dann würde er aussehen wie der Dustoorji.«

»Weißt du, was mir Sorgen gemacht hat, Daddy?«

»Was denn, Jehangla?«

»Dass jemand unsere Schuhe stehlen könnte, während wir drinnen waren.«

Yezad sagte, das halte er im Feuertempel für unwahrscheinlich. Dann fragte er sie, ob ihnen der Besuch gefallen habe.

Sie bejahten. »Aber es würde mehr Spaß machen, wenn wir hineingehen könnten, wo der große Afargaan steht, und wenn wir unser Sandelholz selbst auf das Feuer legen könnten«, sagte Murad.

»Als ich so alt war wie du, habe ich das auch gedacht.«

Butter, Marmelade, Kekse, Käse, Flaschen mit Chutney und Achaar und zwei Pakete Sev-ganthia purzelten aus dem großen Vorratspaket. In einer eigenen Tüte waren Orangen und grüne Weintrauben. Murad und Jehangir packten alles eifrig aus und ordneten die Lebensmittel auf dem Esstisch, und ihre Augen glänzten, als sie die Etiketten inspizierten.

Ihre Freude steigerte Yezads Unglück. Vermutlich hatte Jal von Roxana erfahren, dass Bombay Sporting ihn nicht mehr brauchte. Und hier war er und breitete seine reichen Gaben vor ihnen aus. »Wir haben uns noch nicht als Wohltätigkeitsempfänger registrieren lassen.«

Jal drückte mit einem Finger auf sein Hörgerät, und Roxana hoffte, dass er es nicht gehört hatte.

Aber er hatte es doch mitbekommen. »Ich habe es mit Liebe gebracht«, protestierte er und rückte das Sortiment zurecht. »Wenn du so über mein Geschenk redest, wie schlecht musst du dann von mir und Coomy denken.«

Dann zeigte er sich zerknirscht. »Aber das haben wir verdient. Weil wir Pappa hierher geschafft haben.« Er senkte die Stimme, damit Nariman ihn nicht hören konnte.

»Das war allerdings ein tolles Geschenk. Eins, das ein Leben für immer verändert.«

»Bitte lasst uns nicht streiten«, sagte Roxana und deutete zum Diwan.

Jal saß still da und hielt die Hände im Schoß. »Dein Ärger ist berechtigt. Es war schrecklich, was sie – was wir getan haben.«

»Sie. Das war schon richtig«, sagte Yezad.

»Aber ich habe es zugelassen. Ich habe mich von ihr überreden lassen. Ich hätte sie daran hindern sollen.«

»Hättest du es auch gekonnt?«

Jal überlegte. »Nein, ich glaube nicht. Sie glaubte, dass Pappa dafür verantwortlich war, dass …« Er schüttelte den Kopf und ermahnte sich im Stillen, nicht an jene unglückseligen Jahre zu denken. »Wie viel besser wäre es gewesen, zu verzeihen.«

»Arme Coomy«, sagte Roxana. »Es ist zu spät für sie.«

Er nickte betrübt. »Weißt du, ich habe gestern im Wohnzimmer ein wenig aufgeräumt, ein bisschen Nippes aus der Vitrine getan. Und da musste ich an Pappas Geburtstagsfest denken, und ich dachte mir, das war das letzte Mal, dass wir alle zusammen in diesem Zimmer waren.«

»Das war ein schönes Fest«, sagte Yezad.

»Ich glaube, Coomy hat es auch Spaß gemacht«, sagte Jal.

Sie versicherten ihm, dass es ihr Spaß gemacht habe. »Alle haben sich amüsiert. Und sie hat so ein leckeres Abendessen gekocht.«

»Ja, sie hat gern gekocht. Und gestern dachte ich: Warum können wir nicht öfter zusammen fröhlich sein? Es war doch möglich – und es ist möglich, wir brauchen nicht so weiterzumachen wie bisher, glaubt mir. Und was Pappa angeht, so werde ich …«

Sie schwiegen, bis er weitersprach. »Glaubt mir, ich werde wieder alles in Ordnung bringen zwischen uns. Bitte habt noch ein bisschen Geduld. Noch zwei Wochen.«

Jal hielt sein Versprechen und kam zwei Wochen später wieder, um zu verkünden, er habe gute Nachrichten. Sie sahen zu, wie er eine neue Packung Longlife-Batterien aufriss und zwei davon in sein Hörgerät schob. Er ließ den Deckel zuschnappen, schaltete es ein und regulierte die Lautstärke.

»Lass mich raten«, sagte Yezad. »Du hast jemanden mit einer Wunderkur für Nariman gefunden.«

Der Sarkasmus prallte harmlos von Jal ab und rief nur ein leises Lächeln hervor. »Tut mir Leid, Yezad, für die Parkinsonsche Krankheit gibt es noch keine Heilung. Mein Plan ist rein praktischer Natur. Vorausgesetzt, ihr seid beide einverstanden, und er gefällt euch gut genug, um euch daran zu beteiligen.«

»Hörst du, Roxie? Wir müssen uns beteiligen.«

Sie presste die Lippen zusammen und wünschte, Yezad wollte Jal bis zum Ende zuhören, ohne zu sticheln.

Aber Jal ließ sich nicht aus der Fassung bringen. Seine Stimme blieb leise, damit er Nariman nicht störte. »Wisst ihr noch, wie ich eines Tages hier war und von Coomy die Nase voll hatte? Und wie ihr so nett wart und gesagt habt, wenn ihr eine große Wohnung hättet wie in Chateau Felicity, dann würdet ihr mich bei euch wohnen lassen?«

Yezad rutschte das Herz in die Hose. Jal wollte doch sicher nicht …! Er wartete angespannt und nickte – ja, er erinnerte sich an alles.

»Das hat mich auf die Idee gebracht. Plötzlich wurde mir klar – ich habe eine große Wohnung! Die hier ist zu klein für euch, selbst wenn Pappa nicht bei euch wäre. Und die andere ist riesig für mich allein.«

Yezad nickte wieder, noch immer auf der Hut.

Die Lösung, sagte Jal, bestehe darin, dass die ganze Familie, einschließlich Pappa, in Chateau Felicity einzog. Das wäre das Beste für sie alle. Auch wäre es eine Möglichkeit, Coomys Andenken zu ehren – endlich etwas Gutes nach Jahren des Unglücks. Und von dort oben, sagte er, ausgestattet mit dem Wissen und der Weisheit, die man mit dem Tod erwarb, würde Coomy sicher einverstanden sein.

»Habe ich es dir nicht gesagt?«, fragte Yezad. »Habe ich nicht gesagt, wir können uns auf Jal verlassen?. Und sie lebten glücklich und zufrieden bis an ihr Ende – in einer Ruine.«

Jal lachte; er ließ sich einfach nicht kränken. Natürlich sei die Wohung in einem schrecklichen Zustand; jahrzehntelang sei dort nichts gemacht worden. Und weder er noch sie hätten das Geld, um sie in Ordnung zu bringen.

»Freut mich, dass dir das klar ist«, sagte Yezad.

»Aber genau da kommt diese Wohnung hier ins Spiel. Sie mag klein sein, aber wegen der Lage ist sie viel wert. Wir können mindestens vierzig Lakh dafür bekommen.«

»Träume süß.«

»Nein, das ist der Marktwert. Ich habe mich bei ein paar Maklern erkundigt.«

»Ohne mir ein Wort zu sagen, lässt du meine Wohnung schätzen?«

»Entschuldige, Yezad, aber das musste ich, wenn ich sicher sein wollte, dass mein Plan funktioniert. Ich wollte nicht mit halb garen Ideen kommen.«

Yezad vergaß seinen Ärger. »Vierzig Lakh ist eine realistische Zahl?«

»Das Minimum.«

»Das ist fast zehnmal so viel, wie Pappa bezahlt hat«, sagte Roxana ehrfürchtig.

Ein Teil dieses Geldes, erläuterte Jal, könne dazu benutzt werden, Chateau Felicity instand zu setzen, und den Rest könne man investieren. »Selbst bei einer Festgeldanlage würden die Zinsen für euch reichen, und für Pappa außerdem: für eine Pflegerin, für Medikamente, für ein richtiges Krankenbett. Ich brauche nicht einen Paisa davon. Ich will nur, dass ihr kommt und dort wohnt.«

»Luftschlösser. Du redest, als ob unsere Probleme morgen verschwinden würden. Selbst wenn wir umziehen wollen – einen seriösen Käufer zu finden, das wird Monate dauern.«

Jal hüstelte. »Wie es sich trifft, habe ich einen.«

Jetzt war Yezad ehrlich empört. »Das ist nicht zu fassen!

Ein Preisgutachten einholen, das ist eine Sache, aber einen Käufer anbringen, ohne uns zu fragen? Hast du vielleicht auch schon eine Umzugsfirma beauftragt? Vielleicht steht ja der Möbelwagen bereits draußen.«

Roxana ermahnte ihn, leise zu sein; Pappa würde ihn hören. Jal bat ihn, sich nicht aufzuregen – einer der Makler, die er auf dem Aktienbazaar getroffen habe, habe den Käufer zufällig erwähnt, als er sich bei ihm erkundigt habe.

Yezad schmollte ein Weilchen und tat dann gleichgültig. »Wer ist denn dieser Käufer?«

»Ein Diamantenhändler aus Surat. Sein Sohn will heiraten.«

Yezad ließ sich die Idee durch den Kopf gehen und erhob dann den nächsten Einwand. »Angenommen, dein Diamantenhändler meint es ernst. Das wird ein Schwarzgeldgeschäft, richtig? Wie können wir also darauf vertrauen, dass er uns das Geld auch gibt? Und wo sollen wir wohnen, während die große Wohnung renoviert wird?«

Auch darauf hatte Jal eine Antwort. »Das System sieht so aus: Die Hälfte im Voraus, und die Hälfte, wenn ihr auszieht. Ihr bekommt zuerst zwanzig Lakh, dann haben wir einen Monat Zeit für die Renovierung, und dann zieht ihr um.«

Yezad lächelte. »Weißt du, was der größte Haken an deinem Plan ist? Die Renovierung. Die wird so viel kosten, dass zum Investieren nichts mehr übrig bleibt. Wir werden wieder genau da sein, wo wir angefangen haben, ohne Geld für Pappa, und ich ohne Arbeit. Genau genommen wird es noch schlimmer sein, weil wir diese große Wohnung unterhalten müssen.«

Jal stand auf, um in seine Hosentasche zu greifen. Er zog einen einmal gefalteten Umschlag heraus und gab ihn Yezad.

Drei maschinengeschriebene Seiten enthielten einen detaillierten Kostenvoranschlag und eine Auftragsbestätigung, verbindlich für sechzig Tage, verfasst von der sehr angesehenen Firma Haziz Lakdavala & Sons. Eine Liste aller Reparaturarbeiten, die notwendig waren, um die Wohnung in Chateau Felicity zu einem behaglichen Heim zu machen.

Yezad las, und Roxana schaute ihm über die Schulter, und ihm wurde klar, dass Jal Recht hatte: Gegen die Zahlen war kaum etwas einzuwenden. Trotzdem ging er die Seiten durch, Posten für Posten: neue Toiletten, neue Bäder, Warmwasserthermen, Kacheln, Wasserhähne, Elektroinstallationen, Malerarbeiten, Küchenfußböden und Schränke, Erneuerung beschädigter Fenster, etc. etc. …

Er bemängelte, was er konnte. Auch wenn er die Antwort kannte, stellte er Fragen. Jal beseitigte geduldig alle Zweifel. »Du siehst, überschlägig zehn Lakh werden für die Renovierung genügen. Dreißig Lakh zum Investieren.«

Yezad war beim letzten Punkt angekommen, und jetzt glaubte er etwas gefunden zu haben: Hier war eine Zahl, die die Zuverlässigkeit des gesamten Voranschlags in Frage stellte.

»Das ist doch Unsinn – sogar ein Laie wie ich weiß das. Wie können sie einen so schweren Schaden für so wenig Geld beheben? Einen verfaulten Deckenbalken mit allem Drum und Dran?«

Jal stand auf, um die Zeile zu lesen, auf die Yezad zeigte. »Du meinst die Decke. Das ist eine Kleinigkeit. Nur Flächenputz.«

»Rede keinen Unsinn; du hörst dich an wie der arme Edul. Hast du seine Heimwerkermanie übernommen?«

Jal warf einen Blick hinüber zu seinem Stiefvater auf dem Diwan; dann starrte er in seinen Schoß und reckte die Schultern. »Ich weiß das, weil ich dafür verantwortlich war.«

»Hör mal, Jal«, sagte Yezad. »Du musst aufhören, dir für alles Schlimme, was passiert, die Schuld zu geben.«

»Aber ich war es«, wiederholte Jal. »Ich habe mir Eduls Hammer ausgeborgt, bin auf einen Schemel gestiegen und habe den Putz abgeschlagen.«

Roxana und Yezad starrten ihn mit offenem Mund an. Aber Jal nickte immer weiter und sagte, ja, genau das habe er getan.

»Coomys Idee, nicht wahr?«, sagte Yezad dumpf.

Jal ignorierte die Frage und beharrte darauf, dass er derjenige gewesen sei, der auf dem Schemel gestanden und den Hammer geschwungen habe.

»Aber warum wollte sie so etwas tun?«, fragte Roxana; sie hoffte verzweifelt darauf, einen Grund zu hören, der weniger bösartig als die Wahrheit wäre.

»Um nicht mehr für Pappa sorgen zu müssen.« Die unverblümte Ehrlichkeit ließ sie verstummen, und es schien, als währte das Schweigen mehrere Minuten, ehe Jal wieder sprach. »Jetzt ist euch wenigstens klar, dass die Decke solide ist. Edul hat sich geirrt, der Balken ist nicht faul.«

Nach einem solchen Geständnis gab es nicht mehr viel zu sagen. Jal schickte sich an, zu gehen. »Wie immer ihr euch entscheidet, ich bin froh, dass ich die Chance hatte … es euch zu sagen.«

Sie führten ihn zur Tür und sagten wie betäubt auf Wiedersehen. Dann schlossen sie die Tür und gingen hinein.

Aber nach wenigen Augenblicken läutete es noch einmal. Es war Jal.

»Entschuldigung. Ich habe noch einen sehr wichtigen Umstand vergessen, von dem ihr wissen solltet: Wenn ihr mit dem Plan einverstanden seid, gehen wir zur Hausverwaltung und lassen auch eure Namen für die Wohnung eintragen. Ich möchte, dass ihr euch völlig sicher fühlt, nicht nur als Gäste in Chateau Felicity.«

Dieses Angebot rührte Yezad so tief, wie das Geständnis

ihn betäubt hatte. Er murmelte etwas von ein, zwei Tagen zum Nachdenken und um die Sache zu besprechen.

»Nehmt euch so viel Zeit, wie ihr wollt. Wenn dieser Diamantenhändler anderswo hingeht, gibt es andere Käufer. Pleasant Villa ist eine sehr gesuchte Lage.«

Er gab ihnen die Hand und sagte noch einmal gute Nacht.

Yezad legte das Gitter auf den Herd und ordnete drei Klumpen Kohle darauf an. Als sie rot glühend waren, nahm er sie mit einer Zange herunter und ließ sie in die kleine runde Schale von Coomys Afargaan fallen.

Leichten Herzens trug Roxana die Teller zum Tisch. An dem Tag, als sie den Afargaan mitgebracht hatte, hatte sie ihn mit Silvo poliert und auf das Bord vor der Küche gestellt, wo er ihn sehen konnte. Bald würde der Weihrauchduft die Zimmer erfüllen, dachte sie, und der Rauch würde die Gnade Gottes in sich tragen …

Als sie mit vier Gläsern zurückkam, hörte sie, wie ihr Vater zu sprechen versuchte. In den Lauten, die er von sich gab, hörte sie ihren Namen.

»Ja, Pappa?« Sie beugte sich über ihn.

Nicht tun, mein Kind. Nicht tun nicht tun nicht tun.

»Was, Pappa? Was nicht tun?«

Insofern als. Insofern als. Nicht tun.

Unablässig verlangte er nach ihrer Aufmerksamkeit. Sie hielt es für das Beste, nicht allzu viel Aufhebens um das zu machen, was ihn da in seiner Phantasie plagte, was es auch sein mochte. Aber er wurde immer lauter, sein Flehen immer verzweifelter.

Sie ging wieder zu ihm und streichelte seine Hand, um ihn zu beruhigen. »Komm her, Jehangoo, und setz dich für ein paar Minuten zu Grandpa.«

Jehangir fing an, ihm aus seinem Geschichtsbuch vorzulesen. »›Shivaji wurde 1627 geboren, und er war der Gründer des Marathi-Königreiches. Er respektierte die Überzeugungen aller Religionsgemeinschaften und schützte ihre heiligen Stätten. In einer Zeit religiöser Barbarei übte Shivaji echte religiöse Toleranz.‹«

Nariman ließ sich nicht beruhigen. Jehangir beugte sich vor und umfasste sein Stoppelkinn. Aber statt zu glucksen wie sonst, wurde sein Großvater zornig.

»Versuche etwas anderes«, sagte Roxana.

»Okay, okay«, sagte Jehangir. Er streichelte seinem Großvater den Kopf und sang: »›Ich bin eine Teekanne, klein und dick.‹« Dann legte er die Daumen an den Mund und tutete wie eine Eule.

»Funktioniert alles nicht«, sagte er frustriert zu seiner Mutter. »Und immer rufst du mich; nie soll Murad irgendetwas tun.«

»Weil Grandpa sich über deine Gesellschaft freut.«

»Es ist schon gut, Jehangla.« Sein Vater kam mit dem Afargaan und dem Weihrauchpäckchen herein. »Nach dem Kusti werde ich den Weihrauch anzünden und beten. Das wird seinen Geist beruhigen und die bösen Gedanken vertreiben, die ihn plagen.«

Roxana hatte ihre Zweifel; sie erinnerte Yezad daran, dass Pappa nie etwas für das Beten übrig gehabt hatte; selbst die oberflächliche Befolgung der Rituale hatte er wegen der Art und Weise, wie seine Eltern mit Lucy umgegangen waren, aufgegeben. »Er sprach immer von der Religion der Bigotten. Seit vierzig Jahren hat er keinen Feuertempel mehr betreten.«

»Das macht nichts. Es ist nie zu spät – schau mich an. Außerdem kommt es nicht auf den Glauben an; der Klang der Gebete an sich wird ihm Ruhe und Frieden bringen.«

Sie zog sich zurück; es widerstrebte ihr, ihn weiter zu entmutigen, und sie wollte sein Vertrauen in das Gebet, das wie ein Segen über ihn und ihr Haus gekommen war, nicht in Gefahr bringen.

Yezad stellte sich ans Fußende des Diwans und begann mit seinem Kusti. Anstelle des üblichen stillen Gebets sang er laut: »Kem na mazda! Mavaite payum dadat, hyat ma dregvao!«

Als der erste Teil zu Ende war, wirkte Nariman ruhiger. Yezad warf Roxana einen triumphierenden Blick zu, nahm den Afargaan, schob die Hand in das Weihrauchpäckchen und nahm ein wenig mit den Fingern heraus, bevor er zur Wohnungstür ging.

Sie lief ihm voraus, um sie zu öffnen. Seine Finger ließen eine Prise des körnigen Pulvers auf die Kohlen rieseln, und sogleich knisterte es, und eine Wolke von weißem, duftendem Rauch erfüllte die Tür. Er hob den Afargaan in die Höhe und bewegte ihn im Bogen hin und her, wie sein Vater es früher getan hatte.

Als Nächstes hielt er Roxana den Afargaan entgegen. Sie bedeckte den Kopf und bewegte die Finger durch den Rauch, fächelte ihn sanft zu sich, um ihr Gesicht darin zu baden. Sie strich über die Seiten des Afargaan und faltete die Hände.

»Es ist, als flögen Engel und Fareshtas durch unser Haus«, murmelte sie glücklich.

Er trug den Afargaan auf den Balkon zu Jehangir und Murad. Sie schauten mit verständnislosem Lächeln auf. Er konnte nicht sprechen, wollte den Faden seines Gebets nicht zerreißen, aber er machte mit zusammengebissenen Zähnen Geräusche, die sie zum Lachen brachten. Er wurde ärgerlich. Ihre Mutter zeigte ihnen, wie man das Feuer auf angemessene Art respektierte.

Dann ging er ins Wohnzimmer, trat in jede Ecke und umkreiste den Diwan. Der Weihrauch bereitete Nariman Unbehagen; er hustete, und seine Hände schienen den Rauch vertreiben zu wollen.

Yezad streute eine letzte Prise Loban auf die Glut und zog einen Stuhl heran, um sich zu Nariman zu setzen und das Sarosh Baaj zu rezitieren. »Khshnaothra Ahurahe Mazdao! Ashem vohu vahishtem asti«, begann er und suchte nach der richtigen Tonhöhe.

Nariman antwortete mit einem Wimmern. Roxana sah, dass das Zittern seiner Hände ein wenig stärker wurde. »Pappa hat das nicht gern«, sagte sie kaum hörbar zu Yezad.

Er deutete auf den Patienten. »Pa name Yazdan Ahuramazda Khodai!«, sang er. »Awazuni gorje khoreh awazayad!«

Aber je länger er betete und sich bemühte, den sonoren Singsang der Dustoorjis zu imitieren, wie er ihn im Feuertempel gehört hatte, desto größer wurde die Erregung auf dem Diwan. Immer wieder gab Nariman dieselben unverständlichen Worte von sich.

»Ich wünschte, Pappa würde sich beruhigen«, sagte Roxana und schaute Yezad noch einmal flehentlich an. »Siehst du nicht, dass es ihn stört? Sei ein bisschen leiser!«

»Shushum-hmm-still-hmm-hmm!« Mit zusammengebissenen Zähnen ermahnte er sie, ihn nicht zu unterbrechen. Die Jungen mussten hinter dem Rücken ihres Vaters über seine Geräusche grinsen, aber sie wagten nicht, laut zu lachen.

»Fravarane Mazdayasno Zarathushtrish!«

Nein nein nein! flehte Nariman.

Roxana ertrug es nicht länger. Sie stellte den Topf wieder auf den Herd und bat Jehangir, hinunterzugehen und Daisy zu holen. Er antwortete, er wolle nirgendwo hingehen. Nicht zu Tante Daisy, und auch nicht in Onkel Jals Haus; da sei es immer so traurig und düster.

»Ein Haus ist nicht traurig oder düster«, sagte seine Mutter. »Das kommt nur auf die Leute an, die darin wohnen. Und überhaupt, wir haben noch gar nicht entschieden, ob wir umziehen oder nicht.«

Aber Jehangir schmollte weiter, und so bat sie Murad, an seiner Stelle zu gehen.

Roxana warf einen kurzen, kritischen Blick auf den Hausmantel, den Daisy hastig um sich geschlungen hatte. Dann hieß sie sie willkommen, entschuldigte sich für die Störung und erklärte, dass Pappa heute Abend in so schlechter Verfassung sei.

»Sie stören mich nicht. Er ist mein hingebungsvollster Zuhörer.«

»Hmm-stilll-hmm-hmm!« Erbost über das profane Geplapper fuhr Yezad herum.

Roxana flüsterte Daisy zu, sie solle sich nicht um ihn kümmern, und Daisy stimmte ihre Geige und begann mit einer wohl tuenden Wiedergabe von Schuberts ›Serenade‹. Die ersten paar Takte hindurch beachtete Yezad die Konkurrenz nicht, aber dann erhöhte er seine Lautstärke.

»Ahunem vairim tanum paiti!«

Daisy verlieh ihrem Bogenstrich mehr Druck, und der Resonanzkörper reagierte mit weiterer Verstärkung.

»Yasnemcha vahmemcha aojascha zavarecha afrinami!«, sang Yezad.

Nariman weinte.

Daisy ging zur Chaconne aus Bachs ›Partita in d-Moll‹ über. Yezad stimmte aus voller Brust das Ahmai Raescha an.

»Warum hilft Pappa nichts davon?«, fragte Roxana bekümmert.

Eine prachtvolle Klangkaskade der Violine übertönte für einen Augenblick das Gebet. Aber noch lauter ertönte die Antwort: »Hazanghrem baeshazanam, baevare baeshazanam!«

Jehangir tippte Daisy von hinten an den Rücken. Das Gesicht auf die Kinnstütze gequetscht, schaute sie fragend zu ihm herunter.

»Tante, kennst du ›One Day When We Were Young‹? Das ist Grandpas Lieblingslied.«

Das Geigenspiel hörte auf. »Summ es mir vor.«

Er versuchte es, und die bloße Andeutung genügte, um sie an das Lied aus *Der große Walzer* zu erinnern. Sie nahm die Chaconne nicht wieder auf.

Während sie das Lied spielte, löste sich die Schärpe an ihrem Hausmantel, aber die Musik hörte nicht auf. Roxana zog die Stirn ein wenig kraus und warf einen Blick zu ihrem Mann hinüber, um festzustellen, ob er sich Daisys Unterrock anschaute. Aber er näherte sich mit geschlossenen Augen dem letzten Abschnitt seines Gebets: »Kerfeh mozd gunah guzareshna kunam!«

Nach einigen Wiederholungen von Strophe und Refrain ließ Narimans Schluchzen nach. Roxana wischte ihm die Tränen ab, und er dämmerte nach und nach ein.

Yezad endete mit einem letzten Ashem Vohu und öffnete die Augen. Er deutete mit ausgestreckten Armen zum Diwan, um darauf hinzuweisen, welche Ruhe die Vibrationen seiner Gebete geschaffen hatten. Daisy legte die Geige in ihren Kasten, wandte ihm den Rücken zu und band sich die Schärpe wieder fest um ihren Hausmantel.

Yezad lag lange Zeit auf dem Rücken und starrte an die dunkle Zimmerdecke. »Roxana? Bist du wach?«

»Hmm.«

Er tastete nach ihrer Hand unter der Decke und sagte, er habe sich entschieden: Sie würden zu Jal nach Chateau Felicity ziehen.

Jetzt war sie hellwach. »Du glaubst, Jals Idee funktioniert?«

Die Dunkelheit verbarg ihren Gesichtsausdruck, aber er spürte ihr Entzücken in den Fingern. »Ich ziehe es vor, es als Gottes Plan zu betrachten. Wenn Er uns in Chateau Felicity haben will, wird Er auch dafür sorgen, dass es funktioniert.«

Sie kuschelte sich an ihn, und ihre Finger spannten sich um seine Hand, umklammerten sie fester, als habe sie Angst, sie zu verlieren. Dann sagte sie seufzend, wenn sie über die Ereignisse zurückschaute, die zu diesem Abend geführt hätten, sei das alles fast so etwas wie ein Beweis für die göttliche Macht im Universum, wobei mit Pappas gebrochenem Knöchel alles angefangen habe.

Der Diamantenhändler aus Surat, Mr. Hiralal, kam am nächsten Sonntag mit Jal, um sich mit Yezad und Roxana bekannt zu machen. Er war ein freundlicher Mann, trotz seines Reichtums einfach gekleidet und von einfacher Erscheinung. Er gab seinem Mitgefühl für den schlafenden Nariman Ausdruck. Sie fanden auf der Stelle Gefallen an ihm.

Während er sich in der Wohnung herumführen ließ, vermittelte Mr. Hiralal den Eindruck, als wären Wände und Decken, Ziegel und Putz das Einzige, was er bemerke, und als wäre die Schäbigkeit, die von den beschränkten Verhältnissen der Bewohner Zeugnis ablegte, so gut wie unsichtbar.

»Sehr hübsch, Ihre Wohnung«, versicherte er ihnen. »Ganz so, wie Ihr geschätzter Bruder sie beschrieben hat. Für meinen Sohn wird sie sich bestens eignen.«

Roxana fragte, ob er Tee wolle. Er bejahte eifrig. Nachdem er an seiner Tasse genippt und die Mischung gelobt hatte, bat er um Nachsicht wegen der Heimlichkeit, zu der sie bei der Transaktion ihres Geschäfts leider gezwungen seien.

»So schön es auch wäre, wenn ich Ihnen einen Scheck schreiben könnte. Aber die staatlichen Vorschriften nötigen uns zu einer anderen Prozedur. Schwarzgeld ist so sehr ein

Teil unserer weißen Wirtschaft. Ein Tumor im Zentrum des Gehirns – schneiden Sie ihn heraus, und Sie töten den Patienten.«

Sie wandten sich der Frage nach der Anzahlung in Höhe von zwanzig Lakh zu. »Vielleicht ginge es besser in vier Raten zu jeweils fünf Lakh.«

»Weshalb?« Yezad war sofort misstrauisch und warf Jal einen fragenden Blick zu. Aber Jals Miene veränderte sich nicht.

»Sie ziehen eine einzelne Zahlung vor? Wissen Sie, wie zwanzig Lakh in Einhundert-Rupien-Scheinen aussehen werden?«

»Ein ganzer Haufen Geld«, sagte Yezad mit weltgewandtem Lächeln und machte einer Geste, die einen Berg von unbestimmter Größe andeutete.

Mr. Hiralal erwiderte sein Lächeln. »Ganz recht. Eine Menge. Ein ganzer achtzig Zentimeter breiter VIP-Koffer voll.«

Yezad lachte nervös und musste an Mr. Kapur denken. »Vielleicht sollte man die Ashoka-Säule als nationales Wahrzeichen durch einen Koffer ersetzen. Und man sollte ihn auf alle unsere Münzen prägen.«

Mr. Hiralal nickte über diesen Scherz. »Dies ist ein großartiges Land, und ich liebe es sehr. Gut, ich kann Ihnen das Geld in einem Koffer bringen, aber wie werden Sie es aufbewahren?«

»Unter meinem Bett.«

Der Diamantenhändler lächelte wieder und wandte sich Jal zu. »Ihr Parsen mit eurem Humor. So wunderbar. Als ich auf dem Baaroda-College war, waren Parsen meine besten Freunde. Wir hatten so viel Spaß.«

Er riet Yezad, sich Bankschließfächer zu mieten. »In verschiedenen Gegenden, bei verschiedenen Banken. Auf Ihren Namen, auf den Namen Ihrer geschätzten Gemahlin, auf die Namen Ihrer Kinder. Und immer, wenn Sie bereit sind, gebe ich Ihnen eine Rate in einer kleinen Tasche – in Bordgepäckgröße. Das ist weniger auffällig und leichter zu handhaben.«

»Das hört sich an wie ein Spionagefilm«, sagte Yezad.

»Oh, wir müssen schon besser sein. Diese Filme hat die Steuerbehörde allesamt gesehen.«

Sie lachten und vereinbarten dann, sich zu jedem Geldtransfer an einem anderen Ort zu treffen. »Jede Unannehmlichkeit für Sie ist eine Unannehmlichkeit für mich«, sagte Mr. Hiralal. »Treffen wir uns beim ersten Mal im Willington Club. Sehr sicher, ich bin dort Mitglied. Beim zweiten Mal gehen wir zu Ihrem geschätzten Bruder nach Hause. Ist Ihnen das recht, Mr. Contractor?«

»Es wird mir eine Ehre sein«, sagte Jal.

Die dritte Zahlung würde Yezad im Büro des Diamantenhändlers in Empfang nehmen, und die vierte würde hierher nach Pleasant Villa gebracht werden.

»Kein Wort zu irgendjemandem«, warnte Yezad Roxana und die Jungen. »Nicht im Haus, und auch nicht bei euren Freunden in der Schule.«

»Warum nicht?«, fragte Murad. »Begehen wir ein Verbrechen?«

»Unsere Regierung erlässt so verrückte Gesetze, dass man gezwungen ist, sie zu brechen«, erklärte er halbherzig.

»Mahatma Gandhi hat gesagt, es ist unsere Pflicht, schlechte Gesetze zu brechen«, erzählte Murad. »Er hat sogar gesagt, man soll sie in aller Öffentlichkeit brechen.«

»Wir wollen aber doch nur nach Chateau Felicity, oder? Und nicht mit Mr. Hiralal ins Gefängnis. Also haltet den Mund.«

In den nächsten vier Tagen wurde das Geld in den gemieteten Bankschließfächern verstaut, und Hafiz Lakdavala & Sons standen bereit, um die Arbeit in Chateau Felicity zu beginnen. Sie hatten durchaus nichts dagegen, dass man sie in bar bezahlen würde. Die einzelnen Arbeiten müssten in der Reihenfolge ihrer Dringlichkeit in Angriff genommen werden; in dreißig Tagen wäre aber genug fertig, um der Familie Chenoy zu ermöglichen, die Wohnung in Pleasant Villa für Mr. Hiralal zu räumen.

In ihrer Phantasie sah Roxana die Wohnung bereits renoviert und neu eingerichtet vor sich. Sie fing an, die Zimmer zu verteilen: das Zimmer ihrer Eltern mit eigenem Bad für sie selbst und Yezad, ihr früheres Zimmer für Jehangoo, Coomys für Murad – die beiden konnten sich das Bad im Flur teilen. Und Jal war glücklich, wo er war.

»Ja, das hört sich gut an«, sagte Yezad, der in seine Reparaturliste vertieft war.

Nariman versuchte zu sprechen; was um ihn herum vorging, schien ihn sehr zu erregen. Bitte, murmelte er, bitte, und Roxana tröstete ihn. »Ja, Pappa, mach dir keine Sorgen, natürlich bekommst du dein altes Zimmer wieder.«

Sie hing weiter ihren Gedanken nach, stellte sich die frische Farbe für die Wände vor und arrangierte die Möbel neu. Die Möbel, sagte sie, vor allem die Betten, müssten überholt werden. Und ihr fiel ein, dass eines der vier gleichartigen Rollos im Wohnzimmer einen Riss hatte. Und am Kronleuchter im Esszimmer fehlten ein paar Kristalle. »Vielleicht finden wir welche in einem Antiquitätenladen im Chor Bazaar.«

»Eins nach dem andern, Roxie! Wir haben nur einen Monat Zeit, um die Wohnung instand zu setzen, und du zerbrichst dir den Kopf über ein zerrissenes Rollo?«

»Ja, du hast Recht, Yezdaa. Ich bin nur so aufgeregt.«

Als die Arbeiten begonnen hatten, gingen sie Armaturen und Kacheln für die Badezimmer aussuchen. Beim Cera-Händler schauten sie sich Waschbecken, Toiletten und diverse Wasserhähne und Duschköpfe an. »Es ist wie ein Traum«, sagte Roxana immer wieder. »Die meisten Familien in Bombay verbringen ihr ganzes Leben in einer Anderthalb-Zimmer-Wohnung. Und wir ziehen tatsächlich in eine große, renovierte Wohnung. Ich habe Angst, dass ich aufwache und der Traum zu Ende ist.«

Auch er war beeindruckt von der plötzlichen Wendung ihres Geschicks, aber er hatte weniger Mühe, sie zu akzeptieren, weil er wusste, dass Gott die Zügel fest in der Hand hielt. Ihre Hochstimmung amüsierte ihn. Aber bei Restile Ceramics musste er sie doch ermahnen, nicht allzu begierig auf die glasierten Bodenfliesen zu starren. Der Verkäufer belauere sie wie ein Geier, flüsterte er, und der Preis würde in die Höhe schießen.

Als Nächstes verglichen sie Marken und Ausstattungen von Küchengeräten. Roxana gefiel die Maharaja-Linie mit Turbomixer, Saftpresse und Toaster. Yezad bestand eisern darauf, dass der Kühlschrank ein Godrej sein müsse, ein ehrbares Parsi-Produkt. Was die Aircondition anging, so würden sie zwei Fenstergeräte von Voltas nehmen, eins für das Esszimmer und eins für das Wohnzimmer. Für die Schlafzimmer könnten später welche angeschafft werden.

Während der Renovierungsarbeiten entwickelte Yezad einen neuen Tagesablauf. Nachdem er morgens im Wadiaji-Feuertempel gewesen war, ging er nach Chateau Felicity, um alles im Auge zu behalten, wie er sagte. Zum Mittagessen kam er nach Hause, hielt ein Nickerchen und kehrte dann zur Baustelle zurück, wo er blieb, bis die Handwerker Feierabend machten. Dann ging es zum Aslaji-Feuertempel, wo er mindestens eine Stunde vor dem Feuer verbrachte. Er betete mit dem aufgeschlagenen Avesta in den Händen, obwohl er viele Passagen inzwischen auswendig kannte.

Wenn die Handwerker Yezad in Chateau Felicity sahen,

stießen sie einander in die Rippen und sagten scherzhaft, der Inspektor sei gekommen. Jeden Tag gab es mindestens eine kleine Krise mit Arbeitern oder Lieferanten: interne Streitigkeiten, Verletzungen, zu spät angeliefertes Material, falsche Artikel. Yezad bemühte sich oft ohne Erfolg, nicht die Geduld mit ihnen zu verlieren.

Zum Glück war Jal meistens auch da, und er schien sich darauf zu verstehen, solche Dinge zu regeln oder zumindest über die Bühne zu bringen. Nicht selten gelang es ihm, Yezad mit irgendeinem Auftrag abzulenken.

Manchmal brachte Yezad seinen Ärger mit nach Hause, und dann maulte und mäkelte er bei Roxana. »Diese Idioten wissen nicht, was sie tun. Und Jal ist ein Softie und benimmt sich wie ein Gentleman bei Leuten, die nur einen harten Ton verstehen.«

»Beruhige dich doch, Yezdaa. Wenn etwas nicht in Ordnung ist, sag es Mr. Lakdavala – streite dich nicht mit den Arbeitern. Du regst dich viel zu oft über Kleinigkeiten auf.«

»Wenn man Kleinigkeiten ignoriert, werden sie zu großen Problemen.«

Einmal in der Woche ging sie mit, um zu sehen, wie die Arbeiten vorankamen; dann war auch ein Vertreter von Hafiz Lakdavala & Sons anwesend, mit dem sie etwaige Änderungswünsche besprechen konnten. Sie genoss diese allwöchentliche Begutachtung des Fortschritts beim Aufpolieren ihres neuen Heims.

»Sieht hübsch aus, nicht wahr?«, sagte sie zu Yezad.

Er nickte, ohne die Küchenschränke aus den Augen zu lassen, die eben geliefert wurden – stets bereit loszubrüllen, wenn er irgendeine Art von Unachtsamkeit bemerkte.

»Bist du glücklich, Yezdaa?«

Er nickte wieder.

Zur gehörigen Zeit nahm sie die Jungen mit, damit sie sich

ihre Zimmer anschauen und die Farben für die Wände aussuchen konnten. An diesem Tag blieb Yezad zu Hause, um auf Nariman Acht zu geben.

Das lärmende Treiben der Handwerker in Chateau Felicity faszinierte Murad. Er spazierte in der Wohnung umher, erkundete die Materialstapel und nahm Werkzeug in die Hand, um es zu betrachten.

Jehangir war bedrückt. Er beobachtete seinen Bruder, ohne hinter ihm herzutrotten, wie er es normalerweise getan hätte.

»Was ist denn, Jehangoo?«, fragte seine Mutter, als sie wieder zu Hause waren. »Warum so traurig?«

»Ich bin nicht traurig.« Aber nach seinem raschen Leugnen fügte er doch hinzu, dass all die viele Arbeit doch ein ziemlich großer Aufwand sei, nur um dann dort zu wohnen. »Warum müssen wir es denn? Hier in Pleasant Villa ist es doch schön.«

Seine Eltern lachten, als habe er einen Witz machen wollen.

Aber er erhob weitere Einwände, und Yezad verstand das Unbehagen seines Sohnes. »Stell es dir doch nur vor, Jehangla – eine so schöne große Wohnung. Viel Platz für uns alle.«

»Hier ist auch genug Platz. Wir passen doch alle hinein.«

»Aber du siehst doch, wie eng es ist«, sagte seine Mutter. »Kein richtiges Bett für dich und Murad, und der arme Grandpa muss auf dem Diwan liegen.«

»Es gefällt ihm da, und ich schlafe gern bei ihm. Und Murad ist gern in seinem Zelt.«

Seine Mutter versuchte es noch einmal. »Erinnerst du dich an das Zimmer, das ich dir gezeigt habe? Deins ganz allein. Du hast deinen eigenen Schrank, deinen eigenen Schreibtisch, dein Bücherregal. Du kannst deine Zeichnungen und

Bilder aufhängen, wie du willst. Du wirst leben wie die Fünf Freunde.«

»Enid Blyton ist Quatsch«, sagte Jehangir leise.

Es wurde still. Sein Vater schaute ihn erfreut an. »Das stimmt, Jehangla. Aber ein eigenes Zimmer zu haben, das ist trotzdem schön. Und jetzt, junger Mann, entscheide dich, welche Farbe du haben willst.«

Es gefiel ihm, dass sein Vater ihn junger Mann nannte. Das hatte er noch nie getan, dachte er, während er so tat, als betrachte er die Farbproben, die sie mit nach Hause gebracht hatten.

Murad traf seine Wahl mit großer Entschiedenheit: Hellgrüne Wände wollte er haben. Aber Jehangir sah sich überwältigt von so viel Verantwortung. Er bemühte sich, eine Auswahl aus der unerschöpflichen Palette zu treffen, die da vor ihm ausgebreitet war, und gab schließlich auf. »Such du eine für mich aus, Mummy.«

Sie wählte ein fröhliches Gelb und fragte, ob es ihm gefalle.

»Schön«, sagte er gleichgültig.

Ein elegantes neues Messingschild, groß genug, um alle unterzubringen, wurde für die Wohnungstür in Auftrag gegeben. Jal schlug vor, die Namen in alphabetischer Reihenfolge eingravieren zu lassen:

Mr. & Mrs. Yezad Chenoy
Mr. Jal Contractor
Mr. Nariman Vakeel

Am Umzugstag, vier Wochen nach Beginn der Renovierungsarbeiten, kam Jal mit einem Krankenwagen, um seinen Stiefvater nach Hause zu holen. Man hatte eine Krankenhaus-Ayah engagiert; sie erwartete den Patienten in Chateau Felicity. Roxana sagte, ihr falle ein Stein vom Herzen, weil sie wisse, dass Pappa an diesem hektischen Tag versorgt sei.

»Aber woher soll die Ayah wissen, was Grandpa meint?«, fragte Jehangir. »Wird sie den Klang seiner Worte verstehen?«

»Das wird sie lernen. Und am Anfang können wir es ihr erklären.«

Während die Männer vom Krankenwagen ihre Trage bereitmachten, kam Daisy herauf, um sich von Nariman zu verabschieden. »Es war mir ein Vergnügen, Professor. Danke, dass Sie meine Überei ertragen haben, alle meine Fehler.«

Nariman lächelte und murmelte etwas. Sie beugte sich über ihn, um besser zu hören, und dann lachte sie und schüttelte ihm die Hand.

»Was hat Pappa gesagt?«, fragte Roxana.

»Er will ein Abschiedskonzert.«

Sie lachten wieder, und Roxana und Yezad gingen mit ihr auf den Treppenabsatz hinaus. »Ich weiß nicht, was wir ohne Sie anfangen werden, Daisy«, sagte sie. »Wir werden Sie nicht jedes Mal holen können, wenn Pappa Sie braucht.«

Daisy nickte teilnahmsvoll.

»Es gibt eine ausgezeichnete Musiktruhe dort«, betonte Yezad, »mit vielen Schallplatten. Die werden wir ihm vorspielen.«

»Und wenn die Schallplatten nicht helfen«, sagte Daisy durchtrieben, »können Sie immer noch Ihre Gebete vortragen.« Sie blieb auf dem Treppenabsatz stehen und winkte Nariman nach, als die Träger ihn hinunterschafften.

Kurz nachdem der Krankenwagen weg war, kamen die Umzugsleute. Man zeigte ihnen die Kisten mit dem guten Geschirr, der Rosenschale und dem Porzellan, und dann fingen sie an, die Möbel nach unten zu tragen. Yezad postierte sich auf der Straße und behielt den Lastwagen im Auge; der hilfsbereite Mr. Hiralal hatte ihn gewarnt: Es sei durchaus üblich, dass beim Verladen so einiges verschwinde.

Murad blieb oben und half seiner Mutter, die letzten Sachen aus Badezimmer und Küche zu verpacken. Jehangir ging nach unten. Teilnahmslos stand er neben seinem Vater und sah zu, wie ihre Habe vom dunklen Bauch des Möbelwagens verschluckt wurde.

Am späten Nachmittag waren die Möbelpacker fertig. Yezad wies sie an, mit dem Abladen erst anzufangen, wenn er da sei, und ging dann mit Jehangir noch einmal nach oben.

Roxana und Murad standen mitten im leeren Wohnzimmer. »Ich habe alles noch einmal kontrolliert«, sagte sie mit dünner Stimme. »Wollen wir jetzt gehen?«

»Ich sehe mich auch noch einmal um. Kommst du mit?«, fragte er Jehangir.

Jehangir schüttelte den Kopf und ging auf den Balkon. Yezad sah, dass er sich an das Geländer lehnte und weinte.

»Was ist denn, Jehangla?«

»Ich bin sehr traurig.«

Yezad legte den Arm um ihn. »Es ist immer traurig, wenn etwas zu Ende geht. Mir ist es genauso gegangen, als ich von Jehangir Mansion weggehen musste. Aber ohne dass das Alte zu Ende geht, kannst du das Neue nicht beginnen.«

»Ich will das Neue nicht, mir gefällt das Alte.«

»Das ist doch unvernünftig, Jehangla. Genauso gut könntest du sagen, du willst nicht, dass die fünfte Klasse zu Ende geht. Wie willst du dann in die sechste kommen? Willst du dein ganzes Leben bei Miss Alvarez verbringen?«

Jehangir lächelte unter Tränen – die Aussicht wäre gar nicht so übel, aber das konnte er nicht laut zu seinem Vater sagen. Er starrte weiter auf die Straße.

Yezad wartete. Er kam sich unehrlich vor, denn an die vernünftigen Worte, die er soeben gesprochen hatte, glaubte er selber nicht. Ihn quälte das gleiche Dilemma: Er wollte, dass seine Söhne zu Männern wurden, aber er liebte die Jungen, die er auf den Schultern tragen konnte. Auch er hätte gern die Zeit überwunden.

Er nahm Jehangir bei der Hand. »Komm, wir schauen uns noch einmal um. Ein letztes Mal.«

Sie gingen ins Schlafzimmer, und ihre Schritte hallten scharf durch den leeren Raum. Jehangir machte große Augen, als wolle er sich dauerhaft einprägen, was er sah. In der Küche liebkoste er die Messinghähne. Er besuchte das Badezimmer und die Toilette.

»Wenn ich es wieder sehen möchte, wird Mr. Hiralal es mir erlauben?«

»Er scheint ein netter Mann zu sein«, sagte Yezad. »Er erlaubt es dir sicher.«

Sie gingen noch einmal auf den Balkon, und Jehangir pfiff zu dem Papagei auf der anderen Straßenseite hinüber. »Wiedersehen, Papagei Sweetie!«

Der Vogel, in seinem rasenden Hin- und Hergehüpfe befangen, antwortete nicht. Jehangir versuchte es noch einmal, und Yezad gab einen Pfiff dazu, um eine Antwort hervorzulocken. Der Papagei ignorierte sie beide.

Villie Cardmaster wartete an ihrer Tür, als sie aus der leeren Wohnung kamen. Sie umarmte die Jungen und gab dann Yezad die Hand. Er schüttelte sie kurz und widerstrebend und ging schon die Treppe hinunter, als sie Roxana in die Arme nahm.

Auf dem nächsten Treppenabsatz hörte er, wie sie einander für die gute Nachbarschaft dankten, und Villie sagte, sie werde sie arg vermissen; es werde jetzt sehr still sein im dritten Stock.

»Beeil dich, Roxana!«, rief er durch das Geländer. »Der Möbelwagen wartet auf uns.«

Sie nahmen ein Taxi, und Murad wollte unbedingt neben dem Fahrer sitzen. Dieser beugte sich über ihn, um nach draußen zum Taxameter zu greifen, und Murad fragte, ob er ihn einschalten dürfe.

»Hanh, baba, tu du es«, sagte der Fahrer gutmütig.

Murad legte den Hebel um und drückte die Flagge herunter, und die Uhr fing an zu ticken. »Sehr gut, baba«, sagte der Fahrer.

Sie drehten sich um und schauten zum Haus zurück. Roxana sagte ein bisschen wehmütig, es sei eine hübsche Wohnung gewesen, wenn auch winzig, und sie seien immer glücklich darin gewesen.

»Bis auf das letzte Jahr«, sagte Yezad.

»Ja.« Sie dachte kurz nach. »Aber macht nichts – von jetzt an wird das Leben wunderbar sein, in unserer großen neuen Wohnung.«

»Für dich ist sie nicht neu, Mummy«, sagte Murad. »Du gehst jetzt wieder nach Hause.«

»Aber jetzt habe ich meine ganze Familie dabei. Und das macht es neu. Und diesmal wird es ein sehr glückliches Haus werden.«

»Muss ich heute Abend in meinem eigenen Zimmer schlafen?«, fragte Jehangir.

»Nein«, beruhigte Roxana ihn. Sie konnte seine Gedanken lesen. »Du und Murad, ihr müsst euch ein Zimmer teilen, bis die Handwerker fertig sind.«

Er lächelte und langte über den Vordersitz, um seinen Bruder zu knuffen.

»Bist du glücklich, Jehangoo?«, fragte sie.

Er nickte zaghaft.

Während das Taxi am Straßenrand auf eine Lücke im Verkehr wartete, hörten sie Geigenmusik. Roxana schaute Pleasant Villa an, die schmiedeeisernen Balkongeländer, den Eingangsbogen und die alten Steinstufen, die sie unzählige Male hochgestiegen war. Ein Vogel hockte im Erdgeschoss auf einer Fensterbank und zwitscherte gewissenhaft.

Ein gutes Omen, dachte sie.

Das Taxi setzte sich in Bewegung, und Jehangir drehte sich um und warf einen letzten Blick zurück. Eine Motte schwebte träge aus dem dunklen Treppenhaus. Er sah zu, wie sie geradewegs auf den offenen Schnabel des Vogels zuflog.

Epilog

Fünf Jahre später

Daddy und Murad haben heute wieder Krach gehabt. Sie streiten sich jetzt fast jeden Tag. Diesmal fing es an, als Murad am Nachmittag mit einem Bürstenhaarschnitt vom Friseur kam.

»Muss es so kurz sein?«, fragte Daddy. »Du siehst aus wie ein Skinhead-Schläger.«

Mummy versuchte, die Auseinandersetzung abzuwenden; sie lachte nervös und meinte, ob es nicht komisch sei, dass Eltern sich noch vor einer Generation aufgeregt hätten, weil die Jungen die Haare zu lang trugen. »Wie sich die Zeiten ändern. Erinnerst du dich noch an das Foto in deinem Studentenausweis, Yezdaa? Die Haare bis auf die Schultern!«

»Übertreibe nicht, sie waren nur ein bisschen zu lang. Und überhaupt, alle heiligen Propheten hatten lange Haare – Zarathustra, Moses, Jesus. Wieso kann dein Sohn nicht lernen, auszusehen wie ein normaler Mensch?«

Murad lächelte die ganze Zeit und tat, als sei das alles nur ein Spaß. Manchmal funktioniert diese Taktik – Daddy kritisiert ihn, und dann kehrt er zu dem Buch zurück, das er gerade liest, oder zu seinen Gebeten. Aber es kann ihn auch zur Raserei treiben: Er sei kein kläffender Hund, den man einfach stehen lasse, sondern man habe ihn zu hören und zu beachten.

Im Falle des Haarschnitts aber war die Frage, ob lang oder kurz, bald vergessen, und der Streit nahm eine neue Richtung. Murad wagte sich viel zu nah an die Ecke des Wohnzimmers, die Daddy in letzter Zeit als Gebetsplatz für sich in Beschlag genommen hat.

Auf einer Vitrine stehen hier gerahmte Bilder von Zarathustra und dem Udvada-Feuertempel neben einem silbernen Modell des Asho Farohvar, Fotos der antiken Überreste des persischen Reiches mit den Ruinen von Persepolis, Palästen, Feueraltären und den Königsgräbern der Achämeniden- und Sassaniden-Dynastien. Alles ist in einem groben Halbkreis arrangiert, der immer weiter wächst. Seine neueste Erwerbung ist ein Miniatur-Afargaan aus Plastik mit einem winzigen elektrischen Feuer. Die Glühfaser flackert Tag und Nacht im Zentrum dieses Halbkreises.

Es ist dieselbe Glasvitrine, die immer mit Spielzeug und Nippes gefüllt war, darunter auch die beiden Aufzieh-Affen, dem Trommler und dem Trinker, die der Anlass für den Streit gewesen waren, als wir vor Jahren zu Grandpas Geburtstagsparty gekommen waren – mindestens sechs oder sieben Jahre ist das her, glaube ich.

Nach Tante Coomys Tod hat Onkel Jal die Sammlung dem Bandra-Waisenhaus geschenkt. Die Vitrine war dann monatelang leer, bis Daddy sie übernahm. Jetzt sind seine Gebetbücher darin, aber auch eine Kollektion von weiteren heiligen Gegenständen, für die in dem Halbkreis kein Platz ist.

»Stopp!«, schrie er, als Murad geistesabwesend auf die Vitrine zuschlenderte.

In Daddys Stimme lag echte Panik, und Murad erstarrte. »Was ist los?«

Onkel Jal kam aus seinem Zimmer und machte ein besorgtes Gesicht. Er hat ein neues Hightech-Hörgerät. Man sieht es kaum noch in seinem Ohr. Manchmal versucht er, zwischen Daddy und Murad Frieden zu stiften, aber Daddy hat ihm vorgeworfen, dass er sich in private Familienangelegenheiten einmischt, und seitdem macht er nur noch selten den Mund auf.

Mummy beschwert sich bei Daddy: Das sei nicht fair – zuerst sei es Coomy gewesen, die dem armen Jal den Mund verboten habe, und jetzt tue er das Gleiche. Er antwortet dann, dass Jal sich zu allem äußern darf, nur nicht zu diesem einen Thema.

Also blieb Onkel Jal vor dem Wohnzimmer stehen und sah ganz kläglich aus. Die alte Gewohnheit, an seinem antiken Hörgerät herumzufummeln, ließ ihn auch jetzt an sein Ohr greifen, obwohl das neue nicht mehr eingestellt zu werden braucht. Dann ging er zurück in sein Zimmer, während Daddy und Murad sich weiter stritten.

»Wie oft muss ich es dir erklären?«, fragte Daddy zähneknirschend.

»Was erklären?« Murad war ehrlich ratlos.

»Du bist in deinem unreinen Zustand am Gebetsplatz. Nach einem Haarschnitt bist du unrein, bis du geduscht und dir die Haare gewaschen hast.«

»Das ist doch idiotisch. Ich fasse deinen heiligen Schrank nicht mal an.«

»Fünfzehn Fuß Abstand, habe ich dir gesagt! Mindestens!«

»Beruhige dich, Yezdaa«, flehte Mummy. »Beim nächsten Mal wird er bestimmt daran denken.«

»Wir leben im einundzwanzigsten Jahrhundert«, sagte Murad, »und du glaubst immer noch an solchen Unsinn. Wirklich traurig.«

»Schön, dann sei traurig«, sagte Daddy.

»Nein, bitte sag das nicht, Yezad«, bat Mummy. »Ich will nicht, dass jemand traurig ist.«

Wenn Daddy ein gewisses Stadium der Erregung erreicht

hat, macht es Murad Spaß, ihn zu reizen. Vor Daddys Zorn hat er keine Angst mehr, wie wir sie früher als Kinder hatten.

»Woher hast du die genaue Zahl? Hat Zoroaster sie dir ins Ohr geflüstert?«

»Dein Sohn ist ein toller Witzbold, nicht wahr? Sag nicht Zoroaster – das ist eine griechische Perversion des Namens unseres Propheten. Sag Zarathustra. Und bevor du dich über mich lustig machst, lies die Schriften: Vendidaad, Fargard XVII, schreibt den Abstand vor.«

»Tut mir Leid, Daddy, ich habe nicht so viel Zeit wie du, um all das interessante Zeug zu lesen. Es ist schwer genug, die Arbeit fürs College zu schaffen.«

In den letzten paar Jahren, seit wir aus Pleasant Villa ausgezogen sind, liest Daddy nur noch religiöse Bücher, als wolle er verlorene Zeit aufholen. Von der heiligen Vitrine abgesehen, hat das Schlafzimmer meiner Eltern sich gefüllt mit Büchern über die Geschichte der Parsen und den Zoroastrianismus; er hat verschiedene Übersetzungen des Zend-Avesta, Interpretationen der Gathas, Bücher von Zaehner, Spiegel, Darukhanawala, Dabu, Boyce, Dhalla, Hinnells, Karaka und vielen anderen. Ein paar davon standen in einem Bücherschrank, der Grandpas Vater gehörte; sein Name steht in den Exlibris: *Marazban Vakeel*. Aber Daddy hat auch viele gekauft. Mummy hat einmal eingewandt, man müsse doch nicht jedes Buch kaufen; es gebe Büchereien, aus denen man sie leihen könne. Aber dann hat sie es aufgegeben, weil er sich dauernd darüber beschwerte, dass man seinem Geist schlichtweg Wasser und Brot verweigern wolle.

Aber die Stichelei über die Zeit zum Lesen hat Daddy gekränkt. Seit Bombay Sporting geschlossen wurde, hat er nicht mehr gearbeitet. Das Geschäft wurde wohl später wieder geöffnet, aber unter einem neuen Namen: Shivaji Sports Equipment, und die Frau des Eigentümers hat ihn nie gebeten zurückzukommen. Das investierte Geld aus dem Verkauf von Pleasant Villa brachte immer gerade genug ein, um den Haushalt zu führen und für Grandpas Kosten aufzukommen. Mummy hatte einen neuen Haushaltsplan aufgestellt, mit neuen Umschlägen. Aber nach Grandpas Tod hat sie die Umschläge weggeworfen und gesagt, wir brauchten uns jetzt weniger Sorgen um unsere Ausgaben zu machen. Es stört sie nicht, dass Daddy nicht arbeitet.

Im Großen und Ganzen ist sie glücklich über seine inbrünstige Hinwendung zur Religion. Sie ist wie er davon überzeugt, dass die ganze Kette der Ereignisse von Grandpas Unfall bis zu Mr. Kapurs Ermordung Gottes Plan war, um ihn zum Gebet zu führen.

Verletzt von Murads Spott, wandte Daddy sich an sie, und er machte ein Gesicht wie ein Kind, das ohne Vorwarnung eine Ohrfeige bekommen hat. Und wenn Mummy ihn so sieht, benimmt sie sich wie eine beschützende Mutter. Sie versuchte Murad in die Dusche zu scheuchen.

Aber er war noch nicht bereit, den Streit zu beenden. »Ich bin ein bisschen verwirrt – ich weiß nicht genau, wie weit die fünfzehn Fuß reichen.«

»Ich habe dir gesagt, das Sofa ist die Grenze.«

»Das ist aber eine grobe Schätzung, Daddy. Da erreichst du nur annähernde Reinheit, glaube ich. Ich finde, wir sollten nachmessen und eine Linie auf den Boden malen, damit wir alle wissen, wie weit wir gehen dürfen.«

Daddy appellierte wieder an Mummy. »Dein Sohn macht sich lustig über unseren Glauben.«

»Was ist, wenn eine unreine Fliege oder Mücke oder Kakerlake die Sofagrenze überschreitet? Oder kontrollierst du immer, ob sie geduscht haben? Vielleicht solltest du deine Vitrine überhaupt in eine Luftblase packen.«

»Das reicht!« Daddy zerrte ihn am Arm zum anderen Ende

des Zimmers. »Gehst du in deinem unreinen Zustand noch einmal auf diese Seite, breche ich dir die Beine!«

Murad lachte. »Jetzt wirst du hysterisch.« Ich wünschte wirklich, er würde aufhören.

»Geh duschen«, sagte Mummy leise, und er ging hinaus. Er hört immer noch auf sie, wenn sie in dem Ton spricht, mit dem sie uns früher als Kinder immer gewarnt hat, dass wir nahe daran waren, die Grenze des Akzeptablen zu überschreiten.

Unterdessen erklärte Daddy, seine Brustschmerzen hätten wieder angefangen, und er verlangte seine Herzmedizin. Dann beklagte er, dass er in seinem Zorn den Arm dieses Saitaans angefasst habe, und durch diese Berührung sei er nun selbst unrein und müsse eine komplette Dusche nehmen.

Mein Vater ist aus dem Bad gekommen und betet vor der Vitrine sein Kusti. Sein Gesichtsausdruck ist immer sehr hingebungsvoll, wenn er betet. Er ist mit den Knoten fertig und setzt sich mit seinem Gebetbuch vor den elektrischen Afargaan, auf den Holzstuhl, den niemand sonst benutzen darf. Er sitzt da, als trage er eine unsichtbare Last, deren Gewicht ihn niederdrückt. Er runzelt oft die Stirn, und sein Gesicht ist schmerzverzerrt. Er macht nicht einfach die Augen zu, sondern presst die Lider zusammen, dass sich die Wangen hochziehen und die Augenbrauen herunterdrücken, um hinauszuquetschen, was immer ihn da verfolgt. Seine Avesta-Rezitationen – die diversen Yashts, Gehs, Nyaishes, je nach Tageszeit – klingen wie ein Streit, wie ein Protest. Er ist in einen Kampf verstrickt.

Wenn ich meinen Vater so sehe, denke ich an ihn, wie er früher war – so vergnügt. Heutzutage lächelt er kaum noch, vom Lachen ganz zu schweigen. Und er pfeift nicht mehr, singt die Lieder im Radio nicht mehr mit. Das letzte Mal habe ich ihn für Grandpa singen hören, am Abend vor seinem Tod. Das Radio läuft auch nur noch selten – nur, wenn Daddy nicht zu Hause ist. Wenn er da ist, will er entweder beten oder lesen, und er sagt, dabei stört ihn die Musik.

Mummy schaut von der Diele her zu und lächelt zufrieden, denn nach dem Streit um den Haarschnitt ist alles wieder normal. Es freut sie, ihn beten zu sehen, und sie ist glücklich, ihren Tageablauf nach seinen Erfordernissen zu arrangieren. Ihre Hausarbeit, das Kommen und Gehen von Dienstboten – alles dreht sich um Daddys Gebetsprogramm.

Aber es kommt auch vor, dass ich sehe, wie sie die Hände ringt und sich Sorgen macht, wenn er nicht aufhört zu beten. Das müssen die Augenblicke sein, in denen Zweifel in ihr aufkommen. Ich bin sicher, dass sie sich wünscht, er würde es nicht so extrem treiben, und gelegentlich äußert sie in meiner Gegenwart, was sie quält. »Wenn Dada Ormuzd mir nur helfen könnte, es zu verstehen! Warum müssen Gebet und Religion zu so viel Streit zwischen Vater und Sohn führen? Ist das Sein Wille?«

Wenn mein Vater für sich allein dasitzt und aus dem Fenster starrt oder so tut, als lese er, habe ich sie schon zu ihm gehen und ihm die Hand auf die Schulter legen sehen, und ich habe gehört, wie sie ihn zärtlich fragt: »Was ist denn, Yezdaa? Macht dir etwas Sorgen?«

Seine Antwort ist immer die gleiche. »Nein, Roxie, mir geht es gut.« Und dann tätschelt er die Hand auf seiner Schulter und küsst sie.

Sie streichelt ihm übers Haar. »Bist du glücklich, Yezdaa?«

Er lächelt – ein trauriges, melancholisches Lächeln. »So glücklich, wie ein Soldat Dada Ormuzds sein kann, der gegen Ahriman kämpft.«

Diese Art von unbestimmter Antwort mit spirituellem Unterton ist seine Methode, ernsthaften Gesprächen aus dem

Weg zu gehen. Aber sie wird es nie über sich bringen, ihm zu sagen, dass er weniger beten soll. Das wäre in ihren Augen Blasphemie. Also schiebt sie die Schuld für sein extremes Verhalten, seine neuen Überzeugungen und Praktiken auf seine neuen Freunde in den Vereinen, denen er sich angeschlossen hat.

Der Bund Orthodoxer Parsen und die Gesellschaft für Zarathustrische Erziehung treffen sich einmal die Woche. Wenn er von den Versammlungen zurückkommt, erzählt er uns in allen Einzelheiten, welche Tagesordnung behandelt und welche Maßnahmen ergriffen wurden, welche Petitionen sie in Umlauf gebracht, welche Verfügungen sie erlassen haben, oder welche Kampagnen gegen Anstoß erregende Filme oder Publikationen eingeleitet werden. All das ist immer nur weiteres Futter für Murad.

Gestern Abend erzählte Daddy uns beim Essen, dass der Bund über den Fall eines parsischen Bigamisten aus dem Jahr 1818 diskutiert habe – er hatte in Kalkutta eine nichtparsische Frau geheiratet, war dann nach Bombay gezogen und hatte dort eine Parsin geheiratet. »Für dieses Verbrechen wurde er vom Panchayat exkommuniziert«, sagte Daddy und hob die Hand, um die Schwere der Bestrafung zu betonen. »Und seinem Vater befahl man, ihn zu verstoßen, oder er werde die gleiche Strafe erleiden.«

»Das kommt mir aber ungerecht vor«, meinte Mummy. »Warum den Vater exkommunizieren?«

»Warum nicht? Ich möchte nicht als der Vater eines solchen Halunken bekannt sein. Aber der Bigamist reagierte mit Beleidigungen gegen die Hohenpriester und den Panchayat, und da gingen sie gegen ihn vor Gericht. Die Sache wurde ernst, er bekam Angst und bat darum, eine förmliche Entschuldigung abgeben zu dürfen, um den Fall beizulegen. Ein Anjuman wurde einberufen, wo er sein Verbrechen gestehen und sich demütigen musste, indem er ein Paar Schuhe nahm, einen in jede Hand, und sich damit fünfmal auf den Kopf schlug. Vor der ganzen Versammlung.«

»Waren das nagelneue Schuhe oder alte, schmutzige?«, fragte Murad.

»Das ist in den Akten des Panchayat nicht verzeichnet. Der springende Punkt ist, dass unsere Ausschussmitglieder einstimmig beschlossen haben, dass wir uns der reformistischen Propaganda entgegenstellen werden. Wir machen eine Kampagne zur Wiedereinführung der strikten Exkommunikationspolitik. Parsische Männer und Frauen, die Beziehungen zu Nichtparsen haben, ehelich oder außerehelich, werden die Konsequenzen tragen müssen. Die Exkommunikation wird aufgehoben, wenn sie öffentlich bereuen und die Schuhstrafe auf sich nehmen.«

Fast eine Minute lang war es still am Tisch. Onkel Jal fummelte an seinem Hörgerät herum und sah aus, als wolle er etwas sagen, traue sich aber nicht. Die meiste Zeit verbringt er in seinem Zimmer; er kommt nur zum Essen zu uns. Zum Aktienbazaar geht er nicht mehr. Manchmal, wenn Daddy nicht da ist, sitzt er im Wohnzimmer und liest die Zeitung. Aber sonst versucht er, so viel wie möglich für sich zu bleiben.

Er und ich fingen jetzt an zu lachen, denn Murad duckte sich unter den Esstisch, kam mit seinen Pantoffeln wieder hoch und fing an, sich damit auf den Kopf zu schlagen. Mummy presste die Lippen fest zusammen und tat ihr Bestes, um ihre Heiterkeit zu unterdrücken. Aber sie konnte nur ein paar Sekunden lang ernst bleiben.

Für Daddy war dies der Höhepunkt des Verrats, was sie betraf. »Reinheit und Verunreinigung sind nicht zum Lachen. Dein Sohn benimmt sich wie ein Esel, und du ermunterst ihn noch.«

»Ich lache nicht über dich, Yezdaa«, sagte sie besänftigend. »Ich lache über diesen Clown.«

»Ich übe bloß, Daddy, für den Fall, dass ich die Strafe eines Tages auf mich nehmen muss.«

Murad macht die gleichen Witze, wie Daddy sie selbst früher gemacht hat, als wir klein waren. Ich weiß noch, wie wir vor langer Zeit einmal an Khordad Sal alle zusammen im Feuertempel gewesen waren, und als wir nach Hause kamen, machte Daddy einen Mann nach, der in der Haupthalle an den Wänden entlanggerutscht war und jedes einzelne Foto und Porträt geküsst hatte, das er mit den Lippen erreichen konnte. Und ich erinnere mich auch, wie Daddy und Grandpa sich darüber unterhielten, wie albern es sei, sich sklavisch an Konventionen und Traditionen zu halten.

Grandpa starb ein Jahr nach dem Umzug nach Chateau Felicity. Ich glaube, er hat sich sehr einsam gefühlt, als er wieder in seinem Zimmer war. Im Wohnzimmer in Pleasant Villa war immer jemand in der Nähe seines Diwans gewesen.

Anfangs haben wir uns noch bemüht, ihm Gesellschaft zu leisten; wir haben bei ihm gesessen und mit ihm gesprochen oder uns unterhalten. Manchmal habe ich auch meine Hausaufgaben in seinem Zimmer gemacht. Aber es war nicht mehr das Gleiche. Vor allem nicht, weil jetzt eine Krankenhaus-Ayah da war, die alles für ihn tat. Als er mitbekam, wie Onkel Jal und meine Eltern darüber diskutierten, ob sie sie ganztägig einstellen sollten, wurde er sehr aufgeregt. Er fing an zu weinen: Keine Ayah! Bitte keine Ayah! Aber ich glaube, sie haben ihn nicht verstanden.

Sie hieß Rekha. Mummy beschrieb ihr, was sie zu tun hatte, und erklärte ihr genau, wie sie es getan haben wollte – auf die hygienische Art und Weise, die sie und Grandpa gewohnt waren. Rekha hielt sich an die Anweisungen, wenn man sie beobachtete. Aber wenn Mummy unverhofft dazukam, ertappte sie sie oft dabei, dass sie dies und jenes einfach wegließ. Meistens war es die Urinflasche – sie spülte sie nicht jedes Mal sauber, wenn Grandpa sie benutzt hatte. Ich erinnere mich, wie Mummy einmal sah, dass sie Grandpas Suppe aus der Küche holen wollte, nachdem sie die Bettpfanne geleert hatte, ohne sich die Mühe zu machen, sich zweimal mit Wasser und Seife zu waschen.

»Mit deinen Toilettenhänden trägst du das Essen?«, schrie Mummy. »Nicht wenigstens einmal hast du Seife genommen!«

»Aray, bai, ich habe es diesmal vergessen.«

»Ich habe schon oft gesehen, dass du dir den Weg abkürzt!«

Rekhas Umgang mit Grandpa grenzte an Grobheit – wenn sie ihn umdrehte, die Bettwäsche wechselte oder sein Kissen aufschüttelte. Und wenn Mummy sah, wie forsch sie beim Waschen mit dem Handtuch zu Werke ging, verzog sie schmerzlich das Gesicht. Oft nahm sie es Rekha dann weg und wusch Grandpa selbst zu Ende.

Als Grandpa sich an heißem Tee aus der Schnabeltasse den Mund verbrühte, lief das Fass über. Sein Schrei ließ Mummy ins Zimmer stürzen. Ich lief auch hin. Rekha behauptete, er habe im Schlaf geschrien, und es sei alles in Ordnung. Aber Mummy sah, dass Grandpas Mund auf ungewohnte Weise offen hing. Sie ging hin und untersuchte ihn, sah die rot aufschwellenden Brandblasen, roch den Tee in seinem Atem und entdeckte die heiße Schnabeltasse, die hinter ein paar Flaschen auf der Kommode versteckt war.

Rekha musste ihre Sachen packen. Sie war zwei Monate bei uns gewesen. Es dauerte ein paar Tage, bis wir jemand anderen fanden, und in der Zeit kümmerten Mummy und ich uns wieder um Grandpa. Dabei wirkte er friedlicher.

Der Ersatz war ein Pfleger um die dreißig, ein sanfter Bursche namens Mahesh. Mummy gefiel besonders die zart fühlende Art, wie er die Salbe auf die beiden Druckstellen an Grandpas unterem Rücken auftrug, rechts und links neben der Wirbelsäule, wo der große Knochen hervortrat, den Dr. Tarapore als Ilium bezeichnete. Die Druckstellen hatten sich während Rekhas Tätigkeit gebildet, und Mummy machte sich Vorwürfe, weil sie dieser unachtsamen Frau diese Arbeit anvertraut hatte.

Als Grandpa starb, war sein ganzer Rücken mit Geschwüren übersät. Manche waren schrecklich, groß und tief. Immer wenn ich sie anschaute, spürte ich einen scharfen Schmerz im Rücken. Der Geruch von Eiter und Sulfonamidsalbe hing ständig in der Luft. Grandpa gab keinen Laut von sich, obwohl er solche Qualen litt. Ich wünschte mir, er würde schreien. Ihn so still daliegen zu sehen, war viel trauriger. Fühlte er nichts mehr?

Unter Maheshs Pflege vergingen Monate. Grandpa schrumpfte immer weiter zusammen. Und als Dr. Tarapore uns sagte, dass das Unausweichliche nur noch einen, bestenfalls zwei Tage auf sich würde warten lassen, fiel mir das Versprechen wieder ein.

Ich erinnerte meine Eltern daran. Mummy konnte sich nicht konzentrieren und begriff nicht, was ich zu sagen versuchte. Sie wusste den gut gemeinten Versuch des Arztes, sie vorzubereiten, zu schätzen, aber jetzt, da das Ende nah war, konnte sie mir in ihrer Trauer nicht zuhören. »Bitte, Jehangoo, frag Daddy, ich weiß nicht, was ich tun soll.«

Mein Vater war der Ansicht, dass das Versprechen nicht ernst gemeint gewesen sei; es sei eher ein Scherz zwischen Grandpa und der Geigerin gewesen, und man könne kaum von Daisy erwarten, dass sie es halte. Onkel Jal sah es genauso.

»Ich glaube, dass es Grandpa sehr ernst damit war«, sagte

ich. »Und Tante Daisy auch. Sie haben es sich sogar in die Hand versprochen.«

»Aber Jehangla, sieh dir Grandpa doch an – er ist fast bewusstlos. Was soll das helfen, ob sie nun kommt oder nicht?«

Ich löcherte meinen Vater den ganzen Tag, denn ich hatte das Gefühl, dass es sehr wichtig sei. Am Abend hatte er schließlich genug von mir. »Schön«, sagte er, »du kannst zu ihr gehen und es ihr sagen, wenn du willst. Ich kann Mummy und Grandpa in einem solchen Augenblick nicht allein lassen.«

Ich machte mich zu Fuß auf den Weg nach Pleasant Villa. Das ging schneller, als wenn ich auf einen Bus gewartet hätte, denn die waren um diese Zeit alle voll, und der Fahrer hätte gar nicht angehalten.

Es war mein erster Besuch in Pleasant Villa, seit wir umgezogen waren. Die Eingangstreppe kam mir kleiner vor. Ich erinnere mich an die Trauer, die mich überkam, als ich hineinging; ich dachte an unsere alte Wohnung dort oben, wie sie jetzt wohl aussehen würde, und was für Möbel Mr. Hiralal in die Zimmer gestellt haben mochte. Ich klopfte an Tante Daisys Tür.

Ich hörte sie nicht üben. Ich klopfte noch ein paar Mal, und als ich eben aufgeben wollte, kam Tante Villie mit ihrem Einkaufskorb die drei Stufen hoch und betrat das Haus.

»Hallo, Jehangirji! Was machst du denn hier?«

»Ich wollte zu Tante Daisy.«

Ich sah ihr an, dass sie sich fragte, aus welchem Grund, aber statt sich danach zu erkundigen, sagte sie: »Wie geht es euch allen?«

»Gut, danke«, sagte ich rasch und klopfte noch einmal.

»Sie ist mit ihrer Geige weggegangen«, ließ sie mich wissen. »Ich habe sie gesehen, als ich zum Markt ging.«

»Wissen Sie, wohin?«

»Zum Max Mueller Bhavan, hat sie gesagt, zur Probe.«

Ich wusste, wo das war: in der Nähe des Regal-Kinos. Sollte ich hingehen? Daddy hatte mir nur erlaubt, nach Pleasant Villa zu gehen. Aber wenn ich bis zum nächsten Tag wartete, konnte es sein, dass Grandpa starb, ohne dass das Versprechen eingelöst wurde.

Diesmal nahm ich doch den Bus, denn zum Laufen war es zu weit. Ich zwängte mich in den 123er. Eine halbe Stunde später, im Kreisverkehr am Museum, stieg ich aus.

Es dauerte lange, bis ich die Straße überqueren konnte, denn es kamen unaufhörlich Autos und Busse, und niemand kümmerte sich um die Ampeln. Als der Verkehr einmal stockte, konnte ich zwischen den Autos hindurch zum Max Mueller Bhavan rennen.

Im Gebäude überlegte ich, wo ich hingehen sollte. Das Büro war leer; alle waren gegangen, denn es war schon nach sechs. Aber ich hörte Musik, viele Geigen, die zusammen spielten, und ich folgte dem Klang.

Er führte mich zu dem Raum, in dem sie probten. Ich öffnete die Tür und spähte hinein. Der Saal war dunkel und leer, aber die Bühne war beleuchtet, und Tante Daisy saß auf dem ersten Stuhl auf der Bühne, gleich vor dem Dirigenten. Die Musik ging immer weiter, und niemand konnte mich sehen. Ich wusste nicht recht, was ich tun sollte.

Ich wartete. Irgendwann verstummten alle Instrumente bis auf die beiden Cellos. Die Musik war so traurig, dass ich glaubte, es würde mir das Herz brechen.

Plötzlich schwenkte der Dirigent seinen Stab hin und her wie einen Scheibenwischer, als wolle er sagen: Aufhören! Abbrechen! Alles wurde still. Er fing an, etwas zu erörtern. Tante Daisy deutete auf die Seite auf ihrem Notenständer. Der Dirigent warf einen Blick in sein eigenes Heft, summte und machte komische Bewegungen mit den Händen. »Molto sostenuto«, sagte er, und das Orchester nickte.

Das war meine Chance – bevor sie wieder anfingen. Als ich nach vorn rannte, stolperte ich über einen Stuhl. Er fiel um. Die ganze Bühne schien zu erschrecken, und der Dirigent fragte: »Ja? Was ist?«

Tante Daisy spähte in die Dunkelheit wie alle andern, und dann stand sie auf und kam zum Bühnenrand. »Jehangir? Bist du das?«

»Ja, Tante«, sagte ich leise.

»Komm her. Weinst du?«

Ich hatte nicht gemerkt, dass ich weinte. Es musste angefangen haben, als ich im Dunkeln wartete. Rasch wischte ich mir die Augen. Sie hockte sich auf die Fersen, sodass ihr Gesicht dem meinen näher war – ich war damals noch ziemlich klein, aber jetzt bin ich größer als sie. Sie hielt Geige und Bogen in der linken Hand und fasste mich mit der rechten bei der Schulter. Ich hatte ihre Hand gern, und unter ihren starken Fingern fühlte ich mich besser.

»Was ist passiert, Jehangir? Wissen deine Eltern, dass du hier bist?«

Ich schüttelte den Kopf und erzählte ihr, warum ich nach Pleasant Villa gekommen war. Ihr Gesicht wurde traurig, als ich ihr berichtete, was Dr. Tarapore über Grandpa gesagt hatte.

»Um ehrlich zu sein, ich hatte dieses Versprechen ganz vergessen.«

Ich wollte mich abwenden.

»Warte. Ich bin froh, dass du gekommen bist. Einen Augenblick.«

Sie sprach mit dem Dirigenten und verschwand an der Seite der Bühne. Dann kam sie mit dem Kasten für Geige und Bogen zurück. Ich fragte mich, ob sie jetzt von der Bühne herunterspringen würde. Sie war so hoch, und Tante Daisy trug hohe Absätze. Aber sie ging zum einen Ende, wo eine

Treppe war, die ich gar nicht gesehen hatte. Sie kam in den Saal herunter und winkte dem Dirigenten zu. »Bis morgen!«

Sie ging sehr schnell. Ich musste halb rennen, um mitzukommen. Sie rief ein Taxi, und weil ich nur Fahrgeld für den Bus hatte, sagte ich ihr das. Sie lächelte und sagte, sie habe genug in ihrem Portemonnaie, und dann nannte sie dem Fahrer die Adresse von Pleasant Villa.

»Aber Tante, da wohnen wir nicht mehr!« Ich nahm an, dass sie es in einem Augenblick von Geistesabwesenheit vergessen hatte.

»Ich weiß. Aber ich muss mich erst noch umziehen.«

Mit diskretem Blick musterte ich ihren Aufzug: eine hellbraune Hose und eine blassgelbe Bluse mit langen Ärmeln, die sie bis zu den Ellenbogen aufgekrempelt hatte. Ich befürchtete, dass wir nicht schnell genug zu Grandpa kommen könnten, und versicherte ihr, dass ihre Kleider sehr hübsch seien und dass sie sich keineswegs umziehen müsse.

»Danke. Aber sie sind nicht passend für den Anlass.«

Sie bat den Fahrer zu warten, und wir gingen ins Haus. Ich blieb im Wohnzimmer sitzen, während sie nach hinten verschwand. Es gab viele Notenbücher in diesem Zimmer, drei verschieden hohe Notenständer und zwei Extrageigen. Es war ein unordentliches Zimmer, aber ich fühlte mich wohl darin.

Nach ein paar Minuten hörte ich Tante Daisys Absätze; sie tickten auf dem Boden wie eine sehr laute Uhr, und ich drehte mich um. Ich werde nie vergessen, was sie trug: einen langen, schwarzen Rock, der sehr schön war, und eine schwarze, langärmelige Bluse, in deren Stoff etwas war, das wie Sterne funkelte. Auch ihre Schuhe waren schwarz. Am Hals trug sie eine Perlenkette.

Ich erkannte die Kleider; sie zog sie zu den großen, wichtigen Konzerten des Bombay Symphony Orchestras an. Ich hatte sie immer von unserem alten Balkon aus gesehen, wenn sie mit ihrem Geigenkasten auf die Straße trat und ein Taxi rief. Ich hatte immer gefunden, dass sie hinreißend aussah – wie ein Bild in einer Illustrierten.

Und jetzt hatte sie sich für Grandpa so angezogen. Sie war die wunderbarste Dame, die ich je gesehen hatte. Meine Kehle war wie zugeschnürt. Wir stiegen wieder ins Taxi, und sie sagte dem Fahrer, er solle uns schnell nach Chateau Felicity bringen.

Stirnrunzelnd öffnete Daddy die Tür. Er sah sehr aufgebracht aus. »Wo bist du gewesen? Uns in einem solchen Augenblick Sorgen zu machen!«

Dann sah er Tante Daisy neben mir stehen. Ihre hübschen Kleider beruhigten ihn, und er bat sie hereinzukommen. »Es tut mir sehr Leid. Hat er Sie aus einem wichtigen Konzert weggeschleift?«

»Das Konzert ist hier«, sagte sie. »Wollen wir hineingehen?«

Wir gingen in Grandpas Zimmer, wo alle versammelt waren. Mummy saß am Bett und hielt seine Hand, die jetzt kaum noch zitterte. Onkel Jal und Murad standen hinter ihrem Stuhl. Mahesh wartete in der Ecke auf seinem Hocker; er rutschte hin und her und wünschte, er könnte irgendetwas für seinen Patienten tun.

Mummy schaute sich um, und als sie Tante Daisy sah, fing sie an, sich wie Daddy für meine Rücksichtslosigkeit zu entschuldigen.

Aber Tante Daisy sagte nur: »Bitte. Ich habe es versprochen.«

»Oh, Daisy! Der arme Pappa – ich glaube, er kann Sie nicht einmal sehen.«

»Das macht nichts.« Während sie beiseite ging und leise die Geige stimmte, sah ich, wie Onkel Jal sie anschaute; er wollte gern zu ihr gehen, aber er war verlegen.

Dann trat sie ans Fußende des weißen Krankenhausbettes, funkelnd in ihren schwarzen Kleidern. Ich erinnere mich, dass sie sich feierlich vor Grandpa verneigte, bevor sie anfing. Mahesh sah mit großem Interesse zu; er hatte bestimmt noch nie einen Patienten gehabt, für den eine prachtvoll gekleidete Frau Geige gespielt hatte. Daddy sagte mir ins Ohr, es sei die ›Serenade‹ von Schubert. Ich kannte das Stück; sie hatte es schon viele Male für Grandpa gespielt. Ihre Augen waren geschlossen. Ich hielt meine offen; ich wollte alles um mich herum sehen und hören.

Vielleicht lag es an der Stimmung im Zimmer, aber ich glaube nicht, dass sie vor uns jemals schöner gespielt hat. Ich schaute Grandpa an und fühlte, dass er die Musik hören konnte, denn auf seinem Gesicht lag ein zufriedener Ausdruck.

Dann begann Tante Daisy mit dem ›Wiegenlied‹ von Brahms, das Grandpa so sehr liebte. Daddy flüsterte mir zu, er habe Murad und mir dieses Lied vorgesungen, als wir Babys waren, und es sei auch ein Bing-Crosby-Song, den sein Vater für ihn gesungen habe. Leise summte er den Text mit: »›Lullaby and good night …‹«

Tante Daisy hörte es und drehte sich jäh um. Ich dachte schon, sie sei verärgert, aber sie sagte: »Singen Sie es lauter.«

Und Daddy stand auf und sang, und ich sah, dass auch ihm die Tränen über die Wangen liefen, genau wie Mummy. »Verzeihung«, sagte er, als es zu Ende war, und zog sein Taschentuch hervor.

Tante Daisy spielte über eine Stunde lang, bis Dr. Tarapore kam, wie er es am Morgen versprochen hatte. Sie endete mit Grandpas Lieblingslied, ›One Day When We Were Young‹. Als sie fertig war, blieb sie einen Augenblick lang ruhig stehen und verbeugte sich noch einmal, und dann packte sie ihre Geige ein.

Stille erfüllte das Zimmer. Sie hielt an, bis der Arzt sagte, er wolle Grandpa untersuchen und sehen, ob er noch irgendetwas tun könne, um es ihm leichter zu machen. Er maß seinen Blutdruck, als müsse er wie Mahesh in seiner Ecke etwas tun, um sich zu beschäftigen. Die Manschette um Grandpas Arm schwoll an, als er auf die Gummibirne drückte. Die Quecksilbersäule stieg hoch und tanzte auf und ab. Dann wurde die Luft wieder herausgelassen, und der Arzt sagte leise zu Mummy, der Professor ruhe ganz friedlich.

Er blieb noch ein Weilchen bei uns sitzen, sprach ein paar Worte mit Onkel Jal und Daddy, klopfte Murad und mir auf den Rücken und lächelte uns aufmunternd zu. Dann packte er seine Tasche und gab allen die Hand, auch Mahesh in seiner Ecke. Als Letztes umfasste er mit beiden Händen Grandpas Hand und flüsterte: »Gute Nacht, Professor.«

Nachdem Daddy ihn zur Tür begleitet hatte, erklärte Tante Daisy, sie habe eine gute Neuigkeit. Sie sprach, als rede sie mit Grandpa, und als könne er sie hören. Er habe Recht gehabt, sagte sie: Ihr Wunsch gehe in Erfüllung, und sie werde noch in diesem Jahr das Beethoven-Konzert spielen, mit dem BSO, im NCPA.

Meine Eltern beglückwünschten sie. Onkel Jal schob sich heran, als wolle er ihr die Hand schütteln, und hielt sich dann schüchtern zurück.

Sie nannte uns das Datum und holte ein paar Eintrittskarten aus ihrer Handtasche. Sie sah sich um und zählte uns, und dann blätterte sie fünf Karten ab. Jetzt kam Onkel Jal doch näher, um sie aus ihrer Hand entgegenzunehmen. Er sagte, er werde auf jeden Fall kommen, und verwahrte die Karten in seiner Tasche.

Tante Daisy ließ ihre Handtasche zuschnappen, gab Grandpa einen Kuss auf die Wange und ging.

Sehr früh am nächsten Morgen kam Daddy, um mich zu wecken. Grandpa war kurz zuvor gestorben. »Komm«, sagte er.

Es war nicht einmal sechs Uhr; die Sonne ging eben auf. Als wir am Fenster vorbeikamen, ging ich ein bisschen langsamer, um zu sehen, welche Farbe der Morgenhimmel hatte. Noch nicht azurn, dachte ich. Daddys Hand auf meiner Schulter schob mich weiter. Murad war schon auf; er stand mit Mummy in Grandpas Zimmer.

Ich blieb am Fußende des Bettes stehen und schaute Grandpa an. Eine kleine Öllampe war auf dem Tischchen neben seinem Kopf angezündet worden. Es war merkwürdig, seine Hände und Füße absolut regungslos zu sehen. Solange ich mich erinnern konnte, hatten sie immer gezittert.

»Komm«, sagte Daddy noch einmal und führte mich ans Kopfkissen.

Ich wandte den Blick immer wieder ab von Grandpas Gesicht. Auf der anderen Seite des Bettes saß Mummy und weinte lautlos, die Hände gefaltet, als ob sie betete. Murad und Onkel Jal gingen jetzt hinaus, und Daddy sagte, ich solle Grandpa einen Kuss geben, denn später, wenn die Gebetszeremonien angefangen hätten, würde ich ihn nicht mehr berühren dürfen. Ich fragte, ob Murad ihn auch geküsst habe.

Mummy nickte mir von der anderen Seite des Bettes her zu, um mich zu ermutigen. Ein wenig ängstlich beugte ich mich vor, und ohne die Arme um ihn zu legen, wie ich es sonst immer getan hatte, küsste ich ihn hastig. Es fühlte sich nicht an, als küsste ich Grandpa.

Und plötzlich verstand ich, was Sterben bedeutete. Nichts würde je wieder so sein wie früher. Grandpa war für immer fort. Ich fing an zu weinen.

Daddy nahm meinen Arm und führte mich weg vom Bett. Ich wand mich in seinem Griff, als wollte ich weglaufen, aber ich wusste gar nicht, wo ich sonst hätte sein wollen. Mummy streckte die Hand aus, und ich lief ihr in die Arme. Sie sagte, Grandpa sei jetzt glücklich, und für ihn hätten Krankheit und Schmerz ein Ende.

Weil sie weinte, klangen ihre Worte erstickt, und Daddy tätschelte ihr sanft den Rücken. Er hob mein Gesicht, das ich an ihrer Schulter vergraben hatte, und umarmte uns beide zusammen, Mummy und mich.

Dann führte er mich noch einmal zu Grandpa und sagte, ich solle mir sein Gesicht ansehen und sehen, wie heiter sein Ausdruck sei.

Ich schaute ihn an. Ich wusste nicht genau, was ich sah. Wenig später kam der Leichenwagen vom Turm des Schweigens.

Nach der Bestattung und den viertägigen Zeremonien, als Mummy ihre Wache beendete und vom Doongerwadi nach Hause kam, weinte sie nicht mehr – als mache es ihr nichts mehr aus, dass Grandpa tot war. Ich weiß noch, wie sehr ich ihr deshalb grollte.

Dann wurde das gemietete Krankenhausbett zurückgeschickt, Urinflasche und Bettpfanne wurden sauber geschrubbt und weggeräumt, und Stück für Stück verschwanden alle Spuren von Grandpa.

Mummy sagte, ich solle jetzt auch aufhören zu weinen, denn sonst würde ich Grandpas Seele unglücklich machen. »Denk an glückliche Erinnerungen, Jehangoo. Erinnerst du dich noch an den ersten Tag, als Grandpa mit dem Krankenwagen zu uns kam?«

Ich nickte.

»Und wie du ihn gefüttert und mit dem Löffel Flugzeug gespielt hast?«

Ich tat mein Bestes, um zu lächeln.

»Ich habe ihm etwas auf sein Hemd gekleckert. Du hast geschimpft.«

»Ja, das musste ich, ich bin deine Mutter. Aber es war wunderschön, zu sehen, wie du Grandpa fütterst. Und wie du und Murad seinen kahlen Kopf gestreichelt und sein Kinn gedrückt habt.«

Meine Finger erinnern sich immer noch, wie Grandpas Jujubenkinn sich angefühlt hat. Es war ein so einzigartiges Gefühl, diese Kombination aus winzigen Stoppeln und gummiartiger Haut.

Mummy versuchte immer weiter, mich aufzuheitern, und ich nickte immer weiter. Aber am nächsten Tag, als ich gerade anfing, mich an die Abwesenheit des weißen Bettes in Grandpas Zimmer zu gewöhnen, wurden alle seine Medizinflaschen von seiner Kommode geräumt und sollten dem Wohlfahrtskrankenhaus gespendet werden.

»Warum könnt ihr Grandpas Sachen nicht in Ruhe lassen?«, protestierte ich.

»Grandpa ist im Himmel, Jehangla«, sagte Daddy. »Er braucht die Sachen nicht mehr. Dada Ormuzd sorgt jetzt für ihn. Kleider, Eiscreme, Pudding, alles kriegt er.« Und Mummy lächelte zustimmend über seine fröhliche Vorstellung von Gottes Bekleidungs- und Cateringservice.

Ich glaube, ich habe ein finsteres Gesicht gemacht. Ich wusste, dass sie humorvoll sein wollten, damit ich mich besser fühlte, aber ich war dafür nicht in der Stimmung.

Grandpas Geruch blieb in seinem Zimmer, obwohl seine Sachen nicht mehr da waren. Ich ging oft hinein. Aber nach ein paar Tagen war auch er verschwunden.

Als Onkel Jal uns an Tante Daisys Konzert mit dem Bombay Philharmonic Orchestra erinnerte, sagte Mummy, seit Grandpas Bestattung seien erst drei Monate vergangen, und sie habe das Gefühl, es sei nicht recht, dort hinzugehen. Daddy sagte, ihm gehe es genauso.

Ich widersprach: Sie hätten mich ermuntert, glückliche Gedanken zu denken, und hier gebe es etwas Schönes, woran wir uns freuen könnten – die Musik, die Grandpa am liebsten gehört habe. Was habe es für einen Sinn, die Karten verfallen zu lassen, die Tante Daisy uns geschenkt habe?

Sie versuchten mir die Konventionen der Trauer zu erklären, die Beachtung des gesellschaftlich Schicklichen, die Erwartungen der Gemeinde. Ich wollte das alles nicht akzeptieren.

Schließlich sagte Mummy, sie und Daddy würden nicht hingehen, und das sei endgültig. Und Onkel Jal und Murad und ich könnten tun, was wir wollten.

Jetzt, da die Verantwortung für diese Entscheidung auf meinen Schultern ruhte, war ich nicht mehr so sicher. Die ganze Woche quälte ich mich damit ab und fragte mich, was Grandpa wohl gewollt hätte.

Am Freitagmorgen, am Tag des Konzerts, fasste ich meinen Entschluss. Kurz bevor ich zur Schule ging, sagte ich Onkel Jal, dass ich hingehen wollte.

Und so gingen wir hin, nur wir beide. An diesem Abend trug er seinen besten Anzug und eine Krawatte. Für mich selbst bügelte ich ein langärmeliges Hemd und eine lange Hose. Es war ein riesiger Konzertsaal, viel größer als der im Max Mueller Bhavan, wo ich das Orchester hatte proben sehen. Das Schild verriet mir, was NCPA bedeutete: National Centre for Performing Arts. Der Ort erschien mir so bedeutend, dass ich fast zögerte hineinzugehen.

Im Foyer drängten sich wunderschön gekleidete Leute. Die Saris mancher Frauen sahen aus, als wären sie teurer gewesen als Mummys Hochzeitssari. Es roch nach Parfüm, und das erinnerte mich an Miss Alvarez, auch wenn ihres viel hübscher war und einem keine Kopfschmerzen machte wie dieses hier. Onkel Jal und ich waren sehr allein in dem ganzen Trubel. Alle außer uns schienen alle andern zu kennen.

Aber als es klingelte und wir auf unseren Plätzen saßen, erloschen die Lichter, und andere Leute kümmerten mich nicht mehr, denn das Orchester kam auf die Bühne, und dann erschien Tante Daisy mit dem Dirigenten, und ich kannte sie – die wichtigste Person im ganzen Saal. Und sie trug die schönen schwarzen Sachen, die sie für Grandpa angezogen hatte.

Sie nahm ihren Platz links vom Dirigenten ein, klemmte sich die Geige unters Kinn und überprüfte die Stimmung. Der Dirigent gab dem Orchester ein Zeichen, und alle Instrumente spielten einen einzigen Ton zusammen. Anscheinend war er mit dem Klang zufrieden. Er hob seinen Stab und nickte Tante Daisy zu. Das Konzert begann.

Mächtiger Stolz durchströmte mich, als ihr Solo anfing. Für mich war das der aufregendste Augenblick des ganzen Konzerts. Ich bin sicher, dass Onkel Jal und ich lauter geklatscht haben als irgendjemand sonst im Publikum.

Am Schluss des Konzerts, nach der Zugabe, schlug Onkel Jal vor, noch Hallo zu sagen. Wir ließen uns vom Strom des Publikuns durch den Mittelgang ins Foyer hinaustreiben und folgten dann dem Korridor, der uns hinter die Bühne führte.

Viele Leute umringten Tante Daisy und sagten: Glückwunsch, eine prachtvolle Interpretation, so frisch und kraftvoll. Manche schenkten ihr Blumen. Wir hielten uns abseits und warteten, bis wir an der Reihe waren.

Dann sah sie uns und schob sich durch das Gedränge, um Onkel Jal die Hand zu geben und mich zu umarmen. »Hat es euch gefallen?«, fragte sie.

Ich nickte und lächelte, obwohl ich lieber etwas gesagt hätte, statt stumm dazustehen wie ein schüchterner kleiner Junge. Und ich hätte ihr auch gern erzählt, dass es mir zum ersten Mal, seit Grandpa gestorben war, wieder gut ging.

Unterdessen brachte Onkel Jal murmelnd hervor, dass es ein wunderbares Konzert gewesen sei, und dann verstummte er verlegen wieder. Aber auch er lächelte dauernd und starrte Tante Daisy bewundernd an.

»Es war sehr nett, dass ihr gekommen seid«, sagte sie und wollte zu ihren Fans zurückkehren.

Jetzt oder nie. »Durchaus nicht«, sagte ich. »Das Vergnügen war ganz auf meiner Seite.«

Tante Daisy strahlte; ich sah, dass sie von meiner Antwort entzückt war. Jetzt plauderten sie und Onkel Jal doch noch ein wenig mehr; sie fragte ihn, ob er Lust habe, zu einem anderen Konzert zu kommen – sie habe Karten für etwas, das Bolschoi-Ballett hieß. Er sagte sofort ja.

Ich war enttäuscht, dass sie mich nicht auch einlud, aber ich wusste, es wäre besser, wenn die beiden allein gingen. Ich war sicher, Mummy würde es auch gefallen.

Als sie uns verlassen wollte, hielt sie plötzlich noch einmal inne und kam näher. »Wissen Sie, bevor ich heute Abend auf die Bühne kam, habe ich an Professor Vakeel gedacht. Und ich habe mir vorgestellt, dass er im Publikum saß.«

Ich wollte ihr sagen, dass ich auch an Grandpa gedacht hatte. Aber ich glaube, das wusste sie schon.

Daddy hat Murad mit einem Mädchen im Treppenhaus erwischt. Er kommt mit grimmigem Gesicht herein und verkündet es Mummy, und deren erste Sorge ist, ob es eine aus dem Haus ist, eine, die wir kennen.

»Sie ist keine Parsin«, antwortet er mit unheilschwangerer Stimme und geht aus dem Zimmer. Mummy eilt ihm nach und erkundigt sich bang, ob es unten einen Wortwechsel gegeben habe, wie es ausgegangen sei, und ob er seine Herzmedizin brauche?

»Ich würde einem Parjaat-Mädchen nicht die Genugtuung gönnen, mich mit meinem Sohn streiten zu sehen. Zumindest hatte er genug Schamgefühl, um zu verschwinden, als er mich sah. Aber warte nur, bis er nach Hause kommt.«

Diese Drohung und sein Tonfall lassen Mummy befürchten, dass ein großer Streit im Anzug ist. Sie verbringt die nächste Stunde in der Küche, schneidet, hackt, bereitet das Abendessen zu, sorgt sich, schüttelt den Kopf, bis es an der Tür klingelt. Sie wischt sich die Hände ab und stürzt ins Wohnzimmer. Vater und Sohn dürfen jetzt nicht allein gelassen werden.

Als sie hereinkommt, legt Onkel Jal seine Zeitung hin und geht in sein Zimmer. Ich sehe, dass Mummy ihm sagen möchte: Bleib hier, es ist auch deine Wohnung, aber sie besinnt sich anders.

»Also, was hast du zu sagen?«, beginnt Daddy, als Murad hereinkommt.

»Worüber?«, fragt er unschuldsvoll.

»Dieses Mädchen. Wer ist sie?«

»Ach, du meinst Anjali – sie ist auf meinem College. Wir haben nur auf ein paar Freunde gewartet.«

»Du küsst also immer Mädchen, wenn du auf Freunde wartest?«

Dann hält Daddy inne und senkt die Stimme. »Ich will nicht, dass wir uns anschreien. Die Sache ist sehr ernst. Bitte hör dir aufmerksam an, was ich dir zu sagen habe. Diese Freundschaft ...«

Er bricht ab und räuspert sich, sucht nach Worten. »Eine Beziehung zu diesem Mädchen ist ausgeschlossen.«

»Was für eine Beziehung?« Murad lacht. »Wir sind nur Freunde, das habe ich dir doch gesagt.«

»Ein Mädchen, das du auf diese Weise küsst, kann nicht nur eine Freundin sein. Entweder ist sie deine Geliebte, was nicht akzeptabel ist, oder du machst dir einen Spaß mit ihr, und das ist noch weniger akzeptabel.«

»Wir haben beide Spaß.«

Daddy schlägt sich die Hand an die Stirn. »Ein Kind, das mit Streichhölzern spielt, denkt auch, dass es Spaß macht. Aber wir müssen dem Einhalt gebieten. Diese Sache wird nirgendwo hinführen. Sie kann kein glückliches Ende nehmen.«

»Wir denken nicht in solchen Kategorien, okay?«

»Siehst du?« Er wendet sich wieder an Mummy. »Er hört auf nichts mehr. Von den trivialsten bis zu den bedeutsamsten Fragen des Lebens – er hört auf kein Wort mehr.«

Er sieht Murad an. »Ich warne dich: In dieser Sache gibt es keinen Kompromiss. Die Vorschriften und Gebote unserer Religion sind absolut. Diese Maharashtrierin kann nicht deine Freundin sein.«

»Das ist nur ein Vorurteil«, sagt Murad.

»Es ist nichts dergleichen. Mein bester Freund war Maharashtrier. Vilas Rane, der Briefschreiber. Weißt du noch, wie er mir Bilderbücher für euch geschenkt hat, als ihr klein wart? Du kannst befreundet sein, mit wem du willst, von jeder Rasse oder Religion, aber für eine ernsthafte Beziehung, für die Ehe, gelten andere Vorschriften.«

»Wieso?«

»Weil wir eine reine persische Rasse sind, ein einzigartiger Beitrag zu diesem Planeten, und Mischehen werden das zerstören.«

»Hältst du dich für höherwertig?«

»Höherwertig oder minderwertig, das ist nicht die Frage. Reinheit ist eine Tugend, die sich zu bewahren lohnt.«

Jetzt appelliert Murad an Mummy. »Siehst du? Das beweist, dass er bigott ist. Hitler hatte dieselben Vorstellungen von Reinheit, und du weißt, wohin das geführt hat.«

Daddy fährt aus der Haut. Eher, weil er verletzt ist, als wegen Murads Halsstarrigkeit. Er schreit und schlägt mit der Faust auf den Tisch, beklagt sich, dass seine Brustschmerzen zurückkommen, und lehnt sich dann erschöpft zurück und murmelt vor sich hin – wie können zwei Jungen so unterschiedlich sein, sieh dir Jehangla an, gehorsam, fleißig, fürsorglich, und dann diesen Kerl, auch mein Sohn, aber benimmt sich wie ein Rüpel, was für ein Mensch nennt seinen Vater das größte Ungeheuer des zwanzigsten Jahrhunderts?

»Ja, wirklich, Murad«, sagt Mummy. »Das ist schändlich. Du solltest deinen Vater nicht Hitler nennen.«

»Das habe ich nicht getan. Hört ihr nicht zu? Ich habe gesagt, er hat dieselben Vorstellungen von Reinheit.«

Daddy interessiert sich nicht für Semantik. »Nur um dir den Unterschied klarzumachen, schlage ich vor, dass du dir überlegst, was deine maharashtrische Freundin unter der Treppe mit dir getan hat. Ein Parsi-Mädchen würde sich niemals so benehmen.«

»Das ist doch lächerlich«, faucht Murad und geht in sein Zimmer. »Du kannst hier weiter schwadronieren.«

Ich bleibe im Wohnzimmer und gucke in mein Buch. Ich

habe gute Lust, meinem Vater zu sagen, dass er sich irrt. Farah Arjani, die im Erdgeschoss wohnt, ist die Urenkelin des verstorbenen Mr. Arjani, der mit Grandpas Vater in Fehde lag. Sie und ich waren letzte Woche allein im Aufzug. Wir haben über irgendetwas gelacht, und ich habe sie aufgezogen, sie hat mich geschubst, ich habe zurückgeschubst, und bald haben wir einander festgehalten und so getan, als kämpften wir, haben uns aneinander gedrängt und uns geküsst, und ich habe ihre Brust gedrückt. Wenn die Lifttür nicht aufgegangen wäre, hätte ich die Hand unter ihr T-Shirt schieben dürfen.

Mummy versucht, vernünftig mit Daddy zu reden. »Was Murad tut, ist doch nur natürlich, Yezdaa. Nächste Woche ist er achtzehn, und dann wird er neunzehn. Wie lange können wir ihn noch wie ein Kind behandeln?«

»Bis er sich benimmt wie ein Mann. Bis er seine Pflichten als Zarathustrier begreift.«

Sie faltet die Hände und schaut zur heiligen Vitrine hinüber, zu der flackernden Glühfaser in dem Plastik-Afargaan, als hoffe sie auf eine göttliche Intervention. »Ich habe gerade eine großartige Idee, Yezad – was deinen Freund, den Briefschreiber, angeht.«

»Was für eine Idee?«

»Es fällt dir und Murad schwer, ruhig miteinander zu reden. Er sagt alberne Dinge, du wirst wütend, und dann wird ein Streit daraus.«

»Ist das meine Schuld?«

»Nein, das nicht. Aber warum schreibst du ihm nicht einen schönen langen Brief? Erklärst ihm alles logisch? Unser Sohn ist vernünftig, und du sagst immer, unsere religiösen Gebote haben eine wissenschaftliche Grundlage – also zeig sie ihm. Und du könntest deinen Freund bitten, dir beim Schreiben zu helfen, denn das ist sein Beruf.«

»Bist du verrückt geworden?« Daddy ist sehr gekränkt.

»Zum Ersten: Dieses alte Leben ist für mich vorbei, und ich will den Kontakt mit Vilas nicht erneuern. Zweitens: Er hat für Analphabeten geschrieben. Für ungebildete Arbeiter, die nie das ABC oder das Ka Kha Ga gelernt haben. Er war kein Shakespeare, der einen Brief komponieren könnte, mit dem das gefühllose Herz deines Sohnes zum Schmelzen gebracht würde. Und drittens: Wenn ein Vater mit seinem Sohn nicht von Angesicht zu Angesicht sprechen kann, sondern Briefe schreiben muss, kann er seinen Sohn ebenso gut gleich vergessen.«

Mummy erschrickt und schaut wieder zur Gebetsvitrine hinüber.

Onkel Jal, der sorgsam darauf achtet, sich von dieser großen Debatte fern zu halten, hat sich damit beschäftigt, die Schränke im leeren Zimmer auszuräumen und allerlei Dinge auszusortieren, die einer von Daisy und dem BSO initiierten Wohltätigkeitsaktion gespendet werden sollen. Jetzt bringt er uns einiges davon, um es uns zu zeigen, und ich habe das Gefühl, dass er eine Ablenkungstaktik verfolgt.

Aber er ist sehr aufgewühlt, als er eine kleine Schachtel öffnet. »Seht doch, was ich gefunden habe«, sagt er, und wir drängen uns um die Schachtel.

Darin liegen zwei Paar goldene Manschettenknöpfe und zwei Sätze Kragenknöpfe. Ein Zettel ist dabei: *Für Jehangir und Murad, zur Hochzeit.*

»Das ist Coomys Handschrift!«, sagt Mummy.

»Ja«, sagt Onkel Jal. »Du weißt ja, wie gründlich sie war. Und diese Knöpfe – die haben unserem Vater gehört, Palonji Pappa. Anscheinend hat Coomy sie für die Jungen aufgehoben.«

Meine Mutter hat jetzt Tränen in den Augen und wischt sie rasch weg. Tante Coomys Schachtel ist eine verwirrende Entdeckung. Und sie macht mich traurig. Was soll ich damit anfangen? Es gab so wenig Hinweise darauf, was sie für Murad und mich empfand.

»Verwahre sie an einem sicheren Ort«, sagt mein Vater. »Wir werden Coomys Wunsch erfüllen, wenn der glückliche Tag gekommen ist. Was hast du da sonst noch?«

Onkel Jal zeigt uns einen Stapel heiliger Bilder, die er in einem der Schränke gefunden hat: Sai Baba, die Jungfrau Maria, eine Kreuzigung, Haji Malang, mehrere Zarathustras, Unsere Liebe Frau von Fatima, Buddha.

»Wo kommen die her?«, fragt Daddy.

»Ich weiß, dass ich sie als Kind gesehen habe«, sagt Onkel Jal. »Damals hingen sie überall in der Wohnung. Du weißt, dass es damals bei den meisten Parsen üblich war, Sinnbilder aller Religionen zu besitzen. Nach Mammas und Lucys Tod hat Pappa sie abgenommen.«

Daddy betrachtet die Bilder; manche sind gerahmt, andere vergilbt und gekräuselt. Auf mehreren Rahmen stehen Daten, sehe ich, und sie reichen zurück bis 1869.

Apropos Bilder, sagt Onkel Jal und erwähnt die strengen Porträts von Grandpas Ahnen im langen Korridor. »Ich habe nicht besonders viel übrig für diese düsteren Gesichter«, sagt er scherzhaft. »Wenn ihr die Rahmen für etwas anderes benutzen wollt – nur zu.«

»Nein«, sagt Daddy. »Das sind die Alten, die Vorkämpfer der Gemeinde, die Unermüdlichen. Wenn heute mehr von ihnen am Leben wären, wäre die parsische Community nicht in solcher Bedrängnis. Sie müssen bleiben, als Inspiration für uns alle. Vor allem für die Jungen.«

»Und die heiligen Bilder?«

Mein Vater sagt, er braucht Zeit, um das zu entscheiden.

Murad wird in zwei Wochen achtzehn Jahre alt, und Mummy hat sich vorgenommen, diesen Geburtstag besonders zu feiern. Sie schlägt vor, ein Dutzend seiner College-Freunde zu einer kleinen Party einzuladen, die von fünf bis sieben dauern soll. Das Abendessen soll auf acht Personen beschränkt bleiben: unsere Familie und drei seiner besten Freunde – mein Vater mag keine großen Gesellschaften.

»Sieh nur zu, dass dieses maharashtrische Mädchen nicht zu den dreien gehört«, sagte Daddy, als er von ihrem Plan erfuhr.

»Gehört sie aber«, sagte Murad sofort. »Anjali wird zum Essen bleiben.«

Und sofort geht der Streit wieder los.

Mein Vater nimmt seine Zuflucht darin, zu predigen, was er aus den Versammlungen und Diskussionen seiner religiösen Vereine mitgenommen hat; er zitiert die Schriften und führt die Kommentare der Hohenpriester ins Feld. Ich habe das so oft gehört, dass ich es auswendig herunterrasseln könnte.

»Du wirst immer fanatischer«, sagt Murad. »Ich verstehe nicht, was dich so verändern kann, Daddy.«

»Du wirst es verstehen, wenn du älter bist. Es ist eine spirituelle Entwicklung. Du wirst in deinem Leben ein Stadium erreichen, in dem es auch dich nach Spiritualität dürstet.«

Das macht aber keinen Eindruck auf Murad. Er sagt, vielleicht könne der Bund Orthodoxer Parsen ja einen Reinheitsdetektor entwickeln, nach Art der Metalldetektoren am Flughafen, der piep-piep-piep mache, wenn ein unreiner Mensch vorbeikomme.

»Du findest, dass die Frage der Reinheit, die für unsere Gemeinde Leben oder Tod bedeutet, eine lächerliche Sache ist?«

»Ich finde, dass Bigotterie auf jeden Fall zum Lachen ist.«

»Wirf nicht mit Wörtern um dich. Es ist ein moderner Trend, Menschen mit Schimpfnamen zu belegen, wenn man nicht ihrer Meinung ist.«

»Was hast du gegen meine Freundin?«

»Darüber haben wir schon gesprochen. Ich weiß, wohin deine Freundschaft mit diesem Mädchen führt, und das werde ich in meinem Hause nicht tolerieren. Wenn sie zum Essen kommt, wird mir schlecht werden, und ich werde mich auf den Esstisch übergeben, das sage ich dir jetzt schon.«

Murad sagt zu Daddy, er finde seine Vorstellungen genauso zum Kotzen, und wenn sie sich zusammentäten, könnten sie die Geburtstagsparty in einem See aus Erbrochenen feiern.

»Hör auf, Murad!«, ruft Mummy. »Sag nicht so abscheuliche Sachen!«

»Er hat doch angefangen. Er benutzt die Religion wie eine Waffe. Weißt du, dass diese Reinheitsbesessenheit in unserer Gemeinde Wahnsinnige hervorbringt? Ich werde diese verrückten Ideen niemals akzeptieren.«

»Schamloser Flegel! Nennt seinen Vater einen Wahnsinnigen! Das reicht – ich verschwinde, ich gehe in den Feuertempel, ich kann sein Gesicht nicht mehr sehen!«

»Warum stellst du dir nicht ein kleines Zelt in die Haupthalle? Da könntest du dann gleich wohnen, bei all der Zeit, die du da verbringst.«

»Hörst du das? Dein Sohn will mich aus dem Haus werfen!«

»Es war ein alberner Witz, Yezdaa. Oder, Murad?«

»Nein, es ist mein Ernst. Ich denke, ich werde nach Pleasant Villa gehen und Tante Villies großes Tischtuch für Daddy ausborgen.«

»Oh, Villie hat uns so sehr geholfen«, jammert Mummy, als sie sich daran erinnert. »Und wir haben ihr nie richtig dafür gedankt. Haben ihr nicht einmal gesagt, dass wir umziehen – erst in letzter Minute. Ich schäme mich so.«

»Sie ist es, die sich schämen sollte. Sie hat mich mit Matka in Versuchung geführt und mich zum Glücksspiel verleitet – etwas, das ich noch nie im Leben getan hatte.«

Das ist selbst für Mummy zu viel. Ohne ein Wort geht sie aus dem Zimmer.

Im zoroastrischen Kalender, nach dem wir Gebete und religiöse Zeremonien ausrichten, fällt das Roj für Murads Geburtstag auf den vierten Tag davor. Zur Feier dieses Tages hat Mummy bei der Parsi Dairy Farm Süßigkeiten bestellt. Das Dienstmädchen, Sunita, das jeden Morgen zum Putzen kommt, muss Blumen kaufen gehen. Und Mummy kocht Ravo zum Frühstück, gewürzt mit Kardamom, Muskat und Zimt, und mit vielen Rosinen und blanchierten Mandeln garniert. In der Küche duftet es an diesem Morgen köstlich.

»Warum feierst du seinen Geburtstag zweimal?«, fragt Daddy.

»Weil es sein achtzehnter ist – das weißt du.«

»Zwei Feiern für einen Jungen, der nicht eine verdient«, bemerkt er, und sie schaut ihn tadelnd an.

Als ich am Nachmittag aus der Schule komme, will Mummy, dass ich ins Haus gegenüber gehe und zwei Schachteln Süßigkeiten abliefere: eine für Dr. Fitter, die andere für Inspector Masalavala.

Ich erhebe milden Protest: Ich kenne die beiden kaum; sie hätte das Mithai am Morgen mit Sunita hinüberschicken sollen. Natürlich sind mir ihre Namen vertraut, und ich weiß, dass sie uns nach Tante Coomys Unfall sehr geholfen haben. Ich habe auch die Geschichten gehört, wie sich der Arzt und der Vater des Inspectors für Grandpa eingesetzt haben, als Lucy und meine Großmutter gestorben waren.

»Ein Dienstmädchen zu schicken ist nicht das Gleiche«, erklärt Mummy. »Man zeigt mehr Respekt, wenn ein Familienmitglied das Mithai überbringt.«

Ich nehme also das Tablett mit den Jalebi-Schachteln, bedeckt mit einem Tuch, das an allen vier Ecken mit Pfauenfiguren bestickt ist. Zuerst gehe ich zu Inspector Masalavala. Er ist nicht zu Hause, sagt mir das Dienstmädchen an der Wohnungstür, und ich halte mich an Mummys Anweisungen und frage nach Mrs. Masalavala.

»Ja?« Sie taucht unvermittelt auf, als habe sie nebenan gelauscht. »Wer ist denn da?«

»Jehangir«, sage ich. »Roxana Chenoys Sohn, aus Chateau Felicity.« Ich deute mit dem Daumen über die Schulter und hoffe, dass es helfen wird, mich auszuweisen. »Nariman Vakeels Enkel.«

»Oh, ja ja ja, ich kenne dich«, sagt sie zu meiner Erleichterung.

Ich schiebe die Hand unter das Tuch und ziehe eine Schachtel heraus. »Mummy schickt Mithai für den Inspector und Sie. Heute ist der Roj-Geburtstag meines Bruders – sein achtzehnter.«

»Oh, ja ja ja, wie nett. Bitte gratuliere ihm herzlich von uns. Und sag deiner Mummy vielen Dank.« Sie nimmt die Schachtel, als stände sie ihr zu, und sagt mir rasch auf Wiedersehen.

Ich bin froh, dass es so kurz abgegangen ist, und gehe zu der Wohnung gegenüber. Hoffentlich kann ich es hier genauso schnell hinter mich bringen. Aber Dr. Fitter, der mir die Tür öffnet, unterbricht meine Vorstellungsworte und nimmt mich mit breitem Lächeln beim Arm.

»Natürlich weiß ich, wer du bist, junger Mann. Komm herein, komm einen Augenblick herein. Tehmi! Tehmi!«

Mrs. Fitter antwortet von drinnen: »Was ist jetzt wieder,

Shapurji, wie soll ich dein Abendessen machen, wenn du mich dauernd störst?«

Schimpfend kommt sie auf die Veranda. Sie geht tief gebeugt. In der Hand hält sie ein Messer, mit dem sie eben etwas gehackt hat; ich sehe grüne Tupfen an der Klinge. »Hallo? Narimans Enkel ist hier, und du sagst mir nicht einmal Bescheid?«

Sie legt das Messer auf den Beistelltisch, wischt sich die Hände am Rock ab und kneift mich in die Wange. Ich rieche Korianderduft an ihren Fingern. Dann decke ich das Tablett auf, überreiche das Jalebi und richte Mummys Botschaft aus.

»Murad ist schon achtzehn!«, sagt sie und nimmt mir das Tablett ab. »Wie wundervoll! Und du bist …?«

»Vierzehn«, antworte ich. »Bald fünfzehn.«

Dr. Fitter lächelt. »Die neue Generation, bereit, die Welt zu regieren. Und ihr werdet hoffentlich einen besseren Ort daraus machen, ja? Setz dich, erzähl mir, auf welche Schule du gehst.«

Er schwatzt ein Weilchen mit mir, und Mrs. Fitter verschwindet mit dem Mithai. Ich mache mir Sorgen um das Tablett – wird sie auch nicht vergessen, es zurückzubringen? Unterdessen erklärt Dr. Fitter, wie gut es sei, dass unsere Familie in Professor Vakeels Wohnung wohne.

»Viel zu lange war Leere in diesem Haus. Eine Art Abwesenheit … dein Großvater hatte ein unglückliches Leben. Ich erinnere mich immer noch, wie er einmal herunterkam, um mit seiner Freundin zu sprechen – an dem Tag hatte er nur ein Handtuch um die Hüften geschlungen.«

Dr. Fitter gluckst bei der Erinnerung daran. Ich nicke wissend und versuche, ihn zu weiteren Erzählungen zu bewegen. »Meine Eltern sagen immer, es war sehr gütig von Ihnen, meinem Großvater zu helfen.«

Kopfschüttelnd weist er den Dank zurück. »Es war das Mindeste, was wir tun konnten, Superintendent Masalavala und ich. Und trotzdem, obwohl es keine polizeiliche Untersuchung gab – wie viele Gerüchte haben dennoch die Runde gemacht: War es ein Doppelmord, war es ein doppelter Selbstmord, oder ein purer Unfall?«

Ich habe das Gefühl, dass die Farbe aus meinem Gesicht weicht, und hoffe, dass er es nicht bemerkt. »Gerüchte sind stets auf der Tagesordnung des Menschen«, bemerke ich altklug und bin froh, dass mir diese Worte einfallen.

Dr. Fitter lacht. »Genau das würde Professor Vakeel auch sagen. Natürlich, den Leuten kann man keinen Vorwurf machen – es sah wirklich verdächtig aus.«

Mrs. Fitter kommt zurück, um das Messer zu holen, und hört uns. »Was machst du denn, Shapurji?«, sagt sie missbilligend. »Das sind keine Dinge, über die man mit einem kleinen Jungen redet.«

»Mit fast fünfzehn ist er kein kleiner Junge mehr, Tehmi. Und deine Großmutter – wie hieß sie doch gleich?«

»Yasmin.«

»Genau – ihre letzten Worte haben die Sache noch komplizierter gemacht.«

Ich halte den Atem an. »Haben Sie sie selbst gehört?«

»Natürlich. Ich weiß es noch, als wäre es gestern gewesen, wie ich hinausstürzte, als die beiden vom Dach fielen, und wie dann Masalavala herübergerannt kam … Und die katholische Dame, wie hieß sie?«

»Lucy.«

»Genau. Sie war sofort tot. Aber deine Großmutter war noch bei Bewusstsein, und sie konnte ein bisschen sprechen. Und die ganze Verwirrung kam daher, dass man nicht mehr genau verstehen konnte – hat sie ›er‹ oder ›wir‹ gesagt?«

»Was glauben Sie denn, was sie gesagt hat?«, erkundige ich mich kleinlaut.

»Oh, ich weiß, was sie gesagt hat. Sie hat gesagt: ›Was haben wir getan?‹ Aber es standen noch andere Leute um uns herum. Und manche hörten: ›Was hat er getan?‹, und sie behaupteten, damit habe sie Nariman belastet.«

Dr. Fitter macht eine Geste, die besagen soll, dass er es nicht glaubt. »Die Leute machen sich nicht die Mühe, klar zu denken. Ein letzter, reuevoller Aufschrei – ihre jammervolle Ehe, ihr vergeudetes Leben. Das war es.«

»Aber warum sind sie gefallen?«, frage ich.

»Ich weiß nur, dass Nariman und Lucy und Yasmin ihrer Bestimmung gefolgt sind, als wäre sie ihnen in die Stirn gegraben. Das ist alles. Mehr ist es nie.«

Mrs. Fitter bringt das Tablett mit einem Häufchen Zucker zurück. Ich danke ihr und decke es mit dem Pfauentuch zu. Beide bringen mich zur Tür, und ich muss ihnen versprechen, dass ich sie wieder besuchen werde.

Ich bringe das Tablett zu Mummy in die Küche, und sie ist entzückt, als sie den Zucker sieht, den ich zum Dank für das Mithai bekommen habe. »War das Mrs. Fitter?«, fragte sie, und ich bestätige ihre Vermutung mit einem Kopfnicken.

Ich gehe in mein Zimmer und lege mich auf das Bett. Ich denke an all das, was ich im Laufe der Jahre gehört habe, über Grandpa und Lucy und meine Großmutter. Und das Bild ist immer noch nicht vollständig. Wie ein seltsames Puzzle von unendlicher Größe. Immer wenn ich denke, es ist fertig, finde ich wieder ein paar Teile. Und wieder ändert sich seine Form um ein winziges bisschen.

Meine alten Puzzles, auch das schöne mit dem Comer See, sind noch auf meinem Regal. Auch meine Enid-Blyton-Bücher, wenngleich ich es nicht mehr ertrage, sie auch nur aufzuschlagen. Ich frage mich, was sie an sich hatten, das mich so sehr fasziniert hat. Heute empfinde ich sie als reine Zeitverschwendung.

Ich springe vom Bett, sammle das ganze Zeug in eine Kiste und trage sie in den Korridor, wo Onkel Jal die Kleider, die Schuhe und das Geschirr für Tante Daisys BSO-Wohltätigkeitsaktion aufgestapelt hat. Mein Beitrag, die Bücher und die Puzzles, kommen oben auf den Stapel.

Es gibt nur noch ein Puzzle, das der Mühe wert ist.

Mein Vater hat endlich entschieden, was aus den heiligen Bildern werden soll. Er muss darüber mit seinen Freunden vom orthodoxen Bund diskutiert haben. Heute Nachmittag kam er aus der Versammlung nach Hause und erklärte, dass sämtliche nichtzarathustrischen Bilder zu verschwinden hätten – in einem zarathustrischen Heim störten sie die Schwingungen der Avesta-Gebete.

»Kein Wunder, dass so viel Zank und Streit in diesem Hause herrschen. Wenn die Bilder weg sind, werden meine Gebete wirkungsvoller sein. Dann wird auch Murad zur Einsicht gelangen.«

Man müsse sich der Bilder auf anständige Weise entledigen, sagte er, im Einklang mit der zarathustrischen Tradition des Respekts gegen alle Religionen, die, wie er mir erklärte, bis zu Cyrus dem Großen zurückreiche, dem Begründer der Achämeniden-Dynastie, der uns ein Beispiel gegeben habe, als er Babylon erobert und die Juden befreit habe, die damals in Gefangenschaft lebten: Er habe ihnen sogar geholfen, ihren Tempel wieder aufzubauen, was ihm in der hebräischen Bibel den Titel eines Gesalbten Gottes eingetragen habe.

»Wir werden die Bilder zu einem Paket schnüren und Blumen dazutun und sie Avan Yazat übergeben – in die Obhut des Meeres.«

Er schickte mich die Blumen kaufen – eine Girlande soll es sein, sagte er. Er wickelte die heiligen Bilder in braunes Papier und schlang die Girlande um das Paket, eine Kette aus Ringelblumen.

Ich fuhr mit ihm nach Chowpatty, und wir gingen zu Fuß, bis wir den festen, nassen Sand und das schimmernde Wasser erreicht hatten. Eine milde, schaumige Brandung spielte um unsere Füße. Es war Ebbe, und die Wellen hatten sich erschöpft. Und die Möwen schrien laut und wollten wissen, ob wir ihnen etwas Essbares mitgebracht hätten.

Mein Vater hob das Paket an seine Stirn und forderte mich auf, das Gleiche zu tun. Dann warf er es ins Meer, in die beschützenden Arme Avan Yazats.

Wir blieben eine Weile im Sand sitzen und schauten zum Horizont, wo die Sonne langsam ins Wasser glitt. Schweigend saßen wir da, Daddy mit seiner geheimen Last und ich mit meinen unzähligen Fragen über ihn, eingeschlossen in meinen Kopf. Ich wollte ihm gern sagen, dass ich ihn immer noch liebe, aber dass ich den neuen Menschen nicht verstehen kann, zu dem er geworden ist. Dass mir der Vater viel lieber ist, der Witze machte, der komisch und sarkastisch sein, der gerade noch toben und im nächsten Augenblick lachen konnte, ebenso liebevoll wie starrsinnig. Der aufrecht stehen konnte, ohne sich an die Stütze der Religiosität zu klammern. Ich wollte ihn nach seiner Kindheit in Jehangir Mansion befragen und noch einmal die Geschichten hören, die er über die Nachbarn und seine Freunde vom Kricket erzählt hatte, über seine Lehrer in St. Xavier, vor allem über den Gujarati-Lehrer, den sie Ayo nannten, und den Madrasi mit der komischen Aussprache, der den Spitznamen Vada getragen hatte.

Es gab so viel, was ich meinen Vater fragen und was ich ihm erzählen wollte – all die Dinge, die meinen Kopf erfüllten, wenn ich allein war. Aber als er jetzt neben mir saß, blieben sie erstarrt auf meiner Zunge stecken.

Ein paar Kinder tobten vorbei und wirbelten mit ihren Füßen den Sand auf. Ein Zuckerrohrverkäufer blieb stehen, um uns in Versuchung zu führen. Er ging weiter, als mein Vater den Kopf schüttelte.

»Wollen wir gehen? Die Sonne ist untergegangen – Zeit für das Aiwisruthrem Geh. Ich muss es vor dem Abendessen beten.«

Ich suchte die zurückweichenden Wellen nach dem Paket mit heiligen Bildern und Blumen ab. Es war nirgends zu sehen. Wir gingen quer über den Strand zur Straße. Das Gefühl des Einsinkens gefiel mir, das mühevolle Stapfen durch den weichen Sand.

Daddy hat die Menstruationsgesetze erlassen. So zumindest nennt Murad es.

Die Verfügung schreibt vor, dass Mummy überhaupt nicht mehr ins Wohnzimmer kommen darf, wenn sie ihre Periode hat. An solchen Tagen wird sie im leeren Zimmer schlafen und auch die Küche nicht betreten. Die Köchin wird ihr zu essen bringen.

Die Haushaltshilfe, Sunita, die halbtags kommt und fegt und Staub wischt, das Geschirr spült und die Badezimmer putzt, wird während ihrer Regel nicht ins Haus kommen. Mummy hat die Aufgabe, ihren Zyklus zu überwachen, was ihr sehr peinlich ist.

»Jetzt ist er übergeschnappt«, sagt Murad. »Abgestürzt in den Schlund der Religion.«

Daddy ignoriert ihn und geht in sein Zimmer, nachdem er seine Anweisungen vorgetragen hat.

Mummy folgt ihm und versucht, ihn zur Vernunft zu bringen. »Du hast nie an diese Dinge geglaubt. Warum jetzt damit anfangen?«

»Weil es der richtige Weg ist. Es ist das übliche Verfahren in einem orthodoxen Haushalt.«

»Ich weiß alles über orthodoxe Haushalte, Yezad – die Familie meiner Mutter hat sich an die gleichen Praktiken gehalten. Aber du und ich, wir haben nie so gelebt.«

»Ich war unwissend. Jetzt habe ich die Religion studiert und den Lehren weiser Männer gelauscht.«

Sie wissen nicht, dass ich ihr Gespräch mit anhöre. Wie immer sehe und höre ich alles. Manchmal wird es so bedrückend, dass ich wünschte, ich könnte mich taub stellen.

Mein Vater verspricht, Murad aus dem Haus zu werfen, wenn er sich nicht an seine Regeln hält. Meine Mutter sagt, er solle keine Drohungen aussprechen, die er nicht wahr mache.

»Warte nur ab«, antwortet er. »Wenn dein Sohn diesen Unsinn mit dem Mädchen nicht einstellt, werdet ihr beide schon sehen.«

Sie ruft, es sei leicht für ihn, so schreckliche Dinge zu sagen. »Aber ich bin seine Mutter. Ich habe ihn neun Monate im Leib getragen und unter den Schmerzen der Geburt zur Welt gebracht. Wenn du mein Kind aus dem Haus wirfst, kannst du mich auch gleich umbringen.«

Onkel Jal greift ein und macht die Sache noch schlimmer. Er bietet an, Murad in seinen Teil der Wohnung aufzunehmen, in sein Zimmer, wo er seinem Vater nicht im Weg sei – bis der Staub sich gelegt habe, die Krise vorüber sei und Yezad und Murad gelernt hätten, miteinander auszukommen.

»Hast du uns deshalb gebeten, hier zu wohnen?«, schreit mein Vater. »Damit du dich in unser Leben einmischen kannst? Damit du das Vergnügen haben kannst, einen Keil zwischen Vater und Sohn zu treiben?«

Onkel Jal versucht, ihn auf die Unlogik seines Vorwurfs aufmerksam zu machen. »Das Gegenteil ist der Fall, Yezad. Du willst ihn hinauswerfen, ich sage, ich bewahre ihn für dich, bis ihr bereit seid, wieder Freunde zu sein.«

»Kümmere dich um deinen eigenen Kram«, sagt mein Vater und geht, um die Kohlen für den abendlichen Loban anzuzünden.

Meine Mutter trauert für sich allein über die endlosen Streitereien und die Bitterkeit, die sich hier festgesetzt hat. Sie vertraut mir an, dass Grandpa in jenen letzten Tagen in Pleasant Villa versucht habe, sie zu warnen: Sie solle nicht nach Chateau Felicity ziehen, in sein Haus des Unglücks. Jetzt sei sie sicher und wisse genau, dass es das gewesen sei, was Grandpa ihr zu sagen versucht habe, und sie habe nicht auf ihn gehört.

Daddy zuckt die Achseln; er sagt, ein Haus sei nichts als Mörtel und Stein, und es liege an uns, ob wir darin unglücklich oder glücklich seien.

Aber meine Mutter ist nicht überzeugt: »Lerne daraus, Jehangoo. Höre auf den Rat der Alten. Wenn wir erwachsen werden, glauben wir alles zu wissen. Wir nehmen an, dass die alten Leute nicht mehr richtig im Kopf sind. Mit den Jahren wächst unser Stolz zu sehr. Und dann bringt er uns zu Fall.«

Als mein Vater das hört, wird er sehr böse. Er sagt, sie sei versessen auf Melodramen, und sie verzerre mit Absicht, was sich vor fünf Jahren zugetragen habe, als sie buchstäblich die Sklavin ihres Vaters gewesen sei. »Allenfalls kann man sagen, dass du in das andere Extrem verfallen bist und uns alle seinetwegen vernachlässigt hast.«

Diese Beschuldigung verschlägt ihr die Sprache. »Ist das deine Meinung?« Sie wendet sich an mich. »Ich habe euch vernachlässigt?«

Ich schüttle den Kopf, und Daddy sagt: »Frag nicht Jehangir, er war damals zu klein, um zu verstehen, was vorging.«

»Ich war neun Jahre alt. Ich habe alles verstanden.«

»Natürlich. Du kannst dich an die Hälfte doch gar nicht erinnern.«

»Frag mich irgendetwas«, fordere ich ihn heraus. »Ich erinnere mich genau, was passiert ist.«

»Ah, das glauben wir alle«, sagt Daddy.

Aber Mummy ist sicher, dass Grandpa länger gelebt hätte und glücklicher gewesen wäre, wenn sie ihn weiter gepflegt hätte, statt Fremde dafür einzustellen. »Der Beweis sind seine Druckstellen. Fast ein Jahr lang habe ich Pappa gewaschen und ihn sauber und trocken gehalten, und es ging ihm gut. Kaum waren die Ayah und der Pfleger da, tauchten die Geschwüre auf.«

»Unsinn«, widerspricht Daddy. »Er hat so lange im Bett gelegen, dass er Druckstellen bekommen hätte, ganz gleich, wer ihn gepflegt hätte. Reiner Zufall.«

»Du sagst, es gibt keinen Zufall«, erinnert sie ihn. »Du sagst, das ist nur ein anderes Wort für die Hand Gottes.«

Er winkt ab. Dann setzt sie sich wieder für Murad und Anjali ein und bittet Daddy, sie zum Essen kommen zu lassen, und sie führt Grandpas und Lucys Beispiel an, das doch für viele zu lebenslangem Leid und Unglück geführt habe. Je nachdrücklicher man versuche, sie zu trennen, desto verstockter könnten sie werden. »Man kennt das doch – sie werden neue Freunde finden, und die Sache wird sich im Sande verlaufen.«

»Und wenn nicht?«, fragt mein Vater. »Was ist, wenn sie ernster wird? Ein weiterer Nagel im Sarg der parsischen Gemeinde. Und du wirst dafür verantwortlich sein, dass er hineingehämmert wurde.«

Man hat einen Kompromiss geschlossen. Daddy ist einverstanden, dass Anjali zum Geburtstagsessen kommt, vorausgesetzt, dass die Möbel im Wohnzimmer umgestellt werden.

Sie müssen so verteilt werden, dass sie in angemessenem Abstand zur Gebetsvitrine eine Barrikade bilden.

Damit ist Daddys Hauptsorge beseitigt, dass jemand seinen Gebetsraum verunreinigen könnte. Morgen werden Murad und ich das Sofa, die Sessel und die Tische so verrücken, dass sie einen *cordon sanitaire* bilden, wie mein Bruder es nennt.

Onkel Jal sagt zu mir: »Wäre es nicht nett, wenn Daisy auch zum Essen käme?«

Ich verstehe seinen Wink und spreche mit Mummy, und sie ist sofort einverstanden. Ich glaube, sie hofft immer noch, dass die beiden anfangen zu gurren wie zwei Turteltauben, obwohl Onkel Jal ganz zufrieden damit ist, zu Tante Daisys Konzerten zu gehen und es dabei zu belassen.

Gestern hat Mummy noch mehr Schachteln mit Süßigkeiten von der Parsi Dairy Farm bestellt: jalebi, sooterfeni, burfi, malai-na-khaja. Sie werden morgen früh geliefert, am Geburtstag nach dem englischen Kalender. Sie will auch Tante Villie eine davon schicken, aber Daddy hat gesagt, dieses alte Leben sei zu Ende, und es sei nicht nötig, mit Leuten in Pleasant Villa noch in Verbindung zu bleiben.

Wir versammeln uns vor der Gebetsvitrine. Mummy hat früh am Morgen den Boden vorbereitet; er ist mit Kreidemustern verziert. Sie hat eine Fisch-Schablone benutzt, weil Fische Glück bringen. Sie sind aus weißem Kreidestaub und haben rote Augen.

Onkel Jal wartet am Plattenspieler auf sein Stichwort. Auf ein Zeichen von Daddy lässt er ›Happy Birthday‹ laufen, in einer Instrumentalversion. Wir singen den Text dazu. Mummy kommt ins Wohnzimmer; sie trägt das runde Silbertablett, auf dem alles ist, was sie für die Zeremonie braucht. Sie stellt es auf den Tisch und winkt Murad heran.

»Mit dem rechten Fuß«, erinnert sie ihn.

Murad tritt vorsichtig in das Kreidemuster, setzt die Füße zwischen die Fische und lächelt uns an. Und während wir singen, steht er da mit seiner Gebetsmütze und lässt sich tragen von den Fischen, die ihm diesen Gefallen tun, weil er heute Geburtstag hat.

Von ihrem Silbertablett nimmt Mummy die Girlande aus Rosen, Lilien und Jasmin. Murad senkt den Kopf, sodass sie ihm die Blumen um den Hals legen kann. Als Nächstes legt sie ihm all die Symbole für Glück und Wohlergehen in die Hand: Betelblätter und Betelnüsse, Datteln, Blüten, eine Kokosnuss. Sie taucht den Daumen in einen kleinen Silberbecher mit Zinnober und streicht ihm mit der Paste ein langes, senkrechtes Teelo auf die Stirn. Schließlich nimmt sie Reiskörner in die flache Hand und drückt sie auf das Teelo, und ein paar davon bleiben an seiner Stirn kleben. Sie nimmt noch mehr Reis und bestreut ihn damit, und ihre Hände beschreiben einen hübschen Bogen, der Teil eines Tanzes sein könnte.

Sie nimmt ihn lange in die Arme und flüstert ihm etwas ins Ohr, das ich nicht verstehe. Wir andern singen immer noch. Dann tritt er zurück, und Daddy ist an der Reihe.

Er geht zum Silbertablett, nimmt Reis in die Hand und bestreut Murad ebenfalls damit. Auf dem Tablett liegt eine neue Armbanduhr, Murads Geburtstagsgeschenk. Mummy hat sie für Daddy liegen lassen. Wir warten ab und fragen uns, wie er damit umgehen wird. Sie legt die Finger an den Mund, um ihre Angst zu verbergen.

Daddy greift nach der Schachtel, zögert, lässt sie liegen und nimmt stattdessen Murads Handgelenk. Er schnallt die alte Uhr ab, legt sie beiseite und nimmt die neue vom Tablett. Sie hat ein Metallarmband, und er streift es sanft über Murads zusammengedrückte Finger, schiebt das Zifferblatt auf dem Handgelenk zurecht, bevor er nach hinten greift und die Schließe zuschnappen lässt.

Ohne Murads Hand loszulassen, schaut Daddy ihm endlich ins Gesicht. Eine Zeit lang schauen sie einander unverwandt in die Augen. Jetzt legt Daddy die Hand auf Murads Kopf, auf die Gebetsmütze, und ich glaube, er spricht ein Gebet. Murad wartet ab, ohne die Augen zu verdrehen oder sonst ein Zeichen der Ungeduld zu geben.

Daddy nimmt ihm die Blumen, Betelblätter und Nüsse ab, legt sie auf das Tablett und umarmt ihn. Und Murad schlingt die Arme um Daddy.

Onkel Jal und ich haben aufgehört zu singen; es kommt uns albern vor, die Strophe mehr als dreimal zu wiederholen, und außerdem ist die Platte zu Ende. Wir hören Daddy flüstern: »Herzlichen Glückwunsch zum Geburtstag, mein Sohn. Lebe ein langes und gesundes Leben in Reichtum und Glück.«

Mummy wird geschäftig, um zu verbergen, dass sie weint. Sie flüstert mir zu, ich sei jetzt an der Reihe, meinem Bruder zu gratulieren, nachdem Onkel Jal meinem Bruder einen Umschlag gegeben hat und beiseite getreten ist. In dem Umschlag sind einhundertundeine Rupie. Ich weiß das, weil er mich gestern zur Bank geschickt hat, damit ich neue, frische Banknoten hole.

Ich gehe zu Murad, bleibe vor den Kreidefischen stehen und zögere; ich weiß nicht, ob es ihm gefallen wird, wenn ich ihn umarme. Also gebe ich ihm die Hand. »Herzlichen Glückwunsch zum Geburtstag, Murad.«

Er nimmt meine Hand und reißt sie dann zu sich heran. Ich verliere das Gleichgewicht, und er streckt den Arm aus, um mich zu stützen, und umarmt mich dann. Wir beide lachen über diesen Trick.

»Jetzt kommt alle«, treibt Mummy uns an. »Das sev ist fertig; lasst es uns essen, bevor es im Topf ansetzt.«

Murad zeigt Onkel Jal die neue Uhr, als wir ins Esszimmer gehen. Ich halte mich zurück und beobachte Daddy, der gedankenverloren auf dem Sofa sitzt. Mummy bleibt neben ihm stehen. Er blickt auf und lächelt traurig.

»Yezdaa? Stimmt etwas nicht?«

Er schüttelt den Kopf und schenkt ihr wieder ein kleines Lächeln.

»Und, Yezdaa, die Küchenuhr muss aufgezogen werden.«

»Später«, sagt er. »Oder frag doch Murad.«

Die Nachmittagsparty ist vorbei, Murads Freunde sind gegangen, aber es ist noch nicht Zeit zum Abendessen. Ich sitze im Wohnzimmer und schaue über die eigens aufgebaute Möbelbarrikade hinweg zu der Gebetsvitrine in ihrer geschützten Ecke. Ich stelle sie mir voller Spielzeug und Nippes vor, wie sie früher war, voll gestopft mit den traurigen Fragmenten von Onkel Jals und Tante Coomys unglücklicher Kindheit. Jetzt ist sie voll gestopft mit Daddys heiligen Gegenständen. Und er ist genauso unglücklich.

Onkel Jal ist in seinem Zimmer und macht sich fertig. Er ist schon den ganzen Tag aufgeregt, weil Tante Daisy zum Abendessen kommt – sie hat die Einladung sofort angenommen, als Mummy sie angerufen hat.

Zu meiner Überraschung stellt Mummy die Rosenschale und die Porzellanschäferin ins Wohnzimmer. Der Esstisch ist mit dem guten Porzellan gedeckt, das Grandpa ihr und Daddy zur Hochzeit geschenkt hat. Sie kommt mit einer Vase, streichelt die Schäferin und streicht mit den Fingern über den Muschelrand der Rosenschale.

»Lauter Geschenke von Grandpa.« Sie lächelt. »Sind sie nicht prachtvoll?«

Ich nicke.

Es erinnert mich daran, wie Grandpa vor langer Zeit zu uns nach Pleasant Villa kam, um bei uns zu wohnen. Und wie meine Welt plötzlich viel größer wurde, viel komplizierter und schmerzhafter. Ich denke an Grandpa, wie er neben mir auf dem Diwan schlief und meine Hand hielt, um mich zu trösten. Und wie ich später seine hielt, wenn er schlecht träumte. Ich denke an die Geigenmusik, die uns so gut gefiel. Und an die Worte, die er mich lehrte, die Geschichten, die er erzählte und mit denen man die Welt beschreiben und verstehen konnte.

»Weißt du noch, was Grandpa einmal zu uns gesagt hat?«, fährt meine Mutter fort. »Dass man sich an diesen schönen Dingen erfreuen soll, um Trauer und Leid des Lebens zu besiegen?«

Ich spüre, dass sie sich mein Einverständnis zu ihrer Entscheidung wünscht, heute das gute Geschirr zu benutzen. Also nicke ich noch einmal. Ich versuche mich an eine frühere Zeit zu erinnern, an die Zeit, bevor Grandpa kam, als die Welt noch so sicher und klein und beherrschbar war – als meine Eltern sie lenkten und nichts schief gehen konnte.

»Kannst du mir kurz in der Küche helfen, Jehangoo?«, ruft sie beim Hinausgehen.

»Ja«, sage ich, aber ich bleibe in meinem Sessel sitzen. Ich frage mich, was unsere Familie in diesem Haus alles erwartet, im Haus meines Großvaters, in dieser Welt, die verwirrender ist denn je. Ich denke an Daddy, der mir das Gefühl gibt, dass mein wirklicher Vater nicht mehr da ist, verdrängt von diesem endlos betenden Fremden.

Meine Mutter, eilig wie immer, bringt immer mehr Sachen aus der Küche, um die Party vorzubereiten. Ich muss ausgesehen haben, als sei ich sehr weit entfernt, denn sie kommt zu mir, und ihre Hand greift nach meiner Schulter. Sie zögert und lässt die Gebärde unvollendet. Ich spüre ihre Finger einen Zollbreit entfernt.

Dann lässt sie sie sacht auf meinen Arm sinken. »Was ist, Jehangoo? Bist du nicht glücklich?«

»Doch«, sage ich. »Doch, ich bin glücklich.«

Glossar

Aachhu-Michhu parsische Willkommenszeremonie
Achaar Pickles
Afargaan Räuchergefäß
Aiwisruthrem Geh Abendgebet
Atma Geist, Seele
Atash-bharam geheiligtes Feuer
Ayah Amme
Baag Platz, Hof
Bajavala verrückt, schamlos
Bakbakaat Gerede
Bhel-puri würziger Gemüsemix, als Snack serviert
Bunya Markt für Lebensmittel
Chai Tee
Chalo okay, gut
Chamaat Schlag
Chappals Sandalen
Chaprassi einfacher Bauer
Deevo zeremonielles Licht
Dhobi Wäscherei
Divali indisches Lichtfest
Doongerwadi Turm des Schweigens, parsische Bestattungsstätte in Bombay
Dustoor Priester
Fareshta Geist, Engel
Gaylagaanda Unsinn, Schmus
Ghati Träger
Goonda Schläger, Gangster
Gotaalo Geist
Halkat geizig

Hindutva nationalistische Hindu-Bewegung für einen rein hinduistischen Staat
Jalebi in Fett ausgebackene süße Teigschleifen
Karela Kürbisgericht
Khada Bauloch
Khadi handgesponnenes Baumwolltuch
Kholi sehr einfache Unterkunft
Kurta langes Hemd
Kusti aus Fäden bestehender ritueller Gürtel
Lakh Recheneinheit von 100 000
Loban Weihrauch, parsische Weihrauchzeremonie
Maidaan großer Platz
Malidoo Süßspeise
Matka Lotteriespiel
Max Mueller Bhavan Name des Goethe-Instituts in Indien
Mithai Süßigkeiten
Mulmul Stoffschal
Navjote Aufnahmezeremonie in die parsische Religion
Paan Kautabak
Pagal beschränkt
Paisa kleinste Rupienmünze
Pao-bhaji Kartoffel-Tomatengericht
Parjaat Mädchen
Pugree Ablösesumme
Pugree Turban
Raanwada Bordell
Sentapati Teil der Shiv Sena
Sev-ganthia Knuspersnacks
Sev nudelförmiger Snack
Shiv Sena fundamentalistische Hindu-Partei
Subjivala Gemüsehändler
Sudra rituelles Hemd
Svavkumban Eigenständigkeit, Autarkie
Tapayli Schüssel
Yaar Kumpel, Freund (Anrede)